JACQUES VANDROUX

Ingénieur de formation, Jacques Vandroux a commencé à écrire dans le train et dans l'avion, au gré de ses nombreux déplacements professionnels. Il y a vite pris goût et a décidé de s'autopublier, devenant en moins de cinq ans un véritable phénomène de l'autoédition. Il est l'auteur de plusieurs romans dont *Projet Anastasis* (2017), *Le Sceau des sorcières* (2017) et *Au cœur du solstice* (2018), parus chez Robert Laffont.

JACQUES VANDROUX

PROJET ANASTASIS

Robert Laffont

Pocket, une marque d'Univers Poche,
est un éditeur qui s'engage pour la préservation
de son environnement et qui utilise du papier fabriqué
à partir de bois provenant de forêts gérées
de manière responsable.

Le Code de la propriété intellectuelle n'autorisant, aux termes de l'article L. 122-5, 2° et 3° a, d'une part, que les « copies ou reproductions strictement réservées à l'usage privé du copiste et non destinées à une utilisation collective » et, d'autre part, que les analyses et les courtes citations dans un but d'exemple et d'illustration, « toute représentation ou reproduction intégrale ou partielle faite sans le consentement de l'auteur ou de ses ayants droit ou ayants cause est illicite » (art. L. 122-4).
Cette représentation ou reproduction, par quelque procédé que ce soit, constituerait donc une contrefaçon, sanctionnée par les articles L. 335-2 et suivants du Code de la propriété intellectuelle.

© 2014, Jacques Vandroux, tous droits réservés

© Éditions Robert Laffont, S.A., Paris, 2017

ISBN 978-2-266-28298-7

Dépôt légal : juin 2018

Avertissement

Ce livre a été publié pour la première fois en autoédition le 14 novembre 2014. Avant les attentats de *Charlie Hebdo* et du Bataclan.

Bien que se déroulant dans des lieux et sites réels, ce livre est une œuvre de fiction. Les noms des personnages et les événements sont le fruit de l'imagination de l'auteur. La représentation des lieux réels a pour seul but de donner à cette fiction un caractère d'authenticité. En conséquence, toute homonymie, toute ressemblance ou similitude avec des personnages et des faits existants ou ayant existé, en particulier pour les personnages qui occupent des fonctions existant réellement, ne saurait être que coïncidence fortuite et ne pourrait en aucun cas engager la responsabilité de l'auteur.

Le camp de concentration de Natzweiler, au lieu-dit « le Struthof », est le seul camp de concentration et d'extermination situé sur le sol français. Ce site est classé Monument historique et Haut Lieu de la mémoire nationale. Par respect pour les déportés du camp, l'auteur a fait tout son possible pour se conformer à la réalité historique pour les scènes qui s'y déroulent, même si le roman est une fiction.

1

Notre-Dame

17 novembre

L'homme s'approcha tranquillement du portail principal de la cathédrale. Il leva la tête et observa la décoration du tympan : le Jugement dernier. Sous la statue du Christ, saint Michel et le diable. Le diable emmenant avec lui en enfer les damnés terrifiés par le destin qui leur était réservé. Il avait passé des heures à étudier ces sculptures trônant sur la façade de l'église pour édifier le peuple de Paris et le remettre dans le droit chemin.

Il revint au XXIe siècle et se retourna, insensible au charme du pâle soleil qui offrait sa douceur aux promeneurs. L'homme observa le parvis, déjà occupé par des grappes de touristes vêtus pour la froidure d'un hiver qui avait commencé dès la Toussaint. Quelques photographes amateurs se relayaient pour immortaliser la pierre symbolisant le point zéro des routes de France. Une scène classique dans l'un des lieux les plus touristiques de Paris. Un groupe de visiteurs pressés passa devant lui et s'engouffra par la porte d'entrée du portail latéral. Il les suivit et entra. L'odeur caractéristique de la cathédrale, mélange d'encens et de vieilles pierres centenaires, ne le surprit pas. Il connaissait les lieux par cœur et un plan précis de l'édifice religieux était gravé dans son cerveau. L'homme retira son bonnet, laissant apparaître une tignasse de cheveux d'un noir de jais. Il s'écarta de la porte et contempla la scène qui s'offrait à lui.

Dans la nef, des centaines de fidèles participaient à la messe dominicale. Des touristes s'étaient joints aux paroissiens habituels et l'ensemble formait une assemblée hétéroclite. Le long des allées latérales, des visiteurs déambulaient silencieusement, veillant, pour la plupart d'entre eux, à ne pas perturber la cérémonie en cours. Ils s'arrêtaient au hasard des statues. Certains feuilletaient un guide, à la recherche d'une découverte culturelle. D'autres photographiaient tout ce qui passait devant leur objectif : des bas-reliefs, des vitraux, ou même le prêtre en train de célébrer la messe. Ils feraient le tri en rentrant chez eux. Un dimanche ordinaire à Notre-Dame de Paris. Pas si ordinaire en fait, car Alpha était là. Il attendait ce moment depuis des semaines.

Alpha aimait son nom de code. C'est lui qui l'avait choisi. Le loup alpha, chef de meute qui savait aussi chasser en solitaire. Tout ce qui le caractérisait. Il vivait pour son groupe, mais aimait être seul.

Un léger frisson, aussitôt contrôlé, le parcourut quand une soliste entonna dans le chœur l'*Ave Maria* de Gounod. Pas besoin d'être religieux pour apprécier cette œuvre. Il sourit intérieurement : il ne pouvait rêver d'un meilleur décor. Avec son pantalon de toile, ses chaussures de marche et sa veste matelassée, il ressemblait à n'importe quel curieux venu visiter l'église multicentenaire. Il s'éloigna dans un recoin discret qu'il avait repéré lors de son dernier passage : il était maintenant hors de la vue des quelques gardiens qui s'efforçaient de filtrer d'éventuels visiteurs indélicats. Alpha fit lentement glisser le sac qu'il portait sur le dos et le déposa à ses pieds. Il refréna son impatience. Il devait encore attendre quelques minutes. Un étrange ballet animait l'église. Les fidèles s'approchaient de l'autel où plusieurs prêtres leur distribuaient la communion.

Alpha regarda le défilé de ces hommes et femmes inconnus et de toutes nationalités, qui tendaient vers le même but. À la fois somptueux et ridicule ! Tous ces gens, qui ne juraient que par leurs biens de consommation, se nourrissaient de leur égoïsme et avaient en même temps besoin de croire en leur dieu. Qu'ils assument la société de déchéance qu'ils avaient créée et dans laquelle ils se vautraient tels des porcs dans leur fange ! Il inspira une large goulée d'air et calma l'énervement qui le gagnait. Garder toute sa lucidité pour les minutes qui allaient suivre, se concentrer sur la mission ! Tel un mantra, il se répéta plusieurs fois cet objectif. Alpha enfonça la main dans son sac. Le contact froid qu'il rencontra provoqua en lui une vague d'excitation. La procession allait bientôt toucher à sa fin, et les dernières notes de l'*Ave Maria*, d'une pureté parfaite, résonnaient sous les hautes voûtes de la cathédrale. La fête pouvait commencer, sa fête !

Alpha tira trois objets cylindriques de son sac. Sans hésiter, il les lança dans la foule compacte. Il se mit rapidement à l'abri derrière la colonne. Quand la première grenade explosa, la stupéfaction gagna la foule. Les deux explosions suivantes, espacées de quelques secondes, transformèrent l'église en un temple de souffrance. Des hurlements jaillirent de la bouche des fidèles martyrisés. Cris de douleur et de terreur. Les trois grenades venaient de semer la mort autour d'elles. Alpha ne pouvait lâcher des yeux les corps déchiquetés qui jonchaient le sol. La plainte stridente d'une femme le réjouit : il avait réussi à frapper sa cible au cœur. Avec des gestes que seul un long entraînement permettait, il récupéra dans son sac deux pistolets automatiques et glissa deux chargeurs supplémentaires dans les poches extérieures de son pantalon. Il n'avait plus qu'à accomplir le dernier acte de sa mission et à évacuer les lieux. Il savait qu'avec la panique, la foule se précipiterait vers la sortie plutôt que de chercher celui qui était à l'origine de son malheur. Il en profiterait pour se glisser hors de la cathédrale avec elle puis s'évanouirait dans la ville.

L'homme quitta l'abri de son pilier. À côté de l'autel, les prêtres ne bougeaient pas, sidérés par la scène irréaliste qui s'offrait à leurs yeux. Aucun d'eux ne semblait avoir été touché par un éclat de grenade. Qu'à cela ne tienne ! Alpha les mit en joue, et les deux pistolets crachèrent la mort. En moins de cinq secondes, les corps s'effondrèrent. Son geste avait été remarqué, il avait été repéré. Les cris se firent plus aigus autour de lui. Un groupe d'hommes s'approcha de lui dans l'espoir de le désarmer. Pauvres fous ! Il les abattit méthodiquement. Il visualisa deux gardiens à proximité et leur logea deux balles dans la poitrine : ne prendre aucun risque ! Les claquements des coups de feu, couverts par le hurlement de l'assemblée paniquée, le sang qui maculait le sol à chaque pression de son doigt sur la détente, lui procuraient une excitation jamais ressentie. Il était bien supérieur à ces moutons ! Il devait maintenant évacuer les lieux. Se cacher au milieu de la foule qui se comprimait contre les portes de sortie et faire irruption avec elle sur le parvis. Récupérer son sac, y ranger ses pistolets, enlever sa perruque, puis rejoindre ses victimes. Sans précipitation, il déposa ses armes. Plus personne ne faisait attention à lui. Il retira ses gants, puis ses cheveux noirs. Une femme paniquée lui frappa involontairement le bras. Alpha lâcha la perruque. Il se baissa pour la ramasser, mais un coup de pied l'expulsa au milieu de l'assemblée terrifiée. Alpha marqua son énervement, mais il fallait partir. Il plongea dans l'anonymat de la foule et y abandonna sa chevelure postiche, déjà piétinée par des dizaines de chaussures !

Le tueur était imbriqué dans la masse des fidèles terrorisés. Les portes, trop petites pour laisser passer cette assemblée qui ne se contrôlait plus, créaient un terrible goulet d'étranglement. Les plus faibles étaient écrasés. Certains tentaient de marcher sur ceux qui les précédaient pour quitter l'église au plus vite. Calmement, le tueur attendait son tour pour sortir. Sa mission était terminée, il devait maintenant rentrer pour en rendre compte et savourer son succès.

Alpha sentit soudain une force qui le tirait en arrière. Une femme s'accrochait à son épaule. Il se retourna, prêt à la mettre discrètement hors d'état de nuire. Quand la jeune femme vit que le grand homme blond l'avait remarquée, elle le lâcha. Elle était livide et tenta, dans un geste dérisoire, de limiter l'hémorragie qui la vidait de son sang. Son bras gauche avait été arraché, transformant son épaule en une charpie de chair informe.

— Aidez-moi, je vous en supplie.

Il la regarda comme une bête curieuse. Pourquoi lui demandait-elle de l'aide à lui qui l'avait mise dans cet état ? La femme continua :

— Sauvez mon fils, par pitié.

Un enfant de six ans, écrasé par la masse humaine qui cherchait à fuir, sanglotait à côté d'elle. Les cheveux blonds comme les blés, une culotte courte et un manteau clair taché du sang de la jeune femme, le garçonnet ne comprenait pas ce qui venait de se passer. Il comprenait juste la douleur et la panique de sa mère, et c'était pire que tout. Alpha regarda le garçon dans les yeux. Il n'y lut rien si ce n'est une terrible détresse. Après tout, pourquoi pas ? Dieu, ou le diable, bien qu'il ne crût en aucun des deux, venait lui offrir un magnifique alibi. Qui irait reconnaître en cet homme tenant dans les bras un enfant éploré celui qui avait semé la désolation quelques minutes plus tôt ?

— Donnez-le-moi, je vais le mettre à l'abri à l'extérieur de la cathédrale.

— Dieu vous bénisse, lui répondit la femme.

Elle lui tendit son fils puis disparut, écrasée par le troupeau paniqué qui fuyait ce lieu de cauchemar.

Alpha prit l'enfant dans ses bras. Il fut remué en sentant la chaleur de ce petit corps. Il le serra contre lui. Celui-ci était sans doute encore innocent et il pourrait peut-être le sauver.

Un chaos phénoménal l'accueillit sur le parvis. Les fidèles qui s'enfuyaient de Notre-Dame étaient rejoints par les curieux ne voulant pas manquer l'événement qui allait faire la une des médias mondiaux dans les prochaines journées. Les appareils photo étaient en action, zoomant avec voracité les corps ensanglantés. Quelques badauds, plus téméraires que d'autres, essayaient, sans grand succès, de fendre la foule à contre-courant pour prendre une vidéo de l'intérieur de la cathédrale. La vente de leur film leur apporterait sans aucun doute leur quart d'heure de célébrité et quelques belles liasses d'euros ou de dollars ! La police et les premiers secours arrivaient déjà sur place. L'Hôtel-Dieu et le quai des Orfèvres étaient à proximité.

Alpha ne bougeait plus, fasciné par le spectacle qu'il venait de provoquer. Il ne remarqua pas un homme qui s'approchait de lui en courant. Le policier cria pour se faire entendre malgré le bruit de la foule mêlé à celui des véhicules de secours qui tentaient de se frayer un passage.

— Hé ! vous, là-bas !

Le tueur se remit aussitôt sur ses gardes. Avait-il été repéré ? Il avait pourtant été prudent et la foule avait été sa cible et son bouclier.

— Comment allez-vous, et comment va votre fils ? Laissez-moi vous aider.

L'enfant, il l'avait presque oublié. Il tourna son visage vers lui. Les yeux du jeune garçon n'exprimaient plus rien. Il s'accrocha plus fort à l'homme et lui demanda :

— Elle revient quand maman ?

— Bientôt, lui répondit Alpha. Nous allons l'attendre à l'abri.

Inutile de lui infliger maintenant un traumatisme supplémentaire. Ce garçon était son meilleur passeport pour quitter les lieux en toute sécurité.

— Nous ne sommes pas blessés. Mais sa mère est à l'intérieur. Allez la chercher, s'il vous plaît !

— Vous avez l'épaule en sang !

Alpha baissa la tête. Effectivement, son blouson était couvert de taches brunâtres. Il réfléchit rapidement. Ce devait être le sang de la mère du gamin.

— Ne vous inquiétez pas, c'est juste superficiel. Récupérez ma femme !

— Nous faisons notre maximum, mais il faut évacuer le parvis. Prenez la rue d'Arcole. Je crois qu'ils ont prévu d'installer un centre de soins.

Des rescapés paniqués entouraient déjà le policier pour lui demander de l'aide. Alpha se retourna et regarda une dernière fois la cohue, imperturbable. Il s'éloigna d'un pas calme, concentré sur la prochaine étape de sa mission.

2

Quelque part en Afrique

28 novembre

La chaleur poisseuse était à peine supportable. Dans un hôtel miteux, où la notion de climatisation n'était qu'un vague souvenir d'une période plus glorieuse, Jean Legarec était installé dans un fauteuil en osier. Chemise blanche, cravate et veste en lin, il attendait patiemment l'heure du rendez-vous. Son costume ample cachait l'arme qu'il portait sur lui. Il avait volontairement laissé apparaître la crosse du pistolet pour calmer les éventuelles velléités agressives des clients du « lounge ». C'était une appellation bien pompeuse pour un bar où obtenir une bière fraîche relevait de l'exploit. Legarec connaissait son contact et savait qu'il serait à l'heure.

Le Français regarda sa montre : encore dix minutes avant la rencontre. Il se cala dans son siège. L'Afrique lui avait enseigné la patience. Lui qui, dans sa jeunesse, était impulsif, avait appris à maîtriser le temps. Il jeta un coup d'œil au barman qui baissa la tête.

L'employé savait qui venait chercher Legarec et ne tenait pas à avoir la moindre embrouille avec son client. Face à la salle, le regard caché par une paire de Ray-Ban, Legarec gardait les yeux mi-clos. Pas un geste des habitués du bar ne lui échappait. Il n'était pas à l'abri de la pulsion d'un habitant à l'affût d'argent facile. Les toubabs étaient des proies tentantes dans ce quartier indigent de la ville. Il suffisait cependant d'être prudent. Il entendit au loin le bruit d'un moteur de 4 × 4. Il se leva, saisit son sac de voyage et quitta la pièce.

Le 4 × 4 allemand encore neuf s'arrêta devant le bar, imité par un vieux camion débâché. Cinq gardes installés à l'arrière sautèrent à terre, brandissant leur kalachnikov. Ils se dirigèrent vers le Français d'un air agressif. Legarec ne broncha pas, fixant la fenêtre fumée du véhicule tout-terrain. La porte s'ouvrit et un homme en descendit lentement. Costume sombre, cheveux coupés en brosse et maintien rigide : un ancien militaire. D'un imperceptible geste de la main, il éloigna son escorte et s'avança vers l'homme qui attendait.

— *Dobre dien, tovaritch capitaine.*
— *Dobre dien, tovaritch colonel.*

L'ex-colonel russe offrit une solide poignée de main à son interlocuteur. Il continua la conversation en russe.

— Ce n'est pas tous les jours que j'ai l'occasion de parler ma langue maternelle. Comment s'est passé votre séjour ?

Legarec était dans la ville depuis quatre jours. Son rendez-vous, initialement prévu le mercredi, avait finalement été reporté au samedi, mais cela faisait partie du jeu. On testait son futur partenaire pour connaître sa motivation à faire du business. La situation politique du pays était tendue. Legarec avait préféré ne pas s'aventurer dans les rues de la capitale. Il ne voulait pas risquer une mauvaise rencontre juste pour être allé se changer les idées. Le temps où il prenait des risques insensés était révolu.

— Bien, Igor Balatov. Un seul regret, la bière était tiède !

Le Russe éclata de rire.

— Je comprends votre déception, Jean Legarec. Cet hôtel est loin d'être le meilleur de la ville, mais il a le mérite d'être plus discret que les palaces du centre. Vous savez que nous sommes en période électorale : chacun se méfie de son voisin.

Il donna l'ordre à son escorte de regagner le camion.

— Allons-y ! J'ai un frigo à l'intérieur, et une bouteille de vodka au frais. Cela compensera les désagréments de votre hôtel.

Les deux hommes montèrent dans la voiture. La fraîcheur de l'habitacle fit frissonner le Français. Il se cala dans le siège et se détendit. Balatov fit signe à son chauffeur de démarrer, puis ouvrit le miniréfrigérateur encastré devant lui. Il en sortit deux verres glacés et une bouteille.

— J'apprécie cette rencontre, capitaine Legarec. Même si ma nouvelle fonction est des plus… rémunératrices, la compagnie de mes semblables me manque. Nous avons du temps pour parler de nos souvenirs.

— Ce sera avec plaisir, colonel.

Il marqua un temps d'arrêt que le Russe comprit aussitôt.

— Tout est en ordre pour votre réunion avec le général Murgade. Il a étudié votre dossier avec intérêt. À vous d'achever de le convaincre, mais je ne doute pas de vos capacités à y parvenir, camarade.

Balatov remplit les deux verres et trinqua. Les deux hommes avaient quitté l'armée depuis longtemps, mais continuaient à s'appeler par leur grade. Que le Russe soit colonel alors que le Français n'était que capitaine n'avait jamais nui à leurs relations. Ils s'appréciaient mutuellement, et le business faisait le reste. Legarec savait que tant qu'il restait honnête avec Balatov, il pouvait compter sur son soutien. Il savait aussi qu'un coup tordu pouvait signifier sa mort dans les minutes qui suivaient. Il y avait des règles à respecter, et les deux hommes les connaissaient.

Balatov, après vingt années passées dans l'Armée rouge, avait baroudé avant de devenir le conseiller militaire du général Murgade. Il assurait sa protection et entretenait une troupe paramilitaire conséquente qui permettait à Murgade de ne pas craindre les changements de pouvoir. Fin diplomate, le général était, dans les faits, l'homme fort du pays et celui qui représentait la stabilité pour les potentiels investisseurs étrangers.

Les trois heures de route avaient défilé rapidement. De nombreux barrages militaires jalonnaient la route, mais le 4 × 4 de Balatov était suffisamment connu pour éviter les contrôles. Cela leur avait laissé le temps de vider la bouteille.

La surveillance aux abords du palais du général était resserrée. La présence de Balatov à ses côtés était le meilleur des sésames de Legarec. Vingt minutes plus tard, il avait laissé son arme à la garde rapprochée du général et était introduit dans le salon particulier de son hôte.

Godefroy Murgade était à la fois un politicien à la poigne de fer et un habile tacticien. Là étaient les secrets de sa longévité. Après une heure de discussion, les deux hommes avaient scellé un accord. La candidature de la société « StarLine » pour l'exploitation des nouveaux gisements découverts dans le delta du fleuve serait considérée avec la plus grande bienveillance.

— Je vous remercie pour le temps précieux que vous m'avez accordé, général. Nous avons bien reçu les coordonnées que vous nous avez transmises.

Même en Afrique, l'argent ne circulait plus par mallette, mais directement sur des comptes offshore. Avant de prendre congé de son hôte, Legarec ajouta :

— J'ai aussi appris que Milena Vilenka était tombée dans vos filets. Félicitations, général.

Legarec connaissait le point faible de son interlocuteur : les femmes ! Plutôt bel homme, Murgade perdait la lucidité qui l'animait dès qu'il abordait ce sujet. Il venait de s'amouracher d'une actrice ukrainienne qui avait accepté de le rejoindre dans sa propriété.

— Je me suis permis d'apporter un petit cadeau en hommage au magnifique couple que vous formez.

La flatterie la plus élémentaire était souvent couronnée de succès. Curieux, Murgade attendit la suite. Legarec sortit une boîte de la poche intérieure de sa veste et la tendit au général.

— À l'amour.

Le militaire prit le paquet et l'ouvrit. Un magnifique bracelet, rehaussé de brillants, scintilla à la lumière du jour. Murgade ne put s'empêcher de marquer son contentement.

— C'est une belle pièce, monsieur Legarec, et je vous en remercie.

Le Français savait pertinemment que Murgade s'octroierait la paternité du bijou, mais seule la satisfaction du politicien comptait. Le général lui serra la main.

— Au revoir, monsieur Legarec. Et sachez que vous serez toujours le bienvenu dans cette demeure.

— Votre accueil m'honore, général.

Legarec quitta la pièce, satisfait. Il pouvait maintenant rentrer en France et finaliser son dossier.

3

Ministre de l'Intérieur

28 novembre

— Nous sommes en retard sur l'horaire ! Faites activer les motards.

— Je leur ai demandé de nous ouvrir la route, monsieur le Ministre, mais la rue de Rivoli est complètement bloquée. D'après les informations dont je dispose, un camion s'est renversé sur la chaussée.

— Eh bien prenez la voie de bus, elle est là pour ça ! Ou dégagez par une rue latérale ! Faites quelque chose, nom de Dieu. Le Président m'attend. J'ai mis une semaine pour décrocher ce rendez-vous en tête à tête.

— Tout est bouché, monsieur le Ministre, mais je suis en liaison directe avec nos services. Ils vont trouver une solution pour nous sortir de là.

— Qu'ils se dépêchent !

Le concert des avertisseurs sonores de conducteurs à bout de patience tapait sur les nerfs de Jérémie Bastarret, emblématique ministre de l'Intérieur connu pour ses légendaires coups de sang. La rue de Rivoli était totalement congestionnée, et la voiture n'avait pas avancé d'un mètre en trois minutes. Les motards étaient impuissants à fluidifier le trafic pour dégager la DS5 du ministre. Il ne pouvait pas se permettre de faire faux bond au Président. Il regarda nerveusement la rue par la fenêtre. Sur sa gauche, le jardin des Tuileries. Il passait tous les jours devant ces lieux historiques, mais le décor était devenu tellement routinier qu'il ne le remarquait plus depuis longtemps. À sa droite, les arcades qui abritaient des dizaines de magasins touristiques vendant chaque jour des tonnes de tours Eiffel de pacotille de toutes tailles. Il jura à haute voix. Il ne pouvait pas imaginer que toutes les petites rues qui débouchaient perpendiculairement dans la rue de Rivoli soient inaccessibles. Il savait cependant que le chauffeur dont il disposait était l'un des meilleurs.

Bastarret sortit son téléphone portable de la poche intérieure de sa veste. Il allait prévenir le Président. Peut-être arriverait-il à décaler son rendez-vous ? Concentré sur les touches, il ne remarqua pas les hommes qui s'approchaient de son cortège. Deux touristes, le bonnet enfoncé jusqu'aux oreilles, quittaient l'abri des arcades pour marcher dans sa direction. D'un pas posé, ils descendirent du trottoir et avancèrent vers sa voiture, insensibles aux klaxons des conducteurs excédés de voir des piétons se déplacer plus rapidement qu'eux.

Des coups de feu figèrent les gestes du ministre. Dix ans plus tôt, il avait déjà été victime d'une tentative de meurtre. Les détonations suscitèrent en lui une peur incontrôlable. Il vit les trois policiers tomber de leur moto, comme des poupées de son.

Sans perdre leur calme, les deux tueurs entourèrent le véhicule. L'un des deux gardes du corps avait sorti son arme et fit feu à deux reprises à travers la vitre. Il n'eut pas le temps d'appuyer une troisième fois sur la détente. En quelques secondes, les quatre occupants s'effondrèrent sur les sièges, baignant dans leur sang. Aussi calmement qu'ils étaient arrivés, les deux hommes s'éloignèrent de la scène de crime. Les témoins s'écartèrent en courant, mais les tueurs ne leur accordèrent pas un regard. Deux complices à moto venaient de faire leur apparition sous les arcades. Ils les rejoignirent et les embarquèrent. L'un des assassins posa la main sur son épaule : il avait été touché durant l'échange de coups de feu. Il aurait bientôt tout le temps de se soigner. Roulant sur les trottoirs, ils disparurent avant que quelqu'un ne réagisse.

4

Jean Legarec

2 décembre

Le bruit des rues de Paris s'invitait à travers la porte vitrée entrouverte, et le soleil rasant du matin jouait avec les particules de poussière qui dansaient dans l'air. Jean Legarec passa la main dans ses cheveux et éteignit son ordinateur. Il s'étira longuement en bâillant et amena à lui la machine à expresso qui trônait sur son bureau. Il était devenu accro à ces capsules qui lui permettaient de consommer un café qu'il estimait correct chaque fois qu'il en ressentait l'envie. Il compta le nombre de dosettes vides négligemment étalées à côté de la machine : plus d'une dizaine. Une nuit blanche pour mettre un point final à ce dossier, mais le résultat était à la hauteur de ses espérances.

Trois mois de recherches intensives, d'enquêtes sur le terrain et d'analyses tenaient dans cette clé USB. Dix grammes. Dix grammes qui permettraient à la société StarLine d'attaquer le marché africain en toute connaissance de cause : stabilité des régimes politiques, positionnement de la concurrence américaine, anglaise et chinoise, synthèses des vices et faiblesses des principaux décideurs et bienveillance des hommes forts locaux. Tout y était détaillé avec soin et précisément argumenté. Son dernier déplacement en Afrique avait été le point d'orgue de sa mission. Dix grammes qui lui permettaient aussi de toucher le solde des neuf cent mille euros qu'il avait négociés plusieurs mois auparavant. Il lui en resterait deux cent mille, une fois réglés les émoluments de ses collaborateurs et offerts les cadeaux de remerciements aux informateurs méritants.

Jean Legarec avait parcouru la planète pendant près de vingt ans. Il travaillait avec une équipe très réduite, mais avait tissé un solide réseau de relations à travers le monde. Lui seul les connaissait toutes. La société de renseignements industriels qu'il avait créée avait maintenant une excellente réputation dans les milieux d'affaires. Il aidait des entreprises à préparer leur stratégie en les nourrissant de données qu'elles ne pouvaient trouver sur le marché classique. Aucune plaquette publicitaire, mais un bouche-à-oreille savamment entretenu lui amenait toujours plus de demandes. Son métier recelait une part certaine de danger, et c'est aussi ce qui l'excitait.

Jean enfila un pull, saisit la tasse de café fumant et se dirigea vers la porte-fenêtre. Il la poussa et pénétra sur la terrasse : le coup de cœur qui avait motivé l'achat de cet appartement ! Soixante mètres carrés, un jardin d'hiver et une superbe vue sur la tour Eiffel. Il s'était même offert le luxe d'un petit plaisir personnel : des plantes aromatiques, des tomates et quelques pieds de fraisiers qui lui offraient des touches de couleur dès que la belle saison revenait. Il n'était pas certain que, baignées par l'atmosphère parisienne, ses plantations répondent aux critères d'une agriculture biologique, mais l'ensoleillement de sa terrasse donnait à ses tomates une saveur qui lui rappelait celles que, enfant, il mangeait durant les vacances. Cela lui suffisait largement.

Jean Legarec plissa les yeux et s'installa dans une chaise longue en rotin. Il dégusta l'expresso, appréciant la douceur du cru qu'il avait choisi. Il posa la tasse par terre et ferma les yeux. Malgré la fraîcheur ambiante, le soleil réchauffait son visage tiré par la fatigue. Il s'évada en écoutant le bruissement du vent dans la haie de thuyas qui le protégeait de la vue de ses voisins. Il fit abstraction du brouhaha des véhicules pour se concentrer sur le murmure de son jardin. La fatigue et la tension des dernières semaines s'abattirent sur lui. Quelques jours de repos lui permettraient de recharger ses accus. Il venait de boucler son contrat et décida de s'accorder une semaine de détente. Il irait en Suisse : on l'attendait avec impatience.

La vibration de son téléphone portable le ramena à une réalité plus prosaïque.

— Legarec, annonça-t-il sèchement en prenant la communication.

Il reconnut la voix de l'un de ses amis.

— Patrick, tu existes encore ?

La conversation commença sur un mode badin, mais son interlocuteur embraya rapidement sur la raison de son appel. Quand Jean Legarec raccrocha, il émit un soupir en regardant un nuage qui se promenait, solitaire, dans le ciel bleu de Paris. Patrick Mistral l'avait instamment prié de rencontrer l'une de ses connaissances. L'enquêteur avait bien essayé de lui expliquer qu'il s'apprêtait à partir en vacances, mais il avait cédé devant l'insistance de son ami. Après tout, cela ne lui prendrait qu'une demi-heure.

Jean rentra dans l'appartement, but un demi-litre d'eau, passa un survêtement, enfila ses chaussures et s'engouffra dans l'escalier pour parcourir une quinzaine de kilomètres sur les berges de la Seine. La course était sa soupape de sécurité, et il devait soigner son entraînement pour participer au marathon de Paris.

Courir sur les Champs-Élysées n'était pas des plus aisés. Les nombreux touristes qui flânaient la tête en l'air à la recherche des enseignes de magasins mondialement connus, les Parisiens qui fonçaient droit devant, les yeux rivés sur leurs chaussures, et les rues à traverser étaient autant d'obstacles qui nuisaient à un rythme de course régulier.

Arrivé devant un immeuble de bureaux luxueux, Legarec fit une pause. Il inspira une large goulée d'air puis poussa la porte d'entrée. L'irruption, dans ce hall dédié au culte des affaires, d'un individu en tenue de sport et le visage en sueur créa une seconde de silence, mais le temps étant de l'argent, les conversations feutrées reprirent là où elles s'étaient arrêtées quelques instants plus tôt.

L'homme passa devant les ascenseurs, poussa la porte de l'escalier et grimpa sept étages d'un pas rapide. Il foula l'épaisse moquette du couloir qui s'ouvrait devant lui. Face à l'ascenseur trônaient un bureau et une hôtesse d'accueil au sourire impeccable. L'immeuble abritait les représentations de nombreuses banques internationales, ainsi que des officines aux acronymes étranges qui avaient en commun de brasser des sommes d'argent substantielles.

— Bienvenue, monsieur Legarec, lui lança l'hôtesse avec un imperceptible accent anglais.

— Bonjour, Sharon.

Il continua jusqu'au bout du couloir, alors que l'hôtesse accueillait un groupe de Japonais déjà sous le charme. Il poussa la porte et entra dans les locaux de la société KerAvel qu'il avait créée. KerAvel : la maison du vent. De nombreux clients lui avaient demandé la signification de ce nom. Il répondait en général par un vague sourire. Il avait simplement choisi le nom de la maisonnette de son grand-père, mais il ne pouvait pas l'expliquer : c'était son « Rosebud » personnel.

— Patron, ça fait plaisir de vous revoir !

Du fond de la large pièce d'accueil, la voix de son assistante le rappela à la réalité.

— Alors, ce Murgade, il ne vous a pas fait craquer ?

— J'ai pensé à vous, Margot, et j'ai tenu le coup !

— Flatteur ! Mais vous ne m'aurez pas comme ça. Elle redevint sérieuse.

— Michel vous attend dans son bureau. Il a pris rendez-vous avec les huiles de la StarLine en début d'après-midi pour leur remettre le dossier.

Legarec regarda son assistante. Margot Nguyen était une collaboratrice de premier ordre. Initialement chargée de la comptabilité de l'entreprise, la jeune

30

femme assurait aussi une partie des relations publiques et l'accueil des clients. Sa maîtrise parfaite de l'anglais et son caractère trempé avaient convaincu Jean Legarec de l'intégrer à son équipe. Il avait rencontré Margot Nguyen cinq ans plus tôt au cours d'une conférence sur les paradis fiscaux européens. Il ne l'aurait pas remarquée si elle ne s'était violemment opposée à l'orateur, avec des arguments très pertinents. Moralité : elle s'était fait sortir de la salle manu militari. Poussé par la curiosité, il l'avait alors rejointe. Margot fulminait dans le couloir, prête à se battre avec les vigiles de la société qui hébergeait la conférence. Plutôt petite, un visage ovale et un carré de cheveux noirs lui donnaient l'aspect d'une poupée. Ses yeux de braise démentaient pourtant l'impression de douceur initiale. Un gardien l'avait poussée en lui posant une main sur les hanches. La jeune femme lui avait aussitôt saisi le bras, et l'homme avait marqué un rictus de douleur.

— Pas touche, salopard. C'est propriété privée.

Son geste n'avait pas échappé à Legarec. Elle savait se défendre. Il s'était décidé à intervenir avant que la situation ne dégénère.

— Je vous prie de m'excuser, mademoiselle, mais j'ai apprécié la théorie que vous venez d'exposer dans la salle. Auriez-vous quelques minutes à m'accorder pour la développer ?

Surprise, Margot Nguyen avait relâché le vigile, tournant son regard vers l'inconnu. Provocatrice, elle avait relevé son buste, mettant en valeur le physique avantageux de ses vingt-sept ans.

— C'est tout ce que tu as trouvé comme méthode de drague ?

Imperturbable, Jean Legarec ne s'était pas laissé démonter par l'agressivité de la jeune femme.

— Si vous pouviez faire preuve d'un peu plus de maturité dans votre réponse, cela faciliterait la discussion ! Je souhaite vraiment échanger avec vous.

Margot Nguyen avait bondi, fixé son interlocuteur comme pour l'hypnotiser, puis s'était détendue.

— Même s'il n'y a qu'une chance sur dix que vous soyez sincère, je tente le coup. En plus il est midi et j'ai faim.

Ils avaient poursuivi leur discussion dans une brasserie du quartier. Margot Nguyen était diplômée en expertise comptable et avait une connaissance du monde de la finance étonnante pour son âge. Jean Legarec cherchait un collaborateur de confiance : la comptabilité de sa société était suffisamment complexe pour faire tourner de l'œil un inspecteur des impôts zélé. Il l'avait revue une fois. Il lui avait proposé le poste, en la prévenant qu'il mènerait une enquête sur elle avant de lui confirmer son choix. Elle avait accepté.

Depuis cinq ans, Margot Nguyen s'éclatait à travailler dans le monde de la société KerAvel. Son rôle avait pris de l'importance. À sa demande, Legarec lui avait même confié des missions dont elle s'était parfaitement acquittée. Elle accueillait les clients avec un charme insolent et les remettait à leur place en douceur quand elle estimait cela nécessaire. Le seul échec de Legarec était le « patron » qu'elle lui servait dès qu'elle le rencontrait. Il avait réussi à lui imposer du « monsieur Legarec » quand des clients étaient présents, mais elle lui avait expliqué sa théorie.

« Ne jamais mélanger le boulot et les relations personnelles. » Amusé, Legarec avait fini par accepter sa marotte. L'estime mutuelle qu'ils s'accordaient lui suffisait.

L'enquêteur entra dans le bureau de Michel Enguerrand. Son collaborateur était en train d'allumer une cigarette. Il haussa les épaules, comme par fatalisme, et continua son geste.

— Quand tu as commencé à quatorze ans et que tu as plus de quarante ans de pratique, tu ne peux plus t'arrêter.

Legarec lui tendit la clé USB qu'il venait de sortir de la poche zippée de sa veste.

— Tout le dossier StarLine est là. Margot m'a dit que tu les recevais cet après-midi.

— Exact, à quatorze heures. Tu seras là ?

— Non, je suis claqué. Et j'ai un rencard cet après-midi. Mistral m'a appelé.

— Patrick Mistral ? Ton pote de la DCRI ?

— Ouais. Il voulait à tout prix que je rencontre un de ses amis. Une urgence d'après lui.

— Tu ne l'as pas envoyé bouler ?

— Au début, si, mais il a vraiment insisté. Alors j'ai accepté le principe de l'entretien, mais c'est tout. Bon, pour StarLine, tout est dans la boîte. Ils n'ont plus qu'à continuer à arroser Murgade et avancer main dans la main avec le gouvernement.

— Je ne sais pas comment tu arrives à bosser encore avec l'Afrique. Moi, j'en ai fait une overdose.

— C'est là que nous avons eu nos premiers contrats, Michel. Je suis peut-être un sentimental.

33

— Il faut creuser profond alors. Allez, va te reposer, on s'occupe de tout avec la Tonkinoise.

La voix de Margot se fit entendre en écho :

— La Tonkinoise, elle t'emmerde, facho !

— Facho ? Moi qui ai défendu toutes les démocraties du monde avec mon sang !

— Ouais, certaines se porteraient mieux si tu étais resté chez toi ! Mais ne vous inquiétez pas, patron, on fera le boulot avec le bouledogue.

Legarec savait que, malgré leurs visions opposées de la vie, ses employés collaboreraient dans de bonnes conditions. Il se demandait même si Enguerrand ne considérait pas secrètement Margot comme la fille qu'il n'avait jamais eue.

5

Rendez-vous

— Cinquième étage, porte du fond.

Legarec relâcha le bouton poussoir de l'interphone. Puis il se rendit dans la cuisine et termina le verre de jus de fruits qu'il venait de se servir.

La sonnette de l'entrée retentit. Il traversa le couloir et marqua un instant de surprise en ouvrant la porte. Patrick Mistral lui avait annoncé la visite du représentant de son ami, mais il ne lui avait pas précisé que c'était une femme. Grande, le visage ovale, le nez légèrement busqué et des lèvres un peu épaisses : son interlocutrice était jolie. Jean remarqua surtout ses yeux bleus, qui semblaient pétiller quand elle le regardait.

Elle lui tendit la main.

— Je suis Béatrice Weber. Je vous remercie de me recevoir, monsieur Legarec.

— Patrick Mistral a beaucoup insisté pour que j'accepte cette rencontre. Je suis sur le départ et je m'apprête à m'absenter quelques jours. C'est la raison pour laquelle je vous ai conviée chez moi et non dans mes bureaux.

Le flic avait prévenu Béatrice Weber que Legarec pouvait être rude. Elle s'était préparée à cet accueil et avait même envisagé pire. Elle lui répondit en souriant :

— Patrick m'a expliqué que vous étiez très occupé. J'apprécie vraiment que vous m'accordiez un peu de votre temps.

Jean Legarec l'invita à s'asseoir et lui proposa un café. Même si ce tête-à-tête ne l'enchantait pas, il devait tout de même faire preuve d'un minimum de savoir-vivre. Pendant qu'il préparait les expressos, la jeune femme regardait la vue sur Paris sans y porter vraiment attention. Elle savait qu'elle n'aurait pas deux fois la chance de convaincre son hôte. Et Patrick leur avait dit que c'était le meilleur. Elle ne connaissait rien de l'homme chez qui elle se trouvait, hormis les quelques informations que lui avait glissées son contact de la DCRI. Un enquêteur brillant, aux relations multiples, à l'instinct infaillible, et surtout, qui ne lâchait rien. Mais aussi un professionnel qui choisissait ses affaires en fonction d'éléments que lui seul savait décrypter.

Elle s'était légèrement maquillée, avait passé un bandeau dans ses cheveux blonds et portait un tailleur qui mettait en valeur sa silhouette sportive. Elle avait cependant instantanément compris que Jean Legarec, qui venait d'arriver avec les deux cafés fumants, ne tiendrait aucun compte de ce genre d'arguments pour prendre sa décision.

— Un sucre ?

— Non merci.

36

— Je vous écoute.

Il s'installa dans le fauteuil qui faisait face à la jeune femme et attendit. Impressionnée malgré elle par la tournure de cet entretien, elle décida d'éviter toute circonlocution et d'attaquer dans le vif du sujet.

— Connaissez-vous la famille Clairval ?

Jean fut surpris par la question, mais répondit :

— Si vous parlez de celle du politicien, j'en sais ce que raconte la presse.

Jeune septuagénaire, Joachim Clairval avait connu pratiquement tous les postes et les honneurs de la cinquième République. Député pendant plus de trente ans, ministre à plusieurs reprises, il avait côtoyé à un moment ou un autre tous les grands de ce monde. Il avait su adapter ses alliances politiques au gré des vents et de son intuition et occupait aujourd'hui une fonction majeure au Sénat.

— Et Maud Clairval ?

L'enquêteur réfléchit quelques secondes.

— Maud Clairval est la belle-fille de Joachim Clairval. Elle a épousé Jean-François Clairval il y a une dizaine d'années. Son mariage avait fait la une des magazines. Je n'en sais pas plus sur elle.

Il se cala dans son fauteuil et ajouta :

— Mais je ne pense pas que vous soyez venue chez moi pour me faire passer un quiz sur les « people » de la République.

Béatrice Weber fut désarçonnée, mais s'efforça de ne rien en montrer. Elle était stressée par sa mission, mais ne devait pas échouer.

— Non, rassurez-vous. Je suis juste ici pour représenter Maud Clairval.

— Pourquoi n'est-elle pas venue directement ?

— Elle est dans l'impossibilité de se déplacer, clouée sur un lit d'hôpital.

Pour la première fois depuis le début de la discussion, la curiosité de Legarec s'éveilla. D'un geste, il l'engagea à continuer. Béatrice remarqua qu'elle avait capté l'attention de son interlocuteur.

— Mme Clairval a perdu un être cher, et elle souhaite s'adjoindre vos services pour le retrouver.

— Il y a des dizaines de privés qui s'occupent de recherche de disparus sur Paris. Je ne travaille pas sur ce type d'affaires.

— Laissez-moi continuer s'il vous plaît, implora presque Béatrice.

— Allez-y.

— Maud Clairval vient de sortir de réanimation. Elle est l'une des victimes de l'attentat de Notre-Dame de Paris. Son fils Alexandre a disparu en quittant la cathédrale. C'est pour savoir ce qu'il est devenu qu'elle a besoin de vous.

Legarec se rapprocha inconsciemment de sa visiteuse.

— Disparu suite à l'attentat ? Poursuivez.

Rassurée, Béatrice Weber continua :

— Le 17 novembre, Maud Clairval était à la messe à Notre-Dame avec son fils Alexandre. Elle avait décidé de lui faire découvrir la cathédrale. Par malheur, ils s'étaient installés dans la zone qu'a frappée le terroriste. La panique a été totale. Alexandre est resté avec sa mère qui a été grièvement blessée par une grenade tombée non loin d'elle. Alex a été miraculeusement épargné. Dans la cohue de la sortie, Maud a confié son fils à un homme, pour qu'il l'emmène hors de Notre-Dame. Elle ne les a jamais revus !

38

— Le risque était pourtant limité, remarqua Legarec. Le type en question assistait a priori à la messe avec eux, et elle devait par ailleurs avoir une bonne raison pour agir ainsi.

— Une excellente, et même plusieurs. Elle a eu un bras arraché et a été frappée de plusieurs éclats de grenade. Son état est d'ailleurs toujours préoccupant. Bref, l'homme l'a emmené, mais Alexandre n'est jamais réapparu.

— Aucune piste ?

— Un policier a vu un homme blond avec un enfant dans les bras, et plus rien. Évaporés !

— La Direction centrale du renseignement intérieur est chargée de l'affaire de l'attentat. Elle traite sans aucun doute aussi la disparition du jeune garçon.

— La famille Clairval n'a jamais voulu déclencher la procédure « alerte enlèvement ». La DCRI et la police n'ont trouvé aucune trace d'Alexandre. C'est pourquoi nous vous sollicitons, monsieur Legarec !

L'enquêteur avait besoin de réfléchir. Il se leva et proposa à boire à sa visiteuse. Elle accepta. Une fois les verres remplis d'un whisky single malt, il résuma :

— Vous souhaitez donc que j'enquête là où les services les plus efficaces de l'État, en conditions d'alerte maximale, n'ont rien trouvé. Vous me mettez en concurrence avec quelques centaines de fonctionnaires de la DCRI et de la PJ pour retrouver cet enfant.

— Pas en concurrence, mais en parallèle.

— Ce n'est pas ce que penseraient les flics. Je ne sais pas ce que Patrick Mistral a pu vous raconter pour vous amener à croire que je serais capable de remplir une telle mission, mais l'époque de Sherlock Holmes est révolue, madame Weber. Si la DCRI et toutes les unités associées n'ont rien trouvé, je n'ai aucune chance d'y arriver. Par ailleurs, je connais assez le fonctionnement de ces institutions pour imaginer l'accueil que je recevrais en venant empiéter sur leurs plates-bandes. Bref, ma réponse est « non ».

La jeune femme ne se laissa pas démonter. Elle devait réussir.

— Patrick m'a dit que vous seriez difficile à convaincre. Laissez-moi une dernière chance de vous faire changer d'avis.

L'énergie de la jeune femme piqua la curiosité de Legarec. Quelle raison pourrait le motiver à accepter une mission dont l'issue serait sans doute un échec ? Il l'invita à poursuivre.

— Il s'agit tout d'abord de la disparition d'un enfant innocent.

— Je suis sincèrement désolé pour lui et sa famille, mais il en disparaît des milliers chaque jour dans le monde, et vous avez une partie de la police française à votre disposition. Le petit-fils d'un homme politique de premier rang ! Jamais ils ne baisseront les bras.

— Joachim Clairval pourrait vous mettre en relation avec les équipes d'enquêteurs.

— Est-il au courant de l'initiative de sa belle-fille... ou de son fils ?

— De sa belle-fille Maud uniquement. Jean-François Clairval n'est pas au courant de ma démarche. Joachim Clairval non plus...

— En plus ! Si le père Clairval avait vraiment voulu se payer les services d'une officine externe, il l'aurait déjà fait. L'aide qu'il pourrait apporter est donc une hypothèse des plus improbables. Avez-vous un dernier argument pour me faire changer d'avis ?

40

— Des honoraires consistants.

— Pardon ?

— Vous m'avez bien entendue, des honoraires à la hauteur de la mission. Maud Clairval dispose d'un capital propre qu'elle est prête à investir dans la recherche de son fils. Alexandre est tout pour elle. Que représente de l'argent par rapport à l'amour d'un enfant ?

D'un mouvement du bras, Jean Legarec balaya l'appartement, admirant, l'espace de quelques secondes, la vue somptueuse qui s'offrait derrière la terrasse arborée.

— Mon activité est suffisamment rémunératrice pour que je puisse m'offrir tout ce dont j'ai besoin.

— Je ne vais pas tergiverser, attaqua la jeune femme. Maud Clairval est prête à vous offrir un million d'euros pour un mois de recherche. Elle rajoute un million d'euros si vous lui ramenez Alexandre.

Jean Legarec était abasourdi. Les sommes proposées étaient énormes, à des années-lumière des tarifs classiquement pratiqués par les agences de recherche privées. Béatrice le coupa dans ses réflexions :

— Vous devez vous demander pourquoi je vous propose autant d'argent. Uniquement parce que pour Maud, retrouver son fils est la seule raison qui la maintienne en vie ! Cela peut paraître étonnant, mais c'est comme ça. Je peux aussi vous annoncer que nous serons prêtes à vous verser cette somme où vous le souhaiterez.

Son visage était grave, ses yeux ne riaient plus. Elle semblait personnellement touchée par le destin de Maud Clairval. La tension qu'il avait ressentie chez elle au début de l'entretien avait disparu.

— Qui êtes-vous ?

— Je suis la représentante de Maud Clairval sur cette affaire. Je vous apporterai tous les documents prouvant que je détiens les pouvoirs nécessaires à la signature d'un contrat.

— Où se trouve actuellement votre cliente ?

— Elle séjourne à l'Hôpital américain, à Neuilly.

— J'irai la voir cet après-midi. Je vous donnerai alors ma réponse.

Béatrice Weber ressentit un profond soulagement. Une petite voix intérieure lui disait qu'elle pouvait faire confiance à cet homme.

— Je vous remercie de l'attention que je m'avez accordée, monsieur Legarec. Je préviens Maud de votre passage. J'espère qu'elle saura vous convaincre.

Jean Legarec la raccompagna à la porte, puis s'installa sur la terrasse, un nouveau verre de whisky à la main. Un million d'euros, sans obligation de résultat. La disparition d'un enfant valait-elle cela ? Il s'assit, songeur. Que trouverait-il en face de lui s'il accédait à cette demande ?

6

Patrick

Quatorze heures. Jean Legarec avait trouvé une place pour sa vieille Peugeot non loin du Bar des Amis. Le nom un peu rétro lui plaisait, et l'ambiance qui régnait au zinc lui rappelait le troquet où l'emmenait son grand-père, après leurs longues promenades ou leurs parties de pêche. Jean n'était pas de nature sentimentale ni mélancolique, mais il avait quelques repères auxquels il avait régulièrement besoin de se raccrocher.

Legarec ne s'était jamais considéré comme un citoyen du monde, mais plutôt comme un visiteur du monde. Chaque pays a ses codes, peu accessibles à ceux qui n'ont pas été élevés avec. Au mieux, on s'y adapte, au pire, on reste bloqué derrière une invisible frontière.

Il interpella le patron pour lui commander un autre café. Les gens heureux lisent et boivent du café, avait-il entendu un jour. Il faudrait sans doute qu'il se plonge dans la lecture pour atteindre le bonheur qui le fuyait depuis si longtemps. Il tendit l'oreille et suivit distraitement les conversations des habitués qui tournaient autour des dernières frasques sexuelles d'un ministre aux mœurs légères. Ces échanges ponctués de rires graveleux l'occupèrent sans qu'il s'en rende compte.

Jean leva la tête en entendant tinter la clochette de la porte d'entrée. Il fit signe au nouvel arrivant tout en se dirigeant vers une table à l'écart.

— Salut, Patrick. Je me demandais si tu retrouverais le bar.

— T'inquiète pas. Cela fait des années que je n'y ai pas mis les pieds, mais je ne suis pas près de l'oublier.

À son tour, il commanda un expresso et s'assit en face de son ami.

— Ça fait combien de temps ? interrogea Patrick Mistral.

— Trois ans.

— Putain, ça passe vite !

— Oui, tout défile. Quoi de neuf depuis ?

— Un truc incroyable ! Je me suis marié... avec une fille extraordinaire, cuisinière hors pair au demeurant. Cela explique le léger embonpoint que tu n'auras pas manqué de remarquer.

— Toi, marié ? s'étonna Jean Legarec. Et tu es heureux ?

— Oui. Je ne pensais pas que je dirais cela un jour. C'est une longue histoire. Je te raconterai ça quand tu viendras dîner à la maison.

Le silence s'installa entre eux quelques secondes. Patrick Mistral n'osa pas questionner son ami. Non qu'il craigne que cela le vexe ou le fâche, mais Jean se refermait comme une huître dès qu'il s'agissait de sa vie privée. De nombreuses années auparavant, Patrick avait reçu quelques confidences. Il avait compris que Jean ne voulait pas partager ses souffrances.

— Tu as fait fort ce matin, reprit Legarec. Tu m'appelles alors que tu avais disparu de la circulation depuis des lustres et tu me mets des représentants de la famille Clairval dans les pattes.

— Je te dois quelques éclaircissements. Comme je te l'ai expliqué rapidement au téléphone, j'ai été muté à la DCRI il y a deux ans.

— Alors le flic rebelle est devenu un chasseur d'espions ou de dangereux activistes ?

— Le boulot est parfois moins excitant au quotidien, mais le travail d'analyste peut être passionnant. Pour recentrer le sujet, hier matin, j'ai reçu un appel de Maud Clairval. Je l'ai connue quand j'étais adolescent, et nous sommes restés amis. Une fille extraordinaire ! Quand elle m'a raconté son histoire, j'ai aussitôt pensé à toi.

— Vous faites agence de placement à la DCRI ?

Patrick Mistral lui sourit.

— Si tu savais tout ce que l'on nous demande ! Mais là, c'était différent. C'est vraiment une demande personnelle que je t'ai transmise ce matin.

— Qui est la fille qui est venue me voir ?

— Béatrice ?

— Oui, Béatrice Weber.

— C'est la sœur de Maud. Elle s'occupe des comptes de la société de Maud en plus de ses activités professionnelles.

— Quelles sont-elles ?

— Béatrice travaille, en Alsace, dans un centre pour l'insertion de jeunes trisomiques.

— Et elle est aussi extraordinaire que sa sœur ?

— Tu vas te foutre de moi, mais cette fille est une perle. Non seulement elle est belle, mais c'est la bonté incarnée. Toujours attentionnée, et particulièrement intelligente.

— Je peux te poser une question ?

— Lance-toi !

— Comment as-tu pu rester célibataire si longtemps avec tous ces trésors qui tournaient autour de toi ?

— Bonne question. Sans doute parce que j'attendais celle qui supporterait mes manies. Sinon, as-tu accepté sa demande ?

— Je n'ai pas encore donné mon accord. Ton amie m'a proposé un sacré paquet de fric pour que je m'embarque dans une mission dont la probabilité de réussite ne doit pas être loin de zéro. Tu suis cette affaire ?

— Non. Je sais que le gamin a disparu à la sortie de la cathédrale, mais l'enquête n'est pas chez nous. Un enlèvement, c'est pour la PJ.

— Tu participes aux travaux sur l'attentat de Notre-Dame ?

— Je suis dans la boucle, mais tu te doutes que les informations sont confidentielles.

— J'ai quand même une question qui ne devrait pas t'amener à trahir le secret-défense. Penses-tu qu'il y ait un lien direct entre l'attentat et l'enlèvement du gosse ?

Patrick Mistral le regarda avec un sourire aux lèvres. Il était content de revoir Jean, bien plus qu'il ne l'imaginait quand il avait accepté le rendez-vous. Les aléas de la vie les avaient séparés, mais certains souvenirs restent ancrés au fond de soi et remontent au moment où on ne les attend pas. Un court instant, il ne vit plus face à lui le baroudeur dont la réputation dépassait les frontières, mais le copain avec qui il allait pêcher la crevette à marée basse, le gamin prêt à les chercher pendant des heures s'il était persuadé que son coin en valait la peine. Une tête de mule !

— Nous n'avons mis en lumière aucun élément laissant penser que le massacre et la disparition de l'enfant puissent être reliés. Pour tout t'avouer, nous n'en savons pas beaucoup plus que ce qui est sorti dans la presse.

— C'est un truc que je n'arrive pas à comprendre. Avec l'affluence de touristes qui dégainent leur portable et leur appareil photo pour photographier tout et n'importe quoi, vous n'avez pas réussi à cibler le ou les terroristes ?

— Nous avons des images, mais impossible d'en tirer quelque chose de clair. Mon équipe et moi y avons passé des jours entiers. L'assassin s'est changé dans l'église. Comme l'ont fait savoir les médias, il a retiré une perruque qui a été retrouvée totalement piétinée. Les services techniques travaillent dessus, mais il y a tellement de traces que découvrir quelque chose d'exploitable peut prendre un temps fou. Bref, impossible de reconnaître ce type à la sortie. Il a agi seul, pour tuer. Aucun message de revendication. Comme s'il avait obéi à une pulsion !

— La presse parle d'un nouvel Anders Breivik, le Norvégien qui avait fait un carton sur l'île d'Utoya.

— Nous sommes effectivement sur la piste d'un solitaire, mais il a laissé très peu d'indices. Pourtant, on ne se balade pas avec des grenades américaines et deux Makarov dans son sac sans disposer d'une base arrière pour se les procurer. Impossible de remonter la piste des flingues ! C'est un pistolet fabriqué à des centaines de milliers d'exemplaires. Par ailleurs, ce type est un pro. Quand il a fait feu sur les prêtres, une seule balle a raté sa cible alors qu'il tirait avec deux armes à la fois ! Tu te doutes bien que nous avons fait le tour de toutes les organisations qui dorment sur nos fiches, de l'extrême gauche à l'extrême droite, mais rien ! Tous les stands de tir du pays ont été visités : et toujours rien !

— Tu veux aussi m'embaucher pour un coup de main ?

Mistral lui tapa sur l'épaule en riant.

— Toujours opportuniste ! Voilà ce que je pouvais te dire.

— Aucune autre information à me fournir ?

— Rien qui puisse t'aider sur la disparition d'Alexandre Clairval. Maintenant, tu connais les mœurs de la maison. Si tu commences à mener ton enquête en parallèle... sois discret.

— Si je suis encore là, c'est parce que j'ai toujours su me fixer les bonnes limites. Interférer avec la DCRI serait très mauvais pour mes activités, voire ma santé. Je tiens à profiter un jour de ton invitation à dîner.

Mistral s'apprêtait à régler son café, Legarec l'interrompit :

— Le café est pour moi et j'ai une dernière question. As-tu le nom de l'officier de police judiciaire qui mène les travaux sur la disparition du gamin ?

Comme le policier ne répondait pas, son ami continua :

— Tu n'es pas parti depuis si longtemps, et tu étais respecté. Tu connais forcément l'OPJ chargé de l'enquête. En fait, je me suis mal exprimé : donne-moi ses coordonnées.

— Putain, tu ne changes pas ! Et moi si, par contre ! Si tu avais été n'importe qui d'autre, je t'aurais envoyé chier.

— Tu t'es marié : ça a révélé en toi ta part de tendresse !

— Tu sais que si je te donne le nom de cette personne, pas question de me citer.

— C'est une évidence. Et c'est ma dernière requête.

— Tu veux donc accepter le job ?

— Sincèrement, je n'en suis pas encore sûr. Je vais rencontrer la mère du gosse cet après-midi, et je me déciderai ensuite. Me retrouver face à un psychopathe en puissance ne me dérange pas. J'en ai fréquenté un paquet, mais cette demande a un parfum étrange, à la fois répulsif et attirant. Un parfum de danger...

Ils se levèrent ensemble. Legarec laissa quelques pièces sur la table, puis ils quittèrent le café qui s'était vidé.

Arrivé sur le trottoir, Patrick Mistral sortit un carnet de sa poche, griffonna quelques chiffres sur une feuille, puis l'arracha et la tendit à son ami.

— Le nom du flic, c'est le capitaine Marussac, Baptiste Marussac : un bon, mais un sanguin. Le numéro que tu as dans les mains, c'est celui de mon téléphone privé. Quand tu te sentiras prêt à venir dîner, appelle-moi. Ça me ferait plaisir que tu fasses la connaissance de ma femme.

Sans un mot, Legarec regarda le numéro, le mémorisa et déchira le papier. Puis il serra la main de son ami.

7

Première rencontre à l'hôpital

La circulation était dense sur les quais de la Seine. Paris était particulièrement embouteillé ces jours-ci. Jean décida de profiter de ce moment de tranquillité. Il glissa un disque de Glenn Miller dans le lecteur CD de sa voiture et alluma une cigarette en écoutant les premières mesures de *Moonlight Serenade*. Les puristes considéraient Miller comme le jazzman des Américains blancs. Ils avaient peut-être raison, mais cela lui était égal. Ce disque lui rappelait invariablement l'un des pubs du Quartier latin dans lesquels il se rendait quand il faisait ses études de droit. Tous les jeudis, un vieux band de jazz jouait du Glenn Miller. Il avait rapidement remarqué que les filles qu'il invitait tombaient sous le charme de la voix encore claire du crooner. Les cocktails exotiques les aidaient sans doute à apprécier l'ambiance rétro du pub. Il s'amusa intérieurement en repensant à ces quelques années d'insouciance.

Sorti de sa torpeur par le klaxon d'un conducteur qui ne supportait pas qu'il ait laissé dix mètres d'espace vide devant lui, il haussa les épaules et démarra doucement. Que tirerait-il de cette rencontre dans une chambre d'hôpital ? Il l'ignorait. Il savait par contre que ce serait le déclencheur qui lui ferait accepter ou refuser l'affaire.

Jean Legarec s'arrêta dès qu'il repéra une place libre le long de l'avenue. Se garer à certaines heures dans ce quartier était un travail d'Hercule des temps modernes. Les cinq minutes qui le séparaient de l'hôpital lui permettraient de se dégourdir les jambes.

Quinze heures. Les visites étaient sûrement autorisées à cette heure de l'après-midi. Il s'approcha du comptoir, accueilli par une hôtesse au sourire chaleureux.

— Je souhaite voir Mme Clairval.

Sans hésiter, la jeune femme lui répondit :

— Vous devez être M. Legarec ?

Béatrice Weber n'avait rien laissé au hasard. Jean hocha la tête.

— Maud Clairval-Weber séjourne actuellement dans le service de traumatologie. Je vais demander à l'une de mes collègues de vous accompagner jusqu'à sa chambre.

Escorté par une hôtesse arrivée de nulle part, Legarec traversa les couloirs en se demandant si ce service VIP lui était réservé, ou si l'Hôpital américain de Neuilly disposait de budgets sans commune mesure avec ceux de la santé française. Peu importait. L'hôtesse lui fit signe d'attendre. Elle frappa à la porte et pénétra seule dans la chambre. Après un court moment, elle ressortit en invitant le privé à entrer à son tour.

La pièce était vaste et claire. Une grande fenêtre laissait entrer la lumière du jour. Sur les murs, quelques aquarelles évoquant des paysages de bord de mer. Au milieu de la chambre, un lit médicalisé. De chaque côté du lit, une table de nuit. Sur la plus proche de la fenêtre, un bouquet de roses blanches. Sur l'autre, le portrait d'un jeune garçon riant aux éclats, en équilibre sur une bicyclette.

Allongée, Maud Clairval paraissait minuscule. Les deux occupants de la chambre prirent le temps de s'observer. Jean ne pouvait détacher son regard de ce visage absent. Les traits tirés, un carré de cheveux blonds à peine décoiffés, des lèvres charnues aux cicatrices trop apparentes, des yeux vert d'eau que l'envie de vivre semblait avoir quittés. Jean Legarec avait suffisamment vécu pour comprendre le désespoir qui habitait cette femme. Il remarqua à peine l'épingle à nourrice qui refermait la chemise de nuit sur l'épaule gauche amputée. Une perfusion distillait, goutte après goutte, le liquide qui la maintenait sans doute en vie.

— Vous êtes mon dernier espoir, monsieur Legarec, entama Maud Clairval dans un souffle de voix qu'il eut peine à saisir. Aidez-moi... je vous en supplie.

La jeune femme se tut, puis se mit à trembler, comme habitée par une fièvre soudaine. De sa main valide, elle agrippa son épaule. Sa respiration devint haletante ; elle ne trouvait plus son souffle. Comme Legarec s'apprêtait à appeler l'infirmière, elle lui fit signe de ne pas bouger. Il attendit, immobile. Elle ferma les yeux et respira par saccades, d'abord rapides, puis de plus en plus profondes. Elle reprit peu à peu le contrôle d'elle-même. Puis elle pleura, silencieusement. Les larmes roulaient sur ses joues. Elle ne bougea pas, la main couvrant toujours son épaule mutilée. Elle reprit peu à peu son calme, saisit un mouchoir, se tamponna le visage et après avoir éclairci sa voix, reprit :

— Alexandre est ma raison de vivre. D'après les médecins, la blessure que j'ai subie aurait dû causer une hémorragie mortelle, mais même lorsque j'ai été piétinée par la foule qui sortait, j'ai eu le réflexe de comprimer ce qui restait de mon bras. Je voulais revoir mon fils. Quand je me suis réveillée à l'hôpital et que j'ai appris qu'il avait disparu...

Elle laissa sa phrase en suspens, replongeant dans le cauchemar qui ne l'avait pas quittée depuis deux semaines. Legarec décida de reprendre la main.

— Racontez-moi ce qui s'est passé ce dimanche.

— Ce jour-là, j'étais à la messe avec mon fils. Après la communion, il y a eu trois terribles explosions, pratiquement simultanées. Alors que le vacarme assourdissant emplissait la cathédrale, j'ai senti une grande brûlure à mon bras, ainsi qu'à l'abdomen. Les gens se sont mis à hurler, et il m'a fallu plusieurs secondes pour réaliser ce qui venait de se passer. J'ai regardé autour de moi. Il y avait des gens par terre. Un instant, j'ai remarqué ce vieil homme couvert de sang qui appelait sa mère. Puis, paniquée, j'ai cherché mon fils. Je ne l'ai pas trouvé tout de suite. Il était sous l'homme qui agonisait. Le vieillard avait fait écran avec son corps et l'avait involontairement protégé. Je crois que je ne me suis jamais sentie aussi soulagée. J'ai voulu prendre Alexandre par la main, et c'est là que je me suis rendu compte que j'avais eu le bras arraché. Pourtant je n'ai pas eu peur. Je devais mettre mon fils à l'abri.

Jean Legarec écoutait le récit de la femme avec attention. Elle était précise et factuelle. Elle avait étonnamment réussi à évacuer de son discours tout aspect émotionnel. C'était ce dont il avait besoin : des faits. Maud Clairval continua :

— Je me suis alors dirigée vers la sortie avec Alexandre, essayant de le protéger comme je pouvais de la foule paniquée. Je ne craignais qu'une chose : qu'il se fasse écraser. C'est petit, un enfant de six ans ! Tout d'un coup, j'ai senti mes forces me quitter. Je savais que je n'allais pas tenir longtemps. J'ai remarqué cet homme devant moi. Je me suis accrochée à lui pour attirer son attention. Il s'est retourné. Il était jeune, mais paraissait particulièrement calme au milieu de cette atmosphère de fin du monde. C'était surprenant, mais je me suis dit qu'il serait capable de sortir Alex hors de Notre-Dame. Je lui ai demandé d'emmener mon fils. Il a marqué quelques instants d'hésitation, puis l'a pris dans ses bras. Je les ai vus partir et je me suis effondrée. J'ai ensuite quelques vagues souvenirs de bruits de sirène, de gens m'emportant, et je me suis réveillée dans cet hôpital, au service de réanimation. Voilà, vous connaissez maintenant mon histoire.

Legarec voulait se faire une idée la plus précise possible de la situation. Il enchaîna les questions. Maud Clairval était sortie de sa torpeur, mobilisant son peu d'énergie dans les réponses qu'elle fournissait.

— Pensez-vous que cet homme ait enlevé votre fils ?

— J'espère que non. Cela voudrait dire que j'ai moi-même confié Alexandre au diable !

— Seriez-vous capable de reconnaître cet homme ?

— Tout ce dont je me souviens, c'est qu'il était blond… et jeune. Ma mémoire a effacé le reste de ses traits. Les médecins disent qu'un choc violent peut entraîner ce genre d'amnésie partielle.

— Un ressenti ?

— J'ai été soulagée en le voyant… Quelle ironie du sort !

— Pourquoi la procédure « alerte enlèvement » n'a-t-elle pas été déclenchée ?

Maud émit un filet de rire sec et forcé.

— Un rejeton de la grande famille Clairval n'est pas recherché comme un gamin des cités, monsieur Legarec. Avec un grand-père baron de la cinquième République, on n'apparaît pas comme tout un chacun à la une des journaux. J'ai supplié mon mari Jean-François de lancer cette alerte, mais jamais il n'a voulu… En fait, il n'a jamais osé aller à l'encontre de la volonté de son père. C'est Joachim, mon beau-père, qui régit tout dans cette famille.

— Êtes-vous au courant du déroulement de l'enquête ?

— J'ai vu un policier. Il m'a interrogée quelques minutes. Je lui ai raconté la même chose qu'à vous. Il m'a dit tout mettre en œuvre pour retrouver Alex, mais il n'a rien trouvé. C'est pourquoi j'ai demandé à Patrick les coordonnées de quelqu'un de confiance. Béa vous a rencontré ce matin.

La femme s'interrompit et se mit à tousser. Elle payait l'effort consenti pour tenir la conversation avec

Legarec. Les forces commençaient à lui manquer. Elle devait lui faire dire oui.

— Je vous prie d'accepter cette mission. Faites-le pour mon fils, monsieur Legarec. C'est un innocent qui ne mérite pas ce qui lui arrive.

— Le monde est peuplé d'enfants innocents qui subissent la violence des hommes.

Elle lui montra la photo qui trônait à côté d'elle.

— Faut-il l'accepter pour autant ?

Jean Legarec se releva et s'installa face au lit.

— Je ne sais pas pour qui vous me prenez, mais je n'ai pas vocation à jouer les justiciers. Si je suis là, c'est pour savoir si je signe un contrat avec vous ou non. Si je décide de me lancer dans le projet, je ferai le job. Je mettrai en œuvre les moyens nécessaires, mais aucun terme de l'accord ne me demandera le moindre investissement affectif. Aucun !

Puis, plongé dans ses pensées, il continua :

— J'ai croisé des dizaines d'enfants qui crevaient de peur, des mères dont les yeux me suppliaient plus que toutes les paroles qu'elles auraient pu prononcer. La vie est cruelle. C'est comme ça.

Le visage de Maud se tordit en écoutant la réponse de l'enquêteur. Un mercenaire, un vautour qui venait se repaître du malheur des autres : voilà ce qu'elle avait en face d'elle ! Patrick lui avait envoyé un charognard, pas un homme d'honneur ! Elle eut une envie folle de lui hurler de quitter sa chambre. Elle le fixa d'un air de défi. L'homme la considérait calmement, à peine concerné par ce qu'il lisait sur son visage torturé. Il attendait. Son instinct la retint de mettre sa décision à exécution. Même si son cynisme révoltait la mère qu'elle était, l'homme était un professionnel.

Elle avait besoin d'un allié. Elle se sentait tellement seule depuis la disparition d'Alexandre. Après tout, c'était elle qui était allée le chercher. Elle prit sur elle-même et lui proposa :

— Puisque votre intérêt semble plus porté sur les aspects financiers que sur les aspects humains de cette « affaire », je vous demande d'accepter au moins pour l'argent. Si la somme proposée n'est pas suffisante, mon prix sera le vôtre.

— La somme est plus que suffisante.

Ses doigts caressèrent quelques instants la barre métallique du pied de lit.

— Si j'accepte la proposition, vous devrez répondre à toutes mes questions, quelles qu'elles soient.

Elle le regarda dans les yeux.

— J'y répondrai. Quoi qu'il m'en coûte.

Le privé marcha vers la fenêtre et observa la scène extérieure. Après un temps qui parut infini à Maud Clairval, il revint vers le lit.

— Je prends l'affaire. Dites à votre sœur de me recontacter dans deux heures pour les aspects administratifs.

Il la salua d'un signe de tête et quitta la chambre.

8

Baptiste Marussac

— Vous faites tous chier ! hurla-t-il en claquant la porte de son bureau.

Les cinq hommes, pourtant habitués à se retrouver dans des situations délicates, n'en menaient pas large.

— Mais qu'est-ce qui vous a pris ?

Le capitaine Marussac était fou de rage.

— Écoute, Baptiste, on a reçu des ordres d'en haut.

Il reprit de plus belle :

— Capitaine Marussac, et pas Baptiste ! Jusqu'à preuve du contraire, c'est moi votre chef, bordel ! C'est moi qui donne les directions à suivre ! En plus de quinze ans de carrière, on ne m'a jamais fait un tel coup de pute ! Que ce soit aux Stups ou au Banditisme !

Le lieutenant Benoît Parson prit la parole :

— Capitaine, je suis sincèrement désolé, mais nous n'avons pas le choix. Le commissaire Morellon a demandé que nous enquêtions sur les attentats. Cela fait deux semaines que nous recherchons le gamin,

58

et les informations dont nous disposons sont quasi nulles. Nous n'avons pas progressé.

— Et alors ? Bouge-toi le cul et on progressera peut-être plus rapidement.

— Mais c'est le commissaire qui…

— Je l'emmerde Morellon. Notre mission n'a pas changé, que je sache. Faire le larbin de la DCRI, très peu pour moi. Ils ont mis leurs cow-boys les plus expérimentés sur l'affaire. Ils nous ont écartés en nous demandant de laisser travailler les pros. Alors qu'ils aillent se faire foutre ! Notre rôle, c'est de retrouver ce gamin, et vivant s'il l'est encore !

En trois ans de coopération, Parson n'avait jamais vu son chef de groupe dans cet état. Son supérieur avait un caractère affirmé et ne se laissait pas marcher sur les pieds, mais son expérience lui permettait toujours de détecter les limites à ne pas franchir. Le lieutenant de police comprenait que Baptiste Marussac prenne cette affaire à cœur. Il s'accrochait jusqu'au bout aux enquêtes qui lui avaient été confiées et avait résolu quelques cas complexes, comme celui du violeur multirécidiviste de Neuilly, l'année précédente. Aujourd'hui, il s'opposait aux ordres de sa direction. Certes, la demande de Morellon n'était pas officielle ; la position de Marussac était donc encore tenable, mais les pressions allaient très vite arriver et le groupe risquait d'être disloqué.

— Continuez à travailler sur vos sujets. On maintient le bilan quotidien à dix-sept heures dans mon bureau. Allez, au boulot les gars.

Les cinq hommes sortirent en silence, partagés dans leurs sentiments. Faire les supplétifs de l'ex-DST ne les amusait absolument pas, mais ils étaient sur une menace de niveau rouge : les experts étaient persuadés qu'un nouvel attentat de l'ampleur de celui de Notre-Dame pouvait se produire d'un moment à l'autre. Trente et un morts et des dizaines de blessés. Les inimitiés entre services devaient momentanément être mises de côté.

Baptiste Marussac s'écroula dans son fauteuil. Il était conscient que son coup de colère ne changerait pas les choses. Il lui avait au moins permis d'évacuer sa frustration. Le policier avait été injuste avec ses hommes, mais il savait qu'ils ne lui en tiendraient pas rigueur. Il regarda les faits en face : ils avaient peu avancé sur cette affaire. Dès le lendemain de l'attentat, il avait récupéré une photo, assez floue, d'un homme avec un garçonnet dans les bras. Il avait convoqué Jean-François Clairval, qui avait formellement reconnu son fils. Le plan « alerte enlèvement » qui aurait dû être activé n'avait jamais abouti. Demande expresse du vieux Clairval, avait-il appris par la bande. C'était un non-sens ! On lui avait cependant affecté cinq enquêteurs expérimentés pour se lancer sur les traces du ravisseur. Ils n'avaient pratiquement rien trouvé. Cela en était presque troublant. Un portrait-robot du suspect avait été construit. L'homme était inconnu au bataillon. Ils avaient interrogé des centaines de témoins, fait le tour des universités, des hôtels de Paris. Aucun succès ! Ils auraient eu plus de chances de retrouver un fantôme. L'alerte n'ayant pas été déclenchée, il lui était impossible de faire surveiller les gares ou les aéroports. Pourquoi le suspect aurait-il quitté le pays avec un enfant ?

Il avait rendu visite à Maud Clairval à l'Hôpital américain de Neuilly, mais aucun renseignement permettant de faire avancer l'enquête n'en était ressorti. L'officier de police avait eu pitié d'elle. Grièvement blessée, la mère d'Alexandre avait pensé sauver son fils en le confiant à l'homme blond. Elle était maintenant rongée par le remords.

Ils avaient échafaudé différentes théories, et celle de l'enlèvement pédophile était la plus probable. Le destin était impitoyable. Baptiste avait en superposition l'image de son fils Quentin, qui venait lui aussi d'avoir six ans. Quentin, qui lui avait permis de ne pas sombrer dans la folie quelques années plus tôt. Quentin, qui lui avait prouvé que la vie n'était pas qu'une saloperie sans fin ! Il savait qu'il devait bâtir une cloison étanche entre ses activités professionnelles et sa vie personnelle, mais là, c'était au-dessus de ses forces. Lui, le flic qui avait mis sous les verrous plus d'un truand, devait retrouver l'enfant. Toute son énergie était focalisée sur cet objectif.

9

L'informateur

Jean Legarec déposa les liasses de billets remises par Béatrice Weber dans son coffre. Il aurait besoin d'argent liquide pour acheter de l'information. Il en profita pour sortir les trois armes de poing qu'il gardait dans son appartement. Il choisit un Glock 26 de dernière génération. Pistolet léger et discret, c'était celui qui convenait le mieux à une balade dans Paris. L'enquêteur ne voyait pas le danger à chaque coin de rue, mais il ne voulait prendre aucun risque. Il n'avait pas que des amis dans la capitale. Legarec introduisit un chargeur de dix cartouches 9 mm parabellum dans la crosse et hésita à en emporter un second. Il se ravisa et le reposa : il ne partait pas pour le front.

Il attacha le holster à sa ceinture et glissa l'arme dans son dos. Totalement invisible sous sa veste. Jean regarda l'heure. Il avait rendez-vous dans une demi-heure sur les Champs-Élysées. Il avait largement le temps d'y aller à pied. Cela lui ferait prendre l'air.

Un homme trapu, au crâne largement dégarni, attendait un hypothétique rendez-vous en tirant nerveusement sur un cigarillo. Jean arriva derrière lui et lui tapota l'épaule. L'homme sursauta et se retourna aussitôt.

— Ne me refais plus ça, Jean.

— Je t'ai connu plus serein.

Legarec regarda le ciel. Quelques flocons virevoltaient, et le vent frais n'invitait pas à flâner dans les rues. Il reprit :

— C'est uniquement pour apprécier les premières neiges parisiennes que tu m'as fixé un rencard sur les Champs ? Même si ton bureau pue les infâmes cigares que tu mâchouilles à longueur de journée, on y est quand même plus à l'aise.

— J'ai préféré éviter les locaux de l'agence, répliqua son interlocuteur.

— OK. Trouve-nous une table. J'ai besoin de tes lumières.

Ils s'étaient installés dans un coin tranquille d'un café encore peu fréquenté. Marius Baratelli tapotait nerveusement du bout des doigts la moleskine rouge de la banquette, attendant que le serveur leur apporte la commande. Les deux hommes se rencontraient régulièrement. Baratelli était le fondateur d'une agence de presse qui avait démarré avec la montée en puissance d'Internet. Il avait réuni autour de lui quelques journalistes d'investigation que le monde politique et financier avait surnommés « les pitbulls ». Fort de ces professionnels qui ne lâchaient rien, d'un important réseau dans les milieux parisiens et de trente années d'expérience journalistique qui lui avaient appris la prudence, Baratelli avait réussi à placer son agence sur le devant de la scène. Il s'était fait de nombreux ennemis, mais appliquait avec sérénité le célèbre proverbe : « Mon Dieu, gardez-moi de mes amis. Quant à mes ennemis, je m'en charge ! » Il était craint et respecté... enfin, surtout craint.

— Alors, de quoi as-tu besoin cette fois-ci ? demanda le journaliste une fois les demis de bière déposés devant eux.

— Des informations, sur le mode livraison express... et confidentiel.

— Pour la confidentialité, je peux me débrouiller pour te satisfaire. C'est une des forces de la maison. Pour le mode express, ce n'est pas gagné d'avance. On est en pleine bourre en ce moment.

— Je suis certain que tu sauras faire un effort ! J'enquête sur la disparition du gamin probablement enlevé à la sortie de Notre-Dame. Je veux que tu fasses le tour de tous les films et photos qui ont pu arriver dans les différents services de presse, chez toi ou ailleurs. Étudie aussi ceux qui ont été postés sur Internet. Je veux que tu fasses le tri de tout ça, et que tu me brosses le portrait de son ravisseur potentiel.

Baratelli siffla longuement, et avant qu'il ne réponde, Legarec enchaîna :

— Et je veux tout ça pour demain matin, sept heures.

Le journaliste l'observa comme une bête curieuse.

— Tu te rends compte de ce que tu me demandes ? Tu penses que je n'ai que ça à faire ? Avec l'affaire sur les scandales pétroliers qu'on vient de déterrer, j'ai besoin de tous mes gars.

64

— Écoute, Marius, je n'ai ni le temps ni l'envie de négocier tes honoraires. Trente mille euros en liquide demain matin. Pour mettre quelques types au boulot pendant à peine plus de douze heures, ça me semble raisonnable, non ?

Baratelli avala une gorgée de bière pour s'accorder un temps de réflexion.

— Te connaissant, je sais que ta demande est sérieuse, mais avec cette histoire, tu vas te mettre Clairval dans les pattes et te retrouver en concurrence avec la PJ. C'est ton problème, Jean, et je ne suis pas là pour te faire la morale. Malgré tout, je vais quand même te donner mon avis.

Legarec laissa parler le journaliste. L'expérience de Baratelli lui avait conféré une sorte d'intuition. Le fait qu'il soit encore en vie prouvait que son instinct était bon.

— Cette affaire aurait dû faire la une des journaux. L'enlèvement d'un membre de la famille Clairval. Merde, ce n'est pas rien ! Alors tu vas me dire que la police et les médias avaient d'autres chats à fouetter avec l'attentat de la cathédrale. Soit ! Il n'empêche que tout ça n'est pas normal. Le terrorisme et les faits divers, je laisse ça aux autres, mais si j'étais à ta place, je ne mettrais pas les mains là-dedans.

Legarec médita les paroles du journaliste. Il avait eu inconsciemment le même ressenti.

— Mais tu n'es pas à ma place. Marius, je ne te demande que de la recherche de documents. Pas plus !

Il sentit Baratelli hésiter.

— Trente mille euros pour ce travail, avec des gars discrets. Si tu ne trouves rien, tant pis. Je ne veux qu'une obligation de moyens. Je sais que tu as des experts, dans ton équipe, capables d'aller chercher les informations n'importe où sur le Net. Mets-les sur le coup.

— Soixante mille euros, lâcha Baratelli.

Legarec se redressa et fixa son interlocuteur qui se tassait sur sa chaise.

— Tu délires, là ! Tu sais parfaitement qu'en proposant trente mille euros, je suis déjà dans le haut de la fourchette des prix. Tu bosses bien et j'ai besoin des renseignements rapidement, mais pour ce prix-là, je vais voir ailleurs.

Baratelli restait silencieux. Cela ne lui ressemblait pas.

— Que t'arrive-t-il ?

Le journaliste soupira, regarda suspicieusement autour de lui et se rapprocha.

— Je suis dans la merde, Jean.

D'un discret signe de tête, Jean l'invita à continuer.

— Je dois du fric, un paquet de fric.

— Tu as repris le jeu ?

La question était une affirmation. Soulagé, Marius Baratelli se confia :

— Oui, j'ai déconné. La semaine dernière, j'étais à une soirée privée organisée par... Enfin, ça n'a pas d'importance. Je me suis retrouvé avec des Qataris qui ont voulu jouer au poker. Les mecs étaient bourrés de fric et semblaient faciles à prendre. Je me suis dit que j'allais jouer cinq mille. Ça a bien commencé, mais au milieu de la partie, j'ai...

— Tu leur dois combien ?

— Cinquante mille euros.

Legarec le regarda en haussant les épaules.

— Agnès est au courant ?

— Non, bien sûr. J'avais une semaine pour les rembourser. Il faut que je leur donne le fric ce soir, à vingt et une heures précises. Sinon...

— Et si tu devais cent mille euros, tu m'en demanderais cent dix mille ?

Baratelli secoua la tête, totalement perturbé.

— Je n'en sais rien, Jean. Ces types sont des ordures ! Hier, Thomas s'est fait agresser dans la rue, tabasser et piquer son iPhone. « Tu remercieras ton père », lui ont-ils dit en partant. J'ai peur pour ma famille.

— Il fallait y penser avant, lâcha Legarec. Je devrais partir et te laisser réfléchir à tes conneries et au respect que tu portes à ta parole, mais ils s'en sont pris à Thomas... Je te propose le deal suivant.

Le joueur invétéré reprit soudainement espoir. Il avait failli appeler Jean plusieurs fois dans la semaine pour lui demander de l'aide, mais la culpabilité avait retenu son geste. Suite à l'affaire d'Enghien, il avait juré à sa femme Agnès, à ses enfants et à Jean que plus jamais il ne toucherait une carte. Pourtant, il avait replongé, pour le pire.

— OK pour soixante mille euros, mais tu me trouveras une information supplémentaire.

— Ce que tu veux ! répondit Marius du tac au tac.

— Baptiste Marussac. Il est capitaine à la PJ et suit l'affaire Alexandre Clairval. Tu récupères tout ce que tu peux sur lui.

La difficulté de la tâche, qui demandait d'aller craquer les fichiers de la PJ, ne rebuta pas le patron de l'agence de presse.

— Tu vas avoir un dossier en béton, Jean, je te le promets. Le dossier « Petroleum » va attendre vingt-quatre heures, et je vais mettre les meilleurs sur le sujet.

— C'est pour ça que je travaille avec toi, Marius. Je sais que tu peux trouver une aiguille dans une botte de foin. J'ajoute dix mille pour une totale confidentialité.

Baratelli, l'homme qui terrifiait les politiciens corrompus et les patrons sans vergogne, pleurait presque de reconnaissance.

— Est-ce que... tu pourrais m'en payer une partie maintenant ?

— Mode de paiement non négociable, Marius. Cent pour cent de la somme demain matin, sept heures, à la remise des informations. Je fais confiance à ton imagination pour faire patienter tes débiteurs.

Jean Legarec ne se sentait pas une âme de donneur de leçons, mais certaines règles ne devaient pas être enfreintes. Il esquissa un sourire quand le journaliste lui serra longuement la main. L'information lui coûtait plus cher que ce qu'il avait prévu, mais il ne pouvait pas abandonner Agnès et sa famille.

10

Porte Dauphine

3 décembre

La nuit enveloppait encore la ville qui se réveillait. Jean Legarec avait donné rendez-vous à son informateur à quelques encablures de la porte Dauphine. La tranquillité des abords du bois de Boulogne à cette heure matinale lui convenait parfaitement.

À l'abri d'un bosquet, le privé attendait Marius Baratelli. La veille, il avait collecté une abondante documentation sur les événements qui avaient secoué la France. Les terroristes avaient fait preuve d'un sang-froid impressionnant. Les autorités n'avaient officiellement aucune piste sérieuse. Tout n'était certes pas dévoilé à la presse, mais le gouvernement était quotidiennement attaqué par l'opposition pour son incapacité à retrouver les commanditaires des massacres. La virulence des propos croissait de jour en jour. Le ministère de l'Intérieur aurait forcément lâché des informations s'il en avait eu. Il devait calmer l'inquiétude grandissante de la population et sauver la face.

Jean Legarec reconnut la silhouette râblée de Baratelli qui se profilait au loin. Il marchait vite et regardait fréquemment derrière lui. Pas serein ! Le côté gauche du visage du journaliste était tuméfié. Il avait dû rencontrer quelques difficultés à convaincre ses créanciers de lui accorder une nuit de délai supplémentaire pour payer ses dettes. Baratelli fut soulagé en voyant l'enquêteur sortir de son abri.

— J'ai tout ce qu'il te faut, lança-t-il aussitôt en lui tendant une clé USB. C'est là-dedans. Mes gars ont bossé toute la nuit.

— Je n'en doutais pas, répondit Legarec en sortant l'enveloppe de la poche intérieure de sa veste.

Marius s'en empara avidement. Il ouvrit le paquet et caressa les liasses avec un soupir de satisfaction.

— Putain, ils m'en ont fait baver. Ils s'en sont même pris à Agnès !

— Que s'est-il passé ? l'interrompit Jean.

— Deux mecs l'ont coincée dans une petite rue alors qu'elle rentrait tardivement du Palais de justice. Ils ont commencé à lui chercher des noises. Elle s'est défendue, tu la connais, mais ça n'a pas suffi. Heureusement, un groupe de jeunes est passé au bon moment et a mis ses agresseurs en fuite. Elle est rentrée bien secouée. Juré, plus jamais je ne m'assieds à une table de poker, même pour jouer contre des aveugles.

— Tiens ta parole, cette fois. Que m'as-tu trouvé ?

— Quelques clichés qui avaient échappé à l'enquête, et aussi une vidéo d'amateur ! J'ai embauché un jeune Slovène qui devait déjà pianoter sur un ordinateur dans le ventre de sa mère. Je ne sais pas comment il s'est démerdé, mais il a réussi à récupérer des photos sur les sites personnels de touristes qui étaient sur le parvis ce matin-là. Je te jure que tu en as pour ton fric. J'ai aussi la bio de ton flic : pas difficile à trouver. Seulement, ne me demande pas de hacker trop souvent. Cela ne serait pas bon pour la réputation de l'agence et ça pourrait m'amener des problèmes.

Une voix moqueuse s'éleva derrière eux :

— Tu les as déjà les problèmes, Baratelli ! Je vois que ton banquier est passé. Allez, envoie le fric.

Deux hommes se tenaient à quelques mètres, les bras croisés. Jean Legarec pesta contre lui-même. Il avait baissé son niveau de vigilance au mauvais moment. Marius Baratelli pâlit. Il plongea sa main dans l'enveloppe et compta nerveusement les liasses.

— Voilà les cinquante mille euros. Mes dettes sont payées et vous pouvez partir.

Les deux encaisseurs, à l'allure caricaturale de gangsters d'Hollywood, les toisaient, sûrs de leur force. Celui qui venait de parler possédait un physique de boxeur, s'était rasé le crâne et aurait été sélectionné dans n'importe quel casting de film sur la mafia. Son acolyte avait opté pour un style truand des beaux quartiers : costume sur mesure, manteau en cachemire et fausse Rolex au poignet. Il s'approcha à son tour et posa la main sur l'épaule du journaliste.

— Il t'en reste un peu, Baratelli. Le patron a eu la patience de t'accorder quelques heures de répit, mais il y a des intérêts à régler. Donne-nous l'enveloppe.

— J'ai payé ma part, et il n'a jamais été question d'intérêts. Je ne vous dois plus rien.

— Tu fais le méchant, Baratelli ? Tu n'as pas compris ? Ta femme a eu de la chance hier soir. J'aurais bien passé un moment plus long avec elle : elle a l'air bonne ! Et puis tu ne voudrais pas qu'il arrive des ennuis à tes enfants, n'est-ce pas ?

La voix doucereuse du malfrat et ses menaces à peine voilées exaspérèrent Baratelli.

— J'ai réglé ma dette. Maintenant vous vous cassez !

— Nous, on ne t'a pas manqué de respect, Baratelli. Tu n'aurais pas dû nous parler comme ça !

D'un air mauvais, le boxeur s'approcha d'eux alors que le dandy portait la main à sa poche. Legarec, qui n'avait pas bougé pendant les échanges précédents, se détendit vers l'homme au manteau. Il lui porta un coup violent à la gorge. Le truand s'écroula par terre sans un mot. Le privé se retourna vers le second encaisseur qui avait regardé la scène sans réagir. Deux secondes plus tard, il avait appliqué une clé de bras au boxeur tout en lui enfonçant son Glock 26 dans les côtes. Il appuya sa prise, provoquant un gémissement de douleur chez son adversaire.

— Ta gueule ! ordonna-t-il. Marius, récupère l'arme de l'autre abruti.

Pendant que le journaliste fouillait le manteau du truand à terre et en extrayait un 38 spécial, Legarec poussa son prisonnier vers un bouquet d'arbres, à l'abri du regard d'éventuels passants matinaux. Mauvais, le truand tenta la menace :

— Fais gaffe, connard, si on remet la main sur toi...

L'enquêteur tordit violemment le bras de l'encaisseur, coupant court à ses tentatives d'intimidation.

— Je t'ai dit de fermer ta gueule. Tu vas m'écouter. Première chose, Baratelli a payé sa dette. Si toi ou l'un de tes amis touchez à un seul de ses cheveux ou à sa famille, je vous retrouve et je vous bute. Compris ?

La voix froide et impersonnelle impressionna le truand. Il hocha brièvement la tête.

— Je n'ai pas entendu, insista le privé. Tu as compris ?

— Oui, j'ai compris.

— Seconde chose. Tu vas me donner le nom de ton patron... pour avoir une petite discussion, au cas où l'envie m'en prendrait. Pour lui expliquer que certains de ses employés appliquent sur les dettes qu'ils récupèrent des taxes dont il n'a sans doute pas connaissance.

L'encaisseur ne répondit pas. Legarec poursuivit d'un ton calme et monocorde :

— Si j'étais un flic, tu serais déjà en route vers le tribunal. Ton patron enverrait alors un de ses dévoués avocats, et avant midi, tu serais chez toi à mater un DVD, sniffer un rail de coke ou te taper une pute. Mais je ne suis pas un flic : pas de tribunal, pas d'avocat, pas de relaxe. En plus, je suis pressé. Alors je ne te reposerai qu'une fois la question. Qui est ton employeur ?

Baratelli regardait fixement la scène. Il savait que Jean pouvait avoir des réactions imprévisibles. Poussé par la haine qu'il éprouvait envers cet homme qui l'avait passé à tabac la veille au soir et avait menacé les siens, il espérait que le truand ne parlerait pas, que Jean le punirait pour ce qu'il avait fait.

— Je t'encule ! jeta le boxeur avec un ton de défi.

73

Une détonation, amortie par l'étoffe de la veste du caïd, troua l'air. L'homme blessé tenta de se dégager, électrisé par la douleur et une peur viscérale. Il voulait hurler, mais une main de fer l'étouffait. Son adversaire était fou. Il ne l'avait pas prévenu ! Il paniqua en voyant sa chemise qui s'imbibait de sang. Legarec maintint plus fermement le truand dont le tissu du pantalon fut soudain marqué par une large auréole d'urine.

— Je te pose la question une dernière fois. Si la réponse ne me convient pas, j'interrogerai ton pote. Il sera sans doute plus coopératif quand il verra ton cadavre.

Le truand perdit pied. Ce type était un malade mental ! Il allait le tuer, il en était certain.

— Son nom ? chuchota Legarec en appuyant le canon du pistolet sur la blessure à l'abdomen.

— Paul Marconi.

Jean le repoussa à terre. L'encaisseur tomba à genoux, tentant de juguler le flux de sang qui coulait de son côté à travers sa chemise maculée. Jean replaça son arme dans le holster, prit le journaliste par le bras et s'éloigna.

— On ne devrait pas prévenir les secours ? demanda Baratelli en se retournant.

— Il s'en remettra.

— Une question, Jean. Tu l'aurais tué ? interrogea Marius, effrayé rétrospectivement par la scène qui venait de se dérouler sous ses yeux.

— Je ne sais pas.

— Comment ça, tu ne sais pas ?

— Les mecs comme lui finissent toujours par parler. Bon, tu m'excuseras, mais je n'ai pas le temps de prendre un café avec toi. Il faut que j'analyse ce que tu viens de me vendre. Salue Agnès de ma part, et ne mets plus les pieds dans un club de jeu.

Il lui serra la main. Baratelli le regarda s'éloigner sur le boulevard, le souffle encore coupé par la violence des dernières minutes.

11

Alpha

Alpha saisit sa tête à deux mains et comprima son crâne, comme si ce geste pouvait faire disparaître la douleur qui vrillait son cerveau. Il venait de prendre un cachet du médicament de dernière génération que lui avait apporté Angèle. Il regarda sa montre. Encore cinq minutes à supporter avant que les molécules ne fassent effet.

L'homme était sujet aux migraines depuis plusieurs années, mais leur intensité avait dramatiquement augmenté depuis l'attentat de Notre-Dame. C'était toujours au réveil qu'elles le saisissaient. Alpha faisait d'étranges cauchemars qu'il n'arrivait pas à expliquer. Toujours le même début. Un bruit, d'abord ténu, qui enflait peu à peu jusqu'à se transformer en des vrombissements qui lui perçaient les tympans. Des flashs de lumière, des cris. Depuis l'attentat, nuit après nuit, le cauchemar se précisait. Autour, des hommes qui couraient dans tous les sens. Et lui, comme pétrifié, restait immobile. Témoin impuissant d'une scène morbide. Il levait les yeux et voyait le feu tomber du ciel incandescent. C'est cette image qui venait de le réveiller, avec l'envie de se cogner la tête contre les murs. Étrangement, les cauchemars étaient toujours plus présents quand il séjournait au domaine. Il s'y sentait pourtant bien. C'est là qu'il avait été élevé.

Alpha fixa les murs blancs de sa chambre. Quelques posters y étaient accrochés : essentiellement des photos prises lors de son stage en Scandinavie. Ces trois mois avaient été les plus excitants de sa vie. Trois mois couronnés par le succès de l'attentat de Notre-Dame ! Il avait été sélectionné parmi dix de ses camarades pour mener la mission en solitaire. Cinq ans d'entraî- nement, deux mois de préparation et un résultat que personne n'avait osé espérer. Alpha avait participé aux quatre messes dominicales qui précédaient celle du jour de l'opération. Il devait en comprendre par- faitement le déroulement. Il avait répété, jour après jour, chacun des gestes qu'il exécuterait. Il connaissait par cœur le plan de l'église et celui de toute l'île de la Cité. Il aurait pu s'y promener de nuit avec un bandeau sur les yeux. Il n'avait laissé aucune place au hasard. Aucune, mais le destin lui avait réservé une surprise !

Lorsque la femme lui avait tapé sur l'épaule, il avait eu un instant de doute. Avait-il été repéré ? Mais il savait qu'il avait assez de ressources pour s'échap- per. Il s'était retourné et s'apprêtait à la repousser jusqu'à ce qu'il remarque l'enfant. Ses yeux avaient plongé dans ceux du garçonnet paniqué et une sensa- tion qu'il n'avait jamais ressentie l'avait viscéralement submergé. Viscéral, c'est le mot qui s'était imposé à lui. Il avait été envahi par une vague de chaleur qui l'avait saisi aux tripes. Ce gamin avait éveillé en lui quelque chose qu'il ne connaissait pas, l'envoûtait et le terrifiait. Il ne contrôlait plus la situation. Il avait laissé parler son instinct et avait attrapé l'enfant. La mère le lui avait tendu, comme un cadeau. Le garçon était maintenant à lui.

Sortir avec le petit dans les bras lui avait procuré le meilleur des alibis. Qui aurait pu le soupçonner ? La réponse était limpide : personne ! Cependant, il aurait dû l'abandonner sur le parvis. Cela avait été au-dessus de ses forces. Il ne comprenait toujours pas cette décision. Il avait été entraîné pour obéir, agir, respecter les plans, être une machine au service de la Cause. Il avait dérapé, mais il ne le regrettait pas.

Son retour à la base s'était passé sans problème. Alpha avait dû expliquer la raison de son geste au Conseil. Il était prêt à accepter les conséquences de ses actes et les punitions qui auraient pu lui être infligées. Le Conseil s'était montré magnanime et l'enfant avait été gardé. Il rejoindrait l'École. Le garçon lui avait appris son prénom dans la voiture : Alexandre. Le prénom d'un conquérant ! Alpha savait qu'Alexandre était dans le domaine, mais il n'avait pas encore pu le rencontrer. Il devait le revoir. Il le sentait, physiquement. Il en avait besoin. Cet enfant avait allumé un feu au fond de ses entrailles.

12

Mission annulée

Baptiste Marussac n'avait pas dormi de la nuit, profondément perturbé par les événements de la veille. Cet enlèvement le touchait trop personnellement, mais il n'y pouvait rien. Il en avait profité pour replonger dans le dossier « Alexandre Clairval ». Il devait se l'avouer : jamais il n'avait aussi peu avancé sur une affaire, jamais il n'avait trouvé aussi peu d'indices. Où avait pu passer ce gamin ? La convocation qu'il attendait, ou redoutait, était tombée, frappant d'un sceau inéluctable la fin de ses investigations. Marussac avait les nerfs en pelote. Le capitaine de la PJ était un excellent flic, mais la diplomatie n'était pas son fort. Il comprenait vite quels étaient les leviers à activer pour naviguer dans les eaux parfois troubles de l'organisation de la maison, mais son sens exacerbé de la justice prenait régulièrement le dessus sur le politiquement correct. Il frappa à la porte du bureau du commissaire Morellon. Une réponse, ou ce qu'il considéra comme une réponse, l'invita à entrer.

Le capitaine Marussac inspira profondément et pénétra dans l'antre de son patron. Il jeta un regard panoramique sur la pièce. Un nuage de fumée régnait dans ce bureau dont la fenêtre restait toujours désespérément fermée. Morellon tirait sur l'une de ses cinquante cigarettes quotidiennes. Un homme, à l'allure stricte, veste sombre et cravate noire, était assis en face de Morellon. Le commissaire montra un siège à son collaborateur et l'invita à y prendre place.

— Capitaine Marussac, je vous présente le commandant Ferret, de la DCRI.

L'OPJ grommela ce qui ressemblait à un bonjour. Il connaissait déjà les conclusions de la rencontre.

— Le commandant Ferret est venu, sur ordre du ministre de l'Intérieur, me demander des ressources pour accélérer l'enquête sur l'assassinat de Bastarret et l'attentat de Notre-Dame. Sans dévoiler de secret, aucun des groupuscules que la DCRI surveille de près n'est impliqué dans ces actions. Les assassins ont débarqué de nulle part et semblent repartis au même endroit. Vous êtes au courant des titres incendiaires des journaux : il faut avancer, rassurer la population, sauver la crédibilité du gouvernement. J'ai donc décidé de relever votre équipe de l'enquête sur la disparition du jeune Clairval pour l'affecter à la recherche des groupes terroristes.

— Commissaire ! tenta Marussac dans un baroud d'honneur. Vous ne pouvez pas tout arrêter du jour au lendemain. Il est tout à fait possible qu'il y ait un lien entre la disparition de l'enfant et le massacre de Notre-Dame !

— Capitaine, c'est bien vous qui avez interrogé sa mère, n'est-ce pas ? Je me souviens parfaitement de la discussion que nous avons eue avant-hier dans ce bureau. Vous m'avez expliqué que Maud Clairval avait confié son fils à un homme choisi totalement au hasard dans la foule. Et rien ne prouve qu'il soit parti avec Alexandre Clairval ! Dites-moi plutôt où vous en êtes.

Le flic lui répondit sans hésiter :

— Nous avons suivi de nombreuses pistes, mais je dois avouer que je n'ai rien de consistant à cette heure. C'est pour cette raison que nous devons continuer.

— Non, c'est pour cette raison que votre équipe va lever le pied. Soit le gamin est mort, et nous ne le ressusciterons pas, soit le gamin est vivant et il le restera encore un certain temps.

Le commandant Ferret fixa le capitaine Marussac :

— Ce mouvement terroriste représente un danger autrement plus important pour la France qu'un éventuel ravisseur d'enfant. Nous devons montrer l'efficacité de nos services.

Marussac soutint son regard :

— Si le premier objectif de notre ministre est de rassurer le bon peuple, inventez un petit groupuscule que vous pourrez rapidement démanteler. Vous n'avez pas deux ou trois coupeurs de maïs ou porteurs de tee-shirt sous la main ? Ça, vous savez le faire, non ?

Ferret trembla de colère sous l'insulte.

— Mes supérieurs attendent de vos services autre chose qu'une ironie mal placée, commissaire Morellon. Si votre capitaine a l'intention de…

Le commissaire lui coupa la parole :

— Vous pourrez dire à vos supérieurs qu'ils auront les renforts exceptionnellement demandés. Ils seront opérationnels d'ici une heure. Je vous fournirai le nom des chefs de groupe qui assureront le contact avec vous. Par ailleurs, les relations internes à la PJ ne vous concernent nullement. Je n'accepterai donc pas de commentaires sur le capitaine Marussac. Au revoir, commandant.

L'homme se leva, salua froidement ses interlocuteurs et quitta le bureau. Comme Baptiste Marussac s'apprêtait à lui emboîter le pas, le commissaire le retint.

— Restez cinq minutes, capitaine.

Il se rassit, silencieux.

— Je n'ai pas à justifier mes choix, mais sachez juste que l'ordre que je viens de recevoir du divisionnaire est non négociable, directement dicté par l'Élysée.

— J'ai bien compris la situation, commissaire, et même si j'ai l'habitude de me battre contre les moulins, je ne perdrai pas mon temps à défendre une cause perdue d'avance, mais je suis certain que nous faisons une erreur. Suis-je aussi relevé de ce dossier et dois-je me mettre à la disposition de ces messieurs de la DCRI ? Au point où j'en suis...

Morellon esquissa un vague sourire.

— La DCRI est déjà assez emmerdée comme ça. Non, vous pouvez continuer, mais vous ne disposerez plus de votre équipe pendant une période indéterminée.

Marussac soupira et conclut amèrement :

— Il me reste un stagiaire et ma connexion à Internet. Autant dire que nous abandonnons le gamin !

— Momentanément. Quant à la DCRI, elle déploie beaucoup d'énergie et ne mérite pas vos sarcasmes.

Ces assassins peuvent frapper de nouveau d'une heure à l'autre.

— Chacun son job, commissaire. Puis-je disposer ?

Il quitta le bureau, dépité. Son enquête avait été sacrifiée. Que feraient cinq officiers de police supplémentaires dans la méga-structure qui avait été mise en place pour retrouver les terroristes ? Fallait-il abandonner un enfant sans lui laisser sa chance jusqu'au bout ? Putain de métier !

13

Rencontre dans un jardin zen

Malgré le vent froid qui soufflait sur la capitale, Jean Legarec avait décidé de se rendre à pied à l'Hôpital américain de Neuilly. Une bonne demi-heure qui lui permettrait de faire le point sur les informations dont il venait de prendre connaissance. Des vacances lui auraient fait du bien, mais le million d'euros de l'enquête Clairval ne se refusait pas. Cela lui permettrait d'accélérer la réalisation de son projet.

Il avait réagi trop violemment ce matin. Il avait laissé parler sa colère quand le truand avait fait allusion à Agnès. L'encaisseur n'approcherait plus jamais la famille Baratelli ! Mais il avait pris trop de risques. Si un flic était passé à ce moment-là, il aurait été bon pour la case procès. Le chef d'accusation de tentative de meurtre aurait été parfaitement adapté, même si le truand était une ordure. Il ne pouvait pas se le permettre.

Il s'arrêta devant la vitrine d'une pâtisserie. Les gâteaux à l'esthétique travaillée qui trônaient dans la vitrine aiguisèrent sa gourmandise. Il avait déjeuné sur le pouce. Il entra dans la boutique. Les odeurs qui flottaient au-dessus des rayons l'envoûtèrent. Il est parfois bon de savoir rendre les armes rapidement : il acheta deux boîtes de macarons multicolores. Un peu de couleur égaierait la chambre de Maud Clairval !

Les collaborateurs de Baratelli étaient bien des experts dans leur domaine. En prime, ils lui avaient fourni le dossier détenu par Baptiste Marussac. Extrêmement mince : la police galérait sur cette affaire. La seule image dont elle disposait se résumait à une photo peu précise d'un homme vu de trois quarts et tenant un enfant dans les bras. Les rapports sur les recherches menées par l'équipe de Marussac offraient inlassablement la même conclusion : le suspect était inconnu au bataillon.

Grâce à Baratelli, Jean disposait de plusieurs clichés suffisamment nets pour permettre une identification précise de l'individu. Il les avait examinés sous toutes les coutures. Le présumé ravisseur était étrangement maître de lui, alors qu'il aurait dû, en toute logique, succomber à la panique ambiante. Grand, un physique d'athlète, des cheveux blonds coupés court : l'homme était indéniablement beau. Il était surprenant que personne n'ait été capable de l'identifier. Quelle raison avait donc poussé Joachim Clairval, le patriarche familial, à empêcher l'activation du plan « alerte enlèvement » ? La répugnance à étaler sa vie privée dans les journaux ? Possible : on pouvait tout attendre d'un personnage comme lui. Le hacker slovène avait même réussi à retrouver sur Facebook la vidéo d'un touriste russe présent sur les lieux du drame. Quelques dizaines de milliers d'euros judicieusement investis avaient fait plus que deux semaines d'enquête policière ! Néanmoins, le travail ne faisait que commencer pour lui, et Legarec était conscient de la difficulté de la tâche. La PJ n'était pas un nid d'incapables.

La vie de Baptiste Marussac n'avait plus de secret pour lui. Son dossier était dense. Un excellent officier de police au caractère indomptable, avec une tendance forte à la rébellion hiérarchique. Adulé par une majorité de ses collaborateurs, détesté par les autres. Marussac avait trente-sept ans. Originaire de Montauban, il était entré à l'école de police à Toulouse à l'âge de dix-huit ans. Six ans dans la Ville Rose, puis il avait été muté à Paris à l'Office central pour la répression du trafic illicite des stupéfiants. Aucune compromission et une efficacité redoutable sur le terrain. Blessé deux fois, mais craint du milieu. En 2009, suite à des pressions, il avait été muté à l'Office central de lutte contre le crime organisé avec le grade de capitaine. Il gênait apparemment un trafiquant qui avait des connaissances haut placées... ou qui était haut placé lui-même. Il s'était attaqué à des bandes organisées des Hauts-de-Seine, puis avait récupéré il y a deux semaines l'enquête sur la disparition d'Alexandre Clairval. Étonnant que la direction de la PJ ait choisi un homme de son profil. Quoi qu'il en soit, pas le genre de flic à coopérer avec un privé. Il avait cependant une faille dans son armure : divorcé, il était le père de Quentin, un garçon de six ans. Le même âge qu'Alexandre. C'est là que Jean devrait attaquer.

Jean Legarec s'approcha du comptoir d'accueil. L'hôtesse le reconnut et eut soudainement un air gêné qui n'échappa pas au visiteur. Elle baissa la tête, comme concentrée sur un dossier urgent. Les problèmes commençaient déjà.

Il parcourut seul les couloirs silencieux de l'hôpital. L'activité était réduite en ce début d'après-midi. Comme il approchait de la chambre de sa cliente, un homme, assis sur une chaise, se leva prestement à son arrivée. Bras croisés, il campa devant la porte.

— Qui êtes-vous et pourquoi souhaitez-vous rencontrer Mme Clairval ? questionna-t-il d'un ton agressif.

L'enquêteur le dévisagea. Un garde du corps devant la porte ! L'homme faisait un rempart de ses cent kilos de muscles. Que craignait donc la famille Clairval ?

— Jean Legarec. Maud Clairval m'attend.

— Elle n'est pas en état de recevoir des visiteurs. Barrez-vous.

Maud Clairval était assise dans son lit. Elle s'était remaquillée : un peu de blush pour tenter d'atténuer son teint maladif et un trait de gloss sur les lèvres. Le résultat était presque crédible. Elle avait regardé avec haine son épaule gauche mutilée, puis avait eu envie de s'habiller, de quitter cette chemise de nuit qu'elle ne supportait plus. La perfusion fixée à son bras ne lui en avait pas laissé la liberté.

Maud avait longuement repensé à son entretien avec Legarec. Froid, impersonnel, étaient les premiers qualificatifs qui s'imposaient à elle. Elle n'était pour lui que l'objet d'un contrat potentiel. Il lui avait dénié tout droit à la détresse et avait transformé Alexandre en objectif, en jalon de paiement. Elle avait été tout à la fois furieuse et soulagée quand il l'avait quittée.

Furieuse contre le détective et contre elle-même. Elle avait suffisamment navigué dans les milieux politiques en accompagnant son mari pour savoir que les sentiments ne se monnayaient pas.

Le lendemain, Maud avait essayé d'analyser plus calmement la situation. Elle avait rappelé Patrick Mistral. Son ami lui avait confirmé que Legarec était un expert dans son domaine. Son expérience, son refus de toute implication émotionnelle, étaient sans doute des conditions sine qua non pour avancer sur ce genre d'affaire. Pour la première fois depuis deux semaines, elle avait l'impression que quelque chose allait se passer, et cela la troublait. Elle commençait doucement à reprendre le dessus physiquement, même si la souffrance était blottie au fond d'elle et ne demandait qu'à ressortir. Elle devait la garder prisonnière et mettre toute son énergie au service de son fils.

La jeune femme trembla quand elle entendit frapper à la porte. Elle fit le vide et invita l'enquêteur à la rejoindre. Étonnamment détachée, elle observa son entrée en scène. Élancé, vêtu avec goût, mais sans ostentation, les cheveux légèrement grisonnants coiffés en brosse, elle n'était pas insensible au charme qu'il dégageait. Il n'était pas le plus bel homme qu'elle ait rencontré, mais il était loin de la laisser indifférente. Maud se reprit rapidement. Elle n'était pas dans son état normal.

Il s'approcha d'elle et lui tendit un paquet.

— Je ne connais pas la qualité de la restauration qui vous est proposée, mais le sucre aide parfois à faire passer un coup de blues.

Surprise, elle accepta la boîte et, d'une main, tira sur le lacet qui la maintenait fermée. Des macarons !

Elle avait imaginé une multitude de scénarios, mais celui-là n'était pas dans la liste. Elle esquissa un sourire.

— Merci, je les adore. Je crois que j'en aurai effectivement besoin.

Legarec accrocha son manteau à une patère, saisit une chaise et s'installa à côté de la jeune femme.

— Cela devient compliqué de vous rencontrer.

Maud l'observa, sincèrement étonnée.

— J'ai dû convaincre le cerbère en poste derrière votre porte de me laisser entrer.

— Quel cerbère ?

— Vous n'êtes pas au courant ?

— Non, que se passe-t-il ?

— On tient à préserver votre tranquillité, et il me semble que ma présence n'était pas souhaitée.

Maud regarda son interlocuteur.

— Je n'ai rien demandé. Je ne savais même pas qu'il y avait quelqu'un.

Exaspérée, elle ajouta, comme pour elle-même :

— Mais qu'ils arrêtent ! Qu'ils arrêtent de me prendre pour une demeurée et de me tenir en dehors de toutes leurs décisions. Me faire surveiller par un gardien alors que je ne risque rien. Ça suffit, hurla-t-elle, proche de la crise d'hystérie.

Jean Legarec posa la main sur le bras de la malade.

— Je pense que nous aurons rapidement l'explication de sa présence.

Maud le regarda avec gratitude. Pour la première fois, elle sentait qu'elle avait un allié.

— Aidez-moi à nous en sortir !

— Nous ?

— Alexandre et moi.

Legarec la considéra, puis expliqua calmement :

— Mon rôle est de retrouver votre fils, madame Clairval, et je m'emploierai à mettre en œuvre tous les moyens dont je dispose. Ne le prenez pas personnellement, mais il n'est pas de mon ressort de vous aider à gérer vos différends familiaux. J'ai signé un contrat avec vous, et cette clause n'y est pas mentionnée.

Maud Clairval ravala un sanglot sec. Cet homme soufflait le chaud et le froid. Elle avait en face d'elle un handicapé des sentiments. Elle se redressa.

— Bien évidemment. Veuillez excuser mon comportement.

— Je n'ai rien à excuser.

L'enquêteur se leva et s'approcha de la fenêtre. Il fit un geste vers l'extérieur.

— Il y a un petit jardin d'hiver à l'étage inférieur, et quelques sièges pour s'y reposer. Vous sentez-vous assez en forme pour vous y rendre ?

— Je suis encore incapable de marcher, mais si vous demandez un fauteuil roulant à une infirmière, c'est avec plaisir que je quitterai cette pièce.

— J'en ai vu un dans le couloir en arrivant.

Cinq minutes plus tard, Jean Legarec poussait la jeune femme dans les allées du service de traumatologie. Ils pénétrèrent dans le patio. Le soleil qui se réfléchissait sur le plafond vitré apportait une douce chaleur à la pièce arborée. Près d'un banc, dans un léger clapotis, une fontaine déversait un mince filet d'eau sur quelques galets artistiquement disposés.

— Croyez-vous aux bienfaits du feng shui, monsieur Legarec ? interrogea la jeune femme, visiblement heureuse de profiter de la sérénité du jardin.

— Une fois n'est pas coutume, je vais vous faire une confidence. J'ai beaucoup voyagé au cours de ma vie, j'ai côtoyé de nombreuses cultures. En certains lieux, j'ai eu la prétention d'en avoir saisi quelques parcelles ; certaines me sont restées totalement hermétiques. Cependant, je n'ai jamais eu l'impression que l'harmonie de l'eau et du vent apporte la sérénité nécessaire aux hommes. Peut-être n'ai-je pas été assez vigilant ?

— J'apprécie votre sincérité, monsieur Legarec.

— Êtes-vous prête à replonger dans le passé, madame Clairval ?

— Oui, je suis à votre disposition. (Elle ajouta, presque timidement :) Pourriez-vous m'appeler Maud ?

L'homme observa le visage de la jeune femme. Il avait remarqué en arrivant qu'elle avait fait l'effort de se maquiller. Dans ce jardin d'hiver, ses yeux verts reprenaient vie. Elle comptait sur lui pour la sortir de la situation dans laquelle elle se trouvait aujourd'hui. Retrouver son fils était évidemment ce qu'elle attendait avant tout, mais Legarec avait tout de suite senti qu'elle était en proie à d'autres démons. Sa relation avec sa belle-famille était des plus illogiques. Il s'avoua que, même si le million d'euros avait été le moteur principal de sa décision, plonger dans les mystères de la dynastie Clairval ne lui déplaisait pas. Il était aussi persuadé qu'une partie du danger était lovée dans les racines de ces histoires familiales.

— Ce n'est pas possible. Soyons clairs sur nos relations, madame Clairval.

— C'est très clair. Vous cherchez mon fils, et vous n'avez pas vocation à me psychanalyser : c'est bien le sens de votre message.

Jean esquissa un sourire, qui n'échappa pas à la jeune femme.

— Vous comprenez parfaitement. D'ailleurs, vous sortiriez sans doute cabossée d'une séance avec moi.

— Deux dernières questions, et je me contenterai ensuite de répondre aux vôtres. La première : quelle sera la teneur de la confidentialité de nos discussions ? La seconde : pourquoi m'avez-vous amenée ici ? Je ne pense pas que ce soit uniquement pour l'ambiance zen.

L'enquêteur redevint aussitôt professionnel.

— Tout ce que vous me racontez peut être utilisé pour mon enquête. Je ne vous garantis donc aucune confidentialité. Je ne dévoilerai des informations que lorsque je le jugerai nécessaire. Ensuite, la présence du vigile est la preuve que d'autres personnes sont au courant de notre contrat.

— Impossible, je n'en ai parlé qu'à Béa. Ni mon mari ni mes parents ne sont au courant !

— Le personnel de l'hôpital m'a vu passer et a sans doute averti votre mari, ou quelqu'un d'autre. Je ne comprends pas encore pourquoi, mais il semble que je ne sois pas le bienvenu. Alors je préfère que nous échangions dans un lieu... à découvert.

Les paroles de l'enquêteur choquèrent la jeune femme.

— Mais pourquoi ?... Et le vigile dont vous m'avez parlé ? Je ne l'ai pas croisé quand nous sommes sortis !

— Ne vous inquiétez pas pour lui. Il se repose dans un coin.

Maud ne chercha pas à creuser le sujet.

— Vous avez répondu à mes questions. À votre tour de m'en poser.

— Qui êtes-vous, Maud Clairval ?

14

Maud Hélène Catherine Weber

— Je m'appelle Maud Hélène Catherine Weber, épouse Clairval. Je suis née le 4 novembre 1976 à Strasbourg. Mon père dirige une entreprise familiale de poterie traditionnelle et ma mère est professeur d'allemand au lycée Kléber, à Strasbourg. J'ai passé toute ma jeunesse en Alsace. Nous habitions dans un appartement non loin de la cathédrale. J'ai une sœur qui a deux ans de moins que moi, Béatrice, que vous avez rencontrée. Mes parents ont eu sur le tard un dernier enfant, alors que j'avais douze ans. François, le garçon qu'ils attendaient. Malheureusement, il est né trisomique. Il a toujours été au cœur de la famille et vit maintenant dans un établissement spécialisé. À vingt ans, je me suis lancée dans des études commerciales. J'avais longuement hésité, car j'étais douée pour le tennis. À dix-neuf ans, j'étais dans le top 10 du classement des meilleures joueuses françaises.

Maud regarda son épaule amputée, et continua, d'une voix désincarnée :

— Un jour, je me suis violemment disputée avec mon entraîneur et l'une des filles de l'équipe de France, et j'ai décidé d'arrêter. Sans doute l'un des choix les plus stupides de ma vie ! Bref, j'ai repris les études, avec la volonté farouche de réussir. À vingt-deux ans, j'intégrais HEC et, à vingt-sept ans, j'avais un MBA de finances en poche. C'est pendant mes études aux États-Unis que j'ai connu Jean-François Clairval.

Elle regarda Jean Legarec, puis l'interrogea :

— Vous ne notez rien de ce que je vous raconte ?

— Ce n'est plus à vous de poser les questions, lui fit remarquer l'enquêteur. (Il ajouta, en tapotant son index sur la tempe :) Tout est là.

Maud reprit :

— La même année, Jean-François m'a demandé de devenir sa femme.

— Le coup de foudre ?

— Pour lui, oui. Moi, je l'aimais bien, mais ce mariage était aussi une manière de prouver ma réussite sociale à la face du monde. Épouser un membre de la riche et célèbre famille Clairval ! Jean-François a dû se battre avec sa mère Antoinette pour qu'elle accepte l'idée de cette union. Je n'étais qu'une provinciale, fille de potier. Cela aurait pu durer longtemps si son père Joachim n'était pas intervenu. Jean-François m'a raconté la dispute épique entre ses parents, à la fin de laquelle Antoinette est sortie la tête basse. Inutile de vous décrire les relations que j'entretiens avec ma belle-mère depuis dix ans. Bref, un mariage à la hauteur de la famille Clairval, avec bénédiction nuptiale à Notre-Dame, présence de tout le gotha politique parisien, reportage dans *Paris Match* et tout le tralala. Mes parents auraient souhaité une cérémonie plus simple, et moi aussi, mais Joachim avait investi dans l'entreprise de poterie de mon père qui était en difficulté financière : délicat de refuser quelque chose à son banquier.

— Quelles sont vos relations avec votre mari ?

— Les premiers mois ont été agréables. Nous menions un train de vie que je ne connaissais pas, passant d'une réception à une autre. Vacances aux Seychelles ou dans les propriétés antiboises de la famille Clairval et de leurs amis. Assez rapidement, tout cela est devenu lassant. Jean-François s'est lancé à son tour dans la politique, cornaqué par son père. Moi, j'ai fait mes armes sur les marchés boursiers. Je me suis transformée en ce genre de personnage qui fait fortune en jouant avec l'économie réelle. Je voulais être indépendante financièrement. C'est d'ailleurs ce pactole qui m'a permis de vous embaucher. Bref, nous nous sommes peu à peu éloignés, passant parfois des semaines complètes sans faire autre chose que nous croiser dans l'appartement. Nous avions chacun notre vie. Dans un moment de prise de conscience, nous avons décidé d'avoir un enfant. Nous espérions qu'il nous rapprocherait. Un mois après notre décision, j'étais enceinte. Cela m'a rendue beaucoup plus heureuse que je l'avais imaginé. Les premières semaines qui ont suivi la naissance d'Alexandre, Jean-François a été plus présent. Puis le temps a fait son œuvre, et il est reparti dans ses aventures politiques, avec son père, comme toujours. C'est moi qui ai élevé Alexandre. Il voyait de temps en temps son père, mais tellement rarement.

— Joachim Clairval s'intéressait-il à son petit-fils ?

— Là, la réponse est simple. Joachim Clairval ne s'intéresse qu'à lui-même. S'il pense que vous pourrez lui être utile, il vous témoigne ce qui vous semble être une écoute attentive. D'ailleurs, Jean-François a deux sœurs, et mon beau-père s'intéresse aussi peu à ses autres petits-enfants qu'à Alexandre.

— Il n'a pas la volonté de créer une dynastie Clairval ?

— Ne confondez pas les Clairval et les Kennedy, monsieur Legarec. D'ailleurs, si Joachim s'intéresse à Jean-François, c'est uniquement pour appuyer sa propre carrière.

— Mais il a soixante-huit ans...

— ... et est persuadé qu'il a encore quinze années de vie politique devant lui. Il est d'ailleurs particulièrement actif en ce moment.

— En tant que sénateur, ce n'est pas surprenant.

— Je suis certaine qu'il a d'autres projets. Je ressens les choses... même si je prends régulièrement de mauvaises décisions ensuite.

— Pensez-vous que ce mystérieux projet soit la raison pour laquelle il a refusé de faire activer la procédure « alerte enlèvement » ?

— Je n'en sais rien. Mon beau-père s'est toujours considéré comme supérieur aux autres. Ne pas se retrouver dans la position d'un grand-père éploré, qui aurait nui à son image, pouvait être suffisant pour sacrifier Alexandre !

— Sacrifier ?

— Le mot est sans doute trop fort. Quoique... Joachim Clairval est une sorte de monstre. Seul son intérêt guide ses décisions et celles qu'il impose à ses proches.

Jean Legarec posa sa main sur celle de Maud Clairval, lui ménageant une pause. La jeune femme lui saisit les doigts et ne les lâcha pas. L'homme prit conscience de la détresse de sa cliente. Un million d'euros pour la seule personne qui avait de la valeur dans sa vie, ce n'était pas forcément cher payé. Elle ferma les yeux quelques secondes. Jean ne retira pas sa main. Même s'il ne se sentait pas touché personnellement par la situation dans laquelle elle s'était engluée année après année, elle avait droit à quelques secondes de réconfort.

— Je suis si fatiguée… Reprenons si vous le voulez bien. Vous devez tout savoir.

Legarec apprécia sa détermination.

— J'en ai fini pour le moment avec mes questions. Je vais maintenant vous demander beaucoup de concentration.

La jeune mère l'observa, interrogative.

— J'ai commencé à travailler dès hier sur notre contrat. J'ai en ma possession un cliché de votre fils dans les bras d'un adulte inconnu… blond, genre propre sur lui.

Maud pâlit, pour peu que son teint diaphane ait pu devenir plus transparent encore. Sa respiration s'accéléra et elle se mit à trembler. Jean Legarec lui serra la main, la rassurant par sa présence physique.

— La police ne dispose pas de cette photo. Je veux que vous n'en parliez à personne pour le moment.

— Je vous le promets. Montrez-la-moi, s'il vous plaît !

L'enquêteur sortit une feuille pliée en quatre de son portefeuille. Il la déplia et la tendit à la jeune femme qui l'attrapa de sa main valide.

— C'est Alexandre !

Elle dévisagea son fils avec amour, puis déplaça son regard vers le ravisseur présumé. Elle sursauta, fixant l'inconnu à la chevelure couleur de blé.

— C'est bien lui, je m'en souviens maintenant... Mais c'est incroyable... C'est hallucinant...

— Qu'est-ce qui est incroyable ?

La jeune femme était sous le choc. Aucun mot ne sortait de sa bouche. Il attendit qu'elle reprenne ses esprits.

— Sur la photo, celui qui tient mon fils...

— Là-bas, il est là-bas !

Un cri, puis le vacarme d'une cavalcade. Trois hommes, suivis par un membre du personnel médical dépassé par la situation, arrivaient vers eux en vociférant. Jean récupéra la photo et la glissa dans la poche.

— Que faites-vous là ? hurla furieusement un individu au visage pivoine.

Jean Legarec reconnut Jean-François Clairval, accompagné du vigile qu'il avait croisé quelques dizaines de minutes plus tôt et d'un acolyte qu'il estima être le garde du corps du député. Les trois hommes entourèrent le privé, peu impressionné par cette démonstration de force. Le médecin les rejoignit, essoufflé mais furieux.

— Où vous croyez-vous, messieurs ? À une session de l'Assemblée nationale ? Vous êtes dans un hôpital. Cet esclandre est inacceptable ! Nos patients ont besoin de calme, pas de voir en direct le tournage d'un western.

Legarec se tourna vers l'interne.

— Vous avez l'air de connaître ces messieurs, docteur. Pourriez-vous m'expliquer ce qui se passe ?

Le médecin fut désarçonné par la question. Clairval venait de lui assurer qu'un forcené harcelait sa femme dans l'enceinte même de son hôpital, mais la relation entre sa malade et cet individu très posé semblait paisible.

— Qui vous a permis de sortir, madame Clairval ?

— C'est moi qui ai pris cette décision, intervint Maud. Monsieur m'a aidée. J'avais besoin de voir autre chose que les quatre murs déprimants de ma chambre.

Le médecin regarda les différentes poches de perfusion attachées à la potence du fauteuil roulant de sa patiente. Elles étaient parfaitement fixées. Il vérifia le positionnement de l'aiguille intraveineuse et n'y trouva rien à redire. Il reprit, plus calmement, en s'adressant à la blessée :

— Je vais vous ramener dans votre chambre, madame, vous avez besoin de repos. Quant à vous, messieurs, je vous invite fermement à aller vous expliquer sur le boulevard Victor-Hugo.

Comme le médecin manœuvrait le fauteuil roulant, Maud fit un discret geste en approchant sa main de l'oreille. Jean Legarec hocha subrepticement la tête. Il attendrait son appel téléphonique.

L'agressivité de Jean-François Clairval et de ses deux gardes n'avait pas baissé.

— Allons nous expliquer dehors.

Legarec le toisa froidement.

— Je n'ai aucune explication à avoir avec vous, monsieur Clairval. D'ailleurs, vu votre état d'excitation, pensez-vous être capable de discuter sereinement ?

Le député frémit sous l'insulte. Les deux gardes du corps s'approchèrent du détective en le bousculant.

— Dites à vos deux sbires de cesser tout de suite leur tentative d'intimidation digne d'une cour de récréation.

— Bien, discutons donc entre personnes civilisées. Ce jardin me paraît un lieu parfaitement adapté, marmonna Clairval.

Legarec hésita quelques instants. Après tout, avoir cette conversation lui permettrait peut-être de cerner l'état d'esprit du mari et de comprendre la situation familiale des Clairval. Il accepta, et s'installa à côté d'un palmier. Le député s'assit en face de lui et attaqua, hargneux :

— Je n'aime pas les fouille-merde, Legarec. J'ai été prévenu hier par un membre du personnel de votre passage. Je ne sais pas comment vous avez réussi à retrouver ma femme, mais il n'est pas question que des gens comme vous s'immiscent dans nos histoires de famille.

Il s'interrompit, attendant une contre-attaque qui ne vint pas. Il continua donc :

— J'imagine que vous êtes venu vendre du rêve à Maud. Dans son état, elle serait prête à lâcher n'importe quoi pour avoir des nouvelles d'Alexandre. La police fait son boulot, Legarec, et nous n'avons pas besoin de voir des vautours planer autour de nous. Vous n'êtes pas le premier à vous intéresser à cette histoire, mais vous êtes sans aucun doute celui qui a le moins de scrupules. Venir entreprendre ma femme jusque sur son lit de souffrance ! Je pense d'ailleurs sérieusement porter plainte contre vous.

— Ça y est, vous avez terminé votre cinéma ?

Legarec ne laissa pas au député le temps de s'insurger.

— Vous avez sans aucun doute lancé une enquête sur mon entreprise, et vous savez pertinemment que KerAvel ne s'intéresse pas à ça. Nous travaillons pour des sociétés ayant pignon sur rue ou pour des gens comme vous. Je suis venu discuter avec votre épouse pour tenter de l'aider, et non pour lui retirer ses subsides. Je vous rappelle au passage, monsieur le député, que vos collègues ont voté en 1965 une loi reconnaissant aux femmes mariées la libre disposition de leur salaire. Votre intervention hystérique n'a donc aucun sens. Retrouver votre fils vous poserait-il un problème, monsieur Clairval ?

— Comment osez-vous dire ça, espèce de salopard ? Je vous préviens, et je ne le ferai qu'une fois : si je vous revois tourner autour de mon épouse, vous aurez de très gros soucis. J'ai le bras long, monsieur Legarec, et beaucoup d'amis très bien placés.

— Non seulement vous devenez vulgaire, mais vous me menacez maintenant ?

Ironique, il montra du doigt les deux gorilles.

— Voilà donc le danger qui pèse sur moi ?

— Ne faites pas le fanfaron, Legarec. Votre prétendue expérience devrait vous apprendre à respecter les gens comme moi. Qu'avez-vous d'ailleurs fait subir à mon collaborateur pour qu'il se réveille dans un placard à balais ? questionna-t-il en se tournant vers le vigile qui oscillait entre la gêne et la colère.

Jean se leva, signifiant que l'entretien était terminé. Il s'éloigna, puis répondit à Clairval :

— Demandez-le-lui. Peut-être est-il sujet à des crises de narcolepsie ?

15

Quelque part au Sénat

— Quelle est la nouvelle importante qui justifie que je décale mon emploi du temps ? grogna Joachim Clairval, assis sur le coin de son bureau.

— J'ai croisé un fouineur à l'Hôpital américain, répondit son fils. Un type en train de discuter avec Maud.

— Qu'est-ce que c'est que cette histoire ? gronda, agacé, le sénateur.

— Le personnel m'avait prévenu qu'un homme était passé la voir quelques minutes hier. Je leur avais demandé de me signaler toutes les allées et venues suspectes. Ce n'était pas la première fois qu'un journaliste tentait de savoir ce que devenait Maud. Quand elle était en réanimation, les médecins refusaient bien évidemment toute entrevue. Depuis qu'elle avait rejoint sa chambre, Maud appliquait les mêmes consignes. Elle ne voulait pas devenir la proie d'un gratte-papier à la recherche d'un sujet à sensation. Hier cependant, le gars en question a réussi à passer.

— Sais-tu de qui il s'agit ?

— Oui, il avait laissé son nom à l'entrée. Jean Legarec.

Joachim Clairval alluma une cigarette, et réfléchit quelques secondes.

— Ce n'est pas un nom courant. J'ai connu un Legarec au début de ma carrière, Ronan Legarec. Il travaillait pour les Affaires étrangères et a pas mal bourlingué entre la Russie et les États-Unis.

Jean-François ne put s'empêcher d'admirer l'organisation de son père. Il avait classé, dans un coin de sa mémoire, tous les personnages qu'il avait fréquentés au cours de sa longue carrière. Il savait en permanence qui était qui, et qui pourrait l'aider dans ses entreprises.

— J'ai fait mener une enquête sur lui. C'est bien le fils de Ronan Legarec. Il a servi cinq ans dans un régiment de parachutistes puis a monté une agence de renseignements industriels qui tourne bien.

— Alors que faisait-il avec ta femme ? Un ancien amant ?

— Votre humour est pour le moins déplacé, père !

— Tu as bien couché récemment avec la femme de ton suppléant à l'Assemblée...

— Comment savez-vous ça ?

— Quand comprendras-tu que nous vivons dans une société close, où chacun est à l'affût des faiblesses de l'autre ? Si tu as envie de la baiser, ça ne pose pas de problème, mais débrouille-toi pour que cela ne se sache pas... sauf si tu peux en tirer quelque chose. Continue avec ton Legarec.

— Je n'ai pas voulu que ce type la voie de nouveau. J'ai donc installé un vigile devant la porte de la chambre de Maud.

— Il semblerait que la méthode n'ait pas prouvé son efficacité.

— Le gars m'a appelé dans l'après-midi. Il était... enfermé dans une pièce du service d'entretien de l'hôpital.

— Alors là, cela mérite une explication.

— D'après lui, il a tenté d'intercepter Legarec. Après une discussion rapide, il a voulu le chasser manu militari. Avec plus de cent kilos et un mètre quatre-vingt-dix, il avait des arguments. Le privé l'a mis hors de combat en quelques secondes.

— Tu me donneras quand même le nom de la société qui t'a fourni ton vigile. Je leur ferai de la promotion...

— C'est celle de votre ami Van Drought, père.

— C'est pourtant une bonne adresse. Bon, ton Legarec a donc revu ta femme. Que se sont-ils raconté ?

— Quand je suis arrivé à l'hôpital, ils discutaient dans le jardin intérieur. Il l'avait installée dans un fauteuil roulant. Maud ne semblait pas parler avec lui sous la contrainte, et leurs échanges tournaient autour d'Alexandre.

— Alexandre ? Nous avons pourtant tout fait pour que sa disparition ne soit pas ébruitée.

— Vous n'êtes pas sans connaître les connexions qui existent entre certains membres de la police et des journalistes à l'affût des bons coups, père ! commenta Jean-François avec une certaine satisfaction.

Son père le regarda avec dédain et décida de ne pas lui rabattre son caquet. La présence de ce détective l'ennuyait.

— Qu'en dit ta femme ?

104

— Elle a prétexté un état de fatigue intense pour demander un somnifère au médecin. Je n'ai pas réussi à en tirer un mot.

— Et Legarec ?

— Je l'ai menacé de problèmes s'il remettait les pieds à l'hôpital. Ça n'a pas eu l'air de l'impressionner, mais je suis persuadé qu'il se tiendra à carreau.

— Qu'il se tiendra à carreau ? Tu me désoles par moments ! Si ce type est venu là, il ne peut y avoir qu'une raison. C'est que ta femme l'a convoqué. Comment a-t-elle réussi à le trouver, enfermée dans sa chambre d'hôpital ? Je n'en ai aucune idée, mais on verra ça plus tard. Elle ne pense que par son fils depuis qu'il est né ! Quoi qu'il en soit, il n'est pas question qu'un type comme lui aille fouiller chez les Clairval. La police fait son boulot, et ça me va bien.

— Legarec est un professionnel qui doit avoir des tarifs élevés, réfléchit le mari. Maud n'a pas les moyens de se payer ses services sans que je sois au courant. Et je ne pense pas que ce soit son frère, sa sœur ou son père qui aient pu l'aider avec leurs ventes de poteries alsaciennes.

— Il faut quand même être vigilants. Prenons les mesures nécessaires pour qu'ils ne se rencontrent plus.

16

Rue Saint-André-des-Arts

Jean Legarec resserra son écharpe. Le vent qui s'était levé dans les rues le fit frissonner. Il s'arrêta quelques instants en dépassant la Conciergerie. Jean n'était pas spécialement attaché à Paris, mais il appréciait l'ambiance de cette partie de la capitale : les quais de la Seine, l'île de la Cité et, de l'autre côté, le Quartier latin. Souvenirs de jeunesse, sagesse des siècles qui veillait sur les rues toujours grouillantes de vie. Mais Paris était-il sage ? Il en doutait un peu plus chaque jour. Il prit sur sa droite le boulevard du Palais et longea les murs centenaires de la Sainte-Chapelle. Il atteignit le pont Saint-Michel et se retourna, embrassant du regard la cathédrale Notre-Dame, savamment illuminée. Il savait qu'elle allait occuper ses pensées dans les jours à venir. Legarec s'était concentré sur le dossier Clairval tout l'après-midi. Baratelli lui avait fourni une mine de renseignements en un temps record. Le travail était à la hauteur de la somme qu'il avait engagée.

Un bateau-mouche passa sous le pont, transportant son lot de touristes admirant la capitale à l'abri des vitres en Plexiglas du navire. Seul un couple d'amoureux était resté dehors, bravant la fraîcheur, pour prendre quelques photos qui feraient sans doute la une sur les réseaux sociaux. Jean jeta un œil sur la fontaine Saint-Michel, squattée par des bandes qui mettaient leur point d'honneur à relancer l'industrie houblonnière française. Puis il s'engouffra dans la rue Saint-André-des-Arts. Il aimait cette rue toujours animée, avec son cinéma d'art et d'essai, ses petites boutiques, ses restaurants et ses anciens hôtels particuliers. Il s'arrêta devant une lourde porte et sonna à un interphone. Il s'annonça, entra dans le vieil immeuble et grimpa deux étages.

— Yannig, ça fait plaisir de te voir ! lui lança une adolescente en le tirant par la main.

Il la dévisagea et lui répondit dans un sourire :

— Tu es un peu plus belle tous les jours, Camille.

La jeune fille éclata de rire.

— Maman, ton frère est arrivé et il vient de me faire un compliment. Une grande soirée en perspective !

Jean s'amusa de l'enthousiasme de sa nièce.

— Et ton frère ?

— Thomas ? Il doit être en train de jouer à « Call of Duty » dans sa chambre. Viens avec moi, on va le sortir de sa léthargie d'ado en crise.

Elle traversa le couloir et poussa la porte entrouverte de la chambre de son frère. Jean regarda, dubitatif, le désordre quasi parfait qui y régnait. Cela en était presque admirable ! Écroulé sur son lit, le garçon maniait sa manette de jeu à une vitesse incroyable, menant seul l'assaut contre un repaire de terroristes lourdement armés. Impassible, l'adolescent avançait, crépissant les murs du bâtiment du sang de ses victimes virtuelles. L'ancien militaire regarda quelques instants les personnages s'agiter sur l'écran du poste de télévision. Il n'arrivait pas à accepter que des sociétés multinationales gagnent des milliards de dollars en vendant la souffrance comme un jeu. Il décida de garder pour lui ses états d'âme. Le jeune homme sentit qu'il se passait quelque chose autour de lui et tourna la tête.

— Oncle Yannig, tu es venu dîner ? Cool !

— Quelle est cette nouvelle manie de m'appeler Yannig ?

— C'est moi qui leur ai dévoilé que nos grands-parents te surnommaient comme ça quand tu étais enfant. Et ça leur a plu ! intervint une femme au sourire amusé, qui entra dans la chambre, un tablier de cuisine à la taille.

Jean Legarec s'approcha de l'arrivante et la prit dans ses bras.

— Cela me fait plaisir de tous vous voir, Agnès. Comment vas-tu ?

— Bien, heureuse que tu aies pu te joindre à nous.

Elle montra d'un rapide mouvement de tête ses enfants en train de se chamailler et ajouta doucement :

— Je te remercie de ce que tu as fait pour Marius.

Puis, plus fortement :

— Allez, on passe à table. Je vous ai préparé un rôti de bœuf avec des pommes dauphine, et c'est bon quand c'est chaud.

108

Ils gagnèrent la salle à manger. Agnès Legarec était l'une des avocates pénalistes les plus célèbres du barreau de Paris. Elle avait su garder sa simplicité et sa lucidité face aux honneurs qu'aurait pu lui procurer sa situation. De cinq ans la cadette de Jean, elle avait toujours admiré son frère. Elle avait même été l'un de ses seuls soutiens lorsqu'il avait vécu ses années noires. Jean lui en était reconnaissant. Agnès avait épousé Marius Baratelli, qu'elle avait croisé lors d'une réception en loge présidentielle au Parc des Princes. Aucun des deux n'appréciait le football ; ils avaient discuté pendant toute la durée du match, totalement hermétiques aux exploits sportifs qu'avait réalisés le Paris-Saint-Germain ce jour-là. Trajectoires différentes, rencontre improbable : cela avait fini par un mariage. Jean n'avait pas pris part à la cérémonie. Il était à cette époque en mission en Afrique dans les troupes de la Légion étrangère.

Une flambée crépitait dans la cheminée du salon. Comme par réflexe, Jean s'approcha de l'âtre et se frotta les mains. Sa sœur le rejoignit :

— C'est la cheminée qui m'a fait craquer pour cet appartement... et son emplacement, bien sûr. À deux pas du boulot, et au cœur de la rive gauche. Maintenant, allez vous installer. Thomas, viens m'aider à apporter le rôti.

Le repas se déroula dans une ambiance détendue qui chassa de l'esprit du détective la famille Clairval. Marius Baratelli avait dû rester plus longtemps que prévu à son agence. Une dernière vérification à faire sur un dossier qui paraîtrait le lendemain. Le journaliste ne sortait aucune information qu'il n'ait validée de façon certaine. Il n'avait jamais perdu un procès en diffamation, et c'est ce qui faisait sa réputation.

Après le dessert, Thomas et Camille prirent l'initiative de débarrasser la table, laissant leur mère et leur oncle se diriger vers un canapé qui faisait face à la cheminée. Jean ajouta une brassée de bois sec dans l'âtre, ressuscitant les flammes qui léchèrent une plaque en fonte, noircie par la suie.

— Toujours amateur de chartreuse ? demanda Agnès.

— Toujours.

La jeune femme sortit une bouteille d'un vieux bahut aux portes ouvragées. Elle versa la liqueur verte dans deux verres et s'installa à côté de son frère. Ils dégustèrent en silence l'alcool alpin. Quand les enfants regagnèrent leur chambre, Agnès s'adressa à voix basse à son frère :

— Marius est passé me voir au Palais ce midi. Il m'a tout raconté.

— Tout ?

— Sa rechute au poker, les menaces qu'il a reçues, la somme que tu lui as donnée et l'aide que tu lui as apportée ce matin.

— Je ne lui ai pas donné d'argent, Agnès, il m'a vendu des renseignements, de très bonne qualité.

— Pour soixante mille euros, ils devaient être exceptionnels.

— Il peut aussi te remercier. Si tu n'avais pas été sa femme, je l'aurais laissé réfléchir plus longtemps à sa promesse non tenue.

— Je sais, Jean, il a dérapé, mais il vit au milieu d'une telle pression en ce moment !

— C'est tout ce que ça te fait ? réagit brusquement Jean. Il a manqué de vous ruiner il y a deux ans, a juré à sa famille que plus jamais il ne jouerait, et il vous met à nouveau en danger ! C'est à force de défendre des escrocs que tu trouves des circonstances atténuantes à tout le monde ?

— Ne t'emballe pas, grand frère. D'abord, je ne défends pas que des crapules, et on a tous droit au pardon quand on fait une erreur.

— Désolé Agnès, mais je ne suis pas d'accord. Quand on donne sa parole, en plus à sa famille, on la tient. On ne risque pas ce qu'on a de plus cher pour une partie de cartes. On serre les dents, et on tient bon. C'est aussi simple que ça. Sinon, que t'a-t-il raconté au sujet de notre escapade matinale ?

Surprise par la question, la jeune femme répondit :

— Que tu l'avais protégé des deux hommes qui venaient récupérer l'argent et que tu leur avais fait passer l'envie de s'approcher de nouveau de nous.

— Il ne t'a pas donné plus de détails ?

— Non, pourquoi ? demanda Agnès, soudain alarmée.

Un long silence s'installa, uniquement troublé par le bruit d'une branche qui se tordait sous les flammes ou d'une bûche qui s'effondrait dans l'âtre. Agnès savait qu'elle devait laisser à son frère du temps pour qu'il raconte. Lui que l'on ne pouvait faire taire quand il était adolescent était devenu avare de ses confidences. Les yeux dans le vague, il reprit leur conversation :

— J'ai déconné ce matin.

Elle le laissa continuer.

— J'ai effectivement calmé les deux abrutis qui venaient toucher l'argent que devait ton mari. Deux truands au service d'un certain Marconi, habitués à terroriser des pauvres types rien qu'en montrant leurs muscles. J'ai perdu mon sang-froid. Tu te souviens des mecs qui t'ont agressée avant-hier soir ?

Ce fut au tour d'Agnès de laisser passer du temps. Elle se rapprocha de son frère. Ce qu'elle n'avait pas osé dire à son mari pour ne pas le paniquer, elle allait le raconter à Jean, celui qui la protégeait quand ils étaient enfants.

— Cela a été bien plus effrayant que ce que j'ai raconté à Marius. Il était vingt-deux heures et je sortais du Palais. Une réunion avec des collègues qui s'était terminée tard. Je les ai salués et je suis partie vers la maison. La rue était calme. Je n'avais pas remarqué qu'un homme me suivait. D'un coup, il s'est approché de moi et m'a violemment bousculée alors que je passais devant une porte cochère. Deux complices attendaient dans le renfoncement. L'un d'entre eux a plaqué sa main contre ma bouche, alors que les deux autres ont commencé à me toucher de partout et tenté de m'arracher mes vêtements. J'ai essayé de ne pas paniquer. Coup de chance, j'avais mis un pantalon, ce qui m'a permis de gagner du temps. Dans l'excitation, le type qui me bâillonnait a relâché son étreinte. J'en ai profité pour hurler et me débattre comme une folle. Il m'a violemment frappée.

Elle souleva son chemisier et montra un hématome qui couvrait une partie de son côté.

— Cela a eu l'effet contraire à celui qu'il attendait. J'ai réussi à mettre un coup de genou dans l'entre-jambe de l'un de mes agresseurs et je me suis enfuie. Je hurlais toujours. Là, je n'ai pas regretté les dizaines de kilomètres que nous avons courus ensemble. Ils m'ont poursuivie, mais au moment où ils me rejoignaient, une bande de jeunes a fait irruption sur le trottoir. Quand ils ont vu que j'étais menacée, ils ont pourchassé les deux salopards, mais ne les ont pas rattrapés. J'ai pu rentrer à la maison.

— L'un des types qui t'ont agressée avait-il un blouson style croco, couleur beige ?

— Oui ! répondit-elle, surprise. C'est lui qui me bâillonnait. Comment le sais-tu ?

Jean enchaîna :

— Il est à l'hôpital à l'heure actuelle, avec une balle dans les intestins. Enfin, ils ont dû la lui retirer depuis ce matin.

— C'est toi ?

— Oui, pas Marius ! C'est là que j'ai dérapé.

— Tu risquais de le tuer !

— Non, je savais ce que je faisais. Il lui aurait fallu des heures pour mourir, et ce ne sont pas les hostos qui manquent dans cette ville. De toute façon, ce genre de parasite est inutile à la société. Là où j'ai déconné, c'est que j'ai fait ça à sept heures du matin. Si jamais des flics avaient patrouillé dans le coin et entendu la détonation, je partais directement avec les menottes aux poignets.

— Tu aurais eu une bonne avocate ! lâcha Agnès pour essayer de détendre l'atmosphère.

Jean ne releva pas la tentative de sa sœur et continua, lancé dans son raisonnement :

— Depuis quinze ans, j'ai toujours réussi à maîtriser ce genre de situation, quitte à mener des actions de représailles quand les choses s'étaient tassées. Là, j'ai perdu mon sang-froid.

113

— D'accord, mais c'était l'avenir de ta sœur et de ses enfants qui était dans la balance, pas celui d'inconnus ! Laisse-toi le droit de ne pas tout maîtriser, Jean ! Oui, tu as des sentiments et tu as le droit de les laisser s'exprimer, même si tu as fait preuve... d'emportement ! Tant pis pour celui que tu as envoyé aux urgences, car tous ceux qui prennent le glaive périront par le glaive.

— Depuis quand cites-tu la Bible ?

— C'était une des maximes de grand-père, tu ne t'en souviens plus ? Je me suis toujours opposée à la violence comme réponse à la violence, mais ce matin tu as eu raison !

Jean regarda sa sœur, surpris. Le choc qu'elle avait subi au cours de son agression de la veille avait-il ébranlé ses convictions ? Il lui fut inconsciemment reconnaissant de lui ouvrir son cœur. Pour la première fois depuis des années, il eut envie de se confier. Il lui passa un bras autour de l'épaule.

— Ce con a fait l'erreur de dire à Marius : « Elle avait l'air bonne, ta femme. » Il avait aussi la malchance de ressembler à un type que j'ai rencontré il y a près de vingt ans, dans une petite ville de Bosnie.

Agnès retint son souffle. Depuis vingt ans, elle tentait de sortir son frère de la spirale infernale dans laquelle il s'était enfermé. Elle avait tout essayé, lui avait consacré des semaines entières sans qu'il semble s'apercevoir qu'elle était là.

— Je me souviendrai toujours du visage de cette pourriture : Nikola Trakic, dit le Renard. Nous étions en cantonnement dans l'est de la Bosnie depuis plusieurs semaines. Des dizaines de soldats français avaient été pris en otages, et les Hollandais de la

FORPRONU venaient de se faire humilier à Srebenica. C'était le bordel, des groupes paramilitaires de toutes obédiences faisaient régner la terreur, et nous n'avions qu'un ordre : ne pas intervenir. Imagine dans quel état nous étions ! Des mecs, entraînés à se battre, venus pour rétablir l'ordre, et contraints à l'inaction par des choix politiques qui nous semblaient absurdes. Des locaux qui travaillaient pour nous disparaissaient parfois du jour au lendemain. Puis ce fut le tour de notre traductrice, Mevlida, de se retrouver aux abonnés absents : plus une nouvelle de cette jeune femme adorable et toujours de bonne humeur, malgré tout ce qui lui tombait dessus, mais interdiction de partir à sa recherche !

Un soir, deux filles sont arrivées devant le cantonnement. Pas plus de vingt ans. C'est moi qui étais de garde. Quand j'ai vu l'état dans lequel elles étaient, j'ai désobéi une première fois. Je les ai emmenées chez le toubib qui a accepté de les soigner. Leurs corps étaient couverts de marques de brûlures de cigarette et de cicatrices. Ensuite, nous les avons nourries. Les gamines pleuraient en mangeant. L'une d'elles parlait russe et a commencé à raconter.

— Tu parles toujours russe depuis notre séjour à Moscou ? ne put s'empêcher de couper Agnès, regrettant aussitôt son intervention.

— Pour mes activités, il m'est presque aussi utile que l'anglais.

Jean reprit le cours de son récit :

— Leur village, une bourgade du nom de Zvikolice, avait été pris d'assaut par une bande de criminels utilisant le prétexte de la cause nationaliste serbe pour faire régner la terreur. Ils avaient abattu quelques

115

hommes qui avaient tenté de résister, puis transformé le principal hôtel de la ville en bordel. Elles nous suppliaient de venir les aider.

— Vous ne pouviez rien faire, même avec de tels témoignages ?

— Non. Les gouvernements avaient été clairs, mais sur le terrain, de nombreux soldats ne supportaient plus de « donner du temps au temps ». Presque par hasard, j'ai décrit succinctement Mevlida et j'ai demandé aux jeunes femmes si elles la connaissaient. J'ai compris à leur silence que notre traductrice était prostituée par ces truands. Alors j'ai désobéi une seconde fois. J'ai décidé d'intervenir. C'était une idée stupide, j'en étais conscient. Nous allions faire notre petite guerre, en toute illégalité. Si ça foirait, c'était au mieux le tribunal des forces armées et au pire, le scandale diplomatique. Malgré tout, la situation tendue depuis des semaines, la détresse de ces gamines… et sans doute l'inaction nous ont poussés à agir.

— Je peux comprendre. Que vouliez-vous faire ?

— Sortir Mevlida de son enfer. Débarrasser le village des assassins qui le contrôlaient. Tenir le rôle pour lequel nous nous étions engagés. Nous sommes intervenus la nuit même. Avec cinq de mes gars triés sur le volet, nous avons troqué nos uniformes et notre armement contre des vieux treillis russes et des armes saisies quelques semaines plus tôt. Nous n'étions plus des paras français, mais des hommes en colère.

— Vos officiers ne se sont doutés de rien ?

— Non. Ou ils ont fait semblant de ne pas savoir ce qui se tramait. Nous avons discrètement rejoint le village et nous sommes dirigés directement vers l'hôtel. Une vingtaine de véhicules étaient garés juste au bas de l'escalier principal. Je ne sais pas quelle stratégie de promotion avait utilisée Trakic, mais son établissement était plein. Une trentaine de clients, mercenaires ou truands yougoslaves que le trafic de guerre avait enrichis, se soûlaient en regardant une quinzaine de femmes et de gamines qui dansaient sur une estrade de fortune, terrorisées par ce qui les attendait. J'ai sorti quelques dollars neufs, qui ont appâté le maître des lieux. Le dollar a cette capacité d'attraction que n'avaient ni le franc ni le deutsche Mark. Quelques minutes plus tard, il nous invitait dans son bureau, cherchant à connaître les nouveaux riches qui fréquentaient son établissement ce soir-là.

— Tu t'es jeté dans la gueule du loup.

— Je n'avais pas le choix. Trakic était un malin. Il a vite compris que nous ne pouvions pas être des mercenaires russes. Propres sur nous, la coupe de cheveux réglementaire. Je lui ai alors proposé de lui racheter Mevlida. Deux mille dollars.

— C'était le prix auquel tu estimais la liberté de cette fille-là ?

— J'aurais pu dire cinq mille, mais je n'aurais pas été crédible. De toute façon, je n'en avais qu'une cinquantaine sur moi. Je savais aussi qu'ayant annoncé une telle somme, je ne pouvais plus sortir vivant de cet hôtel... sauf si je le tuais avant, mais il m'a pris pour un con et a voulu jouer au plus malin. Il a appelé quelques-uns de ses gorilles et nous a tous emmenés dans la chambre de Mevlida. Elle était allongée, nue, les mains attachées par une corde aux barreaux du lit. Il a voulu nous provoquer en envoyant deux de ses gardes la violer devant nous. Trakic était tellement excité par son jeu pervers qu'il nous a oubliés l'espace de quelques secondes. Quelques secondes fatales ! J'ai parfois regretté certaines de mes actions, Agnès, mais jamais je n'ai eu de remords d'avoir enfoncé mon poignard dans la gorge de ce salopard.

Agnès regardait son frère, ébahie. Elle savait qu'il s'était engagé chez les paras après avoir quitté les États-Unis, qu'il était intervenu en Bosnie, puis en Centrafrique. Jamais il n'avait soufflé mot de ce qui s'était passé pendant ces cinq années. Comment avait-il pu devenir cet homme sans pitié ? Au fond d'elle-même, elle ne pouvait le blâmer. Le truand ne méritait pas mieux, mais quelles facettes obscures Jean cachait-il donc au fond de son âme ? Après un moment de silence, il continua, comme s'il décrivait une scène qui se passait sous ses yeux :

— J'ai détaché Mevlida et je l'ai prise, inerte, dans mes bras. Nous sommes sortis par un escalier de service, non sans croiser quelques gardiens que nous avons abattus. En quelques minutes, l'annonce de la mort de Trakic s'est répandue dans Zvikolice. Nous avons donné nos armes aux villageois et, poussés par la haine et le soulagement de la disparition du Renard, ils sont allés délivrer les leurs et massacrer leurs geôliers... et une bonne partie de la clientèle aussi.

— Qu'est devenue ton amie ?

— Je l'ai confiée à sa mère, en espérant qu'elle retrouverait un jour le goût de vivre. J'ai tenté plusieurs fois par la suite d'avoir de ses nouvelles, mais elle semblait avoir disparu. Je n'ai jamais su ce qu'elle était devenue... Le connard de ce matin ressemblait à Trakic.

Le cliquetis des clés qui ouvraient la porte d'entrée les interrompit. Marius Baratelli se précipita dans le salon.

118

— Jean, tu es toujours là ! J'avais peur de t'avoir manqué.

Il remarqua le visage troublé de sa femme.

— Quelque chose de grave ?

— Tout va bien, Marius. Agnès nous a préparé un excellent dîner et j'espérais te voir avant de repartir.

Le journaliste jeta son manteau sur l'un des fauteuils du salon, fila vers la cuisine et en revint peu de temps après avec un plateau-repas confectionné à la hâte. Une tranche de rôti, de la salade et un verre de vin rouge.

— As-tu goûté mon petit médoc ? Je l'ai découvert cet été. Je l'ai acheté chez un vigneron dont le domaine jouxte celui de Pauillac.

— Il est excellent.

— Merci. Pour une fois que je ne me trompe pas sur le choix d'un vin. Sinon, les documents que je t'ai fournis ont-ils fait ton bonheur ?

— Je suis impressionné par l'efficacité de ton équipe, Marius. Ils ont trouvé en quelques heures ce que les flics n'ont pas trouvé en deux semaines !

— C'est surprenant, remarqua le journaliste. Je sais que mes gars sont parmi les meilleurs, mais je ne comprends pas comment le dossier officiel peut être aussi vide. Leur budget est en baisse permanente, mais tout de même... Sinon, qu'as-tu fait de toutes ces pièces, si ce n'est pas indiscret ?

— J'ai pris une affaire, mais je ne peux pas vous en parler.

— Tu es parti à la recherche du gamin !

— Quel gamin ? Quelle recherche ? demanda Agnès.

Son mari ne laissa pas à l'enquêteur le temps de répondre.

119

— Le petit-fils Clairval a disparu le jour de l'attentat de Notre-Dame. Et ce que...

Sèchement, Jean le coupa :

— Marius, si je ne veux pas vous en dire plus, c'est pour vous protéger. Moins vous en saurez, mieux vous vous porterez. En tant que journaliste et avocat, je suis certain que vous pouvez comprendre ma position.

— Je la comprends, intervint Agnès, mais pour le peu que je connais de tes activités, la recherche de disparus ne fait pas partie de ton spectre d'investigations.

Jean Legarec s'amusa de la tentative de sa sœur.

— Tu as raison.

Puis, se retournant vers son ami :

— Puisque tu as lancé la conversation, où en sont politiquement les Clairval ?

Marius Baratelli termina les dernières feuilles de sa salade, dégusta une gorgée de médoc et se lança dans l'histoire de la famille Clairval.

— Commençons par le fils, c'est le plus simple. Jean-François est député dans une circonscription des Hauts-de-Seine. Parachuté par papa et le parti il y a quatre ans, il devrait être réélu sans difficulté aux prochaines législatives.

— Il est apprécié ?

— Il ne fait pas de vagues, il n'emmerde pas grand monde et il a sa clientèle dans sa ville. Le genre de gars parti pour durer. Il avait même la prétention de briguer la mairie, mais le projet de loi sur le non-cumul des mandats pourrait brider son ambition.

— Un méchant ?

— Difficile à dire. L'ombre de son père plane sur lui, et quand il y a des coups tordus, on ne sait pas s'ils viennent du père ou du fils.

120

— Et le père ?

— Je ne te ferai pas le bilan de plus de quarante années de politique de Joachim Clairval.

— Non, ce n'est pas ce que je te demande. Dis-moi juste si tu lui connais des ambitions particulières en ce moment.

L'attention du journaliste augmenta d'un cran.

— Tu as entendu quelque chose ?

— Non. On m'a juste dit qu'il s'imaginait encore une longue carrière.

— Tu auras plus de facilité à boucher le trou de la Sécu qu'à débarrasser le monde politique d'un Joachim Clairval en possession de ses moyens. Ce n'est pas un secret de dire qu'il considère son poste de sénateur comme un tremplin.

— Il a quand même soixante-huit ans…

— Et alors, Pétain avait bien quatre-vingt-quatre ans en 1940.

— Enfin, cela n'a pas été une réussite politique.

— Certes, mais cela signifie qu'il n'y a pas d'âge pour devenir un homme providentiel. C'est le rêve, à peine caché, du père Clairval.

— Tu le verrais se présenter aux prochaines présidentielles ? Il est quand même barré par deux ou trois cadors de son parti !

— Rien n'empêche d'en créer un autre !

— Quelles sont ses chances de réussite, d'après toi ?

— En temps normal, je dirais aucune. Avec les crises économique et politique dans lesquelles nous sommes plongés, il est plus difficile de faire des pronostics. Cependant, il a peu de chances de devenir le nouveau de Gaulle du XXIe siècle. D'autant plus que de Gaulle pensait France, alors que Clairval pense Clairval !

— T'es-tu déjà frotté à lui, professionnellement parlant ?

— Je vais te faire un aveu. C'est le seul politicien que je crains. En quarante ans de carrière et avec sa connaissance des arcanes du pouvoir, il a su tisser un réseau terriblement dense, qui dépasse les partis traditionnels. Il a toujours su donner un coup de pouce aux jeunes loups qui arrivaient. Stratégie payante, car les dettes accumulées à son égard lui ouvrent quasiment toutes les portes qu'il souhaite.

— Tu es en train de me décrire un dictateur en puissance.

— N'exagérons pas. Il n'est pas le seul à user de ces stratagèmes, mais il est l'un de ceux qui ont le moins d'états d'âme. Alors que je critique sa politique, je n'ai jamais attaqué le personnage. On peut considérer ça comme de la lâcheté, mais j'ai déjà assez d'ennemis sur le dos.

— Non, c'est de la prudence, et tu as raison, Marius, l'assura Agnès.

Elle s'adressa à son frère :

— Jean, j'ai bien compris que tu allais rechercher l'enfant en prenant le risque d'affronter Joachim Clairval. Sois vigilant ! C'est un milieu dangereux.

— Ne t'inquiète pas, Agnès. Je pense avoir fréquenté le danger suffisamment longtemps pour savoir l'appréhender.

— Sauf que celui-ci, tu ne le connais pas. Je le côtoie en permanence, et les coups bas sont légion. Si jamais tu te mets à dos le père Clairval, tu ne sauras pas d'où peuvent partir les attaques.

122

— Laisse-moi régler mes affaires sans les compli-
quer, Agnès !

— On tient tous à toi, Yannig. Tu ne t'en rends
pas compte, mais les enfants étaient trop contents,
pour reprendre leur expression, quand ils ont su que
tu venais ce soir.

— Agnès, tu n'as aucune idée de la raison pour
laquelle je me suis lancé dans cette affaire. Alors, ne
juge pas mes actes !

— Je ne te juge pas, Jean, je te demande juste de
faire attention, très attention.

Legarec observa sa sœur. Il revit la fillette qui l'accompagnait toujours dans ses expéditions enfantines,
juste pour être là si jamais il se trouvait en difficulté.

— Je serai vigilant. Je vous raconterai tout si j'arrive à atteindre mon but.

Marius et Agnès se regardèrent silencieusement.
Pour la première fois en quinze ans, Jean parlait d'un
but à atteindre. Ils savaient qu'il serait inutile, voire
contre-productif, de poser des questions.

— Merci pour cette excellente soirée, je vais rentrer chez moi.

— Veux-tu que je te raccompagne ? demanda
Marius.

— Repose-toi plutôt. Je trouverai un taxi en
vadrouille sur les quais.

17

Nuit agitée à Paris

Jean Legarec n'avait eu à marcher que quelques minutes sur le quai des Grands-Augustins avant de trouver un taxi libre. Sa discussion avec Marius l'avait replongé dans l'affaire Clairval. Les questions avaient ressurgi, sans réponses. Comment ce gamin avait-il pu se volatiliser ? Sa disparition et l'attentat étaient-ils liés ou avaient-ils interféré par pure coïncidence ? Pourquoi les Clairval cultivaient-ils cette obsession du secret, au point qu'une mère doive engager, en cachette, sa propre fortune pour rechercher son fils ? Une carrière politique méritait-elle de tels sacrifices ? Il avait attendu un appel de Maud dans l'après-midi. La réaction de la jeune femme avait été très surprenante : la photo qu'il lui avait montrée lui avait semblé familière. Son téléphone était pourtant resté muet. Sans doute était-elle sous tranquillisants... ou sous surveillance. Il patienterait jusqu'au lendemain midi et appellerait Béatrice Weber s'il n'avait pas de nouvelles.

Il regarda par la fenêtre les lumières de la ville qui scintillaient encore malgré l'heure avancée. Sur sa gauche, l'histoire de Paris défilait : le musée d'Orsay, l'Assemblée nationale, la tour Eiffel. Dix minutes plus tard, le chauffeur le laissa à quelques pas d'un immeuble cossu. Jean Legarec s'étira et bâilla longuement. Une bonne nuit de sommeil lui éclaircirait les idées. Il observa un homme assis devant le portail d'entrée du bâtiment. Il l'avait remarqué en descendant du véhicule : jamais il n'avait vu un SDF s'installer dans cette rue. Elle ne présentait aucun abri pour quelqu'un à la recherche d'un minimum d'intimité. Claquement sec. Son corps se contracta. Trois personnes sortaient d'une voiture garée le long du trottoir, tous feux éteints. Le bruit d'une portière brusquement fermée lui fit tourner la tête. Deux autres individus venaient à sa rencontre, lui bloquant toute possibilité de fuite.

L'ancien soldat analysa la situation en quelques secondes. Les cinq hommes s'approchaient de lui, avec la force que leur donnait le nombre. Le calme dont ils faisaient preuve n'était pas de bon augure. Pas un mot de provocation, pas un bruit. Leur objectif, c'était lui. Pourquoi ? Il n'avait pas le temps de se poser la question. Jean Legarec espérait juste que ses adversaires le sous-estimeraient. Quand il vit une matraque télescopique apparaître dans la main d'un de ses agresseurs, il n'hésita pas une seconde. Briser le cercle et s'enfuir. Il avait affaire à des spécialistes, cela se lisait dans leur attitude. Il s'élança brusquement sur l'homme le plus proche et le frappa violemment à la tempe. Son adversaire s'effondra sans un mot, étonné par la soudaineté de l'attaque. Jean en profita pour enchaîner son mouvement et explosa d'un coup de pied le genou d'un grand brun dont la vigilance fut prise en défaut. Il s'apprêtait à s'enfuir sur l'avenue déserte quand le SDF fit irruption devant lui. Il bloqua Legarec d'un violent coup dans les côtes. Jean grimaça, mais évita le pied qui venait à hauteur de son visage. Il se baissa, saisit la jambe au passage et déséquilibra son agresseur, mais l'effet de surprise était passé. À quatre contre un, la partie était trop inégale. Il se mit alors à hurler à l'aide. Réveiller quelques habitants du quartier ; l'un d'eux aurait bien l'idée d'appeler la police ! Un uppercut le fit momentanément taire, provoquant une vive douleur. Éviter les coups et les rendre dans la foulée. Ne pas se laisser déborder ! Toutes les techniques de combat rapproché qu'il avait apprises et mises en œuvre des années plus tôt lui revinrent instantanément à l'esprit. Sa rage froide et la violence de ses attaques déboussolèrent brièvement ses adversaires, mais ils savaient se battre. Jean sentait les coups pleuvoir et se concentrait sur ceux qu'il donnait pour ne pas succomber à la douleur qui s'installait. Faire durer le combat, laisser le maximum de chances à des secours d'arriver. L'attaque simultanée de deux assaillants le déséquilibra. Il s'accrocha à la jambe du plus proche, mais ne put empêcher sa chute. L'un des truands visa son estomac. Il se mit en boule, protégeant son visage. Il savait qu'il allait passer un sale moment, même s'il ignorait les intentions des inconnus. S'ils avaient voulu le tuer, il serait sans doute déjà mort. Il risquait toutefois de se retrouver dans un état déplorable. D'un balayage de jambe latéral, il tenta de briser le cercle qui s'était formé autour de lui. Il entendit un cri de douleur, mais la cadence des coups baissa à peine. Se protéger la tête ! Jean sentait son corps s'anesthésier peu à peu. Même s'il avait mis hors de combat trois des hommes, il n'arrivait plus à s'opposer à ses bourreaux de la nuit. Le son d'une sirène au loin lui redonna espoir. Le deux-tons s'approchait, signe de la fin de son calvaire : un des habitants de la rue avait prévenu les forces de l'ordre. Un dernier impact de ranger lui arracha un grognement de douleur. L'un des individus se baissa et lui glissa à l'oreille :

— Voilà ce qui se passe quand on s'occupe des affaires des autres.

Il s'éloigna. Les inconnus entraînèrent leurs complices à terre et rejoignirent leurs voitures. Dans un spasme, Jean Legarec vomit ses tripes, allongé sur le trottoir. Il n'avait plus assez d'énergie pour se relever seul.

Le véhicule s'arrêta, une porte claqua et des pas approchèrent.

— Que vous est-il arrivé ?

Le détective n'avait ni la force ni l'envie de répondre à cette question. Son corps entier le faisait souffrir. Un homme sortit de l'immeuble, emmitouflé dans une robe de chambre. Il se précipita vers eux.

— Monsieur Legarec, comment allez-vous ?

Jean tenta de se lever, mais la rue tournait autour de lui. Il resta assis sur le sol.

— Pas au mieux de ma forme, monsieur Havillande, répondit-il.

Le nouvel arrivant reprit :

— C'est moi qui ai appelé ces messieurs de la police.

Puis, s'adressant aux policiers, le voisin continua :

— J'étais à la fenêtre. Ma femme pense que j'ai arrêté de fumer, il faut donc que je sois discret si je veux en griller une petite. J'avais remarqué un vagabond qui traînait devant la porte de l'immeuble, alors qu'il n'avait rien à y faire. Je le surveillais, quand j'ai vu arriver M. Legarec. Une personne très bien, ajouta-t-il sur le ton de la confidence. M. Legarec allait entrer dans l'immeuble, quand cinq hommes sont sortis de deux véhicules et l'ont agressé. Il s'est défendu comme un diable. Je peux vous dire qu'en tant qu'ancien colonel de l'armée française, j'aurais été fier de l'avoir dans mes troupes.

— Merci mon colonel, répondit Jean, totalement sonné.

— Mais face au nombre, il n'a rien pu faire. Je vous ai appelés dès que j'ai vu les malfrats s'approcher de lui. Je sentais que ça se terminerait mal.

— Avez-vous remarqué des indices qui permettraient de les identifier ?

— Je peux vous décrire les véhicules.

Jean Legarec s'était relevé et se tenait, chancelant, contre le mur. Il vomit à nouveau un jet de bile sur le trottoir. La souffrance était trop forte. Les fonctionnaires semblèrent soudainement se rendre compte de son état.

— Nous allons vous emmener aux urgences d'Ambroise-Paré.

Jean monta dans la voiture et s'allongea sur la banquette arrière. Les policiers prirent congé du colonel à la retraite, lui promettant de venir prendre sa déposition le lendemain. Ils démarrèrent, toutes sirènes hurlantes, dans la nuit parisienne.

Le blessé était couché, une perfusion lui instillait goutte après goutte de quoi supporter la douleur. Un chirurgien de garde l'avait longuement examiné. Il ne présentait pas de fracture et aucun organe vital n'avait été touché. Un miracle d'après le praticien, vu la quantité d'hématomes qui couvrait son corps. Il était seul dans une chambre, naviguant dans une zone entre le sommeil et la conscience. Son esprit était perdu, livré à lui-même. Des images ressurgissaient de son passé. Les criminels qui l'avaient tabassé ce soir dans les rues de Paris s'alliaient aux hommes de Trakic, l'entourant dans une ronde infernale. Tour à tour, ils venaient s'acharner sur lui, recroquevillé sur le sol et incapable de réagir.

Une douleur aiguë à la jambe le ramena dans sa chambre d'hôpital. Désorienté, il navigua entre ses souvenirs et la réalité. Il n'avait plus rêvé de sa mission en Bosnie depuis des années. Les images de la nuit avaient été particulièrement crues et violentes. Les multiples confrontations de la journée en étaient évidemment la source. En se réveillant, il savait une chose : s'il retrouvait sur son chemin des inconnus aux intentions agressives, il n'hésiterait pas à tuer de nouveau.

18

Adieu

4 décembre

Huit heures du matin. Jean Legarec s'assit sur son lit et saisit le tee-shirt que lui tendait Michel Enguerrand, son collaborateur de longue date. Il venait d'avaler un cocktail de cachets prescrit par l'interne de garde et avait obtenu, en insistant, l'autorisation de quitter l'hôpital. Michel l'aida à se lever et lui offrit un gobelet de café qu'il était allé chercher dans un distributeur.

— Tu es sûr que tu ne veux pas que je te ramène chez toi ?

— Non. Quitte à avoir mal, autant que je m'occupe l'esprit. Je veux retrouver les mecs qui m'ont mis dans cet état.

Ils quittèrent l'établissement hospitalier et se dirigèrent vers le véhicule d'Enguerrand. Legarec regarda son ami, dont la ressemblance avec l'acteur Michael Caine l'avait toujours amusé. Elle lui donnait un air britannique un peu guindé, alors que c'était un pur

130

produit de Provence. Il n'avait conservé qu'un vague accent de sa jeunesse dans les montagnes du Garlaban, mais racontait à qui voulait bien l'entendre les parties de chasse qu'il prévoyait pour sa retraite. À cinquante-cinq ans, elle était encore loin, et Enguerrand aimait son travail, mais cette respiration provençale était sans doute l'oxygène dont il avait besoin pour supporter les odeurs parfois nauséabondes du monde qu'il côtoyait régulièrement.

Jean s'installa avec précaution dans le cuir confortable de la Mercedes. La circulation était dense, mais, en Parisien d'adoption, l'ancien minot savait utiliser toutes les opportunités de progression qui s'offraient à lui. Le culot allié à la courtoisie : tels étaient sa maxime et le secret d'une carrosserie encore impeccable.

Jean avait connu Michel lors de son passage dans l'armée. Quand il avait quitté son régiment, le Breton n'était riche que de plusieurs citations au combat, d'une toute petite retraite et de toutes ses désillusions. Pendant deux ans, il s'était loué à des organisations plus ou moins recommandables. Ses connaissances juridiques, sa parfaite maîtrise de plusieurs langues étrangères et son absence de scrupules avaient fait merveille. Michel Enguerrand l'avait rapidement rejoint.

Il avait trente-quatre ans quand le projet de créer ensemble une société de renseignements avait vu le jour. Jean en était officiellement le dirigeant, mais il ne concevait pas de mener ses activités sans son ami. Après quelques années de démarrage difficile, leur professionnalisme avait été reconnu et ils avaient

131

maintenant le luxe de pouvoir choisir les dossiers qu'ils souhaitaient traiter.

— Raconte-moi ton agression d'hier soir dans le détail.

Jean se replongea dans le combat de la veille. Il fit appel à sa mémoire et recréa le film, l'expurgeant de son propre ressenti. L'arrivée en taxi, le faux SDF devant la porte. Il se concentra sur les véhicules d'où étaient sortis les autres truands. Il repassa plusieurs fois la scène au ralenti. Il la tenait : une Audi A4 bleu nuit et une Toyota blanche. Puis il décrypta le combat, seconde après seconde. Il était épuisé quand il mit un point final à son histoire.

— Ta mémoire de mutant m'impressionnera jusqu'à la fin de mes jours, conclut le Provençal.

— Elle te servira quand on sera perdus dans tes montagnes, à la recherche de tes improbables bartavelles.

— Moi, perdu ? Mais je suis né dedans mon ami ! Je me dirigerais rien qu'à l'odeur des plantes aromatiques. Blague à part, ce sont des pros qu'on t'a envoyés.

— Oui, je m'en suis rendu compte. La plupart maîtrisaient le combat rapproché, et je suis persuadé qu'au moins trois d'entre eux étaient d'anciens militaires.

— Nationalité ?

— Celui qui m'a susurré des mots doux à l'oreille parlait français sans accent. J'en ai entendu un jurer en allemand, mais les autres n'ont rien dit du tout. C'était le plus étonnant.

— Ils n'étaient pas là pour te tuer.

— Me casser, oui. Me tuer, non ! Ils auraient pu me poignarder sans problème quand j'étais à terre.

Maintenant que j'ai mémorisé leurs visages, je te ferai un portrait-robot en arrivant. On devrait pouvoir en loger au moins un. On n'est pas sur du caïd de banlieue. On a plutôt affaire à une société de protection haut de gamme.

— La question derrière tout ça… Qui as-tu agacé au point qu'il te veuille tant de mal ?

— J'y ai réfléchi cette nuit, entre deux bouffées de coma médicamenteux. Plusieurs possibilités. Hier matin, j'ai abîmé deux lieutenants d'un certain Marconi, un truand qui travaille entre autres dans le plumage de gogos au poker. Par contre, je ne vois pas comment ils auraient retrouvé ma trace, et le pedigree de mes adversaires ne leur correspond aucunement. Il ne faut toutefois pas négliger cette piste. La seconde option, c'est la famille Clairval.

— La famille Clairval ? Qu'est-ce qu'elle vient foutre là-dedans ?

— Cette semaine, j'ai reçu un appel de Patrick Mistral, un ancien ami qui bosse à la DCRI. Il voulait me mettre en contact avec l'une de ses connaissances.

— Et alors ?

— Je l'ai rencontrée, et cela m'a amené à accepter un contrat un peu particulier. La recherche d'Alexandre Clairval, le petit-fils du célèbre Joachim. En fait, c'est Maud Clairval-Weber, la mère du gosse, qui est en contrat avec nous.

— Heureux de l'apprendre de cette manière. Je te rappelle que…

— Un million d'euros.

— Quoi ? Un million d'euros ?

— C'est la somme qu'elle nous propose pour un mois de recherches. Plus un autre million d'euros si on le retrouve. Elle ne veut pas que sa belle-famille soit au courant.

— Un, il se passera du temps avant que tu ne voies le fric, et deux…

— Pour le « un », l'argent est déjà sur l'un de nos comptes.

— Merde alors ! C'est du délire ton histoire.

— Ça y ressemble. Et ton « deux » rejoint peut-être mon agression. J'ai croisé hier à l'hôpital Jean-François Clairval, le mari de Maud. Il était furieux que je rencontre sa femme et m'a menacé de représailles si je continuais.

— D'accord, mais de là à envoyer six gorilles te tabasser le soir même, il y a un pas à franchir.

— Je suis d'accord avec toi. C'est le meilleur moyen de me donner envie de m'accrocher au dossier. La réaction paraît disproportionnée.

— Et totalement illogique. Je sais que certains hommes politiques n'aiment pas que l'on fouille dans leur vie personnelle, mais organiser un passage à tabac…

— La dernière solution, c'est de fouiller dans les affaires récentes pour chercher à qui nous aurions pu involontairement nuire en fournissant des renseignements confidentiels.

— Je m'en occupe dès maintenant. J'ai un peu de temps libre. La Financière des Gaules passera signer après-demain le dossier « Diamant bleu ». C'est un nom à la con, mais c'est un choix de leur P-DG. Ça me laisse quelques heures pour trouver les indélicats qui s'en sont pris à mon futur partenaire de chasse.

Legarec regarda le conducteur. Michel Enguerrand était l'un de ses seuls amis, si ce n'était le seul. Depuis

134

le drame qu'il avait vécu, il avait décidé de ne plus s'attacher à personne. Seuls sa sœur et son collaborateur avaient une place à part. Il faisait des rencontres de passage, mais pouvait sans problème se détacher de ses conquêtes éphémères. Il ne voulait plus souffrir.

— Alors, patron, le bouledogue m'a dit qu'on vous a agressé cette nuit, lança Margot Nguyen en voyant arriver Legarec, les traits tirés par la fatigue et la douleur. Ça n'a pas l'air d'aller bien fort apparemment.

Elle posa ses lunettes sur son bureau et s'approcha de son chef. Elle le scruta et lui posa les mains sur les épaules. Puis elle les descendit sur les bras, palpant les muscles endoloris. Jean grimaça, mais ne dit pas un mot, surpris par le comportement de sa collaboratrice. En cinq ans de travail commun, jamais elle n'avait fait preuve d'une telle familiarité. Margot, concentrée, continuait sa palpation. Même Michel Enguerrand, toujours prêt à asticoter sa collègue, resta coi.

Elle recula de deux pas et annonça :

— Si vous le voulez, je peux trouver quelque chose pour vous soulager.

Surpris, Legarec hésita :

— Du genre ?

— Hormis faire de moi une adolescente rebelle, mon père m'a appris l'art de soulager la douleur. J'ai des substances qui peuvent accélérer votre rétablissement.

Elle fusilla Enguerrand du regard avant qu'il ne fasse un commentaire.

— Il est exceptionnel que je fasse ce genre de proposition, mais dans l'état où vous êtes, vous méritez un peu d'aide.

Legarec était plus touché qu'il ne voulait bien l'admettre par l'attention de sa collègue. La fatigue, la douleur, un sentiment de lassitude ?

— J'apprécie votre proposition, Margot, et je l'accepte.

— Avant midi, vous irez beaucoup mieux, patron. Laissez-moi une demi-heure pour faire un aller-retour chez moi. J'ai besoin de quelques ingrédients.

— Vous n'habitez pas vers Vincennes ? Ça va faire juste.

— J'ai toujours mon appartement là-bas, mais je vis chez ma copine du moment du côté de Saint-Germain. En moto, ce sera rapide ! répliqua-t-elle avec un clin d'œil.

Elle saisit sa veste et partit dans un éclat de rire en voyant la mimique effarée de Michel Enguerrand.

Les deux hommes rejoignirent le bureau du Provençal, à peine remis de la révélation de leur collègue.

— Tu étais au courant pour Margot ? demanda Enguerrand.

— Oui, bien sûr.

— Bien sûr, bien sûr ! Pas si évident !

— Cela te dérange ?

— Non, évidemment, mais je ne m'y attendais pas.

— Un gars qui a bourlingué dans le monde entier ne devrait plus se laisser surprendre ! ajouta Jean, amusé. Allez, je te fais les portraits des tueurs d'hier soir et tu te rencardes sur Marconi.

Une demi-heure plus tard, Enguerrand faisait le bilan de ses appels téléphoniques.

136

— Ça a été rapide. J'ai réussi à avoir Milleraz.

— Le mec qui a trempé dans l'affaire de la rue de la Paix ?

— Lui-même. Il m'est redevable et n'a pas fait d'histoires pour me renseigner. Marconi est un truand de petite envergure. Il a son business dans le jeu, deale un peu de coke et fournit quelques filles à l'occasion à ses clients. C'est un prudent qui veille à ne pas marcher sur les plates-bandes des autres tout en gardant son territoire. Pas le genre à se lancer dans une vendetta, d'après Milleraz, surtout s'il n'en tire aucun bénéfice.

— Combien de gars dans son équipe ?

— Une dizaine a priori. Du même style que ceux que tu as croisés hier matin porte Dauphine, si j'ai bien tout compris.

— Il s'est carrément mis à table, ton indic.

Enguerrand eut l'air légèrement gêné.

— Vas-y, envoie, le poussa Legarec. C'est plus qu'un indic, n'est-ce pas ?

— Nous nous sommes connus dans notre jeunesse. Disons qu'il en est resté quelques liens. Sinon, j'ai l'adresse de Marconi. Si tu veux, j'irai faire un petit tour pour discuter avec lui.

— Évite de prendre des risques inutiles. Je préférerais que tu me cherches d'abord ces gars-là.

Il lui tendit une feuille, avec six portraits d'une précision étonnante. Enguerrand lâcha un sifflement.

— Tu devrais tenter les Beaux-Arts !

Le claquement de la porte d'entrée les surprit. Margot Nguyen apostropha Legarec.

— Voilà mes pilules magiques. Avec ça, je ferais fortune sur le Tour de France ! Je vous prépare mon cocktail et vous irez vous reposer à la Piaule.

La Piaule. C'est ainsi qu'ils avaient appelé la pièce qui servait de base de vie à leur bureau. Les locaux de KerAvel étaient constitués de quatre pièces. Le salon d'accueil, dans lequel travaillait Margot, les bureaux de Legarec et Enguerrand ainsi que… la Piaule. Vingt mètres carrés de repos, équipés d'un lit, d'un canapé, d'un réfrigérateur, d'une cuisinette, de toilettes et même d'une cabine de douche. Un vrai studio d'étudiant, sur la plus onéreuse avenue de Paris tout de même, qui leur était utile quand les journées s'étiraient plus que de raison. Jean y conservait un costume et quelques vêtements de rechange.

— La potion est prête, patron.

Jean saisit le verre que lui tendit sa collaboratrice. Il l'avala d'une traite, grimaçant en ressentant l'amertume du breuvage. Il goba cinq pilules aux couleurs chatoyantes. Quelques minutes plus tard, son corps devint de plus en plus léger. Perdant conscience de la réalité, il s'allongea.

Des coups frappés à la porte le sortirent de son sommeil. Que faisait-il sur ce lit ? Les événements de la matinée revinrent au galop.

— Jean, il est midi. Je me permets de te réveiller.

— Merde, déjà. Tu fais bien de me prévenir.

— Alors ?

— Je suis dans une espèce d'état second, mais la douleur est moins forte que ce matin.

— Tu m'étonnes, s'exclama Enguerrand. Avec ce qu'elle t'a fait boire.

— Qu'est-ce que tu crois, le bouledogue ? lança la voix qui venait du hall d'accueil. Que sous prétexte que j'ai des origines asiatiques, je lui ai préparé

138

un cocktail à base d'opium et de nid d'hirondelle ? On n'est pas dans une des échoppes borgnes que tu fréquentais à Bangkok ici.

Enguerrand haussa les épaules en soupirant longuement.

Legarec profita du silence de son ami pour remercier la jeune femme.

— Margot, je ne connais pas votre recette, mais je me sens bien mieux.

— Vous en aviez besoin, patron. Je vous ai mis sur votre bureau le traitement pour demain. Essayez de ne pas revenir dans cet état tous les jours !

Enguerrand redevint sérieux.

— J'ai attendu midi pour venir te chercher. Margot m'avait d'ailleurs interdit de te déranger avant, mais je crois que tes plans vont être modifiés pour les jours à venir.

Legarec considéra son associé avec étonnement.

— Que s'est-il passé pendant que je dormais ?

— J'ai reçu un coup de fil pour toi. D'une certaine Béatrice Weber. N'ayant pas réussi à te joindre sur ton portable, elle a appelé à l'agence. Il va falloir que tu la rappelles.

— Que voulait-elle ?

— Elle avait une nouvelle à t'annoncer. Sa sœur, Maud Clairval…

— Oui, je sais, il faut que je la recontacte.

— Ce sera inutile. Elle a passé l'arme à gauche cette nuit à l'hôpital.

19

Disparition

Legarec rejoignit son bureau. Il saisit son téléphone et composa le numéro de portable de Béatrice Weber. Son interlocutrice décrocha dans la seconde.

— Bonjour mademoiselle Weber, Jean Legarec. Mon collaborateur vient de m'apprendre le décès de votre sœur.

— Oui... c'est terrible... Maud est morte cette nuit... alors qu'elle semblait se remettre physiquement !

— Que lui est-il arrivé ?

— D'après le médecin, c'est le cœur qui a lâché. Ses graves blessures et le stress l'ont sans doute fragilisée.

— Je vous présente mes condoléances.

Il devina un sanglot étouffé dans la voix de Béatrice, qui se reprit rapidement.

— Je vous remercie. L'enterrement aura lieu dans deux jours à Andlau, en Alsace.

Elle hésita un instant et ajouta :

— Voulez-vous vous joindre à nous ? En recherchant Alexandre, c'est un peu comme si vous faisiez partie de la famille.

Jean fut surpris de l'invitation de la jeune femme. C'était la première fois dans sa carrière que l'un de ses clients le considérait comme un membre de sa famille. Il était plus souvent une barbouze ou un mal nécessaire. Il déclina l'invitation :

— Une telle cérémonie doit se dérouler entre intimes. Je ne suis d'ailleurs pas certain que ma présence serait appréciée de tous. Je vous rappellerai après les funérailles et vous rendrai l'argent que vous m'avez donné. Notre contrat est maintenant caduc.

— N'arrêtez pas ! répliqua aussitôt Béatrice. Continuez vos recherches ! Faites-le pour Alexandre, et pour Maud ! Vous voir accepter sa demande lui avait redonné espoir.

— Non, cet argent appartient à votre famille, et c'est elle qui doit maintenant en disposer.

— Personne n'était au courant de l'existence de cette somme, hormis moi. Alors, considérez que je suis la famille à qui elle revient et que je passe un nouveau marché avec vous. Même si ma sœur est morte, la situation d'Alexandre n'a pas changé. Je vous en prie, faites-le pour Alexandre, pour Maud et pour moi.

Jean se frotta vigoureusement la nuque. Cette affaire commençait à lui échapper. Mélanger business et sentimentalité conduisait à coup sûr à des ennuis. Ils s'accumulaient un peu trop rapidement ces dernières heures.

— Mademoiselle Weber, je comprends que vous ressentiez un vif chagrin, mais je vous rappelle que je suis responsable d'une agence de renseignements et que nous étions liés par un contrat. Je ne doute pas de l'amour que votre sœur et vous-même portez à Alexandre. Cependant, mon rôle est d'apporter des éléments de preuve de la vie de votre neveu, et non un réconfort moral.

— Je ne cherche pas à acheter de la compassion, monsieur Legarec. Elle ne se vend pas, elle s'offre. D'ailleurs, j'ai moi-même signé ce contrat et j'ai bien noté qu'aucun article n'y faisait référence. Je pensais juste... Non, oubliez ce que je viens de vous dire.

L'enquêteur décida de conclure cet entretien.

— Je vous recontacterai dans trois jours. Nous ferons le point sur ce dossier.

— J'attends votre appel. Au revoir.

Jean Legarec raccrocha. Cette affaire prenait une tournure étrange : un attentat, la disparition d'un enfant, un clan à l'esprit de famille pour le moins étonnant, une somme d'argent sortie de nulle part, un passage à tabac, un cœur qui lâche en milieu hospitalier. Aucun événement n'avait rien de choquant en lui-même, mais leur accumulation ne lui semblait plus anodine. Le détective avait besoin d'y voir clair. Il allait prendre les quelques jours de repos qu'il avait repoussés. Il quitta la pièce.

— La belle-fille Clairval est morte ? demanda Margot Nguyen.

— Elle était Maud Weber avant d'être la belle-fille de ce politicard. Elle ne saura jamais ce qu'est devenu son fils.

— Et vous, demanda sa collaboratrice avec une touche d'hésitation inhabituelle, chercherez-vous à le découvrir ?

— Je vais y réfléchir... Je m'absente. Je serai de retour dans trois jours.

— Injoignable, comme d'habitude ?

142

— Comme d'habitude.

— On garde la maison. Si jamais vous avez besoin d'un renseignement ou d'un conseil, ou que vous vous ennuyiez, n'hésitez pas à appeler. Et n'oubliez pas de prendre votre petit traitement...

Jean Legarec offrit un sourire fatigué à la jeune femme. Il salua ses deux collaborateurs et quitta l'agence. Il descendit lentement les marches et déboucha sur les Champs-Élysées. Un soleil froid inondait l'avenue. Il se dirigea tranquillement vers son domicile en composant un numéro de téléphone.

— *Hallo, darf ich mit Frau Streifel sprechen bitte ?*

— ...

— Frau Streifel ? Jean Legarec à l'appareil. Prévenez-la que je quitte Paris et que j'arriverai en début de soirée.

20

Alexandre

Alexandre était perturbé. Sa maman lui manquait, même si les gens ici étaient gentils avec lui. Quand sa mère l'avait confié à l'inconnu blond, il n'avait pas eu peur. Si sa maman lui avait dit d'aller avec cet homme, elle savait ce qu'elle faisait. Et puis, même s'il était bizarre, Alexandre s'était senti rassuré dans ses bras. Grâce à l'inconnu, il était sorti de la cathédrale. La nuit, dans ses cauchemars, il entendait encore le bruit terrible à côté de lui. Un vieux monsieur lui était tombé dessus. Le garçon n'avait pas compris ce qui s'était passé, mais il avait cru mourir étouffé. Sa maman l'avait sorti de là, une nouvelle fois. C'était toujours elle qui l'aidait quand il en avait besoin, jamais son papa. D'ailleurs, il ne savait pas s'il aimait son père. Si, peut-être... En fait, la personne qu'il aimait le plus après sa mère était sa tante Béa. Quand il s'était retrouvé sur le parvis de Notre-Dame, il avait voulu attendre, mais l'inconnu lui avait dit : « Ta maman t'a confié à moi, n'aie pas peur. » Alors Alexandre lui avait fait confiance. L'homme

144

l'avait d'abord porté pendant longtemps, puis il avait marché en lui tenant la main. Quand Alexandre lui avait demandé comment il s'appelait, il avait mis quelques secondes pour répondre : « Appelle-moi Nicolas. » Alors il l'avait appelé Nicolas, comme son copain du foot.

La femme entra et s'approcha d'Alexandre.

— Alors ça y est, tu t'es habillé ?

— Oui, et j'ai même fait mes lacets tout seul ! annonça-t-il fièrement

— C'est très bien, Alexandre. Il est temps d'aller prendre le petit déjeuner.

Il suivit la dame. Le petit déjeuner était bon. Il n'y avait pas de Nutella comme à la maison, mais du pain frais et de la confiture. Il y avait aussi du fromage et du jambon. Cela lui avait paru étrange les premiers jours, mais il s'y était habitué. Il y avait d'autres enfants dans la salle du petit déjeuner. Il avait fait le compte. Onze filles et treize garçons. Il était l'un des plus petits. Il avait d'abord craint les plus grands, mais personne ne l'avait embêté. Ils allaient tous à l'école, ou en tout cas, c'était comme une école. Il y avait la classe des petits, dont il faisait partie, et la classe des grands. Alexandre aimait apprendre. Il avait su lire bien avant les autres. À l'époque, certains enfants l'avaient mis de côté parce qu'il aimait les livres. Ici, c'était le contraire. Son maître et sa maîtresse le félicitaient quand il apprenait bien et aucun de ses camarades ne se moquait de lui. Il apprenait aussi l'anglais et l'allemand. Ça aussi il aimait bien. Sa nounou était américaine et son grand-père lui avait appris l'alsacien. Il disait toujours que ce n'était pas de l'allemand et que c'était une jolie langue, mais ça aidait quand même à comprendre.

Une seule chose lui manquait terriblement : sa mère. On lui avait dit que s'il était sage et s'il travaillait bien, elle viendrait le voir. Alors il s'appliquait autant qu'il le pouvait.

— Que pensez-vous de cet enfant, Henri ? interrogea un homme qui observait la scène derrière la vitre de la salle de restauration.

— J'ai été inquiet en voyant Alpha nous le ramener. Surtout au vu de ses origines : le petit-fils Clairval ! Mais il a une faculté d'apprentissage impressionnante.

— Par ailleurs, son adaptation est étonnante. En moins de trois semaines, il a réussi à trouver ses marques !

— Attendons encore quelques mois avant de porter un jugement définitif, mais si tout se passe bien, je pense que nous pourrons lui prédire un bel avenir.

21

Décision

7 décembre

Le silence de la berline laissait la voix de Bono prendre possession de l'habitacle. Dans un soudain élan de nostalgie, Jean avait glissé dans le lecteur un CD de U2. *With or Without You* appelait des souvenirs auxquels il permit exceptionnellement de refaire surface. Il se revit sur une plage, une guitare à la main, en train de chanter les paroles qui l'avaient fait frissonner la première fois qu'il les avait entendues. Il eut un sourire : la plage, un feu de camp, un ciel étoilé, une dizaine de garçons et filles de dix-huit ans aux idéaux encore vierges et un guitariste. Une image d'Épinal, mais des moments tellement rassérénants !

Il rentrait apaisé de son séjour. Plus il la voyait, et plus son attachement devenait fort. Jamais il n'aurait imaginé en arriver là quelques années plus tôt ! Il changeait. « Vous vieillissez, patron ! » lui aurait rappelé Margot. Jean avait aussi confirmé sa décision.

Il allait continuer à mener l'enquête. Il avait plus que jamais besoin de ce million d'euros, mais ce n'était pas l'unique raison qui l'avait motivé. Il avait été mis au défi par toute la famille Clairval, et il allait y répondre.

Après avoir passé la frontière, Legarec alluma la radio. Il s'était désintéressé des nouvelles du monde pendant tout son séjour avec elle. Il était temps de savoir ce qui se passait aux quatre coins du globe. Une partie de ses futures affaires en dépendait.

« ... les autorités italiennes n'ont donné que des informations parcellaires. D'après les premiers décomptes, le nombre de victimes s'élèverait à plus d'une centaine. Les secours sont débordés, et les urgences des hôpitaux de Rome accueillent heure après heure des dizaines de nouveaux blessés... »

Il monta le son.

« Je vous rappelle que c'est pendant la bénédiction papale que les quatre bombes ont explosé simultanément sur la place Saint-Pierre. L'affluence était très importante à cette heure, et les terroristes ont réussi à créer une panique inimaginable. Les carabiniers continuent à chercher d'éventuels explosifs, espérant que les criminels n'ont pas laissé d'autres pièges prêts à être déclenchés. Les responsables de la police italienne semblent n'avoir aucune piste, mais il est encore trop tôt pour tirer des conclusions. Une chose est certaine : aucun suspect n'a été repéré sur les lieux. Qui a pu se livrer à un acte d'une telle barbarie ? Mystère ! Une résurgence des Brigades rouges, des réseaux liés à Al-Qaida qui avaient déjà menacé l'Italie, un groupe aux motifs encore inconnus ? Aucun message de revendication n'a été envoyé aux médias.

Cet attentat n'est pas sans rappeler celui qui a eu lieu il y a maintenant près de trois semaines à la cathédrale Notre-Dame de Paris, et sur lequel les autorités françaises se cassent les dents. Alors, poussée anticatholique, actes d'une bande d'illuminés, volonté de terroriser l'Europe ? Nous nous interrogeons. »

Jean coupa la radio et laissa le journaliste à ses interrogations. Il avait raconté tout ce qu'il savait, c'est-à-dire pas grand-chose. Pour Legarec, les deux événements étaient forcément liés. Deux attentats planifiés et exécutés avec autant de sang-froid avaient été pensés par un même cerveau. Les quelques minutes d'insouciance qu'il s'était offertes étaient passées. Il était rattrapé par les affaires du monde.

Jean Legarec rejoignit Paris à la tombée de la nuit. À peine arrivé dans son appartement, il se servit un grand verre de jus de fruits et s'installa dans son canapé. Appeler Béatrice Weber. Il avait une piste qu'il avait laissée tomber à la mort de Maud. La photo du kidnappeur. Il n'était pas certain qu'elle provoque la même réaction chez sa sœur, mais il devait s'en assurer le plus rapidement possible. Béatrice était sans doute restée en Alsace après l'enterrement. Patrick lui avait expliqué qu'elle s'occupait d'enfants handicapés. Sa sœur décédée, elle n'avait plus de raison de mettre les pieds à Paris. Il serait vite fixé. Avant de l'appeler, il décida de faire preuve d'un peu plus de compassion que lors de leurs échanges précédents... s'il y arrivait.

Vingt heures. Jean Legarec attendait depuis cinq minutes devant l'entrée principale de l'université de la Sorbonne. Les trottoirs du boulevard Saint-Michel étaient encore fréquentés. Les derniers étudiants qui quittaient leurs cours croisaient ceux qui cherchaient des bars ou des restaurants pour commencer la soirée.

Il observa les promeneurs qui déambulaient sur les trottoirs. Contrairement à ce qu'il avait imaginé, Béatrice Weber était revenue à Paris. Elle avait voulu mettre toutes les chances de son côté pour convaincre le détective. Son soulagement était palpable quand il avait donné son accord pour continuer les recherches. La jeune femme lui avait ensuite proposé de discuter autour d'un dîner. Elle avait sans doute aussi envie de parler de sa sœur à quelqu'un, de lui redonner vie pour quelques instants. Jean aurait préféré passer une soirée tranquille chez lui : cela ne lui était pas arrivé depuis longtemps. Il avait cependant senti une demande tellement pressante qu'il l'avait acceptée. La compassion peut-être... mais surtout la curiosité de savoir si la photo évoquerait quelque chose à la jeune Alsacienne. L'enquêteur avait donc quitté son appartement et pris le métro. Il s'était cependant équipé de son Glock 26 et avait glissé le long de son mollet un poignard à la lame effilée. Non qu'il craigne la présence de sa cliente, mais les mauvaises rencontres de ces derniers jours l'avaient rendu prudent.

Un manteau clair, coiffée d'un serre-tête, Béatrice Weber avançait d'une démarche légère. Ses traits préoccupés démentaient son allure décontractée. Jean observa discrètement la jeune femme alors qu'elle lui faisait un signe de la main. La tristesse de ses yeux donnait à son visage avenant un air de profonde détresse. Elle lui adressa un timide sourire en s'approchant de lui. Encore sous l'influence des trois journées qu'il venait de passer en Suisse, Jean ressentit quelques instants le besoin de la protéger. Il se reprit rapidement, revenant en mode professionnel.

— Bonsoir, monsieur Legarec ! Je vous remercie d'avoir accepté de me rencontrer, attaqua-t-elle en lui tendant une main gantée.

— Bonsoir, mademoiselle Weber. Comment allez-vous ?

— L'enterrement a été très éprouvant. Par ailleurs, l'absence d'Alexandre a été cruellement ressentie par tous. Même la famille Clairval semblait affectée.

— Il n'est pas choquant que Jean-François soit marqué par le décès de sa femme et la disparition de son fils. (Jean enchaîna :) Avez-vous une préférence pour le restaurant ?

— Pour être très franche, je n'ai pas vraiment faim. Je vous laisse choisir ce qui vous fait plaisir.

Ils descendirent le boulevard Saint-Michel et rejoignirent le quartier de la Huchette. Haut lieu de la restauration méditerranéenne, il était possible de trouver, dans les rues piétonnes dont le tracé avait peu changé depuis la fin du Moyen Âge, quelques tavernes grecques qui servaient autre chose que des kebabs ou les classiques moussakas et tsatsikis pour touristes. Jean y venait régulièrement quand il suivait ses études de droit, mais les enseignes avaient évolué en vingt-cinq ans. Il retrouva presque par hasard un restaurant dont il avait gardé un bon souvenir et entra avant qu'un rabatteur visiblement frigorifié n'ait eu le temps de lui proposer la meilleure nourriture grecque de Paris, voire de la France entière. La douce chaleur de la salle encore vide était appréciable. Ils s'installèrent

151

à une table au fond de la pièce. Jean commanda une bouteille en attendant de choisir les plats dans les menus que venait de leur présenter un serveur à la démarche apathique.

— C'est un vin du pays des Cyclades, de l'île de Santorin pour être très précis. Si vous aimez le vin blanc, vous devriez l'apprécier.

Une robe en laine fine, un carré autour du cou, Béatrice saisit délicatement le verre que l'enquêteur lui tendait et admira la robe d'or du breuvage. Elle goûta la boisson, laissant son palais en découvrir toutes les saveurs.

— Arômes de fruits exotiques, d'agrumes, une touche d'épices et légèrement boisé. Il accompagnera parfaitement la pieuvre grillée que vous vous apprêtez à commander. Je vous suivrai d'ailleurs dans ce choix.

Jean la regarda avec des yeux étonnés. Elle s'en amusa.

— Mon grand-père était viticulteur. Il a pris sa retraite le jour de ses quatre-vingts ans. Il a cependant gardé quelques arpents de vigne et continue une petite production familiale. C'est lui qui a éduqué mon palais.

— C'est important d'avoir des racines. J'ai mis les pieds pour la première fois à Paris à dix-sept ans. J'ai passé les huit premières années de mon enfance en Bretagne, puis j'ai vécu à Moscou, à Berlin et à New York.

Béatrice Weber reposa son verre, surprise par la confidence de l'enquêteur. Elle le considérait comme une machine, sans doute très efficace, mais avait abandonné l'idée de découvrir en lui autre chose qu'une capacité à raisonner et à agir. Il continua :

— Mon père travaillait pour le ministère des Affaires étrangères. J'ai donc passé une partie de ma jeunesse dans les ambassades. Tout ça pour dire que vous n'avez pas en face de vous un Parisien dont l'axiome de vie serait « Hors de la capitale, point de salut ». Ils ne sont d'ailleurs pas tous comme ça, ajouta-t-il avec un clin d'œil.

— Je vous remercie pour cette révélation, monsieur Legarec.

Béatrice vida son verre d'un trait. Le vin était bon et frais. Elle voulait mettre son chagrin de côté ce soir. Elle avait besoin d'espoir après ces derniers jours d'épreuve.

— J'ai toujours habité à Strasbourg. Pas par principe régionaliste, mais j'y ai trouvé de quoi faire ma vie. Une maîtrise de psychologie en parallèle d'études d'infirmière, puis, plus tard, des études de comptabilité. J'aidais mon père dans la gestion de son entreprise de poterie en plus de mes activités dans un centre d'insertion pour jeunes trisomiques. C'était Maud l'aventurière de la famille. Sa carrière de joueuse de tennis, ses études aux États-Unis, son mariage fastueux avec Jean-François et leur vie à Paris. Je l'ai pratiquement perdue de vue pendant des années, jusqu'à la naissance d'Alexandre. Elle m'a choisie comme marraine et nous sommes redevenues les meilleures amies du monde. Ces derniers mois, Maud avait fait appel à moi pour m'occuper de la gestion de ce qu'elle nommait « ses fonds secrets ». Ceux qu'elle a utilisés pour vous rétribuer.

153

— Pourquoi votre sœur a-t-elle fait appel à vous ? D'après ce que j'ai compris, elle avait toutes les compétences pour continuer à traiter ses affaires.

— J'ai été surprise, moi aussi. Maud m'a expliqué qu'elle voulait s'éloigner de ce qu'elle appelait « sa vie avant l'an zéro ».

— Cela mérite une explication.

— Bien sûr. Pour elle, l'an zéro correspond à la naissance d'Alex. Je ne sais pas ce qu'elle vous a raconté, mais les quatre années qui ont suivi son mariage ont été difficiles. Elle n'était pas amoureuse de Jean-François Clairval, même si elle l'appréciait. La première année, tout s'est bien passé : la découverte d'un nouveau monde au cœur du pouvoir la passionnait, bien qu'elle n'ait jamais vraiment été acceptée par sa belle-famille. Puis ses relations avec son mari ont commencé à se dégrader. Ils ont continué à habiter ensemble, mais chacun menait sa vie. Maud m'a avoué avoir pris des amants, sachant que Jean-François avait aussi une vie sexuelle active de son côté. Puis, elle s'est lancée dans la finance. Elle était douée et n'avait pas froid aux yeux. Une partie de l'argent qu'elle a gagné a été viré dans des paradis fiscaux.

— Ses fonds secrets.

— Exact.

— À combien s'élèvent-ils ?

Béatrice se demanda un instant si elle devait révéler la somme. Puis elle jugea son hésitation stupide. Elle confiait déjà à cet homme ses espoirs les plus fous.

— Trois millions d'euros.

— Jolis gains. Et c'est vous qui jonglez avec cet argent et les virements entre organismes financiers du monde entier. Vous n'avez pas appris ça sur les bancs de la fac.

— Effectivement. Pas plus que vous n'avez appris votre métier dans les amphis.

Il sourit et attendit que le serveur ait déposé devant eux les poulpes grillés avant de continuer la conversation.

— Vous avez raison, à chacun ses compétences. Une question, qui va peut-être vous sembler brutale. Alexandre est-il le fils de Jean-François Clairval ?

— Oui. Maud était affirmative. Elle espérait que la naissance créerait une alchimie avec son mari. Cela a été vrai les premières semaines, puis le quotidien a repris le dessus.

— Amants et gains boursiers ?

— Non, l'an zéro était passé. Maud a arrêté ses activités boursières et ses errances amoureuses. Elle a totalement changé de voie. Elle a ouvert un magasin de vêtements avec une amie. Elles avaient une employée, et cela lui laissait du temps à consacrer à Alex.

— Votre sœur avait aussi des talents de créatrice de mode ?

— Non, tout de même pas, mais elle avait bon goût, un confortable capital de base et un réseau mondain qui lui ont permis de lancer sa boutique. C'est d'ailleurs chez elle que j'ai acheté ce que je porte aujourd'hui, ajouta Béatrice en bougeant gracieusement la tête.

— Cela vous va parfaitement.

Jean s'étonna de ses propres mots. Il lui sembla aussi voir la jeune femme légèrement rougir. Il décida de ne pas laisser le silence se prolonger plus longtemps.

155

— Mangeons notre poulpe, si vous le voulez bien. Ce restaurant servait toujours du poisson très frais… il y a vingt-cinq ans. Ensuite, je vous poserai quelques questions sur les événements de ces derniers jours.

Ils attaquèrent leur plat alors que le serveur emplissait à nouveau leurs verres. La nourriture était délicieuse, et même Béatrice semblait prendre plaisir à déguster son repas.

— Savez-vous pourquoi le plan « alerte enlèvement » n'a pas été déclenché ?

— C'est incompréhensible ! Tout ce que je sais vient de Maud. Les Clairval supportaient Maud, puisque leur fils l'avait choisie, mais pas question pour eux de s'acoquiner avec la famille Weber. La théorie de Jean-François, qui relayait sans doute celle de son père, était la suivante : si la police devait trouver quelque chose, elle le ferait. Jeter en pâture le nom d'Alexandre ne servirait qu'à donner de faux espoirs, induire de fausses pistes et faire perdre un temps précieux aux enquêteurs. Par ailleurs, un Clairval ne vient pas pleurer dans les médias. Il agit en silence.

— L'action était des plus limitées, d'après ce que j'ai compris.

— Exact. Maud est restée plusieurs jours en réanimation. C'est le lendemain de son retour en chambre qu'elle a décidé de prendre les choses en main. Elle s'en est d'abord ouverte à Jean-François, qui a réagi très violemment. Cela a fortement choqué ma sœur qui n'avait pas besoin de ce stress supplémentaire. Elle m'a ensuite demandé de trouver un enquêteur, en me confiant le numéro de Patrick Mistral. C'est sans hésiter que Patrick m'a donné vos coordonnées.

156

— Patrick m'a dit qu'il vous connaissait.

— Au départ, c'était un ami de Maud. Il doit avoir un ou deux ans de plus qu'elle. Elle l'a rencontré en vacances, à l'époque où elle pensait encore faire une carrière dans le tennis. Ils ont sympathisé, et Patrick est venu passer des vacances dans notre maison dans les Vosges. C'est à cette occasion que je l'ai rencontré. Un type bien, amusant. J'ai même été amoureuse de lui quand j'avais dix-huit ans, mais il n'avait d'yeux que pour Maud, commenta-t-elle sur le ton du secret. Je sais qu'ils ont continué à se voir régulièrement.

— Pensez-vous qu'il ait connu votre sœur pendant ses années sombres ?

— Vous voulez dire : couché avec elle ? Je n'en sais rien. Patrick est un de vos bons amis ?

— Suffisamment bon pour me lancer dans une affaire qui sort totalement de mes critères habituels. Pour revenir à votre sujet, de quelle piste votre sœur disposait-elle, hormis celles que je pouvais apporter ?

— Aucune. C'est pourquoi elle a été si heureuse quand vous avez signé le contrat. Vous étiez son seul espoir, et sans tomber dans un pathos qui vous déplaît, vous êtes le seul pour moi aussi.

— Une dernière question. Pourquoi est-ce vous qui reprenez le flambeau ? La logique voudrait que la famille Clairval se charge de la recherche.

— Vous en avez suffisamment vu pour comprendre la confiance que j'accorde à la belle-famille de Maud. Pourquoi moi ? D'abord parce que Maud m'a demandé de le faire si jamais il lui arrivait malheur. Ensuite parce que je dispose de ces fonds, dont elle m'avait cédé la propriété officielle. Personne n'est au courant de leur existence, hormis vous. Parce que

157

mes parents sont tellement abattus qu'ils seraient incapables de mener une action cohérente. Et d'ailleurs, de quels moyens disposeraient-ils ? Et enfin et surtout, parce que j'aime Alexandre : il faut connaître ce petit bonhomme pour savoir comme il est attachant. Ma réponse vous convient-elle ?

— Elle me convient. Vous avez été franche avec moi, tout comme je le serai avec vous. Je vous tiendrai informée de l'avancement de mes recherches régulièrement. Comme convenu, je garderai confidentielles toutes les informations que nous échangerons. Enfin, toute action nécessitant l'intervention de personnes extérieures, presse, police ou justice sera décidée de concert.

— C'est clair et j'accepte toutes vos conditions.

— Parfait.

L'enquêteur sortit une feuille de sa poche.

— Je vais vous présenter une photo. Quand je l'ai montrée à Maud, sa réaction a prouvé qu'elle connaissait le personnage qui y figurait, ou au moins qu'il lui était familier. Au moment où elle allait parler, son mari est arrivé. Elle devait me téléphoner pour en discuter, mais elle n'a jamais pu le faire. Je vais vous la montrer. Dites-moi si elle évoque quelque chose pour vous.

Béatrice Weber tremblait légèrement. Elle allait peut-être avoir sous les yeux le premier indice qui les rapprocherait d'Alexandre. Jean Legarec déplia le papier et le lui tendit. Elle le saisit et l'observa. Dans la seconde qui suivit, la stupéfaction s'afficha sur son visage.

— Ça alors, c'est hallucinant...

Jean la laissa scruter la photo et trouver ses mots.

— L'homme qui tient Alexandre dans ses bras...

— Oui ?

158

— Mon père a, dans sa chambre, une photo de lui à vingt ans, quand il faisait son service militaire... L'homme lui ressemble terriblement !

— Quelqu'un de votre famille ? questionna Jean, intrigué.

— Non, définitivement non. Cela ne peut être que le hasard, car mon grand-père Lucien a eu trois enfants : mon père, Gérard, puis une fille et un garçon. Ma tante est installée depuis trente ans en Australie et a deux filles. Quant à mon oncle, il est moine.

— Cependant, cet air de famille peut expliquer la raison pour laquelle votre neveu a l'air serein sur la photo.

Béatrice ne quittait pas le cliché des yeux. La ressemblance avec son père était étonnante. Elle n'aurait pas réagi aussi violemment si Alexandre n'avait été sur la même photo.

— Pensez-vous que ce soit le fait du hasard, monsieur Legarec ?

L'enquêteur resta silencieux. L'information que venait de lui fournir la jeune femme était totalement inattendue.

— Statistiquement, la probabilité pour qu'un membre, même éloigné, de votre famille ait enlevé Alexandre à Notre-Dame est pratiquement nulle. C'est votre sœur qui a sollicité l'inconnu pour lui confier son fils. Par ailleurs, pour quelle raison votre neveu aurait-il été kidnappé ? Et dans des conditions aussi dramatiques ? La probabilité d'avoir affaire à un sosie est plus grande que celle d'avoir un élément de votre famille dans la boucle.

— Écoutez, Jean, je vous propose de montrer directement la photo à papa. Il pourra sans doute nous

159

donner de plus amples renseignements. La police dispose-t-elle de ce cliché ?

— Non. Je souhaite… négocier avec certains de ses représentants et le garder comme monnaie d'échange.

— Vous avez raison. Maud n'avait pas confiance dans son action, confirma l'Alsacienne.

— Pourquoi ?

— Elle trouvait que l'inefficacité dont faisait preuve la PJ était suspecte.

— Sous-entendait-elle que sa belle-famille agissait en sous-main ?

— Elle ne l'a pas exprimé aussi clairement, mais c'était son impression.

— Je comprends le ressentiment qu'elle pouvait avoir envers eux, mais nous sommes là en pleine théorie du complot. Quoi qu'il en soit, je prendrai votre avis en compte. J'ai appris à mes dépens que la prudence est de mise quand on croise les Clairval.

— Que voulez-vous dire ? s'étonna Béatrice.

— Je vous raconterai cela plus tard. Où sont vos parents ?

— Ils sont absents demain, mais seront ensuite de retour à Strasbourg. Êtes-vous disponible pour les rencontrer ?

— Vous me payez pour ça. Quand rentrez-vous en Alsace ? questionna l'enquêteur.

— Je ne l'ai pas encore décidé.

— Si vous le souhaitez, vous pouvez venir avec moi. Je partirai en voiture dans la matinée d'après-demain.

Béatrice le regarda avec gratitude. L'énergie et la confiance en lui que dégageait Jean la rassuraient. C'est ce dont elle avait besoin en ce moment.

22

Anastasis

La Bentley roulait lentement dans l'allée majestueuse. Bordée de platanes centenaires, elle débouchait sur la façade du château. Le véhicule de luxe
stoppa devant l'escalier d'apparat. Le chauffeur coupa
le moteur, quitta son siège et ouvrit la porte à ses
passagers. Trois hommes de forte carrure en descendirent. L'édifice semblait endormi. De larges tentures
cachaient les fenêtres, occultant toute lumière intérieure. L'un des arrivants bâilla, puis s'étira. Minuit.
La fatigue du décalage horaire commençait à agir sur
lui. Il avait heureusement pu se reposer une demi-
heure dans la voiture. Cette courte sieste lui avait
insufflé l'énergie nécessaire pour mener les entretiens
qui s'annonçaient. William Bill MacCord était excité à
l'idée de cette rencontre. Le projet qu'il portait depuis
des années allait bientôt prendre forme. Ce n'était plus
qu'une question de mois. Il rajusta le nœud de sa cravate. Il n'en mettait quasiment jamais, mais dérogeait
à la règle avec les Français, et plus encore avec les
Anglais. Même s'il avait les meilleures cartes en main,

il ne fallait pas brusquer les mœurs poussiéreuses de la vieille Europe.

Une porte-fenêtre de la bâtisse s'entrouvrit, laissant passer un majordome tout droit sorti du XIXe siècle. MacCord regarda ses deux acolytes en souriant. Harvey MacCord, son plus jeune frère, et John Fargos, un athlète aux cheveux rasés et à la dentition à faire rêver un fabricant de dentifrice, lui rendirent son sourire sans discrétion. Le maître d'hôtel n'en tint pas compte.

— *Welcome in the château of Montravert, sirs.*

Les Américains répondirent d'un « *hello* » qui claqua dans la nuit. Puis, sans ajouter un mot, ils suivirent le domestique. Deux lustres dispensaient une lumière tamisée dans la pièce principale. MacCord admira les tapisseries anciennes qui ornaient les murs. Même s'il était le chantre d'une vie au grand air, il savait apprécier le luxe et possédait lui-même de nombreux objets de collection. Ils traversèrent le salon pour se diriger vers une porte richement décorée. Le majordome frappa, puis ouvrit largement le battant. Il céda la place aux trois Américains qui pénétrèrent dans le salon privé du propriétaire des lieux.

Six hommes les attendaient. William Bill MacCord les connaissait tous. À l'aube de leur collaboration, il avait fait mener une enquête sur chacun des participants présents dans la salle pour s'assurer de leur attachement au projet qu'il défendait, mais aussi pour déceler leurs points faibles. Ils lui étaient aujourd'hui tous redevables de petits avantages discrètement offerts dans le cadre de leur œuvre commune : un magnifique voyage, un prêt, une nuit avec une jolie femme croisée « par hasard » à une soirée, une recommandation auprès de hautes autorités, un emploi dans son empire pharmaceutique pour un membre de la famille. Jamais il ne leur rappelait ce qu'ils lui devaient : ne pas brusquer la vieille Europe, mais tous les participants s'en souvenaient parfaitement.

— *Good morning, Mister MacCord, welcome in my house*, commença l'un des Français dans un anglais des plus scolaires.

— Bonsoir, répondit MacCord dans un français légèrement teinté par l'accent de sa Géorgie natale.

Son père avait imposé à tous ses enfants de parler au moins deux langues étrangères. William reprendrait la société pharmaceutique familiale et devrait être capable de négocier avec ses clients et fournisseurs. Il avait choisi l'allemand et le français, en hommage à Marlene Dietrich et Édith Piaf. Il voulait comprendre les paroles de leurs chansons. Il n'avait jamais avoué ses motivations. Elles auraient fait de lui un objet de moquerie dans le cercle familial et dans le milieu de ses amis blancs d'Atlanta. Il n'avait pas regretté son choix. Chantonner en français *L'Hymne à l'amour* aux femmes qu'il courtisait était un gage de succès, et la connaissance de la langue anglaise de la plupart des politiciens français était tellement basique qu'il utilisait leur propre langue pour négocier sans traducteur. Cela bousculait aussi leurs idées reçues sur les Américains, et il en tirait une certaine vanité.

Soulagé de pouvoir parler de nouveau dans sa langue maternelle, l'hôte de la réception reprit la parole :

— Bienvenue dans ma demeure, monsieur MacCord. Avant de commencer nos échanges, je vous propose une modeste collation. Votre voyage a dû vous creuser l'appétit.

Il présenta une table sur laquelle était dressé un luxueux buffet. Foie gras frais, saumon fumé, caviar, verrines variées. L'Américain n'avait jamais réussi à apprécier cette nourriture maniérée.

— J'ai envie d'un hamburger, de quelques frites et de ketchup. Faites-en trois, mes amis prendront la même chose que moi. En revanche, votre côte-rôtie les accompagnera très bien.

— *Coke for me !* intervint l'homme blond aux cheveux rasés.

— John boira un Coca. Pas de Pepsi, bien sûr, cela rendrait malade un natif de Géorgie.

Comme leur hôte avait l'air surpris par son intervention, il précisa :

— Coca-Cola a son siège social à Atlanta. En attendant le repas, je vous propose de voir ensemble l'ordre du jour de notre réunion.

Pendant que le propriétaire demandait au cuisinier affolé la confection de trois hamburgers, les invités s'installèrent dans les fauteuils Louis XVI disposés autour d'une cheminée monumentale.

— Monsieur MacCord, nous avons de bonnes nouvelles à vous annoncer. Le groupe dont j'ai la responsabilité a confirmé le soutien qu'il apportera à votre projet. Nos avocats continuent d'instruire le dossier avec toute la discrétion nécessaire. Nous ne voyons pas de point constitutionnel bloquant. Je ne dis pas qu'il ne faudra pas forcer quelques bonnes volontés, mais la situation permettra alors de faire évoluer les choses. Par ailleurs, j'ai un réseau très actif au cœur

164

même du Parlement européen. Certains députés, grâce à votre générosité, soutiendront le projet.

— Vous êtes très efficace, et c'est ce que j'apprécie chez vous.

— Merci. En contrepartie, et avant de vous expliquer nos actions par le menu, je voudrais revenir sur le prochain événement que vous devez organiser en France.

MacCord considéra l'homme qui venait de parler. Une bonne soixantaine d'années, intelligent et dénué de scrupules. Le jour où il l'avait rencontré, l'Américain avait tout de suite compris à qui il avait affaire. L'homme idéal pour lui permettre d'atteindre ses objectifs. Comme le Français était lui aussi pétri d'ambition, ils avaient rapidement conclu un accord gagnant-gagnant qui leur offrirait le pouvoir dont ils rêvaient dans un futur proche.

— Mais c'est normal, *my friend* ! Mes hommes sont prêts à agir. Donnez-moi la date deux jours à l'avance. Sinon, avez-vous récupéré tous les éléments nécessaires pour notre future conférence à Malte ?

— Vous ne serez pas déçu, monsieur MacCord.

— *Perfect.* Je continue mon tour d'Europe dès que cette réunion sera terminée. J'ai l'appui, secret à ce jour, de quelques membres influents du Congrès américain pour mon projet.

— Peut-on enfin connaître le nom que vous lui avez donné ?

L'Américain laissa planer un silence, attisant la curiosité de la petite assemblée.

— Le projet Anastasis !

23

Réveil

8 décembre

La sonnerie arriva par vagues, d'abord lointaines, puis plus puissantes, jusqu'à le sortir du sommeil d'où il peina à émerger. Jean tendit la main vers son portable et répondit d'une voix pâteuse :

— Legarec, j'écoute.

— C'est Michel. Tu dors ?

— Soit je fais une crise de somnambulisme, soit tu viens de me réveiller. Je te laisse choisir l'option qui te donnera le moins de remords.

— Mais il n'est pas loin de dix heures...

— Et pour la première fois depuis des années, je m'octroyais une grasse matinée. Laisse-moi me lever et me préparer un café. Je te rappelle dans dix minutes.

Le dormeur se leva en bâillant longuement. Il retira son tee-shirt, se dirigea vers la salle de bains et entra dans sa cabine de douche. Il resta plusieurs minutes sous un jet d'eau fumant qui le tira définitivement de sa torpeur. Il saisit une serviette, s'essuya

166

succinctement en évitant les bleus qui avaient pris une couleur violacée, et la passa autour de la taille. Un rapide regard dans le miroir le rassura. Il n'avait pas l'air trop défait, et sa barbe naissante ferait parfaitement l'affaire aujourd'hui. Après le dîner, Jean avait raccompagné Béatrice à un petit hôtel de la rue des Écoles où elle avait l'habitude de séjourner quand elle venait à Paris. En la quittant, il n'avait pas eu le cœur à rentrer chez lui. Il s'était dirigé vers le Caveau de la Huchette et avait assisté au concert de jazzmen de passage en France. Bière après bière, il s'était laissé emporter par le rythme de la musique de La Nouvelle-Orléans. Puis il était reparti, s'arrêtant dans des bars au gré de son envie. Il se revit discuter avec un Américain de Seattle venu s'encanailler le temps d'un déplacement professionnel, avec un Irlandais qui voulait lui faire goûter toute la collection de whiskys d'un pub du côté de la place du Panthéon, et enfin avec une somptueuse Italienne de Milan qui lui avait proposé de finir la nuit avec lui. Il avait accepté et l'avait suivie dans son hôtel. Ce qui se présentait comme une banale relation de fin de nuit avait tourné à la tornade quand elle l'avait vu se débarrasser de son arme. Les fantasmes de sa partenaire avaient été libérés par la symbolique du pistolet déposé sur la table. Les marques des hématomes sur son corps avaient décuplé l'excitation de l'Italienne. Leur coït avait été intense. Ils avaient profité de leurs corps sans tabou, tirant leur plaisir de la violence de l'instant. Puis il était rentré chez lui à cinq heures du matin. La nuit avait été courte. Un double café et une aspirine, double aussi, étaient les compagnons indispensables pour attaquer une nouvelle journée. Il rappela son collaborateur.

— Michel, ici Jean.

— T'as pris une belle murge ?

— On ne peut rien te cacher. Qu'est-ce qui me vaut ce réveil ?

— J'ai retrouvé les gars qui te sont tombés dessus il y a quatre jours.

— Bravo. À qui ai-je eu l'honneur ?

— Les sociétés de protection capables de mettre, en une soirée, six mecs à disposition ne sont pas si nombreuses à Paris. Alors j'ai passé quelques coups de fil, et tes portraits-robots ont fait merveille. Les types en question travaillent pour la société de Charles Van Drought. Un ancien militaire ayant monté une boîte qui tourne bien. Il assure la protection rapprochée de personnalités de tous genres et est en train de se faire des couilles en or en Irak en protégeant les employés des sociétés françaises qui ont flairé le business. Van Drought rend aussi quelques services à de bons clients ou des mécènes toujours prêts à intervenir en sa faveur auprès de l'État français.

— Un obligé de politicards comme Clairval ?

— Par exemple. J'ai aussi enquêté sur Paul Marconi. Plusieurs sources m'ont dressé le même portrait du truand. Ce n'est pas un caïd. Il doit avoir quelques dossiers à gauche à droite, ce qui lui permet sans doute de bénéficier de protections, mais le jour où il l'ouvrira trop, il sera sorti du jeu par ses collègues. Bref, pas du tout l'envergure à envoyer six pros te casser la gueule.

— As-tu regardé dans nos derniers dossiers si l'un des protagonistes avait de quoi nous en vouloir au point de m'infliger cette correction ?

— J'y ai passé une journée complète : je n'ai rien trouvé. Si quelqu'un avait voulu se venger, il n'aurait pas attendu des semaines ou des mois.

— Je suis d'accord avec toi, et je ne crois pas à cette piste, mais il fallait tout vérifier. Donc, tout nous ramène à Clairval, père ou fils d'ailleurs, conclut Jean.

— C'est un sacré jaloux !

— Même pas. J'ai dîné avec Béatrice Weber hier soir. D'après elle, c'est un coureur de jupons. Si c'est lui qui a commandité cette agression, c'est qu'il n'a vraiment pas envie de me voir fouiller dans sa vie privée.

— Que vas-tu décider ? Tu sais que ce genre de type est particulièrement dangereux. Surtout avec son père qui connaît pratiquement tout ce que la France compte de hauts fonctionnaires.

— Je suis conscient du risque que je prends, même si je n'arrive pas encore bien à le jauger.

— Tu ne te serais jamais lancé là-dedans il y a quelques années. Tu le fais pour le gamin ?

— C'est une bonne question, Michel. Non, je ne le fais pas pour Alexandre, même si le retrouver serait une satisfaction... pour peu qu'il soit encore en vie. J'y ai longuement réfléchi pendant mon voyage. Les hypothèses s'entremêlent, et leur importance fluctue au fil des heures. L'argent, l'odeur d'un danger nouveau, une promesse faite à une mère de famille, la confrontation avec la famille Clairval... plein de mauvaises raisons quand on regarde objectivement les choses, mais je me sens irrésistiblement attiré par cette affaire.

— Une jolie blonde du nom de Béatrice Weber entrerait-elle aussi dans les critères de choix ? J'ai vu sa photo sur le Net. Sacré brin de fille !

— Elle te plairait. En plus de sa connaissance du vin à faire pâlir un œnologue, elle m'a avoué être une cavalière émérite. Plus sérieusement, je pars avec elle demain matin pour Strasbourg. J'ai une piste intéressante. D'ici là, je rencontre Marussac cet après-midi. J'ai réussi à lui arracher un rendez-vous.

— Marussac ? Le flic de la PJ chargé de l'affaire ? Avoir Clairval sur le dos ne te suffit pas ?

— On verra bien le résultat. Au pire, il m'envoie balader, et dans le meilleur des cas, on coopère.

— Tu crois qu'un flic va coopérer avec un privé ?

— À moi de le convaincre. Allez, je te raconterai tout ça.

Jean Legarec raccrocha. La théorie d'une agression montée par les Clairval prenait corps. Mais pourquoi avaient-ils réagi si violemment ? En continuant son enquête malgré la mort de Maud, il prenait un gros risque, mais il ne pouvait, et surtout ne voulait, plus reculer. Il regarda sa montre. Sa rencontre avec Marussac était programmée à quatorze heures. Il devait préparer un argumentaire convaincant.

24

Jean vs Baptiste

— Sortez-le d'ici ou je lui explose sa gueule de petite frappe !

Un gardien de la paix attrapa le suspect par l'épaule pour le ramener en cellule. Vingt-cinq ans, vêtu de vêtements de marque, le jeune homme regarda Marussac d'un air narquois.

— Faut pas t'énerver, poulet. Tu peux toujours faire le méchant, tu peux rien contre moi.

Le capitaine Baptiste Marussac l'attrapa par le col et le souleva de terre. Les pieds battant le vide, le dealer sembla soudain réaliser que même si son réseau le protégeait, il n'était pas à l'abri d'un gros pépin physique. Il se mit à hurler. Le flic le rassit brutalement sur la chaise, lui assenant une violente tape derrière la nuque.

— Je ne vous avais pas dit de me sortir cette merde de mon bureau ? demanda-t-il aux deux policiers qui étaient à ses côtés.

Ses collègues, l'air goguenards, s'adressèrent au suspect :

171

— Tu nous suis, ou tu préfères continuer à discuter avec le capitaine ?

Le dealer se leva plus précipitamment qu'il ne l'aurait souhaité, mais ne voulut pas quitter la pièce sans tenter de redorer son blason.

— Ça va te coûter cher, le flic. Ici, c'est toi qui fais la loi, mais dehors…

Marussac s'était rapproché lentement. Sa carrure, ses traits taillés à la serpe et son air volontaire compensaient largement la petite taille qui l'avait complexé dans sa jeunesse.

— Dehors quoi ?

Un silence prudent fit suite à sa question.

— T'as rien compris, petit connard. Dans ces locaux, la loi te protège. Si on se croise dehors, elle ne te sera plus d'aucune aide. Alors si tu me vois, un jour, au loin sur un trottoir, traverse la rue ! Les trous du cul comme toi qui vendent de la drogue aux gamins et s'achètent des fringues de maquereau en faisant tapiner des minettes complètement paumées, je peux pas les blairer ! C'est viscéral.

— Vous faites le fier parce que vous êtes flic, dans votre petit royaume.

— Tiens, tu me vouvoies maintenant ? Alors, écoute-moi bien. Retombe jamais entre mes mains, MacStar. MacStar ! Ton surnom est aussi minable que toi. Allez, dégage !

— T'as rien contre moi. Demain, je serai dans la rue à rouler en BM avec mes potes pendant que tu feras ton boulot de merde avec ton salaire de merde !

Marussac n'eut pas à réagir. Ses collègues venaient de faire comprendre au truand qu'ils n'appréciaient que très moyennement sa vision de leur métier. Ils le

172

tirèrent brusquement hors de la pièce. Resté seul, le policier frappa le mur d'un violent coup de poing. Il savait pertinemment que Jordan Gardon, alias MacStar, serait libre dans l'après-midi. Ses protecteurs allaient envoyer un avocat qui le ferait rapidement sortir de sa cellule. Les filles qu'il prostituait sur le trottoir n'osaient pas parler.

Après des années passées à travailler pour les Stups, le policier ne supportait plus cette engeance, il ne supportait plus l'argent facile ramassé en détruisant la vie des autres. Il ne supportait plus les petits dealers des rues en baskets ou les revendeurs de salon en costard. Il avait failli mettre son poing dans la gueule de son vis-à-vis, mais cela n'aurait servi à rien. Un tout petit défoulement pour un tas d'emmerdements disciplinaires !

Rien ne tournait rond en ce moment. Des enquêtes foireuses, l'affaire Clairval qui lui avait été retirée : il avait même entendu dire que la mère du petit venait de décéder. Saloperie de monde ! Il ne voulait pas lâcher cette histoire Clairval. Elle était louche : quasiment pas un indice en trois semaines d'enquête, le dossier soudainement retiré à la police, la mère qui mourait peu de temps après à l'hôpital. Il s'en était ouvert à des collègues qui n'avaient pas trouvé mieux que de le traiter de paranoïaque. Personne n'avait voulu écouter sérieusement ses arguments. C'est la raison pour laquelle il avait accepté les conditions du rencard qui lui avait été proposé la veille. Un type l'avait appelé pour l'appâter avec des informations sur la disparition d'Alexandre Clairval. En temps normal, il l'aurait envoyé chier direct, mais sa curiosité avait été titillée. Quand Marussac avait donné rendez-vous à son interlocuteur à la PJ, il s'était heurté à un refus catégorique. Le policier avait finalement donné son accord, presque sans s'en rendre compte, pour une rencontre au milieu du pont de l'Alma. Digne d'un film d'espionnage ! Mais pour qui se prenait ce mec ! Il y avait de fortes chances que ce soit un journaliste à la recherche d'un sujet d'investigation, mais il ne pouvait pas laisser filer l'occasion. Le gars n'avait pas intérêt à le mener en bateau, sans quoi il savait sur qui il passerait ses nerfs.

Treize heures trente. Il était temps qu'il y aille. Il saisit son blouson, glissa son arme de service dans le holster et quitta son bureau. Il salua deux ou trois collègues qui lui adressèrent un signe de la main presque gêné ou un sourire mielleux. La mutation de son équipe vers la DCRI était considérée par certains comme une dégradation. Il s'en tapait, mais une telle connerie le désolait. Putain, son mystérieux interlocuteur n'avait pas intérêt à le faire se déplacer pour rien.

Marussac gara sa moto quai d'Orsay. Le trajet lui avait vidé l'esprit. Il avait roulé lentement, chassant son énervement de la matinée pour se concentrer sur l'entretien qui s'annonçait. Même si son caractère entier lui jouait parfois des tours, il connaissait parfaitement son métier. Il retira son casque et observa les passants qui déambulaient sur le pont. Accoudé à la rambarde, le regard perdu dans les flots de la Seine, un homme semblait attendre. Le policier rajusta son blouson. Il se mit en marche et profita des quelques dizaines de mètres qu'il avait à parcourir pour scruter son interlocuteur. Un mètre quatre-vingts, plutôt mince, les cheveux gris coupés court, il portait avec élégance un manteau en alpaga. Une écharpe en laine autour du cou, un jean noir près du corps et une paire de chaussures bien cirées : le premier contact ne plut pas à l'officier de la PJ. Il n'arrivait pas à situer l'inconnu.

L'homme, comme mû par un sixième sens, se retourna lentement.

— Capitaine Marussac ?

Il n'attendit pas la réponse et enchaîna :

— Je m'appelle Jean Legarec. Je vous remercie d'avoir donné suite à mon invitation.

Marussac regarda son informateur droit dans les yeux : le dénommé Legarec ne cilla pas. Ce n'était pas un journaliste, il le jurerait. Alors quoi ?

— On se connaît ?

— Pas encore.

— J'ai accepté votre rendez-vous à la Jason Bourne. J'espère pour vous que je ne suis pas venu pour rien ! aboya-t-il.

Legarec ne parut pas perturbé le moins du monde par l'agressivité du policier.

— Je ne vous aurais pas dérangé sans raison. Laissez-moi me présenter rapidement. Je suis à la tête d'une société de renseignements. J'ai récemment accepté une mission inhabituelle pour moi. Retrouver la trace d'Alexandre Clairval, et…

— … Et vous souhaitez avoir accès au dossier de la police pour accélérer votre enquête ! Je ne regrette pas d'être venu, juste pour entendre une telle connerie.

L'enquêteur ne se démonta pas et enchaîna :

— … Et j'ai des indices dont vous ne disposez pas. Je sais par ailleurs que vous n'avancez pas sur cette affaire.

175

Touché au vif, Marussac explosa :

— Mais t'es qui pour dire ça ? Tu m'as juste fait venir pour me provoquer ? OK, je t'embarque comme témoin, et tu vas me filer ce que tu as !

Legarec ne disait rien. Il attendait. Marussac comprit instantanément qu'il était inutile de jouer au méchant flic. Son interlocuteur n'était pas tombé de la dernière pluie. Il fallait d'ailleurs peut-être s'en méfier. Ce gars avait eu accès à ses dossiers. Était-il flic ? Comme devinant ses pensées, l'enquêteur continua :

— Je ne suis pas de la police des polices, capitaine. Je ne juge pas non plus la façon dont vous menez votre enquête. Je propose juste que nous mettions en commun une partie de nos moyens pour retrouver Alexandre Clairval.

— Avez-vous un échantillon de vos « moyens » sur vous ?

Legarec glissa la main dans la poche intérieure de son manteau et sortit une photo qu'il tendit au policier.

— Putain, le ravisseur ! Mais où avez-vous récupéré ça ?

— Permettez-moi de garder mes sources secrètes.

Marussac fit mine de mettre la photo dans sa poche, mais Legarec la récupéra.

— Vous ne m'avez pas encore fait part de votre décision.

— Vous croyez au Père Noël, Legarec... si tel est vraiment votre nom. Un privé qui veut utiliser la police nationale comme supplétif. Vous direz à votre patron, le père Clairval, qu'il se démerde sans moi.

— Je ne fournis pas la moindre information à Joachim ou Jean-François Clairval. Ils ne m'apprécient pas.

Marussac s'apprêtait à repartir. La dernière phrase de Legarec l'arrêta.

— Vous n'obéissez pas à leurs ordres ?

— Je n'obéis aux ordres de personne, capitaine Marussac. Je signe des contrats que je mène comme je l'entends. Le contrat en question n'a pas été signé avec les Clairval. Pour être très franc avec vous, ils voient même mon intervention d'un très mauvais œil. J'en ai encore quelques séquelles physiques.

— Alors qui est votre client ?

— La mère d'Alexandre, Maud Weber, épouse Clairval.

— J'ai entendu dire qu'elle était morte ?

— Entendu dire ? Vous n'êtes plus sur le coup ?

Marussac eut un rire désabusé.

— Eh non, Legarec, vous avez choisi le mauvais cheval. « On » a démantelé mon équipe pour chasser le fantôme de la cathédrale.

— Avant la mort de Maud ?

— Oui. On m'a laissé un stagiaire et le droit de continuer à travailler dessus. Du foutage de gueule !

— Pensez-vous que Clairval soit derrière cette demande de mutation de vos hommes ?

— Holà, vous allez vite en besogne ! Qu'est-ce qui vous dit que je suis prêt à coopérer ?

— Notre défiance commune vis-à-vis des Clairval peut-être ?

Marussac regarda l'enquêteur. Legarec était malin et avait touché la seule corde qui pouvait l'amener à travailler avec lui. Les deux hommes savaient que ce type d'échange d'informations était très mal perçu, même quand il accélérait la résolution d'affaires complexes. Pourtant l'impression de Marussac sur son vis-à-vis

177

avait changé. Il ne lui faisait pas encore confiance, mais il considérait cette éventualité comme envisageable.

— Ça commence à cailler ici. Continuons notre discussion devant un petit café, proposa le policier en indiquant un bar qui bordait la place de l'Alma.

25

Strasbourg

9 décembre

La foule se pressait dans les allées malgré les flocons de neige qui tombaient sur la ville. Des touristes, affluant de toute la France, avaient envahi le marché de Noël. Les cabanes en bois s'alignaient, proposant de l'artisanat du monde entier, et, à intervalles réguliers, du vin chaud et des bretzels. Les enfants portaient des bonnets de Père Noël décorés de diodes clignotantes. Un visiteur, dont le sens du mauvais goût ou de l'autodérision était supérieur à celui du reste des badauds, arborait un couvre-chef en peluche en forme de cigogne.

Jean Legarec leva les yeux et regarda la cathédrale. Flanquée de son unique flèche aux sculptures finement ouvragées, elle était l'un des joyaux de l'art gothique français. Toutefois, en cet après-midi de décembre, les nuages bas la rendaient presque menaçante.

L'enquêteur ressortait avec une impression étrange de sa rencontre avec la famille Weber. Gérard Weber s'était montré particulièrement fermé. Jean comprenait parfaitement le chagrin que pouvait ressentir un père en perdant sa fille. Cependant, l'Alsacien l'avait considéré comme un étranger venu troubler le deuil familial. Anne-Lise, son épouse, avait participé plus activement au débat. Elle avait tout d'abord été surprise de la présence du détective. (Béatrice n'avait prévenu ses parents de leur arrivée qu'en fin de matinée.) Elle avait néanmoins fait des efforts pour tenter de comprendre qui pouvait en vouloir suffisamment à sa famille pour lui enlever son petit-fils. Rien n'était malheureusement sorti de ces échanges. Ils avaient alors quitté l'appartement des Weber, situé dans l'une des anciennes rues de la ville. Leur demeure avait du cachet, mais ses murs semblaient garder un secret familial.

Jean Legarec avait prévu de prendre une chambre d'hôtel le soir même, mais il se demandait s'il n'aurait pas intérêt à rentrer immédiatement. La vie de Maud n'était plus en Alsace depuis longtemps, mais à Paris. C'est là qu'il pourrait trouver des indices. Le pacte qu'il avait conclu avec Marussac l'aiderait à avancer plus rapidement. Le policier avait fait de la recherche d'Alexandre un enjeu personnel. C'est sur cette volonté commune qu'ils avaient bâti leur alliance.

— Venez avec moi, je vais vous montrer le Christkindelsmärik, le marché de Noël de mon enfance.

Perdu dans ses pensées, Jean marchait au hasard des rues et en avait presque oublié la présence de Béatrice Weber.

— Merci, Béatrice, mais je vais rentrer directement à Paris.

Jean avait donné rendez-vous à sa cliente le matin même, devant l'Hôtel de Ville de Paris. L'homme n'était pas du style à se laisser aller aux confidences, mais Béatrice avait besoin de parler et lui avait raconté dans les détails ce qu'elle connaissait de la vie de sa sœur. Il avait finalement trouvé le parcours plaisant et avait accepté, en violant ses principes, de passer de « monsieur Legarec » et « mademoiselle Weber » à « Jean » et « Béatrice ». Ils avaient déjeuné ensemble juste avant d'arriver à Strasbourg, puis avaient rencontré la famille Weber.

— Le marché est installé place Broglie, à côté de l'Opéra du Rhin. C'est à deux pas d'ici. Il y aura sans doute moins de monde… et j'ai quelque chose à vous proposer. Je n'ai pas voulu en parler devant mon père. Je ne l'ai jamais vu dans cet état.

Le couple arriva sur la place. Des dizaines d'échoppes de Noël, bordant deux grandes allées, en recouvraient la totalité. Décorations, guirlandes, santons, gâteaux et bredele s'offraient à foison à leur regard. Sans oublier les incontournables vendeurs de vin chaud, bretzels et sandwichs chauds ou froids. Ils pénétrèrent dans la première allée. L'ambiance était plus feutrée qu'au pied de la cathédrale. Décidé à profiter quelques instants de la magie des lieux, Jean acheta deux verres de vin chaud et un bretzel qu'il partagea avec sa cliente.

— Nous venions toujours ici avant Noël acheter de quoi décorer le sapin et compléter notre crèche. La cave de mes parents en est encore pleine, même si j'ai emporté chez moi toute ma collection de santons.

Ces évocations plongèrent Jean dans des souvenirs qu'il chassa aussitôt. Il reprit, presque sèchement :

— Quelle est votre proposition ?

— Allons voir mon grand-père, Lucien Weber. Il vit au pied des Vosges, à Andlau. Il vient d'avoir quatre-vingt-dix ans, mais a encore toute sa tête et une santé de fer. Si quelqu'un peut nous expliquer cette ressemblance, ce sera bien lui.

— Andlau, c'est loin d'ici ?

— Une trentaine de minutes. À cette heure-ci, nous ne serons pas encore ralentis par les embouteillages de fin de journée.

— Pensez-vous qu'il sera chez lui ?

— Chez lui, peut-être pas, mais dans le village ou la forêt, sans aucun doute. Nous le trouverons rapidement. Je connais ses balades préférées.

— Si j'avais su que nous allions randonner, j'aurais pris d'autres chaussures, commenta le Breton, revigoré par la proposition.

Les nuages s'étaient déchirés et un large pan de ciel bleu égayait la campagne alsacienne. Les champs avaient blanchi, recouverts d'une couche de neige qui reflétait les rayons du pâle soleil d'hiver. Le véhicule venait de contourner le village d'Eichhoffen. Ils n'étaient plus qu'à un kilomètre d'Andlau. Les Vosges, montagnes paisibles habillées de sombres forêts de conifères, veillaient sur leurs habitants depuis des millénaires.

— Mon grand-père Lucien s'est installé à Andlau avec ma grand-mère Marie juste après la Seconde Guerre. Il a d'abord été ouvrier agricole, puis, avec l'un de ses amis vignerons, il a acheté des terres. Il a appris à s'occuper des vignes, élever le vin, et c'est maintenant l'un des meilleurs producteurs de la région. Enfin, c'était, car il a revendu son exploitation.

— Je vais donc rencontrer l'homme qui vous a initiée à la culture du vin. Il faudra que je le félicite.

Béatrice sourit et continua :

— Ma grand-mère Marie est morte il y a vingt ans. Avec mon grand-père, ils formaient un couple extraordinairement uni. La disparition de sa femme a été un choc terrible. Comme il est solide, il a repris le dessus. Maud, mon frère François et moi sommes devenus sa nouvelle raison de vivre. Inutile de vous dire que la mort de Maud a été dramatique pour lui. Si j'avais parlé de notre visite à mon père, il s'y serait opposé, mais je connais Lucien mieux que lui, et participer à la recherche de son arrière-petit-fils va lui redonner un objectif pour s'accrocher à la vie.

Ils venaient d'entrer dans le bourg. Bâtie autour de son abbatiale dont la crypte remontait au XIe siècle, la petite ville respirait la propreté et la tranquillité. Jean suivit les indications de sa copilote et arpenta les rues savamment pavées. Il arrêta la voiture le long d'une rivière et descendit. Comme Béatrice Weber se dirigeait vers une maison au bord du cours d'eau, elle s'immobilisa et mit sa main en visière. Face au soleil couchant, un homme arrivait d'un bon pas.

— Mon grand-père, annonça-t-elle à Jean.

Jean Legarec, les mains au fond des poches de son manteau, ne bougea pas, témoin de la rencontre entre Béatrice et Lucien Weber. Des rides profondes parcheminaient le visage du vieil homme. Témoignage d'années passées à cultiver les champs et les vignes, elles étaient aussi le signe d'une étonnante vigueur. À quatre-vingt-dix ans, Lucien Weber était encore alerte. Un sourire éclaira sa face quand il reconnut sa petite-fille. Il la serra pudiquement contre lui. Son sourire s'effaça brusquement quand il remarqua la présence de l'inconnu qui semblait accompagner Béatrice.

— Qui c'est, celui-là ? demanda-t-il, sans bouger pour saluer Legarec.

Jean ne bougea pas non plus. Il avait décidément des problèmes de communication avec les hommes de la famille Weber. Il était cependant payé pour chercher un enfant, pas pour jouer au gendre idéal. Il nota le visage soudain anxieux de Béatrice. Elle s'empressa de répondre :

— Il s'appelle Jean Legarec. C'est un enquêteur qui nous aide à retrouver Alexandre.

— Qui lui a demandé d'être là ?

— Maud l'a contacté avant de mourir. Pour elle, la police et les Clairval n'en faisaient pas assez. C'est moi qui lui ai proposé de venir te voir.

Les yeux mi-clos, le vieil Alsacien examina l'enquêteur que lui amenait sa petite-fille. Impassible, Jean Legarec attendit que l'inspection prenne fin. Il vit Lucien Weber se détendre et s'avancer vers lui.

— Bonjour, monsieur Legarec. Pardonnez-moi cet accueil un peu froid, mais je voulais savoir à qui j'avais affaire.

— Jean Legarec, responsable de la société de renseignements KerAvel.

— Breton ?

Devant la mimique surprise de Jean, il précisa :

— Il y a un Breton, dans le village. Il est aussi fier de sa région que moi de la mienne. Ce n'est pas peu dire. Mais venez. Nous allons discuter devant un kugelhof que m'a préparé ma voisine ce matin.

184

Il ajouta, franchement amusé :

— C'est une jeunette de soixante-quinze ans, mais elle aimerait partager ses journées avec un vieux vigneron comme moi. Ce qui me permet de déguster pratiquement chaque jour d'excellents plats.

Il poussa la lourde porte de la maison et pénétra dans le hall. À gauche, une cave plongée dans l'obscurité. À droite, un appentis aux murs couverts d'outils les plus variés. L'Alsacien attrapa son invité par le coude et lui dit :

— Hopla, venez le choisir avec moi.

Lucien Weber poussa la porte, et une forte odeur d'humidité se répandit autour d'eux. Il alluma la lumière et découvrit une cave parfaitement rangée. Des centaines de bouteilles classées par cépages étaient alignées dans des casiers. Jean s'approcha de la collection ainsi exposée et en prit tranquillement connaissance. Le vigneron laissa au nouveau venu le temps d'admirer son œuvre et en retira de la fierté. Il regretta son accueil froid, mais il avait eu peur pour Béatrice. Il ne voulait pas la revoir souffrir.

— Je vous laisse choisir celle qui vous fait envie, monsieur Legarec. Je vous dirai si vous avez fait un bon choix.

— Est-il possible de faire un mauvais choix avec une telle cave, monsieur Weber ?

Le vieil homme eut un rire étonnamment clair et regarda la bouteille que lui rapportait le détective.

— Un gewurztraminer, vendanges tardives, année 1999. C'est bien, vous êtes un connaisseur. Je suis heureux de savoir que vous apprécierez une des perles de ma collection.

Le vigneron lui passa la main sur l'épaule et ils quittèrent la cave. Le vieil homme retira ses bottes, enfila des chaussons et grimpa un escalier raide, suivi de ses deux invités. Il les installa dans sa salle à manger. Jean se courba pour éviter une des poutres maîtresses qui soutenaient le toit.

— C'est une vieille maison. Elle a près de trois siècles, et les Alsaciens ont grandi depuis. Les autres aussi, d'ailleurs !

Lucien Weber jeta quelques ceps de vigne dans le foyer de la cheminée empli de braises encore rougeoyantes. Il passa à la cuisine récupérer le gâteau. Il ouvrit la bouteille, huma le vin, puis, satisfait, fit couler le liquide doré dans trois verres délicatement gravés. Les convives le portèrent à leur nez, humèrent les senteurs épicées et goûtèrent le vin ensemble. Le vieil homme attendait le verdict.

— Félicitations. C'est le meilleur « vendanges tardives » que j'aie jamais dégusté.

Satisfait, Lucien Weber découpa des tranches de kugelhof, servit ses invités et lança le débat :

— La mort de Maud et la disparition d'Alexandre ont cruellement éprouvé notre famille. Je ne pensais pas devoir vivre ça à mon âge. Retrouver Alexandre est maintenant l'unique combat qui me reste. Alors je ferai tout, je dis bien tout ce qui est en mon pouvoir pour apporter ma pierre. Je sens qu'il est encore vivant, et je ne me suis jamais trompé. Gérard est trop défaitiste !

Jean jeta un coup d'œil interrogatif discret à Béatrice. Elle hocha imperceptiblement la tête. Il prit la parole et détailla les événements de la dernière semaine. Le vieil homme, les yeux mi-clos, ne perdait pas un mot de l'histoire. Il garda la même attitude quand Béatrice lui raconta l'enlèvement d'Alexandre dans la cathédrale. Seule sa lèvre inférieure eut un léger tremblement incontrôlable. Personne n'avait osé lui raconter le déroulement précis du drame.

— J'ai récemment récupéré, via des spécialistes d'Internet, une photo de l'homme qui a sorti votre arrière-petit-fils de la cathédrale, et qui l'a sans doute enlevé. Béatrice a été très surprise par la ressemblance du kidnappeur avec son père, Gérard, sur un portrait de jeunesse. Nous venons de rencontrer votre fils et sa femme, mais cet entretien n'a rien apporté de nouveau.

— Vous pensez que je pourrais collaborer en retrouvant d'où vient cet air de famille ?

— Je ne crois absolument pas à un règlement de comptes familial, même si la plupart des histoires d'enlèvement sont le fait de proches des victimes. Je ne veux négliger aucune piste, et nous n'en avons pas suffisamment pour laisser celle-ci de côté.

— Je vais regarder à quoi ressemble cet homme. Laissez-moi juste le temps de trouver mes lunettes.

Le vigneron se leva, farfouilla dans les tiroirs de son bureau et revint, une paire de lunettes demi-lune posée sur le nez. Il s'installa dans son fauteuil.

— Montrez-moi à quoi ressemble ce salopard.

Lucien Weber se saisit de la photo. Dans la seconde qui suivit, le sang avait quitté son visage. Il resta de longues secondes sans bouger, les yeux fermés, incapable de prononcer un mot. Béatrice s'approcha de lui, inquiète. Il l'écarta doucement, puis annonça d'une voix défaite :

— Cet homme, je l'ai tué il y a soixante-neuf ans.

26

Lucien Weber

Un silence de plomb accueillit la déclaration du vieil homme. Ce qui était absurde semblait crédible à la vue du rictus ravageant le visage de Lucien Weber.

— Que veux-tu dire ? interrogea Béatrice pour sortir l'Alsacien de sa torpeur.

Il étudia une dernière fois la photo et la rendit à l'enquêteur.

— Je pensais avoir oublié son visage, mais il était caché dans un coin de mon cerveau.

— Qui est cet homme, ou qui était-il ?

Lucien Weber regarda Jean Legarec. Des larmes brillaient au fond de ses yeux, et le Breton y découvrit une haine encore vivace.

— Cet individu est l'Oberscharführer Hans Stessinger, de la Panzer division SS Totenkopf. Je l'ai assassiné le 15 septembre 1944, dans un hameau à côté de Schirmeck.

Le tic-tac de la vieille pendule dressée contre un mur du salon emplit la pièce de son rythme hypnotique. Jean, pourtant habitué à côtoyer la mort et le malheur au cours de sa carrière, prenait peu à peu conscience de l'importance de ce que venait de dire le vieil homme. Il l'avait remis face à ce qui semblait être l'un de ses pires cauchemars. L'Alsacien n'était pas fou. Il n'y avait pas d'explication pour le moment. C'était tout.

— Comment avez-vous connu Hans Stessinger, monsieur Weber ? Je sais que ma question est abrupte, mais…

— Je ne sais pas où va nous conduire cette photo… En fait, je ne le sais que trop, mais j'ai promis de tout faire pour ramener Alexandre à la maison. Ce que je vais vous raconter, personne ne l'a jamais entendu. Seule Marie était au courant de cette histoire, et pour cause. Je ne vous demanderai qu'une chose. Rien de ce qui concerne notre famille ne doit sortir de cette pièce. Promettez-le-moi !

Puis, marqué, il se tourna vers sa petite-fille.

— N'en parle surtout pas à ton père, Béa.

— Promis, acquiesça la jeune femme, ébranlée.

Touché par l'émotion du vieil homme, Jean répondit :

— Tout ce qui ne sera pas strictement utile pour l'enquête sur Alexandre restera secret.

— Alors préparez-vous à plonger dans le temps et dans une horreur que notre Europe n'a plus connue depuis près de soixante-dix ans, Dieu merci. Que savez-vous de l'Alsace, Jean ?

— J'ai connu quelques Alsaciens dans mon régiment, et j'ai compris l'amour qu'ils avaient pour leur région, mais c'est tout.

— C'est déjà un bon début. On comprend vraiment l'Alsace en discutant avec des Alsaciens, pas en lisant des livres.

Lucien Weber posa ses lunettes sur la petite table basse en bois qui leur faisait face et se cala au fond de son fauteuil.

— Avez-vous du temps, monsieur Legarec ?

— Tout le temps qu'il faudra. Je trouverai un hôtel ce soir.

— Alors, écoutez-moi bien, tous les deux, car je ne raconterai cette histoire qu'une fois, et je le fais pour Maud et Alexandre.

« En 1940, j'avais dix-sept ans. J'habitais dans un village non loin de la ville de Schirmeck. Mes parents avaient une exploitation de bois et une petite scierie. J'avais un projet : je voulais devenir instituteur. Je passais mon temps entre mes livres et la scierie familiale. Mes parents, Jean et Marthe Weber, m'avaient recueilli quand j'avais moins d'un an. J'étais orphelin, et je n'ai jamais connu mes véritables parents. En fait, si, je les ai toujours connus, car Jean et Marthe m'ont aimé dès le premier jour. J'étais leur unique enfant. Le 15 juin 1940, l'Allemagne nous envahissait. Une semaine plus tard, l'armistice était signé : l'Alsace restait officiellement française. Mais Hitler ne l'a pas entendu de cette oreille. C'était le vainqueur. Il avait écrasé l'Europe en un temps record et nommé le Gauleiter Wagner pour diriger l'Alsace. Il fallait nous germaniser, mais les nazis ne savaient pas qui ils avaient en face d'eux. Inutile de vous dire que mes rêves d'enseignement ont été pour le moins perturbés. L'allemand est rapidement devenu notre langue officielle. Cela n'a pas empêché les Alsaciens de continuer à parler leur dialecte, ni la plupart des familles de pratiquer le français chez elles. Je n'étais pas opposé à tout ce qui venait d'Allemagne : j'avais découvert Goethe et Schiller, mais ces écrivains ne faisaient pas partie de la culture des maîtres du Reich, rois des autodafés. L'auteur le plus lu et vénéré était Adolf Hitler. Avez-vous lu *Mein Kampf*, Jean ?

— Non. Il a longtemps été indisponible.

— Exact, mais facile à se procurer pour ceux qui voulaient le découvrir. Je vous le déconseille fortement. J'ai voulu le lire, pour connaître les intentions de nos envahisseurs, et j'ai compris que rien de bon ne pourrait venir de l'idéologie de ces malades. *Mein Kampf* est un livre aussi catastrophique sur le fond que sur la forme, et les préceptes qu'il professe s'opposaient à tous mes idéaux.

« Rapidement, le gouvernement mis en place par le Gauleiter Wagner, sous les ordres directs d'Hitler, a entamé sa marche forcée vers la nazification de l'Alsace. Ceux qui portaient des prénoms considérés comme trop français par l'occupant étaient tout simplement renommés. Mes parents ont été transformés en Hans et Martha, et je suis devenu Ludwig. Les noms de certaines villes, et même de leurs rues, ont été remplacés. Ils ont même réussi à nous faire rire, bien malgré eux. À Mulhouse, dans un excès de zèle, l'administration en place a transformé la rue du Sauvage en Adolf-Hitler-Strasse. Je vous raconte tout ça pour que vous preniez conscience de la situation dans laquelle nous étions plongés. Rapidement, des hommes et des femmes ont résisté. Non pas en prenant les armes, car ces actions auraient été condamnées d'avance face à la puissance de l'organisation nazie, mais en désobéissant civilement. Le gouvernement allemand a réagi et a commencé à déporter, puis à assassiner des Alsaciens qui s'opposaient à sa volonté.

Le vieil homme naviguait à présent dans les eaux troubles de l'occupation allemande. Sa mémoire était excellente. Béatrice et Jean étaient envoûtés par la voix grave et rythmée.

— Durant les premiers mois de l'Occupation, j'ai travaillé avec mon père. En sus des commandes de nos clients habituels s'étaient ajoutées les demandes de l'État allemand. J'ai hésité à saboter une partie de nos installations, mais plusieurs familles du village vivaient de leur travail à la scierie. Le soir, je me plongeais dans des livres désormais interdits par l'occupant. J'ai découvert le surréalisme d'André Breton et les écrits de Malraux. Je consacrais le temps qu'il me restait à aider l'une de mes voisines, Marie Stamm, qui vivait seule avec son frère, sa sœur et sa mère. Je suis devenu le roi des potagers.

— Il s'agissait donc de grand-mère ?

— Oui, ta future grand-mère. Nous nous connaissions depuis que nous étions enfants, et nous sommes tombés amoureux en 1941. Nous avions décidé de nous marier quand la guerre se terminerait.

— Parle-moi d'elle.

Lucien Weber respira profondément, et accéda à la demande de sa petite-fille.

— Marie avait perdu son père à l'âge de douze ans. C'était un bûcheron, mort écrasé par un arbre. Sa mère était couturière et avait dû travailler jour et nuit pour assurer la subsistance de ses trois enfants. Le village l'aidait, mais la mère Stamm mettait un point d'honneur à ne dépendre de personne. Marie était l'aînée et avait mon âge. Elle était d'une beauté et d'une énergie hors du commun : toujours un mot gentil pour chacun. Comme dans un conte de fées ! Tu lui ressembles, Béatrice, ajouta-t-il en souriant à la jeune femme. Tous les gars étaient amoureux d'elle, et j'ai eu le bonheur d'être celui qu'elle a choisi. C'est l'une des raisons qui m'ont fait rester en Alsace en juin 1940, et non pas partir en France de l'intérieur pour continuer le combat. Tout a changé en 1942. Âgé de dix-neuf ans, j'ai été réquisitionné pour travailler au RAD, le Reich Arbeit Dienst. Tous les jeunes, garçons et filles, devaient six mois de travail à l'État allemand. Ne voulant pas créer de problèmes à ma famille, je les ai faits, comme mes camarades.

« Puis la nouvelle est arrivée. À l'automne, je devais être incorporé dans la Wehrmacht et partir sur le front de l'Est, en première ligne contre les Russes. J'étais plongé dans le drame qu'ont vécu la majorité des Malgré-nous. Soit nous allions combattre pour l'Allemagne, soit de lourdes représailles s'abattaient sur nos familles et nous. Plusieurs de mes amis proches s'étaient enfuis pour éviter l'incorporation forcée. Ceux qui ont été rattrapés ont été envoyés en camp, ou directement fusillés. Les nazis venaient d'ouvrir un camp de concentration dans la petite station de ski du Struthof, à quelques kilomètres de chez nous. Le KL-Natzweiler. Nous n'avions pas à aller bien loin pour connaître l'horreur des camps. Les familles de ceux qui ont réussi leur évasion ont été lourdement brimées. Nos plus proches voisins ont été expatriés en Pologne du jour au lendemain, parents et enfants. Ce sont surtout les exactions sur les familles qui nous effrayaient, et non le risque de se faire attraper. D'ailleurs, nos chances de survie en Russie étaient tellement faibles que nous partions pratiquement à la mort.

« Après en avoir discuté avec des amis en contact avec des réseaux de passeurs, je m'en suis ouvert à Marie. C'est elle qui a fait basculer ma décision : "Moch's, fais-le !" Nous avons mis au point un stratagème pour épargner ma famille. Une de nos connaissances travaillait au camp du Struthof. Il a pris des risques énormes et réussi à ressortir le corps d'un prisonnier russe qui venait de mourir et qui avait à peu près ma corpulence. Nous lui avons passé des vêtements qui m'appartenaient, glissé mon portefeuille dans une poche, puis restait le plus dur à faire. De nuit, je suis allé avec deux ouvriers de la scierie au bord de la voie ferrée. Nous avons déposé le corps sur les rails, juste avant l'arrivée d'un convoi. Le pauvre garçon a eu le haut du corps déchiqueté. Je me suis dit qu'il participait ainsi une nouvelle fois au combat contre le Troisième Reich. Je n'avais pas prévenu mes parents. Cela peut vous sembler cruel, mais les forces de police allemandes étaient de plus en plus méfiantes. S'ils avaient eu le moindre doute sur la sincérité du deuil de ma famille, ils les auraient emmenés dans la minute au siège de la Gestapo. Les Allemands ont cru à ma mort, mais la douleur a failli causer celle de mes parents le même jour. Un mois plus tard, Marie leur a annoncé que j'étais toujours vivant.

— Et qu'as-tu fait par la suite ? lui demanda Béatrice qui découvrait un pan de la vie de son grand-père.

— Je suis parti en France de l'intérieur. J'ai rejoint Lyon et je suis entré dans la Résistance. J'ai appris le maniement des armes, mais j'ai plus souvent utilisé ma connaissance de la langue allemande que celle du démontage du pistolet allemand Walther P38. J'avais de rares contacts avec Marie. La situation se détériorait au pays et l'occupant était sur les nerfs. En juin 1944, j'ai décidé de retourner en Alsace et de participer à l'organisation d'un réseau local. Le débarquement venait d'avoir lieu, et je n'avais plus aucun doute sur la chute finale d'Hitler. Ce n'était qu'une question de mois, mais chaque mois et chaque semaine apportait son lot de massacres et de désolation.

— Qui est au courant de votre histoire, monsieur Weber ?

— C'est la première fois que j'en reparle depuis 1945. Marie connaissait tout, ainsi que quelques camarades, décédés pour la plupart d'entre eux. Je suis une sorte de fossile de cette époque.

— Pourquoi ne nous en as-tu jamais parlé ? s'étonna Béatrice. Tu as été héroïque !

— Héroïque ? Je ne crois pas. J'ai été porté par l'Histoire. J'ai parfois fait preuve de témérité, parfois d'un peu de courage et parfois de lâcheté. Laissez-moi continuer. Ce qui s'est passé par la suite est nettement moins réjouissant.

Le vieil homme se redressa sur son siège et se leva. Il s'étira longuement et s'approcha de la cheminée en y tendant les mains.

— J'ai besoin de boire quelque chose. Voulez-vous du thé, du café, ou une bière ?

27

KL-Natzweiler

La nuit était tombée depuis longtemps sur Andlau. Le bourg avait repris vie et de nombreux villageois se promenaient à la recherche des dernières décorations qui embelliraient leur demeure pour les fêtes de Noël. Dans la maison au bord de la rivière, Béatrice et Jean Legarec avaient perdu la notion du temps à l'écoute du récit de Lucien Weber.

L'ancien parachutiste avait bourlingué à travers le monde et vécu plus d'une situation de crise. L'histoire du vieil Alsacien était différente de toutes celles qu'il avait pu entendre. Pas pire, non, mais différente. Le viticulteur était allé chercher des bouteilles de bière dans sa cave et les avait offertes à ses invités. Ils avaient bu en silence, puis Lucien avait repris son récit.

— J'ai repassé la frontière le 18 juin 1944. Un réseau de résistance m'avait fourni de vrais-faux papiers, directement issus de la Kommandantur. J'étais devenu Renatus Bolke, ouvrier agricole. Je devais aller à Strasbourg rencontrer un certain colonel Janus, pseudonyme de l'un des chefs de la résistance alsacienne. Ma mission était de me mettre à sa disposition pour réunifier les groupuscules qui combattaient de façon indépendante dans le nord de l'Alsace. Avant de me rendre à Strasbourg, j'ai décidé de passer par mon village. Je voulais revoir mes parents et Marie, ou Marie et mes parents, au choix. J'avais modifié mon apparence, afin de ne pas me faire repérer par les quelques habitants qui avaient cédé aux sirènes du régime national-socialiste. Marie avait accepté un travail de serveuse dans une auberge de la ville de Schirmeck. Elle avait été très sollicitée quand ma mort avait été annoncée, mais elle avait refusé toutes les avances. Elle avait aussi résisté aux menaces à peine voilées que certains lui avaient adressées, la soupçonnant de m'avoir aidé à quitter l'Alsace.

« Je me souviens de nos retrouvailles comme si c'était hier. Je n'ai jamais revécu de moment aussi fort. L'auberge avait quelques chambres, et nous en avons occupé une toute la nuit. Le lendemain, je suis allé voir mes parents. Les privations de la guerre les avaient terriblement affaiblis. Avant de penser à eux, ils veillaient toujours à ce que les familles de leurs ouvriers aient le minimum vital. Je les ai quittés le 19 juin à midi. Je devais prendre un autocar pour Strasbourg. Un contact devait ensuite me conduire au colonel Janus. Je ne suis jamais arrivé là-bas. Comme j'attendais le car, un camion de la Wehrmacht est arrivé et a stoppé net devant moi. Une dizaine de soldats en sont descendus en hurlant, fusil au poing. Ils se sont jetés sur moi. Je n'ai pas eu le temps de réagir. Je n'étais pas armé pour éviter d'attirer l'attention au cours d'une éventuelle fouille. Trois minutes plus tard, j'étais attaché dans le camion, roulant en direction de la Kommandantur de Schirmeck. Après un procès express, je passais la porte du camp de concentration du Struthof-Natzweiler. J'avais été dénoncé, mais je ne savais pas par qui.

Béatrice regardait son grand-père avec stupéfaction. Il avait connu l'horreur des camps et n'en avait jamais parlé à ses proches.

— Avez-vous une idée de ce qu'est un camp de concentration ?

— En tant que déporté, non ! Mais j'en ai vu en ex-Yougoslavie et en Afrique. J'ai hélas une expérience des extrémités auxquelles peuvent conduire la bêtise et la cruauté de l'homme.

— Vous avez un parcours atypique, vous aussi. J'avais foi en l'espèce humaine, même dans le conflit que nous étions en train de vivre. Les quelques semaines passées au Struthof ont cassé un ressort en moi. L'homme est un loup pour l'homme, paraît-il. Je ne suis pas un spécialiste de ces bêtes-là, mais si les loups avaient eu ne serait-ce qu'une once de la cruauté que j'ai connue dans ce camp, les légendes qui courent sur leur compte seraient autrement plus terrifiantes.

— Tu n'es pas obligé de nous raconter ce que tu as vécu, grand-père.

— Je pense que tu es capable de l'écouter, Béatrice.

— Bien évidemment. J'ai perdu mes illusions de petite fille depuis longtemps, mais je ne veux pas que tu replonges dans cet enfer.

— En témoignant, j'aurai l'impression de faire revivre quelques instants ceux qui y sont morts comme des chiens. Non, je ne peux pas dire ça. Les chiens étaient mieux traités que les déportés.

Rassemblant ses souvenirs, Lucien Weber fit un nouveau bond dans le passé.

— Quand je suis arrivé au camp du Struthof-Natzweiler, le 20 juin, j'espérais pouvoir le quitter rapidement. Je ne savais pas que le Struthof était le camp d'où on ne s'évadait pas. Après tout, le seul motif de ma condamnation était la dénonciation d'un anonyme qui avait reconnu un certain Lucien Weber, mais aucune autre pièce n'apparaissait au dossier. Cependant, cela avait été suffisant pour faire de moi un dangereux suspect. J'avais beau m'être frotté à la barbarie du régime nazi au cours des deux années précédentes, jamais je n'aurais pu imaginer ce que j'allais connaître.

« Heureusement, il y avait cet espoir de revoir Marie, de faire ma vie avec elle quand la guerre serait terminée. L'amour a été mon moteur de survie : cela peut paraître stupide et très romantique, mais c'est la vérité.

Il s'interrompit quelques secondes en voyant les sourcils froncés de Legarec.

— Vous ne semblez pas d'accord avec moi, Jean.

— L'amour n'est pas toujours aussi idyllique et peut même être destructeur, mais le débat n'est pas d'actualité ce soir. Je vous laisse continuer, Lucien.

— Il faut savoir chasser les fantômes du passé. C'est ce que je suis en train de faire, après soixante-neuf années d'attente. Il faut aussi apprendre à faire la paix avec soi-même. Traîner toute sa vie une culpabilité n'est bon ni pour soi ni pour ceux qui vous entourent, mais vous avez raison : se pardonner à soi-même est l'un des actes les plus difficiles.

Jean se leva pour réalimenter le feu qui faiblissait dans l'âtre. Ils avaient besoin de cette chaleur et de la présence vivante des flammes pour accompagner l'Alsacien dans son voyage.

28

Évasion

6 septembre 1944. Une vague de chaleur estivale frappait les Vosges. Dans le KL-Natzweiler, les hommes mouraient les uns après les autres. Soit d'épuisement, soit sous les balles des SS. Les prisonniers savaient qu'une exécution de masse avait eu lieu quelques jours plus tôt. La cheminée du four crématoire avait craché sa fumée durant deux ou trois jours. Sans doute des déportés *Nacht und Nebel* condamnés à disparaître à jamais. Les cent six détenus du réseau de renseignement Alliance avaient été montés au Struthof pour être abattus puis brûlés dans le bloc 11. L'Allemagne, dans sa folie meurtrière, tentait de combattre le spectre d'une inéluctable défaite en détruisant les forces qui s'opposaient à elle.

Dans un coin de son baraquement, Lucien attendait, hagard, l'appel pour les travaux de la journée. Son corps épuisé et meurtri l'invitait à sombrer. Rien de plus simple : ne pas se relever lorsque les prochains coups pleuvraient sur lui. Avec un peu de chance, il serait abattu sur place. Sinon, il mettrait quelques heures à mourir, quelques jours tout au plus. Pourtant, les nouvelles qui pénétraient dans le camp malgré la censure allemande étaient bonnes. Paris avait été libéré le 15 août par les forces alliées, et le général de Lattre avait pris la tête des troupes qui fonçaient vers l'est de la France. Mais quand arriveraient-elles ? Même si le doute sur l'issue de la guerre n'était plus permis, Hitler avait donné l'ordre à toutes ses armées et à son peuple de résister jusqu'au bout. Il recrutait de force des supplétifs dans tous les pays occupés et créait des divisions de Waffen-SS qu'il envoyait combattre sur les fronts. Tous ces morts pour une idéologie délirante déjà moribonde !

— Tu vois, Weber, tu n'aurais pas dû t'opposer à nous ! Tu ne serais pas là à traîner comme un sous-homme, à côtoyer des Russes et des Juifs. J'ai quand même une bonne nouvelle à t'annoncer. Demain, Marie sera à moi.

Lucien Weber sursauta. Pour la première fois depuis plus de deux mois, on l'appelait par son nom. Il se retourna et cligna des yeux. Dans l'encoignure de la porte, un homme en uniforme le dévisageait, ironique.

— Tu es foutu, Weber. Aujourd'hui, l'adjudant Stessinger t'a affecté à mon service. Depuis le temps que j'attends ça. Le grand, le courageux Weber à ma botte.

L'Alsacien n'écoutait plus le discours. D'un coup, sous les traits de l'uniforme, il reconnut son geôlier.

— Muller, Pierre Muller ?

— Pierre Muller lui-même, qui vient de monter en grade dans le camp. Pierre Muller à qui tu as pris Marie Stamm.

— C'est toi qui m'as envoyé ici ?

— Je n'ai fait que mon devoir. Et j'ai protégé celle que tu m'as volée.

— Tu es fou... Je ne t'ai jamais rien volé... L'amour ne se décrète pas.

— Ah, les grandes phrases. Tu lui as tourné la tête avec toutes tes idées d'intellectuel. Elle ne sait plus ce qui est bon pour elle. Tu n'aurais pas dû passer la voir, quand tu es revenu. Je t'ai reconnu, je t'ai suivi à l'auberge et j'ai attendu. Bien que tu aies trahi l'Allemagne et le Führer, je souhaitais t'accorder une chance et te dire de me la laisser. Quand je ne vous ai pas vus réapparaître, j'ai compris que tu venais me la voler à nouveau. Après l'avoir abandonnée pendant deux ans ! Alors j'ai appelé la Gestapo pour lui expliquer qu'un dangereux terroriste rôdait dans le village.

Sans un mot, Lucien prit sa respiration et se propulsa sur son adversaire. Il avait présumé de ses forces. Muller s'écarta et lui décocha un violent coup de pied dans les côtes. Weber s'effondra. Les autres habitants du bloc n'avaient pas fait un geste. Faire mine d'intervenir pouvait coûter la vie. Intervenir revenait à signer son arrêt de mort. Muller sortit son Walther de l'étui et caressa les tempes du prisonnier avec le canon froid de son arme. Weber ne bougea pas. Il ne devait pas mourir. Il ne pouvait pas abandonner Marie à cette ordure.

— *Was ist los ?*

La question qui venait de claquer dans le baraquement figea tous les prisonniers. Muller lui-même rangea son arme et se mit au garde-à-vous. Il tendit le bras en hurlant un « *Heil Hitler !* » qui s'effaça aussitôt dans le silence ambiant.

202

— Que se passe-t-il, Muller ?

— Tout va bien, mon adjudant. Cet homme a eu un malaise, mais il va se relever.

Avec dégoût, Hans Stessinger poussa du bout de la botte le visage de Lucien qui reprenait des forces. Le prisonnier se releva péniblement, s'efforçant de cacher sa peur physique du SS qui faisait régner la terreur dans le camp depuis plus de deux mois. Ne pas le provoquer. Sa vie ne valait rien pour l'Allemand. Le nazi le regarda et le jaugea de ses yeux bleus. Stessinger était l'archétype du surhomme valorisé par le régime national-socialiste. Blond, les yeux bleus, le nez droit, le corps forgé par des années de culture physique prodiguée chez les Jeunesses hitlériennes puis dans les régiments de Waffen-SS. Bref, l'homme du futur.

— Ce prisonnier ne vaut plus rien. Abattez-le tout de suite.

Muller hésita, prit une grande inspiration, et, d'une voix soumise, s'adressa à Stessinger :

— Mon adjudant, il s'agit du prisonnier dont je vous avais parlé.

Stessinger fronça les sourcils, puis comprit la demande de son subordonné.

— Je m'en souviens. La parole d'un SS est sacrée. Alors, choisissez-en un autre et abattez-le.

Soulagé, Muller sélectionna un prisonnier dont le corps amaigri flottait dans une tenue rayée déchirée. Il l'attrapa par le bras. L'air hagard, l'homme le suivit sans réaction. Dans le baraquement, personne n'avait bougé. Lucien s'était discrètement relevé et s'appuyait sur l'un des murs en bois de la cabane. Au loin, un coup de feu troua le calme du petit matin. Quelques instants plus tard, Muller revint et, bras croisés, s'installa à côté de son supérieur.

Stessinger reprit la parole, en allemand. Un résistant alsacien traduisait les paroles du geôlier pour les francophones. Les Polonais, Scandinaves et Russes présents avec eux ne comprenaient pas, mais qu'y avait-il à comprendre ?

— Ce soir, vous allez changer de camp. Vous partez en Allemagne, servir les intérêts du Reich. Nous ne voulons que des hommes valides. Pas question d'amener au Führer des bouches et des bras inutiles. Les faibles seront éliminés et abandonnés sur place avant le départ.

Dans un réflexe de survie, les déportés bombèrent une poitrine marquée par la faim et les coups. Stessinger les regarda avec un rictus ironique.

— Vous avez de la chance. L'organisation met à votre disposition des trains pour ce voyage. Soyez conscients de l'honneur qui vous est fait.

Puis il quitta le bâtiment. Les corps s'affaissèrent imperceptiblement. Muller se rapprocha de son rival.

— Tu ne me remercies pas de t'avoir sauvé la vie ?

Devant le mutisme du résistant, il ajouta :

— Je m'en serais voulu si je n'avais pas pu t'en dire un peu plus sur ce que j'ai prévu pour demain.

Weber se força à rester calme. Il venait de survivre par miracle. Inutile de provoquer de nouveau le destin !

— Stessinger est intervenu il y a quelques semaines auprès du commandant du camp pour que j'obtienne l'autorisation de me marier à Marie Stamm. Le papier est arrivé hier. Je t'aurais bien invité au mariage, mais tu dois partir pour Dachau.

204

Il observa les traits du prisonnier, attendant de les voir se décomposer. Weber secoua la tête de gauche à droite, l'air désabusé. Ce manque de réaction provoqua la colère de Muller qui sortit sa cravache.

— Je vais te faire passer l'envie de te foutre de ma gueule.

Les autres prisonniers suivaient le spectacle des deux hommes, rassérénés de voir l'un des leurs tenir tête à un bourreau. Lucien Weber interpella son tourmenteur :

— Tu n'as jamais été bien malin, et j'ai pu constater que tu étais devenu le roi des salopards, mais je pensais que tu avais gardé un brin de lucidité. Dans un sens, c'est presque rassurant de savoir que tu es aussi devenu complètement con.

Muller sursauta sous l'insulte.

— Tu parles beaucoup, mais demain, c'est moi qui serai dans le lit de Marie alors que tu seras dans le train pour Dachau !

— Je serai sans doute dans le wagon à bestiaux qui m'emmènera chez les Boches. Mais toi, tu crois vraiment que tu coucheras avec Marie ?

— Et qui m'en empêchera, toi peut-être ?

— Tu sais que je n'en ai pas les moyens, mais penses-tu un instant que Stessinger a fait cette demande pour tes beaux yeux ?

— Je lui ai rendu de nombreux services. D'ailleurs, il a accepté que je reste au camp avec lui pour garder les quelques prisonniers qui ne partiront pas pour Dachau.

— Marie est belle et pourrait servir de modèle pour l'une de leurs putains d'affiches de propagande. Hitler veut continuer à créer ses régiments de demain.

205

Tu crois qu'il va laisser une « Aryenne » parfaite à un type comme toi ? Non, il faut un géniteur de race pure pour offrir mille ans au Reich.

— Tu essaies encore de me rabaisser, mais cela ne prend pas.

— Tu l'as vu ton papier ?

— Hans m'a dit qu'il était arrivé, et cela me suffit.

— Tu lui sers du « Hans » maintenant. Quand as-tu présenté Marie à Stessinger ?

Surpris, le SS questionna son prisonnier :

— Pourquoi dis-tu que je la lui ai présentée ?

Le rapport de force avait changé, même si la matraque n'avait pas changé de main. Muller reprit :

— Je lui avais envoyé plusieurs fois ma requête, mais il n'y avait jamais répondu. Un soir où nous avions quartier libre, je l'ai invité à dîner et à boire une bière à Schirmeck, dans l'auberge où travaille Marie. Quand il l'a vue, il a compris les raisons de mon insistance. Le lendemain, il a rédigé la demande d'autorisation de mariage, en remerciements pour le repas que je lui avais offert.

Le geôlier laissa le silence s'installer. Après de longues secondes, Weber lui glissa à l'oreille :

— Maintenant, es-tu convaincu que tu es vraiment con ?

Le poing rageur du SS lui frappa violemment le menton. Weber sentit deux dents se briser et s'effondra.

— Dans cinq minutes, je veux tout le monde dehors pour aller travailler à la carrière.

Furieux, Muller quitta la pièce. Lucien Weber avait la mâchoire en feu, mais plonger son délateur dans une crise de rage avait été l'un des seuls plaisirs qu'il

206

s'était offerts depuis plusieurs semaines. Ses collègues l'aidèrent à se relever et le félicitèrent pour cet acte de bravoure. Tout était bon à prendre dans cet univers concentrationnaire. Lucien les remercia de leur aide et se focalisa sur son unique objectif. Empêcher Stessinger de s'emparer de Marie.

Vingt-trois heures. Les prisonniers étaient prêts, au garde-à-vous sur deux rangées. Les camions attendaient, moteurs en marche. Ils allaient descendre par petits groupes à la gare, où les attendait le train qui les conduirait vers un nouveau camp de la mort. Les transferts se faisaient de nuit. Même si les habitants de la région connaissaient l'existence du camp, l'administration nazie voulait éviter de mettre sous les yeux des populations locales ces colonnes de prisonniers décharnés.

Ce soir-là, l'organisation du camp n'avait pas la rigueur habituelle. L'inquiétude des Allemands augmentait proportionnellement à la progression des troupes alliées. Caché sous un lit du baraquement, Lucien Weber attendait. Il savait une chose : il ne quitterait pas l'Alsace ce soir. Soit il s'échappait, soit il tombait sous les balles des soldats.

— Weber, où es-tu, pourriture ?

C'était Pierre Muller. La Providence, ou le diable, était avec lui. Lucien commençait à perdre la notion du bien et du mal, mais cela ne l'empêchait pas de serrer de toutes ses forces un morceau de métal aiguisé que lui avait donné un prisonnier norvégien.

— D'accord, je suis là, répondit, penaud, le déporté en sortant péniblement de sa cachette.

Le SS s'approcha de lui à grandes enjambées, matraque à la main.

— C'est moi qui suis un con ? Tu crois pouvoir jouer à cache-cache avec des Waffen-SS ? Tu vas avoir la leçon que tu mérites.

Muller souleva la matraque au-dessus de sa tête, prêt à administrer une terrible bastonnade au récalcitrant. Le bras de Lucien Weber se détendit, fichant le morceau de métal dans la gorge du geôlier. Il retira son arme improvisée et tira la tête de Pierre Muller en arrière. Béante, la plaie s'ouvrit, laissant s'écouler un flot de sang bouillonnant. Mécaniquement, Lucien veilla à ce que l'uniforme ne soit pas souillé par le liquide brunâtre. Quand le corps cessa de tressauter, Lucien déposa délicatement le cadavre, le déshabilla, retira ses vêtements et revêtit l'uniforme. Il ne savait pas comment se déroulerait la suite, mais la première phase était réussie. Avec un calme qui le surprit, il appliqua son plan. Sa stature était proche de celle du SS ; il ferait illusion. Il glissa le mort sous le lit, serra la ceinture autour de son pantalon trop large et quitta le baraquement.

— *Schnell Muller, schnell !*

Un sous-officier lui indiqua du bras le dernier camion. Il grimpa dans le véhicule et s'installa en face d'un soldat. Il baissa la tête, cachant son visage sous sa visière, répondant de la main au salut de son vis-à-vis. À leurs côtés, douze prisonniers attendaient, indifférents, leur transfert. Le moteur vibra. Un à un, les camions passèrent sous le porche d'entrée. Si les gardiens contrôlaient avec précaution la cargaison du camion, il serait découvert. Quand leur tour arriva, le rideau se leva et le faisceau d'une lampe torche balaya les visages des déportés, aveuglés par la soudaine luminosité.

— Ils sont tous là ? demanda le gardien.

— On a dû limiter le nombre des places, répondit le garde qui faisait face à Lucien. Ils voulaient tous découvrir Munich.

Le vigile éclata de rire à la plaisanterie du soldat.

— Ah ah, et c'est bientôt la fête de la bière. Tu le leur as dit ? Allez, bonne route.

Le rideau retomba, et le camion fit ses premiers tours de roue hors du camp. À lui de jouer, et il serait bientôt libre. Lucien connaissait la route par cœur. À cette heure de la nuit, ils en avaient pour vingt bonnes minutes avant d'atteindre la gare de Rothau. La priorité : mettre le SS qui lui faisait face hors de combat. Lucien ne pouvait utiliser son pistolet, trop bruyant. Le chauffeur l'entendrait. Sous le banc, un pied-de-biche. Il le ramassa et en assena un violent coup au soldat médusé. L'homme s'effondra, sans un bruit. Stupéfaits, les prisonniers le regardèrent. Un doigt sur la bouche, il retira sa casquette. Une profonde excitation gagna les passagers. Une possibilité d'évasion : même dans leurs rêves les plus fous, ils n'y croyaient plus. Lucien libéra discrètement ses amis de leurs chaînes. Ils saisirent le fusil qui traînait maintenant par terre et l'Alsacien tendit son pistolet à un officier de l'Armée rouge. Autant que son possesseur sache s'en servir. Lui n'avait pas besoin d'arme. Il connaissait la région et savait où en trouver. Il donna rendez-vous aux douze hommes quarante-huit heures plus tard dans une cabane dans les Vosges, du côté du Hohwald. Il savait qu'un groupe de résistants s'y rendait régulièrement. Ils pourraient sans doute fournir des vêtements et des faux papiers aux fugitifs... s'ils survivaient jusque-là.

Lucien poussa le rideau de la capote. Une faible lune éclairait la forêt. Il reconnaissait l'endroit. Dans deux kilomètres, un virage en épingle à cheveux que le camion serait obligé de prendre à vitesse très réduite. Ils auraient dix secondes pour sauter hors du véhicule et s'égailler dans les bois. Ensuite, chacun pour soi pendant quarante-huit heures.

Lucien Weber sauta le premier. Il se glissa à l'abri des sapins. Il regarda ses compagnons descendre avec angoisse. Onze ! Un seul manquait à l'appel : un homme leur fit un salut de la main et referma le rideau avec soin. L'Alsacien l'avait reconnu. C'était Karol, un petit Polonais, discret, mais dont le sourire était précieux dans les moments difficiles. Il était trop épuisé pour continuer à vivre et ne voulait pas ralentir les autres. Il savait qu'une autre liberté l'attendait à Rothau. Elle lui serait offerte par la balle qui finirait son trajet dans sa nuque.

L'Alsacien indiqua à ses compagnons la direction du Hohwald et se dirigea, seul, vers Schirmeck. La nuit était calme. Il reprit conscience du souffle du vent qui balayait les branches des sapins. Son corps n'avait qu'une envie : s'allonger, ne plus penser, et se laisser bercer par ce doux murmure. Non, pas maintenant. Il devait faire appel à ses dernières forces, parcourir les quelques kilomètres qui le conduiraient à Schirmeck, prévenir Marie pour lui dire de se cacher avec sa famille. Le réseau du colonel Janus saurait les prendre en charge. Lucien tenta de courir, mais ses jambes ne le portaient plus. Marcher, marcher à un rythme soutenu, visualiser l'auberge où travaillait Marie, visualiser sa chambre, imaginer le moment où il la retrouverait, où elle échapperait à cette ordure de Stessinger. Muller, aussi borné soit-il, avait fini par comprendre qu'il avait introduit le loup dans la bergerie.

Les branches fouettaient le visage de l'Alsacien sans qu'il s'en rende compte. Son pantalon en toile était arraché par les buissons de ronces. Pas une lumière ne s'échappait des villages. L'énergie était trop précieuse, et les Allemands voulaient éviter les bombardements d'une aviation alliée qui commençait à se montrer de plus en plus présente.

Lucien Weber avait contourné le village de Rothau. C'est là qu'arrivaient les convois de déportés, et c'est de là que partirait cette nuit le train pour Dachau. Il entendit au loin les douze coups de minuit. Il reconnut le son de la cloche de l'église principale de Schirmeck. Il fit un rapide calcul : il atteindrait son but dans moins d'une demi-heure. Il ne sentait plus la faim ni la soif qui le torturaient. Ne pas défaillir maintenant ! Garder suffisamment de lucidité pour éviter les sentinelles allemandes à l'entrée de la ville. Lucien connaissait tous les chemins de traverse. Il s'arrêta quelques instants pour réfléchir au meilleur moyen de rejoindre Marie. Il fallait passer… par le jardin de chez Robert Weiss, puis prendre la venelle qui longeait la maison des Altdorf. Il arriverait dans l'arrière-cour de l'auberge.

L'auberge Das Heilige Reich. Elle s'appelait l'Auberge du Mont-Louise jusqu'en 1940. Dans leur souci de nazification de l'Alsace et de la Moselle, les autorités avaient imposé au propriétaire de changer

211

le nom de son établissement. Elles lui avaient même directement imposé le nom, sans aucune négociation possible. Devant la porte stationnaient deux véhicules et un camion de la Wehrmacht. La porte s'ouvrit, laissant passer deux soldats passablement avinés. Lucien Weber se rejeta dans l'ombre d'un porche. En riant, les deux Allemands pissèrent à grands jets contre le mur du bâtiment puis rejoignirent leurs compagnons dans la salle principale. L'Alsacien risqua un œil à travers le volet d'une fenêtre. Une dizaine de soldats étaient attablés et dans un coin, plus éloigné, quatre SS. Lucien reconnut la chevelure blonde de Stessinger. Un accès de haine l'envahit. À quelques mètres se trouvait l'homme qui s'était amusé à les torturer des heures et des heures, lui et ses compagnons de malheur. Soudain, il aperçut Marie, un plateau couvert de bières à la main. Qu'elle était belle ! Il avait oublié à quel point en deux mois de survie dans le camp. Le regard que jeta le SS à la serveuse lui fit froid dans le dos. Marie ne semblait pas s'en être aperçue. Pris d'un brusque vertige, le prisonnier évadé s'effondra. Non, pas maintenant ! À genoux, il tenta de se relever. Impossible ! La porte s'ouvrit de nouveau, et trois hommes sortirent pour fumer un ersatz de cigarette. Tournant la tête, ils aperçurent l'Alsacien, dans sa tenue de Waffen-SS.

— Alors, camarade, tu ne supportes pas le vin alsacien ?

— Le vin ou la choucroute de merde qu'on m'a servie, répondit en allemand Lucien Weber avec un terrible effort.

— Tu veux de l'aide ?

212

— Laissez-moi tout dégueuler et je passerai boire une bière dès que ça ira mieux.

— Comme tu veux. On prévient à l'intérieur. Ces Alsaciens ne respectent pas assez les Allemands. S'ils t'empoisonnent, il faut au moins qu'ils te soignent.

Les soldats s'éloignèrent et regagnèrent l'auberge, glosant sur la santé fragile des SS de Himmler. Ils abandonnèrent le malade, tremblant de fièvre et de peur. Ils annonceraient à la cantonade qu'un SS était en train de vomir sur le trottoir et l'adjudant Hans Stessinger viendrait voir ce qui se passait. Pourquoi avait-il donné son arme ?

Les trois hommes rentrèrent dans la salle principale. Le plus gradé se dirigea vers la serveuse. Elle lui adressa un sourire.

— *Was kann ich für Sie tun ?*

— Un homme est malade dehors. Va voir ce qu'il a.

— Très bien. J'irai dès que j'aurai fini de servir ces messieurs, répondit-elle en indiquant la table de Stessinger et de trois autres SS affectés à la garde du KL-Natzweiler.

Le soldat haussa discrètement les épaules.

— De toute façon, ce doit être un de ses gars. Tu pourras lui dire que les SS ne savent pas se tenir.

Puis il rejoignit sa table, sa bière et sa partie de cartes. Marie servit les quatre gardiens du camp. L'homme blond la terrorisait. Elle était courageuse. Elle avait toujours su résister aux avances de ceux qui rêvaient de la mettre dans leur lit, ou même plus prosaïquement de la baiser sur le bord d'un chemin. Elle faisait aussi partie d'un réseau de résistance. Malgré

213

cela, le regard de ce sous-officier à gueule d'ange était terrifiant de perversité. Elle savait qu'il était l'un des responsables du camp, là-haut, au Struthof. Il était revenu plusieurs fois depuis son premier passage avec Pierre Muller. Elle se sentait en danger et ignorait comment réagir. La main de Stessinger frôla ses fesses quand elle s'éloigna de la table.

La jeune femme posa son plateau sur le comptoir et sortit dans la rue. La douceur de l'air lui fit du bien. Elle ne supportait plus de servir ces occupants, de plus en plus agressifs. Elle savait que d'ici deux ou trois mois maximum, sa région serait libérée. Il fallait qu'elle tienne ! Le SS était assis sur le trottoir, le dos reposant contre le mur. Elle allait le laisser un peu là, à cuver l'alcool qu'il avait dû ingurgiter comme un porc. Elle avait une aversion particulière pour les SS, chargés des basses œuvres du régime. Elle avait entendu parler des sévices qu'ils faisaient subir aux déportés du camp, là-haut, sur le Mont-Louise. Le soldat la regarda et lui fit un signe du bras. Elle le méprisa. Quand il tenta de se lever et s'effondra, elle ne put s'empêcher de s'approcher de lui. Le SS retira son calot. Il lui fallut quelques secondes pour reconnaître l'homme rasé au regard implorant. Lucien... son Lucien était encore vivant !

Marie se précipita vers Lucien, épuisé. Il essaya de parler, mais elle voulut le faire taire. Elle le prit dans ses bras. Il la repoussa au bout de quelques secondes.

— Tu ne peux pas embrasser un SS, Marie.

Malgré son état, il avait gardé assez de lucidité pour éviter une situation qui aurait pu leur être fatale.

— Nous nous sommes échappés, avec une dizaine de compagnons. Ils évacuent le camp et emmènent les prisonniers en Allemagne. Notre évasion a dû être repérée. Les SS ne vont pas tarder à arriver.

— Viens avec moi, je vais te cacher dans ma chambre.

— Non, c'est trop dangereux.

— S'ils ratissent la ville, ils te trouveront en quelques minutes. Suis-moi, je ne veux pas te perdre une seconde fois.

Marie aida son fiancé à se relever. Elle ploya sous l'effort, mais le porta jusqu'à l'arrière-cour. Discrètement, ils rejoignirent un vieil escalier en bois. Marche après marche, Lucien atteignit le premier étage. Elle ouvrit une porte et accéda à une petite chambre.

— Je dors souvent là lorsque le service me force à rester tard. Allonge-toi. Je reviendrai quand l'auberge sera fermée.

Elle s'apprêta à quitter la pièce. Lucien lui saisit le poignet avec force.

— Marie, il faut que tu t'enfuies. Maintenant ! Le SS blond, Stessinger, il te veut pour lui… peut-être dès ce soir. Va, et retrouve-moi dans quarante-huit heures au Hohwald, à la cabane forestière.

L'Alsacienne resta silencieuse. Ce que lui annonçait Lucien, ressorti miraculeusement du monde des enfers, ne la surprenait pas. Ce Stessinger était un démon, elle le ressentait au plus profond de ses entrailles. Pourtant elle ne pouvait pas abandonner Lucien. Dieu le lui avait rendu, à elle de le conserver.

— Je ne peux pas partir ce soir. D'ailleurs, s'il me cherche vraiment, il fera fouiller l'hôtel et te trouvera.

Ne t'inquiète pas, tout se passera bien. Maintenant, il faut que je retourne à mon service.

Le crissement des pneus de véhicules qui déboulaient à toute allure et les cris excités des occupants qui en descendaient pénétrèrent l'esprit embrumé de Lucien Weber. La soudaine agitation qui régnait ne pouvait avoir qu'une origine : leur évasion était officiellement découverte. Un sentiment partagé de lassitude et de panique le gagna. Lassitude de vivre dans cette terreur perpétuelle, panique de perdre à nouveau Marie. Il était trop faible pour s'échapper. La porte s'ouvrit brusquement. Le visage empourpré, Marie se dirigea droit vers le lit.

— Vite, il faut te cacher.

Elle regarda fiévreusement autour d'elle, à la recherche d'une idée.

— Dans le cabinet de toilette... Les SS sont fous furieux et ont décidé de passer la ville entière au peigne fin.

La jeune femme attrapa son ami par le bras. Elle l'emmena dans la petite pièce d'eau et le camoufla tant bien que mal derrière un rideau.

— Quoi qu'il se passe, ne bouge pas.

Elle refit le lit rapidement et quitta la chambre. Lucien avait pratiquement sombré dans l'inconscience. Il se retrouvait à nouveau dans un camp, à la merci de SS sans scrupules.

La porte de la chambre grinça de nouveau. Le jeune homme se recroquevilla dans son abri éphémère.

— Fouillez-moi toutes les chambres de fond en comble ! Ne laissez rien au hasard, et détruisez-moi cette auberge si vous le jugez nécessaire.

Cette façon si particulière de donner des ordres abjects, cette voix qui peuplait ses nuits de cauchemars. Stessinger ! Stessinger, qui venait le chercher dans son refuge...

— Je m'occupe de cette chambre. Mettez-vous bien en tête qu'il n'est pas question qu'un seul des fuyards reste en liberté. Je les veux tous à ma botte, vivants ou morts, dans moins de vingt-quatre heures !

La main de Lucien Weber tâtonna pour trouver une arme. Rien ! Peut-être pourrait-il sauter sur l'Allemand par surprise et lui prendre la sienne ? Non, inutile de se leurrer, il ne serait même pas capable de se mettre debout. Pire que tout, Marie serait emmenée avec lui. Noyé dans un profond désespoir, il entendit la voix de son amie.

— Vous pensez peut-être qu'un de vos évadés serait arrivé là par la voie des airs, adjudant ?

Le SS, qui était en train de se diriger vers le cabinet de toilette, s'arrêta net. Le bras appuyé sur le chambranle de la porte, Marie fixait son vis-à-vis d'un regard provocateur. Elle avança vers lui en accentuant son déhanchement. Le sous-officier l'examina sans vergogne. Le visage ovale encadré par deux tresses blondes, elle représentait son fantasme féminin. Les bras bronzés par le soleil de l'été, des seins ronds au sillon découvert par son chemisier échancré, des hanches généreuses, des fesses fermes qu'il avait pu deviner quand elle faisait son service et de longues jambes musclées par le travail quotidien. Muller était un insupportable lèche-bottes, mais il le remercia intérieurement pour le jour où il lui avait présenté sa « fiancée ». La jeune Alsacienne s'approcha de lui.

Elle était pratiquement aussi grande que lui. Le contact de sa poitrine contre son bras électrisa le SS.

— Quand vous aurez terminé vos recherches, rien ne vous empêchera de repasser me voir, Herr adjudant.

L'aplomb de cette femme l'excitait. Elle était digne de lui.

— Pourquoi attendre la fin des recherches ? La guerre est terrible et on ne sait pas de quoi demain sera fait.

Il attrapa le chemisier de la jeune femme, l'arracha violemment et le jeta sur une chaise.

— Puisque nous sommes faits pour vivre ensemble, Fräulein, profitons-en tout de suite. Ton soutien-gorge est beau et doit coûter cher. Retire-le toi-même, je ne voudrais pas l'abîmer.

Le regard de Stessinger était devenu fixe. Ravalant sa peur, la jeune femme enleva son sous-vêtement. Sauver Lucien, éviter que le SS ne fouille son cabinet de toilette. Elle posa son soutien-gorge sur le lit, offrant sa poitrine d'un blanc laiteux aux yeux lubriques de l'Allemand. Il s'approcha, prit ses seins dans les mains et les caressa. Marie serra les dents pour retenir son envie de hurler. Il ne s'en rendit pas compte.

— Tu donneras de beaux enfants au Führer, mais auparavant, tu me donneras beaucoup de plaisir, je le sens.

Caché dans son réduit, Lucien Weber vivait un cauchemar. Imaginer la femme qu'il aimait aux mains de son bourreau était insupportable. Cependant, il devait rester silencieux : elle essayait de lui sauver la vie.

Les bruits de la chambre arrivaient clairement jusqu'à sa cachette. Le sommier grinça. Le soldat venait de jeter sa victime sur le lit. Lucien entendit le glissement des vêtements, puis les soupirs du SS. Ses cris montèrent crescendo, jusqu'à ce qu'il jouisse rapidement dans un hurlement sauvage. Ses hommes l'entendaient ? Tant mieux : cette femelle lui appartenait maintenant, corps et, bientôt, âme.

— Dans quinze jours, nous partirons ensemble en Allemagne. Là, tu seras ma compagne. Le Führer en personne a donné son accord pour notre union, dit-il fièrement en reboutonnant son pantalon.

Puis il ajouta avec un sourire sadique :

— Que l'idée farfelue de t'enfuir ne te traverse pas l'esprit ! Je serais alors obligé d'envoyer ma future belle-famille visiter la Pologne : j'ai bien connu Auschwitz pour y avoir servi. Je m'en voudrais beaucoup s'il fallait leur signer un aller simple vers ce camp. Le climat n'est pas bon là-bas en ce moment, conclut-il dans un rire malsain.

Il quitta la chambre en criant après ses hommes. Prostré, Lucien ne bougeait plus. Il avait deux semaines pour tuer cet homme. Il entendit les pas de Marie qui s'approchaient de lui. Elle s'était rhabillée.

— Ils ne repasseront pas cette nuit. Quand ils auront quitté l'auberge, tu dormiras ici et je t'apporterai à manger. Il faut que tu reprennes des forces.

La jeune femme semblait étrangère à la scène qui venait de se dérouler. Seuls deux sillons discrets sous ses yeux témoignaient de ce qu'elle venait de subir.

29

Vengeance

Le vieil homme avait interrompu son récit. Des larmes embuaient ses yeux bleus. Jean Legarec respecta son émotion. Il la comprenait d'autant mieux qu'il avait lui-même été transporté par les mots de Lucien Weber. Jean avait volontairement laissé tomber le filtre d'objectivité qu'il appliquait en général aux faits. Il avait besoin de ressentir cette histoire avec ses tripes. Béatrice n'avait pas ouvert la bouche : ses yeux gonflés parlaient pour elle.

Machinalement, l'Alsacien saisit quelques miettes de kougelhof au fond de l'assiette et les grignota, sans prendre conscience de ses gestes.

— Le lendemain, Marie a contacté deux de ses amis qui m'ont discrètement exfiltré vers un lieu sûr. Pendant trois jours, j'ai déliré, dans un semi-coma. On m'a raconté que Marie passait pour me nourrir dès qu'elle pouvait s'échapper de l'auberge. Stessinger était parti quelques jours en mission et devait rentrer le 15 septembre : je me souviens encore de la date.

220

Le quatrième jour, j'ai retrouvé mes esprits. Je me suis levé, j'arrivais à peu près à me déplacer. Avec trois compagnons, j'ai préparé un plan d'exécution du SS. Stessinger avait réquisitionné une maison non loin de l'auberge. Mais prendre une décision est une chose, l'appliquer en est une autre : Stessinger ne se déplaçait jamais seul.

« Nous ne trouvions pas de solution, quand l'occasion s'est présentée. Marie est arrivée, livide, en nous tendant une lettre. Une convocation officielle de l'adjudant Hans Stessinger qui la sommait de venir le rejoindre chez lui le soir de son retour. Après je ne sais quelle rafle ou opération de représailles, il voulait s'offrir du bon temps et profiter de son trophée. Marie a tout de suite approuvé mon projet. L'après-midi du 15, sa famille a discrètement quitté la région de Schirmeck. Le soir, Marie s'est rendue à sa convocation. Elle avait mis tous les atouts de son côté pour lui faire perdre sa vigilance. Peu de temps après, je suis arrivé, déguisé, apportant une bouteille de champagne et du foie gras achetés au marché noir par le patron de l'auberge Das Heilige Reich. Stessinger n'avait pas résisté à l'envie de sortir le grand jeu et avait perdu toute prudence. Il avait donné quartier libre aux sentinelles et était venu m'ouvrir lui-même.

« En costume d'apparat, il avait la beauté du diable, mais je n'ai vu que le diable ! Moi, j'avais mis une fausse moustache et un chapeau qui couvrait mon crâne rasé de déporté. Il ne m'a même pas regardé. Il n'avait d'yeux que pour la sublime créature qui était avec lui. Il lui avait fait passer une robe de soirée qu'il avait sans doute "réquisitionnée". On aurait dit une star de cinéma. J'ai débouché la bouteille de champagne, encore fraîche, et j'ai servi deux coupes. J'ai ensuite ouvert le foie gras. Stessinger m'a alors fait un vague signe de la main pour m'ordonner de quitter les lieux. Il m'avait oublié et il n'aurait pas dû. En passant derrière lui, j'ai sorti le poignard que j'avais à la ceinture et je lui ai porté deux coups au cœur. Il s'est effondré, sans un mot. J'aurais aimé le faire souffrir, le voir trembler de peur, lui infliger ne serait-ce que le dixième de ce qu'il avait infligé à mes compagnons, mais la priorité était de nous échapper. La dernière fois que je l'ai vu, il était allongé sur le tapis, baignant dans son sang. Je n'ai même pas senti de satisfaction en le tuant. J'avais seulement fait ce qui était juste.

« Marie est restée très calme. Elle m'a pris par la main et s'est dirigée vers la chambre à coucher. Avec soulagement, j'ai vu que le lit n'avait pas été défait. J'ai ouvert la fenêtre et nous sommes sortis. Dans une rue annexe, une voiture allemande nous attendait, avec un chauffeur et un officier de la Wehrmacht. Il s'agissait de deux de nos camarades qui avaient récupéré le matériel et les *Ausweis* à Strasbourg. Nous avons été emmenés du côté de Colmar, et je n'ai plus jamais entendu parler de l'adjudant Stessinger… jusqu'à aujourd'hui.

« Je me suis ensuite engagé dans les forces françaises et j'ai participé à la libération de Strasbourg, puis à celle de Colmar. À la fin de la guerre, j'ai épousé Marie. C'est la plus belle chose qui me soit arrivée.

Lucien Weber se leva de son siège. Il paraissait plus âgé, voûté par les souvenirs qui venaient d'émerger du fond de sa mémoire.

— Excusez-moi cinq minutes…

Il quitta la pièce, laissant Jean et Béatrice silencieux. Ils savaient que l'histoire n'était pas terminée. Ils en connaissaient la fin, mais attendaient que le vieil homme la leur révèle lui-même. La jeune femme avait la pâleur d'une morte.

Deux minutes plus tard, Lucien Weber regagna son siège. Dans ses mains, un poignard et un pistolet allemand de marque Walther, dans un excellent état.

— C'est le poignard qui a ôté la vie à Stessinger, et son arme d'ordonnance. Je la lui avais prise au moment de m'enfuir. Marie n'a jamais su que j'avais gardé ces armes. Je pense qu'elle aurait trouvé ça morbide.

Il tendit l'arme à feu à Legarec, qui la démonta et la remonta en quelques secondes. L'Alsacien ne put s'empêcher d'émettre un petit sifflement.

— Vous aimez les armes ?

— Non, mais j'ai dû m'en servir plus que de raison. Celle-ci est extrêmement bien conservée et encore en état de fonctionnement, dit-il en la lui rendant.

— Effectivement. Je m'entraîne régulièrement. J'espère qu'elle n'aura pas à resservir.

Il les déposa sur un meuble et reprit :

— Je vous demande à nouveau de veiller à ce que le reste de la famille ne soit pas au courant de ce que je vais vous révéler.

— Vous avez ma parole, Lucien.

— Je ne le raconterai jamais à papa, grand-père.

— Quand nous nous sommes enfuis, j'ai vécu plusieurs semaines seul avec Marie. Au début, elle était pleine d'enthousiasme, puis je l'ai vue se renfermer jour après jour. Je n'ai pas compris ce qui se passait, attribuant sa soudaine tristesse au contrecoup des mois que nous venions de vivre. Peu de temps avant Noël, elle m'a annoncé qu'elle était enceinte. Cette nouvelle aurait dû me rendre fou de joie, mais son visage ravagé par les larmes valait toutes les explications. L'enfant qu'elle portait en elle était le fruit de son viol par Stessinger. Marie scrutait ma réaction avec une angoisse palpable. J'ai réagi dans l'instant. Mon amour pour Marie était supérieur à toutes les haines du monde. Cet enfant n'avait pas demandé à venir et n'était responsable en rien des atrocités qu'avait pu commettre son géniteur. Nous allions le garder et l'aimer, comme s'il avait été le nôtre. Après tout, j'avais moi aussi été adopté par les Weber et ne connaissais rien de mes parents naturels. Quand je vois notre famille, quand je te vois, Béatrice, je me dis que c'est l'une des décisions les plus sensées que j'aie prises dans ma vie.

L'enquêteur jeta un coup d'œil discret à la jeune femme. Elle semblait imperméable à la révélation que venait de faire son grand-père. Sans doute avait-elle eu le temps d'assimiler la nouvelle au cours de la soirée. Lucien Weber continua :

— Nous nous sommes mariés en mars 1945, et Gérard est né deux mois plus tard. Croyez-moi ou pas, mais jamais je n'ai vu en lui l'image de Hans Stessinger. Jamais...

— Pensez-vous qu'il se soit douté de quelque chose ?

— Non, je ne sais pas comment il aurait pu imaginer une telle histoire. Nous avons eu ensuite une fille et un garçon. Ma fille Mathilde a rencontré un Australien et a fondé sa famille là-bas. Mon fils

224

Adrien est entré dans les ordres, et vit actuellement dans le monastère de la Grande Chartreuse, non loin de Grenoble... Et voilà, je vous ai tout dit.

— Puis-je vous poser une dernière question ?

— Allez-y.

— Savez-vous si la mort de l'adjudant Stessinger a provoqué des représailles à Schirmeck ?

— Je n'étais plus sur place, mais je n'en ai jamais entendu parler. Les autorités locales ne portaient pas les SS dans leur cœur, et lui, tout particulièrement. Elles étaient peut-être contentes de voir disparaître un élément aussi brutal à quelques semaines d'une possible reddition. Personne ne le saura jamais.

Jean Legarec comprit que l'entretien était terminé. Jamais il n'avait imaginé entendre une telle histoire en entrant dans cette maison. Il ne savait pas encore comment l'exploiter, mais il était certain qu'elle était une pièce importante du puzzle qu'il essayait d'assembler. Il se leva.

— Il est près de huit heures. Puis-je vous inviter à dîner quelque part, Lucien ?

— Je vous remercie, mais ce soir, j'ai rendez-vous avec Marie.

L'enquêteur ne put s'empêcher de tiquer à ces paroles. L'Alsacien s'en aperçut.

— Rassurez-vous, rendez-vous dans mes souvenirs, pas dans la tombe. Si ma femme s'est sacrifiée pour me sauver il y a près de soixante-dix ans, ce n'est pas pour que j'aille mettre fin à mes jours, quelle qu'en soit la raison. Je pense que je me ferais très mal accueillir si je la revoyais dans ces conditions, commenta-t-il avec un rire presque enfantin. Tenez-moi au courant de vos recherches sur Alexandre.

225

Je ferai tout ce qui est en mon pouvoir pour le retirer des griffes de ce monstre.

Lucien Weber raccompagna ses invités jusqu'à leur voiture. D'épais flocons avaient recouvert la chaussée et avaient transformé la route en tapis blanc.

— La neige n'a pas fini de tomber. Vous allez avoir des difficultés pour rentrer à Strasbourg. Voulez-vous dormir chez moi ?

— Merci, Lucien, nous trouverons un hôtel dans le coin. Je suis certain que Béatrice saura m'en conseiller un.

— Vous avez avec vous le meilleur guide de la région.

Lucien adressa quelques mots en alsacien à sa petite-fille, puis le regarda avec sérieux.

— Le Hans Stessinger du Struthof est mort. Mes coups ne l'ont pas épargné. Mais il est revenu... Comment ? Je n'en ai aucune idée. Soyez très prudent, Jean. Quelle que soit la cause ou la personne qui l'a ramené ici, cela sent le malheur. Est-il venu rechercher son arrière-petit-fils ? Je ne le crois pas. Je n'ai aucune raison objective pour l'affirmer, mais je pense que c'est un sale coup du destin. Cet homme est un démon.

Comme Jean s'installait dans la voiture, Lucien Weber le retint encore quelques secondes.

— J'ai une demande à vous faire à mon tour.

— Je vous écoute.

— Prenez soin de Béatrice. Elle le mérite plus que toute autre.

Les deux hommes regardèrent le délicat profil de la jeune femme perdue dans ses pensées.

226

— Je ne suis qu'un détective, Lucien, pas un ange gardien, mais je vous assure que je ferai tout ce qui est en mon pouvoir pour la protéger durant cette enquête.

— Alors je la sais entre de bonnes mains.

Puis il chuchota à l'oreille du conducteur :

— Béatrice peut vous apporter beaucoup, Jean, beaucoup… Un jour, vous vous souviendrez de ce que je vous ai dit.

L'ancien militaire trouva le grand-père touchant. Il le salua de la main et démarra doucement sur la route glissante.

— À bientôt, Jean Legarec ! Nous nous reverrons.

30

Dîner

L'intempérie n'avait pas cessé, et malgré son véhicule équipé de pneus spéciaux, Jean Legarec avait dû faire preuve de maestria pour ne pas finir dans un fossé.

— Il faisait le même temps le jour où l'A320 s'est écrasé sur le mont en 1992, avait laconiquement commenté la jeune femme pendant le trajet.

La révélation sur ses origines l'avait profondément secouée.

Ils avaient pris leurs quartiers dans un hôtel au pied du mont Sainte-Odile, alliant à la fois tradition et modernité. Pas question de ramener Béatrice à Strasbourg avec ces conditions de circulation. L'hôtel était presque vide, et disposer de deux chambres n'avait posé aucune difficulté.

Ils terminaient un dîner sélectionné par la jeune femme : du foie gras, puis un baeckeoffe, le tout arrosé de deux bouteilles de riesling. Ils avaient, d'un accord tacite, évité de parler durant le repas de l'histoire que venait de leur relater Lucien Weber. Puisque Béatrice

228

avait le rôle de guide ce soir-là, elle avait raconté l'Alsace pendant deux heures : les légendes qui entouraient le mont Sainte-Odile, la ville d'Andlau, les châteaux des Vosges, la construction de la cathédrale de Strasbourg, les particularismes alsaciens comme ceux qui transformaient les non-Alsaciens en Français de l'intérieur. Elle avait commencé le repas sans entrain et s'était animée au fur et à mesure que les plats et les verres de vin défilaient.

— Un petit dessert, maintenant ?

— Croyez-vous que ce soit bien sérieux, Béatrice ? s'amusa son compagnon de table.

— Sérieux, sérieux ! Mais pourquoi séparer les choses en celles qui sont sérieuses et celles qui ne le sont pas ? J'ai deux arguments à vous faire valoir, et vous allez me dire s'ils vous convainquent.

— Je suis prêt à les juger.

— Le premier. Les Alsaciens, dans leur grande créativité culinaire, ont inventé la torche aux marrons : un fond de tarte sablée, une meringue, le tout recouvert de vermicelles de purée de châtaignes et de crème chantilly.

— De *Schlagsahne* ?

— Bel effort, monsieur le Français de l'intérieur, mais la *Schlagsahne* est allemande. Ici, on dit « crème chantilly ». *Hopla* !

— Un point pour vous. Second argument ?

— Cela fait longtemps que je n'ai pas dégusté un si bon dîner en si bonne compagnie. Ce serait dommage de l'amputer du dessert.

— J'ai plus de mal à juger de la pertinence de celui-ci, mais il est flatteur. Je peux même vous avouer qu'il est partagé.

Touchée par le compliment et légèrement embrumée par les vapeurs d'alcool, la jeune femme lui accorda une révérence de la tête.

— Tenez, et un troisième pour aller avec. Si j'ai bonne mémoire, le patron a une eau-de-vie de poire qui se marie à merveille avec ce dessert.

Avant que Jean ne réponde, Béatrice continua :

— Oui, je sais. Mon père aurait dit : « Une jeune fille bien n'abuse pas de la boisson. » Le pauvre, il n'a pas eu de chance avec ses filles. Et encore, je n'arrivais pas à la cheville de Maud au niveau de la biture.

Béatrice le dévisagea avec intensité.

— Alors, monsieur le détective ?

— Vos trois arguments m'ont convaincu.

Jean Legarec observa la jeune femme alors qu'elle appelait du regard le serveur qui espérait secrètement que ses deux derniers clients n'auraient plus assez faim pour un dessert. Elle avait clairement bu plus que de raison, cherchant à oublier les confidences de l'ancien déporté. Malgré tout, elle avait réussi à donner un tour enjoué et léger au dîner.

— Pouvez-vous m'accompagner jusqu'à ma chambre ? Ce soir, les Vosges ont décidé de tourner sous mes pas, constata la jeune femme.

Ils se levèrent et quittèrent la salle de restaurant. Jean avait laissé un pourboire conséquent au garçon qui avait gardé toute son amabilité malgré l'heure avancée. La vision de Béatrice avec ses cheveux retenus par une queue-de-cheval, son pull à col roulé qui moulait un buste presque parfait et son rire de plus en plus marqué avait aidé le serveur à occuper son temps.

La jeune femme s'appuya sur son compagnon et avança d'une démarche hésitante. Il prit conscience de l'odeur entêtante de son parfum : *Poison*, de Dior. Des souvenirs l'envahirent, mais il se força à revenir dans le présent. Leurs chambres étaient au premier étage. Quand il demanda sa clé à Béatrice, la tête de la femme était posée sur son épaule. Il ouvrit la porte, alluma la lumière et la conduisit jusqu'à son lit.

— Vous êtes arrivée à bon port. Je vous souhaite une excellente nuit. Huit heures au petit déjeuner : cela vous convient-il ?

La jeune femme ne lui répondit pas. Elle passa derrière lui, referma la porte et revint sur ses pas.

— Tu ne vas pas m'abandonner maintenant, dis ? Tu ne vas pas m'abandonner seule avec le sang d'un bourreau SS qui coule dans mes veines ?

— Je pense que le plus sage est de dormir, Béatrice. La journée a été difficile et...

— Sage, sérieux ? Mais tu n'as que ces mots-là à la bouche. Quand est-ce que tu t'éclates, Jean Legarec ? Tu es sans aucun doute un super détective, mais comme mec, quel rabat-joie.

— Béatrice...

— Weber ou Stessinger ? Légalement Weber, puisque c'est comme ça que mon père a été reconnu. Tu sais, je suis peut-être une sorte de docteur Jekyll et miss Hyde. Peut-être qu'un jour ma vraie personnalité va se révéler ? Peut-être que je vais à mon tour te violer sur le lit ?

Jean Legarec s'installa sur une chaise. D'habitude, il ne supportait pas les conversations avec les alcooliques, mais il ferait une exception ce soir. Il avait promis à Lucien de protéger la furie qu'il avait en face de lui. Parler ! Il ne savait pas de quoi, mais il fallait qu'il lui parle.

— Béatrice, le comportement d'une femme ou d'un homme n'est pas lié à la génétique, mais à son éducation. Malgré ce qu'ont voulu faire croire les nazis et ceux qui les ont suivis à travers le monde. C'est la façon dont on a été aimé ou pas qui va...

— Tu parles trop.

Avec un déhanché lascif, Béatrice retira son pull. Elle se pencha vers Jean, offrant volontairement à son regard le profond décolleté de son soutien-gorge. Puis elle lui saisit les deux poignets et le tira vers elle. Elle se colla à lui et l'embrassa. La chaleur animale de son corps troubla Jean, subitement démuni. La douceur de sa peau, les mains aux longs doigts fins qui caressaient sa nuque, sa langue habile qui s'introduisait entre ses lèvres, le poids de son mont de Vénus contre son sexe. L'homme sentait sa volonté qui fondait. Il ne pouvait pas profiter d'une femme dans cet état. Il la repoussa doucement, mais fermement. Béatrice se mit à crier :

— Je ne suis pas assez bien pour toi, c'est ça ? Il y a des tas de mecs qui donneraient une fortune pour être à ta place. C'est quoi, ce qui te dégoûte en moi ? Tu ne veux pas coucher avec une descendante de SS, c'est ça ton problème ! C'est ça ? hurla-t-elle.

Jean la prit par l'épaule et s'assit avec elle sur le lit. Béatrice fondit en larmes. Il la maintint contre lui plusieurs minutes, laissant les pleurs l'apaiser. Elle le serra dans ses bras, à la recherche de protection.

— Pourquoi ? sanglota-t-elle. Pourquoi est-ce que le seul mec qui me plaît ne veut pas de moi ? Pourquoi est-ce que, à trente-quatre ans, je n'ai connu que des connards ? Mon mariage a été une catastrophe.

La gentille Béatrice, celle que tout le monde admire, a réussi à tomber sur un pervers narcissique. Tu as bien fait de ne jamais te marier, Jean.

— J'ai été marié, Béatrice.

Estomaquée par cette confidence, la jeune femme ravala ses sanglots.

— Où est-elle ?

— Elle n'est plus là… Maintenant, il faut dormir. J'appellerai demain à sept heures et demie pour le petit déjeuner. Ne bouge pas d'ici.

L'homme retourna rapidement dans sa chambre et revint. Béatrice était toujours assise sur le lit, l'esprit ailleurs. Il lui tendit un tee-shirt.

— Pour la nuit. À demain.

Elle saisit le vêtement, le frotta doucement contre son visage. Puis elle retira son soutien-gorge et l'enfila.

— Merci. Je pourrai le garder ?

— Ce sera un souvenir de cette soirée, répondit-il en lui souriant.

— Merci.

Jean l'aida à retirer ses bottes et ses jodhpurs. Elle se pencha vers lui, l'embrassa sur la joue et se coucha. Quelques instants plus tard, elle dormait. Jean rentra dans sa chambre. Il trouva enfin le sommeil à cinq heures du matin.

Jean Legarec était assis en face d'une tasse de café quand il vit arriver Béatrice, le buste droit et la démarche rapide. La jeune femme s'approcha et s'adressa directement à lui :

— Je vous présente toutes mes excuses pour mon comportement d'hier soir.

— On ne se tutoie plus ?

— Ne vous moquez pas de moi, c'est déjà assez difficile comme ça.

— Je ne plaisante pas. Je pense que nous pouvons conserver le tutoiement.

— Alors j'espère que tu ne m'en voudras pas pour mon comportement de pute.

— Pourquoi de pute ? Tu étais un peu échauffée, mais tu avais des raisons d'être perturbée.

— Sans doute, mais cela ne justifie pas tout.

— Je vais aussi t'avouer quelque chose. Si tu avais moins bu, j'aurais peut-être craqué. Tu vois le tableau : le détective et sa cliente qui couchent ensemble. Donc, pas mieux de mon côté.

— C'est... c'est vrai ?

— Oui, c'est vrai. Allez, assieds-toi. Je t'ai commandé ton petit déjeuner, il va arriver d'un instant à l'autre.

31

Une piste ?

10 décembre

L'enquêteur avait quitté Strasbourg dans la matinée, après avoir déposé Béatrice Weber chez elle. La journée de la veille lui apparaissait maintenant complètement folle avec cette pseudo-résurrection d'un bourreau nazi soixante-dix ans plus tard !

Il était persuadé que tout ce que leur avait confié Lucien Weber était exact. L'Alsacien avait toute sa tête. Il vérifierait dans les archives du camp du Struthof l'existence de Stessinger, mais il n'avait aucun doute sur le résultat de ses recherches.

La question qui se posait était claire, mais il n'avait pour le moment aucun embryon de réponse. Comment Hans Stessinger ou son jumeau était-il revenu au XXIᵉ siècle ? La question subsidiaire était : quel était son rôle dans l'attentat de Notre-Dame ?

Legarec avait longuement réfléchi durant le trajet de retour. Quelle stratégie adopter ? Il avait conclu en décidant de faire confiance à Marussac.

Il lui rapporterait une partie de ses discussions avec Lucien Weber, sans faire allusion à la descendance de Stessinger. Il verrait bien comment réagirait son nouvel allié. Le flic lui avait paru fiable. Caractériel, mais fiable, et cela lui convenait. Le policier se mouillerait pour rechercher des informations. Toute donnée sur le nouveau Stessinger les rapprocherait d'Alexandre. Il avait hésité à contacter Patrick Mistral, mais préférait dans un premier temps laisser la DCRI hors du coup : trop politique.

En entrant dans les locaux de KerAvel, Jean Legarec déposa un sac en papier sur le bureau de Margot. Surprise, sa collaboratrice l'entrouvrit du bout des doigts.

— Des bretzels ! Qui vous a fait penser à nous rapporter quelque chose de votre virée en Alsace, patron ?

— Je n'ai besoin de personne pour ça. Cela me faisait plaisir, c'est tout.

— J'avais donc raison. Vous vieillissez, et la sagesse vient avec l'âge.

— Possible. Inutile toutefois de me le rappeler chaque fois que vous me voyez. Quoi de neuf de votre côté ?

La jeune femme revint immédiatement aux affaires :

— Enguerrand a commencé à travailler sur le dossier « Diamant ». Il a l'air de maîtriser le sujet. Il est aujourd'hui du côté de Bordeaux. Il vous a fait une note avec ses activités à venir. Il l'a déposée sur votre bureau. Je l'aide pour la partie comptable. De mon côté, j'ai découvert un truc bizarre.

— C'est-à-dire ?

— On s'intéresse à nos comptes de très près depuis trois jours. Je ne parle pas des classiques inspections des impôts. Non, quelqu'un cherche à tracer les mouvements financiers de la société en zone hors France. Je m'en suis aperçue par hasard, hier.

— Des ennuis à court terme ?

— Non, ils ne trouveront rien. J'ai tellement brouillé les pistes qu'il leur faudrait des moyens nettement plus conséquents pour mettre le doigt sur quelque chose, mais cela signifie qu'on essaie de nous nuire.

— Trois jours, dites-vous ?

— Oui, cela correspond aux premiers mouvements suspects que j'ai remarqués.

— Vous n'en savez pas plus ? Connaissez-vous des… spécialistes qui pourraient trouver d'où opèrent ces indélicats ?

— J'ai prévu votre question. J'ai une liste de trois « associations » qui pourraient nous aider.

— Sélectionnez celle que vous préférez et contactez-la !

Un peu hésitante, elle tendit une feuille A4 à son boss.

— Voici leur devis.

Jean éclata de rire.

— Bien sûr, vous l'avez déjà négocié ?

— Bien sûr. Je n'ai pas choisi les moins chers, mais ils s'engagent à nous les coincer sous quarante-huit heures.

— Margot, mais comment KerAvel fonctionnerait sans vous ?

— Moins bien, j'en suis certaine.

— Passez la commande. Dites-leur qu'on leur ajoute une prime s'ils les trouvent encore plus rapidement.

— Pas besoin de prime, patron. Chez eux, c'est une question de principe que d'honorer leur contrat. Et ce défi les intéresse. Autre point : dans le cadre de la formation professionnelle, j'ai une demande à vous faire.

— Je vous écoute.

— Merci de ne pas m'avoir servi la plaisanterie éculée d'Enguerrand me demandant si j'ai choisi couture ou crochet. J'ai besoin de quelques heures de pilotage pour conserver ma licence, mais ce n'est pas donné.

— Depuis cinq ans, je ne vous les ai jamais refusées. Prenez les heures qu'il vous faut, et n'oubliez pas de les négocier... Ce que vous avez sans doute déjà fait.

— Oui, patron.

— Alors vous m'emmènerez passer un week-end à Biarritz. On se louera un petit coucou et vous le piloterez.

— Cela fait trois ans qu'on en parle, mais vous n'avez jamais le temps.

— Cette fois-ci, je le prendrai. Avant que vous n'ajoutiez quelque chose, c'est peut-être parce que je vieillis.

— Ça vous va bien.

— Vous savez rassurer les hommes, Margot.

— Les femmes aussi !

— Il faut que j'y aille. Je serai cet après-midi avec Baptiste Marussac, un flic qui enquête sur l'affaire

238

Alexandre Clairval. Ah, j'aimerais aussi vous confier une autre mission.

— À votre disposition.

— Préparez-moi la liste des spécialistes de la traque des nazis. Je cherche quelqu'un qui ait une bonne connaissance des dignitaires nazis du Troisième Reich et de l'organisation de la SS. Si vous avez un candidat avec option sur la Panzer division Totenkopf, je suis preneur.

Surprise, la jeune femme prit note et ajouta :

— Cela risque d'être assez long, car je vais débarquer en pays totalement inconnu.

— Contactez le professeur Crane, il pourra vous donner des pistes.

— Vous fréquentez ce fasciste ?

— Je ne partage pas ses idées. Par ailleurs, je ne vous demande pas d'engager un débat politique avec lui, mais juste de le contacter de ma part. Il vous fera gagner du temps.

32

Rendez-vous dans une nef

Assis sur un banc en bois, Marussac regardait les flammes vacillantes des bougies jouer au gré des courants d'air qui traversaient la cathédrale. Legarec lui avait donné rendez-vous dans un lieu discret. Il aurait au moins pu choisir un endroit chauffé ! Ce type était surprenant. Marussac avait activé l'un de ses contacts pour en savoir plus sur son nouveau partenaire. Enfance passée dans les ambassades, puis des études le conduisant à un diplôme d'ingénieur et une maîtrise en droit. Un poste aux États-Unis du côté de Seattle dans la société Boeing. Soudainement, pour une raison qui n'apparaissait pas dans le mince dossier qu'il avait récolté, un engagement de cinq ans dans les parachutistes. Quelques médailles, puis deux années pendant lesquelles Legarec avait plus ou moins disparu des écrans radars. Enfin, en 2000, l'homme monte sa société, KerAvel, qui finit par avoir du succès dans le milieu du renseignement industriel. Bref, l'officier de la PJ n'avait pas en face de lui un perdreau de l'année. Si l'enquêteur s'était mis sur l'affaire, c'était pour

240

réussir. Par contre, rien sur sa vie privée. Cependant, Marussac n'était pas là pour mener une enquête de mœurs.

— Capitaine, je vous salue.

Perdu dans ses pensées, le policier n'avait pas vu arriver son interlocuteur. Legarec retira son bonnet couvert de neige et s'ébroua.

— Bonjour, Legarec. Avant toute chose, je voulais vous remercier pour ce lieu de rendez-vous chaleureux, attaqua ironiquement Marussac.

— Vous avez eu l'occasion de vous entretenir avec vous-même. C'est tellement rare à notre époque où tout file si vite.

— Je devrais sans doute apprécier votre humour sophistiqué, mais j'ai du mal. Bon, quelles sont donc ces informations si urgentes que vous voulez me transmettre ?

L'enquêteur regarda autour de lui, comme pour s'assurer que personne ne les surveillait. Sa collaboration avec la police devait rester secrète. Rassuré par l'examen des lieux, il s'installa à côté de Marussac.

— J'ai l'impression qu'on va mettre un coup de pied dans une fourmilière.

— Qu'est-ce qui vous fait dire ça ?

— Un pressentiment. J'ai du nouveau sur le kidnappeur présumé.

Une lueur d'excitation passa dans les yeux du policier. Legarec fit un résumé précis du récit de l'Alsacien, concluant par la grossesse de Marie Weber. Baptiste Marussac était hypnotisé par cette histoire hors du commun, tout comme Jean Legarec l'avait été la veille au soir.

— Eh ben putain, lança-t-il avec son accent rocailleux.

— Comme vous le dites. Nous voilà avec un fantôme sur les bras.

— Vous avez confiance dans votre Lucien : il ne sucre pas un peu les fraises ?

— À votre avis ? Si je suis venu vous raconter tout ça...

Marussac resta silencieux. Puis il questionna :

— Qu'est-ce que vous en concluez ?

— Franchement... pas grand-chose pour l'instant. Je suis certain que cette information est capitale, et j'ai l'intime conviction que ce type est pour quelque chose dans l'attentat, mais il faut que je continue mon enquête.

— Comment comptez-vous vous y prendre ?

Les deux hommes se regardèrent un long moment, comme pour se jauger mutuellement.

— Je suis à la recherche d'un spécialiste de la Seconde Guerre mondiale. Je veux retrouver la trace de la famille Stessinger, comprendre pourquoi on découvre aujourd'hui le sosie d'un bourreau nazi sur le parvis de Notre-Dame.

— Retrouver la trace d'un adjudant de la Waffen-SS ? Pas simple, commenta Marussac.

— J'en suis conscient. Cependant, c'est la seule piste dont nous disposons.

— Je pourrais utiliser la photo pour relancer les recherches, proposa le policier, mais...

— ... mais si le néo-Stessinger est partie prenante dans l'attentat, vous allez encore vous faire piquer le dossier par la DCRI.

242

— Exact. Putain, l'affaire doit vraiment être tordue, confirma l'officier de police.

— Pensez-vous quand même pouvoir mener une enquête discrète ?

— Je peux avoir accès à la plupart des bases de données, et plusieurs potes m'aideront quand je les aurai mis au jus. Par contre, comme vous le savez, je n'ai plus personne à faire travailler officiellement sur le sujet.

— Si nécessaire, on peut sous-traiter des recherches à du personnel privé. J'ai des relations avec deux ou trois officines de surveillance très sérieuses.

Le policier fronça les sourcils.

— Je sais ce que vous en pensez, ajouta Legarec, mais cela peut nous aider à étudier des pistes.

Jean Legarec se leva.

— Je vais me mettre à la recherche de Stessinger. Je vous tiens au courant. Si de votre côté vous avez des infos…

Marussac lui fit signe de se rasseoir. Surpris, il obtempéra.

— Tu as joué franc-jeu en me racontant l'histoire de Stessinger. À moi de te renseigner.

Legarec, étonné par le passage au tutoiement, attendit que son interlocuteur lui transmette l'information qu'il avait hésité à lui dévoiler.

— Ce que je vais te raconter est hautement confidentiel. Sache juste que si tu cherchais à me baiser, on s'expliquerait entre hommes.

— Si tu as des doutes quant à ma loyauté, garde l'info pour toi. Pour le reste, je t'avoue que tu ne m'excites pas vraiment.

Marussac haussa les épaules et vérifia qu'il n'y avait aucune oreille indiscrète à proximité.

— La DCRI a découvert un lien, un lien très fort, entre l'attentat de Notre-Dame et l'assassinat du ministre de l'Intérieur Bastarret.

— Effectivement, je comprends le besoin de confidentialité.

— Premier point. Une perruque noire a été retrouvée dans la cathédrale. Après enquête, la DCRI est certaine à quatre-vingt-quinze pour cent qu'elle appartenait au terroriste. Seul problème, elle a traîné de partout et a été piétinée par des dizaines de personnes pendant l'évacuation de l'église. Bref, un vrai bordel pour lui faire cracher ce qu'elle avait à dire. Les gars du renseignement ont mis plusieurs spécialistes sur le coup, qui ont analysé toutes les traces présentes sur la perruque. Second point. L'un des deux agresseurs de Bastarret a été blessé par un membre de l'escorte ministérielle. On a récupéré un peu du sang qui avait coulé sur la route. Tu te doutes bien que des analyses ADN ont été menées. Elles n'avaient rien apporté jusqu'à hier. Mais hier après-midi, coup de théâtre ! En croisant tout ce qui a été relevé sur cette putain de perruque avec le sang du tueur, les spécialistes sont arrivés à une conclusion décapante : c'est sans doute la même personne qui était à Notre-Dame et qui a assassiné le ministre.

Legarec resta silencieux. L'information était explosive. Si le propriétaire de la perruque était, comme il le supputait, le néo-Stessinger, il se retrouvait au cœur d'une affaire d'État. Là, il entrait dans une nouvelle dimension. Ce lien entre l'assassinat de Bastarret, l'attentat de Notre-Dame et l'enlèvement d'Alexandre

244

Clairval était-il la raison de l'acharnement de la famille Clairval à le voir abandonner l'enquête ? Mais pourquoi ? Il devait se poser et réfléchir sereinement.

— Alors, qu'en dis-tu ? lança le policier, satisfait de son petit effet.

— Que nous nous dirigeons à pas de géant vers les emmerdements.

— Excitant, non ?

— C'est une façon de voir les choses. Cela signifie que si on loge le néonazi qui a enlevé le gamin, il faut transmettre son nom à la DCRI. Pas envie de me retrouver accusé de complicité de complot contre l'État.

— OK, mais pour le moment, on ne tient rien. Alors on ne balance rien à mes collègues du renseignement intérieur. Qu'ils se démerdent ! conclut le flic.

— Tu mènes ta guerre des services ?

— Non, j'ai le sens de la survie. Mais ils m'ont pris pour un con, et je ne veux pas leur servir des infos sur un plateau. Tu sais comment ça se passera ? Ce sera « merci messieurs », dans le meilleur des cas, et ensuite on nous expliquera qu'il faut laisser travailler les grands. Moi, je devrai continuer à faire la circulation et toi, tu devras retourner faire ton James Bond à deux balles. Je vois la scène comme si j'y étais. Que deviendra Alexandre là-dedans ? Eh bien, je vais te le dire : il passera à la trappe de la raison d'État.

— Tu as une vision assez extrême des choses, mais je ne peux pas te donner totalement tort. Néanmoins, on ne sait pas à quelle organisation nous avons affaire. Rien ne dit que d'autres attentats ne se préparent pas

245

en France. Alors dès qu'on dispose d'une information pertinente, on la leur passe discrètement.

— Quand est-ce que tu rencontres ton spécialiste en SS ?

— Il faut déjà que je le trouve. J'ai une collaboratrice qui y travaille. Elle m'aura sélectionné une liste d'ici demain et je contacterai les heureux élus.

Baptiste Marussac soupira.

— Ah, si seulement j'avais les moyens du privé…

— Dis-toi qu'ils vont indirectement te servir. Je t'appelle dès que j'aurai de nouvelles données sur Stessinger. D'ailleurs, il va falloir être prudents. Nous sommes tous les deux susceptibles d'être surveillés de près. Je te ferai parvenir un téléphone « propre » pour nos contacts.

— Tu peux me faire passer un iPhone ? demanda le policier avec une lueur d'envie enfantine dans les yeux.

— De dernière génération. As-tu une couleur préférée ?

33

La généticienne

Dix-sept heures. Dubitatif, Jean Legarec raccrocha son téléphone. Il avait senti Patrick Mistral réticent quand il lui avait demandé un service. C'est en rappelant à l'homme de la DCRI l'amitié qu'il avait entretenue avec Maud Clairval-Weber qu'il avait réussi à obtenir le nom d'un médecin spécialiste en génétique. Lorsque Jean avait commencé à parler de l'avancement de son enquête sur Alexandre à son ami, son interlocuteur s'était fermé comme une huître. Il l'avait pourtant appelé sur son numéro de téléphone personnel, qui était censé être clean. Patrick avait néanmoins accepté de contacter le médecin pour lui décrocher un rendez-vous d'ici la fin de la journée.

Vingt heures. La neige qui n'avait pas cessé de tomber assourdissait le bruit de la circulation. L'angle du boulevard Saint-Michel et de la rue Monsieur-le-Prince lui paraissait presque calme. Décidément, il ne quittait plus le Quartier latin. Patrick lui avait envoyé un texto pour lui transmettre le lieu du rendez-vous.

Le toubib le reconnaîtrait. Jean regardait les passants avec curiosité : une mère avec ses deux enfants qui pourchassaient les flocons, un homme d'affaires qui pestait contre la neige qui détrempait ses chaussures de marque, un couple d'amoureux serrés l'un contre l'autre, un SDF cherchant un abri pour se protéger avec son chien, une grande femme coiffée d'une toque de fourrure protégeant une épaisse chevelure blonde qui dépassait sur ses épaules...

La femme s'approcha de lui et lui tendit la main.

— Êtes-vous Jean Legarec ?

L'homme marqua un instant de surprise. Il ne savait pas pourquoi, mais il s'attendait à rencontrer un barbon de l'Académie, et non une femme aussi séduisante. Elle avait un accent russe à peine perceptible.

— Oui, c'est moi. Je suis l'ami de Patrick Mistral, confirma-t-il platement.

— Je suis le professeur Adriana Damentieva.

— Je vous remercie de m'accorder un entretien à cette heure tardive, professeur, répondit-il en russe.

Le médecin lui adressa un large sourire.

— Vous parlez russe ! Cela fait longtemps que je n'ai pas discuté dans ma langue maternelle. Patrick avait l'air de tenir à ce que je vous rencontre. J'ai juste eu le temps de coucher mes deux enfants, et me voilà. Par contre, si vous n'y voyez pas d'inconvénient, nous allons nous mettre à l'abri.

— Bien sûr. Connaissez-vous un endroit convivial ?

— Convivial, je ne sais pas, mais le restaurant au bout de la rue nous permettra de dîner légèrement.

Attablé avec le professeur Damentieva, Jean Legarec ne put s'empêcher d'admirer la femme qui lui faisait face. Un visage slave, les pommettes hautes, des yeux verts légèrement en amande, une chevelure blonde et un visage qui respirait la sérénité.

— Avant que nous ne parlions du sujet qui nous amène ici, dites-moi où vous avez appris à parler ma langue aussi parfaitement.

— J'ai vécu trois ans à Moscou dans les années soixante-dix. Mon père était conseiller d'ambassade. Les étrangers étaient contrôlés de près, mais j'avais quelques amis russes de mon âge qui m'ont fait découvrir leur culture. Je n'avais pas d'autre choix que de pratiquer leur langue pour participer à leurs jeux et comprendre les instructions de l'entraîneur de mon équipe de foot. Par la suite, le russe m'a servi pour mes affaires, continua-t-il, plus évasif. Puisque nous en sommes aux compliments, votre français est parfait.

— Je vis à Paris depuis longtemps. Je suis mariée à un Français, et j'ai des jumelles de cinq ans. Un modèle d'intégration, conclut-elle avec un sourire charmeur. Dites-moi en quoi vous avez besoin de mon expertise. Patrick m'a dit que cela en valait la peine.

Patrick lui ayant affirmé qu'elle était digne de confiance, Jean Legarec décida de ne pas tergiverser.

— Avez-vous assez de temps pour que je vous raconte une histoire ?

— Je suis là pour ça.

Jean lui retraça les aventures de Lucien Weber : sa jeunesse, son internement, son évasion, l'agression de Marie, l'assassinat de Hans Stessinger, l'enfant qu'ils avaient décidé de garder. Adriana ne l'interrompit pas une fois.

— Les histoires de guerre sont terribles. L'Union soviétique en a terriblement souffert, elle aussi, commenta-t-elle.

Puis elle continua :

— Pour résumer, si vous faites appel à un généticien, c'est que vous souhaitez comparer l'ADN de l'un des membres de la famille Weber à celui du kidnappeur présumé. À condition de disposer de l'ADN du ravisseur, bien sûr.

— Tout à fait. Je sais que la logique voudrait que j'en informe la police française pour qu'elle prenne en charge la suite des travaux. Je suis donc conscient que ma requête pourrait vous choquer.

— Je m'aperçois que je ne me suis pas présentée. Je suis professeur en médecine et je travaille pour l'administration française. J'étais médecin légiste, mais depuis six ans, je me suis spécialisée dans la génétique. J'ai fait cette demande le jour où j'ai su que j'étais enceinte, pour tout avouer.

Jean la dévisagea. Il n'arrivait pas à décrypter son regard. Il n'y lisait ni approbation ni réprobation. Il n'intervint pas et la laissa continuer.

— Vous comprenez que cette information pourrait avoir son importance pour la DCRI ?

— Je ne vais pas y aller par quatre chemins, professeur. Je ne pense pas que ces données feront avancer l'enquête sur les attentats parisiens. Elles peuvent par contre confirmer qu'un mort est de retour, ce qui n'est quand même pas banal. Si j'avais su que vous travailliez pour la police, je ne vous aurais pas sollicitée, mais maintenant que nous sommes face à face, je me permets de vous poser directement la question.

Avez-vous les moyens de faire réaliser rapidement une analyse ADN sur Béatrice Weber ?

— Vous souhaiteriez aussi que je compare les résultats à ceux que j'ai obtenus hier ?

Jean la regarda, éberlué. Adriana Damentieva enchaîna :

— C'est moi qui ai fait le rapprochement entre l'ADN du tueur de la rue de Rivoli et celui trouvé sur la perruque ramassée dans la cathédrale. Quel serait mon intérêt à faire ça ?

— Vous n'avez rien à y gagner, si ce n'est de gros ennuis avec votre hiérarchie. Vous avez juste l'opportunité de nous aider à retrouver Alexandre Clairval.

Adriana Damentieva regarda son interlocuteur, amusée.

— Ce serait très chevaleresque, à la fois digne des traditions russe et française.

— Les lois de la chevalerie ne sont plus forcément compatibles avec celles de notre code pénal, mais...

— ... mais si je respectais les lois du XXIe siècle, je devrais vous faire convoquer comme témoin dans cette affaire. Cependant, mon expérience m'a enseigné que certaines recherches parallèles permettent d'atteindre la vérité plus rapidement que celles menées par la machine administrative. Venez demain après-midi avec votre amie et cinq mille euros. C'est le tarif pour avoir les résultats d'une analyse fiable et discrète dans les plus courts délais. Vous imaginez bien que je ne peux pas utiliser mon circuit classique. Toute opération est tracée.

Jean Legarec se sentit soulagé. Il n'avait pas espéré une issue aussi favorable.

— Puis-je vous poser une dernière question ?

— Je suis là pour ça. Cela nous donnera l'occasion de commander un dessert. Que voulez-vous savoir ?

— Si nous trouvons des similitudes entre l'ADN de Béatrice Weber et celui des tueurs inconnus, que pourrons-nous en déduire ?

— Que Béatrice Weber est l'assassin mystère ? Plus sérieusement, il faudra effectivement s'intéresser de près à l'arbre généalogique de la famille Stessinger.

— Mon prochain objectif est de fouiller dans la vie du SS. Il a sans aucun doute abusé de nombreuses femmes au cours de sa sinistre carrière. Rien ne l'arrêtait.

— Tout est possible… ou impossible… Rejoignez-moi demain à dix-huit heures. Je vais vous donner l'adresse d'un cabinet médical où nous pourrons réaliser les prélèvements tranquillement.

34

Le projet français

11 décembre

— Messieurs, les événements s'enchaînent favorablement. D'ici quelques jours, la situation politique nationale devrait être suffisamment tendue pour nous permettre d'agir.

Un murmure de satisfaction flotta sur la petite assemblée réunie dans le salon d'un grand hôtel parisien. L'orateur laissa le silence retomber et reprit :

— Comme vous le savez depuis plusieurs mois, mes amis et moi sondons discrètement des députés et sénateurs sélectionnés avec soin pour savoir s'ils appuieraient notre action. Au cours des dernières semaines, j'ai noté un remarquable renversement de tendance. La plupart d'entre eux sont exaspérés par l'impuissance du gouvernement et la vacuité des propos des leaders de l'opposition. Ils seraient maintenant prêts à se rallier à un homme providentiel, pourvu qu'il n'appartienne pas aux partis politiques extrêmes.

— D'après vous, combien de parlementaires seraient en mesure de rejoindre votre mouvement ? questionna un homme négligemment assis dans un fauteuil Louis XV.

L'orateur ne s'offusqua pas de cette interruption. Le quadragénaire qui venait de l'interroger contrôlait les médias dont il avait besoin pour faire passer ses messages.

— Aujourd'hui, je pense que nous pourrions compter sur une centaine de personnes, députés et sénateurs confondus. Une fois que nous aurons lancé notre offensive, habilement relayée par vos réseaux, j'estime qu'atteindre le nombre de deux cent cinquante personnes est un objectif raisonnable. Notre ami américain a par ailleurs mis à notre disposition des capitaux qui permettront de motiver les indécis.

— Votre projet est ambitieux, commenta l'homme des médias, et se déroule effectivement selon vos prévisions. Il faut juste espérer qu'il n'y aura pas de fuite.

— Nous saurons nous charger des individus récalcitrants ou trop bavards. Et si jamais une campagne de diffamation était lancée contre nous, je compte sur vos organes de presse et de télévision pour rétablir... notre vérité. Vous y trouverez tout votre intérêt, conclut l'orateur.

Huit personnes avaient pris place autour d'une table. Six hommes et deux femmes, représentant les cercles dominants de la société française. Deux députés, une sénatrice, un préfet, deux banquiers et le patron des médias entouraient l'orateur. La tension était palpable, excitation du succès à venir mêlée au risque terrible qu'ils prenaient.

— Les présidentielles doivent avoir lieu dans un an, reprit un député. Êtes-vous certain de pouvoir mettre en place des élections anticipées ?

— Nous en avons déjà discuté, cher Vincent. Le choc va être tel que les Français seront prêts à tout pour sortir du marasme. Ils sont à bout avec la situation économique. Il ne manque plus que l'électrochoc que je leur prépare.

— Pouvons-nous en savoir plus ? intervint le préfet.

L'orateur observa son auditoire. Il menait ce projet depuis plusieurs années. Jour après jour, il avait tissé un réseau dont il tirait maintenant les ficelles. Ses partenaires lui étaient tous redevables de faveurs, qu'elles soient financières, politiques ou personnelles. Il les avait patiemment étudiés et testés avant de les admettre dans son cercle. Ils avaient tous un point commun : aucun état d'âme. Le pire eût été le soudain cas de conscience de l'un de ses proches alliés. Il connaissait toutefois suffisamment l'âme humaine, et ceux qu'il avait choisis auraient tout donné pour une parcelle de pouvoir. C'était bien plus qu'une parcelle qu'il leur proposait.

L'occasion qui se présentait était unique, et seule la crise que traversaient actuellement la France et le reste de l'Europe la rendait possible. Le peuple en avait assez des fausses promesses et des technocrates. Il voulait un leader qui rétablirait l'ordre, qui ne plierait pas devant les injonctions de la finance internationale… au moins en apparence. Le mouvement qu'il avait créé depuis plusieurs années mettait sur le devant de la scène une politique volontariste, fondée sur la fierté nationale. Par ailleurs, la même flambée populiste était prête à se propager dans d'autres pays d'Europe, eux aussi aux abois.

— Alors, mon cher Joachim ?

— Nous avons su parfaitement tirer parti de l'attentat de Notre-Dame. La confiance dans le gouvernement n'a jamais été aussi basse, et les manifestations discrètement orchestrées pour réclamer sa démission et celle du Président ont été un succès. D'ici peu, un nouvel attentat va avoir lieu sur le sol français. Son organisation est prête à quatre-vingt-dix-neuf pour cent. Sachez juste que l'impact en France sera tellement fort que le pouvoir en place n'aura pas d'autres choix que d'accepter les élections anticipées que nous ferons demander.

— Beaucoup de victimes ? s'enquit une banquière sans sourciller.

— L'objectif n'est pas de décimer la population française, mais il y en aura suffisamment pour ne laisser aucune issue au gouvernement.

— Que veut votre philanthrope américain en échange de son support logistique et financier ? lança la sénatrice.

— Rien qui nous contraigne, rassurez-vous. Nous avons mis en place un contrat gagnant-gagnant, comme rarement il a pu en exister dans le monde politique. Je vous en parlerai la semaine prochaine. D'ici là, je vous demande de continuer à remplir vos missions avec le même zèle que celui dont vous avez fait preuve jusqu'à ce jour. L'heure de la victoire est proche, chers amis.

35

Munich

Le choc des roues qui touchaient la piste sortit Jean Legarec de sa torpeur. Il étouffa un bâillement et s'étira. Il s'était assoupi pendant le vol en feuilletant une revue de voyages.

— Il est quatorze heures quarante et nous venons d'atterrir à l'aéroport de Munich-Franz-Joseph-Strauss. Nous espérons que vous avez effectué un agréable voyage en notre compagnie. La température est actuellement de moins deux degrés Celsius et il neige sur la ville. Le commandant Roigue et son équipage vous souhaitent un agréable séjour dans la capitale de la Bavière et vous recommandent une bonne bière dans une brasserie ce soir pour combattre le froid.

L'enquêteur sourit en débouclant sa ceinture de sécurité. Il repensa à sa dernière conversation plutôt houleuse avec Béatrice Weber. Il lui avait donné rendez-vous la veille pour réaliser les tests ADN. Ils s'étaient rendus, avec Adriana Damentieva, dans un laboratoire privé situé dans le douzième arrondissement de Paris. Elle leur avait promis les résultats sous quarante-huit heures. Jean et Béatrice étaient ensuite partis dîner. La jeune femme avait tenté de convaincre l'ancien militaire de l'emmener à Munich. Jean Legarec avait refusé : il était payé pour retrouver un enfant disparu, et non pour emmener sa cliente faire du tourisme. Il ne voulait pas non plus s'investir émotionnellement dans cette affaire. La soirée en Alsace l'avait troublé plus qu'il ne l'avait pensé. Pas question de courir le risque de voir son jugement dénaturé par des sentiments personnels ! En dernier lieu, il sentait qu'il mettait les pieds dans une histoire foireuse : inutile de plonger à plusieurs.

Il débarqua et rejoignit directement le terminal. Il n'avait enregistré aucun bagage, se contentant d'un sac de voyage qu'il avait gardé avec lui dans la cabine. Le Français avait décidé de prendre le S-Bahn pour rejoindre Munich. Le train lui éviterait ainsi d'emprunter les routes rendues glissantes par les intempéries. Il avait du temps devant lui : son rendez-vous était à dix-huit heures dans la vieille ville. Le plafond nuageux était très bas et les flocons lui fouettèrent le visage. Une odeur de choucroute qui émanait d'un restaurant de l'aéroport flottait dans l'air. Il descendit au sous-sol, acheta un billet et s'installa dans une rame en partance pour le centre-ville.

Margot Nguyen avait été d'une efficacité redoutable. Elle avait mis de côté son caractère fougueux et accepté le rendez-vous à déjeuner du professeur Henri Crane. Historien spécialiste de la Seconde Guerre mondiale, l'homme n'avait jamais caché sa fascination pour la prise de pouvoir par Adolf Hitler. Il essayait cependant de mener ses travaux avec impartialité, pour

peu que l'on puisse appliquer le mot « impartialité »
à la reconnaissance des faits historiques. Margot avait
résisté à son envie de gifler l'historien quand il avait
tenté une opération de séduction des plus malhabiles.
À force de sourires crispés, elle avait fini par obtenir
le nom de la spécialiste dont son employeur avait
besoin. « Je l'ai fait pour vous, patron, mais ne me
demandez pas trop souvent ce genre de service. »

Station Marienplatz. Jean Legarec émergea dans le
centre historique de la Altstadt, la partie ancienne
de Munich. « Ancienne » n'était peut-être pas le mot
adéquat. La ville avait été très lourdement touchée par
les bombardements en 1945 et presque intégralement
reconstruite. Les petites baraques en bois du marché
de Noël, recouvertes de neige, donnaient à la place un
côté féerique. Jean ne put s'empêcher de rester immobile quelques instants, pour s'imprégner du paysage.
Un gigantesque sapin décoré de guirlandes lumineuses
veillait sur la foule des badauds qui profitaient de ce
moment de paix. Il se dirigea vers son hôtel. Il avait
une heure pour se préparer avant la rencontre.

Quelques secondes à peine après qu'il eut sonné,
la porte de l'appartement s'ouvrit. Une grande femme
aux cheveux gris montés en chignon se tenait devant
lui, le port altier. La septuagénaire paraissait étonnamment jeune. Un jean, des bottes en cuir de crocodile
et une veste jaune ; un châle en laine, des pendentifs
larges comme des soucoupes et un sautoir en ambre :
l'enquêteur fut surpris par l'allure décontractée de son
interlocutrice. Comment le professeur Henri Crane
avait-il pu rencontrer un tel personnage ?

259

— *Guten Abend, Frau Manhof. Ich bin Jean Legarec.*

— Vous parlez allemand, c'est parfait. Entrez donc, nous serons mieux à l'intérieur que sur le palier.

L'enquêteur suivit son hôtesse dans l'appartement richement décoré de tentures orientales. Elle l'installa dans un canapé et se dirigea vers la cuisine.

— Je peux vous proposer du thé ou du vin chaud, accompagné d'un *Stollen* qui sort du four.

Il opta pour le thé et garda le silence pendant que l'Allemande préparait la collation. Elle le servit et s'assit à son tour dans un fauteuil aux couleurs chamarrées.

— Mon appartement n'est pas l'archétype d'une demeure bavaroise. C'est parce que j'ai vécu plusieurs années en Inde dans ma jeunesse et, comme vous le voyez, j'en ai été marquée. J'aime mon pays, mais la rigueur de certains de ses habitants me fatigue par moments.

Elle découpa le gâteau débordant de fruits confits et en offrit un généreux morceau à son invité.

— Je vous remercie d'avoir accepté de me recevoir si rapidement, Frau Manhof.

— Appelez-moi Erika. J'ai soixante-dix ans, mais je ne suis pas encore assez vieille pour que l'on me serve du « madame ».

L'allure volontaire d'Erika Manhof appuyait ses dires.

— Avec plaisir, Erika.

— Parfait. Attaquons le sujet qui vous amène en Bavière. J'ai eu le temps de me renseigner sur ce Hans Stessinger dont vous m'avez parlé hier au téléphone. Je connaissais bien l'histoire de son père, et j'ai

260

rapidement pu retracer le parcours du fils. Avant que je ne vous révèle ce que j'ai découvert, expliquez-moi les raisons qui vous amènent à vous intéresser à ce personnage peu recommandable.

Jean raconta une nouvelle fois le récit de Lucien Weber, s'appliquant à n'omettre aucun détail. L'historienne écoutait intensément l'homme qui parlait. Quand le silence se fit, Erika ne le brisa pas. Elle semblait mettre en place les pièces d'un puzzle dont elle seule connaissait le motif final.

— Cette histoire est très émouvante. Le national-socialisme a été une plaie pour le XXe siècle. Notamment pour le peuple allemand, contrairement à ce que quelques-uns cherchent à faire croire. Il nous a fallu du temps pour accepter de regarder ce passé, mais il faut qu'il serve de leçon pour les générations à venir.

— Je me suis rapidement renseigné sur vos travaux. Ils font référence en la matière.

— Je vous remercie. Avez-vous entendu parler de Rudolf Stessinger ?

— Le nom ne me dit rien.

— Et si je vous parle de Hjalmar Schacht ?

— Le ministre d'Hitler ? Oui, je connais son nom, mais pas la totalité de ses exploits.

— Schacht était un célèbre économiste allemand, directeur de la Reichsbank dans les années vingt. Dans le début des années trente, il se rapproche du parti nazi. En 1934, Adolf Hitler nomme Schacht ministre de l'Économie. Il va mettre en place une politique qui permettra à l'Allemagne de se développer et de se réarmer, malgré la dette à laquelle elle devait faire face. Il a fait preuve de trésors d'ingéniosité.

Pour instaurer cette politique, Schacht va s'entourer de barons industriels et de banquiers, comme Fritz Thyssen, Kurt von Schröder ou Ferdinand Porsche, mais aussi Rudolf Stessinger.

— Le père du bourreau du Struthof tenait donc une place majeure dans l'édifice national-socialiste, commenta Legarec.

— Effectivement. Il était chargé des relations avec les Occidentaux pour amener des capitaux en Allemagne. Des intérêts européens et américains ont vu dans la montée d'Hitler une façon de gagner beaucoup d'argent, au mépris des peuples qu'ils poussaient vers la guerre ! Standard Oil et General Motors, pour ne citer que ces deux compagnies, avaient de nombreux intérêts dans l'Allemagne nazie. Henry Ford, qui fut l'un des modèles d'Hitler, a fabriqué des camions pour les Alliés, mais aussi pour l'armée allemande. Une autre entreprise américaine a lancé son extraordinaire ascension en coopérant avec le Reich : la société Sigma de George MacCord.

— MacCord, dites-vous ?

— Oui, les « chimistes » de la Géorgie. Les milliardaires confédérés. Bref, Rudolf Stessinger a été en contact avec tout ce beau monde.

— Qu'est-il devenu ?

— C'était un nazi convaincu, qui a cru au régime jusqu'au bout. Il n'a pas eu le temps d'être jugé à Nuremberg. Il s'est suicidé dans sa prison avant le procès.

— Mais pourquoi son fils s'est-il engagé dans la SS alors que les relations de son père auraient pu lui ouvrir une belle carrière ?

262

— J'ai eu la chance de retomber rapidement sur un dossier que j'avais monté sur lui, il y a plus de vingt ans. L'administration nazie était pléthorique, mais efficace. J'avais pu retracer son parcours. J'avais oublié l'existence de cet homme. Ils ont été tellement nombreux à suivre le même chemin que lui. Votre allusion au camp du Struthof a réactivé ma mémoire. J'ai retrouvé et étudié sa fiche avant que vous n'arriviez. Êtes-vous prêt à entendre sa biographie ?

— Je suis là pour ça.

— Hans Stessinger est né le 20 septembre 1920 à Munich. Il est le fils unique de Rudolf Stessinger et Gerhild Schmidt. La famille vit très confortablement. Le père Stessinger occupe un poste important à la Reichsbank et son épouse est la fille unique d'un riche propriétaire terrien. Hans Stessinger est élevé dans la vénération du Führer. Dès 1922, ses parents adhèrent à l'idéal national-socialiste. Hans entre rapidement dans les différentes organisations pour jeunes proposées par le parti nazi NSDAP. En 1934, à l'âge de quatorze ans, il rejoint la Hitlerjugend.

— Beaucoup de jeunes Allemands sont-ils passés par les Jeunesses hitlériennes ? demanda Jean Legarec.

— En 1939, le passage par les Hitlerjugend était devenu quasiment obligatoire. De nombreuses familles ont envoyé leurs enfants sous la contrainte. Ceux qui tentaient de s'y soustraire mettaient les leurs en danger. Les Jeunesses hitlériennes étaient contrôlées par la SS. L'objectif était clairement de faire des jeunes qui y passaient le futur bras armé du régime. Ce fut dès leur création un moyen de contourner l'interdiction de mettre en place une armée imposée par le traité de Versailles de 1919. Hans Stessinger s'y sent comme un poisson dans l'eau. L'entraînement paramilitaire remplace rapidement les enseignements classiques. La violence naturelle du garçon est mise en valeur par les instructeurs. Des cours de propagande à la gloire du régime sont dispensés toutes les semaines. Le conditionnement de ces jeunes esprits a quelque chose de diaboliquement admirable. En 1938, Hans Stessinger s'oppose à sa mère Gerhild qui voulait le voir mener des études à l'université. Elle n'adhérait pas à l'évolution de la politique nazie. Elle était anticommuniste, mais ne supportait pas l'antisémitisme qui montait en flèche. Le jeune homme reçoit le soutien actif de son père et s'engage chez les SS.

— Quels étaient les critères pour entrer dans la SS ?

— Ils étaient très sévères, au moins dans les premières années. Heinrich Himmler, le responsable de la SS lui-même, estimait qu'à peine dix pour cent des jeunes Allemands en étaient dignes. Il fallait déjà prouver sa qualité raciale. L'aspirant devait apporter les preuves qu'il était d'ascendance aryenne depuis 1800, voire 1750, pour devenir officier. Les tests de condition physique étaient draconiens, et la moindre imperfection physique pouvait être la source d'un refus d'admission. Par ailleurs, tous les nouveaux membres étaient des fanatiques du parti nazi. C'est ce qui a fait la force de cette organisation. Hans Stessinger a passé sans encombre tous les tests. Il avait déjà été repéré chez les Hitlerjugend et une belle carrière s'offrait à lui.

— Lucien Weber s'est donc retrouvé face à une créature du parti nazi.

— Une parfaite créature. Stessinger était intelligent, mais il a mis son énergie au service de la cause dans laquelle il avait baigné dès sa petite enfance. Il avait aussi une tendance sadique qui pouvait s'exprimer librement dans cette organisation. De nombreux SS provenaient des campagnes, et même si la fidélité au Führer était la valeur primordiale, la caste sociale élevée de Stessinger l'a aidé à prendre le pas sur ses camarades. Hans Stessinger rejoint en 1940 la troisième Panzerdivision Totenkopf, tristement connue pour avoir assuré la sécurité des camps de concentration. Leur commandant, Theodor Eicke, ne voulait que des purs produits de la race aryenne dans ses troupes. En 1941, Stessinger reçoit plusieurs citations pour son courage lors des combats menés autour de Kharkov, en Union soviétique. Il participe au massacre des populations civiles sans aucun état d'âme. En 1943, il est affecté au camp de Dachau. J'ai encore une liste de ses exploits, que je vous épargnerai. Enfin, en avril 1944, il est affecté au camp du Struthof. Bref, un authentique produit de la machine de démolition morale nazie.

Erika Manhof marqua une pause.

— Quelle a été la fin de l'adjudant Stessinger ?

— Elle est illogique. Je pense qu'il y a matière à creuser. Le 5 septembre 1944, Hans Stessinger reçoit l'ordre de transférer les déportés du KL-Struthof-Natzweiler à Dachau. L'approche des Alliés fait craindre le pire. Il obéit aux ordres, mais un accroc surgit. Lui qui a connu un parcours sans tache fait face à son premier échec. Onze prisonniers s'évadent au cours du trajet entre le camp et la gare. Huit sont retrouvés et abattus, mais trois ont disparu. Le grand-père de votre amie en faisait donc partie. Stessinger part ensuite en mission dans le nord de l'Alsace et revient une semaine plus tard, le 15 septembre. J'ai mis la main sur un témoignage déposé par l'un de ses hommes le lendemain. Il affirme que l'adjudant Stessinger avait demandé que la garde le laisse seul ce soir-là. Puis plus rien. Notre homme disparaît du circuit.

— Qu'entendez-vous par « disparaît du circuit » ?

— Le Waffen-SS devient un fantôme. Plus aucun document officiel ne fait mention de son nom, comme s'il n'avait jamais existé.

— Pensez-vous que ce soit une mesure de rétorsion suite à l'évasion du Struthof ?

— Non, sûrement pas. Hans Stessinger était un personnage reconnu dans la SS. Il avait rencontré plusieurs fois Himmler, qui l'avait en personne décoré de la croix de fer de première classe. Par ailleurs, sa pureté aryenne était considérée comme exceptionnelle.

— J'ai vu une photo. Le parfait blond scandinave !

— Exactement, et Himmler l'avait remarqué.

— Un rapport avec sa disparition ?

— Le fait qu'il n'y ait soudainement plus aucune trace de l'existence de Hans Stessinger est très troublant. D'après moi, ce n'est pas une erreur de l'Administration. Ce que je vais maintenant vous exposer n'est qu'une hypothèse, mais je souhaite la partager avec vous.

— Je suis justement là pour ça, l'encouragea l'enquêteur. Comprendre ce que vient faire le sosie de Stessinger au XXIe siècle.

— Il va falloir que je vous présente le contexte. Vous savez sans doute qu'Heinrich Himmler avait une fascination pour l'ésotérisme, annonça l'Allemande.

— J'ai entendu parler de sa passion pour les runes et les anciens peuples mythiques, mais je n'ai pas exploré le sujet à fond, répondit Legarec.

— Il y a eu de nombreux livres écrits sur le sujet. Bien que dénué des critères physiques de la supposée race aryenne, Himmler a toujours rêvé d'un peuple parfait : le peuple aryen. Cette notion de peuple aryen ne repose sur aucune base scientifique ou anthropologique, mais le Reichsführer y croyait dur comme fer. Il a envoyé des expéditions à travers le monde, du Tibet jusqu'à l'Antarctique, pour en retrouver les origines. Les sociétés secrètes se sont multipliées à cette époque, toujours centrées sur le peuple pur, la race élue. Jusque-là, rien de nouveau, mais au début des années deux mille, je suis tombée sur la lettre qu'un médecin-chef de la SS avait envoyée au milieu de l'année 1944 à Himmler. Son contenu m'avait intriguée, puis je l'avais rangée et laissée de côté, la classant dans la catégorie « délire mystique ».

— Elle aurait donc un rapport avec Stessinger ?

— Je ne veux pas m'emballer, mais c'est possible. La SS, qui était d'une certaine façon une société à elle seule, avait son ordre de médecins. Ils ont acquis leur détestable réputation en menant leurs expériences pseudo-médicales dans les camps de concentration. La lettre dont je vous parle a été écrite par... attendez deux secondes, nous allons travailler avec le matériel original.

Erika Manhof se leva et récupéra son ordinateur sur une table basse. Elle le posa sur ses genoux et consulta sa base de données. Rapidement, elle retrouva une copie numérisée de la lettre qu'elle recherchait.

— Écrite le 12 juillet 1944 par le médecin-chef Bernd Karlmeister. Il a sévi à Auschwitz en 1942 puis est revenu en Allemagne pour participer à un projet secret mis en place par Himmler. Dans cette lettre, il parle de l'avancement des travaux que son équipe et lui mènent depuis deux ans. Je cite : « Les progrès de nos recherches sont très encourageants. Les expériences menées par nos collègues de Dachau, mais aussi de Natzweiler... »

Le silence s'installa dans la pièce. Un tout petit coin de rideau semblait vouloir se lever.

— Je ne me souvenais plus que Karlmeister faisait allusion aux médecins du Struthof. Il y avait aussi une cellule « médicale » dans ce camp.

Puis Erika reprit sa lecture :

— « ... mais aussi de Natzweiler, me laissent espérer que nous atteindrons notre but d'ici moins de six mois. Redonner vie à l'élite de notre race aryenne ! » Il continue ensuite en nommant un certain nombre de médecins impliqués dans ce projet puis termine en écrivant : « Je peux vous l'affirmer, Herr Reichsführer, le projet Anastasis offrira l'éternité à nos élites ! »

— Projet Anastasis ? releva Legarec. Mais de quoi s'agit-il ?

— Je ne sais pas. C'est le seul document dans lequel j'aie vu apparaître une allusion à cette opération, répondit la spécialiste du Troisième Reich.

— Redonner vie à la race aryenne..., pensa à haute voix Jean Legarec. La résurrection de dignitaires nazis... la résurrection de Hans Stessinger. Cela n'a pas de sens.

— Ça n'en est pas moins troublant, reprit Erika.

268

— Quel était le niveau de connaissances médicales acquis par les médecins SS suite à leurs expérimentations ?

— Ils avaient progressé sur un certain nombre de sujets. Ils avaient à leur disposition des dizaines de milliers de cobayes. Imaginez l'excitation que pouvait ressentir un médecin sans scrupules et convaincu de la supériorité de sa race ! Il choisissait ses sujets et en faisait ce qu'il désirait, mais de là à imaginer ressusciter des morts, il y a des limites qui sont tout de même difficiles à franchir.

— Les nazis ont franchi tellement de limites qu'il ne faut rien écarter, commenta Legarec. Ce Stessinger est réapparu. Les connaissances actuelles de la science ne permettent effectivement pas de réanimer un cadavre mort depuis des années. Pourtant qui sait ce que ces médecins ont découvert ? Qui sait à quelles atrocités ils se sont livrés pour satisfaire leurs fantasmes de toute-puissance ? Comment pouvons-nous enquêter dans cette direction ?

— C'est compliqué. Plus le temps passe, plus les témoins se raréfient. Karlmeister a été retrouvé mort en juin 1945, a priori tué par l'une de ses anciennes victimes. Je vous confirme que le projet Anastasis n'apparaît dans aucun autre document, et Dieu seul sait combien j'en ai consultés. Les seuls indices dont nous disposons sont les noms des médecins cités dans la lettre de Karlmeister. S'ils étaient en vie, ils seraient tous quasiment centenaires à l'heure actuelle.

— Pourriez-vous me donner une copie de cette lettre ? interrogea le Français.

— Bien évidemment.

Pendant qu'Erika se levait pour connecter le portable à son imprimante, Legarec s'adressa à elle :

— Erika, vos informations étaient d'une qualité que je n'osais espérer. Puis-je vous inviter à dîner ? Cela nous permettra de discuter de sujets plus réjouissants.

— Avec plaisir, répondit-elle en revenant, une feuille à la main. Cela fait un temps fou que je n'ai pas mangé un bon plat à base de porc et de pommes de terre. Je suis plus portée sur la macrobiotique et la nourriture bio, mais faisons exception à la règle ce soir ! Voulez-vous tenter un voyage culinaire en Bavière ?

Erika Manhof avait choisi un restaurant en face de la cathédrale. Très bavarois, comme elle l'avait annoncé ! Les roboratives spécialités locales, largement arrosées de bière, les avaient rassasiés. La conversation avait tourné autour de leurs voyages respectifs, de la politique européenne, et même du FC Bayern, club de football totalement intégré dans la culture de la ville. Voir Erika défendre les couleurs de son club et évoquer le match de 1976 contre l'équipe de Saint-Étienne avait d'abord surpris Jean, qui était ensuite entré avec plaisir dans un débat de supporters. Comme le repas touchait à sa fin, Jean posa une question qui le tenaillait depuis qu'il avait rencontré son interlocutrice :

— Je vais sans doute être indiscret, mais pourquoi une femme comme vous s'est-elle lancée dans la traque de criminels de guerre ?

Erika le regarda et lui sourit.

— J'ai rarement parlé de ma vie privée. Cependant, je vais le faire ce soir. Je veux vous montrer que des

270

Allemands se sont opposés au cancer nazi. Je suis née en juillet 1943, à quelques pas de l'endroit où nous nous trouvons. Je n'ai jamais connu mon père. Il a disparu en février 1943. Ma mère était alors enceinte de quatre mois. Maman m'avait toujours dit qu'il était mort sur le front de l'Est et que son corps n'avait jamais été retrouvé. J'étais une orpheline, comme des millions d'enfants européens nés à la même période. Cependant, en 1968, sur son lit de mort, ma mère m'a fait une révélation. Mon père n'était pas mort en Russie, mais avait disparu du jour au lendemain à Munich.

— Pourquoi a-t-elle attendu ce moment ?

— Ma mère avait tout de suite compris que la Gestapo était derrière cette disparition. La police d'État faisait régner la terreur en Allemagne. Maman avait déjà un fils de deux ans, Julius, et me portait. Son obsession fut alors de nous garder en vie. Pendant des mois, elle a craint chaque jour que Dieu faisait de voir la police débarquer chez elle, l'emmener en camp et nous mettre dans un Lebensborn, orphelinat pour jeunes Aryens. Mon frère est mort durant le dernier bombardement de la ville. Elle a été traumatisée par ces deux disparitions et n'a plus jamais parlé de mon père. Elle savait qu'il avait dû s'opposer au régime nazi ; elle avait honte de ne pas avoir osé le rechercher quand il avait disparu. C'est avant de mourir qu'elle m'a fait jurer de retrouver la trace de mon père. J'ai juré, et de fil en aiguille, je me suis intéressée aux principaux personnages qui ont fait le Troisième Reich, puis à leurs sbires. En plus de quarante ans, j'ai accumulé une documentation qui remplirait ma maison si l'on n'avait pas inventé l'informatique.

— Avez-vous découvert ce qu'il est devenu ?

— Oui, et assez rapidement d'ailleurs. Avez-vous entendu parler du mouvement « die weisse Rose », ou « la Rose blanche » ?

— Le mouvement de résistance passive créé par des étudiants de Munich pendant la guerre ?

— Tout à fait. Ce groupe a été fondé au printemps 1942 par deux étudiants de l'université de Munich : Hans Scholl et Alexander Schmorell. Ils refusaient le totalitarisme dans lequel avait plongé leur pays et le nihilisme intellectuel incarné par le nazisme. Avec l'un de leurs professeurs et d'autres étudiants, ils ont commencé à rédiger des tracts dénonçant le régime, puis à les envoyer à des destinataires savamment choisis : libraires, intellectuels... Des milliers de documents ont été distribués non seulement à Munich, mais aussi à Francfort, Stuttgart, et même Salzbourg ou Vienne. Jusqu'au jour où ils se sont fait arrêter en distribuant des feuillets dans leur université. Ils ont été livrés à la Gestapo, qui en a exécuté plusieurs le jour même. La liste de ces résistants était connue. Mon père, Aloïs Manhof, qui avait disparu le même jour, n'y figurait pas. J'ai contacté de nombreux témoins de l'époque, et j'ai fini par retrouver un homme qui passait une retraite paisible dans un petit village non loin d'Augsbourg. C'était un ancien membre de la Gestapo. Il a accepté de tout me raconter, ni par vice ni par remords. Juste comme ça... Mon père était un simple employé à l'université ; il s'occupait de travaux d'entretien. Quand il a vu ce qui se passait ce jour-là, il a essayé de récupérer quelques-uns des tracts qui n'avaient pas été distribués. Voulait-il continuer le travail des membres de la Rose blanche ? Avait-il agi par curiosité ? Héros ou anonyme ? Sans doute les deux. Le policier l'a remarqué et lui a demandé de le suivre en le menaçant de son arme. Mon père a refusé et s'est enfui. Le fonctionnaire ne s'est pas posé de questions et lui a mis une balle dans la tête. Comme il avait malgré tout agi de façon impulsive, ce sont ses propres mots, il a préféré faire disparaître discrètement le corps plutôt que de rapporter ses exploits à sa hiérarchie. Il voulait éviter une remontrance. Même si l'Allemagne était une dictature, elle aimait les parodies de procès qui faisaient régner une chape de terreur sur le pays. La mort violente de mon père privait la propagande nazie d'une occasion d'effrayer les éventuels opposants. Avec un collègue, l'agent de la Gestapo a emporté le corps et l'a fait disparaître. Ainsi est mort mon père, victime d'une idéologie mortifère…

Erika marqua une pause, le regard perdu dans les boiseries du restaurant.

— Avez-vous haï cet homme ? demanda Jean, les yeux fixés sur le plafond.

— Même pas. Le haïr aurait été lui reconnaître de l'importance. J'ai été fière de ce père que je n'avais jamais connu, fière parce que, en ramassant ces tracts, quelles qu'eussent été ses intentions, il s'était opposé au régime nazi. Ce geste, qui semble si anodin, demandait un courage qu'il est difficile d'imaginer aujourd'hui.

36

Trouble-fête

12 décembre

Dix-sept heures. Joachim Clairval avait enfin réussi à se libérer d'une réunion interminable pour travailler sur l'un des discours les plus importants de sa carrière. Un discours prévu pour ses collègues européens conviés à une session exceptionnelle.

Le politicien avait eu, tout récemment, la confirmation officieuse du soutien des Grecs, des Hollandais, des Espagnols et des Italiens. Les Allemands devraient normalement faire preuve de neutralité une fois que le projet serait officiellement présenté. Seule la réaction des Anglais le laissait dans le doute. L'aspect financier de l'affaire devrait leur plaire, mais leur inflexible obsession à vouloir faire passer toute opération bancaire européenne par la City pouvait être un obstacle de dernière seconde. Toutefois il était certain qu'il arriverait à un compromis. Ses collègues d'outre-Manche étaient de redoutables négociateurs, mais en y mettant le prix, il pourrait acheter un accord.

Il ne cacha pas son irritation quand il entendit la porte de son bureau s'entrouvrir.

— Merde, Bousselier ! Je vous ai dit que je ne voulais pas être dérangé ! L'ordre n'est-il pas suffisamment clair ?

Embarrassé, son secrétaire particulier avança d'un pas dans la pièce.

— J'ai un appel pour vous, monsieur Clairval.

— Je vous paie pour les filtrer, non ?

— Il s'agit de M. Van Drought. Je lui ai dit que vous n'étiez pas joignable, mais il insiste.

Clairval poussa un soupir d'exaspération. Cependant, il connaissait le professionnalisme de son interlocuteur qui ne l'aurait pas dérangé sans raison.

— Bien, passez-le-moi.

Le secrétaire s'éclipsa aussi discrètement qu'il était venu, et le téléphone posé sur le bureau Empire en acajou sonna quelques instants plus tard. Le politicien saisit le combiné et répondit d'une voix rogue :

— Clairval à l'appareil. Que se passe-t-il, Van Drought ?

— Bonjour, monsieur Clairval. Désolé de vous déranger en plein travail, mais je souhaite partager une information avec vous.

— Eh bien, allez-y, partagez !

— Il s'agit de Jean Legarec.

Joachim Clairval restitua aussitôt le personnage. Le détective qui était venu foutre son nez dans ses affaires de famille.

— Qu'est-ce qu'il nous emmerde encore ? Je croyais que vous lui aviez fait passer le goût de se mêler des affaires des autres !

— Je vous confirme qu'il a reçu une correction qui avait de quoi faire réfléchir. Ce type est costaud, et surtout tenace.

— Comment ça, tenace ? s'étonna le politicien.

— Votre fils m'a demandé d'assurer une filature discrète de Legarec. Il ne vous en a pas parlé ?

La question de l'ancien mercenaire agaça Clairval, qui l'ignora.

— Mes relations avec mon fils vous intéressent à ce point ? Continuez...

À l'autre bout du fil, le responsable de la société de surveillance ne se démonta pas et continua son récit :

— Peu après la mort de votre belle-fille Maud, sa sœur Béatrice est entrée en contact avec Legarec. Ils se sont retrouvés au cours d'un dîner dans Paris.

— Elle voulait peut-être se faire sauter par un ancien militaire ! commenta de manière acide Clairval. On sait qu'elle a le feu au cul.

Van Drought, surpris par la remarque du politicien, enchaîna :

— Il l'a ramenée à son hôtel, sans monter si cela vous intéresse. D'ailleurs, il a couché dans la nuit avec la femme d'un industriel italien rencontrée dans un bar. Quelques jours plus tard, il a retrouvé Mlle Weber, toujours à Paris. Puis ils se sont rendus ensemble à Strasbourg. Ils ont rendu visite à ses parents.

— Van Drought, je pense que je ne vous surprendrais pas si je vous disais que les aventures de Béatrice Weber et Legarec ne sont pas ma priorité. Comment a-t-elle réussi à le convaincre de continuer à travailler pour elle, je ne le sais pas... ou disons que j'ai ma petite idée... Mais si vous n'avez que des repas de famille à me raconter !

Le responsable de l'officine de sécurité poursuivit, imperturbable :

— Avant-hier, ils ont rencontré ensemble une certaine Adriana Damentieva. J'ai été surpris par ce rendez-vous. J'ai rapidement obtenu des informations sur cette femme et ses activités. Elle est généticienne et travaille actuellement pour les autorités françaises sur les dossiers d'identification des terroristes de la rue de Rivoli... et de l'attentat de Notre-Dame.

La main du politicien se crispa brusquement sur le combiné téléphonique. Il respira longuement avant de reprendre d'une voix indifférente :

— Avez-vous réussi à connaître la raison de leur entrevue ?

— Vous avez choisi les meilleurs, monsieur Clairval, vous méritez le meilleur.

Le conseiller de l'Élysée cacha son agacement et attendit la suite.

— Ils se sont rendus dans un laboratoire d'analyses privé pour réaliser un test ADN.

— Un test ADN ? Mais de qui ? Et pourquoi ?

— Nous n'avons pas réussi à avoir de nom, mais on peut supputer qu'il s'agit de Béatrice Weber.

— Ça n'a pas de sens ! Si la présence de votre médecin russe est liée à ses activités professionnelles, quel rapport entre Béatrice Weber et l'assassinat du ministre de l'Intérieur ? Je connais la sœur de ma belle-fille, et elle n'a rien d'une pasionaria politique !

— Il n'y a peut-être aucun lien, monsieur Clairval, mais je tenais à vous le faire savoir.

— Alors vous m'enverrez votre rapport. Au revoir !

— Je n'ai pas terminé.

Clairval ne cacha pas son exaspération.

— Quoi encore ?

— Le lendemain, c'est-à-dire hier, Legarec s'est rendu à Munich.

Van Drought s'interrompit quelques instants pour laisser passer une nouvelle pluie de sarcasmes. Il y eut un long silence. Puis il entendit la voix du conseiller, légèrement altérée, qui lui demandait de continuer.

— Mes deux agents qui le suivaient n'ont pas pu prendre l'avion, mais j'ai un excellent collègue à Munich qui exerce des activités similaires aux miennes. Je l'ai sollicité et il vient de m'envoyer son rapport.

— Et… ? l'encouragea presque poliment Clairval.

— Jean Legarec est descendu à l'hôtel Torbrau. Il a été reconnu dans une brasserie proche de la cathédrale, en présence d'une seconde personne.

Clairval sentit des picotements sur les paumes de ses mains. Il avait compris que Van Drought allait lui livrer une information majeure.

— Je vous écoute.

— Cette seconde personne était une femme. L'un des serveurs la connaissait et a pu nous transmettre son nom. Elle s'appelle Erika Manhof.

— Suis-je censé la connaître ?

— Sans doute pas, monsieur Clairval, mais son métier est pour le moins étonnant.

Ils y étaient ! D'un grognement, le politicien lui ordonna de poursuivre.

— Elle est ce que l'on appelle trivialement une chasseuse de nazis.

Clairval sentit une sueur froide lui couler dans le dos. Comment diable Legarec avait-il réussi à en arriver là ? Ce type devenait terriblement dangereux. Les questions fusaient dans sa tête. Il entendit la voix de Van Drought :

— Que fais-je du dossier, monsieur Clairval ? Au vu de notre longue coopération, j'ai préféré vous faire un débriefing oral avant d'envoyer mon rapport à votre fils.

— Supprimez la visite munichoise de votre récit et envoyez-le à Jean-François, puisque c'est lui qui vous paie. Mais transmettez-moi l'adresse de cette Erika Manhof dans l'heure.

— Bien, monsieur Clairval. Aurez-vous besoin de mes services... ou de ceux de mes amis allemands, dans les vingt-quatre heures ?

— Non ça ira ! Mais je dois dire que votre société mérite sa réputation, Van Drought.

— Merci monsieur Clairval. C'est toujours avec plaisir que je sers des hommes comme vous.

Clairval raccrocha. Il sentait la colère le gagner. Il fallait qu'il s'intéresse de près à Legarec. Il avait laissé son fils organiser sa vengeance d'homme bafoué, suite à la dispute de l'hôpital. Cela l'avait presque amusé, mais il n'avait pas porté plus d'attention que cela à cette péripétie. Comment Legarec en était-il venu à s'intéresser au Troisième Reich ? Par ailleurs, quel était le rôle de cette dinde de Béatrice Weber ? Il aurait dû se méfier de cette fille. Avec ses allures de sainte-nitouche, elle n'avait pas hésité à coucher avec Jean-François. Pour être tout à fait franc, son fils avait fait une cour presque honteuse à

Béatrice, alors que sa femme Maud venait d'accoucher. Une histoire de cul en famille !

Il rejeta ces futilités d'un geste de la main. Une seule question méritait réponse : Legarec était-il sur la piste du projet Anastasis ? S'attaquer à l'enquêteur lui-même était risqué. Même s'il travaillait souvent en solo, il disposait d'un réseau qui pourrait lui venir en aide. Par contre... Il attrapa son téléphone et composa un numéro qu'il connaissait par cœur. Une voix masculine à la tonalité métallique lui répondit :

— Henri Labrousse à l'appareil.

— Joachim Clairval. Nous allons avoir besoin d'un service, Labrousse.

— Bonjour, monsieur Clairval. C'est avec plaisir que nous vous le rendrons.

— Il va falloir mettre en place un plan d'intervention d'urgence.

— Oui monsieur Clairval, je vous écoute.

37

Gérard

Vingt heures. Jean Legarec s'étira longuement et regarda par la fenêtre. L'avenue des Champs-Élysées était illuminée par les décorations de Noël. Il neigeait toujours sur toute la France, et l'activité économique commençait à en pâtir. Néanmoins, la « plus belle avenue du monde », aux dires des Parisiens, était plus que jamais embouteillée à l'approche des fêtes. Rien ne semblait vouloir limiter la frénésie de consommation qui s'emparait d'une partie de la population lorsque la fin de l'année s'annonçait.

Il regarda les dossiers éparpillés sur son bureau. Il était rentré de Munich le matin même, puis s'était rendu à sa société. Après avoir traité les affaires courantes, il avait invité le professeur Crane à déjeuner. Il voulait le remercier de lui avoir conseillé de rencontrer Erika Manhof. Legarec avait réservé une bonne table et avait écouté l'historien lui narrer par le menu ses dernières recherches deux heures durant. Pas toujours passionnant ! Il avait cependant réussi à obtenir les références de quelques opuscules sur les

281

travaux des médecins SS qu'il n'aurait jamais découverts sur le Net. Crane en possédait quelques-uns et avait insisté pour les lui prêter. Legarec ne s'était pas fait prier. Il était allé récupérer les recueils en sortant du restaurant et était plongé dedans depuis plus de cinq heures.

Il n'avait rien trouvé. Comme l'avait affirmé Erika, aucune allusion à un quelconque projet Anastasis. Il avait vu apparaître plusieurs fois les noms des médecins cités par Bernd Karlmeister dans sa lettre à Himmler, mais aucun rapport avec la résurrection de la race aryenne. Il savait, en se lançant dans ces lectures, qu'elles ne lui apporteraient sans doute rien. Cependant, si ses adversaires, ou du moins les ravisseurs d'Alexandre Clairval, trempaient dans cette mouvance, il devait comprendre leurs motivations. Il ne pourrait jamais réfléchir comme ces anges de la mort, mais il fallait saisir leur processus mental.

Jean avait faim. Margot Nguyen était rentrée chez elle et Michel Enguerrand s'était rendu en Provence. Il avait réussi à imposer un rendez-vous à l'un des artisans qui restauraient son mas... trop lentement à son goût. Son mas : une ferme en ruine achetée il y a dix ans, et que son ami avait prévu de transformer en petit paradis pour sa retraite. On pouvait plaisanter de tout avec Michel, mais pas de l'avancement des travaux de sa maison. Il avait même prévu d'y installer une piscine pour celle, encore inconnue, qui l'accompagnerait durant ses vieux jours. En conclusion, le maçon indélicat avait dû passer une journée éprouvante.

Jean repensa à Béatrice Weber. Plus il la côtoyait, plus sa perception de la jeune femme évoluait. Celle qu'il avait prise pour une bourgeoise de bonne famille lors de leur première rencontre révélait un caractère beaucoup plus complexe. Une facette nouvelle était apparue suite à leur entretien avec Lucien Weber. D'abord marquée par la révélation qui faisait d'elle la petite-fille d'un bourreau sanguinaire, elle avait rapidement repris le dessus. Quand il l'avait quittée, elle avait fait preuve d'une volonté, voire d'une dureté qui l'avait surpris. Retrouver son neveu était plus qu'un devoir familial. C'était une sorte de vengeance qu'elle s'était assignée. Ce nouveau personnage l'avait troublé. Certes, Béatrice était belle, très belle. Si elle n'avait pas été soûle quand elle lui avait sauté dessus dans la chambre d'hôtel, il aurait fait l'amour avec elle. Elle dégageait alors une sensualité extrême. Mais cela aurait été purement physique. Elle l'avait intrigué et il avait envie de mieux la connaître.

Jean n'avait pas manifesté un tel intérêt pour une femme depuis… Grace. Il avait couché avec d'autres femmes, mais ne s'était jamais laissé déborder par les sentiments. D'ailleurs, c'était la première fois en plus de vingt ans qu'il se sentait attiré. Il ne savait pas quelle serait la conclusion, mais cette situation lui faisait peur.

Il chassa ces pensées de son esprit. Ce soir, il irait tranquillement dîner dans une des brasseries des Champs en compagnie d'un bon bouquin… et de son Glock 26. Il était en train de mettre les pieds en terrain miné. Marius Baratelli le lui avait dit, lors de leur première discussion. Jean ne savait pas encore qui il allait déranger, mais si l'ADN de Béatrice était similaire à celui des terroristes, il risquait fort d'être en face de son affaire la plus complexe. La plus complexe, et sans aucun doute la plus dangereuse. Il pouvait encore abandonner. Il suffisait de rompre le contrat et de rembourser Béatrice Weber. Il n'aurait à affronter que les remontrances de l'Alsacienne. Il y avait réfléchi dans la journée, et avait pris sa décision en quelques secondes : il continuerait.

Avant de partir dîner, il avait une dernière tâche à accomplir. Il fouilla dans son agenda électronique et appela l'une de ses plus précieuses sources de renseignements.

— C'est qui ?

L'accueil ne le surprit pas. Il avait reconnu la voix de son interlocuteur.

— Jean Legarec. Tu as quelques minutes ?

— Jean, mon pote, ça fait un bail !

— Près d'un an, effectivement.

— J'imagine que tu ne me bigophones pas pour me parler du temps ou de tes hémorroïdes.

L'argot vieillot et la vulgarité de son contact avaient étonné Jean la première fois qu'il l'avait rencontré, mais cela faisait partie du personnage. Beaucoup le prenaient pour un abruti, ce qu'il considérait comme une parfaite couverture. Il avait raison.

— Pour le temps, j'ai un bureau avec une fenêtre. En ce qui concerne ton deuxième sujet d'inquiétude, je n'ai pas encore de problème variqueux. Par contre, si tu as quelques minutes pour aborder un point plus sérieux, je suis preneur.

— Je suis même prêt à offrir une plombe de mon temps à un pote, et sans doute à un futur client. Accouche, gars, j'ai les esgourdes grandes ouvertes.

— Je te donne trois noms. Trois personnes qui ont disparu de la circulation en 1945. Je veux savoir ce qu'elles sont devenues.

— Ben tu fais dans le faisandé. On est sur du résistant ou sur du collabo ?

— Sur du médecin SS.

— Faut t'adresser aux Schleus, pas à moi.

— Les trois ont travaillé au camp de concentration du Struthof, près de Schirmeck, en Alsace. Aucun papier ne signale ensuite leur mutation ou leur disparition.

— T'es pas allé voir s'ils y crèchent toujours ? demanda, goguenard, l'homme, au bout du fil.

— Tu me permettras de ne pas répondre. Deux étaient allemands, et le troisième était français. Ils ont peut-être disparu dans la nature et poursuivi leur activité de toubib sous un autre nom. Je veux que tu mettes tes réseaux en branle pour trouver tout ce qu'il y a à découvrir sur ces trois types.

— Trois charognes, oui. Des salopards de la pire espèce. Bon, ça leur ferait au moins cent piges aujourd'hui. J'aurai du mal à te les amener bracelets aux poignets, mais j'achète.

— Je veux des premiers résultats dans quarante-huit heures.

— Deux jours ? Mais tu es fou, fils !

— Combien ?

— T'as du fric ?

— Je ne devrais pas te le dire, mais j'ai de quoi payer tes recherches.

L'homme marmonna pendant de longues secondes, calculant rapidement le prix qu'il pourrait charger pour cette prestation peu ordinaire.

— Cinquante mille euros, mon gars.

— Je ne te demande pas de retrouver la garnison du camp au complet.

— Tout de suite, tu penses que je cherche à t'embrouiller. Il va falloir que je passe par les archives, que je fasse bosser des informaticiens, et sans doute que j'aille faire fouiller de vieux papelards poussiéreux. Et tu trouves que je t'arnaque ?

— Trente mille, en liquide, si tu as des infos intéressantes sous quarante-huit heures. Si tu ne trouves rien, tu auras quand même quinze mille dans une semaine.

— Tu vois, ce qui me fait mal au cul, c'est que je suis certain que tu es assis sur un gros paquet de thunes et que tu es presque en train de me faire les poches pour éviter de larguer ton oseille.

Au téléphone, Legarec ne put s'empêcher de sourire. Il aurait pu lâcher la somme demandée, mais il savait que la prochaine prestation serait alors majorée de dix à vingt pour cent. La négociation faisait partie de leur mode de travail. Par contre, une fois qu'il s'engageait, son interlocuteur, ancien fonctionnaire à la retraite qui avait baroudé, ou magouillé, dans toutes les administrations, mettait en œuvre un réseau efficace. Il attendit, puis entendit le soupir de son contact.

— Tu me saignes, mon Jean. Allez, aboule tes noms. Si jamais je trouve quelque chose qui en vaut la peine, je veux une bouffe chez Pierre Gagnaire. Et pas le menu de base pour gonzesse famélique, fils : la totale. Dégustation, vins fins, serrage de louche du chef et le toutim. D'ailleurs, tu peux tout de suite réserver.

— Ça marche. Avant d'appeler Gagnaire, je te donne les trois noms.

— Attends, je prends un stylo... envoie les blazes.

— Gurtenheim, Freiling et Darseille. Veux-tu que je t'épelle les noms ?

— T'inquiète, mon Jean. Ma seconde greluche était teutonne. Allez, je me mets au taf. Prépare les biftons.

38

Erika

13 décembre

En quittant Legarec l'avant-veille au soir, Erika avait longuement repensé à leur discussion, à sa vie passée à traquer des criminels cachés au sein de la société allemande. Elle était convaincue que cette période noire de l'Histoire toucherait à sa fin avec la mort des derniers protagonistes de ce drame. Le projet Anastasis venait relancer la machine infernale. La première fois qu'elle avait lu la lettre du docteur Karlmeister, elle avait pensé à un ultime délire du régime nazi, mais le témoignage du Français était plus que troublant. Cette idéologie de mort était-elle de retour ? Cette nouvelle avait assommé l'Allemande.

Pendant des années, elle s'était battue contre ce qu'elle appelait « le monstre », imaginant qu'il serait éradiqué à tout jamais. Elle n'avait plus le courage de reprendre le combat.

Erika Manhof avait décidé de partir au soleil. Elle aimait d'habitude l'ambiance de Munich couvert de neige, mais elle avait besoin de se changer les idées. Elle avait appelé le matin même l'une de ses amies qui habitait sur l'île de Tenerife. Elle lui avait parlé d'alizés, de lecture à l'ombre des palmiers et de dîners de poisson le soir sur le port. Avant la fin de la matinée, Erika avait acheté un billet d'avion. Elle était attendue le lendemain midi à l'aéroport de Tenerife Sud. L'Allemande regarda avec satisfaction ses affaires posées sur le lit : des tee-shirts, un maillot de bain, des tenues légères et un pull pour se protéger de la brise marine vespérale. De quoi passer quinze jours dans la propriété de rêve du couple qui l'accueillait.

Un bref coup de sonnette la tira de ses songes. Elle n'attendait personne. Sans doute un voisin qui avait besoin de ses services pour débloquer un ordinateur ou quelque objet électronique récalcitrant. Erika se dirigea vers l'entrée et ouvrit la porte. L'homme qui attendait sur le palier, vêtu d'un long manteau d'hiver et coiffé d'un bonnet en laine, lui était inconnu.

— Erika Manhof ?

— *Ja.*

Un coup de poing soudain la projeta dans son appartement. Elle tenta de s'accrocher à une commode dans l'entrée, mais, sonnée, ne put éviter la chute. L'inconnu referma tranquillement la porte, puis glissa les clés dans une poche de son manteau.

— Je suis désolé d'intervenir si brutalement, Frau Manhof, mais nous devons parler sans tarder.

Abasourdie, Erika ne sut que répondre. Elle tâta sa mâchoire qui l'élançait violemment. L'homme la tira sans ménagement par le bras et la jeta dans un fauteuil du salon.

— Mais c'est insensé, se rebella la femme sortie de sa torpeur. Qui êtes-vous, et que voulez-vous ?

— Mon nom ne vous dirait rien. Comme je vous l'ai expliqué en entrant, j'ai besoin de quelques renseignements.

Erika Manhof se releva, mais l'inconnu la projeta de nouveau sur le siège.

— Je sais être courtois, mais je peux aussi devenir plus persuasif.

La femme sentit la peur s'insinuer en elle. Un fou. Elle avait affaire à un fou ! Elle le regarda s'installer. Il retira son manteau et le posa précautionneusement sur une chaise, puis enleva son bonnet. La peur se transforma instantanément en panique. Ses membres se mirent à trembler. L'inconnu n'en était plus un. La chevelure blonde de l'homme l'électrisa. Hans Stessinger venait de pénétrer chez elle, ressorti de son passé cauchemardesque.

L'homme ne sembla pas remarquer son trouble. Avec une précision presque maniaque, il posa son sac sur la table basse et en sortit un magnétophone miniature. Par un hasard qui n'en était pas un, il laissa la sacoche entrouverte. Un objet métallique refléta la lumière du lustre. Erika se retint pour ne pas vomir. Le long objet effilé pouvait être un instrument dentaire ou médical. Stessinger lui sourit.

— Ne vous inquiétez pas, Frau Manhof, je n'utilise ces instruments qu'en dernière extrémité. Je suis certain que nous pourrons avoir une conversation tout à fait cordiale. Je viens juste chercher quelques informations, et si je les ai, tout finira bien pour vous.

Un membre de la Gestapo n'aurait pas tenu un discours différent. Elle savait comment finissaient la plupart de leurs interrogatoires. Elle se redressa sur son siège et toisa son agresseur. Il était jeune : vingt ans, ou à peine plus, mais son regard était froid comme la glace. Elle y lisait une volonté farouche, mais aucune trace d'humanité. Le pur produit d'un efficace lavage de cerveau. Ses traits étaient beaux, mais il ne dégageait aucune harmonie. Grand, sans doute musclé, elle comprit qu'elle avait en face d'elle une création du projet Anastasis.

— Êtes-vous prête à répondre à mes questions, *sehr geehrte Frau Manhof* ?

Erika pensa à ceux qui avaient refusé d'obéir à ces hommes. Aux membres de la Rose blanche, aux résistants allemands, à ceux du monde entier, à son père. Elle serait digne d'eux.

— Non.

Elle remarqua le léger rictus de surprise qui naquit fugacement sur les lèvres de Stessinger.

— Je crois que vous n'avez pas vraiment le choix, Frau Manhof.

— On a toujours le choix, même si les conséquences sont funestes.

— Vous philosophez, Frau Manhof, mais que connaissez-vous de la souffrance ?

— Sans aucun doute plus qu'un gamin d'à peine vingt ans.

Erika s'attendit à un acte de violence de Stessinger, mais il ne bougea pas et considéra calmement sa victime.

— Vous êtes une digne représentante de la race aryenne allemande, Frau Manhof.

— Je suis une femme libre, Stessinger, et non le produit d'une race imaginaire, lui jeta Erika.

291

L'Allemande se mordit les lèvres. Emportée par sa colère, elle en avait trop dit. Son tortionnaire s'installa en face d'elle, sans se départir de son calme.

— Vous voyez, quand vous le voulez. Vous venez d'apporter une réponse à une question que je ne vous ai pas encore posée. Mon nom n'est pas Stessinger, mais pour vous, je le porterai ce soir fidèlement. Mon honneur s'appelle fidélité.

L'Allemande lui jeta un regard de mépris en l'entendant citer une devise des SS.

— Commençons par le début, Frau Manhof. Vous avez reçu hier M. Legarec. Qu'est-il venu vous demander ?

Erika réfléchit à toute vitesse. Devait-elle fournir quelques informations anodines pour avoir la vie sauve ? Ou devait-elle se taire ? Un détail la frappa. L'homme avait gardé ses gants. Il ne voulait laisser aucune trace susceptible de le trahir. Elle était la trace majeure, qui l'avait reconnu de surcroît. Elle ne passerait pas la soirée, elle en était sûre maintenant.

— La recette du *Stollen*. Je le réussis particulièrement bien.

Elle ne vit pas la main de l'homme partir, et sentit aussitôt une violente brûlure lui enflammer la joue.

— Je me suis spécialement déplacé pour parler avec vous, et vous vous moquez de moi. Je vous laisse encore une chance. Que voulait savoir le Français ?

— J'ai combattu ton idéologie toute ma vie, Stessinger. Je sais que je ne survivrai pas à notre discussion, puisque c'est ainsi que tu appelles ton passage à tabac, mais jamais je ne permettrai à ton mouvement de revoir le jour.

292

— Vous parlez bien, Frau Manhof. Sincèrement, je vous redis mon admiration, mais mon mouvement a déjà revu le jour. Je regrette juste une chose : vous n'aurez pas l'occasion de le voir renaître à la face du monde. C'est pour bientôt.

Il s'écarta pour fouiller dans sa sacoche. Sa victime n'avait pas encore assez peur pour parler. À lui de la travailler. Erika profita de l'inattention de Stessinger pour saisir une lampe à portée de main. Elle se leva, lui en assena un violent coup et se dirigea vers la porte en hurlant. Il y avait un double des clés dans la commode du corridor d'entrée. L'homme poussa un grognement. Il avait juste eu le temps de se tourner quand il avait deviné l'intention de l'historienne. Son épaule avait encaissé le coup à la place de la tête. Il se releva et se précipita à son tour vers l'entrée. Erika Manhof continuait à appeler à l'aide, des clés en main. En trois pas, il la rejoignit et lui décocha un uppercut. Erika s'effondra sans un bruit.

— Frau Manhof, que se passe-t-il ?

Derrière la porte, une voix s'inquiétait.

— Frau Manhof, vous sentez-vous mal ?

Stessinger resta silencieux. Il fallait agir vite.

— Frau Manhof, si vous m'entendez, rassurez-vous. Je remonte chez moi téléphoner aux pompiers.

Stessinger relâcha sa respiration. Il était furieux. Il avait échoué ! Il avait juste le temps de récupérer son matériel et de quitter les lieux. Il referma sa sacoche, enfila rapidement son manteau. Dans un coin du salon, un objet attira son regard : un sac de voyage. Sur le sac, un ordinateur portable. Il ne serait pas venu pour rien. Il s'en empara et se dirigea vers la sortie. Arrivé devant Erika, il se mit à genoux et saisit sa tête entre ses mains. Il imprima un quart de tour rapide. Le craquement sec qui en résulta lui convint.

— Désolé Frau Manhof, mais vous aviez choisi le camp des perdants.

39

Les Galeries parisiennes

14 décembre

Béatrice Weber n'avait pas encore pardonné à Legarec son refus. Elle aurait eu toute sa place avec lui à Munich, quoi qu'il en pensât. Pour qui la prenait-il ? Une gamine bien gentille qui recherchait son neveu en mettant tous ses espoirs dans le bel homme d'action ? Il aimait travailler en solitaire et il craignait pour la sécurité de sa cliente ? Aux dernières nouvelles, Munich était la capitale de la Bavière, pas une favela brésilienne ! Elle allait pouvoir lui dire les yeux dans les yeux ce qu'elle pensait de son comportement.

Béatrice avait donné rendez-vous à l'enquêteur dans un grand magasin du boulevard Haussmann, au rayon lingerie. Une petite vengeance, enfantine sans aucun doute, que de le voir attendre, seul homme au milieu des Japonaises et Saoudiennes arpentant les rayons à la recherche de tenues affriolantes. La veille au soir, il avait accepté le lieu sans faire de commentaires. Il était convenu qu'il lui raconterait par le menu la teneur de son entrevue avec l'historienne allemande. Ils rejoindraient ensuite Adriana Damentieva pour récupérer les résultats de son analyse d'ADN. Legarec avait donc de nouveau besoin d'elle et ne craignait plus pour sa sécurité ?

Le rendez-vous était fixé à midi. Béatrice avait décidé de le faire attendre et d'arriver avec quelques minutes de retard. Elle patientait sur le trottoir, bravant le vent du nord et l'agacement des piétons dont elle brisait le flux.

L'explosion soudaine lui vrilla les tympans. Dans la même seconde, les vitres du second étage du magasin se désintégrèrent, projetant des centaines d'éclats de verre dans la rue. Ébahis, les passants mirent quelques secondes à prendre conscience de la situation. Une bombe avait explosé aux Galeries parisiennes. Une fois la stupeur passée, un grand cri d'effroi monta dans le ciel de la ville. Cris de panique, hurlements des badauds blessés par les morceaux de verre projetés par le souffle de la déflagration, pleurs des enfants perdus au milieu de cette scène d'apocalypse. Les véhicules, bloqués par un embouteillage comme seul Paris sait en créer avant Noël, étaient abandonnés par leurs propriétaires paniqués. La foule courait dans tous les sens, dans un ballet aléatoire et chaotique. Au loin, les premières sirènes. Les secours mettraient sans doute de longues minutes avant d'arriver sur place.

Béatrice attendait à l'abri de la boutique d'un marchand ambulant. La tenture l'avait protégée de la chute des morceaux de vitres meurtriers. À ses côtés, une femme n'avait pas eu cette chance.

Le bras sanguinolent, elle pleurait sans bouger. L'Alsacienne s'accroupit auprès d'elle, puis, la rassurant, lui comprima le bras pour limiter l'hémorragie. Ses réflexes d'infirmière avaient pris le dessus sur le chaos ambiant. Elle attrapa quelques cravates qu'un marchand à la sauvette avait abandonnées et lui confectionna un garrot. Quand elle eut terminé son pansement de fortune, elle pensa soudain à Jean. Il devait être dans le magasin au moment de l'explosion ! Elle se mit à trembler. Tous ses griefs disparurent instantanément. Était-il à l'intérieur, blessé, voire mort ? Comment savoir ? Les premiers secours venaient juste d'arriver et tentaient de se frayer un chemin à travers la foule paniquée et meurtrie qui s'accrochait à eux.

Ce n'est qu'à la quatrième sonnerie que Béatrice prit conscience qu'on l'appelait. Maladroitement, elle saisit son téléphone et décrocha.

— Béatrice ?

Soulagée, elle reconnut la voix de l'enquêteur.

— Oui, c'est moi.

— Dieu merci, il ne t'est rien arrivé.

— Où es-tu ? demanda la jeune femme.

— Tu vois le café au bout de la rue ?

— De quel côté ?

— Comme si tu allais vers la gare Saint-Lazare.

— D'accord.

— Tu vas t'y rendre. Tu t'assiéras au comptoir, à côté du percolateur. J'arriverai une minute plus tard.

— Pourquoi ?

— Je veux savoir si tu es suivie ou pas. Je t'attends.

Sans poser plus de questions, Béatrice quitta le lieu du drame. Les policiers et le SAMU arrivaient en nombre. Inutile de les gêner dans leurs opérations. Elle marcha quelques dizaines de mètres et entra dans le café qui s'était vidé. Les consommateurs étaient sortis pour observer de plus près les événements. Béatrice s'installa sur un tabouret et commanda machinalement un café. La tension tomba d'un coup, et elle se mit à grelotter sans chercher à se contrôler.

— Vous étiez dehors quand ça a explosé ? interrogea le barman.

L'Alsacienne hocha la tête.

— Ce sont les Galeries ?

Elle approuva à nouveau.

— Ça devient le bordel dans ce pays. On a un gouvernement de merde. Il est temps de remettre de l'ordre.

La jeune femme ne prit même pas la peine de lui répondre. Elle sursauta en sentant une main qui se posait sur son épaule. Elle se retourna et rencontra le regard grave de Jean Legarec.

— Comment vas-tu ? demanda doucement l'homme.

— Choquée, mais pas de blessure physique.

— Tu as du sang sur ton manteau.

— C'est celui d'une femme que j'ai secourue. Et toi ? J'ai eu peur quand tout a explosé.

— Moi, ça va, mais la situation se tend. Partons d'ici tout de suite. Nous allons passer l'après-midi planqués dans un musée puis nous retrouverons le professeur Damentieva. Je l'ai prévenue.

— Mais prévenue de quoi ?

— Je t'expliquerai tout pendant le trajet.

Jean déposa une pièce sur le comptoir, puis ils quittèrent la brasserie et se dirigèrent à l'opposé des Galeries parisiennes. Le désordre était total. Ils slalomèrent entre les passants et les curieux attirés par l'odeur du sang. Jean ne lâchait pas la main de Béatrice, qui se laissait guider. Elle avait momentanément décidé de s'en remettre aveuglément à celui qu'elle se plaisait à détester quelques minutes plus tôt. Elle remarqua qu'il jetait régulièrement de discrets coups d'œil, comme pour surveiller les environs. Ils s'engouffrèrent dans une station de métro et se noyèrent dans la foule qui attendait sur le quai.

— Tout va bien, conclut l'ancien militaire.

— Heureusement que tu me le dis. Que se passe-t-il, Jean ?

Il observa les usagers qui les entouraient et s'approcha d'elle.

— Erika Manhof, l'historienne que j'ai rencontrée à Munich…

— Oui, je sais, coupa Béatrice en sentant une pointe d'agacement qui refaisait surface.

— Elle a été assassinée hier.

La jeune femme resta stupéfaite. Cela faisait beaucoup en moins d'une heure. Jean continua :

— La nouvelle est parue ce matin dans les médias allemands. J'étais passé voir des amis avant de quitter Munich. Ce sont eux qui m'ont prévenu : l'information m'est parvenue il y a moins de deux heures. Elle a eu la nuque brisée. Ce n'est pas un crime crapuleux. Seul un tueur expérimenté peut utiliser ce genre de technique. Par ailleurs, rien ne semble avoir été volé. Mais nous ne savons pas ce qu'Erika a pu raconter.

— C'est terrible. Penses-tu que ce soit en rapport avec ta visite ?

— Oui. Quand j'ai quitté mon appartement ce matin, j'ai été particulièrement vigilant. J'ai remarqué que j'étais suivi. J'ai mis du temps à m'en rendre compte, car mes pisteurs sont des pros. J'ai finalement réussi à les semer, mais je n'ai pas voulu me rendre directement aux Galeries. Je voulais que tu arrives avant moi : j'aurais ainsi pu vérifier si tu étais filée ou non. Cela m'a sans doute sauvé la vie.

Béatrice Weber attrapa le bras de l'enquêteur et le serra. Il aurait pu mourir à cause de sa réaction puérile.

— Je me suis aussi fait du souci pour toi. Tu n'as répondu qu'à mon troisième appel... je t'ai imaginée quelques instants dans les décombres.

La phrase réchauffa le cœur de la jeune femme, qui se colla à l'homme qui l'accompagnait. Sa sécurité était donc vraiment en jeu. Jean reprit son récit :

— Si j'étais suivi ce matin, il y a de fortes chances que je l'ai été avant d'aller à Munich. Je n'avais pas envisagé cette possibilité. J'ai fait une erreur.

— Pourquoi t'aurait-on mis sous surveillance ? Et qui ?

— Pourquoi ? C'est la question. Pourquoi la recherche d'un enfant kidnappé implique-t-elle tant de violence ? Qui ? Sans doute les mêmes qui ont été à l'origine de mon passage à tabac.

— Car tu as une idée de ceux qui ont commandité ton agression ? s'exclama Béatrice.

— Je ne vois qu'un nom. Jean-François Clairval.

Il sentit la jeune femme se crisper contre lui.

— Mais pourquoi ? Je connais plutôt bien mon beau-frère. Il est bourré de défauts, mais ce n'est pas le genre d'homme à faire ça.

— Moi, je ne le connais pas, Béatrice. Pour tout t'avouer, le personnage m'est même antipathique, mais je mets mon ressenti de côté. J'ai pensé initialement que c'était pour se venger de notre altercation à l'hôpital, lorsque j'ai rencontré ta sœur pour la dernière fois. Mais maintenant, je suis persuadé qu'il y a plus que ça.

— Qu'est-ce qui te fait dire ça ?

— Le nom Anastasis t'évoque-t-il quelque chose ?

Béatrice réfléchit quelques secondes.

— C'est un mot grec, qui signifie « résurrection », mais ça ne me parle pas plus.

Jean Legarec entreprit alors de lui raconter son entretien avec Erika Manhof.

40

Résultats

Adriana n'avait pas été surprise par l'appel de Jean Legarec. Même si ses années dans les forces spéciales russes étaient maintenant loin derrière elle, elle avait toujours une sorte de capacité à ressentir le danger. Cette histoire d'attentats et d'ADN similaires était étrange, mais ce qui l'était encore davantage, c'était l'injonction qu'elle avait reçue la veille. Son supérieur lui avait transmis l'ordre de fournir toutes les pièces du dossier dont elle disposait à un spécialiste parachuté sur le projet du jour au lendemain. Pourtant, Adriana fréquentait le petit milieu médical des affaires judiciaires depuis des années... et ce milieu, essentiellement masculin, cherchait aussi à s'attirer les bonnes grâces de cette jeune quadragénaire au sourire charmeur. Jamais cet homme n'avait mis les pieds dans leur groupe. La Russe avait longuement discuté avec son chef, qui avait conclu leur entretien en haussant les épaules : « raison d'État ». Ce qui signifiait que toute tentative de négociation pour rester impliquée dans l'affaire était vouée à l'échec. Elle était aussi censée effacer toute copie des pièces qu'elle avait remises la veille au soir. Il ne fallait pas trop lui en demander.

Legarec l'avait appelée sur son numéro de téléphone personnel. Afin de s'assurer de la confidentialité de leur conversation, elle l'avait recontacté de l'un des rares appareils publics encore disponibles dans Paris. Il lui avait appris l'assassinat d'Erika Manhof. C'était la preuve que quelque chose se complotait. Quoi ? Où ? Mystère ! Mais quelque chose, c'est sûr !

Alors, avant de partir pour son rendez-vous, Adriana Damentieva avait accompli un geste qu'elle ne pensait plus jamais avoir à faire. Elle avait ouvert un tiroir de son bureau et en avait sorti un long poignard de commando à la lame effilée. Elle l'avait glissé dans un étui qu'elle avait attaché à sa ceinture. Ce geste, elle l'avait réalisé sans ciller des milliers de fois dans sa jeunesse. Aujourd'hui, Adriana sentait une appréhension nouvelle la gagner. Elle n'avait pas peur pour sa vie. De plus, elle savait maintenant maîtriser les pulsions de violence incontrôlées qui avaient pu se saisir d'elle lorsqu'elle était plus jeune. Mais elle n'était plus seule : il y avait Philippe et les jumelles. Ils représentaient son petit paradis. La Russe chassa ces pensées d'un revers de la main, se concentra sur les heures à venir et quitta le quai des Orfèvres.

Station Dugommier, dix-sept heures trente. La nuit venait de tomber. Installée sous la véranda d'un café, Adriana Damentieva surveillait les passagers qui remontaient l'escalier de la bouche de métro. Elle avait gardé son bonnet pour couvrir sa chevelure blonde facilement repérable. Elle reconnut Jean Legarec et

Béatrice Weber quand ils apparurent. Un parfait couple d'innocents. L'homme, aux aguets, attrapa son regard un dixième de seconde et poursuivit son chemin, remontant le boulevard de Reuilly. Adriana attendit deux minutes : aucune filature. Elle saisit son sac, quitta le café et emprunta la même direction. Le laboratoire d'analyses était situé en haut du boulevard. Elle rejoignit le couple arrêté deux cents mètres plus loin.

— Je vous remercie de votre présence, docteur Damentieva, entama Legarec.

— Je me suis engagée à vous aider, commenta simplement la Russe.

— Bien. La question est maintenant de savoir si le laboratoire a été mis sous surveillance ou non.

— Je vais m'y rendre, interrompit Béatrice Weber. Ce sont mes analyses ; ma présence sera donc des plus logiques. Quand je les aurai récupérées, je redescendrai prendre le métro. À vous de voir si je suis suivie ou non. Je sortirai à la station Chevaleret et vous me rejoindrez sur le boulevard.

Surpris par l'initiative de l'Alsacienne, Legarec hocha la tête.

— Ça me paraît bien.

— Allez-y, l'encouragea Adriana. Nous vous couvrirons s'il y a le moindre risque.

Béatrice remonta le boulevard et fit une pause devant la porte du laboratoire d'analyses. Elle frissonna malgré elle. En son for intérieur, elle ne doutait pas de la conclusion. Elle imprima un sourire mécanique à son visage et poussa la porte. Dans une vaste salle, quelques patients attendaient leurs résultats ou la disponibilité d'un médecin ou d'une infirmière.

Quand l'homme présent à l'accueil la remarqua, il interrompit ses activités pour se diriger vers elle.

— Mademoiselle Weber ?

— Oui.

— Suivez-moi, s'il vous plaît. Le responsable va vous recevoir personnellement.

Béatrice traversa la salle, sans prendre garde aux regards des hommes qui cherchaient une vision réconfortante avant de subir leur prise de sang. Elle pénétra dans un petit local. La décoration de la pièce était minimaliste. Un médecin, assis derrière une table blanche, la fixait. Un ordinateur et une enveloppe étaient les deux seuls objets qui en perturbaient la propreté immaculée.

— Je suis le docteur Mazet. Le professeur Damentieva n'est pas avec vous ? demanda le médecin d'un ton péremptoire.

Béatrice tourna la tête, comme si elle cherchait quelqu'un.

— Il semblerait bien que je sois venue seule.

L'aspect autoritaire du praticien, qui transformait sa compétence médicale en une occasion de dominer ses clients, l'avait aussitôt crispée.

— Vous êtes consciente que la demande que vous nous avez faite n'est pas, comment dire, classique.

— Vous avez reçu cinq mille euros pour réaliser ces analyses et me les remettre, dans une enveloppe scellée. Vous avez accepté le contrat. Je ne vois donc aucun problème à l'horizon.

Mazet souffla, puis se décida à calmer le jeu.

— Je m'attendais juste à voir Adriana avec vous, mademoiselle.

— C'est à elle que je remettrai les résultats pour les exploiter.

Le médecin lui tendit l'enveloppe.

— Comme spécifié par le docteur Damentieva, les analyses ont été réalisées par notre partenaire suisse et... toute la confidentialité a été gardée. Votre nom n'apparaît nulle part et personne n'a pris connaissance de ce que contient cette enveloppe, hormis l'analyste qui a fait les tests à Genève.

— Je vous remercie, docteur Mazet. Le service a été à la hauteur du prix. Bonne soirée.

Elle rangea l'enveloppe dans son sac et quitta la pièce.

Béatrice respira longuement l'air froid de la rue. Elle prit en même temps conscience du danger qu'elle courait maintenant. Elle secoua la tête et ses cheveux blonds. Mais peut-être n'y avait-il personne ? Peut-être étaient-ils en train de se faire peur pour rien ? Quoi qu'il en soit, elle devait rejoindre ses amis. Elle boutonna son manteau jusqu'au col, enfila son bonnet à pompon, serra son sac contre elle et se dirigea d'un pas décidé vers la station de métro.

Jean et Adriana discutaient dans l'ombre protectrice d'une porte cochère. Ils n'avaient pas lâché l'Alsacienne des yeux depuis qu'elle avait quitté le laboratoire. Soudain, un homme sortit d'un véhicule garé le long du trottoir. Il marcha à pas rapides derrière la jeune femme. Sur leurs gardes, ils observèrent la scène. Arrivé à quelques mètres derrière Béatrice, l'homme se mit à courir. Ses semelles en caoutchouc ne faisaient aucun bruit sur le trottoir. Legarec se décida à intervenir et lança :

— Attention, derrière toi.

Béatrice se retourna. Aux aguets, elle comprit instantanément les intentions de son poursuivant. Elle n'avait pas le temps de s'enfuir et s'accrocha à son sac quand son agresseur tenta de s'en saisir. L'homme jura, la secouant violemment. Béatrice ne céda pas. Il jeta un œil rapide sur le trottoir. À cette heure et avec le froid qui régnait, il était quasiment dépeuplé. Il assena un coup de poing à la jeune femme qui s'effondra. Il attrapa le sac et s'enfuit.

Dès qu'il avait vu la tournure que prenaient les événements, Jean s'était élancé vers le lieu de l'agression. Il ne s'arrêta pas auprès de Béatrice. Le truand n'avait qu'une dizaine de mètres d'avance sur lui. Sans un mot, il se lança à sa poursuite. Son entraînement à la course était précieux. Il grignotait rapidement chaque mètre qui les séparait.

Quand il sentit qu'il était sur le point d'être rattrapé, le truand s'immobilisa et décida de faire face, un couteau à la main. Il ne put cependant empêcher l'ancien militaire de le percuter et de l'envoyer rouler au sol. Legarec ne lui laissa pas le temps de se ressaisir. Il lui décocha un violent coup de pied dans les côtes. Un os craqua. L'homme se concentra pour ne pas se laisser dépasser par la douleur. Il tenta de balayer les jambes de l'enquêteur, mais Jean savait qu'il n'avait pas affaire à un petit caïd de banlieue et se tenait sur ses gardes. Il évita la jambe et lança un second coup dans la tempe de l'homme au sol. Sonné, l'agresseur s'effondra et ne bougea plus.

Jean regarda autour de lui. Une bagarre aussi violente ne pouvait être passée inaperçue. Les rares personnes qui les avaient remarqués avaient préféré s'éloigner pour préserver leur santé. Il se pencha auprès de sa victime, toujours inerte. S'il était sorti d'un véhicule, il y avait de fortes chances qu'il ait un complice avec lui. Il releva la tête. Adriana et Béatrice venaient de le rejoindre.

— Comment vas-tu ? demanda-t-il à Béatrice.

— Ça va, je serai bonne pour mettre du fond de teint sur le visage pendant quelques jours. Et lui ?

— Au moins une côte cassée et une commotion cérébrale.

— Laisse-moi l'examiner, lui intima Adriana dans un tutoiement involontaire.

Elle s'accroupit devant le truand et le palpa rapidement.

— Tu as oublié une fracture de la mâchoire.

Des passants qui venaient d'arriver s'approchèrent du petit groupe.

— Que se passe-t-il ? Avez-vous besoin d'aide ?

Adriana sortit une carte munie d'un caducée et la leur tendit.

— Je vous remercie, messieurs, mais je suis médecin. Cet homme vient de faire une très mauvaise chute et nous attendons les secours. Inutile de rester ici.

Frustrés et rassurés, les piétons poursuivirent leur chemin. Adriana ajouta à l'adresse de Jean :

— Le véhicule dans lequel ils attendaient est parti peu de temps après que tu as intercepté l'agresseur de Béatrice. Le conducteur a forcément remarqué que j'étais avec toi. Il a préféré abandonner son complice plutôt que de provoquer une bagarre de rues qui aurait pu le griller lui aussi.

308

L'homme au sol reprenait à peine conscience, et seuls quelques gémissements étouffés sortaient de sa gorge.

— Que veux-tu en faire ? demanda Jean.

— Je vais l'envoyer directement à l'hôpital se faire soigner. Même si ce type est un dur à cuire, tu l'as salement amoché.

— OK, inutile de se donner en spectacle. On ne va pas essayer de le faire parler ici. En plein Paris, cela ferait désordre !

— J'appelle le SAMU.

Quand elle raccrocha, elle ajouta :

— Disparaissez avant que les secours n'arrivent. Je leur raconterai que je suis intervenue suite à une bagarre et je m'éclipserai rapidement. Rendez-vous sur les lieux de notre première rencontre.

Les dossiers étaient posés sur la table du restaurant. Béatrice Weber avait gardé son calme. Ils avaient écouté le professeur Damentieva leur commenter les résultats. Les liens de sang entre l'Alsacienne et les terroristes étaient certains à plus de quatre-vingt-dix-neuf virgule quatre-vingt-dix-neuf pour cent. Si l'on ajoutait à cela que les deux assassins devaient être des jumeaux, cela commençait à faire une descendance nombreuse à Hans Stessinger. Son neveu Alexandre avait-il été enlevé parce qu'il avait du sang de l'ancien SS dans les veines ? Sûrement pas, car jusqu'à la semaine dernière, ils ignoraient tous le viol de Marie Weber.

Néanmoins, ils avaient compris une chose. En se rapprochant du terroriste de Notre-Dame, ils avaient mis un coup de pied dans une fourmilière particulièrement active. Jean brisa le silence qui s'était installé :

— J'ai déjà croisé l'homme qui vient d'agresser Béatrice.

— Où ça ? réagit la jeune femme, interloquée.

— Il faisait partie des types qui m'ont attaqué en bas de chez moi.

Jean marqua un temps d'arrêt puis continua :

— Michel, mon collaborateur, a retrouvé l'identité d'une partie de la bande. Ils travaillent pour une entreprise de sécurité tenue par un dénommé Van Drought. Un ancien mercenaire qui fait maintenant dans la prestation de protection rapprochée haut de gamme.

— La surveillance et le passage à tabac en font partie ? demanda Béatrice.

— Officiellement, non, mais quand la somme est suffisante, tout devient possible.

Béatrice conclut elle-même :

— Tu m'as dit tout à l'heure que Jean-François aurait payé ces gars pour se venger. Cela signifierait donc que les Clairval sont aussi derrière mon agression.

— Tout porte à le croire.

— Pourquoi souhaiteraient-ils prendre connaissance de ces résultats ? interrogea la Russe.

— Je ne sais pas. Sans doute pour comprendre ce que nous tramons. Leur échec ne va qu'aiguiser leur méfiance à notre égard. Adriana, je t'ai entraînée dans une histoire dangereuse.

— Ne t'inquiète pas pour moi. J'ai connu des situations bien plus dramatiques que celle-ci. Je pense que

310

mon rôle est maintenant terminé... jusqu'à nouvel ordre.

Béatrice saisit les mains de la Russe.

— Merci beaucoup, Adriana. Merci pour les risques que tu as pris.

Le médecin lui sourit.

— Tu les mérites, Béatrice. Être confrontée aussi brusquement à un passé que l'on n'attend pas peut être traumatisant. Ton avenir, par contre, c'est toi seule qui te le construiras. Bonne chance.

41

L'école

Le dortoir était calme et endormi. Alexandre regarda sa montre. Il était pratiquement minuit. Sans bruit, il repoussa sa couette et s'assit sur son lit. Il attendit quelques secondes pour s'assurer que personne ne bougeait. Il avait remarqué un téléphone accroché au mur de la pièce principale du bâtiment dans lequel il vivait avec ses camarades. Le jeune garçon avait pris sa décision : il allait appeler sa mère. Il connaissait le numéro par cœur. Maud le lui avait fait apprendre. « Si un jour tu te perds, demande que l'on me joigne à ce numéro. » Il avait déjà demandé plusieurs fois à Mme Coupet, celle qui suivait ses résultats scolaires, la possibilité de parler avec sa maman. La réponse avait toujours été la même : « Plus tard, ta maman n'est pas disponible pour le moment. » La dernière fois qu'il lui avait posé la question, elle s'était même fâchée. Il avait alors décidé d'appeler en cachette.

Alexandre n'avait pas réagi à la colère de Mme Coupet. Il avait vite compris que, pour être

312

tranquille dans cette école, il ne fallait pas faire de vagues. D'ailleurs, il n'avait rien à reprocher à ceux qui s'occupaient d'eux. Eux, c'était ceux et celles de sa classe : une vingtaine d'enfants, garçons et filles entre six et douze ans. Les maîtres leur apprenaient des choses intéressantes, ils mangeaient bien. Deux fois par jour, ils allaient faire de la gymnastique dans le parc, même quand il faisait froid comme ces derniers jours. Ça, c'était moins bien. Et pour les récompenser quand ils avaient bien travaillé, on leur permettait de jouer à des jeux vidéo. C'était le moment qu'Alexandre préférait. Il pouvait même choisir des jeux de guerre que sa mère lui avait toujours refusés. Cela ne faisait que trois semaines qu'il s'entraînait, et il arrivait déjà à battre des grands de dix ans. Mais quand la nuit tombait et qu'il devait aller se coucher, sa maman lui manquait trop.

Alexandre glissa ses pieds dans ses chaussons et enfila un pull par-dessus son pyjama. Il faisait froid dans cette grande bâtisse.

Il avait mûrement réfléchi sa décision. Il devait parler avec sa mère. L'enfant imaginait les pires scénarios. Il savait qu'elle ne l'abandonnerait jamais : elle devait être malade. Que se passerait-il s'il se faisait attraper ? Un de ses camarades lui avait parlé d'un cachot avec des araignées. Il n'avait pas peur des araignées et avait décidé de courir le risque ! De toute façon, dans les jeux, il arrivait toujours à passer entre les griffes des méchants. Et puis à cache-cache, c'était l'un des meilleurs.

Il quitta son lit, et, courbé, avança vers la porte du dortoir. Une chambrette y était accolée. C'est là que dormait le surveillant. Il ne devait surtout pas le réveiller. Heureusement, cette nuit, c'était Somnolos qui était de service. Il n'avait jamais compris pourquoi les plus grands le surnommaient comme ça en riant, mais les puissants ronflements du gardien le rassurèrent. Il passa tout de même à quatre pattes sous la fenêtre qui permettait à Somnolos de veiller sur le sommeil des élèves et poussa doucement la porte. Elle s'ouvrit sans grincer.

Le couloir était vide. Les ampoules des blocs d'éclairage de sécurité irisaient les murs d'une pâleur verdâtre. Alexandre se releva. Il devait maintenant rejoindre l'escalier de secours, plus discret que le large escalier principal. Ils l'avaient emprunté deux jours plus tôt, lors d'une simulation d'évacuation incendie. Il fallait descendre un étage, suivre le couloir des classes et entrer dans la pièce, dont le nom officiel était la salle Stessinger. Il ne savait pas d'où venait ce nom, et d'ailleurs, il s'en fichait.

Il descendit silencieusement la volée de marches et ouvrit la porte coupe-feu avec précaution. Personne dans le couloir. Il avait de la chance. Il se colla au mur et avança. Le couloir faisait un L. Il arriverait ensuite à la salle au téléphone. Les battements de son cœur s'accélérèrent. La peur de se faire prendre et le plaisir de reparler à sa maman se mêlèrent, donnant naissance à un sentiment violent. Aussi violent que le jour où l'église avait explosé, mais plus agréable.

Alexandre prit soudain conscience que le couloir était beaucoup plus lumineux qu'au premier étage. Il remarqua aussi les murmures qui arrivaient jusqu'à lui. Il n'était donc pas seul. La prudence lui dictait de faire demi-tour, mais il ne voyait plus que le téléphone. Il avança doucement. La porte de la salle principale, légèrement entrouverte, laissait filtrer la lumière. Elle était occupée. Alexandre ressentit une intense déception. L'appareil était définitivement inaccessible. Poussé par la curiosité, il voulut quand même voir qui étaient ces gens qui avaient mis à mal son plan. À pas de loup, il s'approcha de la porte entrebâillée. Assises sur des sièges, une trentaine de personnes écoutaient un orateur qui présentait des images projetées sur un grand écran. Il ne comprit pas ce que racontait l'homme qui parlait. Par contre, il reconnut dans l'assemblée celui à qui sa mère l'avait confié lors de l'attentat à Notre-Dame. Il regarda son voisin, et se frotta les yeux. Son sauveur avait un frère jumeau ! Son regard embrassa l'assemblée. Il crut devenir fou. Ce n'était pas un jumeau qu'il avait, mais deux. Alexandre demeura bouche bée devant ce phénomène inexplicable, mais effrayant. Puis il s'aperçut que l'orateur avait fini de parler. Des bruits de chaises qui frottaient le plancher se firent entendre. Les premiers participants se levaient. Sans plus se poser de questions, Alexandre s'enfuit et regagna sa chambre.

42

Retour à Andlau

15 décembre

Béatrice regardait défiler le paysage à travers la vitre. Le TGV avait quitté la gare de l'Est depuis près d'une heure. Le soleil jouait avec l'épaisse couche de neige qui recouvrait la campagne. Un paysage féerique, à l'opposé de ses états d'âme.

Après leur dîner avec Adriana, Jean l'avait accueillie dans son appartement. La jeune femme lui en avait été reconnaissante. Après la journée qu'elle avait vécue, elle craignait plus que tout de se retrouver seule à se projeter dans un futur sombre. Jean l'avait compris. Il était moins sauvage et insensible qu'il ne voulait le faire croire.

Après l'expérience de leur nuit dans les Vosges, Béatrice s'était contentée d'un unique verre de rhum arrangé, pourtant savoureux. Ils s'étaient installés dans un canapé et avaient discuté jusqu'à deux heures du matin.

Jean avait fini par lui faire accepter ce qu'elle n'était pas disposée à entendre la veille : se mettre

316

en retrait des recherches. Le risque croissait rapidement. L'assassinat d'Erika Manhof et l'agression dont elle-même avait été victime prouvaient que leurs adversaires étaient prêts à utiliser tous les moyens contre ceux qui s'opposeraient à eux... volontairement ou pas.

Alors, elle rentrait en Alsace. Elle ne rejoignait pas son appartement à Strasbourg, mais se rendait directement à Andlau. Béatrice avait appelé son grand-père, qui avait achevé de la convaincre. Lucien Weber connaissait pratiquement tous les habitants d'Andlau, et rien de ce qui se passait ne manquerait d'arriver à ses oreilles. Il était habituellement insensible aux ragots qui couraient dans le village. Pour sa petite-fille, il n'aurait aucun scrupule à activer tous les compères et commères de son voisinage. Toute présence suspecte lui serait aussitôt rapportée. Une toile protectrice se mettrait en place autour de la jeune femme.

Pour la contacter, Béatrice avait laissé à Jean le nom d'une connaissance qui habitait Andlau. Elle y avait encore plusieurs amis d'enfance, avec lesquels elle avait parcouru les bois et les chemins forestiers durant ses jeunes années. De son côté, Jean disposait de plusieurs téléphones « propres » dont elle ne lui avait pas demandé la provenance. C'est pour ça qu'elle le payait : savoir être en marge de la loi, de cette loi qui n'avait pas permis de faire progresser la recherche de son neveu.

La mélancolie s'empara d'elle. Que devenait Alexandre ? Son rapt par le sosie de Stessinger était inquiétant, mais avait aussi un aspect rassurant. Il n'avait pas été la victime d'un maniaque sexuel... enfin, elle l'espérait de tout son cœur. S'ils avaient

317

accumulé des informations sur les attentats, Alexandre était toujours aussi inaccessible. Pour la première fois depuis l'enterrement de Maud, elle se laissa aller et sentit des larmes couler sur ses joues. Comment retrouver l'enfant ? C'est ce qui lui importait !

Son esprit vagabonda. Elle repensa à sa belle-famille. L'arrivée inespérée de Jean-François, en 2003, qui avait permis de sauver l'entreprise de poterie familiale. Une sorte de conte de fées, même si elle avait toujours ressenti le mépris des parents Clairval à l'égard de sa famille. Seul Lucien Weber avait refusé de participer au mariage de sa petite-fille Maud. Il avait rencontré une fois Joachim Clairval et avait échangé quelques paroles avec lui. Personne n'avait jamais connu le contenu de leur courte discussion, mais le vieil homme avait choisi de ne plus jamais croiser les pas du politicien. Maud, tout à ses prépa-ratifs, avait fait contre mauvaise fortune bon cœur.

Deux ans plus tard, Béatrice se mariait à son tour avec un avocat issu d'une riche famille strasbour-geoise. Ce mariage avait rapidement tourné à la cata-strophe. Depuis, elle se méfiait des hommes. Elle savait qu'elle était belle et qu'elle avait du charme, mais cette arme était à double tranchant. Elle attirait les problèmes.

Sa première impression lorsqu'elle avait rencontré Jean avait été plutôt positive. Certes, les manières de son interlocuteur étaient distantes, mais elle avait senti du respect dans sa façon de se comporter avec elle. Jour après jour, celui qui n'était au départ que son prestataire avait pris de l'importance. Elle n'était pas fière de la grande scène qu'elle lui avait servie à l'hôtel en Alsace. Cependant, cela lui avait involontairement permis de voir sa réaction. Il n'avait pas abusé d'une situation qu'elle avait provoquée sous l'effet de l'alcool et de l'émotion.

L'inquiétude qu'ils avaient ressentie l'un pour l'autre après l'attentat des Galeries parisiennes les avait encore rapprochés, sans qu'ils se l'avouent ouvertement... ou peut-être se berçait-elle d'illusions ?

Béatrice avait besoin d'être protégée. Elle avait mis du temps à le reconnaître, mais elle l'acceptait aujourd'hui. C'était sans doute ce qu'elle recherchait en allant chez son grand-père. Protégée par un homme de quatre-vingt-dix ans ? Et pourquoi pas ? Après ce qu'il avait vécu et enduré, elle savait qu'il serait capable d'assurer sa sécurité. La jeune femme s'endormit, bercée par le rythme du train et ses souvenirs d'enfance.

43

DCRI

Paul Baloyan avait du mal à garder son légendaire sang-froid. Chargé de l'enquête sur l'attentat de Notre-Dame, il venait de récupérer celle des Galeries parisiennes. Vingt morts et au moins autant de blessés graves. Il savait que son équipe se démenait pour trouver tout indice qui ferait avancer l'affaire, mais la pression que lui imposait son ministre de tutelle dépassait tout ce qu'il avait connu au cours d'une carrière bien remplie.

— Quelles sont les informations dont nous disposons sur cette tuerie ?

— Comme vous le savez, monsieur le sous-directeur, la bombe a explosé au second étage, au rayon « Mode femme ». Nous avons pu analyser l'explosif. C'est du C4. Nous avons discuté avec nos collègues italiens qui enquêtent sur l'attentat de la place Saint-Pierre. La composition chimique est identique en tout point. Il pourrait s'agir d'attaques concertées.

— Allons donc, un mouvement terroriste européen, lâcha Baloyan en haussant les épaules. C'est nouveau ce truc-là. Avez-vous pu tracer l'origine de l'explosif ?

— Nous avons évidemment comparé sa composition avec tout ce que nous avons pu saisir ces dernières années dans le pays. Rien ne correspond, ajouta l'agent qui avait pris la parole.

— Pas étonnant, conclut le responsable de l'enquête. Vu l'ampleur des attaques, on imagine mal un groupe issu du milieu corse ou de l'ETA derrière tout ça. Où en est-on sur Al-Qaida ?

— Nous y travaillons, répondit une femme adossée au mur. J'ai fait activer tous nos réseaux, et ils n'ont pas l'air plus impliqués dans cette explosion que dans celle de Notre-Dame.

— Pas l'air ? s'agaça Baloyan. Je ne vous demande pas de quoi ils ont l'air, mais ce qu'ils font ou ne font pas !

— Nous sommes sur les dernières vérifications, monsieur, et à moins d'une énorme surprise, ils ne sont pas dans la boucle, reprit la femme qui s'était soudainement redressée. Par ailleurs, quand ils agissent, ils ont à peine appuyé sur le détonateur que les salles de presse sont déjà inondées de communiqués vengeurs.

— Je ne peux pas vous donner tort. Alors qui, nom de Dieu ?

— Nous avons examiné les bandes vidéo prises dans les alentours des Galeries et celles que nous avons pu récupérer dans le grand magasin lui-même, reprit un analyste assis sur une chaise, un ordinateur portable sur les genoux.

— Ça donne quelque chose ?

— Nous y avons passé la nuit.

— Mais encore ?

— Nous avons une piste.

— Il faut que je vienne vous tirer les vers du nez pour que vous me l'annonciez ? s'énerva Baloyan.

— Excusez-moi, monsieur le sous-directeur, mais je ne voulais pas avancer d'hypothèses sans les valider.

— Écoutez-moi bien. La panique est en train de gagner la France, le gouvernement sent poindre sa fin, je suis en relation toutes les demi-heures avec le ministre de l'Intérieur qui frise la crise d'apoplexie... et vous gardez tranquillement vos hypothèses pour vous. (Paul Baloyan se calma. Il ne devait pas se laisser aller devant ses subordonnés.) Montrez-moi ce que vous avez.

Les participants au meeting étaient impressionnés par le coup de colère de leur sous-directeur. Jamais ils ne l'avaient vu réagir ainsi. L'État français avait vraiment les nerfs à vif.

Le jeune homme réactiva son ordinateur et s'empressa de présenter deux photos.

— Un homme brun et une femme à ses côtés. Nous avons pu les attraper sur le boulevard, avant et après l'attentat. La première photo a été prise à 11 h 42. Ils marchent main dans la main. Notez que l'homme porte un sac à l'épaule. La seconde photo a été prise à 11 h 59, à cent mètres du magasin. Ils en sont visiblement ressortis. Même si le cliché n'est pas de bonne qualité, on les reconnaît.

Baloyan laissa son collaborateur continuer. Il n'avait pas encore tout dit.

— Le sac a disparu, annonça l'analyste.

— Ont-ils été repérés dans le magasin ? questionna aussitôt Baloyan.

— Oui, nous les avons retrouvés dans l'escalator. Ils se rendaient au second étage.

Le directeur regarda avec acuité les photos.

— Avez-vous prévenu l'Identité ?

— Bien sûr, monsieur. Ils sont en train d'analyser les photos et de les comparer avec ce qu'ils ont dans leur fichier. L'homme pouvait porter une perruque, comme celle que nous avons retrouvée à Notre-Dame. Idem pour la femme.

— Exact. On peut quand même noter qu'ils sont tous les deux de type européen.

Il s'adressa à un homme qui était resté en retrait des débats :

— Professeur Vulcain, quelles conclusions avez-vous tirées des analyses ADN de nos deux terroristes de la rue de Rivoli et de Notre-Dame ?

L'homme s'avança et, quand il sentit que l'attention était focalisée sur lui, commença :

— Les empreintes génétiques sont identiques. Il s'agit donc soit du même individu, soit de deux jumeaux monozygotes.

— Cela, nous le savons déjà. Qu'avez-vous pu déduire de plus ? Avez-vous pu comparer ces empreintes à celles fichées au FNAEG ?

— Bien évidemment, monsieur. L'individu n'apparaît pas dans le Fichier national automatisé des empreintes génétiques. Par contre, nous avons pu déterminer que le ou les individus sont de grande taille, blonds aux yeux bleus. En comparant leur phénotype avec ceux de la population européenne, ils pourraient être originaires d'Europe du Nord.

Le médecin regarda l'assistance, satisfait de son petit effet. Baloyan ne lui laissa pas le temps d'en profiter.

— Qui est chargé du suivi des groupes néonazis ?

— C'est moi, monsieur, répondit une femme en tailleur en levant la main. En France, aucune activité suspecte au cours des douze derniers mois. Ça bouge, par contre, davantage dans d'autres pays, notamment dans le sud de l'Europe et particulièrement en Grèce.

— Ces groupuscules auraient-ils les moyens d'organiser de tels attentats ?

— Non, monsieur, définitivement. Ils n'ont ni la logistique ni les hommes pour réaliser de telles actions. Nous avons en face de nous des professionnels, qui ont réussi à disparaître dans la nature. Par ailleurs, nos collègues italiens se trouvent dans le même bourbier que nous. Ils n'ont pas plus avancé sur l'attentat de Rome.

— Des retours en Europe ?

— Nous sommes entrés en contact avec Interpol, mais avoir les premiers retours prendra du temps. Nous sommes en relation directe avec nos homologues allemands, italiens et hollandais. Ils n'ont rien trouvé à ce jour. Nous leur avons transmis les analyses ADN. Ils comparent les résultats avec ceux qu'ils ont dans leur fichier.

— Du nouveau du côté des États-Unis ? questionna le sous-directeur en se demandant ce qu'il allait raconter au ministre dans moins d'une demi-heure.

— Comme vous le savez, nous avons pris contact avec le FBI la semaine dernière. Nous tenons une conférence téléphonique quotidienne. Les Américains ont du mal à avancer. Il y a un nationalisme exacerbé chez eux, et il est parfois difficile de faire la différence entre un patriote zélé et un défenseur des thèses du KKK.

324

— Continuez à explorer cette voie. Je suis persuadé qu'un groupe international se cache derrière ces actes. Vous me donnerez les coordonnées de vos contacts américains en France. Je veux les rencontrer cet après-midi.

— Bien, monsieur le sous-directeur.

— Tout le monde reste sur le pont. Je crains que nos ennemis invisibles n'en soient qu'à leurs débuts. Le plus effrayant est presque de n'avoir reçu aucune lettre de revendication, ajouta-t-il comme pour lui-même. Tuent-ils uniquement par plaisir ?

Puis reprenant à voix haute :

— Réétudiez tous vos dossiers et élargissez vos listes de suspects potentiels. Passez tout en revue jusqu'à ce que vous trouviez quelque chose. Si certains juges vous emmerdent, venez me voir. La France a peur et a besoin de vous pour la rassurer. Quel qu'en soit le prix !

44

Assemblée nationale

Seize heures. La police avait du mal à contenir la foule qui se rassemblait devant l'Assemblée nationale. Les fumées des grenades lacrymogènes lancées pour protéger le Palais-Bourbon flottaient au-dessus du peuple en colère. Les deux escadrons de CRS qui avaient été appelés à la rescousse étaient déjà pratiquement submergés par les milliers de Parisiens qui se massaient sur les quais de la Seine. La voie Georges-Pompidou avait été coupée par les manifestants et la place de la Concorde commençait à se noircir de monde.

L'attentat des Galeries parisiennes avait été la goutte d'eau qui avait fait déborder le vase. Les Français avaient plus ou moins bien supporté la montée du chômage, la précarisation de leur emploi, la baisse de leur pouvoir d'achat. La finance internationale et la mondialisation étaient les deux ennemis insaisissables qui cristallisaient la haine des citoyens. Mais cette flambée de violence mettait en cause leur sécurité au quotidien, leur vie et celle de leurs enfants. Suite aux attentats de septembre 2001, les Américains avaient pu retourner leur rancœur contre Al-Qaida et quelques pays du Moyen-Orient, puis tenter d'assouvir leur vengeance. Les Français, eux, se retrouvaient face au vide. La seule institution vers laquelle crier sa rage était le pouvoir en place. Le gouvernement, soutenu par les députés, était incapable de prendre en main un domaine aussi essentiel que la sécurité des citoyens. Il fallait chasser ces incompétents, uniquement prêts à profiter des ors du pouvoir sans protéger ceux qui les avaient élus et qui payaient leur train de vie trop fastueux.

L'inquiétude allait crescendo à l'intérieur du Palais-Bourbon. Même les députés de l'opposition, qui avaient secrètement soutenu ce mouvement de mécontentement contre le gouvernement, commençaient à douter de l'issue pacifique de la manifestation. Officiellement, un pacte républicain avait été signé entre les différents partis politiques. Dans les faits, chacun attendait l'explosion pour trouver sa place dans une nouvelle structure de pouvoir. Toutefois, ce dont prenaient conscience les parlementaires à cet instant même, c'était que les notions de gauche ou de droite ne signifiaient plus rien pour les Français. Ils avaient l'impression d'avoir été peu à peu spoliés de leurs droits, quelle que soit la couleur des gouvernements qui s'étaient succédé. Les citoyens voulaient aujourd'hui reprendre le pouvoir des mains de ceux qu'ils jugeaient indignes de le posséder.

— Combien sont-ils ? demanda un jeune député inquiet.

— Difficile à dire, répondit l'un des responsables de la sécurité du bâtiment. Entre cent et deux cent mille, mais cela ne cesse d'augmenter.

— La nuit devrait apaiser les ardeurs, tenta de se rassurer l'élu.

— C'est ce que nous pensions, mais toutes les entrées de Paris sont saturées par des véhicules qui se dirigent vers le centre de la ville. Les réseaux sociaux ont propagé les événements minute par minute. Nous avons demandé aux chaînes d'informations télévisées de calmer le jeu, mais elles n'ont pas voulu lâcher un sujet aussi croustillant.

Une députée de la majorité s'immisça dans la conversation :

— Je suis en contact quasi permanent avec ma circonscription à Lyon. La ville est aussi en effervescence. Les services de police sont débordés. Des individus ont même provoqué un début d'incendie à la préfecture.

— Cela devient un beau bordel...

Le bruit de la foule leur parvenait à travers les murs épais du Palais. Des sirènes de véhicules de police et les détonations sporadiques de grenades lacrymogènes couvraient de temps à autre la clameur assourdie.

Dehors, l'officier responsable de la section de CRS chargée de contenir les assaillants observait la cohue qui lui faisait face. Quelques agitateurs, bien sûr, mais surtout des hommes et des femmes à bout, accompagnés pour certains de leurs enfants. L'ordre qu'il avait reçu de son supérieur était clair. Il était hors de question qu'un seul individu pénètre dans l'Assemblée nationale. La pression était à la limite du supportable pour ses troupes. Les barrières installées dans l'après-midi commençaient à être renversées et des projectiles pleuvaient sur les fonctionnaires de police. Il saisit son téléphone :

— Lieutenant Coste à l'appareil. La situation devient intenable. Où en sont les renforts ?

— Ils sont bloqués place de la Bastille. Ils n'arriveront pas avant une petite heure.

— Je ne résisterai pas quelques minutes de plus, mon capitaine. Nos positions sont en train de se faire enfoncer. Des casseurs se sont joints aux manifestants... mais même sans ces casseurs, on ne tiendrait pas.

— Écoutez-moi bien, lieutenant. Dans cinq minutes, toutes les sections chargeront ensemble. L'objectif est le suivant : faire évacuer la foule. Votre mission est de les repousser jusqu'à la place des Invalides.

— Charger ? Mais ça va être un massacre, mon capitaine. Pour la foule comme pour mes gars.

— C'est un ordre, lieutenant. Vous allez être soutenus par des hélicoptères. Ils arriveront dans trois minutes.

— Des hélicoptères ?

— Lancement de l'opération à seize heures vingt-cinq précises.

— À vos ordres.

Pedro Coste raccrocha. Déjà, les premiers vrombissements des pales des hélicoptères qui arrivaient au loin emplissaient le ciel parisien. Il fit rapidement le tour de ses sous-officiers et transmit les ordres. Dieu seul savait ce que leur réservaient les heures à venir.

Le journaliste avait réussi à passer les barrages de police et à s'installer à l'entrée du pont de la Concorde. Il fit signe à son cameraman qui marqua son accord, le pouce levé. Le cadrage était parfait. Le Palais-Bourbon, encore éclairé par quelques foyers d'incendie que les pompiers finissaient d'éteindre. Les émeutes venaient juste de prendre fin. Le journaliste vérifia une dernière fois qu'aucun policier ne s'intéressait à lui et prit l'antenne.

— Bonsoir. Vous êtes en direct sur Canal 18. Il est plus de minuit, et je suis l'un des premiers à avoir pu pénétrer dans la zone qui a vu se dérouler les événements les plus violents de cette journée. Journée que certains appellent déjà la journée des barricades. Comme vous pouvez vous en rendre compte, de nombreux véhicules sont détruits, et les incendies rue de l'Université n'ont pas encore été totalement maîtrisés. La vague de violence qui s'est abattue sur Paris et sur les principales villes de province était totalement imprévisible. Ce qui n'était au départ qu'un appel pacifique à un rassemblement contre les attentats ayant frappé la capitale s'est peu à peu transformé en un exutoire à la colère des Français. Il a fallu l'intervention conjointe de Marc Dumoulin, le président de la République, des leaders politiques de tous bords et de personnalités de la société civile pour calmer le jeu. L'archevêque de Paris, accompagné du grand rabbin de France et du responsable du Conseil français du culte musulman, est même venu sur place pour essayer de raisonner les belligérants. C'est volontairement que j'emploie ce mot, tant les affrontements ont été violents. C'était malheureusement trop tard. Les premières estimations font état d'une quinzaine de victimes à Paris, dont trois du côté des forces de police. Cependant, tous les observateurs s'accordent à dire que le nombre de morts devrait continuer à croître.

Des centaines de manifestants ont dû se jeter dans l'eau glacée de la Seine pour éviter d'être écrasés sur le pont de la Concorde, où je me trouve actuellement. Ce ne sont pas moins de cinq corps sans vie qui ont été repêchés dans le fleuve. La police fluviale poursuit ses recherches que la nuit a rendues difficiles. Le Président a demandé à des unités de l'armée d'apporter leur soutien à la police dans les villes de Lyon, Grenoble et Marseille. Le calme semble revenu cette nuit, mais dans quel état la France va-t-elle se réveiller demain ? Le Président a annoncé avoir entendu le message de détresse des Français. Nous verrons les conclusions qu'il en tire. C'était Antoine Maréchal pour Canal 18. Je vous rends l'antenne.

45

Vulcain

16 décembre

Jean Legarec avait décidé de profiter du pâle soleil
de la matinée pour aller courir. Il était parti s'entraîner
le long de la Seine. Les vestiges des émeutes de la
veille couvraient les rues. Carcasses de voitures brû-
lées, vitrines brisées, panneaux arrachés. Il était tôt,
et les services de nettoyage n'avaient pas encore eu le
temps de débarrasser la ville des traces de la révolte.
Il s'arrêta, surpris par un objet contre lequel il venait
de buter. Il se baissa : une poupée, dans une robe
blanche impeccable. Navrant. Comme il s'apprêtait
à repartir, son téléphone sonna. Il vérifia le numéro
d'appel avant de décrocher et sourit intérieurement.
Son interlocuteur avait été rapide.

— Jeannot, mon pote, ça baigne ?

— Ça va, je te remercie.

— Prépare la bouffe chez Gagnaire, j'ai des tuyaux
qui vont te mettre la trique.

— Je n'en demandais pas tant. Donne-moi une minute. Je suis dehors, et j'ai repéré un troquet qui a l'air plus accueillant que le trottoir pour taper la causette avec toi.

— Allez, va mettre tes miches à l'abri, mon grand.

Jean se dirigea vers le café, commanda un Perrier au comptoir, puis s'installa dans un coin tranquille.

— C'est bon, je suis à toi.

— Bien, maintenant que tu as le cul au chaud, écoute et admire. Dès que tu m'as donné le blaze de tes trois toubibs, je me suis mis au taf. Si tu savais le nombre de gusses qui ont turbiné pour le plaisir de Monsieur, t'en serais gêné. Y en a un paquet qu'ont fait des heures sup sur leur ordinateur ou dans la poussière de leurs archives. D'ailleurs, ça m'a quasiment coûté la misérable aumône qu'il a fallu que je t'arrache.

Jean savait qu'il était inutile de faire cesser la logorrhée de son interlocuteur. Il avait besoin de raconter, de mettre en valeur ses activités, de profiter de son auditoire pour se laisser aller à son argot d'opérette. S'il avait vraiment trouvé une information de choix, l'enquêteur était prêt à lui offrir quelques minutes de monologue supplémentaires.

— Ne t'inquiète pas, je prendrai aussi en charge le pourboire chez Gagnaire, le relança Jean.

— Ha ha, Monsieur fait dans l'humour fin et sophistiqué ! Bon, je peux t'assurer que ça a bossé tous azimuts, mais puisque les détails ont l'air de t'intéresser autant que ma première blenno, je les garde pour notre petit tête-à-tête. Ouvre grandes tes portugaises. Cette nuit, à une plombe, coup de bignou. J'étais en train de me mater un film. J'éteins la télé et

333

je décroche. Un ancien pote de la préfecture de Lille qui m'appelle. Accroche-toi mon Jeannot : l'info du siècle, le nec plus ultra du renseignement ! En 1945, un dénommé Ernest Darseille, qui se présente comme infirmier, demande à changer de blaze et se transforme en Ernest Vulcain. J'imagine que le mec a dû présenter une histoire abracadabrantesque et filer un beau paquet d'artiche au préposé. Enfin bref, celui qui pourrait être ton SS s'est refait une virginité.

Jean Legarec dut avouer qu'il était impressionné par l'efficacité de son contact.

— Bravo Gérard, excellent boulot.

— Attends, mon Jeannot, j'étais chaud bouillant ce matin. Du coup, je suis allé me balader dans les fichiers de la préfecture. Enfin... discretos, tu me connais. Je voulais voir si ton collabo n'avait pas largué des héritiers dans la nature. Et là, bingo ! Accroche-toi aux branches. L'Ernest a un fils, toubib lui aussi. Dominique Vulcain. Aller charcuter son prochain, y en a qui ont ça dans le sang.

Legarec ne disait plus rien, attendant la suite. Il sentait que son interlocuteur avait encore des informations à livrer.

— Tu connais ton Gégé. Pas du genre à lâcher le morceau ! Je t'ai même récupéré son adresse. Il crèche à Paris, dans le septième, avenue de La Bourdonnais. Le genre rupin doré au vingt-quatre carats, si tu vois ce que je veux dire.

Legarec ne voyait pas exactement, mais comprenait le sens de la métaphore de son informateur. Il comprenait surtout qu'il tenait peut-être une piste dont il n'avait pas osé rêver la veille.

— Gérard, tu as vraiment mérité ce repas chez Gagnaire.

— Et une petite prime ? Loger ton gazier, c'était hors prestation.

— OK, trois mille en plus.

— C'est pas Versailles, mais ça mettra du beurre dans les épinards. Allez, prends de quoi noter.

Quand Jean Legarec ressortit du café, il rejoignit directement ses locaux de KerAvel. Impeccable, Margot Nguyen l'accueillit avec une moue amusée.

— Vous vous êtes inscrit à un concours d'élégance, patron ? Collant moulant, baskets fluos et serre-tête. Vous pourriez postuler pour le prix de Mister années quatre-vingt.

L'enquêteur ne put s'empêcher de sourire.

— Je suis content que cela vous fasse de l'effet.

— La prochaine fois, prévenez-moi. Je me ferai une permanente et je mettrai une veste à épaulettes.

Puis la jeune femme redevint sérieuse.

— J'imagine que si vous êtes dans cette tenue à neuf heures du matin, ce n'est pas uniquement pour m'impressionner.

— Le document que m'a fourni Erika Manhof a porté des fruits. À nous de voir ce qu'ils valent.

L'assistante avait déjà saisi son crayon.

— Trouvez-moi tout ce que vous pouvez sur Dominique Vulcain. C'est un médecin qui habite dans le septième. Son adresse est notée sur ce morceau de papier.

— Ce sera tout ?

— Non. Je veux aussi tout savoir sur son père, Ernest Vulcain. Il apparaît pour la première fois à

Lille en 1945. Travaille dans le milieu médical, mais je n'en sais pas plus. Enfin, mais cela risque d'être plus compliqué, renseignez-vous sur un dénommé Ernest Darseille, médecin aussi. Il disparaît en 1945.

— Le même, mais qui a des choses à se reprocher après la guerre, n'est-ce pas ?

— C'est tout à fait ça. Médecin SS, ça fait mauvais genre sur un CV alors que le Führer vient de se mettre une balle dans la tête. Je vais me changer, je traite mon courrier et vous me faites un premier topo dans deux heures.

Jean avait pris une douche rapide, passé un jean et une chemise, et s'était installé devant son ordinateur. Les sollicitations étaient nombreuses. Il pouvait maintenant choisir les affaires sur lesquelles il travaillerait. Il déléguait les plus simples à quelques détectives free-lance en qui il avait toute confiance, mais dès qu'il s'agissait de gros clients ou que les enquêtes pouvaient avoir un rebondissement dans le monde de la politique, il les conservait pour Enguerrand ou pour lui. Il voulait maîtriser tous les impacts de ses décisions, et ne pouvait se permettre de se créer des ennemis trop puissants. C'était pourtant ce qu'il était en train de faire avec les Clairval... Il était en pleine réflexion quand Margot frappa énergiquement à la porte.

— Entrez.

De sa démarche naturellement souple, elle s'approcha de son bureau. La jeune Asiatique avait un charme étonnant. Une bombe dans une poupée, mais du concentré, prêt à exploser à la moindre secousse un peu trop violente.

336

— Une fois de plus, patron, vous allez être fier de moi.

— Asseyez-vous et faites-moi rêver.

— Dans la famille Vulcain, commençons par le fils, Dominique. Né en 1957 à Nantes, il fait ses études de médecine à Paris, puis commence sa carrière comme neurologue, brillant pour son jeune âge. Pourtant, en 1989, à l'âge de trente-deux ans, il part aux États-Unis. Il se plonge alors corps et âme dans la génétique. Il intègre l'équipe du célèbre professeur Queer. Quelques années plus tard, cette équipe décroche un prix Nobel. À moins de quarante ans, Vulcain devient l'une des vedettes de la société pharmaceutique Sigma, qui avait totalement subventionné les travaux de Queer. Puis...

— Deux secondes. Vulcain a bossé pour Sigma, la société de la famille MacCord ?

— Celle-là même. Il devient un spécialiste reconnu aux États-Unis, fait la une de la presse médicale, et épouse même l'actrice principale de la série *Hawaï Love*.

— En déduisez-vous que son amour pour la génétique l'a fait fantasmer sur les seins surdimensionnés de Jill Keller ?

— On pourrait, effectivement... sauf que Jill Keller marche au silicone. Pour la petite histoire, ce mariage n'a pas duré bien longtemps. Il y a trois ans, il est revenu en France. C'est un puissant lobbyiste de la société Sigma.

— Il fricote donc avec différentes administrations pour promouvoir les produits de sa boîte.

— On peut le voir comme ça. Il s'est rapidement fait un carnet d'adresses chez des politiques de tous bords, sans doute aidé par le budget que doit lui allouer sa maison mère. Pour finir, il s'est fait tout récemment nommer expert auprès du ministère de l'Intérieur. Pourquoi ? Mystère ! En tout cas, l'information est encore brûlante.

Jean interrompit Margot d'un geste de la main. S'agissait-il de l'homme à qui l'on avait confié le dossier des attentats en lieu et place d'Adriana Damentieva ? Il allait en discuter avec la Russe. La jeune femme respecta son temps de réflexion, puis elle reprit :

— Pour le père, Ernest, j'ai moins de renseignements. Il s'est marié en 1950 et a eu un seul enfant. Il est d'abord infirmier dans le Nord, puis s'installe dans l'ouest de la France après son mariage. Il monte un cabinet qui marche bien et mène une vie aisée. Sinon, mes contacts n'ont rien trouvé sur un dénommé Darseille. Comme s'il avait été effacé de l'état civil.

— Dites-leur de continuer à chercher.

— C'est déjà fait. Pour conclure, vous venez de rater l'ami Ernest de quelques jours.

— Expliquez-vous.

— Il s'est éteint paisiblement en Bretagne, à l'âge de cent quatre ans.

— Margot, vous avez fait un excellent boulot. Félicitations.

46

Élysée

Le Premier ministre Philippe Aubragnac, le président du Sénat et les conseillers les plus fidèles attendaient l'arrivée du Président. Marc Dumoulin allait leur faire part de ses projets à très court terme. La veille au soir, il était intervenu directement sur les principales télévisions et radios françaises, appelant la population à reprendre ses esprits. Ses paroles avaient été relayées dans les rangs des forces de l'ordre comme dans ceux des citoyens révoltés. Quelle avait été leur influence sur le calme relatif qui était revenu deux heures plus tard ? Personne ne saurait en juger. Au cours de son allocution, le président Dumoulin avait annoncé des mesures pour le lendemain. Et le lendemain, c'était maintenant.

Les six hommes et trois femmes qui attendaient étaient inquiets. Déjà, la veille, sa décision de s'adresser au peuple avait pris de court tous ses collaborateurs. Il avait agi à l'instinct. À la réflexion, l'idée était bonne. Le président des Français ne pouvait pas laisser le pays plonger dans la violence sans réagir.

Dès le matin, ils avaient fait le siège du bureau de Dumoulin pour discuter avec lui des mesures qu'il avait promises. Cependant, malgré les injonctions de son entourage, il n'avait rien divulgué. Il avait passé la matinée à téléphoner et à couvrir des feuilles de noms qu'il barrait à intervalles réguliers. Sa femme était la seule personne à qui il avait accepté de parler. Ce qu'il allait leur dévoiler était donc le fruit de ses seules élucubrations, et, pire, sans doute aussi celles de son épouse.

La porte du salon s'ouvrit. Les occupants se levèrent et le Président entra, les traits tirés. Il leur fit signe de s'asseoir et s'installa dans l'un des fauteuils qui leur faisaient face.

— Comment allez-vous, monsieur le Président ? demanda le président du Sénat.

— Comme la France. Comme lorsque vous vous réveillez après avoir fait un cauchemar… mais que vous vous rendez compte que le cauchemar était en fait réel. Je ne suis pas là pour parler de mes états d'âme. Je veux vous faire part de mes décisions avant de les dévoiler au pays.

Aucun des participants ne l'interrompit.

— J'ai longuement discuté avec le ministre de l'Intérieur et celui des Affaires étrangères. Le directeur de la DCRI est passé me voir cette nuit. La conclusion est simple. Malgré les moyens mis en place, nous n'avons toujours aucune idée de l'identité ou même de l'origine des individus qui se cachent derrière les attentats qui endeuillent le pays. Les Italiens sont dans la même impasse que nous et les Espagnols viennent de déjouer un attentat au musée du Prado.

340

— Ont-ils mis la main sur l'un des terroristes ? demanda, impatient, l'un des conseillers.

Le Président ne releva pas le manque de tact de son collaborateur.

— Non. Mon interlocuteur a même eu l'impression que les terroristes ont uniquement souhaité donner un avertissement, apporter la preuve qu'ils peuvent frapper où ils veulent, quand ils veulent. Bref, jamais le pays ne s'est retrouvé face à une menace intérieure aussi forte depuis la fin de la guerre d'Algérie. J'ai donné carte blanche à nos services pour progresser sur cette affaire. S'il faut faire voter des lois d'urgence, nous le ferons.

— D'accord, mais comment rassurer la population alors que nous sommes dans le noir complet ?

— Nous allons mettre en place une communication de crise musclée. Mais vous avez raison, cela ne suffira pas. Ce qu'attendent les Français après leur cri de désespoir d'hier, c'est un changement politique drastique. Les attentats ont été le déclencheur d'une révolte qui grondait depuis des années.

Ça y est, nous y sommes, pensèrent aussitôt les proches du Président. Dumoulin continua, sans laisser à ses vis-à-vis le temps de poser une question :

— Aujourd'hui à quinze heures, j'annoncerai la démission du gouvernement et la nomination d'une équipe d'union nationale.

Philippe Aubragnac, le Premier ministre, réagit violemment et se leva de son siège :

— Enfin, Marc, c'est du grand n'importe quoi. Tu ne préviens personne et tu arrives pour nous annoncer que tu nous sacrifies d'un trait de plume !

341

N'oublie pas que si tu as accédé à ce poste, c'est parce que nous t'y avons amené.

— Tu peux te rasseoir. Si je suis là, c'est avant tout parce que les Français m'ont élu. Ils attendent de moi que j'apporte des solutions à leurs angoisses, et non que je gère les problèmes d'ego de mes collaborateurs.

— Tu marches à quoi, en ce moment ? Tu te prends pour la réincarnation du général de Gaulle ? Reviens sur terre. D'ailleurs, avec qui ferais-tu ton nouveau gouvernement ?

Le Premier ministre regarda autour de lui, cherchant l'approbation de ses voisins et voisines. Les conseillers étaient blêmes. Le secrétaire du parti bouillait de rage. Seul le président du Sénat avait gardé son calme.

— Le nouveau gouvernement est composé.

Un silence de mort accueillit l'annonce présidentielle. Aubragnac le rompit :

— Bordel de merde, Marc, tu ne peux pas faire ça. Trois ans que je m'épuise à conduire ta politique, et tu prends ta décision, seul, dans ton coin. Si, en plus, ta femme a été ta conseillère dans ce choix à la con, pas de doute que tu me jettes aux orties.

— Inutile d'être vulgaire et insultant vis-à-vis de Christiane ! Prends conscience de la situation dans laquelle nous nous trouvons. J'ai des informations dont vous ne disposez pas encore. Le pays est potentiellement au bord de la guerre civile.

— C'est bon, n'en rajoute pas ! Balance les noms de tes élus.

— J'ai passé des coups de fil à tous les présidents de partis et j'ai proposé des noms. Nous avons fini par arriver à un accord. Les Français verront ainsi que toute la classe politique est capable de s'unir pour s'attaquer aux défis qui nous font face.

— Garde ta rhétorique de campagne pour ton passage à la télé, Marc. Alors qui as-tu sélectionné pour participer à ton commando de choc ?

— Comme tu l'as compris, Philippe, tu n'es plus le chef de l'équipe gouvernementale, mais j'ai beaucoup apprécié ton dévouement.

— Putain, épargne-moi ces compliments à la mords-moi-le-nœud. Tu en deviens humiliant.

— Toi aussi, tu fais chier ! s'énerva soudain le Président. Pourquoi penses-tu que nous sommes dans ce salon à discuter ? Pour une remise des prix ? Si nous ne faisons rien, la France va partir en couille ! Ça te va ? C'est un langage que tu comprends ? Ta vie ne va pas s'arrêter parce que tu quittes la fonction de Premier ministre.

Surpris par la soudaine colère de Marc Dumoulin, les collaborateurs focalisèrent leur attention sur le Président, sur le point de leur livrer la liste.

— J'ai choisi Joachim Clairval comme Premier ministre. J'ai longuement discuté avec lui, et nous nous sommes entendus sur quinze noms. Tous les candidats pressentis ont donné leur accord.

Philippe Aubragnac s'enfonça dans son fauteuil, la tête entre les mains.

— Clairval. Putain ! Tu as demandé à Joachim Clairval de conduire ton gouvernement d'union nationale ! Un politicard qui a été dans tous les coups tordus depuis quarante ans. Je n'arrive pas à croire que tu aies pu tomber si bas.

Le président du Sénat lui répondit directement :

— Contrairement à ce que vous avez l'air de croire, le choix est judicieux. J'approuve totalement la décision du Président. Joachim Clairval s'est éloigné des partis de gouvernement classiques depuis le milieu des années deux mille. Il connaît parfaitement les rouages de la République et, cerise sur le gâteau, il fait partie des politiciens les plus appréciés des Français.

— Parce qu'ils ne connaissent pas cette ordure, conclut amèrement Aubragnac.

— La vie privée ou le passé de Clairval n'ont aucune importance. Personne n'ira lui chercher des poux dans la tête dans la situation actuelle. Ce serait très mal perçu par l'opinion publique. Par ailleurs, Clairval a une posture internationale. Le problème auquel nous devons faire face n'est pas uniquement national, mais il concerne ou concernera toute l'Europe. Il a de nombreux amis au Parlement européen, ce qui n'est pas à négliger, ajouta le sénateur.

— Je conclurai par l'aspect le plus important, reprit Dumoulin. Les députés sont, dans leur majorité, prêts à soutenir de leur vote un gouvernement conduit par Clairval. J'en ai personnellement reçu l'assurance de la part des responsables des groupes parlementaires.

Philippe Aubragnac se leva. Il s'inclina devant Dumoulin.

— Monsieur le Président, ce fut un honneur de vous servir, mais permettez-moi de me retirer. J'ai peur que connaître la liste des membres du futur gouvernement ne m'intéresse plus.

47

Un petit coin tranquille en Bretagne

17 décembre

Le véhicule était engagé sur une route étroite, bordée par des champs truffés de pierraille. Des bosquets d'arbres torturés par le vent parsemaient çà et là le paysage endormi sous le ciel d'un bleu lumineux. Jean plissa les yeux pour décrypter le panneau orphelin au bord du chemin. Il n'était plus qu'à un kilomètre de la maison de retraite. « Ti an Oll – Maison de retraite ».

L'enquêteur avait pris le dernier TGV de la veille pour Brest. Il avait dormi dans un hôtel à côté de la gare. Puis il avait loué une voiture. Une petite heure de route séparait le centre de la ville de l'établissement de retraite. Il avait téléphoné et avait réussi à décrocher un rendez-vous. Il s'était présenté comme un membre de la famille éloignée d'Ernest Vulcain, à la recherche d'informations pour une biographie du vieil homme. Il n'avait pas trouvé mieux. Il avait craint un instant que la responsable ne le renvoie directement vers Dominique Vulcain, le fils d'Ernest. Mais il avait su se montrer suffisamment convaincant pour obtenir une entrevue le matin à dix heures.

Jean était persuadé que l'ancien médecin SS avait parlé de ses sinistres exploits de jeunesse avant de mourir. Même l'homme le plus endurci ne peut vivre plus de cent ans sans se remettre en cause un jour ou l'autre ! Quelles chances avait-il de récupérer des détails qui l'aideraient à retrouver Alexandre ? Peu ! Jean ne voulait pas se leurrer, mais il avait suffisamment d'expérience pour savoir qu'il ne fallait pas négliger ces possibilités.

Il regarda l'horloge du tableau de bord. Neuf heures quinze. Il était trop tôt pour se présenter. Au sortir du dernier virage, il découvrit la « maison pour tous ». La maison de retraite était un harmonieux mélange de vieux bâtiments, sans doute un ancien château et ses dépendances en granit, et d'édifices plus modernes, dédiés aux soins des pensionnaires. Protégées du vent par un amas granitique, quelques personnes âgées s'occupaient dans un petit jardin arboré. En toile de fond, majestueux, l'océan réfléchissait en milliers d'éclats les rayons du soleil matinal. L'enquêteur avança jusqu'au parking visiteurs. Il coupa le moteur et quitta le véhicule.

Attiré par la mer, Jean marcha sur un petit sentier qui serpentait dans une lande couverte de bruyère. Il croisa une religieuse qui officiait sans doute à Ti an Oll. Jean la salua. Elle lui rendit sa salutation avec un sourire et s'éloigna silencieusement, plongée dans sa méditation. Au bout du chemin, deux bancs faisaient face à l'immensité bleue. Une vingtaine de mètres en contrebas, le bruit du ressac et des vagues qui venaient finir leur course sur une splendide plage attira son attention. La marée était basse et découvrait une grève immaculée. Un passage escarpé descendait à travers les rochers. Jean avait du temps. Il l'emprunta et atteignit la grève. Comme dans un réflexe, il retira ses chaussures. Il voulait sentir le contact du sable sous ses pieds. Il avança vers le rivage en fermant les yeux. Des centaines d'images de son enfance affluèrent soudainement. Il ne les chassa pas. Il avait besoin de laver son esprit, d'éloigner de lui ces scènes de crimes nazis, mais aussi toutes les horreurs qu'il avait côtoyées au cours de ces dernières années. Il repéra un bloc de pierre que la marée avait découvert, vérifia qu'il avait séché et s'assit. Il ferma les yeux et se concentra sur le clapotis des vagues qui léchaient le sable à intervalles réguliers. Le bruit hypnotique de la mer le fit sombrer.

Un aboiement sortit Jean de sa torpeur. Hébété, il ouvrit les yeux et découvrit un chien qui courait vers lui en jappant. Ses pattes arrière faisaient gicler le sable sec sur lequel il semblait voler. Il agrippa l'animal qui venait d'arriver sur lui. Le labrador blanc frétillait sous les vigoureuses caresses du Breton. Soudain, Jean Legarec revint à la réalité. Son rendez-vous ! Il regarda sa montre. Dix heures vingt ! Il s'était laissé aspirer par la sérénité des lieux. Il lâcha le chien, se rechaussa rapidement. Il remonta le chemin empierré et se dirigea au pas de course vers les bâtiments. Il avait pratiquement une demi-heure de retard. Il croisa les doigts, espérant ne pas avoir définitivement raté son rendez-vous, et se vilipenda intérieurement. C'était la première fois depuis qu'il travaillait qu'il se retrouvait dans une telle situation.

Lui qui avait toujours la tête dans la lune quand il était enfant avait chassé ses rêves à la mort de Grace. Il n'avait gardé que les cauchemars. Aujourd'hui, une plage bretonne avait ouvert une brèche dans sa volonté. Il s'approcha du portail d'entrée. Il n'était pas là pour tenter de se psychanalyser, mais pour récolter des informations sur Darseille-Vulcain et retrouver un enfant. Il sonna.

Dans un bruit sec, la serrure claqua. Jean poussa la porte et pénétra dans l'établissement. Une vaste cour ensoleillée, une roseraie qui attendait le printemps pour offrir ses fleurs aux pensionnaires chaudement couverts, assis et discutant sous une véranda. Quelques personnels soignants poussaient les fauteuils roulants des personnes les plus âgées. Un calme apaisant régnait sur les lieux

— Monsieur ? Monsieur ?

Jean Legarec se tourna vers la jeune femme qui s'adressait à lui. Décidément, il devait se ressaisir.

— Bonjour. Je suis Jean Legarec. J'avais rendez-vous avec votre directrice, Mme Cottin, à dix heures. Je suis malheureusement en retard. Pourrait-elle malgré tout m'accorder quelques minutes ?

La jeune femme le regarda de façon étrange, puis lui sourit.

— Je vais me renseigner. Attendez-moi ici s'il vous plaît.

Jean observa son reflet dans la vitre du local d'accueil. Il avait les cheveux ébouriffés et du sable sur ses vêtements. Il s'était approché du rivage pour goûter la température de l'eau et s'était ensuite passé les mains dans les cheveux, créant involontairement cette réussite capillaire. Il épousseta rapidement ses vêtements et tenta de se rendre présentable. La jeune femme revenait déjà.

— Sœur Marie-Odile peut vous recevoir.

Au visage interrogatif du visiteur, elle précisa :

— Sœur Marie-Odile est le nom de Mme Cottin... ou le contraire, comme vous préférez. Cet établissement est tenu par une congrégation de religieuses.

— Parfait.

Ils longèrent la cour, puis pénétrèrent dans une bâtisse qui avait dû être la demeure des châtelains à une époque reculée. Ils traversèrent un réfectoire aux murs décorés d'assiettes en faïence de Quimper. L'enquêteur suivit son guide jusqu'au second étage. Elle frappa à une porte et introduisit le visiteur dans une petite pièce. Une large fenêtre laissait entrer des flots de lumière. Derrière un bureau surchargé de classeurs et de chemises en carton, sœur Marie-Odile leva les yeux à son arrivée. Elle repoussa le dossier sur lequel elle travaillait. Jean reconnut la religieuse qu'il avait croisée dans la lande. Elle était encore jeune, à peine une cinquantaine d'années. Elle était coquette et ses yeux vifs dévisageaient son invité. Même si ses traits étaient fatigués, une rassurante sérénité se dégageait de son visage.

— Bienvenue, monsieur Legarec. Prenez cette chaise et asseyez-vous.

— Bonjour, ma sœur. Je vous remercie de me recevoir malgré mon retard. J'en suis désolé. J'avais un peu d'avance, je suis descendu sur la plage et...

— ... et vous avez été victime de la magie de l'océan, monsieur Legarec. C'est une belle magie. Je m'y rends tous les jours, ne serait-ce que quelques minutes, pour me ressourcer et prier.

— Pour être tout à fait honnête, je n'étais pas vraiment habité par la prière, mais plutôt par de lointains souvenirs. La beauté de ce lieu m'a comme envoûté.

— Admirer les beautés de notre Créateur est une prière, monsieur Legarec.

— Si vous le dites, ma sœur. J'ai malheureusement plus souvent été confronté à la face sombre du monde qu'à sa face lumineuse. Je pense que le Créateur a oublié certains de ses enfants.

La religieuse marqua quelques secondes de silence. Elle apprécia la franchise de son interlocuteur. Elle ne s'attendait pas à ce genre d'échange quand elle avait accepté de recevoir Jean Legarec. Elle imaginait une petite enquête sur la fin de vie d'un centenaire dans une « maison de rêve ». C'est ainsi qu'un journaliste avait surnommé Ti an Oll, plus subjugué par le donjon du XVIᵉ siècle que par la vie de ses pensionnaires. Ici, comme partout, des gens souffraient et mouraient. Son équipe se battait de toutes ses forces pour rendre ce passage le plus serein possible. C'était sa mission et elle l'aimait. Elle recentra la discussion sur l'objet de sa rencontre avec cet étrange visiteur :

— Vous désiriez que nous parlions d'Ernest Vulcain.

— Oui. Que pensez-vous de lui ?

Surprise, la directrice réagit :

— Votre entrée en matière est surprenante. Elle ressemble plus à un interrogatoire policier qu'à un travail biographique.

— J'en suis désolé. Je vous promets que je ferai ensuite preuve d'une totale transparence sur le but de ma visite.

En temps normal, la religieuse aurait signifié à son vis-à-vis la fin de leur entretien. Cependant, Legarec l'intriguait. Elle décida de répondre :

— Ernest Vulcain était un vieillard tranquille, qui a eu pratiquement toute sa tête jusqu'à la fin. Il a passé dix années en notre compagnie. Je venais de rejoindre Ti an Oll quand il y a pris ses quartiers. Il s'est fait quelques amis. Personne ne venait lui rendre visite, hormis son fils qui passait une journée tous les six mois. Trois mois avant de mourir, Ernest a commencé à s'enfoncer dans la sénilité. Il tenait des propos de plus en plus incohérents. Il s'est éteint il y a trois semaines. Son fils est venu récupérer le corps. Je ne sais pas où il a été mis en terre. Pouvez-vous maintenant me dire pourquoi vous vous intéressez à Ernest Vulcain ?

Jean Legarec hocha la tête.

— Je vais vous demander de garder la plus stricte confidentialité sur notre entretien… s'il vous plaît.

Sœur Marie-Odile ne cilla pas, et son regard clair tâcha de décrypter l'âme de son visiteur. Elle lut dans ses yeux de la détermination, de la tristesse, de la colère, mais elle n'y décela pas de duplicité.

— Je vous écoute.

— Je recherche un enfant disparu. Dans ce cadre, je me suis intéressé à votre ancien pensionnaire. Ernest Vulcain s'appelle, ou s'appelait avant 1945, Ernest Darseille. Il est né en 1910. Il apparaît dans mon enquête en 1943. Ernest Darseille s'engage alors dans la SS.

Malgré sa maîtrise, la religieuse ne put s'empêcher un sursaut. Elle garda cependant le silence et fit signe à son interlocuteur de poursuivre son récit.

— Ernest Vulcain, ou plutôt Darseille, intègre une équipe médicale dirigée par le médecin-chef Bernd Karlmeister. Cette équipe rend compte de ses travaux directement à Heinrich Himmler. En 1944, Darseille officie dans le camp de concentration du Struthof-Natzweiler, en Alsace. Il travaille sur un projet secret dont le nom de code est Anastasis. L'objectif est aussi simple qu'hallucinant : offrir l'éternité à la race aryenne. À ce jour, un seul document, écrit par Karlmeister lui-même à Himmler, fait allusion à ce projet. Cela serait resté dans la case « délire nazi » si des événements récents n'avaient mis ces faits en lumière.

Legarec fit une pause dans sa narration.

— Souhaitez-vous que nous nous arrêtions là ou voulez-vous que je poursuive ?

— J'ai beaucoup de mal à imaginer Ernest Vulcain en médecin SS. Mais continuez tout de même.

— Ce que je vais maintenant vous dévoiler peut mettre en cause votre sécurité. C'est la raison pour laquelle je vous ai demandé votre discrétion.

L'enquêteur avait décidé de faire confiance à la religieuse. Il raconta la disparition d'Alexandre, synthétisa ses recherches, ne cacha pas la mort d'Erika Manhof et termina sur la découverte de l'origine de la famille Vulcain.

Quand il eut fini, la directrice saisit son téléphone.

— Agnès, vous commencerez exceptionnellement le repas sans moi. Je vous rejoindrai plus tard.

Elle reposa le combiné et tapota des doigts sur le bureau.

— Votre histoire est incroyable. Tellement incroyable que vous n'avez pu l'inventer… Pourquoi ne pas avoir parlé de vos recherches à la police ?

352

— La police, ou certains membres des hautes sphères de l'Administration, s'est étrangement désintéressée du sort d'Alexandre. J'en suis à me demander si les terroristes n'ont pas des connexions au niveau de l'État.

Sœur Marie-Odile réfléchit quelques instants, puis déclara :

— Je prends le risque de vous croire. Non pas à cause de vos arguments historiques, que je ne suis pas capable de juger, mais à cause de vos rêveries sur une plage. Vous voyez où vont se cacher nos ressorts décisionnels ! termina-t-elle dans un court sourire.

La religieuse se leva, brancha une bouilloire et proposa un thé à son invité. Puis elle se réinstalla à son bureau et reprit :

— Si nous revenons à Ernest Vulcain, jamais il n'a fait allusion à cette période de sa vie. Il avait une existence très réglée, comme la plupart de nos pensionnaires. Les repas, la promenade, et quelques émissions de télévision. Il était l'un de ceux qui ne manquaient jamais les informations de vingt heures. Ernest s'affichait comme profondément athée, mais respectait les croyances de ceux qui l'entouraient. On se rapproche souvent de Dieu quand les années s'égrènent. Lui refusait toute notion divine...

— Vous m'avez dit qu'il avait perdu une partie de sa lucidité à la fin de sa vie. A-t-il fait allusion à la Seconde Guerre mondiale ?

— Il avait des théories parfois fumeuses sur la vie, mais rien à voir avec les nazis.

Sœur Marie-Odile fit une pause et réfléchit.

— Une personne pourra peut-être vous aider. Un de nos pensionnaires, Antoine Le Braz, passait du temps avec Ernest Vulcain. Il a discuté avec lui jusqu'à la fin. Seulement, Antoine a un caractère bien trempé.

— Donnez-moi la chance de le rencontrer !

— Il est très méfiant vis-à-vis des inconnus.

— Que risquons-nous ? Que je perde mon temps, tout au plus.

— Antoine Le Braz a quatre-vingt-huit ans, mais peut être rude.

— Ne vous inquiétez pas pour ça. Où pourrais-je le trouver ?

— Venez déjeuner avec nous. Il vous rencontrera ainsi une première fois. Après le repas, Antoine va toujours s'asseoir sur le banc de la pointe, près de l'endroit où nous nous sommes croisés. C'est là que vous pourrez tenter de nouer le contact.

48

Antoine Le Braz

Une brise légère s'était levée. Le temps était particulièrement clément pour cette époque de l'année, généralement propice aux tempêtes. Jean Legarec était assis depuis une demi-heure au côté d'Antoine Le Braz. Le vieux Breton s'était abîmé dans la contemplation de la mer. Ils n'avaient pas échangé un mot. En fait, ce n'était pas totalement exact. Après le repas dans le réfectoire, pendant lequel sœur Marie-Odile l'avait présenté à l'assemblée des pensionnaires, l'enquêteur avait accompagné Antoine Le Braz jusqu'au bord de l'océan. Le retraité s'était installé sur le banc, à l'abri des pins. Jean Legarec lui avait alors adressé la parole :

— Je peux m'asseoir ?

— Comme tu veux, mon gars. La mer est encore à tout le monde.

Depuis, seuls le claquement des vagues qui venaient frapper les rochers au pied de la falaise, le souffle du vent dans les conifères et le ricanement moqueur de quelques mouettes à la recherche de leur pitance leur avaient tenu lieu de discussion. Jean Legarec connaissait ce genre d'homme. Il en avait fréquenté suffisamment dans sa jeunesse. Il devait lui laisser la maîtrise de la situation. Le Braz déciderait d'engager ou non la conversation. Jean avait appris à être patient.

— T'es originaire de quel coin ?

Jean prit son temps pour répondre.

— Ma famille était de Lanvéoc.

— J'ai connu des Legarec, là-bas.

— Mon grand-père s'appelait Louis-Émilien et ma grand-mère, Soizic.

Le vieux tourna enfin la tête et dévisagea longuement son voisin.

— Tu serais le petit-fils du Louis...

Il regarda de nouveau l'horizon et, soudainement, questionna :

— C'était quoi, la spécialité du Louis ?

Sans hésiter, Jean répondit à ce test :

— La soupe de poisson. Il y ajoutait toujours un homard, ce qui avait le don d'agacer sa Soizic. C'étaient les seules fois où je les voyais se disputer. Ce qui n'empêchait pas ma grand-mère de manger presque tout le homard, comme pour se venger.

— Je l'ai goûtée, sa soupe. Sacrément bonne.

Ce qui ressemblait à un sourire marqua le visage tanné par le soleil et le vent. La glace était brisée.

— C'était donc toi, le gamin qui accompagnait le Louis à la pêche et qui avait toujours droit à une rasade de blanc dans sa limonade avant de prendre la mer.

— C'était moi. Par contre, je ne me souviens pas de vous.

Le retraité se mit à rire.

356

— J'étais l'un des pêcheurs accoudés au comptoir... Bienvenue à Ti an Oll, mon garçon. Un bel endroit pour mourir en paix.

Une solide poignée de main scella la confiance qui venait de naître entre les deux Bretons.

Antoine Le Braz contempla de nouveau la mer.

— Je ne pense pas que tu sois là pour discuter du bon vieux temps ou pour admirer la vue. Pourquoi la patronne t'a-t-elle amené à moi ?

— D'après sœur Marie-Odile, vous pourriez me renseigner.

Le vieux Breton inspira une large bouffée d'air marin.

— Tu veux que je te parle de l'Ernest ?

Jean cacha sa satisfaction.

— Si vous êtes d'accord, Antoine, je vais vous raconter une histoire. Ensuite, libre à vous de répondre ou non à mes questions.

— Vas-y. Personne ne m'attend.

L'enquêteur avait décidé de dévoiler une partie de ses informations. Le retraité ne les diffuserait sûrement pas à la ronde. Il s'accorda un bon quart d'heure pour exposer les faits. Les yeux plissés, le vieil homme l'écouta sans un mot. Il laissa s'écouler le temps de la réflexion.

— Tu me dis qu'Ernest Vulcain est ce Darseille ?

— Oui.

— Je vais être franc avec toi, mon garçon. Tu es le petit-fils de Louis, et le Louis était un brave gars qui a aidé plus d'un marin quand la pêche était mauvaise. L'Ernest m'a effectivement confié des choses. Je pensais qu'il délirait, mais vu ce que tu viens de m'apprendre, il était encore lucide. Seulement, il me l'a dit sous le sceau du secret. Je lui ai donné ma parole d'ancien militaire, puisque c'est ce à quoi il semblait tenir.

— Vous serviez dans quelle arme ?

Antoine Le Braz, surpris par la question, mit quelques secondes à répondre :

— J'étais dans les paras. J'ai servi la France en Indochine puis en Algérie. Un jour, la mer m'a manqué et je suis revenu faire le métier de mon père. La parole d'un soldat ne peut être trahie. Je ne suis pas certain que tu puisses comprendre ça.

— J'ai aussi servi dans un régiment de parachutistes. J'ai combattu en Bosnie, puis en Afrique. J'ai été au feu souvent, et j'ai parfois cru que je ne reverrais jamais les miens. Je connais le sens du mot « camaraderie » dans ces situations-là.

Une lueur nouvelle s'était allumée au fond des yeux du vieux Breton.

— Alors tu comprends que je ne puisse rien te raconter.

— Non ! J'ai risqué ma vie à plusieurs reprises pour mes hommes et jamais je ne les aurais abandonnés. Mais, en face, j'ai combattu des individus qui se disaient soldats et qui se comportaient comme des assassins. J'ai vu des camps de concentration où ils torturaient femmes et enfants, j'ai découvert des charniers. Jamais je n'ai eu une once de respect pour ces adversaires. Vulcain était un nazi, un SS même. En toute connaissance de cause, il a tué des innocents. Il était peut-être un compagnon sympathique sur la fin de sa vie, mais les actes qu'il a commis il y a soixante-dix ans ne méritent aucun engagement... surtout de la part d'un militaire français.

Malgré lui, Jean avait fini par s'emporter. Il retrouva rapidement son calme.

— Mais si vous pensez lui devoir ce silence, je ne vous importunerai pas plus. Je suis certain que vous êtes quelqu'un de bien.

Jean se leva et tendit la main.

— Merci pour le temps que vous m'avez consacré.

— Reviens t'asseoir sur ce banc, mon gars. D'habitude, je ne supporte pas qu'on me fasse la morale. J'ai assez vécu pour ne plus être emmerdé par les donneurs de leçons, mais on a connu les mêmes galères, on a affronté la mort et des salopards. Si je te parle, cela peut vraiment sauver des vies ?

— Oui.

— Alors je vais trahir ma promesse. La vie d'un gamin vaut plus que les états d'âme d'un vieux marin. Ce que je vais te raconter s'est déroulé il y a deux mois.

49

Confession

Le vent charriait les nuages noirs qui couraient à une vitesse folle au-dessus de la mer. Dans un vacarme de fin du monde, des masses d'eau enragées venaient se briser violemment sur les rochers. En ce début d'après-midi, la mer était aussi sombre que le ciel. Ernest Vulcain rabattit le rideau de sa fenêtre.

— C'est le diable qui prépare mon arrivée ! lança-t-il dans un rire aigrelet au gaillard assis à ses côtés.

— Tu crois au diable, maintenant ? C'est juste un bon grain. Le baromètre s'est cassé la gueule toute la matinée.

— Je l'ai déjà vu le diable, et j'ai même joué avec lui.

Surpris, Antoine Le Braz regarda son compagnon. Il s'était bien rendu compte que l'état de santé du centenaire se dégradait. Avec ce commentaire, Vulcain venait de mettre un sacré coup d'accélérateur à son sucrage de fraises.

— *Jawohl, Herr Le Braz, ich habe mit dem Teufel gespielt !*

Le Breton observa de plus près le vieil homme. Il avait l'air totalement illuminé, mais semblait avoir conscience des propos qu'il tenait.

— Qu'est-ce que tu me racontes, Ernest ? J'ai jamais été bondieusard, mais faut pas rigoler avec ça. Va pas provoquer l'Ankou alors que t'arrives au bout de ta vie.

Ernest Vulcain le fixa longuement, saisit une canne et se leva péniblement de sa chaise. Il se dirigea vers la porte et tourna avec précaution la clé dans la serrure.

— Tu as été militaire, Antoine. Il faut que tu me jures que tu ne répéteras jamais ce que je vais te raconter.

— Je sais même pas ce que tu vas me balancer.

— Jure-le ! s'énerva Ernest Vulcain.

Désireux de ne pas aggraver l'état de tension de son camarade, Antoine le Braz jura.

Rassuré, son interlocuteur se cala confortablement dans son fauteuil. Il plissa son visage, multipliant les rides qui entouraient ses yeux encore vifs. Gravement, il commença :

— En 1943, j'ai dû travailler pour les Allemands. Je ne t'expliquerai pas comment je me suis retrouvé dans cette situation, on y passerait des heures. Certains hauts responsables nazis avaient considéré que je devais mettre mes capacités au service du Reich. J'ai donc été incorporé dans une équipe de chercheurs.

— Tu n'as pas essayé de t'évader ?

L'ancien médecin SS hésita quelques longues secondes, puis répondit d'une voix ferme :

— Ils tenaient une partie de ma famille. Si je n'avais pas coopéré, ils auraient été déportés. Et puis on s'en fout. Tu veux mon histoire ou pas ?

Antoine Le Braz n'insista pas. Il avait compris que son compagnon de chambrée mentait, mais il n'était pas là pour le juger.

— Une mission avait été confiée à notre groupe, par le Reichsführer Heinrich Himmler lui-même. Une mission qui en aurait découragé plus d'un, mais qui motivait les jeunes médecins que nous étions. Ressusciter les morts !

Le Breton sursauta. Ernest avait vraiment commencé à perdre la boule. Toutefois il ne l'interrompit pas.

— Le Reich voulait offrir à ses meilleurs éléments la chance de revenir à la vie quand la science le permettrait. Nous avons travaillé dur pour y arriver. L'élite de la médecine mondiale, tendue vers le même but... Tu ne peux pas imaginer l'exaltation, Antoine.

Le Braz ne réagit pas. Il attendait la suite.

— Nous avons mis au point une méthode pour conserver les corps, pour l'éternité s'il le fallait ! Grâce à nous, la race pure ne s'éteindra jamais !

— Comment avez-vous fait ?

— Ah, ah, le marin s'intéresse maintenant à autre chose que la morue et le hareng !

Le Breton se contrôla. Ernest n'avait visiblement pas toute sa tête.

— Je vais t'expliquer, Antoine. Tu seras mon dernier disciple. L'azote liquide ! Ce fluide, dont la température est de cent quatre-vingt-seize degrés Celsius au-dessous de zéro, a la propriété de conserver les tissus vivants.

— Tu sais très bien que cette méthode conduit à l'explosion des cellules en faisant geler l'eau qu'elles contiennent.

Surpris, l'ancien médecin dévisagea son ami.

362

— Eh oui, Ernest, je suis un ancien bidasse pêcheur de maquereaux, mais cela n'interdit pas de s'intéresser à la science.

— Quel dommage que tu ne me l'aies pas avoué plus tôt ! Tu as raison, nous ne pouvions pas nous contenter de congeler les corps sous peine de les détruire irrémédiablement. D'autres médecins qui travaillaient dans des camps de concentration, notamment à Auschwitz, ont pu mener de multiples expérimentations qui nous ont permis de trouver la formule magique. Une solution que l'on perfusait dans le corps avant de le cryogéniser. Les cellules, ainsi traitées, n'explosaient plus et gardaient leurs caractéristiques.

— De la glycérine ?

— Non, tu sais bien que ça ne marche pas. Mieux, bien mieux ! C'est même moi qui lui ai donné son nom : la darseillite !

Un éclair zébra le ciel, annonciateur d'une pluie drue qui s'écrasa quelques secondes plus tard sur le domaine. Antoine Le Braz ne savait pas si Ernest Vulcain était en plein délire ou pas, mais le discours était cohérent. Le Breton décida d'entrer dans le jeu de l'ancien médecin.

— Bravo pour cette découverte, Ernest ! Mais liquéfier l'azote de l'air à moins deux cents degrés et éviter ensuite qu'il ne se réchauffe demande d'immenses réfrigérateurs et une énergie phénoménale : des kilowatts à produire pendant des années si tu voulais conserver les corps ! Ce problème est insoluble !

Vulcain se pencha vers lui et, sur le ton d'un professeur parlant à son élève :

— Très bonne remarque, monsieur Le Braz. Excellente remarque même !

Il se redressa, et continua d'un air docte :

— La solution que nous avions mise au point était simplement géniale, et personne n'a pensé à l'utiliser depuis. Nombreux sont ceux qui se sont moqués des théories défendues par les nazis : les sciences parallèles et occultes font encore rire. Eh bien, je te l'affirme, Antoine, les railleurs se trompent lourdement !

Le Breton était maintenant passionné par le récit de son compagnon.

— Lorsque tu dis qu'il faut une énergie quasi infinie pour conserver les corps en bon état, tu as complètement raison. Cette énergie, nous l'avons découverte !

— Le nucléaire ?

— Non, trop compliqué. Les études n'étaient pas assez avancées et une telle installation aurait nécessité de la maintenance. Non, nous avons trouvé bien mieux.

Vulcain laissa s'installer un moment de silence, régulièrement brisé par le tonnerre qui grondait au-dessus de Ti an Oll. Satisfait de son effet, il annonça :

— L'énergie tellurique !

Devant la mine étonnée de son élève, il déclama fièrement :

— Et c'est encore moi qui ai eu cette intuition ! Ça ne te dit rien ?

— Non, pas vraiment.

— En certains points très précis du globe, la terre émet des ondes de haute énergie qui peuvent être exploitées, si on sait comment les capter. Les Anciens avaient cette connaissance, et les monuments mégalithiques n'ont pas été construits en des lieux choisis au hasard. Les dolmens, menhirs ou cromlechs sont tous sur des lignes de forces telluriques. Gamin, je passais mes vacances dans les Vosges. J'avais rencontré un sourcier qui avait le don de capter ces émissions d'énergie.

— Et alors ?

— Alors, monsieur le sceptique, il existe plusieurs lieux privilégiés en France, et les Vosges en sont riches. Le plus actif se situe sur un triangle à l'ouest de Strasbourg, du côté de Schirmeck. Guidés par le sourcier que j'avais retrouvé, les Allemands ont exploré tous les sites. Ils en ont finalement sélectionné un dont l'intensité était admirable. Ils ont ensuite fait venir des déportés pour creuser. Les champs telluriques étaient tellement puissants que ceux qui y travaillaient plus d'un mois sans arrêt y étaient comme contaminés et en mouraient. Nous n'y passions que quelques heures par jour.

— Je ne suis pas géographe, mais les Vosges n'ont jamais été radioactives.

— Les zones d'activité sont très circonscrites. Quelques dizaines de mètres carrés, tout au plus. Comme des puits d'énergie. Enfin bref ! nous avons trouvé notre eldorado énergétique, notre source inépuisable.

— Vous avez réussi à conserver ces corps ?

— Je ne peux pas t'en dire plus, camarade, mais nous y sommes arrivés.

— C'était il y a soixante-dix ans, Ernest ! Tout a dû tomber en ruine depuis la fin de la guerre.

— Je peux t'assurer que non. Je vais même te faire une dernière confidence, dont je ne suis pas peu fier. Mon fils Dominique a repris le flambeau du projet Anastasis ! Il a redonné vie à la ruche, et les abeilles y sont nombreuses. Notre rêve est devenu réalité !

50

Recherches

Arrivé à l'aéroport de Brest-Guipavas, Jean Legarec contacta l'homme qu'il voulait rencontrer le soir même. Gaétan Descharmilles était libre. Après avoir récupéré sa carte d'embarquement, il composa un numéro que lui avait confié Béatrice. Dix minutes plus tard, la jeune femme le rappelait.

Installé dans un bar devant une galette au jambon et un verre de bière, l'enquêteur lui raconta son entrevue.

— Que veux-tu que je fasse ? questionna-t-elle simplement à la fin du récit.

Le ton décidé de son interlocutrice conforta le privé dans son idée. Béatrice serait capable de mener à bien la mission qu'il allait lui confier.

— As-tu déjà entendu parler de ces forces tellu-riques ?

— Oui, comme tout le monde dans la région. Elles font partie du folklore, notamment au mont Sainte-Odile. Personnellement, je ne les ai jamais vraiment prises au sérieux.

— Cherche un spécialiste de ces phénomènes. Il en existe forcément. Repère les lieux les plus exposés. Limite les recherches dans un rayon d'une vingtaine de kilomètres autour du Struthof.

— Je trouverai.

— Autre chose : je suis persuadé que ton neveu est quelque part en Alsace.

Estomaquée, Béatrice mit un temps avant de répondre :

— Qu'est-ce qui te fait croire ça ?

— Si Stessinger l'a enlevé, il l'a forcément emmené avec lui. C'est un assassin, mais un professionnel : pas le genre à dépecer un enfant pour le plaisir. Le risque serait trop grand.

— C'est aussi ce que j'espère.

— À la fin de sa confession à Antoine Le Braz, Ernest Vulcain a annoncé la création d'une nouvelle « ruche ». Je suis persuadé que Stessinger et ses complices y sont logés. Stessinger a très bien pu y emmener Alexandre. Blond aux yeux bleus, l'enfant y aurait toute sa place.

— Tu penses à la résurgence d'un *Lebensborn* ? le coupa Béatrice.

— Pourquoi pas ? Stessinger est mort en Alsace, les expérimentations nazies se sont déroulées en Alsace et les corps à réanimer ont été conservés en Alsace. Cette terre a quelque chose de magique pour ceux qui sont derrière tous ces événements ! C'est le terreau parfait pour redonner vie à la « race élue ».

Béatrice ne répondit pas tout de suite. Quand Jean avait commencé à mettre en place son argumentaire durant son trajet en voiture entre Ti an Oll et l'aéroport, il l'avait trouvé tiré par les cheveux. En le reformulant au téléphone, l'enquêteur l'avait considéré comme plausible. Pas évident, mais plausible.

— Imaginons que je suive ton raisonnement. Cela signifie que, depuis des années, il existe, quelque part en Alsace, un groupe d'enfants qui vit caché, endoctriné par des néonazis.

— Disons cloîtrés, plutôt que cachés. Les nazis mettaient en valeur le corps et l'effort physique.

— D'accord, je ne soutiendrai pas un débat linguistique. Nous devons donc trouver un domaine, genre colonie de vacances, qui pourrait accueillir discrètement tout ce petit monde.

Ce fut au tour de Jean Legarec de garder quelques secondes de silence.

— Je n'avais pas poussé mon idée aussi loin. Tu as raison.

— Il faut faire intervenir Marussac ! Ce sont les flics maintenant qui ont les meilleures cartes en main.

Sans laisser à Jean le temps de répondre, elle enchaîna pour elle-même :

— Non, même si Marussac nous croit, il ne pourra jamais faire gober une histoire d'avènement du Quatrième Reich à ses supérieurs. C'est à moi d'aller prospecter dans la région.

— J'informe quand même Baptiste, au cas où les choses tourneraient mal, nota Jean. Il va falloir être très prudents. Nos adversaires vont finir par découvrir l'avancement de nos travaux.

Le souvenir de la mort d'Erika Manhof leur traversa l'esprit en même temps.

— Je vais t'envoyer deux gardes du corps pour prendre soin de ta sécurité.

— Inutile, Jean.

368

— Tu ne te rends pas compte de la mentalité des assassins que nous avons en face de nous.

— Je m'en rends très bien compte ! Ils ont enlevé mon neveu, tué ma sœur et m'ont agressée, mais tes deux gorilles n'arriveront pas à se fondre dans le décor. Andlau et ses habitants me protégeront mieux que ton armée de mercenaires... Ne rate pas ton avion. J'entends en fond une voix suave en train d'annoncer l'embarquement du vol pour Paris.

51

Mise à prix

Joachim Clairval pénétra dans son bureau de l'avenue Matignon. Dès l'annonce du remaniement ministériel par le président de la République française, il avait été l'objet de toutes les sollicitations médiatiques et politiques. De quinze heures à vingt heures, le nouveau Premier ministre avait enchaîné les interviews avec la presse et les consultations avec les responsables politiques de tous bords. Il avait constitué son gouvernement le matin même avec Marc Dumoulin. Le chef de l'État était tellement dépassé par la situation que Clairval avait réussi à imposer pratiquement tous ses poulains. Même dans ses rêves les plus fous, il n'avait jamais imaginé un tel succès. La campagne de terreur, alliée à une situation économique dégradée, avait porté ses fruits. Il était l'homme providentiel !

Clairval demanda à ses collaborateurs de lui accorder quelques minutes de solitude pour se concentrer sur les défis qui l'attendaient. Quand il fut seul, il s'installa dans un fauteuil club et allongea ses jambes sur une table basse. Il saisit une bouteille d'eau gazeuse posée sur un plateau et y but directement au goulot. La fraîcheur de la boisson qui s'écoulait dans sa gorge lui apporta une sensation de bien-être. Dans le silence de la pièce, Clairval se recentra sur ses objectifs. Il savait que tous ses faits et gestes seraient scrutés par ses adversaires politiques et les médias. Il ne pouvait se permettre aucune erreur au cours des semaines à venir. Son but ultime était la Présidence.

Sa stratégie était simple. Les attentats allaient cesser et, dans quelque temps, il trouverait des coupables à qui il ferait porter le chapeau. Cela demanderait quelques petits arrangements avec les services de police français, mais, entre les dossiers compromettants qu'il avait en sa possession et les postes et avantages qu'il saurait faire miroiter, il se sentait de taille à mener à bien cette tâche. Ses dizaines d'années dans le monde de la politique en avaient fait l'un des plus ardents disciples de Machiavel. Il savait aussi qu'il pourrait compter sur MacCord pour l'aider à insuffler quelques milliards dans l'économie française. Clairval aurait alors toutes les cartes en main pour se présenter face aux Français dans six mois. Fort de ses succès, il écraserait tous ceux qui s'aligneraient au départ de la course à la présidence de la République.

Le deal qu'il avait passé avec MacCord était risqué, mais, si leur projet était couronné de succès, il en tirerait des bénéfices à la mesure des risques qu'il avait pris.

La porte de son bureau s'ouvrit lentement. Son secrétaire personnel l'avait rejoint pour le seconder sur ce nouveau poste.

— Vous avez vu ça, Bousselier ? Ça a de la gueule, non ?

— Les bureaux de Matignon ont effectivement beaucoup de classe, monsieur le Premier ministre.

— Putain, Bousselier, vous avez dit ça comme si j'occupais ce poste depuis six mois. Chapeau ! Que vouliez-vous m'annoncer ?

Bousselier, secrétaire de Clairval depuis près de vingt ans, ne se laissa pas désarçonner par l'inhabituelle bonhomie de son employeur.

— Le Président vous attend pour dîner avec lui ce soir à vingt et une heures.

— Sa femme sera-t-elle là ? Une emmerdeuse, mais quel cul ! Emmerdeuse pour emmerdeuse, je l'échangerais bien contre la mienne.

— D'après ce que j'ai compris, ce sera un tête-à-tête.

— Tant pis ! Du coup, trouvez-moi une Soviétique pour ce soir. Blonde, cheveux courts, pommettes hautes, gros seins, fesses accueillantes et pas farouche.

— À quelle heure et où voulez-vous qu'elle vous rejoigne ?

Bousselier savait se montrer indispensable. À soixante-cinq ans, il connaissait tout des goûts et des habitudes de son patron. Il était sans doute l'un des seuls que les colères du politicien ne perturbaient pas.

Quand Clairval lui eut répondu, il ajouta :

— Avant votre rendez-vous à l'Élysée, une personne souhaite vous parler.

— Un solliciteur ?

— Non, monsieur le Premier ministre, je ne vous aurais pas dérangé pour si peu.

— Alors qui, bon Dieu ?

— Votre fils.

— Bien, faites-le entrer.

372

Le secrétaire quitta la pièce, puis introduisit Jean-François Clairval qui avait attendu dans le salon.

— Alors, que penses-tu de ma nomination ? Voilà qui va nous ouvrir toutes les portes ! annonça avec emphase Joachim Clairval.

Surpris par le silence de son fils, le père le regarda avec plus d'attention. Il avait l'air contrarié.

— Que se passe-t-il ?

— Legarec.

— Qu'est-ce qu'il nous emmerde encore celui-là ? Baiser ta belle-sœur ne lui a pas suffi ?

— Je suis sérieux, père. Il se rapproche de nous.

— Raconte.

— Dominique Vulcain vient de m'appeler.

Joachim Clairval se figea dans son siège. Vulcain et Legarec ensemble, cela ne sentait pas bon. Il fit signe à son fils de continuer.

— Legarec a passé sa journée du côté de Brest.

— J'imagine qu'il n'est pas allé faire une thalasso.

— Pas vraiment. Il a visité une maison de retraite. Celle où Ernest Vulcain a vécu ses dernières années.

Les épaules du nouveau Premier ministre s'affaissèrent quelques secondes, puis il reprit sa stature habituelle.

— Putain, il avance vite ce con. Que t'a raconté Vulcain ?

— Il payait l'un des responsables médicaux pour lui signaler les faits et gestes de ceux qui s'intéressaient à son père. Même si Ernest Vulcain est décédé récemment, son informateur l'a quand même contacté. Legarec a passé l'après-midi avec l'un des retraités.

— Et… ? questionna le père qui sentait que la phrase suivante allait lui apporter son lot de problèmes.

373

— Le vieux qu'il a rencontré était le meilleur ami d'Ernest Vulcain. D'après le médecin, Legarec et le vieux ont discuté plus d'une heure.

— Putain de merde ! L'Allemande lui a parlé de l'opération Anastasis. Le nom de Darseille figurait sur la lettre qu'elle avait en sa possession.

— Comment êtes-vous au courant, père ?

— Van Drought m'a fait une copie du dossier, répliqua-t-il sans tenir compte de l'air offusqué de son fils. Mais comment diable Legarec a-t-il fait le lien entre Darseille et Vulcain ?

— Je n'en sais rien. Par contre, nous pouvons maintenant le classer dans la catégorie « adversaire à éliminer ».

— Il faut d'abord savoir ce qu'il a appris et à qui il a pu transmettre des informations. Il a l'air d'avoir des connexions de partout. J'appelle la DCRI pour me renseigner sur ce type. Je veux aussi savoir ce qui s'est dit dans cette putain de maison de retraite. Ensuite, on prendra soin de la santé de M. Legarec.

52

Gaétan Descharmilles

L'homme secoua son abondante chevelure blanche et tapota l'épaule de son chauffeur. La Rolls-Royce ralentit et s'arrêta devant l'entrée du restaurant. Un portier approcha et ouvrit la porte arrière du véhicule. Le passager étira sa longue carcasse et quitta l'abri de la voiture de luxe pour affronter le vent glacial de la rue. Il salua l'employé d'un signe de tête, ajusta son chapeau et pénétra dans l'établissement. Comme toujours, la table qu'il avait réservée était prête, la même table depuis des années. Comme toujours aussi, son invité était en retard. Ce qui l'aurait agacé avec tout autre convive l'amusait. Il souriait déjà en imaginant les raisons, toujours d'une exacte vérité, qu'allait lui exposer Jean.

Gaétan Descharmilles n'avait pas revu le fils de son meilleur ami depuis cinq ans. Il tendit ses effets personnels au garçon qui s'occuperait d'eux. Il commanda un whisky en attendant son compagnon.

À vingt et une heures, le service battait son plein. Des hommes d'affaires qui fêtaient la signature d'un contrat ou juste la fin d'une longue journée de travail, des couples, certains légitimes et d'autres visiblement moins, quelques personnes âgées aisées qui préféraient mettre leur argent dans une assiette bien garnie plutôt que dans leur testament en faveur d'un vague parent, des étrangers que la renommée du restaurant parisien avait attirés. Son sens aigu de l'observation avait été un atout au cours de sa carrière de diplomate. Il savait, d'un coup d'œil, décrypter l'état d'esprit de son vis-à-vis. Un ami américain lui avait un jour conseillé de jouer au poker. Il s'y était essayé avec succès, amassant une somme confortable en quelques jours, mais il avait vite arrêté : ce jeu ne l'excitait pas et sa réussite avait commencé à lui créer de sérieuses inimitiés.

L'ambassadeur repensa à ses plus jeunes années. Il avait connu Ronan Legarec à Sciences Po à la fin des années cinquante. Ils avaient tout de suite sympathisé et avaient décidé d'un commun accord d'embrasser la carrière de diplomate. Plus tard, Ronan et lui s'étaient retrouvés en même temps en poste à Moscou. Il s'était lié d'amitié avec toute la famille Legarec. Gaétan Descharmilles était un incorrigible célibataire qui rêvait de fonder une famille. Dilemme insoluble : il avait finalement sacrifié ses rêves à sa liberté personnelle. Quand Ronan Legarec était décédé, victime d'une bavure policière dans les rues de New York, il avait pris soin d'Agnès, la sœur de Jean. La jeune femme avait été profondément choquée par la mort violente de son père et le non-lieu qui avait permis au policier de poursuivre sa carrière. Ce drame avait suscité sa vocation d'avocate. Gaétan Descharmilles l'avait accueillie chez lui pendant deux ans et pilotée durant ses études. À cette époque, Jean avait disparu de la vie civile en s'enrôlant dans les parachutistes. Il avait essayé de discuter avec le jeune homme, mais il avait rapidement compris que rien ne le ferait changer d'avis. Il était l'un des seuls à connaître les raisons de cet engagement si soudain. Ils s'étaient revus quand Jean avait quitté l'armée. Jean et Agnès étaient un peu les enfants qu'il n'avait jamais eus.

Tout au long de sa carrière, Gaétan Descharmilles avait résisté aux sirènes des partis politiques. Jamais encarté, ses compétences lui avaient permis d'obtenir des postes souvent réservés aux amis du pouvoir en place. Il avait réussi à ne pas se faire d'ennemi mortel, et ses conseils étaient très prisés. Il n'en tirait aucun avantage personnel, fidèle à sa devise : « Si tu ne veux pas être emmerdé un jour, ne dois jamais rien à personne. » C'était en fait la devise de l'un de ses vieux oncles misanthrope qu'il avait faite sienne. À soixante-quatorze ans, les avis de Descharmilles étaient toujours recherchés par le microcosme politique français. Il avait compris que c'était à cette source d'information que Jean voulait venir puiser. Au cours de leur bref échange téléphonique, la voix inhabituellement tendue de Jean l'avait intrigué. C'est sans vergogne qu'il avait décommandé, avec un bouquet de roses, sa participation à un dîner dont il devait être l'invité de marque. Il consacrerait son temps au fils de son ami, à son ami pouvait-il même dire.

Jean Legarec arriva en slalomant entre les tables bondées. L'ambassadeur se leva. Les deux hommes s'embrassèrent. Le serveur débarrassa Jean de son blouson.

— Bonjour, mon grand.

— Bonjour, Gaétan. Je te remercie d'avoir répondu à mon appel.

— Sache qu'une occasion de rencontrer le petit Yannig ne se refuse pas. Tu te fais tellement rare en ce moment. Dis-moi juste ce qui me vaut ta demi-heure de retard.

— Depuis quelques jours, j'ai des curieux qui me collent au cul. Il a fallu que je leur fausse compagnie. J'ai préféré te faire légèrement attendre plutôt que d'amener deux personnes supplémentaires à dîner.

— Tu as eu raison. Nous aurions été à l'étroit. Sais-tu à qui tu dois ce traitement de faveur ?

— Aux Clairval.

— Notre nouveau Bonaparte ?

— Lui-même. Ou son fils.

— Jusqu'à ce jour, Joachim a toujours dicté sa carrière à son fils. Que leur as-tu fait pour avoir ainsi aiguisé leur curiosité ?

— C'est justement ce dont je veux parler avec toi.

— Si tu enquêtes sur eux, tu as tapé fort. Le nouveau Premier ministre ! J'aime ça. Tu as du caractère, comme ta sœur et tes parents. Avant d'entrer dans le vif du sujet, prends donc un whisky avec moi. Le mien a fait long feu et ils ont un excellent Chivas. Pas original, mais une valeur sûre.

— Je t'accompagne. Dis-moi, de combien de temps disposes-tu ?

— Le restaurant ferme à une heure du matin. Dimitri pourra ensuite passer nous chercher avec la voiture et nous emmener dans un bar. Ensuite, j'ai prévu de vivre encore une petite dizaine d'années.

Donc, à moins que ton histoire ne soit particulièrement longue, je devrais pouvoir en connaître la fin.

Les deux hommes dégustèrent leur apéritif puis commandèrent un plateau de fruits de mer. Jean attaqua le récit des événements des dernières semaines. L'expertise de Gaétan allait lui être précieuse.

Le serveur déposa les cafés sur la table. Jean venait de conclure avec le résumé de son appel à Béatrice. Il n'avait rien oublié et Gaétan n'avait rien noté. Les deux hommes étaient dotés d'une mémoire hors du commun.

Le diplomate observa son ami en hochant la tête et avala d'un trait l'expresso.

— Félicitations ! Se mettre dans un tel merdier, cela mérite le respect ! Tout ce que tu viens de me narrer a mis en relief des informations qui semblaient sans lien. Si je vois juste, nous sommes proches du coup d'État.

Gaétan avait retrouvé tout son sérieux. Le professionnel reprenait le pas sur le mondain.

— Je t'écoute, l'encouragea Jean.

— Cela fait plusieurs mois que l'on me rapporte de gauche et de droite des rumeurs sur Joachim Clairval. Après avoir mis sa carrière politique en veille, ce vieux requin est réapparu sur le devant de la scène. Non pas sur le devant de la scène médiatique, mais il a discrètement approché les responsables des différents courants politiques. Sous prétexte que je ne milite pour aucun parti officiel, les gens ont tendance à me croire inoffensif et à me parler. Ce qui, entre nous, est totalement stupide, mais c'est une autre histoire. Bref, Clairval semblait rechercher les futurs membres d'un gouvernement d'union nationale, mais cela n'avait aucun sens, car, même si la crise économique frappe, le gouvernement était bien en place. Ce midi, annonce surprise de Dumoulin ! Remaniement ministériel ! Et, comme par hasard, avec Clairval et une partie des femmes et des hommes qu'il avait rencontrés au cours des dernières semaines. Du coup, je me suis demandé s'il n'était pas derrière les attentats. À qui profite le crime, n'est-ce pas ? Cependant, j'ai vite repoussé ces élucubrations. C'était trop gros. Preuve que je vieillis ! Au vu de tes informations, cette hypothèse revient en force. Les attentats ont été la goutte d'eau, ou la rivière de sang, qui a fait déborder le vase de la patience des Français. Malheureusement, un classique ! Je pensais que les institutions de la République nous protége-raient de tels drames, mais j'ai eu tort. Clairval et ses acolytes ont réussi à corrompre des fonctionnaires à haut niveau. Faire couler le sang de ses concitoyens pour prendre le pouvoir ! Malgré quarante années d'expérience et d'opérations plus ou moins tordues, j'espérais ne jamais voir cela en France.

— Clairval n'a pas pu organiser ces attentats seul ! Ni ceux en Italie d'ailleurs ! Ce sont des pros, invi-sibles, qui sont derrière cette campagne de terreur. Des pros qui font même ressusciter des bourreaux de la division SS Totenkopf. Cela ne se trouve pas sous le sabot d'un cheval !

— Si l'on part de l'hypothèse que Clairval a commandité d'une façon ou d'une autre ces opéra-tions, il n'a pas pu le faire avec des factions terroristes classiques. La DCRI les aurait identifiées. Même en achetant quelques têtes pensantes, l'information serait forcément ressortie.

— Tu veux donc dire que nous avons affaire à de nouveaux groupuscules.

— Pourquoi groupuscules ? Nous avons effectivement en face de nous des inconnus, mais nous sommes incapables de dire s'ils sont une poignée ou une armée disséminée à travers le monde. Tu imagines bien que je me suis intéressé aux activités de Joachim Clairval quand les rumeurs sont arrivées à mes oreilles. Je lui ai découvert un nouvel ami.

— Qui est le nouvel ami de notre Premier ministre ?

— Un riche Américain.

53

William « Bill » MacCord

Jean n'hésita pas une seconde. Sa question fut lancée sur le ton d'une affirmation :

— Bill MacCord !

— Bravo ! William « Bill » MacCord, capitaliste devant l'Éternel, président et propriétaire du groupe pharmaceutique Sigma ! Fortune personnelle estimée à plus de soixante-quinze milliards de dollars. À partir d'une certaine somme, on ne compte plus.

— J'imagine qu'il partage les idées politiques de son père.

— Il s'en cache peu. J'ai quand même dû faire appel à quelques anciens amis d'outre-Atlantique pour préciser le portrait de Mister MacCord.

— Je suis certain que tu as reconstitué un CV des plus honorables, affirma Jean.

— Bill MacCord, le roi de la chimie, est né en 1945 à Atlanta dans l'État de Géorgie. Il a un frère, qui trouvera rapidement plus intéressant de dépenser l'argent de son père que d'en gagner. Lui tient de son père George. Il a la bosse des affaires. Quand il prend le contrôle de l'entreprise, elle est déjà florissante, mais il triple le chiffre d'affaires en vingt ans en y ajoutant une division pharmaceutique. Il est implanté dans tous les pays du monde et a déposé un nombre de brevets qui fait pâlir d'envie tous ses concurrents. Sigma dégage tous les ans des bénéfices qui suffiraient à faire tourner plusieurs pays africains.

— Qu'as-tu découvert d'autre ? relança Jean.

— C'est là que l'histoire devient intéressante. Des milliardaires américains, on en trouve des tombereaux. Les individus comme Bill MacCord sont moins nombreux. Il a hérité de son père George son sens du business, mais aussi un profond mépris pour tous ceux qui ne sont pas de race blanche. Un vrai produit du milieu raciste américain. Il porte d'ailleurs le nom du fondateur du Ku Klux Klan, même s'ils n'ont pas de lien de famille. Son père était proche des idées d'Hitler. Il l'a aidé à développer sa nouvelle Allemagne. Il a surtout assis une partie de sa fortune sur les usines que lui ont commandées et payées rubis sur l'ongle les financiers nazis. Après la guerre, George MacCord a discrètement accueilli quelques dignitaires du parti nazi jugés infréquentables en Europe. Grâce à son argent et à ses relations, il leur a refait une virginité. L'administration américaine n'a trop rien dit jusqu'au jour où il a tenté de faire entrer à Atlanta l'un des bourreaux d'Auschwitz. Une bonne descente du FBI a calmé ses velléités de donneur d'asile. Des dizaines de milliers de soldats américains avaient offert leur vie pour délivrer l'Europe de la tyrannie nazie. Il y avait des limites à ne pas dépasser. Il n'était pas question que quelques individus sans scrupules salissent les valeurs de tout un peuple.

— Bill a donc grandi au milieu de nostalgiques du Troisième Reich.

— Pas uniquement de nostalgiques. Nombre d'entre eux ont essayé de redonner un Führer à l'Allemagne. Contrairement à son père, Bill ne croyait pas un retour des vaincus possible. Il était plus clairvoyant, mais il était subjugué par ce concept de « race supérieure », à laquelle son père avait raccroché sa famille par je ne sais quel tripatouillage généalogique.

— C'était aussi un admirateur de la « solution finale » ?

— Non, William MacCord est un pragmatique. Il veut donner le pouvoir à une « race supérieure », mais ne cherche pas à se débarrasser des autres pour autant. Détruire les Juifs et toutes les « races » méprisées par les nazis mettrait d'ailleurs en péril la structure de sa société Sigma.

— Où as-tu récolté toutes ces informations ?

— Vu ton métier, tu comprendras ma réponse si je te dis que je veux garder mes sources secrètes.

— Effectivement.

— MacCord a pris la direction de l'une des nouvelles structures du KKK. Plus par atavisme familial qu'autre chose, car le Klan tourne aujourd'hui au mouvement folklorique. Par contre, il a créé une milice paramilitaire qui commence même à inquiéter les autorités du pays. D'après mon contact dans l'administration américaine, il dispose à ce jour d'une petite armée estimée à plusieurs milliers hommes.

— Comment explique-t-il le besoin de disposer d'un tel groupe d'intervention ?

— Officiellement, ils sont chargés de la protection des unités du groupe Sigma à travers le monde.

384

C'est en partie vrai, mais cela ne justifie pas un tel déploiement de force. Par ailleurs, les postulants sont triés sur le volet.

— Quels sont les critères de sélection ?

— Physiques, bien évidemment. Il y a beaucoup d'anciens militaires ou membres des forces spéciales. Mais aussi raciaux et intellectuels.

— Uniquement des Blancs, blonds et aux yeux bleus ?

— Blancs, en effet. Blonds aux yeux bleus, il n'en est pas encore là.

Le diplomate fit une pause, laissant à son ami le temps d'assimiler toutes les informations qu'il venait de lui dévoiler. Malgré l'heure qui avançait, le restaurant ne désemplissait pas. Gaétan Descharmilles commanda deux autres cafés et deux vodkas.

— Sais-tu quand Clairval et MacCord se sont rencontrés ? interrogea Jean.

— Au moins deux fois au cours des trois derniers mois. C'est un proche de notre nouveau Premier ministre qui a organisé les entrevues, en toute discrétion. Par contre, je n'ai pas récupéré le compte rendu de leurs échanges.

— Imaginons que l'Américain ait mis des moyens logistiques à la disposition de Clairval. Imaginons aussi qu'il ait implanté un réseau terroriste indétectable en France, ce qui serait étonnant, mais pourquoi pas ? Quelle contrepartie demanderait-il au Premier ministre de la France ? Ce genre de type ne fait jamais rien gratuitement.

— Je me suis posé la même question. Du coup, j'ai décidé d'avancer à couvert. Si nous avons mis le pied dans un complot international, notre santé peut devenir très précaire. Je n'ai pas trouvé de réponse, mais j'ai des pistes, toutes fraîches.

— Lesquelles, Davy Crockett ?

— J'ai appelé cet après-midi Guglielmo di Giovanni. Je ne sais pas si tu t'en souviens. Il était ambassadeur d'Italie lorsque nous étions à Moscou avec ton père.

— Un dragueur qui portait toujours un borsalino et tournait autour de ma mère ?

— C'est lui. Il a toujours un borsalino. Il m'a rapporté un passage de MacCord à Rome il y a trois semaines. L'Américain aurait rencontré plusieurs parlementaires influents de l'opposition. Vu la fragilité de l'échiquier politique italien, tout peut basculer du jour au lendemain. D'après Guglielmo, un remaniement ministériel se préparerait en Italie.

— Avec les interlocuteurs de MacCord jouant les premiers rôles ?

— Exact.

— MacCord a donc besoin de soutiens politiques européens. Il est prêt à prendre des risques énormes pour ça ! Mais pourquoi, bon Dieu ?

— J'ai une dernière information pour toi. Ensuite, je connais un bar sympa et tu devras venir y parler du bon vieux temps avec moi.

Jean Legarec hésita un instant.

— Tu sais ce que je pense du bon vieux temps, Gaétan !

— Il faudra que tu tournes la page un jour ou l'autre, mon ami.

— Sans doute. Un ancien prisonnier du Struthof m'a dit la même chose il y a quelques jours. D'accord pour évoquer nos années moscovites.

386

Gaétan Descharmilles dégusta la vodka glacée.

— Elle me rappelle celle que servait cette canaille d'Igor Igovoritch Gourov, notre contact pour les affaires culturelles à l'ambassade. Un officier du KGB, comme tous les autres, mais un brave gars... et tellement facile à embobiner.

— Le bon vieux temps, ce sera pour tout à l'heure, Gaétan.

— Tu as raison. J'ai appris, par une source sûre, que Jean-François Clairval sera à Malte dans deux jours. Ce qui faisait beaucoup rire mon informateur, c'est qu'il rencontrera des Italiens, des Grecs et des Américains, alors qu'il est nul en langues étrangères. Une constante chez beaucoup de nos politiciens...

— À Malte ?

— Malte, plaque tournante entre le nord et le sud de la Méditerranée ! Lieu de tous les petits arrangements entre amis, et maintenant eldorado des sociétés qui viennent se créer dans ce pays aux taxes des plus légères.

— Jean-François Clairval. Le fils de notre nouveau Premier ministre...

— Effectivement. De là à imaginer que MacCord vienne réclamer son dû, il n'y a qu'un pas...

— ... que je franchirai en me rendant à La Valette.

— Y es-tu déjà allé ?

— Non.

— Très agréable à cette époque. Si j'avais eu le temps, je t'aurais accompagné. Je vais te donner les coordonnées d'un vieil ami qui est sur place. Jean-Baptiste Jalaberre. Il y habite depuis plus de trente ans, et connaît tout de l'île. Si MacCord est là, il le saura.

387

Jean Legarec jaugea la nouvelle situation. Elle l'éloignait de la recherche d'Alexandre. Par ailleurs, elle puait le danger à cent kilomètres. Un groupe prêt à lancer des grenades dans une église et à faire sauter un grand magasin n'aurait aucune pitié pour ceux qu'il jugerait dangereux pour leur projet. C'était sa vie qui était dans la balance, mais cette affaire l'intéressait. Il sentait aussi que MacCord était lié au retour de Stessinger, et donc à Alexandre.

— Quel est le numéro de téléphone de Jalaberre ?

Le diplomate le lui donna et l'ancien militaire le mémorisa. Un détail surprit Jean. Un vague sourire n'avait pas quitté le visage de son vis-à-vis depuis qu'il lui avait parlé de son informateur.

— Gaétan, quelle est ta source ? Ne te cache pas derrière le secret, car tu crèves d'envie de m'en parler.

Descharmilles éclata de rire.

— Tu as raison. Il faut que je te le raconte. C'est Antoinette Clairval elle-même.

Legarec ne s'attendait pas à une telle révélation.

— Tu couches avec la mère Clairval ?

— Pourquoi coucher ?

— Parce que je ne t'imagine pas dans le rôle du consolateur qui repart chez lui après avoir bu le dernier verre !

— Je ne peux pas te donner tort. Antoinette est une femme pleine de classe. Elle passe pour une emmerdeuse et une coincée de premier ordre dans la presse, mais quand un homme l'aide à se révéler, elle est très différente.

— N'en rajoute pas trop, Gaétan.

— Je ne te dirai pas qu'elle est prête à servir des repas aux restos du cœur, mais c'est une excellente amante qui sait aussi faire preuve de beaucoup d'humour.

— Et qui te balance sans s'en rendre compte tous les petits secrets de la famille Clairval !

— Tout à fait ! Mais n'es-tu pas heureux d'en profiter ?

L'enthousiasme du diplomate gagna Jean. Il regarda le visage ridé, mais énergique, de son ami.

— Je ne laisserai plus passer cinq années sans te voir. Appelle Dimitri pour qu'il nous emmène dans ton bar. Je t'offre le repas et tu m'offriras les verres que nous allons vider.

Les yeux émus, Gaétan Descharmilles serra l'avant-bras de Jean.

— Cela fait longtemps que je ne me suis pas senti aussi bien, mon garçon.

54

Sur les pas de Vulcain

18 décembre

Neuf heures. Jean éteignit le réveil dont l'alarme stridente lui perçait les tympans. Il s'assit sur le bord de son lit et vida la moitié d'une bouteille d'eau minérale. Puis il se leva et se dirigea vers la cuisine. Comme par réflexe, l'enquêteur glissa une capsule dans sa machine à café et se confectionna un expresso à réveiller un mort.

La nuit avec Gaétan avait été redoutable. Il chercha au fond de sa mémoire à quand remontait une telle cuite. Sans doute au Nigeria avec des mercenaires sud-africains. Dimitri les avait emmenés dans un bar privé, situé dans une petite rue non loin de la place de l'Étoile. Antonino, le patron d'origine brésilienne, leur avait fait goûter tous ses cocktails. Quatre heures plus tard, ils étaient tous les deux effondrés sur la table. C'était la première fois que Jean voyait Gaétan perdre son légendaire self-control. Dimitri avait dû les aider à regagner la Rolls-Royce. Jean avait eu encore

390

assez de lucidité pour demander au Russe de vérifier l'absence de menace au pied de son immeuble. Même armé, le privé n'était absolument pas en état de mener un combat. Dimitri, ancien membre des Spetsnaz qui avait rejoint Gaétan dès que les autorités soviétiques le lui avaient permis, avait légèrement écarté sa veste pour lui montrer une arme qui aurait neutralisé un éléphant en pleine charge. Une fois chez lui, Jean s'était débarrassé de ses vêtements, avait pissé sa dizaine de cocktails, s'était jeté sous une douche brûlante, avait avalé un litre d'eau et s'était effondré sur son lit.

Malgré le mal de crâne toujours présent, Jean Legarec avait retrouvé toute sa lucidité. Il avait réservé un billet pour La Valette, la capitale de l'île de Malte. L'avion décollait en milieu d'après-midi de l'aéroport d'Orly.

Il voulait maintenant s'occuper de Dominique Vulcain. Le médecin était sans aucun doute le lien entre MacCord et Stessinger ! Une personne pouvait l'aider : Adriana Damentieva.

Il se leva puis s'agenouilla devant son armoire forte. Jean ignorait encore si Clairval avait pris conscience de l'importance de son implication dans cette affaire, mais il se devait de faire preuve d'une extrême vigilance. Le téléphone qu'il choisit était indétectable. Les mots qu'il prononcerait feraient trois fois le tour du monde avant d'être entendus par son interlocutrice. Il espérait juste que le portable d'Adriana serait propre lui aussi.

La conversation dura exactement huit secondes. Rendez-vous au même endroit que la dernière fois.

Onze heures. Le ciel était couvert, la température avait une fois de plus chuté en dessous de zéro degré, mais il ne neigeait plus. Installé derrière la vitre du restaurant, Jean scrutait les environs. Personne ne l'avait suivi quand il avait quitté son immeuble. Cette absence de filature l'avait presque inquiété. Il ne pouvait imaginer que la famille Clairval ait décidé de lui lâcher la bride. À moins qu'ils n'aient voulu rester momentanément plus discrets pour éviter de le rendre trop soupçonneux ?

Un serveur s'approcha de lui. Il se pencha vers lui en lui tendant un morceau de papier.

— Mme Damentieva-Dubreuil m'a remis ce matin un message pour vous.

L'enquêteur le remercia et saisit le billet. Il le déplia : « Rendez-vous 18, rue Monsieur-le-Prince. Je vous y attendrai à onze heures et quart. »

Legarec se leva. Il ajusta son bonnet, puis quitta l'établissement. Les mains enfoncées dans les poches de son manteau, il marcha lentement. Il était en avance. Le Breton passa devant le 18 et continua cinquante mètres. Puis il se retourna brusquement. Son regard scanna la rue. Aucun mouvement ne lui parut suspect. Arrivé à son point de rendez-vous, il poussa la porte d'entrée et pénétra dans le hall. Personne ! Il avança jusqu'au recoin le plus sombre et attendit. Cinq minutes plus tard, la porte se rouvrit. Jean reconnut la longue silhouette et les quelques cheveux blonds qui dépassaient du bonnet.

— C'est bon, vous n'étiez pas suivi.

— Bonjour, Adriana.

— Bonjour. Nous n'allons pas discuter ici. Venez avec moi.

La Russe emprunta l'accès qui conduisait aux caves, s'orientant dans le labyrinthe des corridors qui semblaient disposés aléatoirement. Quelques minutes plus tard, ils émergèrent dans le hall d'un autre immeuble.

— Nous voici arrivés. Quatrième étage, sans ascenseur.

Jean Legarec suivit son hôtesse dans l'escalier. Adriana Damentieva avait quelque chose de fascinant. La Russe était bien sûr une très belle femme, mais c'était sa maturité qui impressionnait malgré lui l'ancien militaire. Elle semblait maîtriser toutes les situations. Arrivée sur le palier, Adriana Damentieva poussa la porte de son appartement. Des cris d'enfants jaillirent dès qu'elle l'entrouvrit. Deux fillettes se précipitèrent vers elle, mais s'arrêtèrent, curieuses, lorsque Jean pénétra chez eux.

— C'est qui, lui, maman ?

— Maria, je t'ai dit qu'on ne dit pas « lui ». Il s'appelle Jean et vient discuter avec papa et maman.

Maria regarda l'enquêteur en souriant, comme si connaître son prénom le faisait entrer dans la famille. Avant de repartir jouer avec sa sœur, elle lança :

— Bonjour, monsieur Jean.

Adriana Damentieva retira son manteau.

— Nous sommes arrivés, Philippe. Tu viens avec nous ?

— J'arrive !

Philippe Dubreuil apparut dans le salon, un sac de voyage à la main. Il s'approcha de Jean Legarec et lui tendit la main.

— Bonjour. Je suis Philippe Dubreuil, le mari d'Adriana.

393

L'enquêteur le salua à son tour, appréciant la poignée de main qui lui était offerte.

— Adriana m'a raconté son implication dans votre enquête.

Legarec jeta un regard surpris à la Russe.

— Ne vous inquiétez pas. Philippe et moi n'avons pas de secret l'un pour l'autre. J'ai une totale confiance en lui, le rassura Adriana.

— Ma femme m'a fait part de votre appel. Je ne sais pas ce que vous allez lui demander, mais je suis persuadé qu'elle devra prendre des risques. J'ai moi-même vécu, comment dire ? une aventure que je ne souhaite à personne. En temps normal, j'aurais essayé de la convaincre de ne pas s'investir plus qu'elle ne l'a fait jusqu'à ce jour, expliqua Philippe.

— Mais... ? relança Jean.

— Mais il s'agit d'un enfant. Les miens aussi ont été enlevés il y a plusieurs années. J'ai connu dans ma chair la douleur de cette disparition. Nous allons donc vous apporter notre soutien. Enfin, surtout Adriana ! De mon côté, je pars ce midi avec les petites chez un ami qui possède une maison en Bretagne. Un flic à la retraite qui a les moyens d'assurer notre sécurité si cela s'avérait nécessaire. Pas question de mettre les enfants en danger. Mes deux aînés, Yann et Céline, nous rejoindront ce soir, après les cours. Ils ont une vingtaine d'années et prendront quelques jours d'avance sur les dates de vacances officielles. Ils ont déjà fait ça.

Sans un mot, la Russe se dirigea vers une haute armoire, placée entre deux fenêtres du salon. Elle saisit une chaise, y grimpa et attrapa une boîte en acajou.

— Les petites sont dans leur chambre ? demanda Adriana.

— Elles jouent avec leurs nouvelles peluches. Nous sommes tranquilles pour un bout de temps.

Elle sortit une arme à feu de gros calibre : un pistolet 9 mm Makarov modifié.

— Vous avez connu quelqu'un travaillant dans les forces russes ?

Elle le regarda, narquoise.

— Seriez-vous sexiste, monsieur Legarec ?

Décidément, cette femme l'intriguait de plus en plus.

— J'ai été officier dans l'Armée rouge : lieutenant dans une unité spéciale, démantelée depuis longtemps. Mais c'est de l'histoire ancienne, ajouta-t-elle. D'après ce que j'ai vu lorsque nous avons récupéré les résultats d'analyses de votre amie, le combat ne semble pas avoir de secret pour vous.

— J'ai servi cinq ans dans un régiment de parachutistes.

— Si vous voulez des bières pour discuter de vos souvenirs de bidasses, elles sont dans le frigo ! proposa Philippe Dubreuil.

Adriana tendit le pistolet à son mari, qui le glissa au fond d'un sac. Elle regarda sa montre et se dirigea vers un coffre peint. Elle en sortit une bouteille, puis récupéra des glaçons :

— Une vodka nous aidera à réfléchir.

Jean sentit son estomac se révolter. Son corps était encore saturé d'alcool, mais il se força à accepter. Une vodka glacée devrait passer sans trop de problèmes. Adriana posa trois verres sur une table basse et les emplit largement.

— Alors, que voulez-vous savoir ?

— Dominique Vulcain.

— Celui qui a repris le dossier dont j'étais chargée...

— Celui-là même. Je suis persuadé qu'il est indirectement en lien avec celui qui a enlevé Alexandre Clairval.

— Étonnant. Qu'est-ce qui vous fait dire ça ?

— Mon enquête a progressé. Je vous résume la situation. Le père de Dominique Vulcain s'appelait en fait Ernest Darseille. Il a changé de nom après la Seconde Guerre mondiale pour échapper aux poursuites liées à ses activités criminelles en tant que médecin SS au camp du Struthof-Natzweiler. Il était l'un des membres du projet Anastasis, dont l'objectif était de faire revenir à la vie un certain nombre de dignitaires nazis ou SS.

— Rien que ça ! Vos recherches sont impressionnantes.

— Ce que j'ai appris, c'est que la famille MacCord était de mèche avec le pouvoir nazi. Le retour de Stessinger, dont je vous ai déjà parlé, me laisse croire que le projet Anastasis n'est pas mort avec la défaite du Reich.

— Vous pensez que la société Sigma, qui emploie Dominique Vulcain, est au cœur du projet ?

— Le fait que cette affaire vous ait été retirée du jour au lendemain pour être confiée à Dominique Vulcain est suspect.

— Qui piloterait tout ça d'après vous ?

— Bill MacCord.

— Seul, au milieu du territoire français ?

— Il aura forcément disposé de complicités haut placées. La dernière en date étant celle de Joachim Clairval, notre nouveau Premier ministre.

Philippe Dubreuil les avait rejoints et sursauta en entendant le nom de Clairval.

— Clairval ? Un brillant représentant de nos élites ! L'histoire se répéterait donc ?

— Pourquoi ? le questionna Jean Legarec.

— Pour rien… Des souvenirs encore vivaces.

Jean s'installa dans le canapé, et raconta avec précision le contenu de sa discussion avec Antoine Le Braz. Quand il eut terminé, Adriana reprit la parole :

— Qu'attendez-vous exactement de moi ?

— Vous avez de multiples entrées dans le milieu médical. Je voudrais savoir quelle est la fonction de Vulcain dans les équipes de recherche de Sigma. Pas la fonction officielle, mais la teneur exacte de ses travaux.

— Je dois pouvoir trouver cela, mais il faudra que je sois prudente. Nous sommes dans un milieu fermé qui adore raconter tous les secrets. C'est une arme à double tranchant. Par ailleurs, si Clairval vous a dans le collimateur, il sait forcément que nous nous sommes rencontrés. Vulcain pourrait se méfier de moi.

— Je sais que vous prendrez des risques, Adriana.

L'ancien lieutenant de l'Armée rouge s'accorda un long moment de réflexion.

— Même si je suis votre raisonnement, Jean, j'ai du mal à croire que la société Sigma puisse avoir une telle avance sur la technologie du clonage. Car c'est ce que vous avez en tête, n'est-ce pas ? Ils auraient récupéré des cellules sur le cadavre de Hans Stessinger pour le cloner en un ou plusieurs personnages ?

— C'est ce que j'ai envisagé. Je ne crois pas à la résurrection d'un homme poignardé en 1944.

— Les connaissances scientifiques actuelles ne permettent absolument pas de réaliser de telles interventions. Je vais enquêter sur les travaux du docteur Vulcain. Qui sait ce que trame la société Sigma ?

55

Telluriques

Le froid avait rougi ses joues depuis longtemps, depuis cinq heures exactement. Cinq heures que Béatrice Weber arpentait les pentes du mont Sainte-Odile. Elle s'était levée tôt et avait emprunté la vieille 205 de Lucien Weber pour rejoindre le mont. L'Alsacienne s'était garée dans le village d'Ottrott et, sur un rythme soutenu, avait commencé ses recherches.

La veille, elle avait décidé de demander conseil à son grand-père. Le vieil Andlavien n'avait pas hésité longtemps. Il s'était absenté quelques minutes dans son bureau et en était ressorti avec plusieurs cartes d'état-major. Ensuite, il avait enfilé ses chaussures de marche et avait emmené sa petite-fille avec lui. Ils avaient traversé le village, puis avaient parcouru les premiers contreforts des Vosges en empruntant de petits chemins à travers les vignes. Béatrice avait volontairement ralenti le rythme, épargnant des efforts à Lucien. Dans une clairière, elle avait découvert une petite maison faite de bric et de broc. Elle l'avait reconnue : la maison du Hexenmeister, le sorcier. Elle prenait toujours un grand soin à la contourner, quand, enfant, elle se promenait dans le coin avec sa sœur. Un filet ténu de fumée s'échappait d'une cheminée branlante.

— Alors, qu'est-ce que ça te fait d'entrer chez le sorcier ? avait demandé, amusé, le vieil homme.

Surprise, elle l'avait interrogé du regard.

— Je me souviens encore de vos bavardages, avec Maud, quand vous discutiez d'Alphonse. Il est un peu sauvage, mais c'est un brave gars. Surtout, il est radiesthésiste.

— Allons-y, avait conclu Béatrice en se dirigeant vers l'entrée.

— Attends une minute. Il faut savoir parler à l'Alphonse.

Lucien Weber avait retiré son sac à dos, en avait sorti une bouteille de liqueur de mirabelle, puis avait frappé à la porte.

Trois heures plus tard, ils étaient ressortis. La bouteille était vide et leur démarche moins assurée. Leurs cartes étaient couvertes d'annotations indiquant de façon précise les lieux aux activités telluriques les plus élevées dans le massif du Hohwald.

Béatrice s'était équipée pour affronter la montagne couverte de neige. Un pantalon de ski qu'elle avait spécialement acheté la veille au soir, des chaussures en Goretex et une veste blanche matelassée. Elle connaissait bien la région et son climat. Elle se méfiait du froid vif qui s'était établi sur les Vosges. Munie de ses cartes, d'un GPS et d'un solide sens de

400

l'orientation, elle avait commencé l'exploration d'un premier versant de la montagne. Deux heures plus tôt, elle-même avait été tout particulièrement sensible à ces ondes telluriques en passant à proximité d'un vieux dolmen. Les anciens habitants de la région possédaient sans doute aussi cette faculté de sentir la nature. Elle n'avait toutefois noté aucun indice susceptible d'indiquer la présence d'une quelconque activité nazie durant la Seconde Guerre mondiale. La jeune femme décida de s'accorder une pause. Elle s'installa sur une table naturelle en grès, offrant son visage aux timides rayons de soleil. Elle ouvrit sa Thermos de café, et accompagna la boisson d'un sandwich au jambon qu'elle s'était confectionné le matin même.

Béatrice repensa aux moments qu'elle avait passés à Andlau depuis qu'elle était rentrée de Paris. Elle avait averti son employeur de son absence exceptionnelle pour quelques jours, puis avait disparu des écrans radars sans prévenir qui que ce soit. Seuls quelques fidèles amis étaient au courant de sa présence dans la commune. Avec des villageois, Lucien Weber avait organisé une discrète surveillance du bourg, ce qui n'était pas simple en cette période de l'Avent.

Jean Legarec occupait souvent ses pensées... Plus qu'elle ne l'aurait souhaité. Elle, qui avait vécu tant de galères dans ses relations personnelles, faisait confiance à cet homme aux manières parfois brusques. Il cachait un mystère qu'elle voulait percer, une souffrance qu'elle voulait guérir. Inutile de s'emballer, Béa ! Elle ne connaissait rien de lui ni de sa vie privée. Et si elle se fiait à son instinct, pour une fois ?

Béatrice contempla de nouveau le paysage. Les conifères ployaient sous la neige, et les rayons de soleil explosaient en billes de lumière sur les flocons aux formes fantasmagoriques. L'accumulation de neige de ces derniers jours ne facilitait pas sa progression, mais la beauté des lieux lui vidait la tête. Une tache de couleur retint son attention. Elle disparut aussitôt derrière un arbre. Un frisson parcourut la jeune femme. Ce n'était pas le froid. Elle rangea ses affaires dans son sac, le remit sur son dos et s'éloigna. Elle resta volontairement sur un chemin découvert. Elle se baissa pour refaire un lacet imaginaire et regarda discrètement derrière elle. La tache vert kaki était toujours là, puis s'éclipsa. Pas de doute, elle était suivie. Depuis quand ? Elle avait été vigilante. Elle réfléchit rapidement. Elle était passée à proximité du parking du mont Sainte-Odile une heure plus tôt. C'était peut-être là qu'elle avait été repérée. La jeune femme devait en avoir le cœur net. Elle accéléra et se mit à trottiner, veillant à ne pas trébucher sur un obstacle caché dans la neige. Elle se retourna. Ce n'était pas un, mais deux hommes qui la suivaient. Ils avaient abandonné toute discrétion et couraient maintenant derrière elle. Son rythme cardiaque augmenta soudainement. Ils l'avaient retrouvée ! Elle pensa à sa sœur, à Erika Manhof. Ils ne l'auraient pas. Elle connaissait ces montagnes et leur échapperait.

Béatrice Weber quitta brusquement le chemin et se lança dans la pente. Dans un équilibre précaire, elle accéléra, s'accrochant aux branches des sapins pour maîtriser sa course et ne pas chuter. Les deux hommes la suivirent. La jeune femme avait retrouvé son calme et se concentrait sur le paysage qui défilait sous ses yeux. Toujours au bord de la rupture, elle dévalait la côte à une vitesse phénoménale. Elle entendit un cri de douleur derrière elle, puis un bruit de chute. L'un de ses adversaires était hors de combat. Puis un appel :

— Mademoiselle Weber, nous ne vous voulons pas de mal. Monsieur Clairval souhaite juste s'entretenir avec vous.

Elle ne ralentit pas sa course. Clairval ! L'une des dernières personnes qu'elle avait envie de rencontrer.

— Mademoiselle Weber, ne me forcez pas à employer des moyens extrêmes.

Des menaces à présent ! La voix paraissait plus lointaine. Son poursuivant s'était arrêté. Elle leur échappait. Elle ne ralentirait pas avant d'être à distance de sécurité. En bas, il y avait un hameau et une auberge. Elle s'y réfugierait et trouverait quelqu'un pour la ramener à Ottrott.

Un coup de feu résonna sur le versant. Le poursuivant lui tirait dessus. Un second coup de feu succéda au premier. Une branche du sapin auquel elle venait de s'accrocher cassa net.

En zigzag ! Ne pas lui laisser le temps d'ajuster son tir ! Et atteindre le dévers, cinquante mètres plus loin, qui la protégerait. Une brûlure, puis le claquement d'une troisième détonation. La peur la piqua comme un aiguillon. Une quatrième balle siffla non loin d'elle. Une dernière accélération, puis Béatrice sauta pour se mettre à l'abri. Le tireur ne pouvait plus la voir. Elle fit une halte de quelques secondes pour reprendre son souffle. Ses poumons étaient au bord de l'explosion. Clairval voulait lui parler ! Quelle ordure ! Une légère douleur la rappela à l'ordre. La manche de sa veste était déchirée. Elle jeta un coup d'œil rapide sur son bras : juste une légère trace de sang. La blessure n'était sans doute pas sérieuse. La priorité : fuir, s'éloigner d'une mort certaine. Sans se jeter dans la gueule du loup. Elle calma sa respiration et écouta. Le silence. Uniquement troublé par le bruit étouffé de paquets de neige qui glissaient à intervalles réguliers des branches surchargées des pins. Les tueurs avaient abandonné leur traque. Elle pouvait descendre prudemment, à l'abri des protections offertes par la nature. Inutile de risquer de se casser une jambe.

Quand elle aperçut le hameau et son restaurant, elle s'en approcha discrètement. Un reste de peur était encore tapi au fond d'elle, mais elle avait assez de courage pour le maîtriser. Il y avait peu de chances que les deux hommes viennent la cueillir ici, mais, s'ils disposaient d'une carte, c'était une option qu'ils auraient pu choisir. Aucune voiture dont l'immatriculation ne fût celle du Bas-Rhin. Elle regarda discrètement par la fenêtre de l'établissement. Seuls deux couples et un groupe de retraités occupaient les tables de la salle. Elle entra. Dix minutes plus tard, un couple de viticulteurs à la retraite la raccompagnait directement à Andlau.

56

La Valette

Le soleil se couchait sur la Méditerranée quand l'Airbus A320 arriva en vue de l'île de Malte. Un caillou posé sur la mer. Un caillou qui brillait sous les feux du crépuscule. Assis à côté du hublot, Jean Legarec pouvait embrasser d'un seul coup d'œil la totalité de l'île. Côtes découpées qui plongeaient dans la mer bleue, terre brune grillée par le soleil et fonds blancs qui invitaient au farniente. Le privé ne se lassait pas d'admirer le paysage. Le pilote avait annoncé vingt degrés Celsius à La Valette. Pour quelques heures, Legarec quittait le rude hiver qui frappait la France. L'avion se positionna dans l'axe de la piste. L'aéroport couvrait une partie significative de Malte. Le trafic y était intense en été, amenant son lot de touristes et d'étudiants venant y apprendre l'anglais... et écumer les bars et les boîtes de nuit du quartier Saint-Julian.

Jean avait appelé Jean-Baptiste Jalaberre avant de quitter Orly. L'homme n'était pas disponible le soir même et lui avait donné rendez-vous le lendemain matin à huit heures pour un petit déjeuner de travail.

Il avait donc sa soirée. Après consultation d'un guide acheté avant le départ, il avait décidé de se rendre à Marsaxlokk pour déguster du poisson frais. Tous les guides touristiques citaient ce village de pêcheurs, alors pourquoi ne pas jouer les touristes ?

Arrivé dans l'aérogare, l'enquêteur se détendit, profitant de la douceur du climat local. Dans un réflexe, il observa les passagers qui l'entouraient. Comment savoir si l'un des hommes ou l'une des femmes qui déambulaient dans le hall avait pour mission de le surveiller ? Quoi qu'il en soit, Joachim Clairval, en tant que nouveau Premier ministre, avait accès à tous les dossiers de police. S'il voulait le localiser, il saurait en quelques minutes qu'il avait pris un vol pour La Valette. Il avait fait preuve de plus de discrétion pour son lieu de villégiature. Il avait directement appelé une adresse que lui avait conseillée Jalaberre et avait laissé le numéro d'une carte de crédit dont le compte était situé au Luxembourg. Piste plus difficile à remonter.

Legarec s'approcha du plan des lignes de bus de La Valette. Digne d'une œuvre surréaliste ! Les tracés de couleur semblaient s'entrecroiser aléatoirement, et les numéros des autobus s'empilaient les uns sur les autres dans un ordre qui déroutait, au bas mot, tous les nouveaux venus qui débarquaient. Il choisit donc de prendre un taxi. En moins de vingt minutes, le chauffeur lui fit un résumé de l'histoire de l'île, lui décrivit les spécialités culinaires, lui donna l'adresse des bars avec les plus belles filles du monde, en tout bien tout honneur bien sûr, et ne lui proposa pas moins d'une dizaine d'excursions en taxi, aux prix les plus compétitifs, bien évidemment. Sa faconde plut au privé, qui le réserva pour le soir même.

Au détour d'un virage pris dans un crissement de pneus, La Valette s'offrit au regard de Jean. Il avait beau avoir vu de nombreuses photos de cette ville hors du temps posée sur la Grande Bleue, la beauté du paysage l'étonna. Les murs ocre clair des bâtiments aspiraient les derniers rayons du soleil, conférant à la cité une lumière magique et reposante. Perpendiculaires, les rues étroites qui quadrillaient la ville plongeaient vers les remparts et vers la mer d'un bleu profond.

Le taxi stationna au bas d'une ruelle de forte déclivité. Jean récupéra son sac et versa au chauffeur un pourboire qui le plaça, dans l'ordre du mérite, juste derrière les chevaliers qui avaient fait la gloire et la richesse de l'île.

Le véhicule s'éloigna. Jean respira l'air chargé d'effluves marins. La rue était calme. Au loin, l'aboiement d'un chien. À un balcon, l'appel vindicatif d'une femme à son mari qui répondait mollement. Un peu plus haut, les enseignes de restaurants encore fermés. Il avait volontairement évité la partie la plus animée de l'île, celle qui vivait toute la nuit. Jean se mit en route, remontant la venelle. Il vérifia les numéros et trouva son logement. Vu de l'extérieur, un vieux bâtiment de trois étages, comme tous les autres. Il sonna. La porte s'ouvrit et un homme plutôt jeune le dévisagea, avec une pointe d'admiration à peine cachée.

— *I suppose you are Craig ?* interrogea le Français.

— *Yes, sir, good evening. I suppose you are Mister Bond ?*

Jean Legarec aimait utiliser ce nom d'emprunt lorsqu'il réservait une chambre d'hôtel ou une table au restaurant. Il ne poussait pas le vice à prendre le prénom de James, mais cela l'amusait.

— Bienvenue dans notre belle île de Malte, monsieur Bond. Suivez-moi, je vais vous montrer votre chambre. Elle est au troisième étage.

Le Français emboîta le pas à son hôte. En grimpant l'escalier de pierre refait à neuf, il eut à nouveau l'impression de faire un saut dans le passé. La demeure du XVIe siècle avait été superbement rénovée. Une odeur d'humidité imprégnait cependant les murs. Les bâtiments étaient conçus pour protéger des terribles chaleurs d'été, ce qui induisait une ventilation limitée.

Le propriétaire ouvrit la porte de l'appartement et, d'un geste emphatique du bras, le présenta à son client :

— Et voilà !

Deux pièces. La première, occupée par un salon aux canapés en tissu damassé. À l'arrière-plan, la chambre à coucher, envahie par un lit à baldaquin digne du château de Versailles. Au mur, des tableaux et un écran plat géant, comme pour donner une touche de modernité à l'ensemble. Craig attendait avec anxiété le commentaire. Jean n'eut pas la cruauté de lui dire qu'il trouvait le style pour le moins surchargé.

— Très bel appartement.

— Merci beaucoup ! C'est moi qui en ai assuré la décoration. J'ai même peint les aquarelles qui sont dans la chambre.

— Je les admirerai quand j'irai me coucher. Maintenant, je souhaite vous régler.

— Pas de problème. Venez dans mon bureau et je vous émettrai la facture.

— Inutile. Je vais vous payer en cash. La carte bleue ne servait que pour la réservation.

L'enquêteur tira de son portefeuille quelques billets de cinquante euros et les lui tendit.

— Vous vous êtes trompé. Vous me payez quatre nuits alors que vous ne dormirez que deux fois ici.

— Ce n'est pas une erreur. C'est juste pour vous aider à oublier mon passage... si jamais on venait vous poser des questions.

57

Henri Feclaz

La tourte à la viande qui trônait au centre de la table exhalait un fumet qui ouvrit l'appétit de Béatrice. La bonne humeur qui régnait tranchait avec les heures tendues qu'elle venait de vivre.

En quittant le mont Sainte-Odile, Béatrice n'avait pas récupéré sa 205 à Ottrott. Elle avait demandé au couple qui la ramenait de la déposer directement à Andlau, devant l'abbatiale Sainte-Richarde. Une fois réfugiée dans la vieille église, elle avait appelé Lucien Weber. Ils étaient rapidement tombés d'accord : elle ne rentrerait pas chez son grand-père. Comment les tueurs l'avaient-ils repérée ? Elle n'en avait aucune idée. Béatrice ne pouvait que multiplier les hypothèses. Soit c'était le pur fruit du hasard, mais elle n'y croyait pas. Soit les assassins avaient fini par remonter sa piste, mais il aurait alors fallu que sa présence chez Lucien soit découverte : ils auraient pu la cueillir directement au domicile du vieil homme. Soit leurs adversaires protégeaient le lieu que Jean et elle recherchaient, ce qui voulait dire qu'ils approchaient du but. Soit, soit, soit... Elle ne savait plus que penser.

— Prends un morceau de tourte et de la salade, ou tu vas dépérir, ma grande !

Béatrice tendit machinalement son assiette à Jeannette Feclaz. Un quart de la tourte la recouvrit aussitôt. La jeune femme connaissait les Feclaz depuis toujours. Ils l'avaient accueillie les bras ouverts. Matthieu, leur fils aîné, avait été l'un de ses camarades de jeu préférés lorsqu'elle venait passer ses vacances à Andlau. Enfants, ils s'étaient promis que plus tard ils se marieraient, mais la vie en avait décidé autrement. Matthieu vivait à Strasbourg, était marié et avait quatre enfants. Elle... elle préférait ne pas y penser. Henri, le père de Matthieu et de ses deux frères, était charpentier et venait de prendre sa retraite. Savoyard, il avait parcouru la France dans le cadre de son compagnonnage et avait fait étape à Andlau, pour une semaine... Cela faisait maintenant quarante ans qu'il y habitait. Membre actif du Club vosgien, il avait connu Lucien Weber, qui avait facilité son intégration dans le village et lui avait présenté Jeannette. Henri avait rapidement acquis la double nationalité alsacienne et savoyarde, abandonnant même son accent des montagnes alpines au profit de celui de sa région d'adoption. Béatrice avait une totale confiance en eux. Elle leur avait fait un résumé succinct de sa situation actuelle et de la recherche d'Alexandre.

Elle découpa une part de tourte et la porta à sa bouche.

— Jeannette, ta cuisine est meilleure de jour en jour. Tu es un vrai cordon-bleu.

— Maintenant qu'il est à la retraite, Henri devient de plus en plus exigeant. Alors je n'ai pas le choix, soupira son amie d'un air amusé. Je suis contente que ça te plaise. Tu as bien besoin de reprendre des forces après ce que tu viens de vivre. Comment va ton bras ?

— Ça va. La balle n'a fait qu'effleurer mon biceps. J'ai pu désinfecter ça avec la tonne de produits que tu m'as donnée. Ma veste est foutue, mais tant pis !

— Es-tu certaine que tu ne veux pas consulter un médecin ?

— Si elle te dit que tout va bien ! intervint son mari. Elle est infirmière, ne l'oublie pas !

— Je sais, grommela Jeannette, mais comme on dit en alsacien : « Cousu deux fois, ça tient mieux ! » Sinon, as-tu fait une déclaration à la gendarmerie ?

— Non, j'ai préféré éviter.

Jeannette Feclaz s'emporta :

— Mais tu es inconsciente, ma petite ! Ils ont failli t'assassiner ! Tu crois que tu t'en sortiras toute seule ? J'ai des copains à la gendarmerie de Barr. Je vais aller leur parler.

— Non, Jeannette, tu n'iras pas.

Le ton sec de Béatrice surprit son interlocutrice.

— Je connais ta bonne volonté et je ne doute pas de celle des gendarmes, mais ceux qui ont essayé de me tuer ont accès à de nombreux rouages de l'administration. Ils peuvent très bien éplucher tous les rapports de police ou de gendarmerie de la région. Je ne veux pas prendre ce risque.

Jeannette Feclaz ne rendit pas les armes.

— Oh yé, ma Béa, dans quelle affaire t'es-tu fourrée ? Ils te tirent déjà dessus ! Ils ne peuvent pas

412

faire pire ! Je connais très bien un gendarme à Barr :
c'est le frère d'un excellent ami d'enfance. Crois-moi,
il considérera cette affaire avec sérieux. Et il n'est pas
question que le mont Sainte-Odile devienne le terrain
de chasse d'individus sans vergogne ! C'est aussi notre
devoir d'Alsaciens que de lui garder sa beauté et sa
grandeur... et de protéger ceux qui s'y promènent.

Puis elle ajouta, les yeux humides :

— Je ne supporterais pas qu'il arrive quelque chose
de grave à celle que je considère presque comme
ma fille.

Henri Feclaz mit un terme à cette conversation,
connaissant la capacité de sa femme à plonger dans
le pathos.

— Béatrice, je pense que Jeannette a raison. Elle
ira déposer une plainte en ton nom. De ton côté, tu
veux toujours continuer ton exploration ?

— Ah non, tu n'auras pas autant de chance deux
fois ! s'exclama Jeannette.

— Je l'accompagnerai, coupa calmement son mari.

L'Alsacienne secoua la tête. Elle savait que son
têtu de Savoyard ne changerait pas d'avis.

— Allez, terminez la tourte, j'ai fait de la forêt-
noire pour le dessert.

Après le repas, Béatrice et Jeannette montèrent
préparer le lit de la chambre d'amis. Henri était descendu dans son garage et avait extirpé son fusil de
chasse de son étui. Il entreprit de le démonter. Il
saisit une poignée de cartouches et les glissa dans
son sac. Après tout, la chasse était encore ouverte,
et il connaissait tous les gardes du coin. Il trembla

légèrement en refermant l'arme. Jamais il n'avait pensé qu'il pourrait, un jour, être amené à tirer sur un homme.

Quand il remonta, les deux femmes étaient en train de boire une tisane dans le canapé du salon. Sur la table basse, une boîte en carton. Jeannette avait un air particulièrement préoccupé.

— Prenez soin de vous. J'ai bien compris que rien ne fera renoncer Béatrice et que tu ne la laisseras pas partir seule, mais soyez prudents.

— J'ai toujours été prudent, Jeannette, tu le sais bien, répondit son mari.

— Je sais que tu es l'un des seuls à ne pas avoir eu d'accident grave dans ton métier. Demain, ce n'est plus une chute que tu craindras, mais des assassins. Regarde ce que Lucien vient de lui faire déposer par l'un de ses voisins.

Elle désigna la boîte de la tête. Henri Feclaz attendit, curieux. Béatrice ouvrit le couvercle et en sortit un pistolet Walther P38 ainsi qu'un sac rempli de cartouches. Une prise de guerre de près de soixante-dix ans ! Son grand-père lui avait appris à tirer avec quand elle était adolescente. Elle était douée, mais cela avait pris fin le jour où sa mère avait découvert leurs entraînements secrets. Lucien n'avait pas voulu se brouiller avec sa belle-fille. Il avait cependant réussi à négocier que Béatrice s'entraîne dans un club de tir officiel. La jeune femme avait cessé cette activité lorsqu'elle avait connu son mari, enfin… son ex-mari maintenant.

— Faites vraiment attention à vous. S'il vous arrivait malheur, je ne m'en remettrais pas.

58

Breakfast maltais

19 décembre

La nuit dans le lit à baldaquin avait été reposante. Les conversations téléphoniques du début de matinée avaient été moins sereines. L'agression de Béatrice Weber dans les Vosges avait fortement inquiété Jean. La réaction de la jeune femme avait été impressionnante de sang-froid ; cependant, ils devaient être plus vigilants que jamais. Pour la première fois, leurs poursuivants avaient clairement exprimé leur détermination à les neutraliser, quel qu'en soit le prix. Le privé avait également contacté Adriana Damentieva-Dubreuil. Philippe et ses enfants étaient à l'abri en Bretagne et le médecin avait déjà commencé son enquête.

Huit heures moins dix. Le privé était installé à la terrasse du restaurant. Le soleil venait de se lever et la brise matinale avait rafraîchi l'atmosphère qui restait cependant très supportable. Il regarda les Maltais qui se rendaient à leur travail. Les quelques touristes qui cherchaient un peu de douceur au cœur de l'hiver n'étaient pas encore réveillés. Les volets des multiples boutiques de souvenirs étaient clos. Un habitant attira son attention. Costume gris, chemise blanche et fine cravate, il remontait la rue sans effort, sur un vélo hors d'âge. Arrivé devant le restaurant, il mit pied à terre et attacha sa bicyclette à un poteau. Puis, tranquillement, il s'approcha de Jean.

— Êtes-vous l'ami de Gaétan ? demanda-t-il d'une voix douce.

— Je suis Jean Legarec.

— Bonjour, je suis Jean-Baptiste Jalaberre. Très heureux de vous rencontrer.

— Bonjour, monsieur Jalaberre. Je vous remercie pour le temps que vous acceptez de me consacrer.

— Les amis de Gaétan sont mes amis. Il m'a appelé hier pour me dire le plus grand bien de vous. Je mettrai tous les moyens dont je dispose à votre service. Mais asseyons-nous et commandons un café et quelques gâteaux. Ils ne sont pas toujours bons à Malte, mais ce chef fait exception.

Le patron vint à leur rencontre. Il salua chaudement l'ancien diplomate et couvrit la table de pâtisseries. « *Friends of Mr Jalaberre are my friends !* » Décidément, l'amitié était très communicative dans ce pays. Une fois leur appétit satisfait, Jean-Baptiste Jalaberre donna le départ des discussions sérieuses :

— Expliquez-moi ce que vous attendez de moi.

L'enquêteur fit un rapide résumé de la situation avant d'entrer dans le vif du sujet :

— Jean-François Clairval, député français et fils de notre nouveau Premier ministre, sera aujourd'hui à Malte. Il doit rencontrer des émissaires grecs, italiens et américains. Êtes-vous au courant de ce rendez-vous ?

L'ancien diplomate sortit un paquet de cigarettes de sa poche, en offrit une à Jean et l'alluma avec un vieux briquet Zippo frappé d'un drapeau américain. Il tira deux ou trois bouffées, mettant ses idées en place.

— Votre question a le mérite d'être courte et précise. Je suis effectivement au courant de cette rencontre. Il y a deux semaines, l'une de mes connaissances a eu besoin de mes lumières sur les relations actuelles entre les pays que vous venez de citer. Et c'est un bavard... Vous avez juste oublié la Grande-Bretagne, qui ne supporte pas qu'un coup tordu se prépare sans qu'elle en soit partie prenante.

L'enquêteur frémit. Il ne s'attendait pas à disposer d'une telle source d'information. Il devinait que Jalaberre lui raconterait tout, mais à son rythme. Il commanda deux nouveaux cafés et écouta le diplomate.

— Pour bien comprendre la présence de tout ce beau monde à La Valette, laissez-moi vous retracer l'histoire de Malte. Rassurez-vous, je ne remonterai pas aux peuplades du néolithique et je vous épargnerai la vie du chevalier de La Valette et l'échec napoléonien de la conquête de l'île. Je vais commencer en 1945. Malte était sous domination anglaise. L'île avait été une place forte stratégique pendant la Seconde Guerre mondiale. En 1964, l'île devient indépendante et navigue politiquement entre l'Europe et la Libye, elle-même alliée à l'URSS. Quand Malte choisit finalement de rejoindre l'Union européenne, elle arrive avec ses propres lois, ses conditions fiscales avantageuses pour les entreprises et sa réputation de terre de

417

négociations. Tout est possible à Malte, voyez-vous. Il suffit d'écouter converser ses habitants. On y parle officiellement deux langues : l'anglais et le maltais, qui a des racines arabes. Par ailleurs, l'italien est compris par toute une partie de la population. Les gens ont l'esprit très ouvert ici, et beaucoup d'affaires y trouvent leur dénouement.

— Dont celles de Bill MacCord, conclut l'enquêteur.

— Celles de William MacCord sont effectivement un bel exemple. Examinons ce cas, si vous le souhaitez.

La formule était plaisante : Jean était venu spécialement pour en parler ! Il garda le silence et laissa le diplomate enchaîner :

— Ce que je vais vous révéler est le fruit de recherches, de mon expérience et de quelques indiscrétions bienvenues. Bill MacCord est immensément riche. Non seulement sa fortune personnelle s'élève à des dizaines de milliards, mais les banques du monde entier se prostitueraient pour lui accorder des lignes de crédit pour ses projets. En affaires, il ne s'est jamais trompé. Depuis quelques années, M. MacCord a un nouveau hobby. Il veut devenir propriétaire terrien.

Jean le regarda, surpris.

— Il possède déjà des dizaines de milliers d'hectares dans l'État de Géorgie, et des propriétés dans le monde entier, remarqua le privé.

— Alors j'aurais dû dire propriétaire îlien, même si je ne suis pas certain que ce terme soit bien apprécié de l'Académie française.

Le lien se fit aussitôt dans le cerveau de Legarec.

— La présence d'émissaires grecs... Ils seraient prêts à lui vendre une partie de leur territoire ?

— Je serai plus affirmatif. MacCord est en train de finaliser l'acquisition d'îles grecques.

— Ce ne sera pas le premier.

— Pas le premier à acheter un îlot, effectivement, mais acheter les Apolloniades a quand même plus de gueule, si vous me permettez cette expression triviale.

— Les Apolloniades ? reprit le privé, stupéfait.

— Le plus grand archipel grec ! Trois îles majeures et une centaine de plus petites, disséminées au large de Thessaloniki. Plus d'un demi-million d'habitants, un port en eau profonde, des terres agricoles, et de nombreux terrains encore vierges. Sans oublier tous les trésors archéologiques de l'île d'Héphaïstos.

— Le gouvernement grec ne peut pas se séparer d'un tel pan de son territoire !

— Le gouvernement grec est ruiné, monsieur Legarec. Tous les jours, la situation du pays dégénère, et c'est peu de dire qu'il s'enfonce dans la crise. La Grèce touche le fond. Par ailleurs, l'Union européenne et le Fonds monétaire international ne relâchent pas la pression, générant une précarité et une pauvreté qui deviennent dramatiques pour le pays. L'offre de M. MacCord est une magnifique aubaine pour nos amis hellènes. Une double aubaine, même !

— Pourquoi, double ?

— Je ne connais pas le prix auquel le territoire sera négocié : tout n'est pas arrivé à mes oreilles, mais, au bas mot, vingt ou trente milliards de dollars ! Cette manne arrive à point nommé pour renflouer le Trésor grec. Ensuite, une fois propriétaire des îles, ou du moins des propriétés que lui aura vendues l'État, soit quatre-vingt-dix pour cent de la richesse de l'archipel, MacCord va investir. Il a prévu de construire quelques unités pharmaceutiques, qui généreront plusieurs dizaines de milliers d'emplois en comptant les emplois induits. Il a aussi prévu de développer le tourisme. Vous rendez-vous compte de l'opportunité d'une telle transaction pour une Grèce sinistrée ? De l'argent frais et des emplois pérennes !

— Ce que vous me racontez est hallucinant ! Qu'en dirait l'homme de la rue ?

— L'homme de la rue est anesthésié ! Pour beaucoup, survivre devient la préoccupation quotidienne. Si Bill MacCord sait caresser les Grecs dans le sens du poil, il aura sa statue au Parthénon.

Après les Chinois au Pirée, les Américains dans les Apolloniades ! La grandeur des Onassis et consorts était loin. MacCord n'avait pas besoin des Français, des Italiens et des Anglais pour mener à bien un tel projet. Il lui fallait des banquiers et de bons avocats, maltais en l'occurrence.

— Très instructif, enchaîna Legarec, mais si les représentants d'autres nations européennes sont là, ce n'est sûrement pas pour négocier des tarifs dans les stations balnéaires du futur prince des Apolloniades. Si c'est vraiment MacCord qui a monté les attentats en France et en Italie, il attend un sérieux retour d'ascenseur.

L'enquêteur se tut pour continuer à réfléchir. Jalaberre respecta son silence. Legarec reprit :

— Je vois une raison, qui paraît folle… Mais au point où nous en sommes, nous pouvons plonger dans la politique-fiction.

420

— De nombreuses années à exercer une fonction de diplomate m'ont appris que la réalité est souvent pire que ce que nous prévoyons au travers de nos analyses. Je suis à votre écoute.

— C'est en parlant de prince des Apolloniades que l'idée m'est venue. Assez délirante, mais dites-moi ce que vous en pensez. Postulat de base : MacCord, qui a assez d'argent pour tout s'acheter, veut se créer son territoire, son pays. Il ne peut pas le faire aux États-Unis, mais la Grèce et d'autres pays européens sont en déliquescence. Il achète des territoires et en devient le bon Samaritain en y apportant une croissance à laquelle les habitants n'osaient plus croire. Étape suivante : il veut en faire un territoire autonome, voire indépendant. Pour ce faire, il a besoin du soutien de pays européens de premier plan. L'Italie et la France sont parmi les fondateurs de l'Union et le Royaume-Uni a toujours été considéré comme un faiseur ou un défaiseur de frontières. La Grèce verrait dans les Apolloniades autonomes un moyen d'enrichir sa population et de mettre en place des accords bilatéraux privilégiés. Fort du support de ces pays dont les dirigeants lui sont tous redevables, MacCord présente la demande de création d'un nouvel État aux autorités européennes. Après tout, le Kosovo a été reconnu comme un État bien qu'il ait toujours été une province de la Serbie et que la Russie et d'autres pays se soient opposés à cette résolution.

— J'étais arrivé aux mêmes conclusions que vous.

— Pensez-vous qu'un tel projet soit réalisable ? questionna Legarec.

— Il y a vingt ans, je vous aurais clairement dit non, mais aujourd'hui... MacCord créerait un point d'appui stratégique pour l'Occident. Un port en eau profonde qui permettrait de faire mouiller une flotte militaire, deux aéroports, une économie solide. Il y a même fort à parier que notre homme d'affaires transformerait son petit paradis méditerranéen en paradis fiscal. La Turquie n'est pas loin, une potentielle menace islamique se rapproche. Les services secrets des puissances de l'Ouest auraient dans les Apolloniades une base fiable. Je n'irais pas jusqu'à dire que nous tenons la vérité, mais nous sommes sur une hypothèse crédible, conclut Jalaberre.

— C'est délirant... À la demande de Clairval, MacCord a organisé des attentats en France. Ces attentats ont déstabilisé le pays et permis à Clairval d'arriver au pouvoir. Et en échange, la France apportera son aide diplomatique à MacCord quand il demandera l'autonomie pour les îles grecques dont il s'apprête à faire l'acquisition.

— Ce n'est pas délirant. C'est juste une très belle partie de poker.

Plus les deux hommes retournaient la situation dans tous les sens, moins elle leur paraissait impossible. Elle avait au moins le mérite de mettre en perspective plusieurs morceaux du puzzle dont ils disposaient. Jean Legarec rompit le silence :

— Si MacCord prend le pouvoir, il devra installer dans son nouveau pays un gouvernement et une administration de confiance.

— Indéniablement. C'est le b.a.-ba de la survie politique.

— Or, MacCord est un ultraconservateur, raciste et admirateur du Troisième Reich. Il n'a jamais caché sa fascination pour la théorie des « races supérieures ».

422

Son royaume pourrait se transformer en nouvel État fasciste.

Jean n'avait pas parlé au diplomate de ses hypothèses sur le renouveau de Stessinger. Si MacCord avait les mains libres, il mettrait rapidement sa théorie en pratique. Fin négociateur, il attendrait le temps nécessaire pour devenir un bon élève aux yeux de la communauté internationale. Puis il peuplerait son pays de nazillons de tout poil. Jean était certain que l'opinion publique, ou du moins une majorité des dirigeants des pays du globe, laisserait faire... comme elle avait laissé faire dans les années 1930.

— Savez-vous où et quand a lieu la rencontre au sommet de MacCord ? relança Jean.

— En début de soirée, à dix-neuf heures, dans l'un des salons de l'hôtel Hilton de Slima. Avez-vous un projet ?

— Impossible de les attaquer en frontal. Je ne survivrais pas plus de quelques minutes, ou quelques heures en étant optimiste. Par contre, je peux essayer de leur mettre des bâtons dans les roues.

— Que comptez-vous faire ? demanda Jalaberre, intéressé.

— Je dois récupérer suffisamment de preuves de la collusion entre MacCord et Clairval. Ensuite, jeter le discrédit sur les politiques français qui se compromettront dans cette affaire. Elle a déjà coûté la vie à des dizaines de personnes en France, femmes, hommes et enfants.

— C'est noble, mais plus que risqué.

— Je suis conscient que les chances de réussite de mon entreprise sont extrêmement faibles, mais j'ai côtoyé trop d'États totalitaires au cours de ma carrière pour rester sans bouger. Je veux éviter que l'Europe en héberge un nouveau en son sein, conclut Legarec.

— Votre croisade me plaît. Je vais la partager avec vous. Comment puis-je vous aider ?

— J'aurais besoin de matériel de surveillance. Pourriez-vous me le fournir ?

— Dès que vous m'aurez donné la référence des équipements que vous souhaitez que je vous procure, je me lance à leur recherche. Vous aurez tout ça pour treize heures. Rendez-vous au même endroit. Angelo fait un excellent ragoût de lapin.

Jean ne put s'empêcher de sourire. Il comprenait pourquoi Jalaberre et Descharmilles avaient conservé des liens d'amitié. Il prit un carnet dans sa poche et dressa la liste de ce dont il aurait besoin pour tenter de piéger MacCord, Clairval et consorts.

59

À la source

Onze heures. Béatrice Weber écarta la branche enneigée d'un sapin. Elle jeta un dernier coup d'œil sur la carte au vingt-cinq millième qu'Alphonse Wissner avait annotée. Henri Feclaz regarda par-dessus son épaule. Le radiesthésiste avait entouré le nom du lieu-dit d'un cercle rageur. Ils étaient partis tôt et marchaient depuis plus de trois heures. Sans parler, ils espéraient tous les deux approcher du but.

Béatrice s'éloigna de la protection du conifère et fixa l'amas rocheux qui s'offrait à leurs yeux. Elle explorait une partie de la montagne qu'elle n'avait jamais arpentée. Ces blocs de grès aux formes tortu-rées la fascinèrent. L'Alsacien d'adoption vérifia qu'ils étaient seuls et fit signe à son amie. Elle contourna les rochers. Entre deux blocs couverts de mousse, une fente, assez large pour y laisser passer une personne. Elle attendit Henri et s'y glissa. Il la suivit. La faille s'élargissait et ils pouvaient aisément tenir debout. La luminosité était faible. Trois mètres plus loin, le corridor naturel formait un angle droit. Obscurité totale. Elle récupéra une lampe de poche dans son sac, l'alluma et reprit sa progression.

Lorsqu'elle éclaira la paroi, un détail attira son regard. Elle approcha le faisceau lumineux et découvrit un dessin pariétal, gravé dans la roche. Une forme ronde que Béatrice reconnut aussitôt comme la célèbre symbolique de la femme, de la déesse mère ! La région du mont Sainte-Odile était occupée depuis longtemps. Le Mur païen, épais par endroits de plus de trois mètres, entourait le sommet du mont sur plusieurs kilomètres. Construit il y a plusieurs milliers d'années, il n'avait jamais livré son mystère. Cette grotte avait été habitée, ou avait au moins servi à des cérémonies magiques. La jeune femme observa plus précisément les parois. D'autres symboles prenaient vie sous la lumière de sa Maglite. Comme elle avançait vers le fond de la grotte, Béatrice ressentit d'étranges sensations. Elle eut l'impression qu'ils n'étaient plus seuls. Elle aurait dû paniquer, mais la curiosité l'emporta. C'était comme si... comme si les femmes et les hommes qui avaient décoré les murs se promenaient autour d'eux. Cette présence étrange la calma. Elle ne chercha pas à comprendre, respira longuement et fit signe à son compagnon. Silencieusement, ils continuèrent leur exploration. La grotte s'arrêtait vingt mètres plus loin. Déçue, Béatrice s'assit sur une pierre et réfléchit.

Ils avaient cru un moment être tombés sur le complexe souterrain où les SS auraient entreposé le corps de Stessinger et des autres élus dignes de perpétuer la race, mais ils n'avaient fait qu'une découverte archéologique. Pourtant, ce lieu était l'un des plus actifs qu'avait sélectionnés Alphonse Wissner.

Béatrice se releva, saisit sa lampe et décida d'étudier plus précisément la grotte. Mètre après mètre, elle observa les parois et le plafond. Au fond, un léger courant d'air lui caressa le visage. Elle s'approcha et découvrit une anfractuosité qu'ils n'avaient pas remarquée lors de leur premier passage. Elle se mit à quatre pattes et y pénétra. Le corridor naturel s'élargissait rapidement. Cinq mètres plus loin, une grille rouillée. Béatrice exulta. Qui dit grille, dit quelque chose à cacher.

Henri arrivait à son tour. Il dirigea le faisceau de sa lampe sur la serrure. Elle avait été démontée et remplacée par un simple cadenas. Leur respiration s'accéléra de conserve. Feclaz observa le cadenas, dont la présence était plus symbolique qu'autre chose. Un composant acheté dans un supermarché. L'homme sortit son couteau de randonnée d'une poche de sa veste. La lame serait assez solide pour en venir à bout. Le cadenas ne résista pas. La porte s'ouvrit en grinçant.

Béatrice resta bloquée devant l'entrée. Excitation et appréhension. À cet instant précis, la jeune femme eut peur. Peur de ce qui lui arriverait si elle descendait l'escalier aux marches irrégulières taillées dans la pierre, là, juste à ses pieds ! La tentative d'assassinat de la veille lui revint à l'esprit. Elle entendit de nouveau le sifflement des balles, ressentit la brûlure du projectile qui l'avait atteinte dans la forêt. Pour la rassurer, Henri posa la main sur son épaule.

— Maintenant, nous allons savoir, murmura-t-elle. J'ai peur, mais je dois y aller. Alexandre est peut-être au bout du chemin.

— Tu es brave, Béatrice. Je vais tout de même t'avouer qu'après ce qui t'est arrivé hier je suis content d'avoir pris mon fusil.

La jeune femme sortit à son tour le pistolet de son sac, engagea une cartouche dans le canon et glissa l'arme dans la poche de sa veste.

Le sol était humide. Le long de la paroi, une barre en fer rouillée tenait lieu de rampe. Elle en vérifia la solidité et l'agrippa. Pas question de tomber et de se casser une jambe. Elle compta les marches : cent quarante-trois. Ils avaient dû parcourir une vingtaine de mètres de dénivelé. Béatrice apprécia de retrouver un sol plat. Elle éclaira les murs. Le couloir avait été élargi par des hommes. Un mètre de large pour deux mètres de haut. Ils avancèrent sans difficulté, l'oreille aux aguets. Seule leur respiration troublait un silence sépulcral. Elle compta ses pas cette fois encore. Au bout de quelques minutes, elle estima qu'elle avait parcouru près de quatre cents mètres. Jamais elle n'avait entendu parler de cette galerie souterraine. D'un coup, le couloir s'élargit. La jeune femme s'arrêta net, stupéfaite. Ce qu'elle cherchait était devant ses yeux. Toutes les hypothèses qu'elle avait formulées avec Jean étaient avérées. Elle leva le faisceau de sa Maglite. Elle était à l'entrée d'une salle aux dimensions majestueuses. D'une hauteur de cinq mètres, elle ne pouvait en estimer la surface. Sa lampe ne portait pas assez loin. Une salle creusée de main d'homme ! Béatrice laissa l'émotion l'envahir. Au milieu de ce puits d'énergie tellurique, elle pouvait sentir la souffrance de tous ceux qui étaient morts pour réaliser ce rêve de puissance nazi. L'énergie qui s'en dégageait était hallucinante. Henri Feclaz s'appuya sur le mur : il ressentait le même malaise que son amie. À n'en pas douter, ils avaient découvert le mausolée du projet Anastasis. Combien de détenus y avaient

428

perdu la vie, mourant d'épuisement pour construire cette cavité au cœur de la montagne ?

Béatrice s'efforça de chasser ces pensées négatives de son esprit. Elle devait poursuivre son exploration, trouver tous les indices qui les aideraient à localiser Alexandre. Sans échanger un mot, ils décidèrent de faire un premier tour des installations. Une salle centrale, d'une surface qu'elle estima à deux cents mètres carrés. Quatre pièces plus petites donnant sur la grande salle. À l'opposé du couloir par lequel ils étaient arrivés dans cette gigantesque crypte, un autre corridor : sans doute l'accès principal. Ils l'exploreraient plus tard. Une partie de l'énigme qu'ils cherchaient à résoudre était peut-être au bout du couloir. Ils parcoururent les pièces annexes. Elles étaient vides, mais les murs portaient encore les marques de passages de tuyauteries. Au plafond, elle remarqua les restes d'un système d'éclairage. Les épaisses portes métalliques qui fermaient les cellules périphériques étaient encore sur place, ouvertes. Plus aucun signe des machines et équipements que ces pièces avaient contenus. Henri Feclaz observa les lieux avec soin, éclaira le sol avec sa lampe torche, puis s'agenouilla. Il ramassa un objet, s'approcha de Béatrice et murmura.

— Le matériel qui était là a été démonté après les années quatre-vingt.

— Comment peux-tu affirmer ça ? s'étonna la jeune femme.

Il lui montra l'objet rouillé qu'il tenait dans la main.

— Cet outil a été mis sur le marché en 1985. Il a sans doute servi au démontage des machines.

— Tu es hallucinant, Henri ! Cela veut dire que les nazis ne les auraient pas emportées avec eux.

429

— Exact. D'autres personnes sont revenues des années plus tard. Mais je n'ai aucune idée de ce que pouvaient renfermer ces pièces.

Béatrice sortit son téléphone portable et prit plusieurs photos. Elle les partagerait avec Jean. Il leur restait maintenant à s'engager dans le corridor qui leur faisait face. Ils devaient faire vite, car l'ambiance de cette cathédrale souterraine les oppressait. Non seulement mentalement, mais aussi physiquement. Le risque de rencontrer des individus n'était pas négligeable, tout particulièrement après les événements de la veille. Ils devaient être sur leurs gardes, se dépêcher et ressortir le plus rapidement possible.

Soudain, un bruit. Dans un même réflexe, ils éteignirent leurs lampes. Puis, au fond du couloir, des ombres. Enfin, dans un murmure confus, des voix. La panique s'empara de Béatrice. Qui était-ce ? La lumière avançait. Le couloir faisait un L, on ne pouvait pas encore les voir. Bouger, se replier, partir ! Mais son corps refusait de lui obéir. Ce lieu était maudit... Les voix se rapprochaient. Malgré sa peur, elle en identifia quatre, bien distinctes. Quatre hommes qui parlaient français. Dans quelques secondes... Henri la saisit par le bras et l'entraîna en arrière. Les nouveaux arrivants pénétrèrent dans la salle principale. Les rayons de la torche du premier inconnu éclairèrent les deux fuyards.

— Putain, c'est quoi ? hurla-t-il.

Le cri sortit Béatrice de sa léthargie. Les hommes mirent quelques secondes à réagir devant ce spectacle totalement imprévu.

— Chopez-les-moi. Je veux les interroger !

430

Béatrice et Henri avaient une cinquantaine de mètres d'avance, pas plus. Leurs lampes toujours éteintes, ils savaient que le couloir était droit et que le sol était uniforme. La main gauche contre le mur, ils pouvaient se diriger dans l'obscurité. Leurs adversaires, eux, avaient de la lumière, et ils pourraient bientôt les voir.

— Bordel, arrêtez-vous, on veut juste savoir ce que vous foutez là !

Béatrice l'aurait peut-être cru deux semaines plus tôt, mais plus aujourd'hui. Elle accéléra sa course.

— Si vous ne vous arrêtez pas, vous le regretterez longtemps !

L'escalier était proche, mais deux de leurs poursuivants, plus rapides que les autres, n'étaient plus qu'à une vingtaine de mètres d'eux. Ils entendaient nettement les pas qui les suivaient de près. La jeune femme prit sa décision en quelques dixièmes de secondes. Elle s'arrêta net, sortit le Walther de sa poche, se retourna et s'agenouilla. Henri avait aussitôt compris la manœuvre. Elle saisit fermement la crosse du pistolet, inspira un grand coup, bloqua sa respiration et tira trois fois dans ce qu'elle estimait être les jambes de ses adversaires. Le bruit plus sourd de deux détonations du fusil de chasse suivit dans la seconde. À bout portant, les deux hommes s'effondrèrent, hurlant de douleur. Les cris stoppèrent immédiatement les autres poursuivants. Béatrice tira deux fois dans leur direction, puis les deux fuyards reprirent leur course. Elle attrapa la rambarde et avala les marches trois par trois. Le souffle court, elle arriva à la grille. Elle fit une pause de quelques secondes. Henri était juste derrière elle, livide. Le sang frappait dans ses tempes avec une violence extrême, mais ils étaient sains et saufs. Prudents, les inconnus avaient mis fin à leur poursuite. Rallumant leurs torches, les fuyards traversèrent la grotte et rejoignirent la forêt. Ses poumons la brûlèrent quand Béatrice respira de nouveau l'air extérieur. Elle aima cette sensation.

Béatrice repartit au petit trot sur le chemin. Un sentiment d'exaltation remplaçait la peur. Deux minutes plus tard, elle s'arrêta. Elle n'entendait plus son compagnon. Henri Feclaz était assis dans la neige, adossé à un arbre. Inquiète, elle retourna vers lui. Avait-il été touché par un projectile sans qu'elle s'en rende compte ? Elle s'agenouilla devant lui. Le solide gaillard qu'elle avait toujours connu domptant les éléments pleurait en silence. À son tour, elle le prit dans ses bras.

— Que se passe-t-il, Henri ?

— C'est con, n'est-ce pas ? renifla Henri.

— Non, ce n'est pas con. Nous avons risqué notre vie. Moi aussi, j'étais morte de peur.

— Ce n'est pas la peur, Béatrice, même si je l'ai ressentie. Ce sont ces cris, terribles, lorsque j'ai fait feu. Jamais je n'aurais cru que je pourrais tirer sur un homme !

— Nous n'avions pas le choix !

— Je sais, je sais… Mais je ne pensais pas en arriver là un jour.

Elle le serra contre elle.

— Je suis désolée, Henri.

— Mais tu n'y es pour rien, Béa. Ce sont eux qui m'ont poussé à cette extrémité. Toi, tu as été non seulement courageuse, mais pleine de sang-froid.

432

Tu peux compter sur moi pour retrouver Alexandre, quoi qu'il m'en coûte.

Il sortit un mouchoir de sa poche, se moucha et se releva.

— Allez, je me suis assez apitoyé sur mon sort. Il ne nous reste plus qu'à trouver ce qu'il y avait au bout de ce couloir. As-tu ta carte ?

Béatrice ressortit sa carte d'état-major. Elle la déplia et la posa à plat sur un rocher. L'Alsacien se remémora le trajet qu'ils avaient emprunté entre le moment où ils avaient découvert l'entrée de la grotte et leur arrivée dans la cathédrale souterraine.

— Nous avons marché un peu moins d'un demi-kilomètre, dans la direction du nord. Donc, le couloir d'où provenaient les quatre hommes doit déboucher par là.

Le doigt de Béatrice suivit la direction indiquée et tomba sur trois rectangles, symboles de bâtiments de taille respectable. Son index trembla quand il pointa sur le nom du lieu-dit : « Domaine Saint-Florent ».

— Sais-tu ce que c'est ? lui demanda la jeune femme.

— Un ancien complexe qui appartenait à la ville de Strasbourg. Il a été racheté par un privé qui l'a complètement rénové. Mais je n'en sais pas plus. Nous nous renseignerons en rentrant. Allez, *hopla*, on repart.

Henri Feclaz avait repris le dessus, et Béatrice avait du mal à imaginer qu'elle le tenait dans ses bras quelques minutes plus tôt. Elle se réjouit. C'est de cet Henri-là qu'elle allait avoir besoin !

60

Ennemi public

Les premières quarante-huit heures de son mandat de Premier ministre s'étaient déroulées à merveille. Le chef de l'État, Marc Dumoulin, lui avait laissé les mains libres. Joachim Clairval avait servi aux citoyens français un discours qui aurait tiré des larmes d'émotion au général de Gaulle lui-même. Le peuple, à bout, était prêt à entendre des promesses de lendemains meilleurs, pour peu qu'elles soient à peu près crédibles.

Son ministre du Travail, un ami de trente ans, venait d'annoncer, devant un parterre de journalistes triés sur le volet, les négociations en cours pour accueillir une grosse unité chimique de la société Sigma dans la région Nord-Pas-de-Calais. Dix à quinze mille emplois, et un bras d'honneur aux écologistes qui s'étaient toujours opposés à lui. On ne refuse pas la résurrection financière de quinze mille familles dans le besoin. Dans un mois, Joachim Clairval annoncerait lui-même la signature de l'accord.

Son ami MacCord lui avait aussi promis l'arrivée sur le territoire français d'un géant de l'industrie microélectronique américaine pour le mois de février. Encore une pluie d'emplois qualifiés pour le sud de la France, et une pluie de points pour lui dans les sondages de popularité.

Bousselier pénétra dans le bureau et glissa quelques mots à Clairval. Le politicien parut contrarié.

— Faites-le entrer.

À peine arrivé, Paul Baloyan, responsable de la DCRI chargé de la résolution des attentats parisiens, subit une attaque directe de Clairval.

— Ce n'est pas vous que j'attendais, mais votre directeur. Expliquez-moi pourquoi on m'envoie un larbin.

Baloyan, déjà agacé d'avoir dû quitter ses hommes pour répondre aux questions personnelles du ministre, réagit froidement.

— Je m'occupe de l'enquête sur les actes terroristes…

— Et au vu de vos résultats, vous attendez-vous à des félicitations ?

Le fonctionnaire de la DCRI décida de ne pas considérer la provocation et poursuivit :

— Je ne connais pas les raisons qui ont conduit notre directeur à m'envoyer à ce rendez-vous, mais je viens avec les informations que vous lui avez réclamées.

— Voyons si vous êtes plus compétent dans ce domaine que dans la capture d'assassins.

Paul Baloyan se demanda un instant s'il n'allait pas mettre fin à sa carrière en collant son poing dans la gueule de son vis-à-vis. Il avait une mission à terminer avant : mettre la main sur ceux qui avaient massacré

435

des dizaines de ses compatriotes. Il sortit un dossier de son sac et le déposa sur le bureau de Clairval.

— Vous avez ici toutes les informations dont nous disposons sur Jean Legarec.

— Faites-m'en un résumé.

— Bien, monsieur le Premier ministre. Jean Legarec est né le 23 mai 1966, à Lanvéoc, non loin de Brest. Il est le fils de Ronan Legarec, diplomate, mort d'une bavure policière à New York en 1992, et d'Angélique Maurepas de La Garde, artiste en froid avec son milieu familial. Elle épouse Ronan Legarec et le suit pour vivre un grand amour. Elle décédera d'un cancer du foie foudroyant en 1985. Jean a une sœur, Agnès, née en 1971, avocate renommée au barreau de Paris.

— C'est bon, vous n'allez pas remonter l'arbre généalogique sur trois générations !

— Comme vous le souhaitez, monsieur, répondit Baloyan, que l'arrogance de son supérieur ne troublait pas.

— Legarec passe sa jeunesse en Bretagne. Il a huit ans quand toute la famille part pour Moscou, où Ronan Legarec vient de prendre un poste à l'ambassade de France. Ils y restent trois ans, puis se rendent à Berlin et New York. Jean Legarec parle couramment la langue de chacun des pays où ils ont séjourné. À dix-sept ans, il quitte New York pour rejoindre Paris et y faire ses études.

— Ses fréquentations ?

— Des jeunes du milieu dans lequel il vit : fils et filles de diplomates, d'avocats. Plutôt le gratin de la société.

Baloyan se demandait pourquoi Clairval s'intéressait de près à cet homme, mais il se garda bien de

436

poser des questions. Il était payé pour fournir des informations et non pour rechercher les motivations secrètes d'un Premier ministre dont il se méfiait comme d'un serpent.

— Quelles études ? interrogea laconiquement Clairval.

— Des études d'ingénieur, puis une spécialisation en droit.

— Parcours étonnant…

— Quoi qu'il en soit, il réussit ses examens brillamment. En 1988, à l'âge de vingt-deux ans, il va faire un an de stage à Seattle et y rencontre une jeune Américaine, Grace O'Connor, fille d'un banquier en vue de la ville. En 1989, il rentre en France pour faire son service militaire. Il suit une préparation militaire supérieure et sert au treizième bataillon de chasseurs alpins, à côté de Chambéry. Une fois libéré de ses obligations militaires, il retourne travailler aux États-Unis et épouse Grace O'Connor.

— Il est donc marié… ou divorcé.

— Non, monsieur, il est veuf. En 1992, sa femme lui donne une petite fille. Mais en 1993, lors d'un accident de voiture, sa femme et sa fille décèdent. Lui s'en tire pratiquement sans une égratignure.

— Un costaud, n'est-ce pas… ou un chanceux ?

— Je ne sais pas si l'on peut parler de chance dans ce cas-là, monsieur. Dans les semaines qui suivent, Jean Legarec quitte les États-Unis et s'engage dans un régiment de parachutistes de la Légion étrangère. Il va y rester cinq ans. Il combat en Bosnie, puis en Afrique. Il reçoit la Légion d'honneur et est cité plusieurs fois. D'après les rapports de ses supérieurs, c'est une tête brûlée, mais il est adoré de ses hommes. Il est parfois borderline et a tendance à jouer les justiciers, mais il a toujours été couvert par sa hiérarchie. Plus rien à voir avec l'étudiant parisien qui fréquentait les fêtes mondaines.

— Pourquoi quitte-t-il l'armée ?

— On ne connaît pas les raisons qui ont motivé son départ. Durant les deux ans qui suivent, il apparaît régulièrement dans nos fichiers. Il quitte la France et s'acoquine avec certains personnages aux pratiques douteuses.

— Porte-flingue ?

— Non, même si son expérience militaire doit l'aider à imposer le respect dans ce monde aux lois bien particulières. Il est une sorte de conseiller juridique et de négociateur pour quelques potentats locaux. Il navigue entre les pays de l'Est et l'Afrique. Apparemment, il gagne bien sa vie. En 2000, changement de cap. Il rentre dans le rang et fonde KerAvel, une société de renseignements, avec un homme qu'il a connu à l'armée, Michel Enguerrand.

— Quel type de renseignements ?

— Il intervient souvent pour des sociétés industrielles qui veulent s'installer à l'étranger. Une sorte de facilitateur. KerAvel est très discrète sur ses contrats et sa clientèle. Il est même arrivé à des officines de l'État français d'utiliser ses services. Pour étoffer son équipe, il a embauché en 2008 Margot Nguyen, jeune touche-à-tout, de style prodige asocial, qu'il a transformée en collaboratrice modèle. Pour l'aider dans ses travaux, Legarec fait souvent appel à des partenaires free-lance, disséminés à travers le monde.

— Et sa vie privée ?

— Nous n'avons rien dans son dossier. Les activités de la société KerAvel nous ont amenés à enquêter sur lui il y a quelques années. Ce type n'a rien à se reprocher. Éventuellement quelques comptes bancaires à gauche et à droite, mais il faudrait alors que nous nous intéressions à tous les membres de nos élites. Ce type d'individu est utile à la société française. Tous les détails sont dans le dossier que je vous ai remis.

— Où il se trouve en ce moment ?

Surpris par la question, Baloyan répondit :

— Jean Legarec ne fait pas partie des personnages que nous surveillons.

— Localisez-le-moi !

L'homme de la DCRI commençait à ne plus supporter l'arrogance et l'impolitesse du Premier ministre. Cet intérêt soudain pour Legarec l'intriguait. Il voulut en savoir plus.

— Je vais contacter mes services, mais cela risque de prendre du temps.

— Vous resterez là tant que je n'aurai pas ma réponse.

L'idée du poing dans la gueule l'effleura à nouveau, mais il préféra décrocher son téléphone. Comme s'ils n'avaient pas plus important à faire en ces moments de troubles ! Dix minutes plus tard, son appareil sonna. Quinze secondes de dialogue, puis il s'adressa à Clairval :

— Il a quitté le territoire français, monsieur le Premier ministre.

— Et où est-il ?

— À Malte.

Même si le politicien maîtrisa rapidement ses nerfs, Baloyan fut convaincu d'avoir vu passer un éclair d'inquiétude dans les yeux de son interlocuteur.

Joachim Clairval laissa volontairement passer un long silence. Puis, pontifiant, il le rompit :

— Baloyan, votre connaissance du dossier Legarec est pitoyable.

— Pourriez-vous préciser, monsieur le Premier ministre ?

— J'ai mené de mon côté une enquête depuis la disparition de mon petit-fils Alexandre.

— Si ma mémoire est bonne, vous aviez refusé d'activer le plan « alerte enlèvement », rétorqua aussitôt Baloyan.

— Et j'ai bien fait, au vu de vos résultats ! J'ai donc mis de gros moyens en œuvre. Un personnage apparaît régulièrement : Jean Legarec. Je suis aujourd'hui persuadé qu'il est intimement lié à ces attentats. Au moins à celui de Notre-Dame !

La soudaineté de l'annonce prit de court le fonctionnaire de la DCRI. Si l'information se révélait exacte, pourquoi Clairval avait-il attendu cet instant pour la lui dévoiler ?

— J'étudierai avec la plus grande attention les pièces que vous nous fournirez.

— Je les transmettrai directement à votre directeur ! À partir de maintenant, considérez cet homme comme un ennemi public et agissez en conséquence.

Baloyan avait cerné le personnage et compris qu'il était inutile de discuter. Clairval lui donna congé. Dubitatif, le flic quitta la pièce. L'arrivée de Legarec, tombé du ciel, était étrange. Il regarderait attentivement les pièces fournies par Clairval avant de lancer une alerte. La DCRI ne prendrait pas cette décision sur une simple affirmation, même celle d'un Premier ministre. Une erreur la discréditerait complètement.

61

Slima

Midi. Le soleil éclaboussait La Valette. Les rues avaient retrouvé leur animation et les restaurants commençaient à se remplir. Jean revenait de l'hôtel Hilton. Il avait fait un rapide repérage des lieux. L'hôtel était accessible simplement et offrait plusieurs issues. Il se devait d'être extrêmement vigilant. Lui qui avait toujours su évaluer les risques de ses missions considérait celle-là comme particulièrement dangereuse. En temps normal, il ne l'aurait pas acceptée. Il y avait trop d'éléments qu'il ne contrôlait pas. Jean s'immobilisa sur le trottoir de St. Paul Street et saisit le téléphone qui vibrait dans sa poche. Le numéro qui s'affichait sur l'écran lui était inconnu.

— Legarec.

— Jean, c'est Patrick Mistral. Tu es à Malte ?

Surpris par l'entrée en matière de son ami, l'enquêteur acquiesça.

— Exact. Comment es-tu au courant ?

— Tu es dans l'œil du cyclone, Jean. Je t'appelle d'un bistrot, et je ne pourrai pas te parler longtemps.

Je viens de voir Baloyan, mon supérieur direct. Il sort du bureau de Joachim Clairval.

— Quel rapport avec moi ? demanda Legarec, comme pour se rassurer.

— Clairval nous a transmis un dossier à charge contre toi. Les documents qu'il renferme te présentent comme l'un des complices des terroristes de Notre-Dame.

Le Breton respira profondément. Il s'attendait à de nombreux coups bas, mais pas à une attaque de cette ampleur.

— As-tu pu voir les pièces ?

— Baloyan vient de me les faire lire. Témoignages et rapports bidon, bien évidemment ! Ça ne tiendrait pas longtemps devant un juge, mais si quelqu'un veut vraiment y croire et n'est pas trop regardant, il peut lancer un mandat d'arrêt contre toi.

— Et ton patron ? Il y croit ?

— Non, justement. Baloyan est venu me trouver. Il a lu que nous nous connaissons. Il a joué franc-jeu avec moi, ce qui n'est pas habituel dans la maison. Il est persuadé que Clairval prépare un coup fourré. Baloyan est à fond sur les attentats depuis plusieurs semaines, et il a tout de suite compris que tu n'es lié en rien à ces meurtres.

— Mais ?

— Mais l'un des directeurs de la DCRI semble être de mèche avec Clairval. Il a personnellement décidé de te mettre sur la liste des individus dangereux recherchés par la police. C'est purement politique.

— Ce qui veut dire que, dès que je présenterai mon passeport à l'aéroport, je serai arrêté.

— Affirmatif. Je ne peux pas faire plus pour toi, mais préviens tes proches. Le mandat devrait être signé dans quelques heures.

— Merci.

— Bonne chance, Yannig.

Legarec raccrocha, regarda rapidement autour de lui, puis fixa le paysage qui se découpait dans le prolongement d'une ruelle plongeant vers la mer. Au loin, un voilier traçait un sillon blanc sur le bleu intense de l'eau. Il se concentra sur le bateau, laissant la tension s'abaisser lentement. Il avait déjà vécu des situations dangereuses, même très dangereuses, mais il avait toujours eu un camp de base à rallier. Aujourd'hui, ce camp de base était cerné par les flics. Certes, le dossier de Clairval était sans doute aisément démontable devant un juge. Sauf qu'il savait que le Premier ministre et sa bande ne le laisseraient pas y arriver vivant. Le seul moyen dont il disposait était le chantage. Pour les faire reculer, il devait être en possession d'éléments particulièrement convaincants. L'appel de Patrick avait sérieusement douché ses espoirs. Clairval était au courant de sa présence sur l'île. Jean ne pourrait plus débarquer au Hilton sans se faire repérer, et sans doute éliminer.

Le moral atteint, il entra dans un bar qui commençait à se remplir : l'heure du déjeuner. Il composa le numéro d'urgence de la société KerAvel, celui par lequel transitaient les informations confidentielles. Il demanda à Margot Nguyen de faire le ménage sur leurs ordinateurs et de quitter préventivement les locaux de l'agence, jusqu'à nouvel ordre. « Pas de problème, patron, tout est déjà sur le Cloud. Ils mettront des siècles à retrouver les données... s'ils les retrouvent un jour. Et merci pour les congés ! » Jean eut plus de mal à faire entendre raison à Michel Enguerrand. L'ancien soldat ne voulait pas capituler, lui citant tour à tour Cambronne et le général de Gaulle. Legarec finit par le convaincre qu'il serait plus utile à l'abri et prêt à intervenir pour l'aider qu'à l'hôpital ou à la morgue, même après avoir mis hors de combat une demi-compagnie de CRS ou de mercenaires de tout poil.

Il devait aussi appeler sa sœur. Mais la DCRI l'avait sans aucun doute déjà mise sur écoute. Il regarda sa montre : midi vingt-cinq. Jean se souvint qu'Agnès mangeait de temps en temps au restaurant avec sa fille Camille. Avec un peu de chance... Il fit appel à sa mémoire et retrouva le numéro de portable de sa nièce. Il le composa et compta les sonneries. À la quatrième, un déclic.

— Salut, c'est Camille. C'est toi Benjamin ?

— Désolé ma grande, ce n'est que Jean. Tu es avec ta mère ?

— Oui, elle est avec moi et en train de m'engueuler parce que j'ai décroché à table. Tu m'appelles d'où ?

— De loin. Passe-moi ta mère, tu seras gentille.

Il attendit deux secondes, avant que Camille ne conclue :

— Ça ne va pas me bouffer mon forfait, au moins ?

— Ne t'inquiète pas, tout est à ma charge.

Il entendit la voix de sa nièce au loin : « Tu vois que j'ai bien fait de décrocher même si on est en train de manger ! C'est ton frère qui veut te parler. Alors tu m'as engueulée pour rien. » Jean attendit la fin de la discussion mère-fille, puis reconnut la voix de sa sœur :

— Jean ?

444

— Bonjour, Agnès.

— Mais pourquoi me téléphones-tu sur le portable de Camille ?

— Le tien est sans aucun doute sur écoute. Il fallait que je te prévienne.

L'enquêteur entendit un bruit de chaises. Agnès quittait sans doute le restaurant pour aller discuter plus discrètement sur le trottoir.

— Que se passe-t-il ?

— Clairval, avec le support d'un ponte de la DCRI, a décidé de me faire porter le chapeau pour l'attentat de Notre-Dame. Je serai officiellement hors la loi dans l'après-midi.

— Je vais prendre ta défense. Je connais suffisamment de monde pour faire sauter leur dossier pourri.

— J'en suis certain, Agnès, mais je n'ai sûrement pas que la DCRI aux basques. Un cadavre parle moins qu'un homme derrière les barreaux. Alors, prends soin de toi, et dis à Marius d'être particulièrement vigilant. Dis-lui aussi que je le contacterai sans doute sous peu. J'aurai peut-être de quoi lui fournir le dossier de sa vie... s'il accepte de le prendre.

— Dis-m'en plus, Jean. Je suis certaine que je peux t'aider.

— Merci, Agnès, mais moins tu en sauras, plus tu seras protégée. Prenez soin de vous.

Jean Legarec raccrocha. Il hésita à contacter Béatrice. Elle était déjà sur ses gardes, et il jugea inutile d'en rajouter une couche.

Il paya son café et quitta l'établissement. L'heure de son rendez-vous avec Jalaberre approchait, et il avait plus que jamais besoin de l'aide de l'ancien diplomate.

À treize heures précises, Jalaberre était au rendez-vous. Il lui avait apporté un appareil photo ainsi que deux micros HF miniaturisés. Il y avait peu de risques que MacCord fasse passer le salon au détecteur.

— Vous avez entre les mains ce qui se fait de mieux sur cette île. Des équipements de professionnel. Les services secrets de l'Est et de l'Ouest ont toujours été très actifs à Malte. Ce qui permet de trouver du matériel d'occasion à un prix tout à fait compétitif.

— Merci, Jean-Baptiste, mais je vais devoir continuer à faire appel à vos compétences. Ma situation a évolué depuis ce matin... et de manière plutôt défavorable.

— Allons d'abord nous installer. J'ai demandé une table isolée au fond du restaurant. Prenez place. Le temps pour moi de commander notre lapin et une bouteille de vin en passant au comptoir.

Jean était impressionné par la faculté de Jalaberre à ne pas perdre de vue ses fondamentaux. Après tout, jeûner n'arrangerait pas les choses. Deux minutes plus tard, le diplomate arrivait, suivi par le patron, qui déposa plusieurs assiettes de mezzés sur la table. « *I prepared them this morning, specially for you my friends.* » Les yeux de Jalaberre brillèrent à la vue des keftas et du taboulé qu'ils allaient déguster.

— Maintenant que nous sommes bien installés, et à l'abri des oreilles indiscrètes, je vous écoute.

Jean lui résuma l'appel de Patrick Mistral. Le visage du diplomate se fit plus sérieux, au point qu'il en oublia de manger ses boulettes de viande.

— Vos chances de succès étaient déjà faibles, mais aller au Hilton relèverait du suicide pur et simple.

446

La situation se corse, conclut Jalaberre en tapotant la table avec deux doigts.

Il se plongea dans une profonde réflexion que Legarec se garda bien de troubler. Puis il saisit la bouteille de vin rouge de l'Etna et remplit les deux verres de cantine posés devant eux. Il grignota un kefta, eut un sourire satisfait et demanda :

— Et qu'attendez-vous exactement de moi ?

L'enquêteur ne fut pas surpris par la question, certain que son vis-à-vis avait déjà une proposition en tête.

— Clairval me connaît, et ma photo doit servir de fond d'écran aux portables de MacCord et de sa garde rapprochée. Peut-être a-t-elle même été distribuée à une partie du personnel du Hilton. Bref, comme vous l'avez noté, je suis persona non grata dans cet hôtel. J'ai besoin d'une équipe suffisamment expérimentée pour poser des micros dans la salle où MacCord et les émissaires européens vont se réunir, pour prendre des photos des différents participants... tout ça sans se faire repérer.

— Et vous pensez que je vais trouver tout ce petit monde en quelques heures ? répondit le diplomate en regardant sa montre.

— Je l'espère. Si une personne peut le faire sur cette île, c'est bien vous. Gaétan Descharmilles m'a expliqué que vous aviez eu le temps de tisser un réseau d'amis, disons... très efficaces.

— Je ne suis pas certain que Gaétan vous l'ait raconté en ces termes, mais je vous confirme ce que je vous ai dit ce matin. Cette affaire sort du commun, et je vais voir ce que je peux faire pour vous aider. Même sans savoir que la DCRI avait fait de vous un ennemi public, le succès de votre entreprise, avec le respect que je vous dois, me paraissait pour le moins aléatoire. J'ai donc commencé à prendre quelques contacts. Profitons de ce repas et retrouvons-nous à quinze heures trente. Nous ferons le bilan de mes actions.

Soulagé, Jean goûta le taboulé d'Angelo. Excellent ! Il ne savait pas à qui Jalaberre avait fait appel, mais il avait compris que son commensal était bien plus qu'un paisible diplomate à la retraite.

— Un dernier petit détail avant de déguster notre lapin. Disposez-vous d'un budget qui motiverait des hommes efficaces à travailler quelques heures pour vous ?

— Je suis même prêt à payer leur cotisation-retraite.

— Parfait. Même si je ne suis pas certain qu'ils arrivent tous à cet apogée de leur vie professionnelle.

62

Lucien

Lucien Weber reposa son verre de mirabelle. Il en prenait un après chaque déjeuner. Il aimait la saveur de cette liqueur, sa force et les notes acidulées qui s'en dégageaient une fois le liquide avalé. L'Alsacien considérait ce rite comme l'un des secrets de sa forme, et rien au monde n'aurait pu l'empêcher de l'accomplir. Même son épouse, qu'il avait aimée plus que tout, n'avait pas réussi à lui faire quitter son « habitude de poivrot ». Traiter ainsi une si bonne mirabelle qu'il distillait lui-même !

Trois chocs violents le sortirent de sa torpeur. Lucien grommela : ce n'était pas une façon de s'annoncer chez quelqu'un. Il prit son temps pour se lever, s'étira et descendit l'escalier. Les coups sur la porte redoublèrent. Le vieil homme se demanda qui pouvait faire montre d'une telle impatience. Il ouvrit, curieux de voir à quoi ressemblait ce visiteur si pressé de le rencontrer. Deux hommes, cheveux rasés et visage fermé, se tenaient dans l'embrasure.

— Lucien Weber ?

L'Alsacien ne se laissa pas démonter.

— Qu'est-ce que vous voulez à Lucien Weber ?

— Police ! Nous avons des questions à vous poser.

— Tiens donc, la gendarmerie de Barr sous-traite maintenant ses interrogatoires ? Montrez-moi vos cartes.

L'un des deux arrivants jeta un coup d'œil dans la rue, puis projeta Lucien Weber à l'intérieur de la maison. L'Alsacien se rattrapa par miracle à une étagère et évita la chute. Les deux hommes entrèrent rapidement à sa suite, suivis d'un troisième individu que Lucien n'avait pas remarqué. Le vieil homme leur fit crânement face. Ce n'était plus à son âge qu'il allait craindre la menace. Il savait pertinemment que cette intrusion était liée à la recherche d'Alexandre, mais il ne leur dirait rien. Ils étaient autant policiers que lui évêque de Strasbourg. L'un des visiteurs referma la porte à clé et alluma le plafonnier du hall.

Il les observa tour à tour. Le premier, grand et massif, portait un blouson de cuir doublé de fourrure. Il passa au second, tout aussi inexpressif que son acolyte. Manteau en laine, dont le col ouvert laissait apparaître le nœud d'une cravate. Le troisième sortit de la pénombre. Lucien Weber pâlit. Malgré lui, la peur qui l'avait habité soixante-dix ans plus tôt refit surface, comme si elle ne l'avait jamais quitté. Stessinger ! Certes, l'uniforme SS avait été remplacé par une veste de montagne, mais les traits de l'Allemand étaient exactement les mêmes. Il replongeait en plein cauchemar, mais il n'avait plus vingt ans, il en avait quatre-vingt-dix ! Il se sentit perdre pied. Il n'était pas aussi fort qu'il l'avait imaginé. Il trouva à tâtons un siège et s'y assit.

— Alors, papi, on est plus calme tout d'un coup ! ricana l'homme au blouson.

450

— Nous avons juste quelques questions à vous poser, monsieur Weber. Si vous y répondez correctement, nous repartons, et vous pourrez même regarder tranquillement votre feuilleton de l'après-midi à la télé, poursuivit son acolyte d'une voix mielleuse. Mais je vous préviens tout de suite : nous sommes pressés, et nous ne sommes pas de nature patiente.

Lucien Weber les écoutait à peine, incapable de se détacher du visage de Stessinger. Il avait exactement les mêmes traits, la même implantation de cheveux, la même bouche aux lèvres pincées. L'homme qu'il avait en face de lui était un tueur, qui n'avait pas hésité à massacrer des dizaines de femmes, d'hommes et d'enfants dans une cathédrale. Cependant, il lui manquait... la lueur de folie meurtrière de son bourreau d'autrefois. Ce Stessinger-là n'était pas fou, il en aurait juré. C'était juste une machine à tuer. Le « juste » ne lui laissait que peu d'illusions sur ce qui allait se passer dans les minutes suivantes, mais le réconforta inconsciemment. Les images du Struthof s'éloignèrent. Il avait en face de lui trois brutes, sans doute prêtes à tout pour récupérer leurs renseignements.

Une forte gifle le fit tomber de sa chaise. Il s'effondra sur le sol. Une vive douleur irradia son épaule. L'un des truands l'attrapa sans ménagement et le réinstalla sur le siège. Lucien ferma la bouche, se forçant à ne pas laisser échapper une plainte.

— Quand on vous pose des questions, vous pourriez au moins les écouter. Je répète : où se trouve Béatrice Weber ?

— Je ne sais pas.

— La discussion commence mal. Je vais donc vous aider et vous rafraîchir la mémoire. Hier, des amis à moi sont tombés par hasard sur votre petite-fille. Ils ont tenté d'entamer la conversation, mais il semblerait qu'elle ait eu quelque chose à se reprocher. Vous êtes sans doute au courant. Mon employeur aimerait beaucoup discuter avec elle. Alors ma question est vraiment simple : où est Béatrice Weber ?

— Elle est venue me voir, mais elle est repartie. Je ne sais pas où elle est.

Un violent coup de poing dans l'estomac le plia en deux. L'homme au manteau intima à son collègue :

— Laurent, va fouiller la maison. Tu trouveras peut-être des indices. De mon côté, je vais essayer de le rendre plus coopératif.

Lucien Weber s'était redressé. Il avait la sensation d'avoir eu l'abdomen passé au marteau-pilon. Des larmes avaient coulé de ses yeux malgré lui. Il fixa de nouveau son bourreau... et Stessinger. Le sosie du SS avait l'air absent, comme si l'interrogatoire qui se déroulait sous ses yeux ne le concernait pas. Le faux policier perdit son calme devant le mutisme de son prisonnier. Il avait pensé que le petit vieux parlerait instantanément, mais il avait affaire à un coriace. L'homme au manteau attrapa l'Alsacien par le col.

— Alors, la mémoire te revient ou tu as encore besoin d'être motivé ?

Une violente gifle lui brûla la joue. Un goût métallique emplit sa bouche : le goût du sang. Plus d'un demi-siècle après, il le reconnut instantanément. Il devait dire quelque chose, ou son bourreau le tuerait.

Il ne tiendrait pas longtemps. Il tenta son va-tout en fixant Stessinger. Dans un état de conscience qui commençait à décliner, il chuchota :

— Elle est à la recherche d'Alexandre. Elle l'aime et il lui manque.

— Qu'est-ce que j'en ai à foutre qu'un dénommé Alexandre lui manque ? s'énerva le truand. Tu as décidé de te foutre de ma gueule ? Une dernière fois, où se cache Béatrice Weber ?

Lucien ferma les yeux, attendant le coup. Comme il ne venait pas, il rouvrit les paupières et observa la scène. La main de Stessinger retenait fermement le bras de son tortionnaire.

— Monsieur Marchand, je ne suis pas certain que vous fassiez revenir la mémoire de M. Weber de cette façon. Une commotion cérébrale n'a jamais été le meilleur moyen pour faire rejaillir les souvenirs.

La voix posée de Stessinger fit sursauter Weber malgré lui. Il attendait les phrases mordantes de l'ancien SS, prononcées avec un léger accent bavarois. Son interlocuteur avait parlé en français, avec une douceur surprenante, presque inquiétante. Le dénommé Laurent, qui redescendait de l'étage, réagit instantanément en voyant la scène.

— Le jeunot qu'on nous a mis dans les pattes posedes problèmes, David ? questionna-t-il hargneusement.

David Marchand secoua violemment son bras pour se débarrasser de la prise de Stessinger.

— Ce n'est pas un petit connard de vingt ans qui va m'apprendre mon métier. Alors tu dégages et tu me laisses continuer. Je dirai à notre commanditaire ce que je pense de ton intervention.

Alpha ne sembla pas réagir à l'insulte. Il s'adressa directement à Lucien Weber :

— Vous avez parlé d'un Alexandre, monsieur Weber. De qui s'agit-il ?

— D'un garçonnet de six ans. Mon arrière-petit-fils.

Le jeune homme ne montra aucun signe d'émotion, mais cette affirmation le troubla. Lui, qui avait été programmé pour n'être qu'une machine à tuer et obéir aux ordres, s'était attaché à l'enfant que lui avait confié une femme dans la cohue de Notre-Dame. L'arrivée de ce gamin dans sa vie avait fait dérailler quelque chose. Pour la première fois, il avait ressenti le besoin de protéger quelqu'un. Si le vieux disait vrai, il avait forcément des photos d'Alexandre chez lui. Avec une autorité naturelle, il s'adressa aux deux truands :

— J'ai quelque chose à vérifier là-haut. Ne l'abîmez pas plus pendant mon absence.

Stessinger n'écouta pas les réponses et grimpa l'escalier quatre à quatre. Il ne mit que quelques secondes pour repérer un cadre de photos dans le salon. Il s'en saisit et reconnut aussitôt l'enfant, sa mère, et une jolie femme à leurs côtés. Les trois souriaient à l'objectif, heureux de vivre. Il redescendit et tendit le cliché à Marchand.

— La blonde à la queue-de-cheval, c'est celle que vous recherchez ?

Marchand, l'homme au manteau, la regarda presque à contrecœur et confirma. Alpha se retourna et s'agenouilla devant Lucien Weber. L'ancien déporté, la bouche en sang et des ecchymoses plein le visage,

454

le vit avec étonnement se pencher vers lui. Alpha lui montra la photo et affirma :

— La femme avec le carré, qui tient le garçon par les épaules, c'est sa mère. Celle qui sourit à leurs côtés, c'est Béatrice. Elle lui ressemble beaucoup : j'imagine que c'est sa sœur.

Lucien Weber plongea son regard dans celui du tueur. Alpha ne cilla pas. Après de longues secondes, le vieil homme, qui sentait peu à peu ses forces l'abandonner, lui répondit :

— Vous avez enlevé Alexandre et tué Maud, sa mère. Vous n'aurez jamais Béatrice.

La révélation de l'Alsacien perturba Alpha. Comment cet homme pouvait-il être au courant de tous ces événements ? La DCRI n'avait pas réussi à avancer d'un pas dans son enquête, et un retraité au fond d'un village des Vosges savait qu'il avait kidnappé Alexandre Clairval !

— Quand vous aurez fini de faire vos messes basses, on pourra recommencer notre boulot, lança hargneusement Marchand.

Alpha ne l'écouta pas.

— Si Béatrice est la seule famille d'Alexandre, je ne lui ferai pas de mal. Mais où est-elle ? Je dois la retrouver avant eux ! murmura-t-il en désignant les deux truands d'un geste discret de la tête.

— Tue-moi, mais ne me prends pas pour un imbécile, répondit Lucien Weber dans un souffle.

Alpha connaissait suffisamment de techniques pour torturer et faire parler un homme, mais il avait lu une détermination sans faille dans les yeux de Lucien Weber... et il n'avait pas envie de le faire souffrir. D'une certaine façon, il admirait ce vieil homme qui protégeait ainsi sa famille. Il aurait dû le tuer pour partir sans laisser de témoin, mais il se contenta de se relever.

— Il ne parlera pas, et il est trop faible pour subir un interrogatoire plus longtemps.

Excédé par le ton péremptoire du jeune homme, David Marchand le repoussa violemment, s'approcha de Lucien Weber et lui décocha un direct dans le visage.

— Tu vas répondre à ma question, vieux débris.

Lucien ne put retenir un hurlement quand les os de sa mâchoire se brisèrent. Il s'effondra sur le sol, inconscient.

Alpha haussa les épaules, consterné par le manque de professionnalisme des deux brutes envoyées par Paris. On lui avait demandé d'observer leur travail et de récupérer les informations qui seraient révélées par Lucien Weber. Il avait obéi, mais quand il voyait le gâchis, il regrettait de ne pas avoir eu les mains libres pour obtenir les renseignements nécessaires. Savoir où était Béatrice Weber lui importait peu, mais d'où le vieil homme tenait-il qu'il avait emmené Alexandre ? Il soupira et lâcha, ironique :

— Bravo messieurs ! Quelle méthode ! Rassurez-moi, vous ne vous faites pas payer pour ce genre de travaux ?

Marchand et son coéquipier échangèrent un regard. Ce petit con blondinet aux allures de jeune Aryen commençait à les agacer prodigieusement.

— Encore une remarque de ce type, trou du cul, et nous nous expliquerons dehors, entre hommes, lança, agressif, celui au blouson.

456

Dans la seconde qui suivit, le tranchant de la main d'Alpha avait écrasé la carotide de son vis-à-vis. Il s'écroula sans un bruit. Marchand, avant même de pouvoir réagir, sentit la lame froide d'un couteau appuyée sur sa gorge.

— Vous avez tous les deux lamentablement échoué. Vous n'êtes pas dignes de travailler pour notre cause. Tu ramasseras l'autre et vous vous rendrez là où nous nous sommes rencontrés ce matin. Vous ferez le compte rendu de votre interrogatoire.

Tentant crânement de reprendre le dessus, Marchand glissa :

— Tu as oublié une chose : ne pas laisser de traces. J'égorgerai le vieux avant de quitter sa maison.

La pression de la lame s'accentua, dessinant une fine zébrure rouge sur le cou où perlait une sueur abondante.

— Pas question de le tuer. Tu ne touches à rien. L'un de ses voisins va le découvrir, il sera emmené en urgence à l'hôpital. Peut-être Béatrice Weber passera-t-elle le voir ? Cela sauverait votre mission.

Alpha relâcha son emprise. David Marchand ne put réprimer un tremblement. Il avait cru un instant que l'autre le saignerait. Il ne payait pas de mine, mais il ne doutait plus qu'il fût un tueur d'une redoutable efficacité. Comme Alpha quittait la maison, il contempla la scène autour de lui. Laurent se relevait lentement dans un état semi-comateux. Lucien Weber était toujours allongé sur le sol, inconscient, le visage tuméfié. Le tueur avait sous-estimé la capacité de résistance de Weber et avait perdu ses nerfs. Il aida son complice à se relever et s'en alla.

63

Rendez-vous libyen

Jean Legarec n'avait pas voulu rester enfermé en attendant son rendez-vous. Il s'était promené dans l'île, poussant sa balade jusqu'au Royal Malta Golf Club. Courir ou marcher lui permettait d'ordonner ses idées.

Une évidence s'était imposée à lui depuis qu'il avait atterri à Malte. Il était venu sur un coup de tête, et sa stratégie ne tenait absolument pas la route : espionner la réunion entre MacCord et ses débiteurs, débarquer à l'hôtel, demander dans quelle pièce aurait lieu la rencontre entre le milliardaire américain et les émissaires secrets de plusieurs États européens, placer des micros, boire une margarita au bar pendant que la conversation était gentiment enregistrée sur son ordinateur portable, dîner au clair de lune et tranquillement rentrer à Paris. Lui qui préparait ses missions avec un soin qui lui avait permis de rester en vie jusqu'à ce jour, il avait réagi comme le dernier des amateurs... un amateur à tendance suicidaire d'ailleurs ! Il ne se reconnaissait plus. Il avait un temps incriminé la cuite monumentale qu'il avait prise avec Gaétan, mais il savait que l'origine de sa décision ne se situait pas là. Les raisons de son départ précipité pour Malte étaient simples et avaient deux noms : Patricia et Béatrice. Une phrase de Lucien Weber était imprimée dans son cerveau : « Il faut aussi apprendre à faire la paix avec soi-même. Traîner toute sa vie une culpabilité n'est bon ni pour soi ni pour ceux qui vous entourent. » Il était temps qu'il apprenne à se pardonner, mais d'ici là il avait une mission à accomplir. Il avait besoin de l'aide de Jalaberre et ses amis pour réussir la phase maltaise.

Il regarda sa montre et rejoignit l'adresse que lui avait laissée le diplomate. Exceptionnellement, leur point de rendez-vous n'était pas le restaurant d'Angelo, mais un lieu nettement plus touristique : la cocathédrale Saint-Jean de La Valette. Il hâta le pas. Les visites finissaient à seize heures : horaire surprenant pour un Français. Encore un souvenir de la colonisation britannique ! Il repéra aisément l'imposant édifice, acheta un billet et pénétra sous la voûte majestueuse de la nef. Il jeta un coup d'œil sur le dépliant remis à l'accueil. Il était dans l'église commissionnée au XVIe siècle par le grand maître des chevaliers hospitaliers de Saint-Jean, en l'honneur du saint patron de leur ordre, Jean le Baptiste. La richesse des chevaliers de Malte avait permis d'embellir la cathédrale au cours des siècles. Legarec n'était pas un fervent défenseur du style baroque, mais il ne put s'empêcher d'admirer les dorures des plafonds et colonnades ainsi que les peintures majestueuses. Neuf chapelles, dédiées aux différentes nationalités des hommes qui composaient l'ordre des chevaliers de Malte, bordaient la nef. Jalaberre lui avait donné rendez-vous devant la chapelle de la langue d'Auvergne. Le diplomate n'était pas encore là. Legarec était arrivé le premier. En parfait touriste cultivé, il s'abîma dans la contemplation des scènes de la vie de Saint-Sébastien.

— *Please follow me, Mister Legarec.*

L'enquêteur se retourna lentement. L'homme qui venait de l'interpeller lui fit un léger signe de la tête puis, sans un mot, se dirigea vers la sortie. Le Français attendit que son contact prenne quelques mètres d'avance et se mit en route à son tour. Il observait son guide : démarche souple, costume sportswear, peau mate, cheveux courts. L'envoyé du diplomate était sans doute un ancien membre des services secrets libyens. Le cœur politique de Malte avait balancé pendant de nombreuses années entre les deux rives de la Méditerranée. Depuis la mort du colonel Kadhafi, la situation en Libye se dégradait à une vitesse phénoménale et les anciens membres de son service de sécurité étaient allés exercer leurs talents sous des cieux plus cléments et rémunérateurs.

Sans se retourner, l'envoyé de Jalaberre prit sur sa droite en quittant la cathédrale, descendit Triq Ir-Repubblika, puis tourna sur la gauche dans St. Lucia's Street. Jean lui avait laissé une vingtaine de mètres d'avance. L'homme s'engouffra dans un immeuble en réfection. L'enquêteur attendit une minute devant la vitrine d'une boutique et s'introduisit à son tour dans le bâtiment. Il avança de quelques pas, rejoignit une cour intérieure et devina une silhouette dans l'encadrement d'une porte. Une femme apparut et, d'un geste de la main, le guida vers un escalier extérieur. Ils gravirent deux étages, puis entrèrent dans un appartement à l'odeur de renfermé caractéristique.

La pièce principale était parfaitement rénovée : des murs ocre clair, le soleil pénétrant par deux fenêtres donnant accès aux classiques balcons couverts en bois, quelques sièges d'aspect confortable et, au milieu, une table de conférence. Sur la table, trois ordinateurs et un pistolet Sig Sauer 2022. Surprenant de voir en ce lieu l'arme de dotation de la police française. Legarec observa les personnages présents dans cette salle de réunion. En dehors de son guide et de la femme qui l'avait accueilli, trois autres individus, au visage impassible, participaient à la rencontre. Jean attendit qu'ils engagent la conversation. Il n'était pas sur son territoire et ce n'était pas à lui de prendre les devants. Un quatrième homme arriva, un plateau entre les mains : une cafetière et sept tasses. Ils attendaient encore quelqu'un, sans doute Jean-Baptiste Jalaberre. L'homme servit les cafés, puis en offrit une tasse à Legarec. Il le huma, détecta une subtile odeur de cardamome. Le Français ferma les yeux et goûta la boisson : elle était bonne.

Comme il reposait sa tasse, la porte s'ouvrit derrière lui.

— Je vois que vous avez fait connaissance. Cela sent diablement bon. Aziz, je prendrais volontiers une tasse de votre café.

Jalaberre avait pénétré dans la pièce avec une totale décontraction. Il était chez lui. Il observa les occupants, porta à ses lèvres la tasse qui lui avait été tendue et la reposa.

— Apparemment, les présentations n'ont pas encore été faites. Monsieur Legarec, Tarik El Salem a accepté de vous rencontrer. Le capitaine El Salem occupait d'importantes fonctions dans l'ancien régime libyen et est resté en contact étroit avec quelques-uns de ses amis. Il connaît par ailleurs bien Malte, où il a opéré plusieurs années. À vous de le motiver.

La conversation aurait lieu en français. Tarik El Salem, l'un des trois individus qui l'attendaient dans la pièce, s'approcha de lui. Petit et râblé, il arborait une moustache fournie. Ses cheveux étaient parfaitement gominés. Il ressemblait plus à un commerçant fortuné qu'à un tueur du colonel Kadhafi, mais l'expérience de Jean lui avait appris à ne pas se fier aux apparences. Tarik El Salem se plaça en face de Legarec et planta ses yeux dans ceux du Français. L'enquêteur y lut de la détermination, de la méfiance, une totale absence de compassion et une provocation certaine. Il ne le lâcha pas du regard. Il avait déjà travaillé avec ce genre de personnages et connaissait leur fonctionnement interne. Il fallait les considérer comme des vipères. Toujours garder la distance nécessaire, être constamment prêt à frapper pour se défendre contre une attaque soudaine, mais ne pas les craindre. Si Jalaberre avait organisé cette rencontre, c'était parce que El Salem devait être le meilleur pour la mission qu'il voulait lui confier. Après un temps qu'il n'aurait su estimer, le Libyen lui tendit la main.

— Bienvenue dans nos bureaux, monsieur Legarec. Que pouvons-nous faire pour vous ?

Legarec lui rendit une solide poignée de main. Les lèvres de l'ancien espion libyen esquissèrent une tentative de sourire, mais ses yeux n'avaient rien perdu de leur dureté et continuaient à jauger le Français. Les sept participants s'installèrent autour de la table. Jean Legarec savait qu'il n'avait que quelques minutes pour les convaincre. Il expliqua à Tarik El Salem ce qu'il attendait de lui et de son équipe, ne donnant que les informations indispensables au bon déroulement de l'opération. En dix minutes, il avait dressé un panorama précis de la situation et de ses attentes. Quand il eut terminé, le Libyen laissa le silence s'installer, semblant y chercher la réponse qu'il apporterait à son client.

— C'est une mission qui comporte de nombreux risques. Vos ennemis sont des gens... efficaces, commenta l'ancien membre des services secrets.

Le Français se détendit imperceptiblement. Si son vis-à-vis avait lancé la négociation, c'était qu'il acceptait le job qui lui était proposé. Legarec fit un tour de table, s'arrêtant quelques secondes sur chacun des participants, veillant à n'accorder ni plus ni moins d'attention à la femme qui était avec eux.

— Cette opération requiert effectivement une bonne organisation, une équipe expérimentée et une capacité de projection rapide. Jean-Baptiste Jalaberre nous a mis en contact parce qu'il connaît vos compétences. Quel est votre prix ?

El Salem ne répondit pas. Il regarda la Libyenne qui hochait imperceptiblement la tête. Tous les visages se tournèrent vers elle. Elle était donc la chef. Elle n'avait révélé son rôle qu'une fois l'accord de coopération passé. Large d'épaules, surprenant mélange de force brutale et de féminité, la femme à la peau très brune et aux longues boucles d'oreilles lâcha d'une voix étonnamment douce :

— Cent cinquante mille dollars. À régler avant l'opération.

La somme demandée était particulièrement élevée pour ce type de prestation, mais le Français n'avait pas le temps de négocier. Si par ailleurs les Libyens lui rapportaient du matériel exploitable, il aurait de quoi calmer les ardeurs des Clairval. Pour lui, cela n'avait pas de prix.

— Je ne vous ai pas présenté le commandant Yasmina Charouf, la responsable du groupe qui vous accueille cet après-midi, intervint le diplomate français. Yasmina était une proche du colonel. Elle a monté sa propre entreprise de renseignements lorsqu'il nous a quittés. Je suis persuadé qu'entre gens du monde vous saurez vous entendre.

Une ex-amazone de Muammar Kadhafi ! Jalaberre avait sans doute fait appel à ce qui se faisait de mieux sur l'île.

— C'est un honneur de travailler avec vous et votre équipe. Comment voulez-vous que nous procédions au règlement ? s'enquit le Français.

L'atmosphère s'allégea et un rictus de satisfaction apparut sur quelques-uns des visages. Une belle somme gagnée en une soirée.

— Virement bancaire sur un compte dont je vous donne les coordonnées, répondit l'amazone.

— Bien. Passez-moi l'un de vos ordinateurs, cela ne demandera que quelques minutes.

Pendant que Legarec transférait l'argent, du café et un plateau de petits gâteaux arrivèrent comme par magie sur la table, à la grande joie du diplomate français. Yasmina Charouf vérifia que le virement avait été correctement effectué et sourit pour la première fois à Legarec. Son visage se transforma : elle avait un charme dévastateur. On pouvait tout reprocher à Kadhafi, mais pas sa capacité à savoir choisir sa garde rapprochée.

— Vous avez quinze minutes pour nous fournir les portraits de nos cibles et toutes les informations sur elles que vous jugez utiles à la mission. Nous nous occupons de la mise en place de l'opération à l'hôtel. Nous avons des amis là-bas.

Jean Legarec ne s'attarda pas sur les liens d'amitié qui pouvaient unir le personnel d'un hôtel de luxe et d'anciens membres des services secrets libyens. Il reprit l'ordinateur et y chercha sur le Net les meilleures photos de Jean-François Clairval et Bill MacCord. Jalaberre fournit de son côté les portraits des avocats maltais qui participaient à la négociation. Un quart d'heure plus tard, Yasmina Charouf donna le signal du départ.

— Nous vous rejoindrons dans un bar non loin de l'hôtel Hilton. Jean-Baptiste attendra avec vous. Soyez-y à partir de vingt-deux heures et ne partez pas avant que nous vous en ayons donné l'ordre.

Legarec acquiesça. Yasmina Charouf menant l'opération, il se devait de suivre ses instructions. Elle saisit le pistolet Sig Sauer posé sur la table et le lui tendit.

— Vous l'avez regardé deux fois. Sans doute vous sentiez-vous un peu nu ? Je n'ai rien de mieux à vous offrir pour le moment, ajouta-t-elle avec un sourire ambigu.

64

Le domaine Saint-Florent

Béatrice termina la tasse de tisane de Noël et la reposa sur la table basse du salon. Elle huma quelques instants les fragrances de cannelle qui flottaient dans l'air. Cette tisane était sa madeleine de Proust à elle, le souvenir des Noëls de son enfance. Comme tout cela lui semblait éloigné à l'instant présent !

Henri Feclaz était plongé dans d'anciennes revues poussiéreuses qu'il avait descendues du grenier. Jeannette n'était pas encore revenue de sa visite à la gendarmerie de Barr. Béatrice se remémora les événements de la matinée. Le retour en voiture à Andlau avait été particulièrement silencieux. Lui, toujours marqué par les coups de feu qu'il avait tirés sur les inconnus à leur poursuite. Elle, plongée dans une sorte d'exaltation qu'elle ne s'expliquait pas. Elle avait surpassé sa peur pour basculer dans la peau d'une espèce de vengeresse... Oui, c'était bien cela. Elle voulait venger Maud, les victimes de Notre-Dame de Paris et Erika Manhof.

L'engouement extatique qui s'était emparé d'elle la fascinait et l'inquiétait en même temps. Elle savait qu'elle n'était pas une héroïne, qu'elle n'aurait sans doute pas deux fois autant de chance que dans la forêt vosgienne, mais cette force soudaine qui avait jailli en elle, cette volonté de s'attaquer à l'adversité qui l'accompagnait depuis des années était grisante, enivrante même. Si seulement elle avait été dans cet état d'esprit quand son mari lui rendait l'existence infernale, les choses auraient été beaucoup plus simples ! Une petite voix, au plus profond d'elle-même, lui disait qu'elle ne vivait que le contrecoup d'une violente émotion, que tout cela n'aurait qu'un temps. Non ! Elle serait plus forte que cette petite voix qui menait sa vie depuis trop longtemps. Elle la ferait taire et retrouverait Alexandre.

— Veux-tu que je te résume ce que je viens de trouver ? proposa Feclaz en posant ses magazines sur la table. Je suis tombé sur une mine de renseignements.

— Je n'attends que ça, Henri, répondit aussitôt Béatrice.

Le Savoyard ajusta ses lunettes, saisit la feuille sur laquelle il avait jeté quelques notes et attaqua.

— Le domaine Saint-Florent a été construit à la fin du XIXᵉ siècle à la demande d'un aristocrate allemand, le comte Ulrich von Bergen. Il s'en servait comme pavillon de chasse et y organisait régulièrement des fêtes. D'après les rumeurs, il était particulièrement libertin et la bonne société du pays de Bade venait y passer des soirées animées. En 1918, l'Alsace redevient française. Le bâtiment est laissé à l'abandon et racheté en 1926 par un riche industriel strasbourgeois qui avait fait fortune dans la sidérurgie. Ce patron avait une vision progressiste avant l'heure, puisqu'il a transformé ce château en camp de vacances pour les enfants de ses employés. Pendant la Seconde Guerre mondiale, il est réquisitionné puis occupé par les troupes allemandes en 1943 et 1944...

Henri fit une pause, le temps que son amie mesure l'importance de l'information.

— Nous aurions donc bien mis la main sur la ruche du projet Anastasis ? conclut la jeune femme.

— Attends, ce n'est pas terminé. En décembre 1944, les Allemands font sauter les bâtiments avant de refluer vers la frontière. Pendant des décennies, personne ne voudra de ce champ de ruines. En 1989, soit quarante-cinq ans plus tard, une demande d'achat est déposée auprès de la ville de Schirmeck. Une société luxembourgeoise en fait l'acquisition pour la somme de cinq cent mille francs, ce qui ne représente rien vu la surface du terrain. La société s'engage à restaurer les bâtiments, ce qu'elle fait. D'après ce que j'ai pu lire, elle en a fait une sorte d'école privée, réservée à une élite, essentiellement étrangère.

— Mais pourquoi des étrangers enverraient-ils leurs enfants au fin fond d'une forêt dans les Vosges ? Cela n'a aucun sens.

— Je n'en sais pas plus, Béatrice, mais il y a une activité intense autour de ce domaine.

— Une école, en pleine nature... qui accueille en toute discrétion des enfants du monde entier. Penses-tu que nous ayons localisé l'endroit où se trouve Alexandre ? Je n'ose pas y croire.

468

— Il est tard, maintenant, mais j'irai à la mairie de Schirmeck dès demain matin. Jeannette viendra avec moi, elle connaît pas mal de monde là-bas.

— La gendarmerie de Barr, la mairie de Schirmeck... elle a ses entrées partout !

— Ma femme a une capacité à se faire des amis qui me surprend encore, même après quarante ans de mariage ! Et depuis qu'elle est au conseil municipal d'Andlau...

Une clé tourna dans la serrure de la porte d'entrée. Jeannette Feclaz retira ses bottes de neige et lança à la cantonade :

— Salut bissome, ça va chez vous ?

L'Alsacienne fit son apparition dans le salon.

— Ça sent bon ici. Il reste un peu de tisane ?

Pendant que Béatrice lui servait une tasse d'infusion, Jeannette s'installa dans un fauteuil.

— As-tu trouvé des informations dans tes vieilleries ? demanda-t-elle en montrant les revues qui traînaient tout autour du siège de son mari.

Béatrice lui fit un résumé rapide de leurs récentes conclusions.

— Henri, bravo pour tes découvertes. De mon côté, j'ai eu une longue discussion avec mon ami Marco, enchaîna Jeannette.

— Que t'a raconté ta taupe de la gendarmerie ?

— Tu peux rire, Henri, mais tu étais bien content quand il t'a arrangé le coup après ton contrôle sur la route de Souffelweyersheim.

— D'accord, d'accord, reconnut son mari en évacuant l'anecdote d'un geste de la main. Alors, quoi de neuf, miss Marple ?

— D'abord, tout ce que nous nous sommes dit était sous le sceau du secret. Tu n'as rien à craindre de ce côté-là, Béatrice. Ton nom n'apparaîtra nulle part. J'ai appris des choses très intéressantes.

Jeannette, avec une satisfaction qu'elle ne chercha pas à cacher, vit ses deux interlocuteurs se redresser sur leur siège.

— Premier point : une heure avant que je n'arrive chez eux, ils avaient reçu un mandat d'arrêt pour un potentiel dangereux terroriste.

— Stessinger a été localisé ? demanda, excitée, Béatrice.

— Non. Le dangereux terroriste est l'ami dont tu nous as parlé hier. Plutôt bel homme d'ailleurs, vu la photo.

— Jean ? s'exclama la jeune femme, incrédule.

— Jean Legarec lui-même ! Toutes les brigades de France ont reçu le même message. Il serait impliqué dans l'attentat de Notre-Dame.

— Quelles sont leurs instructions ? s'alarma Béatrice.

— Pas de l'abattre à vue, rassure-toi. Il est quand même signalé comme particulièrement dangereux. Bref, ton ami Legarec gêne sans aucun doute des gens haut placés.

— Clairval ! souffla Béatrice. Il a osé faire ça ! Cette famille nous portera malheur jusqu'au bout.

— Pourquoi malheur ? demanda Henri. C'était plutôt un beau mariage, non ?

— Mais tu ne vois donc rien ! répliqua Jeannette. Crois-tu que Maud a été heureuse avec ce coureur de Jean-François Clairval ? La seule chose positive qui lui soit arrivée, c'est la naissance d'Alexandre.

Et encore, elle est morte en ignorant ce qu'il était devenu. Mais que vient faire Jean-François Clairval dans cette histoire ?

— Pas Jean-François, mais Joachim, son père.

— Le Premier ministre serait aux trousses de ton ami ? Mais pourquoi ? insista Jeannette.

— Je ne peux pas vous l'expliquer. Cela vous ferait courir trop de risques.

— Après ce qui s'est passé cet après-midi, que peut-il vous arriver de pire ? relança l'Alsacienne.

— Si tu savais…, murmura Béatrice.

— Elle a sans doute ses raisons pour ne pas nous en dire plus, coupa Henri. Quelles sont les autres nouvelles que tu as rapportées de ta visite ?

— La gendarmerie n'a eu aucun écho de la tentative de meurtre dont a été victime Béa hier. Personne n'a rien entendu ! Marco va enquêter discrètement sur le sujet. Par contre, deux habitants d'Andlau les ont contactés pour les informer que des « gens bizarres » traînaient dans le village ce matin.

— Un de nos concitoyens aurait-il dénoncé des Roms ou des gens du voyage ? demanda Henri.

— Non, des types à la mine peu engageante, circulant dans un véhicule avec des plaques d'immatriculation étrangères.

— Des Allemands ? interrogea Béatrice.

— Non, sourit Jeannette. Juste des Français de l'intérieur. Les gendarmes n'ont rien vérifié, car cela venait encore des deux ou trois mêmes zélés défenseurs de l'intégrité du village.

Alarmée, Béatrice se leva et attrapa son portable. Elle téléphona, attendit de longues secondes et raccrocha.

— Impossible de joindre grand-père ! Il ne répond pas.

— Il sera sans doute allé se balader, la rassura Henri.

— Peut-être, mais il fait nuit maintenant. Il rentre toujours avant que l'obscurité ne tombe.

— Reste ici, je vais aller faire un saut chez lui, décida son ami soudain inquiet.

65

Hautepierre

De violentes nausées, la sensation de sentir son visage exploser sous les coups, la peur qui avait laissé place à l'envie de mourir. Puis plus rien, quelques phrases qui résonnaient encore dans sa tête, captées dans un état d'inconscience, et le coma. Maintenant, l'envie de vivre revenait, plus forte que tout. Lentement, les derniers événements remontaient à la surface. Les deux brutes qui l'avaient passé à tabac, Béatrice qu'il devait protéger, et surtout, Stessinger, en chair et en os devant lui. Lucien n'avait eu aucun doute. L'homme qu'il avait vu était indubitablement un sosie du SS, une copie parfaite. L'indifférence dont il avait fait preuve pendant que ses deux complices l'avaient tourmenté montrait que ce Stessinger du XXIe siècle avait été éduqué pour tuer, comme son ancêtre. Il avait cependant noté une fêlure chez son bourreau quand il avait parlé d'Alexandre. Il ne se prenait pas pour un psychologue, mais l'allusion au jeune garçon avait ouvert une fenêtre, ou au moins une petite lucarne d'humanité chez le descendant du SS.

Lucien s'était accroché à cet espoir pour ne pas se laisser sombrer vers la mort. Son arrière-petit-fils était vivant. Il devait tenir et le faire savoir à Béatrice. Avec l'aide de l'homme qu'elle avait embauché, elle pourrait peut-être le retrouver. Jean Legarec lui avait fait très bonne impression. Un taiseux, qui ne cherchait pas à épater son monde. Il comptait sur lui pour épauler sa petite-fille préférée qui lui rappelait tant sa Marie. Allons, voilà qu'il sombrait dans le romantisme…

L'Alsacien entendit des voix non loin de lui. Il prit conscience qu'il ne savait même pas où il se trouvait. Il n'était pas sur le sol de dalles en grès de sa maison. Il bougea très légèrement, réveillant de terribles douleurs, sans doute atténuées par de fortes doses d'antalgiques. Il était dans un lit, donc apparemment en sécurité. Lucien Weber entrouvrit les yeux. Une silhouette blanche était penchée sur lui, manipulant une poche à médicaments accrochée à une potence. L'aide-soignante regarda avec satisfaction son patient reprendre conscience.

— Madame, appela-t-elle en se tournant vers une personne qu'il ne pouvait apercevoir, M. Weber revient à lui.

Béatrice s'approcha de son grand-père et se baissa pour l'embrasser. L'émotion submergea l'Alsacien quand il vit un sourire naître sur le visage ravagé de larmes de la jeune femme. Elle lui prit délicatement la main et lui fit signe de ne pas bouger. Un homme entra dans son champ de vision. Son ami Henri, celui qui avait toute sa confiance. Une grande onde de bonheur. Il avait eu raison de se battre pour survivre.

— Je suis heureux de constater que tu vas mieux, Lucien, entama Henri en cherchant maladroitement ses mots. Nous avons vraiment eu très peur. Je peux t'assurer que nous allons retrouver les salopards qui t'ont fait subir ça. Tout le village va s'y mettre.

Le vieil homme fut content d'entendre la voix de son ami. Cependant, il n'avait pas envie de vengeance. Il avait envie de paix, de paix pour lui et pour les siens. D'un coup, les dernières phrases prononcées par ses tortionnaires avant qu'il ne sombre lui revinrent à l'esprit, le frappant aussi violemment que les coups qui lui avaient été assenés. Il fallait qu'il les prévienne. Béatrice, inquiète, vit un voile d'angoisse recouvrir le visage de son grand-père. Il essaya de parler, mais aucun son ne sortit de sa gorge.

— Ne dis rien, repose-toi, lui ordonna avec délicatesse Béatrice.

Non, il devait les prévenir. Avec une vigueur qui le surprit lui-même, il tira doucement la jeune femme vers lui. Elle comprit qu'il voulait absolument lui parler et approcha son oreille du visage du blessé.

— Prends ton temps. N'épuise pas tes forces.

Lucien n'avait plus assez d'énergie pour lui tenir un discours.

— Alexandre... Il est vivant.

— Qui te l'a dit ? murmura Béatrice, bouleversée par la nouvelle.

— Stessinger.

— C'est lui qui t'a mis dans cet état ?

Le vieil homme secoua la tête. Il n'avait pas la force de raconter son agression, mais il devait à tout prix prévenir ses amis.

— Attention... ils savent... que vous allez venir ici. Ils surveillent...

L'Alsacien ferma les yeux. L'effort l'avait épuisé. Il sentit les lèvres de la jeune femme se poser sur son front, comme une dernière caresse, et sombra de nouveau dans l'inconscience.

— Il faut le laisser, maintenant, dit l'aide-soignante. Il est encore très faible. Vous pouvez partir. Ne vous inquiétez pas, je vais m'occuper de lui comme de quelqu'un de ma propre famille.

Béatrice la remercia, regarda encore le vieil homme, tout pâle, dans les draps blancs d'une chambre du CHU de Hautepierre, puis sortit en tirant Henri Feclaz par la manche. Une fois dans le couloir, elle résuma les confidences de son grand-père.

— Une très bonne nouvelle d'abord : Alexandre est vivant !

— Extraordinaire. Qui lui a dit ça ?

— Stessinger !

Le visage de son ami se figea.

— Stessinger ? C'est pas le nom du SS qui s'occupait du camp du Struthof ?

— C'est le même nom, et c'est sans conteste l'un de ses descendants. Ne me demande pas comment il s'est retrouvé à Andlau, je n'en sais rien.

— Quelle est l'autre nouvelle ?

— D'après ce que j'ai compris, ils l'ont laissé vivant afin de servir d'appât. Ils pensaient que je prendrais des risques pour venir le voir, et ils ont eu raison.

— Ce qui veut dire ?

— Qu'ils ont dû mettre une ou plusieurs personnes en planque dans l'entrée de l'hôpital avec ma photo pour me repérer... et qu'ils t'ont sans doute identifié aussi puisque nous sommes ensemble. Je suis désolée, Henri.

L'Alsacien jeta un œil autour de lui et s'assit sur une chaise en plastique posée dans le couloir à l'intention des visiteurs. Quand il avait découvert le corps inanimé de Lucien Weber, il avait pensé qu'il était mort. Le visage tuméfié, les traces de sang sur le sol, le silence de la maison. Il avait regardé suffisamment de séries policières avec Jeannette pour savoir que, théoriquement, il ne fallait pas intervenir sur une scène de crime sous peine de détruire des indices. L'état de santé de son ami était passé avant la future enquête ; quand il avait senti que le cœur de Lucien battait encore faiblement, il avait repris espoir. Henri avait appelé la gendarmerie, puis sa femme. Malgré son ordre, Béatrice était arrivée aussitôt avec Jeannette. Le couple avait tout tenté pour la convaincre de rester à l'abri. Rien à faire ! Les gendarmes étaient arrivés vingt minutes plus tard. Peu après, ils suivaient l'ambulance qui avait emmené Lucien jusqu'à l'hôpital de Strasbourg. Prenant son temps, Henri Feclaz tenta de se repasser le film de ces dernières heures. Avait-il remarqué des personnages suspects quand la gendarmerie avait fait les constatations et secouru Lucien ? Il se concentra, mais la tâche était ardue. Il était tellement obnubilé par l'état de santé du vieil homme que son attention avait été des plus limitées. Il fit tout de même l'effort. Six ou sept voisins, le pharmacien à la retraite, quelques curieux que les gendarmes avaient rapidement évacués. La rue était trop étroite pour être surveillée de loin avec des jumelles. Béatrice avait insisté pour monter dans l'ambulance, et il les avait rejoints aux urgences. Le vieil homme avait été examiné par le médecin de garde et rapidement placé dans une chambre. Il était solide comme un roc. Il serait opéré le lendemain pour ses multiples fractures. Aucun organe vital n'avait été sérieusement touché. « Tant qu'il voudra vivre, lui avait dit le médecin, il tiendra, mais après ce qu'il a subi, en aura-t-il encore envie ? » Le visage fermé, Béatrice avait assuré au praticien qu'il n'abandonnerait pas. Lucien Weber était un survivant.

Henri Feclaz leva les yeux vers Béatrice qui attendait la fin de ses réflexions. Belle, forte dans l'adversité et touchante dans sa détresse, elle était un peu la fille qui lui manquait. Il se releva, parcourut le couloir et s'approcha d'un distributeur de boissons.

— Je t'offre un café, Béa ?

— Volontiers. Maintenant, dis-moi si tu as trouvé quelque chose.

— Je suis quasiment persuadé que nos adversaires n'étaient pas sur place et que nous sommes arrivés au CHU avant eux. Ils ne m'ont sans doute pas encore identifié comme l'un de tes amis. Par contre, ils ont eu le temps de s'organiser. Je parierais qu'ils sont déjà quelque part dans l'hôpital.

Béatrice choisit un chocolat chaud, médita les paroles de son ami avant d'attraper le gobelet dispensé par la machine.

— Nous ne partirons pas ensemble. Je vais commander un taxi à l'accueil.

— Pour aller où ? Ils te prendront en chasse dès que tu auras quitté l'hôpital. Après avoir tenté de t'abattre dans les Vosges et avoir passé Lucien à tabac, je suis certain qu'ils sont prêts à tout pour mettre la main sur toi. Surtout depuis que nous avons découvert leur crypte ! Ils ont forcément fait le lien avec toi. Rentre avec moi.

— Pas question, Henri : s'ils nous voyaient ensemble, tu ne serais plus en état de m'aider.

Henri commanda une boisson à son tour.

— Tu es vraiment une tête de mule... J'ai peut-être une solution. Te souviens-tu de Denis Wahlbach ?

— Celui dont le père tenait une droguerie ? Bien sûr, il passait son temps avec nous pendant les vacances et était amoureux de moi. Sa grand-mère faisait d'ailleurs d'excellents gâteaux. Cela fait des années que je ne l'ai pas revu. Tu es toujours en contact avec lui ?

— Il habite à Schirmeck et a repris la boutique de son père. C'est un membre actif du Club vosgien, tout comme moi. Il pourra te sortir d'ici.

Il s'amusa de l'expression ahurie de la jeune femme.

— Henri, deux ou trois explications ne seraient pas de trop !

— Tu n'as pas suivi le cursus de Denis, mais c'est une vedette dans la région.

— Il vend les plus belles poteries de Betschdorf dans son magasin ?

— Ne sois pas moqueuse, il a fait bien mieux que ça. Il est devenu pilote de rallye amateur et commence à accumuler les succès. Il pense même en faire son activité principale.

— OK, synthétisa Béatrice. Ton idée, c'est une exfiltration dans un style qui naviguerait entre *Taxi* et *Need for Speed* ?

— En quelque sorte. Il viendra te chercher ici puis t'emmènera à Schirmeck. Nous passerons te récupérer demain matin avant d'aller à la mairie : tu seras déjà

sur place. Pendant ce temps-là, je rentrerai tranquillement à Andlau.

— Merci, Henri. Ensuite, tu me proposes une nuit
d'amour avec Denis ? Je l'aimais bien, mais je ne
suis pas prête à tout.

— Ne sois pas bête. D'abord, Denis est marié, et
c'est d'ailleurs un beau gars. Ensuite, sa famille tient
un hôtel à Schirmeck. Ils t'hébergeront.

L'épuisement, mêlé à un étrange sentiment d'excitation, la gagna. La solution paraissait tellement improbable qu'elle en était sans doute réalisable. Elle
accepta, à la satisfaction de son ami. Henri s'éloigna
pour téléphoner et revint dix minutes plus tard.

— Il est d'accord, mais ne peut pas venir tout de
suite. Il sera là vers vingt-deux heures trente.

— L'hôpital sera fermé depuis longtemps ! Je vais
demander au service médical si je peux veiller un
peu grand-père. Lucien sera moins seul et je serai
en sécurité.

66

Hilton Slima

Dix-neuf heures trente. L'équipe « Saïf al-Islam »,
le glaive de l'Islam, était en place. Yasmina Charouf
avait baptisé leur groupe du prénom du second fils
de feu le colonel Kadhafi. Personne n'avait osé lui
demander les motivations de son choix. Ils étaient
arrivés au Hilton à dix-huit heures. Tarik El Salem
connaissait effectivement une partie du personnel.
Il les tenait soit par la peur, soit par l'argent, souvent par les deux. Tarik El Salem avait obtenu une
chambre située juste au-dessus de la salle de réunion :
un couple de touristes hollandais avait été délogé
pour un obscur prétexte et relogé dans une suite.
Le responsable de l'accueil avait fourni les numéros
de chambre des participants à la conférence du soir
au Libyen. L'hôtelier avait des dettes de jeu que les
Libyens avaient couvertes. Il leur devait beaucoup
d'argent. Cela n'avait pas empêché El Salem de glisser
discrètement une enveloppe contenant mille dollars en
petites coupures en remerciements du service rendu :
la carotte et le bâton.

Pour placer les micros dans la pièce, le capitaine El Salem avait fait appel à l'un de ses hommes, maltais d'origine britannique et spécialiste en électronique. La salle de conférence était déjà surveillée par deux colosses, anciens commandos aux cheveux ras, à la veste boutonnée et déformée par l'arme qu'ils portaient ostensiblement dans un holster. Cela n'aurait choqué personne s'ils avaient arboré un tatouage « Navy Seals » sur le front. Une partie de la garde rapprochée de MacCord.

Vêtu de l'impeccable livrée du personnel et poussant un chariot rempli de boissons et de fruits frais, Ronald Pay-Leeson était entré sous le regard suspicieux des gardes. L'un des deux l'avait suivi et avait inspecté le chariot.

MacCord se méfiait de cette île. Il était conscient que c'était le point idéal pour se rencontrer, mais il connaissait aussi la faune qui pouvait y traîner. Il était lui-même le premier à en profiter.

Satisfait de son travail, le commando avait quitté la pièce. Prenant prétexte de rectifier une corbeille de fruits, Pay-Leeson avait sorti les deux micros de sa poche, les avait discrètement fixés sous le plateau du chariot et, quelques secondes plus tard, quittait la salle de réunion à son tour.

Trois autres membres du groupe Saïf al-Islam étaient dispersés au bar et dans les salons, prêts à photographier ensemble les participants à la conférence. L'hôtel était fréquenté, même à cette époque de basse saison touristique. Deux femmes s'étaient jointes à eux, les transformant en touristes ou hommes d'affaires profitant d'une douce soirée maltaise.

La métamorphose la plus marquante était celle de Yasmina Charouf. L'ex-commandant de la garde personnelle du « Guide de la Révolution » avait écouté avec attention les indications de Legarec. Jean-François Clairval aimait les femmes ? Elle lui ferait découvrir les délices du Moyen-Orient. Accoudée au bar, la Libyenne était resplendissante. Ses longs cheveux bruns relevés en un savant chignon lui donnaient un air sage aussitôt trahi par ses grands yeux soulignés de khôl et ses lèvres pulpeuses. Yasmina Charouf avait choisi une robe de soirée blanche, qui mettait en valeur sa peau cuivrée et offrait un chemin direct sur les lignes arrondies de son opulente poitrine. Elle portait un collier dont les perles en forme de gouttes de pluie se perdaient dans le sillon de ses seins ainsi que des boucles d'oreilles en cuivre finement ciselées et buvait tranquillement sa seconde coupe de champagne. Tous les mâles célibataires présents dans l'hôtel avaient déjà remarqué cette splendide créature... Quelques mâles accompagnés aussi, au grand dam de leurs compagnes qui maudissaient cette femme sortie de nulle part. L'ancienne amazone savait quel effet elle faisait aux hommes. Elle aimait le sexe et l'avait suffisamment pratiqué pour connaître pratiquement par cœur leurs réactions.

Les participants à la conférence étaient arrivés dans l'après-midi. Bill MacCord était accompagné de deux proches conseillers, de trois avocats américains et d'une escorte fournie de gardes du corps. Les Grecs étaient quatre et s'étaient déjà installés au bar. L'Américain prenait à sa charge tous les frais. Jean-François Clairval était venu en avion privé, payé par la République française. Il avait prétexté une mission de représentation à Rome, et avait profité de son escale dans la capitale italienne pour embarquer avec lui le représentant italien. Un mercenaire de l'équipe de Van Drought assurait sa sécurité. Le représentant anglais était déjà dans l'île depuis quelques jours.

Clairval appréciait cette pause dans le sprint de sa vie parisienne. Le complot que son père préparait depuis plusieurs années avait admirablement bien fonctionné. Fidèle à lui-même, le vieux Clairval n'avait pas voulu directement impliquer Jean-François dans la mise en place des attentats. Alors qu'il avait annoncé un partage des tâches, Joachim avait une nouvelle fois montré aux autres qu'il ne croyait pas aux compétences de son fils, ce fils à qui, depuis qu'il était jeune, il avait toujours fait des reproches, directs ou indirects. Même lorsque Jean-François Clairval obtenait des succès, Joachim lâchait une petite phrase qui dévalorisait son travail. Le fils avait vécu avec cette blessure permanente, laissant de côté les humiliations pour profiter du faste et des avantages que lui offrait cette vie au cœur du pouvoir. Cependant, il fallait reconnaître que, avec Joachim Clairval au poste de Premier ministre et un Président politiquement au plus bas, leur groupe tenait maintenant fermement les rênes de l'État.

Malgré tout, l'émissaire français n'arrivait pas à se mettre au diapason des autres putschistes. Il ne partageait pas leur enthousiasme et leur rêve de grandeur. La disparition de son fils l'avait tout de même marqué. Certes, il s'en était peu occupé au cours des dernières années, mais Alexandre lui manquait. Quand Joachim avait refusé la mise en place du plan « alerte enlèvement », il avait explosé de colère dans son bureau. En réponse, Jean-François avait eu droit à un discours sur la valeur de la famille Clairval qui ne livrait pas ses affaires au regard du peuple, suivi d'un refus catégorique de lancer cet appel à témoins. La mort de Maud l'avait aussi peiné plus qu'il ne l'aurait imaginé. Jean-François avait donc fait appel aux services de Van Drought. Il avait d'abord pensé que Legarec, tombé de nulle part au cœur de leurs affaires de famille, était mêlé à la disparition d'Alexandre. Il était maintenant persuadé du contraire. Par contre, sa présence annoncée sur l'île était gênante. Il ne leur faisait pas courir de risques à court terme, car comment un homme seul et traqué pourrait-il leur nuire ? Mais que connaissait-il de leurs projets avec MacCord ? Cependant, maintenant qu'il était sous le coup d'un mandat d'arrêt, il ne les gênerait plus longtemps... et le milliardaire américain avait placé assez d'hommes dans l'hôtel pour éviter toute tentative d'intrusion par la force.

Clairval se regarda une dernière fois dans la glace, rajusta le nœud de sa cravate et passa la main dans ses cheveux. L'homme qu'il voyait lui plaisait. Un séducteur d'une quarantaine d'années au sourire impeccable. Les Maltaises n'avaient qu'à bien se tenir. Il attrapa la sacoche de son ordinateur et quitta la luxueuse suite mise à sa disposition par l'Américain. Leur partenaire savait vivre. Il décida de descendre à pied, empruntant l'escalier qui débouchait directement sur le bar. Il faillit manquer une marche en arrivant dans le hall. Une femme sublime se tenait seule devant sa coupe de champagne. Une pute de luxe ? Il l'observa. La femme se retourna, posa ses yeux une demi-seconde sur lui et revint à son verre. Non, pas une call-girl, il en avait fréquenté assez, mais une femme qui cherchait indéniablement à faire des rencontres. De splendides épaules larges et musclées, une peau sombre comme il les aimait, une poitrine qu'il avait déjà envie de caresser, des fesses fermes et cambrées qui faisaient naître en lui une violente érection. Clairval n'avait pas ressenti un tel désir animal depuis des années. Ce séjour à Malte s'annonçait finalement sous les meilleurs auspices. Il avait quelques minutes pour faire connaissance avant sa réunion. Il devait en profiter : une occasion pareille ne se présenterait pas deux fois. Ajustant son costume en alpaga, il se dirigea d'un pas assuré vers le comptoir. Yasmina Charouf l'avait discrètement observé dans le miroir. Plutôt bel homme, et des yeux déjà totalement lubriques. Elle était prête à jouer le rôle de Leila Baalbeck, riche Libanaise désœuvrée. La soirée serait peut-être agréable...

Vingt-deux heures trente. Assis au fond d'un bar en bord de mer, Jean Legarec attaquait son troisième soda. Il ne buvait jamais d'alcool avant l'action. Il ne savait pas comment se passerait la soirée, mais il devait être prêt à tout. À ses côtés, Jean-Baptiste Jalaberre dégustait un whisky. Il avait conseillé à l'enquêteur de ne pas traîner dans ces mêmes bars en été, bondés d'étudiants originaires de toute l'Europe venus perfectionner leur anglais et s'alcooliser à des prix défiant toute concurrence. Une faune qui lui aurait fait prendre conscience de son grand âge !

Le diplomate était resté plutôt silencieux, conscient de l'enjeu de la partie qui se jouait ce soir-là. L'âme de l'Europe était dans la balance.

— Comment allez-vous rentrer en France ? demanda Jalaberre en terminant son verre.

— Il m'est évidemment impossible de prendre un vol régulier. J'ai appelé un ancien client, riche industriel dont j'ai sorti le fils d'une situation, disons... inconfortable. Il avait promis de m'aider en toutes circonstances. Il met à ma disposition son avion et son pilote demain soir pour venir me chercher.

— Un ami intéressant, en effet. Où doit-il atterrir ?

— La Valette. Je me débrouillerai pour embarquer discrètement sans passer par la douane. Je n'ai pas encore étudié les plans de l'aéroport, mais, de nuit, il y a sans aucun doute moyen de se rendre sur le tarmac sans se faire remarquer.

— Si les forces de sécurité ne sont pas mises en alerte, c'est jouable, mais attention, même si nous sommes dans un pays où tout est possible, Malte fait malgré tout partie de l'Union européenne.

— Je vous trouve tout d'un coup bien légaliste, Jean-Baptiste.

Le diplomate haussa les sourcils, l'œil vif.

— Savoir interpréter les lois et ne pas franchir les lignes blanches ! Ce sont les deux préceptes qui m'ont permis de me rendre utile tout en conservant le respect des autorités locales. En parlant de ligne blanche, voici notre ami El Salem.

· Jean Legarec reconnut la silhouette trapue du Libyen qui se frayait un passage entre les tables du bar encore peu fréquenté. Le moment de vérité ! Le Français attendit le bilan de l'espion. El Salem ne s'embarrassa pas de fioritures.

— La première phase a été un échec. Nous avons posé les micros, mais les services de surveillance de

487

MacCord avaient installé des brouilleurs. Les enregistrements ne sont pas exploitables.

Legarec ne montra pas sa déception. Sèchement, il demanda :

— Quelle est la seconde phase de l'opération ?

— Yasmina avait prévu un plan B. Il se déroule à cette heure comme convenu. Rendez-vous ici à une heure du matin.

L'ex-capitaine El Salem avait décidé de ne pas en dire plus. Le sang de Legarec bouillait, mais il savait qu'il n'était pas en mesure de mettre les Libyens sous pression. Il ne pouvait qu'espérer que le professionnalisme de ces anciens membres des services secrets passerait devant d'autres intérêts qu'il n'osait imaginer. Jalaberre ajouta d'une voix posée mais ferme :

— Je ne voudrais pas que M. Legarec ait une piètre image de « Saïf al-Islam ». Je vous ai recommandés, et je tiens à ce que mes conseils gardent toute leur valeur. Nous attendrons le commandant Charouf dans l'établissement de l'autre côté de la rue. Si elle n'est pas en mesure de nous joindre à l'heure prévue, qu'elle m'appelle.

Le Français aurait juré qu'El Salem avait imperceptiblement baissé la tête. Le ton froid de Jalaberre l'avait étonné. Le bonhomme était loin de n'être qu'un diplomate à la retraite.

Jean-François Clairval regarda une nouvelle fois sa montre. Le dîner n'en finissait pas ! Il était assis à côté de l'un des Grecs, qui ne parlait pas un mot de français et dont la connaissance de l'anglais était aussi indigente que la sienne. Avocat de formation,

488

Clairval n'avait plus pratiqué la langue de Shakespeare depuis le baccalauréat.

La réunion s'était bien déroulée. La partie la plus admirable avait été le respect effectif des accords de confidentialité signés trois ans auparavant, au début de l'aventure. Tous les participants avaient en mémoire la mésaventure d'un Italien qui avait menacé de dévoiler le projet et tenté de faire chanter MacCord. Quelques jours plus tard, il avait été retrouvé noyé dans le Tibre, suite à une malencontreuse chute alors qu'il rentrait totalement ivre d'une soirée. De quoi calmer d'autres ardeurs délatrices…

Un échéancier des opérations avait officiellement été agréé entre les participants. Dans deux mois, Bill MacCord rencontrerait le gouvernement grec pour proposer le rachat des propriétés de l'État sur les îles Apolloniades. Le prix des terrains et les commissions des intermédiaires étaient déjà fixés. Six mois seraient nécessaires à la régularisation administrative de la vente. La communication sur l'annonce de l'achat des Apolloniades, qui pourrait choquer le peuple grec, avait été soigneusement préparée. MacCord saurait, avec le soutien de parlementaires acquis à sa cause, leur vendre une nouvelle prospérité économique. Deux ans plus tard, la Grèce, soutenue par la France, l'Italie et la Grande-Bretagne, serait le premier pays à appuyer la demande de MacCord pour une autonomie des îles Apolloniades.

Clairval connaissait par cœur la suite des événements, puisqu'il en avait été l'un des principaux contributeurs. L'image qui submergeait son cerveau au même instant n'était pas celle d'un nouveau drapeau flottant sur des îles grecques, mais celle des fesses superbes de Leila Baalbek : c'est le nom que lui avait laissé la femme assise au bar. Il avait fantasmé sur leurs courbes pendant toute la réunion, imaginé le moment où il ferait glisser son slip le long de ses cuisses, presque ressenti le plaisir qu'il aurait quand il la pénétrerait sauvagement. Il avait passé pratiquement toute la conférence en érection, simulant avec difficulté son intérêt pour les discussions entre partenaires. Comme un fait exprès, la jeune femme qui traduisait en français les propos anglais, italiens et grecs avait une voix sensuelle qui ne facilitait pas sa concentration.

Clairval se remémora une nouvelle fois sa rencontre avec Leila Baalbek. Il avait marché vers le bar sans hésitation, mais sans précipitation. Elle l'avait accueilli avec un sourire à la fois charmeur et vorace. Dès cette seconde, il n'avait eu pour objectif que de la mettre dans son lit. Femme d'un homme d'affaires libanais qui voyageait régulièrement dans le bassin méditerranéen, elle s'ennuyait. Il avait commandé une bouteille de champagne Ruinart rosé à plus de mille cinq cents dollars. Dix minutes plus tard, Leila lui avait crûment avoué qu'il était son type d'homme et que le seul moyen de tuer son ennui était de faire l'amour. Quand elle s'était tournée sur son tabouret de bar pour attraper un des sushis qu'elle grignotait en discutant, sa robe avait dévoilé le haut de l'une de ses cuisses. Clairval avait senti les battements de son cœur accélérer. Cinq minutes plus tard, il était temps de se rendre à la conférence. Serait-elle prête à l'attendre pour aller boire un verre avec lui le soir même ? Elle ne savait pas, elle verrait... s'il se dépêchait. Quand il avait quitté son siège, il avait senti les doigts de Leila passer, comme par un pur hasard, sur son entrejambe. Il s'était retenu pour ne pas gémir. Impossible de suivre sereinement une conférence après une telle rencontre ! Lorsque la réunion avait pris fin, il s'était précipité vers le bar. Elle n'était plus là : abattu, il en aurait pleuré ! Un serveur s'était approché de lui, lui tendant une enveloppe. Il l'avait ouverte, ou plutôt arrachée, découvrant le carton tant espéré. « Rendez-vous au bar à 23 h 30… si tu veux toujours boire un verre. »

Vingt-trois heures trente. Le dîner était terminé. Les Américains étaient montés se coucher. Les Européens étaient partis dans des bars ou des boîtes de strip-tease sous la conduite des avocats maltais et Jean-François Clairval attendait au bar. La pièce s'était vidée et il était pratiquement seul. Quand il vit arriver la Libanaise, il réagit encore plus violemment qu'un adolescent lors de son premier rendez-vous. Elle était beaucoup plus excitante que dans toutes les scènes érotiques qui avaient tourné en boucle dans sa tête durant toute la soirée. Elle s'approcha de lui, le contourna et colla ses seins sur le dos du Français. Clairval fut électrisé. Les notes de fleurs et d'épices de son lourd parfum oriental distillèrent des effluves qui achevèrent de l'envoûter.

— Je n'ai plus soif, murmura-t-elle à son oreille, mais j'ai très envie de sentir tes mains sur mon corps, de t'avoir dans mon ventre.

Hypnotisé, Clairval suivit Yasmina Charouf dans la suite qu'elle avait louée dans l'après-midi.

Minuit. Suite 221 de Jean-François Clairval. Ronald Pay-Leeson était assis à la table de travail. Ses doigts pianotaient sur le clavier de l'ordinateur du parlementaire français, occupé dans la chambre de Yasmina. Le Maltais avait initialement prévu d'emporter la machine dans sa chambre pour y travailler tranquillement, mais il avait tout de suite remarqué qu'elle était protégée par un système de localisation GPS. Tout mouvement suspect de l'appareil engendrait une alarme, qui pouvait générer l'appel automatique d'un numéro prédéfini. Pas question de voir débouler Clairval ! Il lui avait fallu près de vingt minutes pour cracker les mots de passe et les codes. Il avait maintenant commencé à copier les différents fichiers du disque dur. L'informaticien qui s'était occupé de la protection de cette machine connaissait son métier, mais on ne résistait pas à Pay-Leeson ! Quelques heures plus tôt, le hacker avait été terriblement vexé quand il avait découvert l'existence de brouilleurs. Les Américains n'avaient pas acheté du matériel au bazar du coin, mais avaient installé des équipements militaires. Rien à faire contre ça ! Les communications des clients de l'hôtel avaient été brouillées pendant près de deux heures, mais la direction n'était pas intervenue. Le dénommé MacCord avait dû les dédommager grassement. Le Maltais estima qu'il lui fallait encore cinq minutes pour terminer l'extraction des fichiers, puis cinq autres minutes pour remettre l'ordinateur dans une configuration qui permettrait de ne pas soupçonner son intrusion.

Le hacker avait renvoyé Tarik El Salem à l'autre bout de la chambre. Le Maltais ne supportait pas que l'on regarde son travail par-dessus son épaule. Furieux, le Libyen s'était éloigné.

Deux coups discrets, mais secs, frappés contre la porte firent sursauter les deux hommes. Pay-Leeson continua la copie du disque dur, El Salem se glissa dans la salle de bains.

L'inconnu frappa à nouveau.

— Monsieur Clairval, je vois qu'il y a de la lumière et vous ne répondez pas au téléphone. La situation est-elle normale ?

Le Maltais avait dû allumer une lampe de bureau pour travailler dans des conditions suffisantes de visibilité. Même diffus, un rai de lumière filtrait sous la porte dans le couloir sombre.

— Monsieur Clairval, je vais entrer pour m'assurer que vous êtes en sécurité.

Le garde du corps envoyé par Van Drought avait sans doute décidé d'un processus avec Clairval. Il ne pouvait imaginer que son client était dans les bras d'une ancienne amazone de Kadhafi, experte en combat rapproché... dans tous les sens du terme. Pay-Leeson haussa les épaules et continua son travail. Tout ce qui avait trait à la violence était de la responsabilité de Tarik El Salem. Il était juste payé pour cracker un ordinateur. Le hacker entendit le bruit du pêne de la porte, puis des pas légers qui se rapprochaient. Soudain, le puissant faisceau d'une lampe torche l'entoura. Il se retourna, clignant des yeux. Face à lui, un homme, la lampe dans une main et un pistolet dans l'autre.

— Que faites-vous ici ? demanda le garde d'une voix agressive.

Conservant le flegme britannique hérité de ses ancêtres, Pay-Leeson répondit lentement en anglais :

— Je fais une copie des fichiers de cet ordinateur. Enfin, je tente de le faire, car la vive lumière de votre torche est vraiment désagréable.

Le garde du corps, stupéfié par le calme de l'inconnu assis au bureau, relâcha sa vigilance. Il n'entendit pas El Salem s'approcher de lui par-derrière. Quand il sentit la corde à piano mordre la chair de son cou, il lâcha aussitôt son arme et la lampe. Utiliser ses mains pour réduire la tension de la corde qui s'enfonçait dans sa gorge ! Pour maintenir fermement sa prise, le Libyen avait calé son genou entre les reins de son adversaire. Le mercenaire français comprit qu'il était piégé. Il tenta de se débarrasser de son agresseur, lançant des coups de pied et de poing dans toutes les directions. L'ancien agent de Kadhafi connaissait son métier. Il évita les coups, resserrant son étreinte. Le sang ne montait plus au cerveau du garde : la terrible douleur dans son cou disparut avec sa conscience. Dans un dernier spasme, ses membres s'agitèrent, puis il resta inerte. El Salem serra quelques secondes supplémentaires par acquit de conscience et laissa le cadavre glisser sur le sol. Seul le bruit des doigts qui tapotaient le clavier couvrait le silence. Pay-Leeson s'arrêta et dit sans se retourner :

— Ça y est, j'ai terminé la copie des fichiers. Je n'ai plus qu'à effacer les preuves de mon passage, et tout sera pour le mieux dans le meilleur des mondes, aurait dit l'ami Voltaire.

— Au lieu de raconter des conneries, aidez-moi à évacuer ce corps.

Le hacker cessa son activité, se leva et regarda le cadavre à ses pieds.

— Votre culture et votre sens de l'humour laissent à désirer, mais votre efficacité à calmer les intrus est à mettre à votre crédit.

Les deux hommes se détestaient cordialement, mais ils étaient assez intelligents pour coopérer quand leurs intérêts convergeaient.

— La difficulté consiste à ne pas laisser de traces. Avec ce genre d'instrument, je peux facilement faire tomber la tête d'un individu en deux secondes. Il suffit de donner un coup sec et de bien faire passer la corde entre les vertèbres du cou. Rapide, mais présentant un inconvénient majeur : la moquette aurait été couverte de traînées de sang.

— La décapitation pour les nuls ! Cependant, votre souci de limiter le travail du personnel de nettoyage des chambres est touchant. Que faisons-nous de ce pauvre garçon ?

Tarik El Salem eut un instant la tentation d'utiliser sa corde à piano pour la seconde fois de la nuit. Il refréna son envie.

— Appelez Aziz. Nous ne serons pas trop de trois pour évacuer discrètement ce cadavre. Nous le cacherons dans des parties communes puis l'abandonnerons dans une rue de la ville. Terminez votre travail. Nous devons tous avoir quitté la pièce dans cinq minutes.

Minuit quarante-cinq. Yasmina Charouf attrapa une serviette et sortit de la salle de bains. Jean-François Clairval avait quitté sa chambre vingt minutes plus tôt. Elle avait reçu un message de Tarik : ils avaient évacué la suite du Français. Cinq minutes après le départ du parlementaire, El Salem lui avait apporté deux clés USB contenant les fichiers copiés par Pay-Leeson ainsi que les photos prises dans l'hôtel. La Libyenne avait ensuite passé un long moment sous l'eau brûlante de la douche, à repenser à sa mission. Elle l'aurait parfaitement accomplie en fournissant à Legarec des documents qui, d'après le hacker, avaient une valeur bien supérieure à l'enregistrement raté de la conférence du début de soirée.

Elle repensa aux dernières heures. Baiser avec Clairval ne l'avait pas satisfaite. Il avait fait preuve d'une vigueur admirable, mais il était centré sur son propre plaisir. Un de plus ! Elle avait vécu de multiples aventures, et seuls trois amants méritaient de rester dans sa mémoire. Elle sortit un string de son sac de voyage, enfila des leggings en cuir noir et passa un tee-shirt blanc à même sa peau encore humide. Puis elle remonta sa chevelure en un chignon serré et coiffa une casquette. Inutile de risquer d'être reconnue dans la rue par l'un des participants à la conférence en virée nocturne. En cherchant son blouson en daim, elle repensa à Legarec. C'était son image qu'elle avait sous les yeux quand Clairval l'avait prise sur la moquette de sa suite. Pourquoi était-elle attirée par cet homme ? Un côté mystérieux et tourmenté peut-être… Elle savait qu'elle était compliquée ! Elle attrapa son blouson et quitta la chambre.

Le bar dans lequel elle avait rendez-vous avec Jalaberre et Legarec n'était qu'à cinq minutes de l'hôtel. Elle apprécia le vent marin frais qui caressait son visage. En tournant dans une rue perpendiculaire au front de mer, elle aperçut, vingt mètres plus loin, deux hommes qui discutaient dans un coin sombre. Une des deux silhouettes lui était familière. La Libyenne se colla au mur et observa la scène. Malgré la pénombre, elle identifia l'inconnu : Rachid Senoussi, qui avait rejoint son unité en 2012. Il aurait dû se trouver au Hilton et n'avait rien à faire à cet endroit. Elle traversa la route et se mêla à un groupe de fêtards. En passant à proximité des deux hommes, une rage froide la gagna.

L'interlocuteur de Senoussi était Youri Ikanovitch, officiellement représentant d'une boîte d'import-export russe, officieusement responsable des activités de la mafia russe sur l'île. Libyens et Russes avaient réussi à faire cohabiter leurs affaires sur l'île pendant des années, mais la mafia rouge prospérait aujourd'hui à grande échelle dans le trafic de drogue et d'armes et avait des velléités hégémoniques. Yasmina Charouf s'en méfiait et les surveillait de près. La signification de cette rencontre entre Senoussi et Ikanovitch était claire : il était en train de trahir « Saïf al-Islam ». Elle regarda sa montre et envoya un court SMS à Jalaberre sans quitter les deux hommes des yeux. Elle leur demandait un délai. L'échange furtif d'une enveloppe entre les deux truands confirma les craintes de l'amazone. Senoussi venait de signer son arrêt de mort. Le Russe et le Libyen se séparèrent. Le commandant Charouf suivit Senoussi à distance. Il regagnait le Hilton par l'entrée réservée au personnel. Elle attendit qu'il ait emprunté un couloir désert qui menait aux sous-sols et le rattrapa en quelques foulées souples.

— Alors, Rachid, tu prends l'air ?

Senoussi sursauta et pâlit en voyant son chef. Elle fixa sur lui un regard d'où toute trace d'humanité avait disparu.

— J'avais besoin de marcher un peu... pour garder toute ma vigilance.

Yasmina le poussa dans une buanderie et referma la porte derrière elle. L'homme ne chercha pas à se défendre. Malgré ses vingt kilos supplémentaires, il avait peu de chances de vaincre cette femme, amazone d'élite du Guide de la Révolution. Peut-être n'avait-elle rien remarqué ? Il allait tenter de s'en sortir, au moins à court terme, en mentant.

— Tarik m'a dit...

— ... d'aller discuter avec Ikanovitch ?

Les jambes du Libyen flageolèrent. Elle savait ! Il avait déjà vu Yasmina Charouf s'occuper personnellement d'un traître. Malgré vingt-cinq années passées dans les services secrets de Kadhafi, la cruauté de son chef de groupe l'avait déstabilisé. Senoussi décida de tenter le tout pour le tout. Brusquement, il sortit un poignard de sa ceinture et plongea la lame vers le ventre de la femme. Deux secondes plus tard, il hurlait au sol, le bras cassé. Le poing de la Libyenne lui écrasa la trachée, le réduisant au silence. Elle ramassa tranquillement l'arme, s'accroupit à côté de son coéquipier et découpa un à un les boutons de sa chemise. D'un coup sec, elle trancha la ceinture puis continua à faire tomber les boutons du pantalon. L'homme, terrorisé, sentit la lame froide contre son sexe recroquevillé.

— À cette heure tardive, Rachid, nous ne serons pas dérangés par le personnel. Deux solutions s'offrent à toi. Tu me dis tout de suite ce que tu faisais avec Ikanovitch, sans omettre le moindre détail, ou tu me forces à t'extirper la vérité mot après mot. À toi de choisir.

Rachid Senoussi savait qu'il était déjà mort. Les hurlements de souffrance du traître qu'avait torturé Yasmina Charouf revinrent à ses oreilles. Autant mourir vite.

— Épargneras-tu ma femme et mon fils ?

— Si tu me dis tout ce que je veux entendre, j'y réfléchirai.

— Ikanovitch m'a approché ce soir. Il a été sollicité par l'entourage de l'Américain pour mettre la main sur le Français.

— Que lui as-tu raconté ?

Le Libyen hésita un instant, sentit la lame entailler son entrejambe.

— Que Tarik avait rendez-vous avec lui, dans un bar, quelque part dans Paceville... et qu'il devait encore s'y trouver.

— Lui as-tu parlé de Jalaberre ?

— Non, je te le jure, sur le Coran !

— Laisse le Coran à sa place. Combien t'a-t-il donné pour cette information ?

— Dix mille dollars.

Si le Russe avait fourni une telle somme à Senoussi, c'était que l'Américain lui en avait donné au moins dix fois plus. MacCord tenait donc beaucoup à retrouver Legarec.

— Qu'est-ce qui t'est passé par la tête, Rachid ?

Elle se glissa derrière son homme de main et lui enfonça la lame dans le cœur. Pas le temps de faire dans la dentelle. Elle veilla à ne pas se tacher avec le sang qui s'écoulait régulièrement sur le sol en béton et saisit son téléphone.

— Tarik, tu as un colis à récupérer dans l'une des buanderies. Vous irez le jeter dans le port.

Elle raccrocha, essuya le poignard sur la chemise de Senoussi et le glissa dans sa ceinture. Legarec se retrouvait en danger à cause d'elle, il fallait qu'elle agisse vite. Elle remonta dans sa chambre, récupéra une arme à feu et, d'un pas rapide, se dirigea vers le lieu de leur rendez-vous.

Une heure quinze du matin. Jean Legarec ne put réprimer un bâillement. L'ambiance était montée d'un ton dans l'établissement de nuit. La musique était poussée à son maximum, une bande d'étudiantes dansait sur la piste, surveillée par de riches touristes à la recherche de chair fraîche. Les deux Français avaient choisi la table la plus éloignée des enceintes. Suite au passage d'El Salem, Jalaberre s'était fait rassurant. Jamais Yasmina Charouf ne lui avait fait défaut ! L'enquêteur préférait croire en l'optimisme du diplomate. Il nota des regards masculins qui se fixaient vers l'entrée avant d'apercevoir la silhouette du commandant Charouf. Aucune des gamines venues draguer dans cette boîte n'arrivait à la cheville de la Libyenne. Elle fit une pause à quelques mètres de leur table, observa la salle en semblant chercher des connaissances, puis s'installa à leurs côtés. Elle glissa les deux clés USB dans une poche de la veste de Legarec.

— Voici le résultat du reportage photo ainsi qu'une copie du disque dur de l'ordinateur de Jean-François Clairval. D'après notre spécialiste, certains des fichiers devraient retenir votre intérêt.

L'enquêteur se fendit d'un sourire. Il n'avait pas espéré mettre la main sur les données privées de l'émissaire français. Il regarda Yasmina, et comprit son rôle dans l'opération.

— Ce n'est pas un bon amant, lui répondit-elle, comme si elle avait lu dans ses pensées.

Puis elle baissa la voix et une étincelle de haine brilla dans ses pupilles :

— Vous êtes en grand danger, Jean.

Surpris, le Français la laissa continuer.

— J'ai été trahie par l'un de mes hommes.

Elle marqua un silence, profondément honteuse de devoir avouer ce qu'elle considérait comme un cuisant échec. Un de ceux qu'elle avait choisis l'avait trompée. Elle n'avait pas su prévoir son revirement. Elle devait la vérité aux deux Français, et son sens du devoir passait avant sa fierté.

— Il ne recommencera pas, mais il a eu le temps de discuter avec Youri Ikanovitch.

— Que viennent faire les Russes dans cette histoire ? interrogea le diplomate.

— Ils ont été payés par MacCord pour retrouver Jean.

— Savent-ils que je dispose d'une copie de l'ordinateur de Clairval ?

— Mon informaticien m'a certifié qu'il n'a laissé aucune trace. MacCord doit estimer que vous êtes un élément gênant pour ses affaires. Je me dois maintenant d'assurer votre sécurité jusqu'à votre départ de Malte. Considérez que vous êtes sous ma protection. Qui veut prendre votre vie devra prendre la mienne.

Jean fixa l'amazone. Il ne s'attendait pas à un tel engagement de la part d'une mercenaire, mais tout prouvait dans son attitude que chacune de ses paroles avait été mûrement pesée. Yasmina Charouf prit son

téléphone, échangea quelques mots en arabe et, satisfaite, raccrocha.

— Il faut partir d'ici. Les Russes ont des indicateurs de plus en plus nombreux. Vous n'êtes plus en
sécurité dans ce bar. Aziz arrive avec un véhicule. Je
sors et vous ferai signe dès qu'il sera là.

La femme les quitta. Legarec posa la main sur la
poche intérieure de sa veste, vérifiant inconsciemment
la présence du Sig Sauer.

— Les Russes représentent-ils un vrai danger ?

— Ils étendent leur pouvoir sur l'île, et font
d'ailleurs de l'ombre aux Libyens. En corrompant
un homme de Yasmina Charouf, ils lui ont déclaré
la guerre. Elle doit réagir, et c'est dans sa nature.
On comptera les cadavres demain.

— Pourquoi se soucie-t-elle à ce point de ma
santé ? Après tout, elle a rempli son contrat et pourrait
considérer la présence des Russes comme un dommage collatéral.

— Yasmina est une femme d'honneur. Elle veut
mener à bien sa mission : vous voir repartir vivant...
avec les renseignements. Il y a aussi une autre raison,
plus personnelle.

— Je vous écoute.

— Ne lui en parlez jamais. Il y a douze ans, je
l'ai tirée des griffes du SIS, le Secret Intelligence
Service britannique, auparavant connu sous le nom
de MI6. Elle n'était pas encore membre de la garde
rapprochée de Kadhafi, mais faisait partie des services
secrets libyens. Elle avait mis hors d'état de nuire
quatre agents de Sa Majesté, et le MI6 ne le lui avait
pas pardonné.

— Pour quelle raison l'avez-vous libérée ?

502

— La France avait des relations diplomatiques assez épisodiques avec la Libye, mais quelques intérêts communs. Échange d'un agent contre des renseignements. Et surtout, même si je devrais en avoir honte, les Britanniques m'avaient joué un sale coup et j'étais assez satisfait de leur rendre la monnaie de leur pièce. Bref, j'ai discrètement fait évader Yasmina, je l'ai soignée une petite semaine et renvoyée en Libye.

— Le dénommé Aziz est-il digne de confiance ?

— C'est son frère.

— Tant mieux, car nous allons avoir besoin de leur soutien. Près des barres de pole-dance, deux individus nous observent depuis quelques minutes. Le plus grand vient de sortir un téléphone… Le temps se gâte et il serait sage d'évacuer les lieux.

Legarec prit la direction des opérations. Quand ils quittèrent leur siège, l'homme au téléphone commença à s'agiter. Il parla plus rapidement, jetant de fréquents coups d'œil vers la porte d'entrée.

— Ils nous préparent un comité d'accueil. Soyez vigilant.

La rue était calme. À cinquante mètres sur la droite, Jean reconnut la silhouette de Yasmina. Il fit signe au diplomate et se dirigea vers elle. La Libyenne les aperçut, surprise de les voir arriver alors qu'elle n'avait pas encore donné le signal. Soudain, un véhicule freina à leur niveau. Le Français enregistra la scène en une seconde. Trois hommes, armés, sortaient du 4 × 4 et les deux guetteurs qui les avaient repérés dans le bar couraient à leur rencontre. Jean poussa le diplomate le long du mur et saisit son Sig Sauer. Sans laisser à ses agresseurs le temps de réagir, il visa la tête de celui qui était le plus proche. La balle entra par l'œil et lui réduisit le cerveau en bouillie. Jean savait que son premier coup avait fait mouche. Il se concentra ensuite sur le second assaillant et lui lâcha deux projectiles dans le cœur. L'homme s'effondra. Au même moment, le troisième tomba, mort avant de toucher le bitume. Yasmina était entrée dans la danse. Les deux truands du bar n'avaient pas demandé leur reste et s'étaient enfuis dans une rue adjacente. Le chauffeur du 4 × 4 démarra pour évacuer les lieux, mais la Libyenne ne lui en laissa pas le loisir. Un claquement sec précéda la fragmentation du pare-brise. Le Toyota termina sa course dans la vitrine d'un magasin. Au même moment, une vieille Mercedes arrivait en trombe au bord du trottoir. Quelques mots en arabe, et ils se précipitèrent dans le véhicule. Jean-Baptiste Jalaberre s'installa à côté du chauffeur et le commandant Charouf prit place à l'arrière avec l'ex-parachutiste français. Le diplomate indiqua la direction de Mdina, ancienne capitale située au cœur de l'île. Aziz démarra sur les chapeaux de roue et emprunta de petites rues pour quitter La Valette. Personne ne les suivait.

L'amazone rompit le silence :

— Je ne regrette pas de vous avoir offert mon Sig Sauer. Il est entre de bonnes mains.

Le Français ne répondit pas tout de suite. S'il s'était fait prendre par les sbires de MacCord, il n'en serait pas sorti vivant. La vie de ceux qui s'opposaient à son projet de création d'un petit État personnel n'avait aucune valeur aux yeux du milliardaire. La décision d'abattre les deux tueurs avait été la bonne, mais un sentiment de tristesse s'emparait toujours de lui après avoir donné la mort.

504

— Je n'ai pas d'états d'âme quand je dois tuer, reprit la Libyenne. Nous vivons dans une jungle sans pitié, et la vie me le prouve perpétuellement. Gardez cette arme, elle sera un souvenir de notre rencontre.

Il sentit la cuisse chaude et musclée de sa voisine s'appuyer contre la sienne. Puis elle posa la tête sur son épaule et ferma les yeux. Jean la regarda. Elle avait perdu son allure implacable et paraissait presque fragile, ainsi abandonnée. Jean se troubla, les visages de Grace et de Béatrice se superposèrent à celui de Yasmina. Il ne bougea pas, ses yeux fixés sur le paysage qui défilait, baigné par le halo de la lune. Le diplomate les observait dans le rétroviseur.

— Yasmina, nous avons encore besoin de vous.

La Libyenne, à contrecœur, se redressa.

— Jean-Baptiste, je vous ai dit que j'étais à votre disposition. Que pouvons-nous faire ?

— Jean avait prévu d'embarquer demain soir à bord d'un avion privé, mais après ce qui s'est passé, Ikanovitch va vouloir se venger et la police sera aux aguets. J'ai peur que l'accès à l'aéroport ne devienne trop risqué. Mieux vaudrait embarquer en Sicile.

Saisissant la balle au bond, la Libyenne intervint :

— L'aéroport de Comiso, dans le sud de l'île. Il est assez peu fréquenté, et un avion privé pourra aisément s'y poser. Je peux trouver une vedette rapide qui partira de Marsaxlokk et vous emmènera sur la côte sicilienne. Il restera ensuite une vingtaine de kilomètres à parcourir. Si vous donnez quelques dizaines d'euros à un habitant local, il vous conduira à l'aéroport.

— Un bateau de pêche ne serait-il pas plus discret ? La mafia utilise classiquement ces hors-bord et la police maritime italienne est sur les dents.

505

— La passe entre Malte et la Sicile est aussi bondée de faux bateaux de pêche qui débarquent clandestinement des immigrants. Celui que je vais mettre à votre disposition ne se fera pas attraper par les gardes-côtes. Vous serez à l'heure pour prendre votre avion. Quant à Ikanovitch, il n'en est qu'à ses premières pertes. En achetant Rachid, il a brisé notre pacte de non-agression. Nous allons nous occuper de lui. Noël sera chaud pour les amis de Youri. La Valette n'est pas Moscou, et il va rapidement se souvenir qu'il n'est pas en terre d'influence soviétique.

La voiture atteignit la vieille ville de Mdina. Sous la direction de Jalaberre, Aziz s'engagea prudemment dans les rues désertes. Il s'arrêta devant un immeuble ancien. Le diplomate descendit du véhicule et se dirigea vers le bâtiment d'un autre temps. Il sonna, attendit, puis discuta quelques minutes avec l'habitant qui lui avait ouvert la porte. Sur la banquette arrière, Jean ne bougeait pas, le corps de Yasmina collé au sien. Cette femme était l'une des plus belles qu'il ait croisées, et sans doute la plus désirable. Il ne pouvait nier qu'il appréciait le contact de sa peau, mais il n'avait pas envie de faire l'amour avec elle. La Libyenne avait compris qu'elle ne finirait pas au lit avec lui, mais n'en éprouvait aucune amertume. Elle avait trouvé, l'espace d'une fin de soirée, celui dont elle rêvait depuis des années. Elle savait qu'il était dangereux d'essayer de réaliser un rêve. Elle risquerait de le casser et de le perdre à tout jamais.

Le diplomate fit un signe en direction de la voiture. Yasmina retint quelques instants Jean par le bras.

— Tes ennemis sont pires que des hyènes. Ils ne sont motivés que par le pouvoir et par l'argent. Quelle que soit ta quête, sois prudent et sois fort. Ne te laisse pas attendrir avant d'avoir atteint ton but... Je suis heureuse de t'avoir connu.

Elle effleura de ses lèvres le coin de la bouche du Français et, sans lui laisser l'occasion de répondre, le poussa hors de la voiture.

67

Mairie de Schirmeck

20 décembre

Béatrice s'étira, bâilla longuement et regarda le temps qu'il faisait par le volet entrouvert. Le ciel était gris, annonciateur de nouvelles chutes de neige. Elle envia Jean, qui menait son enquête sous le soleil méditerranéen. Elle avait réussi à le joindre la veille en attendant Denis Wahlbach. Ils avaient discuté plus d'un quart d'heure. Elle lui avait appris la découverte du domaine Saint-Florent, le mandat d'arrêt lancé contre lui, l'agression dont avait été victime Lucien Weber. La jeune femme avait senti la colère dans la voix de l'enquêteur quand elle lui avait raconté quels sévices avait subis le vieil homme. Elle avait aimé les conseils de prudence qu'il lui avait prodigués. Il lui avait raconté sa rencontre avec une organisation libyenne et les preuves de collusion entre Clairval et MacCord qu'il espérait récupérer. Jean la considérait maintenant comme une partenaire à part entière et elle en était fière.

Elle n'était plus uniquement la gentille Béatrice qui rendait service, s'occupait des autres et vivait dans l'ombre de ceux qui l'entouraient. Cette aventure lui avait fait prendre conscience de ses capacités, l'avait aidée à dépasser le schéma dans lequel on l'avait installée, avec son accord tacite, depuis des années. Elle avait peu dormi cette nuit et avait repassé son existence au peigne fin. Comment avait-elle pu accepter aussi facilement de se soumettre à la volonté des siens ? Comment avait-elle pu se marier avec un monstre comme Sylvain, alors qu'elle savait au fond d'elle-même qu'elle ne pourrait que souffrir d'une telle union ? Qu'est-ce qui l'avait poussée dans les bras de Jean-François Clairval ? Cette Béatrice lui semblait soudain si loin...

Béatrice se leva et gagna la salle de bains de la chambre d'hôtel. Avec ses cheveux blonds en bataille, le tee-shirt un peu trop large et le short que lui avait prêtés la mère de Denis, elle ressemblait à une étudiante un lendemain de soirée. Elle se sourit et se plut. L'hôtel du Geissweg était loin d'être complet à cette époque de l'année, et Mme Wahlbach lui avait offert la meilleure chambre. Elle se déshabilla, jeta ses vêtements dans un coin de la pièce et entra dans la cabine de douche. L'eau chaude l'aida à se réveiller. Le trajet entre l'hôpital et Schirmeck avait été une nouvelle expérience. Denis l'avait récupérée sur le parking des urgences. Elle l'avait à peine reconnu, mais l'avait retrouvé avec plaisir. Henri avait raison, il était devenu plutôt beau gosse. Il conduisait une voiture d'allure banale dont il avait changé le moteur et trafiqué les plaques d'immatriculation. Une berline allemande les avait suivis dès qu'ils avaient quitté le CHU. Il avait roulé normalement sur l'autoroute, en direction de Barr. Ils en avaient profité pour discuter de leur enfance et de leur parcours. Denis avait l'intention de suivre les traces de Sébastien Loeb, même s'il reconnaissait avoir moins de talent que le nonuple champion du monde français des rallyes. Ils avaient quitté l'A35 à la sortie de Gertwiller. Le jeune homme avait repéré deux véhicules qui se relayaient pour les pister. À peine lancé sur les routes départementales, il avait commencé son show. Solidement accrochée à la poignée de porte, Béatrice n'avait pas dit un mot, de peur de le déconcentrer. Les virages au frein à main et les lignes droites prises à cent cinquante kilomètres à l'heure ne lui avaient paru qu'une mise en bouche quand Denis avait conduit près d'un kilomètre tous feux éteints. Malgré la puissance de leur moteur, les hommes de Clairval n'avaient pu résister à la maestria du pilote de Schirmeck. Dix kilomètres plus loin, Béatrice et son chauffeur roulaient tranquillement dans la forêt vosgienne. Quand elle avait demandé à Denis Wahlbach s'il ne craignait pas que leurs poursuivants retrouvent son véhicule, il avait ri, lui opposant deux arguments imparables : sa voiture n'avait pas d'existence en préfecture, et il connaissait tous les gendarmes de la région, qui voyaient en lui une future star de la route. Béatrice n'avait rien trouvé à répondre à un tel raisonnement.

La jeune femme coupa le jet d'eau, noyée dans un épais nuage de vapeur. Elle se sécha et enfila ses vêtements de la veille. Elle regarda sa montre : huit heures. Henri et Jeannette avaient prévu de venir la chercher à neuf heures, ce qui lui laissait du temps. Elle fouilla dans le kit de toilette offert par l'hôtelière

510

et trouva ce qu'elle cherchait : un peigne et deux élastiques. Béatrice tressa ses cheveux et se les attacha sur le haut de la tête. Elle regarda le résultat dans le miroir. Elle avait en face d'elle une nouvelle Ioula Tymochenko, version jeune.

Béatrice Weber et les Feclaz venaient de pénétrer dans l'imposante mairie en grès des Vosges de la ville de Schirmeck. Un grand homme sec les attendait à l'accueil. Il embrassa Jeannette et salua cordialement Béatrice et Henri. Jules Spindler, adjoint au maire, les escorta jusqu'à son bureau, puis demanda à un stagiaire de leur préparer quatre cafés et d'aller acheter des croissants dans une pâtisserie proche de la mairie.

— Jeannette, cela me fait plaisir de te revoir. Cela faisait longtemps, dis-moi ! Je connais ton mari, mais pas mademoiselle. Une de tes belles-filles ?

Le « mademoiselle » amusa Béatrice Weber. À trente-cinq ans, cela ne lui arrivait plus tous les jours. Peut-être l'effet de sa coiffure à la mode ukrainienne ?

— Juste une amie d'enfance des garçons Feclaz, précisa-t-elle.

L'adjoint au maire attendit que le stagiaire revienne avec les cafés et les viennoiseries, comparant les succès des marchés de Noël de Schirmeck et d'Andlau et devisant sur les travaux d'aménagement des rives de la Bruche dont il était à l'origine. Une fois le petit déjeuner avalé, il posa la question qu'attendaient Henri et Béatrice depuis vingt bonnes minutes.

— En quoi puis-je vous être utile ?

— Jules, nous sommes venus nous renseigner sur le domaine Saint-Florent.

— Ça alors, c'est amusant que vous vous intéressiez à Saint-Florent ! Le responsable de cette institution était dans le bureau du maire pas plus tard qu'hier.

— C'est effectivement une sacrée coïncidence, relança Jeannette. Sais-tu ce qu'il voulait ?

L'adjoint regarda autour de lui, vérifiant qu'aucun intrus ne s'était caché sous la table ou derrière l'un des rideaux. Puis, d'un air de conspirateur :

— Le responsable en question, un Français de l'intérieur, est venu expliquer au maire qu'ils allaient organiser une grande rencontre dans leur propriété. Apparemment, ils reçoivent du beau monde. Il a demandé l'autorisation de faire intervenir une garde privée qui assurera la sécurité de leurs invités.

— Une milice ? C'est complètement fou, ton histoire ! s'exclama Jeannette. Comme si les Vosges étaient un repaire de brigands. Mais ils se croient où, dans le neuf quelque chose ? Par ailleurs, c'est la préfecture que ça regarde, pas la municipalité.

— Je suis d'accord avec toi, Jeannette, mais les gérants de Saint-Florent ont toujours entretenu d'excellentes relations avec la ville. Ils subventionnent de nombreuses associations, et nous n'en tirons que des bénéfices. Je pense qu'il en a parlé à notre maire par courtoisie.

— Connais-tu précisément leurs activités ?

— Ils ont créé une sorte d'école internationale totalement privée. D'après ce que j'ai compris, ils accueillent des enfants d'un peu partout. La proximité de Strasbourg et des fonctionnaires qui travaillent pour le Parlement européen serait une des raisons de leur succès.

512

— Vous ne parlez qu'au conditionnel, remarqua Henri.

— Oh, le maire en sait peut-être plus que moi. En tout cas, ils ont toujours payé leurs impôts, les services de la mairie y sont bien reçus quand ils font des inspections, et ils entretiennent le domaine et les environs à merveille. Leur présence est un vrai atout pour la commune.

Béatrice scruta Spindler, certaine qu'il n'avait pas tout raconté.

— Que savez-vous de cette rencontre ? interrogea la jeune femme. Entre nous, Jules, nous avons des raisons de croire que cette association n'est peut-être pas aussi lisse qu'elle en donne l'apparence.

L'adjoint au maire détailla son invitée. Décidément, cette femme avait un charme auquel il n'était pas insensible. Il disposait d'une information obtenue sous le sceau de la confidence. Il prit le temps de la réflexion. Après tout, que risquait-il à la dévoiler aux Feclaz ? D'un geste théâtral, il leur fit signe de se rapprocher et, baissant la voix :

— D'après le maire, les participants à ce congrès seraient non seulement d'influents personnages dont les enfants sont scolarisés à Saint-Florent, mais aussi les membres d'une organisation dirigée par le propriétaire du domaine.

— Peux-tu être plus précis ? demanda Jeannette sur le même ton mystérieux.

— La propriété a été achetée par une société luxembourgeoise il y a vingt-cinq ans, mais, apparemment, c'est un Américain qui en est à la tête. Voilà tout ce que je sais.

— Connais-tu la date exacte de leur réunion ?

— Ça, je peux te le dire. Le 24 décembre... la veille de Noël.

— Jules, merci de ces informations, conclut Béatrice en accordant un franc sourire à l'adjoint au maire.

— Ce fut un plaisir. En quoi vous seront-elles utiles ?

Béatrice n'avait pas prévu cette question. Elle improvisa :

— Je suis journaliste, et j'enquête sur l'installation d'intérêts étrangers en Alsace. Dès que mon article paraîtra, vous serez parmi les premiers au courant. Pour le moment, je vous demanderai de considérer l'entretien que nous venons d'avoir comme confidentiel.

— J'allais vous demander la même chose, répondit Jules Spindler du tac au tac. Si vous faites allusion à ma participation, j'aimerais pouvoir relire l'article avant que vous ne le mettiez sous presse. Je vous laisse mes coordonnées. N'hésitez pas à m'appeler si vous souhaitez des informations supplémentaires.

68

Patricia

Le soleil couchant nimbait les cimes enneigées d'une pâle couleur orangée. Malgré son épaisse veste de ski, Patricia frissonna. Elle savait que d'ici quelques minutes Ursula reviendrait. La montagne qui s'étendait à perte de vue avait été son unique horizon pendant des années. Elle balaya le paysage grandiose des yeux.

L'année dernière, pour la première fois, elle avait quitté ce refuge. Après de longues négociations, Frau Streifel avait finalement donné son accord. À l'annonce de la nouvelle, elle avait été à la fois inquiète et excitée, puis l'excitation avait pris le dessus et elle s'était mise à rêver de ses vacances. À vingt ans, elle allait enfin voir la mer, et elle la découvrirait avec cet homme qu'elle aimait. Frau Streifel leur avait imposé la présence d'Ursula. Patricia avait d'abord ressenti une pointe de déception. Elle avait envie d'être en tête à tête avec lui pendant une semaine, mais elle savait que le choix de la directrice était dicté par la raison. Pour cette occasion si particulière, elle avait voulu être élégante et plaire. Elle était jolie, d'une beauté diaphane d'après ceux qui l'entouraient. Grande, fine, une longue chevelure auburn qu'elle laissait vagabonder sur ses épaules, Patricia avait de magnifiques yeux noirs, d'une profondeur qui révélait son âme à ceux qui se donnaient la peine de la chercher. Elle avait choisi sur Internet deux maillots de bain, trois robes d'été, des foulards, une nouvelle paire de lunettes de soleil et même deux paires de sandales : elle n'en avait encore jamais porté. Il lui avait dit d'acheter tout ce dont elle aurait envie, pour qu'on ne remarque qu'elle. Elle avait aussi offert quelques vêtements à Ursula, qui était devenue rouge de confusion. La joie de son amie avait été le plus beau des remerciements.

Enfin, il était venu les chercher. Ils avaient roulé jusqu'à l'aéroport de Zurich, puis avaient pris un avion qu'il avait spécialement affrété pour eux. Ils s'étaient rendus sur la côte amalfitaine, en face de l'île de Capri, et s'étaient installés dans une petite villa, en bordure d'une station balnéaire fréquentée par la jeunesse dorée romaine. Patricia avait vécu les plus belles journées de sa vie, offrant son corps à l'air chaud et salé de la Méditerranée. Elle avait même surmonté sa peur pour goûter avec lui l'eau de la Grande Bleue. La jeune femme avait lu dans le regard de l'homme d'abord une sincère admiration, puis de la tendresse qui, jour après jour, s'était transformée en quelque chose de beaucoup plus fort... elle en était certaine.

Ils étaient rentrés et il lui avait dit qu'il reviendrait la voir le plus souvent possible. Elle aimait sa voix un peu rauque, la gravité qu'il avait quand ils regardaient ensemble, en silence, les voiliers qui dansaient sur la mer. Il lui avait aussi promis qu'il ferait tout pour la sortir de sa prison. Il avait juré que c'était l'unique objectif de sa vie. Elle voulait le croire, mais elle savait que les barreaux qui la retenaient enfermée étaient indestructibles.

Une larme coula le long de sa joue. Elle ne la sentit pas glisser jusqu'au coin de sa bouche. Elle entendit sur le dallage de la terrasse les pas un peu lourds d'Ursula qui venait la chercher. Elle retrouverait la chaleur du feu qui brillait dans la grande cheminée du salon. Elle regarderait le bois sec claquer et les étincelles s'envoler dans l'âtre dans des trajectoires magiques et éphémères. Et s'il avait raison malgré tout ? S'il trouvait un moyen, magique lui aussi, de la libérer ? Elle avait vingt ans et elle voulait y croire. Elle voulait croire à ce qu'il lui disait et non aux rapports des médecins.

— *So, Fräulein Patricia*, il faut rentrer maintenant, chuchota Ursula en lui posant délicatement un châle en laine sur les épaules. Ce n'est pas le moment de prendre froid. C'est bientôt Noël et il a promis qu'il serait avec nous.

Patricia s'amusa de ce « nous ». Ursula était aussi tombée sous son charme, et la jeune femme en était heureuse. L'infirmière saisit les poignées du fauteuil roulant, débloqua les roues et raccompagna la jeune tétraplégique à l'intérieur de la clinique privée.

69

Comiso

La mer était agitée et le puissant hors-bord sautait de vague en vague, propulsé par ses deux moteurs de deux cents chevaux. Le privé apprécia le pull en laine et le ciré que lui avait apportés Jean-Baptiste Jalaberre. Dans moins d'une heure, Jean Legarec serait déposé sur la côte sicilienne. Il avait quitté une île de Malte en ébullition. Neuf cadavres avaient été retrouvés sur la commune de La Valette. Malte n'avait jamais connu une telle tuerie. Yasmina Charouf et « Saïf al-Islam » avaient frappé fort. D'après Jalaberre, elle avait éliminé durant la nuit les deux principaux lieutenants d'Ikanovitch. L'affront du Russe avait été lavé dans le sang et le milieu savait que les Libyens n'étaient pas prêts à abandonner leur pouvoir. La police maltaise avait été plus ennuyée en retrouvant le corps d'un citoyen français étranglé avec une corde à piano dans une rue du quartier Saint-Julian. La mort ne semblait pas liée au règlement de comptes. Néanmoins, le gouvernement maltais avait décidé de mettre en œuvre tous les moyens dont il disposait pour faire la lumière sur cette affaire.

Jean n'avait dormi que deux heures, réveillé par un cauchemar qui ne l'avait plus hanté depuis des mois. Il est au volant d'un 4 × 4, sur une route déserte. À ses côtés, une femme, jeune, la main crispée sur la portière de la voiture. Derrière, dans un siège bébé, une fillette dort paisiblement. Malgré les demandes de prudence répétées de la passagère, il roule de plus en plus vite. Il fait nuit, ils sont seuls sur la route, il est pressé, il sait piloter. Soudain, un cri venu de nulle part ! Un camion se matérialise devant lui. Il va trop vite et n'a que le temps de braquer le volant. Son véhicule quitte la chaussée, se met à enchaîner des tonneaux. Pris de panique, Jean regarde la femme qui l'accompagne. À chaque rotation, son visage se décharne un peu plus. Quand la voiture s'arrête enfin, il n'y a plus qu'un crâne totalement lisse. Seule trace de vie : au fond des orbites, deux yeux pleins de reproches le fixent pour l'éternité. Alors, il se retourne pour s'occuper de l'enfant. Elle n'est plus dans le siège. Les portes sont restées fermées, les vitres ne sont pas brisées. L'enfant a simplement disparu. À ce moment-là, Jean se réveille, trempé de sueur et dévasté. Ce cauchemar, il l'avait revécu des dizaines et des dizaines de fois, parfaitement identique. Pourquoi était-il réapparu cette nuit ? Il n'eut pas le temps de faire une introspection.

Juste avant de quitter Marsaxlokk, l'enquêteur avait dû faire face à un impondérable. Le client qui mettait à sa disposition son avion l'avait appelé, porteur d'une mauvaise nouvelle. Son pilote venait de se casser la jambe et il n'avait aucune solution de remplacement. Jean n'avait pas hésité longtemps : Margot Nguyen ! La jeune femme avait une passion depuis son plus jeune âge : le pilotage. La société KerAvel lui payait des formations depuis plusieurs années. Il avait tout de même un doute : saurait-elle piloter l'avion de son client ? Jean avait encore en mémoire sa conversation avec sa collaboratrice. Il l'avait appelée sur le téléphone d'urgence qu'il lui avait confié avant de partir. Il avait compté six sonneries jusqu'à ce qu'elle réponde.

— Margot ?

— Si vous appelez à ce numéro, patron, j'imagine que c'est parce que c'est moi que vous cherchez à joindre.

Il avait senti une pointe d'impatience dans la voix de sa collaboratrice, mais elle l'avait rapidement cachée.

— Avant que vous ne me sollicitiez, poursuivit-elle, laissez-moi vous annoncer quelques nouvelles. La société a été perquisitionnée ce matin. Comme vous l'aviez préconisé, Michel et moi nous étions mis en disponibilité. J'ai appelé Sonia, une des secrétaires, qui travaille dans l'immeuble des Champs. Les flics ont sorti le grand jeu. C'est tout juste s'il n'y avait pas le GIGN. D'après ce que m'a rapporté Sonia, ils ont fouillé les bureaux aussi soigneusement que s'ils cherchaient de la drogue chez un Colombien fraîchement débarqué de Bogotá. Ils ont bien évidemment emporté tout le matériel informatique, mais ils ne trouveront rien. Ils ont questionné tous les employés de l'étage pour demander où nous étions, mais comme personne n'en savait rien...

— Et vous, Margot, êtes-vous en sécurité ?

— Ah, cela me fait plaisir quand vous vous occupez de moi. Je vais vous faire une confidence, car vous le valez bien, ajouta-t-elle d'une voix presque lascive. Comme vous m'avez offert des congés, je me suis installée chez une amie. Il fait un temps de chien à Paris. Nous nous sommes calfeutrées dans sa chambre. Pour être précise, elle est en ce moment nue sur son lit, allongée sur le ventre. Elle a un corps magnifique, elle attend que je la rejoigne et elle est en train de me jeter un regard noir en me faisant signe de raccrocher.

La jeune femme ne s'était jamais exprimée de la sorte en présence de Jean. Elle devait soit être particulièrement excitée, soit avoir préparé son après-midi récréatif en consommant des produits illicites. Il n'hésita pas à la solliciter directement :

— J'ai besoin de vos talents de pilote, Margot.

De toute évidence, sa secrétaire n'attendait pas une telle demande. D'une voix redevenue professionnelle, elle l'invita à continuer.

— J'ai un avion à ma disposition qui doit venir me chercher à Comiso, mais personne à installer derrière les commandes. Savez-vous piloter un Beechcraft King Air 350 ?

La jeune femme poussa un juron enthousiaste.

— Putain, le dernier bimoteur de la gamme ?

— Oui. D'après ce que j'ai compris, son propriétaire l'a réceptionné il y a deux mois.

— Mais c'est le top cet avion ! Vous voulez que j'aille en Sicile ? Quand ?

— Ce soir !

— Je vois… Vous êtes du genre à vous y prendre à la dernière minute.

Elle posa la main sur le combiné de l'appareil. Son amie n'avait pas l'air de trouver l'offre aussi attractive qu'elle. Puis elle reprit :

— Il y a quand même une difficulté, patron. Si la police vous a mis sur la liste des suspects dans une affaire d'attentats, il y a de fortes chances pour que je sois, moi aussi, dans les petits papiers de ces messieurs du ministère de l'Intérieur.

— Vous piloterez sous un faux nom, Margot. Le propriétaire de l'avion est d'accord pour jouer le jeu et s'occupera d'obtenir toutes les autorisations en France et en Italie. Je suis conscient que je vous fais prendre des risques, et je comprendrais que vous refusiez.

— Mais vous savez que vous m'avez assez appâtée pour que je plonge tête baissée dans le piège. Il est où, votre zinc ?

— À Toussus-le-Noble.

Margot fit un rapide calcul.

— Il est presque quinze heures. Le temps d'arriver à Toussus, de finaliser le plan de vol et de rejoindre Comiso... je ne vous récupérerai pas avant vingt heures en Sicile.

— Je vous attendrai. Posez-vous et préparez-vous à repartir. Je n'arriverai pas forcément par la voie officielle.

— Pas de problème, l'avion devrait avoir assez d'autonomie pour parcourir les vols aller et retour sans refaire le plein. Par contre, vous me devrez un week-end pour deux dans un hôtel « Relais et Châteaux » de grand standing.

L'obscurité était presque tombée sur la mer et le hors-bord se rapprochait d'une plage sauvage de la côte sicilienne. Le pilote de l'embarcation coupa les moteurs et activa deux fois un flash lumineux. La partie la plus délicate de l'opération allait se dérouler maintenant. Si les gardes-côtes avaient repéré le signal de la vedette, ils pouvaient arriver à tout moment. Le conducteur du hors-bord n'aurait plus qu'à remettre les gaz pour leur échapper, et débarquer à temps sur la plage italienne deviendrait alors vraiment problématique. Tendus, Jean et le passeur observaient la côte, à la recherche d'un indice qui annoncerait la police maritime. C'est le bruit du moteur d'un petit Zodiac qui parvint à leurs oreilles. Le bateau pneumatique accosta la vedette. Le Français serra la main du Maltais qui l'avait convoyé, attrapa le sac étanche contenant son ordinateur, vérifia la présence du Sig Sauer dans sa poche et sauta dans le Zodiac. Ils parcoururent rapidement les trois cents mètres qui les séparaient de la plage. Sur le sable, un autre complice les attendait. Pour cinquante euros supplémentaires, il accepta de conduire le Français à l'aéroport.

Vingt heures dix-sept. Le dernier Airbus A320 desservant le sud de la Sicile venait de décoller. L'aéroport de Comiso accueillait plusieurs rotations quotidiennes opérées par des compagnies low-cost et voyait son trafic augmenter en été avec l'arrivée de charters en provenance du nord de l'Europe. Il était aussi régulièrement utilisé par des avions d'affaires privés qui avaient trouvé en cette plate-forme une alternative à la piste encombrée de Catane.

Les carabiniers surveillaient de près ces vols. La Sicile était l'une des plaques tournantes du trafic de drogue européen, notamment depuis la création de liens forts avec les mafias des Balkans. Jean Legarec n'était pas inquiet et savait que son contact aurait obtenu toutes les autorisations officielles propres à rassurer la police des frontières italienne. À l'abri d'un hangar, le Français attendait le Beechcraft. Margot l'avait prévenu juste avant de décoller de Toussus-le-Noble. Elle ne devrait pas tarder à arriver.

Le ronronnement lointain des moteurs s'amplifia, le Français vit apparaître les lumières de l'avion d'affaires dans l'axe de la piste. Il suivit des yeux l'atterrissage. L'appareil roula tranquillement sur le tarmac, fit un dernier virage et se parqua à l'endroit indiqué par le responsable de la tour de contrôle. Margot Nguyen coupa les moteurs, rendant à la campagne sicilienne sa quiétude nocturne. Le téléphone du Français vibra. Il répondit dans la seconde.

— Je dois faire un passage dans l'aérogare. Votre ami m'a confié un colis à déposer pour un industriel italien. C'est la raison officielle de ma venue ici. Je vais laisser l'avion ouvert. Je ferai sonner votre téléphone deux fois quand je serai certaine que la situation est clean. Vous pourrez alors monter. Inutile de risquer de vous faire surprendre par une visite inopinée de l'appareil par les douanes.

Une demi-heure plus tard, le Beechcraft redécollait de l'aéroport de Comiso et s'enfonçait dans les nuages qui s'étaient accumulés au-dessus de la Sicile. Assis à côté de sa collaboratrice, Jean Legarec était resté silencieux. Il n'avait pas voulu troubler la concentration de Margot. Tout s'était correctement déroulé. Une fois l'altitude de huit mille pieds atteinte, la jeune femme se détendit. Elle activa le pilote automatique.

— Sacré zinc. Je vous avoue que j'étais un peu tendue tout à l'heure. J'ai beau maîtriser la théorie du vol aux instruments, c'est la première fois que je posais un joujou comme celui-là. C'était vraiment cool !

L'enquêteur ne commenta pas les premiers exploits de sa secrétaire sur un avion d'affaires. Elle n'avait clairement jamais piloté un appareil de cette puissance, mais elle l'avait fait pour lui, et l'avait bien fait.

— Comment s'est passé votre départ de Toussus ? interrogea-t-il.

— Sans anicroche. Je ne sais pas ce que fait exactement votre ami, mais il a le bras sacrément long. Par contre, la situation sera sans doute plus compliquée lorsque nous atterrirons à Paris.

— C'est pourquoi nous allons nous dérouter. Vous annoncerez un problème technique ou un malaise soudain, selon votre inspiration, et nous nous poserons sur l'aérodrome de Besançon. Il est équipé pour recevoir des avions d'affaires. La piste fait plus d'un kilomètre de long, ce qui est nettement suffisant pour notre taxi.

— Et ensuite ?

— Vous me laisserez et je me rendrai en Alsace. Andlau est à moins de trois heures de l'aéroport.

— Avez-vous aussi un projet pour moi ou comptez-vous m'abandonner au milieu de la campagne franc-comtoise ? Parce que, entre nous, je suis du genre « citadine », et les nuits à la belle étoile, ça n'a jamais été mon truc. Surtout dans la neige ! Je vous propose une autre option. Une fois posés, je vais pleurer auprès des autorités aéroportuaires, ou au moins auprès du pauvre type qui sera de garde cette nuit. Vous sortez discrètement, vous récupérez une voiture et on dort dans le coin. Ensuite, nous aviserons.

— Vous avez raison. Et une nuit à l'hôtel avec ma collaboratrice...

— Ne rêvez pas trop ! Chacun sa chambre.

— N'ayez pas d'inquiétude, je ne voudrais pas avoir des problèmes avec votre amie, ajouta-t-il.

— Plus sérieusement, comment voyez-vous la suite des événements ? Je suis de nature optimiste, mais vous avez la DCRI aux basques et, à mon avis, ils ne sont pas près de vous lâcher.

Jean sortit l'ordinateur portable de son sac. Il l'alluma, puis inséra la clé USB remise par les Libyens.

— J'espère avoir là-dedans de quoi faire retomber la pression d'ici peu.

70

Dominique Vulcain

Paris, vingt et une heures. Dominique Vulcain réajusta le nœud de sa cravate Ferragamo dans le rétroviseur de la limousine qui l'emmenait au restaurant. Il prenait plaisir à porter des vêtements de grands couturiers. Le médecin ne faisait-il pas partie du cercle le plus élevé de la société ? N'était-il pas d'une certaine façon l'égal d'un dieu, capable de donner la vie ex nihilo ? Il aimait lire l'admiration dans le regard de ses semblables. L'appel téléphonique d'Adriana Damentieva-Dubreuil l'avait surpris dans un premier temps. Ses mentors lui avaient confié le dossier dont s'occupait la Russe, elle aurait pu lui en vouloir. Rapidement, il avait compris que l'intérêt qu'elle portait à ses travaux dépassait de loin le dépit qu'elle avait dû ressentir en étant dépossédée de l'affaire. Quand le professeur Damentieva lui avait proposé de dîner avec elle pour discuter de sa carrière, il s'était forcé à ne pas répondre oui dans la seconde. Il ne l'avait croisée que quelques minutes, mais se souvenait parfaitement du charme qu'elle dégageait. Une collègue, jolie au demeurant, qui lui demandait des conseils, c'était flatteur.

Avant de la rappeler, il s'était renseigné sur elle. Le dossier Stessinger – c'est ainsi qu'ils le nommaient entre eux – était hautement sensible. Adriana Damentieva-Dubreuil, de double nationalité française et russe, travaillait depuis plus de dix ans pour l'Administration. Elle avait d'abord obtenu un poste de légiste. Il y a six ans, elle s'était spécialisée dans la génétique. La même année, elle s'était mariée à un architecte, Philippe Dubreuil, et avait donné naissance à des jumelles. Elle ne connaissait rien des ramifications de l'affaire Stessinger. Quand il avait rappelé Adriana Damentieva pour lui proposer un repas dans un restaurant étoilé au Michelin, elle l'avait plus que chaudement remercié.

La voiture de maître qu'il utilisait régulièrement était bloquée dans les embouteillages parisiens. Son invitée l'attendrait sans doute, mais cela ne le dérangeait pas le moins du monde.

Le tournant de sa carrière remontait à l'été 1988. Il avait alors trente et un ans et une spécialité en neurologie. Il avait rejoint un service hospitalier de renom. Là où certains auraient considéré qu'ils avaient obtenu leur bâton de maréchal, il avait décidé de continuer à étudier. La génétique avait toujours été sa passion, et il sentait que c'était la science de l'avenir. Il voulait être en avance sur les autres, il voulait être célèbre et reconnu. Sauver des vies ou apaiser des souffrances était le cadet de ses soucis. Vulcain avait une capacité d'apprentissage très au-dessus de la moyenne et un ego démesuré. Il avait décidé que la médecine était la voie la plus à même d'asseoir sa renommée.

Au mois d'août 1988, son père s'était rendu à Paris spécialement pour le rencontrer. Les relations qu'ils entretenaient étaient très épisodiques. Son père avait commencé à exercer comme infirmier dans la région de Nantes, puis s'était marié avec Brigitte, partie refaire sa vie avec un avocat choletais alors que Dominique n'avait que douze ans. Ernest Vulcain avait ensuite monté un cabinet avec d'autres infirmiers, puis avait racheté les parts de ses associés et avait fini par en faire une florissante entreprise. Il avait pu payer les études de son fils unique et lui offrir des voyages à travers le monde. Il jouissait d'une retraite tranquille dans un manoir de l'arrière-pays nantais, occupant ses semaines avec des connaissances de passage. Il était dans une forme physique éblouissante pour son âge. Dominique Vulcain n'avait jamais été vraiment proche de son père et se satisfaisait parfaitement de cette situation. Aucun des deux n'était naturellement porté aux confidences. Le neurologue, au cours de rares conversations, avait deviné que son père avait été médecin dans une autre vie, mais s'il ne lui en avait pas parlé c'était sans doute qu'il avait ses raisons. D'ailleurs, pour être franc, cela ne l'intéressait pas.

Dominique Vulcain revoyait cette matinée d'août. C'était un dimanche, et son père avait sonné chez lui vers midi. Le jeune médecin s'était couché peu de temps avant : les cadavres de bouteilles traînaient encore dans le salon. Il avait ouvert à son père, qui était aussitôt entré dans l'appartement de la place des Vosges avec un air de comploteur qu'il ne lui connaissait pas. Dominique avait préparé du café,

529

avait confirmé à son père qu'il n'avait rien prévu pour l'après-midi et s'était effondré dans un canapé, l'esprit embrumé. Quatre heures plus tard, il pensait avoir vécu un rêve. Certains auraient dit un cauchemar, mais il n'avait jamais jugé son père et ne commencerait pas aujourd'hui. Même s'il ne se l'avouait pas encore, il était presque admiratif. Ainsi, il n'avait pas en face de lui Ernest Vulcain, petit infirmier de province, mais Ernest Darseille, médecin assez doué pour avoir été digne de travailler sur des projets secrets de l'organisation SS de Himmler. Le neurologue n'était pas un nostalgique du Troisième Reich. Le monde s'insurgeait contre les massacres perpétrés par les nazis. Dominique Vulcain regardait ce passé sans états d'âme. Les cobayes des médecins SS étaient de toute façon condamnés à périr, alors il ne voyait que le côté pratique de la chose et les fantastiques avancées médicales réalisées en quelques années. Son père avait fait partie de cette élite scientifique, mais pourquoi venait-il se confesser un beau dimanche d'août chez son fils ?

— Une pizza, ça te dit ? intervint Dominique Vulcain en sentant son estomac vide. Je sais que tu es devenu un adepte du bio, mais je n'ai pas ça sous la main.

— Va pour une pizza, accepta Ernest. Bien, tu te doutes que je ne me suis pas levé ce matin avec un besoin irrépressible de te raconter ma vie.

— Cela ne me serait même pas venu à l'esprit. Que veux-tu de moi ?

Le retraité avait été soulagé de voir que son fils avait mordu à son histoire.

— Mercredi matin, quand je suis rentré de ma promenade à vélo, un homme m'attendait devant la maison. J'ai d'abord pensé qu'il s'agissait d'un démarcheur ou d'un intrus de ce genre. Quand il m'a salué en me disant « Bonjour, monsieur Darseille », j'ai compris que ma vie allait basculer une nouvelle fois. Cela faisait plus de quarante ans que je n'avais pas entendu quelqu'un prononcer ce nom.

— Tu as eu peur ?

— Non. Après quarante ans, les gens ne se vengent plus. Et puis tu sais, j'ai assez côtoyé la mort pour ne plus la craindre, surtout à près de quatre-vingts ans. J'étais excité quand il est entré chez moi. L'inconnu s'est présenté comme « Jean Moulin ». Apprécie l'humour ! Je l'ai laissé parler. Il connaissait parfaitement le projet Anastasis et le rôle que j'y avais tenu. Il m'a longuement interrogé sur cette expérience, les souvenirs que j'en conservais, même les éventuels remords que j'aurais pu avoir. Il a semblé satisfait de mes réponses. Il m'a alors mis un marché entre les mains. Soit il me quittait dans la minute et j'oubliais jusqu'à son existence, soit il me faisait participer à une grande aventure.

— Quelle est cette grande aventure ?

— La renaissance du projet Anastasis.

Le neurologue lâcha un long sifflement. Il fit signe à son père de l'attendre, se rendit dans la cuisine, glissa deux pizzas surgelées dans le four et revint s'installer, une bouteille de saint-joseph et deux verres à la main. Il déboucha la bouteille, emplit les verres et en tendit un à son père.

— J'imagine que c'est une proposition sérieuse.

— C'est tout ce qu'il y a de plus sérieux. Un « mécène » veut retrouver les souterrains dans

531

lesquels nous avons conservé les corps de douze nazis de race pure et leur redonner vie.

— Rien que ça ! Tu es bien sûr conscient que les cadavres doivent aujourd'hui avoir atteint un état de décrépitude avancé, commenta Dominique Vulcain.

— Je ne le pense pas. Le lieu dans lequel nous les avons conservés, que nous appelions entre nous la Ruche, ou plutôt *der Bienenstock* dans la langue de Goethe, avait été soigneusement sélectionné. Il était juste sur une source d'ondes telluriques. Des scientifiques allemands avaient mis au point une machine permettant de récupérer l'énergie de ces ondes pour alimenter une génératrice électrique.

— J'ai lu pas mal de conneries sur les avancées scientifiques des savants du Troisième Reich, mais celle-là, je ne la connaissais pas.

— Je sais que tu es un esprit très brillant, mon fils, et j'en tire une immense fierté, mais accepte de ne pas encore tout connaître ou de ne pas tout comprendre.

— Je pense que tu n'es pas venu me faire un cours de philosophie à deux balles. J'imagine que, ton copain Jean Moulin s'étant renseigné sur la famille Vulcain, il a noté que le fils était un neurologue particulièrement prometteur et s'est dit que le couple « père et fils » lui serait utile. Correct ?

— Cela y ressemble, avoua Ernest Darseille. Je me suis engagé sur le fait que tu serais intéressé par le projet. Je pense que j'ai eu raison, n'est-ce pas ?

— Je ne sais pas encore, continue.

— Si je continue, tu es de facto impliqué... avec tout ce que cela entraîne.

Dominique Vulcain n'avait pas besoin de précisions. Celui qui menait cette entreprise avait sans aucun doute des moyens colossaux, ne serait-ce que pour déterrer un projet nazi ultra-secret oublié depuis plus de quarante ans et remettre la main sur son père. L'expérience pouvait être passionnante et le sortir des sentiers battus de la médecine traditionnelle. Par contre, il n'y aurait pas de retour en arrière possible. Il s'accorda un temps de réflexion, sirotant le côtes-du-rhône au parfum de violette. Même si cette histoire paraissait délirante, une telle occasion ne se présenterait pas deux fois. Il n'avait aucune idée des risques qu'il prenait, mais il savait qu'il vivrait des moments uniques.

— Continue.

Ernest Darseille n'était pas surpris par la réaction de son fils. Les chiens ne font pas des chats. Il lança :

— À partir de maintenant, nous sommes tous les deux sous contrat avec Jean Moulin et notre futur mécène. À la vie, à la mort.

— Je ne te connaissais pas si grandiloquent. Sais-tu de qui il s'agit ?

— Pas encore, mais laisse-moi te raconter la suite. Début septembre, nous irons dans les Vosges. Notre objectif : retrouver la Ruche. Débrouille-toi pour te libérer de tes obligations.

— Je suppose que tu as une idée de son emplacement.

— Le laboratoire dans lequel nous travaillions a été totalement détruit par l'armée allemande quand nous avons évacué les lieux. La retraite d'Alsace a été beaucoup plus rapide que ne l'imaginaient les stratèges nazis. Nous n'avons pas eu le temps de démonter les installations. L'objectif était donc de protéger la Ruche tout en la rendant inaccessible. Hitler pensait

533

que sa contre-offensive des Ardennes permettrait de reprendre le territoire. Il a eu tort. Les souterrains dans lesquels nous avions assemblé tous les équipements ne sont plus accessibles par le bâtiment principal, qui est une ruine d'après Jean Moulin. Je sais qu'il y avait une issue qui donnait directement dans la montagne. À nous de la retrouver.

— J'imagine que ton Jean Moulin a mis la main sur des plans et qu'il n'a pas besoin de nous pour trouver cette entrée.

— Détrompe-toi. Les directives de Himmler étaient claires. Il ne devait rester aucune trace du projet Anastasis, aucun papier que les Alliés auraient pu découvrir.

— Pourquoi a-t-il donné de tels ordres ? Il réduisait les chances de réactiver sa Ruche.

— Il avait une excellente raison, une raison très personnelle.

Devant la moue étonnée de son interlocuteur, Ernest Darseille poursuivit :

— Son fils était l'un des... participants au projet. Il avait été tué sur le front de l'Est et son corps, conservé dans la glace, avait été rapatrié en urgence par avion à Entzheim, l'aéroport de Strasbourg.

— C'est quoi ce délire de fils de Himmler ? Je ne suis pas un spécialiste de la Seconde Guerre mondiale, mais je n'ai jamais entendu parler de l'existence d'un héritier du Reichsführer-SS qui aurait combattu dans les forces allemandes.

— Pour cause. C'était le fruit des amours de jeunesse de Heinrich Himmler avec une fille de ferme d'origine tsigane.

— Effectivement, cela ne faisait pas sérieux pour le père de la « solution finale ». Mais comment as-tu appris cela ?

— L'attention particulière portée à ce macchabée qui n'avait pas du tout les traits du pur aryen révéré par les autorités nazies était étrange... Des indiscrétions dans l'équipe ont fait le reste.

— Bien, si je résume, un riche mécène inconnu veut retrouver votre Ruche et offrir un nouveau Himmler au monde. Pas banal !

— Son émissaire ne m'a pas donné les raisons de la réactivation de ce projet. Notre première mission est de retrouver la Ruche.

— Et la seconde ?

— C'est celle qui va t'intéresser. Notre mécène veut recréer une élite à partir des corps des SS conservés.

— Délire total ! Fais-moi rire : comment compte-t-il s'y prendre ?

— Par clonage !

— Par clonage ? Enfin, tu sais où en sont nos connaissances sur le sujet. On n'arrive pas encore à cloner une souris. Alors, faire renaître des hommes viables, et je ne dis même pas intelligents, à partir de cellules de cadavres... je m'appelle Vulcain, pas Frankenstein.

— Je m'attendais à cette réaction, car j'ai eu la même. Jean Moulin l'avait aussi prévue. Il m'a fourni des arguments qui m'ont amené à réfléchir. Par contre, si je te les donne...

— Vas-y !

— Notre mécène a investi des dizaines de millions de dollars dans la génétique depuis des années. Vous avez un point en commun : vous croyez en l'avenir de cette science. Les documents qu'il m'a présentés prouvent qu'ils ont des années d'avance sur les travaux actuels. Il te fera intégrer l'équipe du professeur Queer dès que nous aurons mis la main sur la Ruche.

Dominique Vulcain s'allongea dans le canapé. Rejoindre l'équipe du professeur Queer ! Ce type était une légende, et le rencontrer était le rêve de tout généticien. Il aurait vendu son âme, qui d'après son estimation avait peu de valeur, pour avoir une telle chance. Voilà que son père lui apportait cette opportunité sur un plateau. Jamais il ne s'était senti exalté à ce point ! Redonner vie à d'anciens SS ? Cela ne lui posait aucun problème. Si l'équipe de Queer était vraiment capable de cloner un être humain, ils donneraient vie à des êtres nouveaux, à l'esprit vierge. Chacun des enfants aurait sa propre personnalité. Le clone du fils de Himmler pourrait très bien se convertir au judaïsme et devenir rabbin... même si cela ne faisait sans doute pas partie des projets de son futur mécène ! L'odeur des pizzas en train de brûler dans le four l'avait alors sorti de ses songes.

L'embouteillage se résorbait et le véhicule avait recommencé à rouler.

Deux semaines après la visite de son père, il y a vingt-cinq ans de cela, ils étaient partis chercher l'entrée secrète de la Ruche dans la forêt vosgienne. Il était tout aussi important de la trouver que de ne pas attirer l'attention des habitants. Les souvenirs d'Ernest avaient permis de localiser la grotte reliée au complexe souterrain. Les Allemands l'avaient bouchée à l'aide de rochers, et il était impossible d'en découvrir l'entrée par hasard. Jean Moulin, qui les avait accompagnés pendant leurs pérégrinations, avait payé trois travailleurs sans papiers. Les Turcs avaient débloqué l'accès à la grotte en une nuit. Moulin les avait ensuite discrètement rayés de la liste des vivants.

Vulcain revécut l'émotion qui l'avait pris aux entrailles quand il avait mis le pied sur les premières marches d'un escalier taillé dans la pierre.

Il ne pouvait s'empêcher d'éprouver de l'admiration à l'égard des architectes de ce projet. D'après son père, les Allemands avaient utilisé un réseau d'anciennes galeries aménagées par l'homme à l'époque néolithique pour créer cette cathédrale souterraine. Aucun des prisonniers qui y avaient travaillé jour et nuit pour lui donner son volume actuel n'avait revu la lumière du ciel. Ceux qui n'étaient pas morts d'épuisement avaient été abattus.

À mesure qu'il avançait dans le couloir qui descendait dans les entrailles de la terre, l'obscurité se faisait moins dense. Une pâle source de lumière émise à l'autre bout de la gigantesque caverne se reflétait sur les murs peints en blanc. Vulcain frissonna. Personne n'avait foulé ces lieux depuis plus de quarante ans et la présence humaine était toujours prégnante. Il fit quelques pas et éteignit sa lampe torche. Devant lui, la machinerie complexe fonctionnait encore. Seul un doux ronronnement venait troubler le silence de tombe de la Ruche. Quatre pièces donnaient sur cette salle des machines. Par respect, il laissa son père pénétrer dans la première. Comme l'infirmier nantais était loin ! Ernest Darseille semblait avoir trouvé une seconde jeunesse en s'engageant dans ce réseau souterrain. Dominique Vulcain le suivit, accompagné de

Jean Moulin, qui, pour la première fois depuis qu'il l'avait rencontré, avait perdu son masque d'impassibilité.

La pièce était nimbée d'une lueur fantomatique. Contre toute attente, cette énergie tellurique avait donc bien été exploitée. Dans la pièce, trois cuves en métal de forme cubique. Sur la porte de chaque cuve, un hublot en verre. Vulcain s'approcha religieusement de l'un d'eux. Il ralluma sa lampe torche et éclaira l'intérieur de la cuve. Vide ! Au fond, il distingua une silhouette décharnée. Il s'approcha et devina un squelette. Le crâne s'était détaché de la colonne vertébrale et avait roulé dans un coin. Le projet Anastasis avait tourné court pour cet Aryen du futur. La seconde cuve leur réserva le même spectacle. Quand il s'approcha de la troisième, il sut qu'il allait être surpris. Dans un bain liquide aux reflets bleutés, un homme nu flottait, admirablement conservé. Il avait la stature d'un dieu grec. Sur l'abdomen, les traces d'une large cicatrice. Ses cheveux blonds, coupés de près, réfléchissaient la lumière émise par la lampe d'Ernest Darseille.

— Hans Stessinger..., murmura l'ancien médecin SS. J'étais certain qu'il résisterait au temps. Il n'était pas comme les autres.

Quatre corps avaient été parfaitement épargnés par les dégradations du temps, ce qui, pour Dominique Vulcain, tenait du pur miracle. Le cadavre du fils de Himmler avait été, quant à lui, réduit à l'état de pourriture.

Deux semaines plus tard, le processus d'achat du domaine Saint-Florent était lancé. Au début de l'année 1989, Dominique Vulcain intégrait l'équipe du professeur Queer. En 1990, le domaine Saint-Florent était restauré à coups de millions de francs et les éléments du projet Anastasis étaient démontés et expédiés aux États-Unis. En 1991, une équipe secrète, menée par Dominique Vulcain, travaillait parallèlement aux recherches du célèbre généticien américain. En 1992 naissaient Alpha, Bêta et Delta, de leurs vrais noms Klaus, Peter et Dieter Stessinger, mais officiellement Nicolas, Pierre et Didier Fayard dans les tablettes de l'administration française.

71

Docteur Feelgood

Jean Legarec s'assit sur la vieille banquette en cuir rouge. Margot s'installa à ses côtés. Deux bières les attendaient sur la table basse qui leur faisait face. L'ambiance de ce bar américain était déprimante, mais l'enquêteur n'avait pas voulu refuser à sa collaboratrice le dernier verre qu'elle lui avait demandé.

Le Beechcraft s'était posé une heure plus tôt sur l'aérodrome de Besançon-La Vèze, activant une procédure d'urgence. Leur arrivée avait provoqué une certaine émotion chez le personnel de garde. Jean avait discrètement quitté l'avion peu après son pilote et avait retrouvé celle-ci une demi-heure plus tard, à l'extérieur de l'enceinte. Le fonctionnaire qui avait accueilli Margot n'avait pas été insensible à son numéro « jeune femme en détresse ». Elle avait rendez-vous le lendemain matin à huit heures. Il était presque minuit et Jean avait une furieuse envie d'aller se coucher. Margot avait récupéré l'adresse d'un hôtel minimaliste accessible avec une simple carte de crédit. Elle avait aussi insisté pour que, avant d'aller dormir, son patron et elle se livrent à un débriefing au sujet des documents découverts dans l'ordinateur de Jean-François Clairval. L'enquêteur avait hésité quelques secondes : pouvait-il continuer à impliquer sa collaboratrice dans cette affaire ? L'insistance de la jeune femme avait eu raison de ses derniers scrupules. Au point où il en était...

Il avait repéré une vieille Citroën Picasso sur le parking de l'aéroport et avait forcé sa serrure. Après vingt minutes de recherche, ils étaient passés devant un établissement de nuit encore ouvert et s'y étaient arrêtés. Audacieux mélange de boîte de nuit, de restaurant haut de gamme le week-end, au moins par les prix qu'il proposait, et de bar à putes. Jean avait hésité avant de pénétrer au Docteur Feelgood. La jeune femme l'avait pris par le bras et tiré à l'intérieur, sous le regard lubrique de l'un des serveurs.

L'ancien militaire, par habitude, observa la salle. Une entrée principale, une sortie de secours derrière la minuscule piste de danse et une porte par laquelle entraient et sortaient régulièrement des hommes d'âges divers. L'établissement était-il aussi un bordel clandestin ? Deux serveurs, au physique de videurs, attendaient les commandes, tournant nonchalamment entre les tables. Une quarantaine de personnes peuplaient les lieux, quelques-unes s'agitaient sur la piste de danse au son d'une chanson de Daft Punk. Assises sur de hauts tabourets de bar, trois filles aux jupes ultra-courtes se faisaient offrir du champagne à prix prohibitif par des clients qui bavaient sur leurs formes généreusement étalées. Un peu plus loin, autour d'une table surchargée de verres vides, quatre hommes déjà largement imbibés étaient lancés dans une discussion animée et regardaient régulièrement dans leur direction.

— Margot, vous avez des admirateurs.

— Pourquoi moi ? Vous avez de beaux restes, patron, et rien ne dit que ce n'est pas votre physique qui provoque leur émoi, s'amusa-t-elle en portant le goulot de sa bière à la bouche. Pour revenir à notre sujet, la teneur des documents de votre ami Clairval est tout de même hallucinante. Comment a-t-il pu emporter avec lui de telles preuves à charge ?

— La réponse à votre question est simple. Ce genre de type se croit invulnérable. Il avait un garde du corps, un ordinateur protégé et l'hôtel était surveillé par les hommes de MacCord. Je suis certain qu'on lui a conseillé la prudence avant son départ et qu'il a balayé l'avertissement d'un revers de main. D'après mes contacts libyens, il ne lui sera pas possible de détecter l'intrusion dans son PC. Par contre, la découverte du cadavre de son garde personnel a quand même dû l'inquiéter. Quand il connaîtra le CV de la femme avec laquelle il a couché, s'il n'est pas déjà au courant, sa tension va grimper violemment.

Il attrapa sa bière à son tour, la vida d'une traite et en commanda deux autres à un serveur qui passait près de leur table.

— Comment comptez-vous exploiter ces fichiers pour vous sortir du merdier dans lequel vous vous êtes fourré, et dans lequel je risque de vous suivre sous peu ? questionna Margot.

L'enquêteur n'avait pas montré les dossiers à sa collaboratrice. Il lui avait juste résumé le contenu des documents qu'il avait parcourus. Il lui faudrait encore

542

du temps pour prendre connaissance et analyser toutes les informations dont il disposait.

— Je vais envoyer à Jean-François Clairval quelques pages de l'accord signé entre les Français et MacCord ainsi qu'une série de photos de la rencontre maltaise. Il comprendra alors que j'ai eu accès au contenu de son disque dur.

— Alors, de suspect des meurtres de Notre-Dame, vous vous transformerez en homme à abattre pour le milliardaire américain. Belle promotion, mais qui risque d'être de courte durée !

— Je parie sur le fait que Clairval n'en parlera à personne dans un premier temps et qu'il voudra résoudre le « problème Legarec » comme un grand.

— Imaginons que vous ayez raison, après tout il n'est pas interdit d'y croire, qu'attendez-vous de lui ensuite ?

— Une rencontre avec MacCord.

Un long silence répondit à la proposition, pour peu que le mot « silence » s'applique aux décibels dispensés par la musique électro qui avait attiré quelques danseurs supplémentaires sur la piste. La jeune femme prit le temps de la réflexion en vidant sa seconde bouteille de bière. Legarec savait qu'il était dans l'improvisation totale, mais il était vraiment fatigué. Fatigué par les événements des dernières semaines, mais aussi fatigué par la vie qu'il menait depuis plus de vingt ans. Vingt ans à courir derrière l'argent, vingt ans à risquer sa vie pour des causes qui n'en valaient pas la peine, vingt ans à vivre dans le remords d'une faute qu'il ne pourrait jamais expier. Tout lui tombait dessus d'un coup ! La recherche d'Alexandre, qu'il avait initialement perçue comme une occasion de gagner rapidement l'argent dont il avait besoin, était finalement la seule mission qui avait du sens. Béatrice, qu'il n'avait croisée que quelques fois, l'avait marqué sans qu'il en prenne conscience. Mais tout ça pour quoi ? Il s'était attaqué à l'un des personnages les plus puissants de la planète. Il aurait peut-être les moyens de lui mettre des bâtons dans les roues pour ralentir son projet, mais certainement pas de l'arrêter. Il ne parlait même pas de ses chances de survie.

Il revint à la réalité en sentant la paume chaude de Margot contre son avant-bras. Elle ne le lâcha pas.

— Chacun passe par des moments difficiles, Jean. Il ne faut pas que tu laisses tomber maintenant.

L'enquêteur ne put masquer sa surprise. La gouaille de sa collaboratrice avait fait place à une empathie qui se reflétait sur son visage. Il avait en face de lui une femme différente. Il n'était plus « le patron », comme elle l'appelait depuis cinq ans.

— Tu te souviens du jour où nous nous sommes croisés pour la première fois, au cours de la conférence de l'autre connard sur les paradis financiers qui allaient sauver le monde ?

— Évidemment ! Comment aurais-je pu oublier un moment aussi délicieux ?

— J'étais à bout. Je n'en pouvais plus et j'étais prête à faire une grosse connerie. Pas facile d'être la fille d'un cuisinier vietnamien du treizième et d'une femme de la haute, rejetée par sa famille parce qu'elle a épousé un Jaune plutôt que l'avocat qu'on lui avait choisi depuis des années ! Pas facile d'être jolie quand tu évolues dans un milieu professionnel où la beauté féminine est difficilement compatible avec l'intelligence, et n'est considérée que pour tirer un coup

544

après une soirée bien arrosée ! Pas facile d'être homosexuelle quand ta famille, qui se dit pourtant ouverte à tout, te rejette à seize ans ! Pas facile non plus d'être intellectuellement plus éveillée que tes collègues qui te prennent alors pour une dangereuse carriériste dans le meilleur des cas, pour une salope la plupart du temps ! Quelques jours plus tôt, on m'avait refusé un poste pour lequel j'avais plus que les compétences requises, j'avais vécu une rupture amoureuse... et je venais de me faire jeter comme un paria de cette conférence. Je t'ai vu arriver dans le couloir pendant que je me débattais avec les vigiles. Au départ, j'ai pensé que tu étais un autre de ces cons prétentieux, mais la façon dont tu m'as regardée m'a prouvé le contraire. Quand tu m'as proposé de déjeuner, je voulais dire non, mais c'est un oui qui est sorti malgré moi, ou à cause de toi. C'est ce qui m'a sauvée ! Nous avons parlé, et tu m'as fait confiance, tu m'as fait une entière confiance. Je me suis dit que la vie valait le coup d'être vécue. Je t'en serai éternellement reconnaissante.

Jean fut profondément ému par la confession de celle qu'il côtoyait depuis des années. Margot fit un geste de la main au serveur, qui apporta deux nouvelles bières.

— Tout ça pour dire, Jean, que si j'ai pris le risque de venir te chercher à Malte en pilotant un avion dont je découvrais les commandes, ce n'est pas pour que tu ailles te jeter dans la gueule du loup. Je vais t'avouer un truc que je regretterai dès que je l'aurai dit : « Je tiens à toi. » Après une telle déclaration, tu peux me confier ce qui te pourrit la vie.

Il s'approcha de la jeune femme, prêt à lui révéler son secret. Jamais il n'aurait imaginé le partager avec elle. Il posa ses coudes sur les cuisses et baissa la tête, dans la parfaite position d'un pénitent. Il remarqua un instant que, vue de loin, la scène pouvait être cocasse, mais rejeta aussitôt cette pensée.

— Le 18 avril 1990, je me suis marié. J'avais vingt-quatre ans et, deux ans plus tôt, j'étais tombé fou amoureux d'une Américaine, Grace O'Connor. Je l'ai épousée à Seattle, où j'ai trouvé du boulot. Nous nagions en plein bonheur. Cela peut ressembler à une image d'Épinal, mais j'ai vécu la période la plus heureuse de ma vie. Jusqu'à... Jusqu'à cet hiver 1993... Nous avions rendez-vous chez des amis pour dîner, et Grace était rentrée plus tardivement que prévu de son travail. J'attendais cette fête depuis longtemps. Pour ne pas être en retard, j'ai décidé de rouler plus rapidement que d'habitude. La soirée avait lieu dans une cabane à trente miles de l'endroit où nous habitions. À cette heure, la route était en général déserte. Alors j'ai accéléré. Grace m'a demandé de ralentir, m'a dit que si nous arrivions avec un peu de retard il n'y aurait pas mort d'homme. Je ne l'ai pas écoutée. J'ai accéléré encore, persuadé que la nuit était à moi. Et soudain, en face, un semi-remorque a surgi au détour d'un virage. J'ai pensé que ça passerait, mais la chaussée était glissante et le camion a fait une embardée au milieu de la route. J'ai donné un coup de volant pour éviter le choc frontal et je suis parti dans le décor. Quand la voiture s'est immobilisée... Grace était morte, à mes côtés... par ma faute.

Il garda la tête baissée, perdu dans ses souvenirs.

— Mais ce n'est pas tout !

Un bruit de chaises déplacées sans ménagement les tira de leurs confidences. Jean leva les yeux. Les quatre hommes, passablement ivres, s'installèrent à leur table.

— Je ne crois pas que nous vous ayons invités à vous joindre à nous, entama l'enquêteur, fortement agacé par cette intrusion.

— Toi, la lopette, ta gueule ! ricana un barbu qui semblait être le leader de ce groupe d'alcooliques. On t'observe depuis plusieurs minutes, et tu n'es pas capable d'emballer la poupée chinoise qui t'accompagne. Alors puisque t'as rien dans le slip, mes potes et moi on va lui faire découvrir l'amour à la française.

Legarec hésita un instant. La bienséance aurait voulu qu'il mette son poing dans la gueule du barbu, mais il était recherché et devait rester discret. Il s'apprêtait à répondre, quand Margot intervint :

— Moi très contente avec mon ami. Lui très bien équipé et bien faire l'amour, comme vrai gentleman français. Sûrement mieux que quatre gros abrutis alcooliques comme vous. Maintenant, nous partir et laisser vous boire des bières.

Elle prit son partenaire par la main et se leva en lui glissant :

— Inutile de leur déclarer la guerre. On attirerait l'attention sur nous.

Elle partit d'un pas rapide, ne laissant pas aux quatre agresseurs le temps de réagir.

72

Agression nocturne

Les deux hommes attendaient patiemment dans le
4 × 4 garé sur le parking du Docteur Feelgood. Ils
avaient été prévenus une heure plus tôt par leur patron,
un collaborateur de M. Van Drought. Leur cible, Jean
Legarec, avait peut-être débarqué à l'aérodrome de
Besançon. Cette nuit, la chance leur avait souri, et
même largement.

La DCRI avait alerté les centres de contrôle de
tous les aéroports de France de l'arrivée éventuelle du
terroriste présumé Legarec. L'atterrissage en urgence
d'un Beechcraft en provenance de Sicile serait passé
inaperçu si un agent des douanes n'avait été présent dans la tour de contrôle de Besançon-La Vèze.
Il avait assisté à la discussion entre le pilote et le
responsable de l'aérodrome, un débutant tombé sous
le charme de la jeune femme en détresse. Le douanier avait trouvé son histoire suspecte. Dès qu'elle
avait quitté les locaux, il s'était empressé d'inspecter
l'avion d'affaires. Par sa fonction, il en avait le droit.
Il y avait découvert une bouteille et deux verres,

548

preuve que le vol n'avait pas été solitaire. Le passager s'était éclipsé juste après l'atterrissage. Le douanier avait alors couru jusqu'au parking et avait vu une Citroën Picasso démarrer, avec deux personnes à bord. Il avait eu le temps de noter le numéro d'immatriculation du véhicule. La jeune femme s'étant renseignée sur les hôtels de la région, ils n'avaient pas prévu d'aller loin.

Le douanier avait aussitôt prévenu la gendarmerie, qui, à son tour, avait alerté la DCRI. Dix minutes plus tard, une taupe de l'organisation Clairval avait renseigné Van Drought. Van Drought avait contacté ses relais en province. Quarante minutes après l'arrivée du Beechcraft, ils s'étaient mis en chasse. Leur mission était simple : attraper Legarec et le faire parler par tous les moyens. Ils avaient décidé de vérifier les hôtels sans personnel d'accueil nocturne, du type Formule 1, B & B ou autres Campanile. Ils contrôlaient les parkings, à la recherche de la voiture des fuyards.

En passant devant le night-club Docteur Feelgood, le chauffeur avait eu une inspiration géniale. Il avait braqué, rejoint l'aire de stationnement et observé les véhicules. Il y a un dieu pour les canailles, disait toujours sa mère. Son dicton venait de se vérifier. Dans un coin sombre, ils avaient découvert la Citroën volée à l'aérodrome. Il ne restait plus qu'à attendre. Et attendre faisait partie de leur métier.

Un couple sortit du night-club. Le passager reconnut Legarec grâce à la photo transmise par l'agence sur son smartphone. Ils patientèrent jusqu'à ce que leur cible démarre et s'éloigne suffisamment pour qu'ils puissent la suivre discrètement.

Jean et Margot avaient finalement décidé de se rapprocher de l'Alsace. Ils n'étaient pas loin de Mulhouse. Ils trouveraient un hôtel dans le quartier de la gare. Ils abandonneraient la voiture sur place et Margot prendrait le train pour Paris. Récupérer l'avion le lendemain matin était trop risqué.

L'enquêteur avait choisi de ne pas emprunter l'autoroute et ses péages. Il voulait éviter d'être filmé par l'une des nombreuses caméras de surveillance qui les équipaient. Il pensait être sorti de l'aérodrome sans attirer l'attention. Cependant, on lui avait déclaré la guerre, et il était la proie... mais il n'était pas une victime consentante.

La route était déserte. À cette heure de la nuit, personne n'empruntait ces itinéraires obscurs. De chaque côté, les contreforts de la forêt vosgienne recouverte de neige avaient un pouvoir hypnotique pour un conducteur fatigué. Margot avait trouvé une pile de CD dans la boîte à gants, et avait sélectionné une compilation de danses folkloriques grecques. Au rythme du sirtaki, les deux fuyards avalaient les kilomètres.

Legarec jeta un nouveau coup d'œil dans son rétroviseur. Depuis plus d'un quart d'heure, il voyait régulièrement apparaître et disparaître le pinceau de phares qui balayait la route. Il ralentit quelques minutes. La distance avec leurs poursuivants ne diminua pas.

— Nous sommes suivis.

— La police ? demanda calmement la jeune femme.

— Non, ils auraient tenté de nous intercepter le plus rapidement possible. J'opterais pour la milice de Clairval ou de MacCord. Notre sangsue cherche peut-être à savoir où nous allons. Je ne pensais pas que nous serions repérés aussi vite.

550

— Comment leur échapper ?

— J'ai volé une voiture ancienne, pour éviter les systèmes d'alarme et de GPS intégré. On n'a donc pas beaucoup de chevaux sous le capot. On ne pourra pas les larguer. Il va falloir essayer de...

L'enquêteur ne termina pas sa phrase. Les phares du 4 × 4 apparaissaient maintenant nettement dans son rétroviseur.

— Ils ont ouvert la chasse ! Accroche-toi !

Le conducteur avait remarqué la manœuvre de sa cible. Elle avait sensiblement ralenti pendant un kilomètre, signe qu'elle les avait repérés. Sans hésitation, le tueur avait lancé sa Porsche Cayenne à la poursuite de la Citroën. Il avait mis une fortune dans son outil de travail, et le ronronnement du moteur V6 était l'une de ses musiques préférées. Leurs proies n'avaient absolument aucune chance de leur échapper. Ils arrivaient dans une zone peu fréquentée et pouvaient agir sans risque. Il était convenu qu'ils recevraient une liste de questions à leur poser dès qu'ils les auraient appréhendées. Anciens mercenaires en Irak, ils avaient acquis d'efficaces techniques d'interrogatoire. Lui, préconisait la méthode directe : la douleur est un excellent sérum de vérité. Son plan était simple : pousser le véhicule qui était maintenant à quelques dizaines de mètres devant lui dans le fossé, espérer qu'il n'y aurait pas trop de casse et emmener les deux occupants dans un lieu discret. Ils pourraient même violer la nana, ce qui aurait un double effet : traumatisant pour le type et particulièrement excitant pour eux. Il avait de délicieux souvenirs de petites Irakiennes passées entre ses mains. Dans la forêt, en pleine nuit, seules les chouettes vous entendent hurler… et elles s'en foutent. Il activa ses feux de route, aveuglant le conducteur de la Picasso.

Quand Legarec vit s'approcher la Cayenne, il comprit que le combat serait déséquilibré. Le premier choc propulsa leur véhicule en avant. Dans un réflexe, l'ancien militaire appuya sur l'accélérateur, mais il ne gagna pas un mètre sur son agresseur. Le 4 × 4 les percuta une deuxième fois et, dans un vacarme de tôles froissées, la berline fut à nouveau brutalement projetée sur l'asphalte. Leur chasseur s'amusait avec eux. Il voulait les terroriser, puis il les ferait sortir de la route. Ils ne tiendraient pas longtemps à ce petit jeu.

— Attrape le sac derrière mon siège, ordonna Legarec à sa voisine d'un ton monocorde.

Sans dire un mot, Margot s'exécuta pendant que Legarec surveillait le 4 × 4, en essayant d'éviter des chocs trop violents.

— Je l'ai.

— Ouvre-le. Il y a un pistolet dans une poche latérale.

— OK.

— Maintenant, tire dans leur pare-brise. Ça devrait les calmer.

— Je n'ai jamais utilisé une arme à feu.

— Alors, pose le flingue sur mes genoux et tiens le volant.

Le pied à fond sur l'accélérateur, Legarec saisit le Sig Sauer, déverrouilla la sûreté, manœuvra la glissière pour engager une cartouche dans le canon et le tendit à la passagère.

— C'est simple. Tu retires ta ceinture, tu te retournes sur le siège, tu vises et tu tires en tenant fermement l'arme des deux mains. Une seule fois.

La jeune femme obéit, se mit en position. Deux secondes plus tard, le bruit de la détonation envahit l'habitacle. Legarec vérifia la scène dans son rétroviseur. La balle avait détruit sa vitre arrière et touché le pare-brise du 4 × 4, qui fit une brusque embardée et ralentit légèrement.

— Donne-moi le flingue et prends le volant !

Le conducteur du 4 × 4 jura, tout en freinant violemment pour éviter de partir dans le décor.

— Le salopard, hurla-t-il en tapant dans la vitre pour faire tomber le verre fracturé par l'impact du projectile.

Le vent s'engouffra, le forçant à ralentir à nouveau pour garder le contrôle de son véhicule.

— Putain, une bagnole à près de cent mille euros avec les options. Dédé, dégomme-moi cet enculé !

Le passager avait sorti son arme. Les règles venaient de changer. Il n'était pas question de se faire plomber comme des perdreaux. Il n'oubliait pas non plus sa mission. Récupérer leurs cibles vivantes, et en état d'être interrogées. Il attendit que le conducteur ait rattrapé son retard. Le vent était particulièrement gênant, mais il se concentra sur l'homme qui était passé sur la banquette arrière.

— J'ai le mec dans ma ligne de mire.

D'une main sûre, le tueur tira trois balles dans la direction de la Picasso.

Une violente douleur irradia l'épaule de Legarec. Le bruit de la route avait couvert la détonation.

— Ça va ? demanda Margot, affolée par le hurlement de son ami.

— Putain, ça fait mal ! Essaie de zigzaguer... je te dirai quand tu devras rouler de nouveau tout droit.

Jean observa son épaule droite. Les phares de la Cayenne éclairèrent une tache d'un rouge écarlate. Ils jouaient leur vie dans les secondes à venir. Il se concentra, repoussant la douleur. Garder l'esprit libre, se focaliser sur la cible, ne faire qu'un avec elle. Il scruta le conducteur de la Porsche, passa le Sig Sauer dans sa main gauche et la cala sur le siège.

— Maintenant, tout droit.

Margot exécuta l'ordre. L'ancien militaire bloqua son arme des deux mains, passant outre la souffrance provoquée par le mouvement. Son esprit ne discernait plus que le visage du conducteur. Une tête chauve et massive à éliminer. Il tira une seule fois. La tête disparut de son champ de vision. L'homme s'était effondré sur son volant, une partie de la cervelle collée au toit de la luxueuse voiture. Le 4 × 4 changea brutalement de direction, quitta la départementale et percuta un arbre à plus de cent kilomètres à l'heure.

— Ralentis et fais demi-tour.

Sans broncher, la jeune femme freina et revint sur les lieux de l'accident.

— Reste dans la bagnole.

Dents serrées, pistolet au poing, Legarec abandonna l'abri de la voiture et s'approcha prudemment de la carcasse de la Porsche. Il se détendit. Le passager avait été éjecté au moment du choc. Le ventre transpercé par une branche de sapin mort, il gisait, pantin grotesque découpé dans la neige. Ses intestins dépassaient de son manteau déchiré. Il fit signe à la jeune femme, qui descendit et le rejoignit. Elle blanchit en voyant la scène et se retourna pour vomir. Jean sentit le

554

paysage basculer autour de lui et, emporté dans un manège infernal, s'effondra sur le sol. Margot reprit ses esprits et se précipita vers lui.

— Dis-moi ce que je peux faire pour toi ! le supplia-t-elle en tentant de l'asseoir.

— Regarde ce qu'il y a dans leur coffre.

Margot Nguyen courut vers la voiture, souleva le hayon et fouilla fiévreusement l'habitacle. Elle revint avec une mallette, s'accroupit à côté du blessé et l'ouvrit. Sur le dessus, une épaisse liasse de billets de cinquante euros. Elle les jeta dans l'herbe. Jean sut qu'il avait vu juste quand la jeune femme récupéra des bandes Velpeau, des boîtes et flacons divers, un scalpel et deux seringues hypodermiques. Il poussa un soupir de soulagement.

— Remets l'argent dans la sacoche et allons-y. Inutile de se faire repérer.

Il se glissa dans la Cayenne et arracha le rétroviseur fixé sur le pare-brise. Il marcha jusqu'à leur véhicule et s'effondra sur les sièges arrière, la respiration haletante.

— Va te garer quelques kilomètres plus loin.

Margot roula cinq minutes et cacha la Picasso dans un chemin à l'abri des regards. Jean Legarec ne disait plus un mot, le visage livide et les traits tirés. Elle s'installa à ses côtés.

— Prends le scalpel, découpe la veste et mes fringues. Je veux voir l'état de ma blessure.

La jeune femme s'exécuta. Elle avait recouvré tout son calme. Elle mit à nu l'épaule ensanglantée.

— Maintenant, éclaire-la avec la lampe torche et donne-moi le rétroviseur de la Porsche.

555

L'ancien militaire inspecta avec minutie les dégâts infligés par la balle. La plaie saignait encore, mais moins abondamment qu'auparavant.

— La balle a traversé. Prends la gaze dans le sachet vert et comprime la blessure pendant au moins cinq minutes. Ensuite... tu rempliras la seringue avec le flacon de morphine. Tu me feras l'injection dans la cuisse. C'est bon jusque-là ?

— Oui, c'est clair.

— Bien. Quand ce sera fini, appelle Michel. Il doit être planqué en région parisienne. Explique-lui ce qui vient de nous arriver. Dis-lui de nous rejoindre avec le matériel qui va bien.

Margot commença à suivre les instructions du blessé. Comme elle appuyait sur la plaie pour contenir l'hémorragie, il ajouta :

— Trouve un endroit pour l'attendre en évitant les flics. Si ces gars nous ont retrouvés, c'est qu'ils ont eu l'information par une taupe à la DCRI. On a dû être repérés à l'aérodrome. Maintenant, à toi de jouer Margot... et merci de ton aide.

73

Enguerrand

21 décembre

Sept heures et demie du matin. Michel Enguerrand poussa le son de l'autoradio. Il avait roulé toute la nuit et la guitare déchaînée d'Angus Young l'aidait à conserver toute sa lucidité au volant : *Highway to Hell*. Allait-il une fois de plus vers l'enfer ? En tout cas, il avait bien le ticket d'autoroute coincé dans son pare-soleil ! Il reporta son attention sur un panneau. Mulhouse n'était plus qu'à une vingtaine de kilomètres. Dans moins d'un quart d'heure, il pourrait apporter son assistance au gamin. Le gamin ! Jean n'en était plus un depuis longtemps.

Michel Enguerrand se souvenait de leur première rencontre. Il était alors adjudant-chef dans un régiment de paras et s'occupait des nouvelles recrues. Son rôle : leur enfoncer dans le crâne en quelques semaines les règles strictes qui régiraient leur nouvelle condition de légionnaires. Legarec avait passé le portail de la caserne au mois d'avril. Il avait une gueule d'étudiant des beaux quartiers et non celle d'un guerrier assoiffé de sang, mais son visage sans expression ne cadrait pas avec son physique. L'adjudant-chef avait décidé d'apprendre la vie à ce gosse de riches. Quelques semaines plus tard, il avait révisé son jugement. Legarec était un teigneux et s'imposait une discipline presque inhumaine. Il aurait préféré crever sur place, au sens propre du terme, plutôt que d'échouer à un exercice ou d'abandonner un entraînement. Les premiers jours, quelques fortes têtes l'avaient cherché. Legarec les avait retrouvés la nuit, dans un coin discret, et s'était battu avec eux, en envoyant un à l'hôpital. Jean le lui avait avoué une dizaine d'années plus tard. Il avait eu deux côtes cassées dans la bagarre, mais avait serré les dents et tout le reste pour continuer l'entraînement comme si de rien n'était. Enguerrand l'avait vu esquisser ce qui ressemblait à un premier sourire un an plus tard, quand leur régiment avait été envoyé sur un théâtre d'opérations extérieures.

Le gamin avait alors acquis le respect des gars, mais il fallait le surveiller de près. Il était volontaire pour toutes les missions, comme s'il recherchait la mort. En fait, il la donnait, sans états d'âme, et ne la craignait pas. Ses supérieurs l'avaient couvert deux fois. Jean avait tendance à jouer les justiciers, ce qui est parfois incompatible avec la condition de militaire.

Le gamin était passé officier. Ses hommes le suivaient les yeux fermés. Jean souriait toujours aussi peu. Cela étant dit, il ne s'était pas engagé pour faire le pitre, mais pour défendre la France. Enguerrand avait eu plusieurs fois l'occasion de monter au feu avec lui. Les deux soldats avaient commencé à éprouver de l'admiration l'un pour l'autre. Ils s'étaient mutuellement tirés d'affaire. Ce matin, c'était à lui de venir au secours de son ami.

L'ancien sous-officier avait noté sur le GPS de son camping-car les coordonnées que lui avait données Margot Nguyen. Sacré petit bout de femme, la Viet ! Ils se cherchaient régulièrement, mais ils s'appréciaient. Deux bosseurs, au caractère de cochon, mais francs comme l'or. Surpris, il vérifia l'écran de son GPS et regarda le terrain qui s'étendait au bout de la rue. Sacrée gonzesse, elle n'avait rien trouvé de mieux pour passer la nuit ! Il avança encore et arrêta son véhicule devant un camp de romanos qui longeait la nationale. Enfin, des gens du voyage, pour parler correctement ! La couleur blanche des caravanes se reflétait dans le pinceau des phares de son véhicule. Il coupa le moteur et attendit derrière le volant. Moins d'une minute plus tard, des ombres bougèrent à l'entrée du camp. Quatre silhouettes se dirigeaient vers lui. Par réflexe, Enguerrand porta la main à la poche de son blouson. Il ne risquait sans doute rien, toutefois, la présence de son Beretta 93 le rassurait. Une vieillerie, d'après Jean, mais il aimait cette arme italienne qui pouvait tirer en rafale. Il était sentimental, c'était dans sa nature !

Il descendit et marcha à la rencontre des inconnus. Un vieux, coiffé d'un chapeau à larges bords, deux malabars à ne pas croiser dans une rue sombre qui veillaient sur l'ancien, et un quatrième, plus petit, un bonnet péruvien enfoncé sur la tête. Il ne reconnut sa collaboratrice que lorsqu'elle le retira et secoua ses cheveux d'un mouvement brusque.

— Contente de vous voir arriver, beau militaire, annonça-t-elle, soulagée, en le saluant.

— Comment va-t-il ?

— Moyennement. Il dort à moitié, mais il joue au dur.

— Vous l'avez chargé à la morphine ?

— Oui, enfin... pas trop. Il n'a pas survécu aux balles pour mourir d'overdose.

L'un des Gitans l'interrompit :

— Ne restez pas là et entrez votre camionnette. Gino va vous guider.

Margot grimpa avec son collègue dans le véhicule. Ils avancèrent doucement dans les allées du camp qui se réveillait.

— Vous n'avez rien dégoté de plus discret ? demanda Enguerrand en veillant à ne pas érafler la carrosserie impeccable de son camping-car.

— À trois heures du mat, j'étais contente d'avoir trouvé un endroit tranquille. Et puis réfléchissez ! Personne n'imaginera que nous nous sommes planqués ici : la preuve, vous êtes le premier surpris. Ce n'est pas eux qui vont nous dénoncer aux flics. Bref, le bon choix !

— Y avait un panneau clignotant avec « chambres à louer » à l'entrée ?

— Non, j'ai juste moins de préjugés que vous, mon adjudant-chef.

Elle interrompit leur débat pour revenir au sujet qui la tracassait depuis plusieurs heures :

— Vous avez apporté tout ce que Jean vous a demandé ?

— Tiens, vous ne lui servez plus du « patron » ? Vous en faites pas, j'ai transformé l'arrière de mon joujou en hôpital de campagne.

— Vous avez été toubib dans une vie antérieure ?

— Non, j'avais juste une formation d'infirmier, mais sur un champ de bataille on apprend vite. Assez parlé, il est où ?

— Dans la grande caravane, juste à gauche.

Neuf heures trente. Michel Enguerrand et Margot Nguyen étaient assis devant des tasses de café apportées par une jeune femme silencieuse. Ils avaient laissé le blessé se reposer sur le lit du camping-car. D'un œil d'expert, Enguerrand admira les dimensions de la caravane du chef de la communauté. Le vieux était assis dans un coin et discutait avec ses deux fils.

— Il tiendra quelques jours avec ce que je lui ai fait, commenta l'ancien parachutiste. Une blessure comme ça, ça fait mal, mais il n'y a pas de dégâts majeurs.

Il bâilla en regardant sa montre.

— On va attendre qu'il se réveille, puis nous ferons ce qu'il nous a demandé. Une fois de plus…

— C'est de la folie, dans son état, soupira Margot.

— Je n'ai jamais réussi à le raisonner en vingt ans. Alors je n'essaie même plus. Il compte sur vous, Margot.

— Je sais bien. Planquer les informations récupérées dans l'ordinateur de Clairval sur le Net ! Ne vous inquiétez pas, je vais les disperser sur la grande toile informatique mondiale. Elles seront introuvables et parfaitement protégées.

— Parfait. C'est notre assurance-vie, même si je ne sais pas trop quelle valeur on peut lui accorder.

— Son idée de marchander les informations avec MacCord est totalement délirante.

— Ce n'est pas gagné d'avance, en effet, mais il a négocié avec des mafieux de Vory v zakone dans les faubourgs de Tbilissi, des généraux africains dans des palais ou au fond de la brousse, des industriels français dans des hôtels luxueux et même le Trésor public au cœur du ministère de Bercy... et il en est ressorti vivant chaque fois. Alors avec un chimiste américain dans la forêt vosgienne, pourquoi pas ?

— D'accord Michel, mais ce n'est pas Superman... D'ailleurs, pour la première fois, il m'a parlé d'un épisode de sa jeunesse cette nuit.

— Que vous a-t-il raconté ?

— La mort de sa femme ! Vingt ans après, il s'en veut encore. J'ai senti qu'il était prêt à me confier autre chose, mais une bande de cons a coupé notre conversation.

Le vieux et ses fils avaient quitté la caravane, les laissant seuls dans la pièce. Enguerrand hésita un instant, puis se décida.

— Il n'a pas perdu que sa femme. Il y avait une gamine, sur le siège arrière. Elle avait un an...

Margot ne répondit pas. C'était donc ça... Elle imagina la torture morale qui hantait Legarec depuis des années. Son imprudence avait coûté la vie aux deux êtres qu'il aimait le plus. Enguerrand enchaîna :

— Ses beaux-parents ne lui ont jamais pardonné cet accident, même si c'est le camion en face qui avait quitté sa trajectoire. Ils lui ont refusé l'accès à l'église et au cimetière le jour de l'enterrement. Jean était en état de choc et n'avait pas envie de se battre avec la famille de Grace pour y participer. C'est ce qu'il m'a révélé juste avant que nous ne fondions la société

KerAvel, en 2000. Bref, en avril 1993, quatre mois après le drame, il a abandonné sa vie aux États-Unis et s'est engagé dans la Légion. J'étais l'un de ses instructeurs. C'était une tête brûlée, pratiquement suicidaire. Je n'ai compris son comportement que lorsqu'il m'a raconté cette histoire. Cinq ans après, en 1998, il a quitté l'armée aussi subitement qu'il y était arrivé.

— Avez-vous su pourquoi ? interrompit Margot, émue par le récit.

— Pas tout de suite. J'ai pris ma retraite peu après lui. Trois mois plus tard, il me contactait pour me proposer un job.

— Quel genre ?

— Sa réputation avait fait son chemin chez les Bosniaques. Des personnages, que nous appellerons… des hommes d'affaires, cherchaient un intermédiaire français pour faciliter leur business. Entre ses études et son apparente absence de scrupules, il était le candidat idéal. Il a accepté et a eu besoin de s'entourer de gens de confiance.

— Donc, vous avez bossé ensemble pour une mafia. Comment Jean a-t-il pu passer du jour au lendemain de la défense de populations opprimées à l'encaissement des factures impayées ?

— Même si tout n'était pas toujours propre, on n'a jamais joué les porte-flingues de base. Quoi que vous puissiez en penser, le gamin avait son code d'honneur. En 2000, il en a eu marre et nous avons décidé de rouler pour notre propre compte. Bref, s'il avait lâché la Légion et pris ce boulot, c'était pour la meilleure des raisons.

— Je suis curieuse de la connaître.

— Sa fille était vivante !

Margot le regarda, les yeux comme des soucoupes.

— Jean a une fille ? Mais pourquoi n'en parle-t-il jamais ? Où est-elle ?

— Cela fait beaucoup de questions, jeune fille, et j'ai très peu de réponses. Jean n'a abordé ce sujet qu'une fois, et je vais vous dire ce que je sais. S'il vous a parlé de Grace, il ne m'en voudra pas. En 1998, sa belle-mère, Catherine O'Connor, a repris contact avec lui. Son mari, Sean, venait de mourir, et elle avait quelque chose à confier à Jean. La petite avait survécu à l'accident.

— Mais ils sont immondes de lui avoir fait croire qu'elle était morte !

— Son beau-père voulait lui faire payer la disparition de sa fille unique. Il a réagi comme un salaud, mais c'est comme ça. La gamine était devenue tétraplégique à cause de l'accident. Son beau-père l'avait mise dans un institut sous un faux nom : officiellement, elle était morte. En 1998, Sean O'Connor s'est suicidé suite à des affaires foireuses qui ont entraîné sa ruine et son déshonneur. Catherine ne pouvait plus payer l'institut privé. Elle a alors rompu la promesse faite à son mari et a renoué des liens avec Jean. Lui seul pouvait apporter l'argent nécessaire aux soins de sa fille.

— Il a donc quitté l'armée et a choisi une activité rémunératrice, même si elle était hors la loi. C'est bien ça ?

— Affirmatif. La petite est d'abord restée aux États-Unis, puis il l'a fait revenir dans un institut en Europe. C'est à ce moment qu'il a décidé de créer KerAvel. Voilà, vous en savez autant que moi.

Un long silence répondit aux dernières paroles de Michel Enguerrand. Margot éprouva une vague d'empathie pour son patron. Tout comme elle, il avait souffert plus que de raison. Tout comme elle, il avait réussi à survivre. Ils étaient aujourd'hui dans la même galère. Elle comprenait maintenant ses soudains déplacements. Il rendait visite à sa fille en secret.

74

Rencontre à Matignon

Dix heures du matin. Les derniers journalistes avaient quitté la salle de presse de l'hôtel Matignon. Le Premier ministre venait de lancer son opération de séduction des Français en annonçant la signature prochaine d'un accord avec la société Sigma pour la construction d'une usine pharmaceutique dans le nord de la France. Cerise sur le gâteau, Bill MacCord était intervenu à ses côtés pour confirmer l'information.

Joachim Clairval avait laissé les journalistes dans un état de stupeur et d'excitation qui le réjouissait. À ce rythme-là, l'Élysée lui tendait les bras.

— Nous ne sommes là pour personne, signifia Clairval à Bousselier, son secrétaire particulier. J'ai besoin de discuter en tête à tête avec mon ami Bill. Dégagez-moi tous les casse-couilles qui voudraient plus d'informations sur le projet industriel que je viens d'annoncer. Dites-leur qu'ils recevront un communiqué officiel dans les jours prochains.

MacCord sourit en entendant les propos de son partenaire.

— Vous êtes un vrai défenseur de la langue française, *my friend*.

— Il faut savoir faire preuve de fermeté avec les médias. Tant qu'ils vous mangent dans la main, tout va bien. Si jamais un journaliste s'écarte du droit chemin, il ne faut pas hésiter à le recadrer avant qu'il ne prenne trop d'autonomie et se croie tout permis.

— Vous avez une conception de la presse qui n'est pas celle que nous avons aux États-Unis. Mais nous ne sommes pas là pour philosopher sur la liberté d'expression.

L'industriel suivit le Premier ministre. Ils descendirent un escalier, puis pénétrèrent dans une pièce au mobilier Empire. Clairval vérifia la présence d'une collation, referma soigneusement la porte et actionna un système de brouillage électronique.

— La création de cette salle est l'une des réussites de mon prédécesseur. Il faut bien lui reconnaître quelques succès. Aucune écoute n'est possible. Nous pouvons donc discuter en toute tranquillité.

MacCord s'étira et s'installa dans un fauteuil au velours rouge grenat. Il se servit un verre de whisky, se cala sur les accoudoirs et attaqua la conversation :

— Comment sont vos relations avec vos collègues européens ?

— Elles sont excellentes, Bill. J'étais en conférence hier avec mes amis italiens et anglais. Je vous confirme qu'ils sauront convaincre une majorité de leur Assemblée de soutenir votre projet d'autonomie des îles Apolloniades. Nous avons aussi des contacts avancés avec l'Espagne. Laissez-moi encore deux ou trois mois, et je vous apporterai une proposition qui ne manquera pas de vous intéresser. Les Espagnols n'en peuvent plus de l'austérité et seront prêts à beaucoup œuvrer en échange d'un peu de travail et de dignité.

— Je n'ai pas non plus les moyens ni l'envie de créer des filiales dans tous les pays de la vieille Europe.

— Il s'agit d'autre chose. Il y a encore de belles sociétés à racheter et à relancer en Espagne. Le capitaliste yankee qui donne du travail à l'Europe ! Vous aurez bientôt la stature d'un héros de ce côté de l'Atlantique, conclut Clairval.

— Étant donné les conditions fiscales très avantageuses qui me sont proposées, il serait dommage de ne pas en profiter, reconnut l'Américain. Quelles actions avez-vous prévues à court terme ?

— Nous lancerons un plan de communication dès l'annonce de votre rachat des îles Apolloniades. Mes amis dans les médias ont déjà écrit le scénario. Votre investissement ne sera pas considéré comme une agression impérialiste contre un État de l'Union européenne, mais comme l'occasion de faire venir des capitaux étrangers pour dynamiser un pays en pleine crise. Imaginez : la belle aventure de la finance au chevet de l'économie réelle.

— Je pensais qu'il n'y avait que les Américains pour croire à ce genre de bullshit, s'amusa MacCord. Vous êtes trop romantiques ! Mais jouer à Zorro me plaît bien. Je vous annonce aussi, Joachim, que les autorités américaines se sont engagées, officieusement bien sûr, à faire pression sur l'Europe quand je déposerai la demande d'autonomie des Apolloniades.

— Excellente nouvelle !

— La nouvelle administration a une peur bleue des islamistes. Mes relations à la CIA m'ont confirmé qu'elles apprécieraient d'avoir une nouvelle base d'opérations au milieu de la Méditerranée, qui plus est à cent kilomètres des côtes turques.

— Dans moins d'un an, l'acte d'achat des Apolloniades sera signé ; dans deux ans, votre demande d'autonomie sera officiellement lancée ; et ensuite, une fois que vous aurez emporté l'enthousiasme des îliens avec la croissance que vous aurez créée de toutes pièces, vous pourrez vous couper de la tutelle du gouvernement grec et demander l'indépendance ! Quelle success story ! De vous à moi, quand comptez-vous mettre en place votre « New Society » ?

— Je ne vais pas précipiter les choses. J'ai noué des relations très fortes avec les mouvements nationalistes grecs. Le rejet de l'Union européenne et de la Turquie est le ciment qui les lie.

— J'entends bien, Bill, mais de là à installer des clones de SS à des postes importants dans votre nouvelle société ! Les combats entre Grecs et Allemands ont été très violents durant la Seconde Guerre mondiale, et la collaboration a été plus limitée que dans certains pays d'Europe. Ils n'ont pas la larme à l'œil en repensant au passage des divisions teutonnes !

— C'était il y a soixante-dix ans, mon ami ! Ce n'est pas la résurgence du parti nazi que je propose. Il a échoué et je n'ai aucune envie de promouvoir une bande de losers. Non, c'est le concept de race élue que je veux mettre en avant. Les Grecs sont aussi un peuple d'origine indo-européenne. Le monde mérite d'être mené par des hommes et des femmes d'exception. Je suis persuadé qu'une majorité de Grecs adhérera à mon projet !

Joachim Clairval garda le silence. Il en était nettement moins convaincu, mais ne souhaitait pas en débattre avec son partenaire. La notion de peuple élu ou de race supérieure lui paraissait totalement dénuée de sens. Cependant, les croyances de l'Américain servaient ses propres desseins. Si MacCord avait eu des tendances antisémites fortes, Clairval aurait été plus gêné de se lancer dans cette collaboration. Mais l'Américain était pragmatique. Il ne souhaitait que donner le pouvoir à une minorité judicieusement sélectionnée. D'ailleurs, un seul petit pour cent de la population ne possédait-il pas aujourd'hui la moitié des richesses mondiales ? La terre continuait de tourner, les plus pauvres n'étaient pas au courant de cet état de fait et le reste des habitants ne s'en émouvait que lorsque le chiffre était relayé par la presse... quelques minutes par an.

— Je dois y aller, Joachim. Je compte sur vous lors de ma réception en Alsace pour la veillée de Noël. Je vous présenterai une des pépinières de ma future élite. Ce sera aussi l'occasion de revoir votre petit-fils et de lui dire *good-bye*.

— Cela a été votre seul faux pas, Bill, répondit Clairval, l'air sombre. Le jour où votre foutu petit soldat a pris le gamin des bras de sa mère, il aurait mieux valu qu'il lui mette une balle dans la tête. J'ai dû faire bloquer toutes les recherches sur Alexandre pour ne pas attirer l'attention sur votre Alpha. Cela n'a pas été simple.

— Notre projet est compliqué par essence, *my friend*. Il y a des impondérables qu'on ne peut éviter. Il faut alors savoir en gérer les conséquences. Vous n'avez toujours pas mis votre fils au courant de la présence du *boy* à Saint-Florent ?

— Non. Il m'en a voulu de ne pas activer le plan « alerte enlèvement », mais, entre nous, je m'en fous. Par contre, ma belle-fille a engagé ce privé, Legarec, et il est plus efficace que je ne le pensais. J'ai dû monter un dossier bidon pour que la DCRI lui lance les flics de France au cul. Sinon, Jean-François m'a dit que le détective ne s'est pas manifesté à Malte.

— Je n'en serais pas si sûr. Si votre fils a baisé une superbe créature, ex-amazone du colonel Kadhafi et ancien membre éminent des services secrets libyens, je ne crois pas que ce soit un pur hasard. Sans parler de la disparition de son garde du corps !

Agacé, Clairval le coupa :

— Mon abruti de fils aurait-il fait des confidences sur l'oreiller ?

— On ne fait pas de confidences quand on, comment dites-vous... tire son coup ! Pas le temps ! Je suis juste étonné par cette coïncidence. En ce qui concerne Alpha, je vous rappelle qu'il vous a tous sortis de la merde quand ses frères et lui ont abattu votre ministre de l'Intérieur. Bastarret avait surpris l'une de vos conversations et était en route vers l'Élysée pour dénoncer vos activités.

— Vous avez raison, Bill. Inutile de ressasser tout cela. Concentrons-nous sur un futur qui s'annonce glorieux pour nous tous. Par ailleurs, votre idée d'exfiltrer Alexandre hors de France est excellente. Sa présence commence à me rendre nerveux.

— Je l'ai sélectionné avec trente autres gamins en Europe. La future élite de votre vieux continent ! Ils vont rejoindre pour quelques années mon centre de formation en Georgia ! Le *boy* est très vif, vous pouvez

571

en être fier. Je lui prédis un bel avenir. *So long*, mon ami, la journée est loin d'être terminée.

Clairval raccompagna l'Américain jusqu'au perron, puis regagna son bureau. Tous les indicateurs seraient au vert si Legarec ne jouait pas le rôle du caillou dans la chaussure. L'annonce de l'échec des tueurs de Van Drought l'avait mis dans une rage noire dès le début de la matinée. Un homme traqué était en train de tenir tête à une organisation aussi bien structurée que celle de l'ancien mercenaire. D'après la DCRI, Legarec n'était pas seul, mais ils avaient disparu et la gendarmerie n'avait aucune idée de la direction qu'ils avaient prise. Étant donné le danger que représentait maintenant le patron de KerAvel, Joachim avait donné un ordre simple à Van Drought : Legarec et ceux qui lui venaient en aide devaient disparaître définitivement... et vite !

75

Une cabane dans les bois

Neuf heures. Béatrice se dirigea vers la salle de bains et se rinça le visage à grande eau. Les larmes qu'elle cherchait à retenir depuis plusieurs heures avaient fini par jaillir. La solitude de la veille et de la nuit avait été terrible.

Elle avait mal dormi, sans nouvelles de Jean. Elle lui avait téléphoné dès l'aube, mais seule une sonnerie interminable faisait écho à ses appels. Inutile de laisser un message : la boîte vocale n'était pas connectée. L'Alsacienne ne savait pas si l'enquêteur avait pu rejoindre la France, encore moins quand il la retrouverait.

La réunion à la mairie avait été instructive. Béatrice rêvait d'enquêter du côté du domaine Saint-Florent, mais la prudence l'avait ramenée à l'hôtel du Geissweg de Schirmeck. Elle était persuadée qu'Alexandre était prisonnier dans cette forteresse inaccessible. Elle n'en avait pas de preuve formelle, mais un sacré faisceau de présomptions : MacCord propriétaire, la Ruche, la présence de Stessinger, l'école qui pouvait héberger en toute discrétion n'importe quel enfant ! Elle avait passé la journée sur Internet, mais n'avait rien découvert de nouveau.

Elle avait piaffé de frustration toute la journée et contacté Henri toutes les heures pour prendre des nouvelles de son grand-père. Lucien Weber était dans un état stationnaire. Les médecins l'avaient laissé sous sédatifs, impressionnés par la résistance du vieil homme. Les coups portés avaient été d'une telle violence ! Ils n'avaient pas voulu se prononcer sur la suite. Le cœur pouvait lâcher d'un moment à l'autre.

Le combiné de la chambre émit une sonnerie stridulante. Elle se jeta sur le lit et décrocha.

— Béatrice ? questionna la voix d'Henri Feclaz.

— C'est moi. Sors-moi de là, Henri, ou je vais craquer !

— C'est ce que je vais faire, ma grande. Laisse-moi préparer quelques affaires, et je passerai d'ici une heure.

— Cool. Tu me ramènes à Andlau ?

— Non, c'est trop risqué. Depuis ce matin, il y a une activité anormale dans les rues. Nos adversaires sont discrets, mais ils ne font pas le poids contre la surveillance de tous les amis de Lucien.

— Comment ça ?

— Nous avons tenu un conseil hier. Les habitants veulent venger Lucien. Comme il est apprécié de presque tout le village, je peux t'assurer que même une mouche ne passerait pas à travers les mailles du filet qui a été tendu. Je suis informé toutes les vingt minutes de l'évolution de la situation. Trois véhicules ont été repérés, ainsi qu'un nombre inhabituel de touristes à cette heure de la journée. Bref, impossible pour toi de remettre les pieds à Andlau.

— Et Jeannette, et toi ? s'alarma Béatrice. Ils t'ont forcément repéré à l'hôpital.

— L'ancien postier va venir me chercher. Je passerai par le jardin de derrière et il me récupérera chez les Braun. Quant à Jeannette, elle est partie chez sa sœur à Oberschaeffolsheim.

— Soyez prudents. As-tu eu des nouvelles de Jean ? Impossible de le joindre.

— Ne t'inquiète pas. Dès qu'il appellera, je le saurai. Il a dû être retenu...

— ... ou abattu ?

La jeune femme se reprit :

— Je vois tout en noir dans cette chambre d'hôtel ! La mère de Denis est adorable, mais je n'en peux plus de tourner en rond. Viens vite, Henri.

Les deux silhouettes évoluaient entre les arbres, disparaissant par moments dans la brume qui couvrait la forêt. À pas réguliers, elles tiraient des luges lourdement chargées. L'homme de tête s'arrêta, tendit le bras droit devant lui.

— Nous y voilà. Là-bas, la cabane forestière en contrebas du sentier !

Sans un mot, ils reprirent leur chemin. Arrivé devant la maisonnette en rondins, Henri Feclaz extirpa un trousseau de clés de sa poche et déverrouilla les deux cadenas taille XL. La porte s'entrouvrit avec un grincement digne d'un film d'épouvante de série B.

— Il faudra que je pense à graisser les gonds. On verra ça au printemps.

Il alluma sa lampe torche, ouvrit la fenêtre et repoussa les volets. Une faible lumière prit possession de la pièce principale.

— Alors, que dis-tu de ce palace ?

Béatrice ne put s'empêcher d'éclater de rire.

— Pas mal, pas mal du tout même ! Mais Jeannette sait-elle que tu t'es aménagé une garçonnière en plein milieu des Vosges ? Tu ne pourras y attirer que des sportives.

— Oh yé ! Quel humour de dévergondée. Bien sûr que ma femme est au courant ! On a remis en état cette cabane avec Roger et Pierre à l'automne. On veut la transformer en refuge pour l'été. Entretemps, j'ai l'intention de venir fêter nos trente-cinq ans de mariage avec Jeannette ici même au mois de mai.

— Tu ne penses pas qu'elle préférerait une petite lune de miel au soleil ou dans les îles ?

— Ça aussi je l'ai préparé. Mais qu'est-ce qu'ils croient, ces jeunes ? Une semaine de thalasso à Quiberon, en pension complète !

— Alors là, rien à redire. Le sud de la Bretagne, c'est l'aventure et la canicule ! Bravo pour ta cabane, elle est vraiment très bien retapée. Un peu froide, ajouta-t-elle en créant un nuage de buée avec son haleine, mais très cosy.

Henri Feclaz rentra le contenu des deux luges dans le refuge. Béatrice se dirigea vers un tas de bois sec posé à même le sol et emplit le foyer du poêle en céramique qui occupait le centre de la pièce. Elle ajouta quelques feuilles de papier journal et gratta une allumette. Les premières flammes qui jaillirent et le claquement sonore des branchettes lui redonnèrent le moral. Elle était tout aussi isolée que dans l'hôtel de Schirmeck, mais elle se sentait chez elle au milieu de la nature. Le froid et la forêt étaient des éléments qu'elle savait maîtriser, contrairement à la perversité des hommes.

— Où as-tu trouvé ce kachelofe ? demanda la jeune femme en s'appuyant sur le poêle. Il a de la gueule.

— C'est un copain du Club vosgien qui avait ce vieux truc dans sa cave depuis des années. On en a bavé pour l'apporter jusqu'ici, mais il chauffe bien.

Il montra les caisses qu'il venait de déposer le long du mur.

— Normalement, tu as tout ce qu'il faut. Deux lampes-tempête, un matelas, des couvertures, un duvet, de la nourriture pour plusieurs jours, de l'eau minérale... et j'ai mis aussi une bouteille de gewurtz. Pour te laver, tu iras chercher de la neige et tu la feras fondre. Jeannette a voulu ajouter ce petit tableau de Hansi. Elle pense que ça donnera un côté plus coquet à la cabane. Je n'ai même pas essayé de discuter, car ce que femme veut...

— ... Dieu le veut. Tu as bien fait de le prendre ! Nous sommes en Alsace, Henri. Merci pour tout ce que vous faites pour moi.

— C'est normal, Béatrice. Maintenant, regarde exactement où nous nous trouvons.

L'Alsacien déplia une carte d'état-major et la posa sur la table.

— Nous nous sommes garés ici. Nous avons mis près de deux heures pour atteindre le refuge, mais il nous fallait emprunter ce chemin pour faire passer les luges. Si tu coupes par le versant, tu peux rejoindre la départementale en moins de vingt minutes... et le domaine Saint-Florent est à quatre heures de marche.

76

Entre généticiens

Jean regarda le camping-car quitter l'enceinte du camp avec soulagement. Il avait dû batailler ferme pour que Michel rentre à Paris et que Margot se mette à l'abri. La jeune femme avait de la famille du côté de la porte d'Ivry, prête à la faire disparaître de la circulation tout le temps nécessaire au déroulement de ses négociations avec MacCord. L'ancien adjudant-chef avait fini par accepter l'évidence : leur meilleure protection à tous était le contenu du disque dur de l'ordinateur de Clairval. Margot Nguyen était la plus compétente pour dissimuler les fichiers au milieu des milliards de documents dispersés sur la Toile. Elle avait réfléchi à un codage étonnant. La jeune femme allait créer une application qui étudierait quotidiennement les rubriques nécrologiques des grands journaux français. Le jour où le décès de Jean Legarec serait annoncé, les données et photos seraient automatiquement envoyées aux principaux sites d'informations européens, américains et russes. Il serait alors surprenant qu'aucun journaliste ne saisisse l'occasion de dévoiler un aussi magnifique scandale.

Le bras droit en écharpe, il attrapa un paquet de cigarettes de la main gauche, le tapota contre le capot d'une voiture et extirpa une clope avec ses lèvres.

— Toujours décidé à partir dans cet état ? lui demanda le chef du village, debout devant la porte de sa caravane.

Jean se retourna, alluma sa cigarette et se dirigea vers lui.

— Toujours.

— Tu as de la chance d'avoir de bons amis. C'est important quand on a la police aux fesses.

— Ce ne sont pas les flics qui ont voulu me faire la peau.

— La police et des truands à la fois ! Je demanderai à ma femme et à mes filles de brûler un cierge à Notre-Dame des Gitans pour toi.

— Merci. J'aurais aussi besoin d'un coup de main plus... terre à terre. Aurais-tu un manteau chaud, mais usé, des baskets taille quarante-quatre, un vieux sac et un bonnet de laine ?

— On peut te dénicher ça sans problème. Tu iras voir mon fils Gino.

— Parfait. Dans la voiture, il y a une mallette. Dis à tes hommes d'en prendre soin. Il y a de quoi s'offrir quelques extras.

— Je sais, je l'ai trouvée. Mon aide ne vaut pas tout ça.

— Je ne te paie pas, c'est juste un cadeau pour ta famille et toi. Tu nous as accueillis, et ça n'a pas de prix.

— Alors je l'accepte.

La gare de Mulhouse était peu fréquentée en ce milieu d'après-midi. Deux hommes, emmitouflés dans des vêtements chauds, battaient le pavé en se frottant les mains. Il n'y avait aucune chance pour que leur fugitif, tueur chevronné d'après la fiche qu'ils avaient reçue la veille, vienne se perdre, seul, dans cette gare polaire. Ils n'accordèrent pas un regard au SDF à la barbe naissante qui se dirigeait d'un pas mal assuré vers les quais. Le clochard s'assit sur un banc, tassé sur lui-même, somnolant malgré le vent glacial. Il se leva péniblement à l'annonce du train, puis monta dans le TER en direction de Strasbourg. Il choisit une place près de la porte et respira longuement quand le convoi se remit en route.

Dans le camp, Jean Legarec avait récupéré un portable, complètement clean d'après le garçon qui le lui avait donné. L'enquêteur avait appelé plusieurs fois les deux numéros laissés par Béatrice et avait fini par joindre son correspondant. Dix minutes plus tard, un nouvel interlocuteur lui avait donné rendez-vous sur un parking dans la périphérie de Strasbourg. « Prenez le tramway quand vous arriverez à la gare, et descendez à la station Ducs-d'Alsace. Rendez-vous sur le parking. Cela me permettra de voir si vous avez été suivi ou non. Ensuite, je vous rappellerai. » Ce luxe de précautions avait plu à Jean. Il avait rapidement décrit sa tenue vestimentaire. Gino l'avait ensuite déposé à proximité de la gare de Mulhouse.

Legarec observa discrètement les voyageurs installés dans le wagon. Il était pratiquement vide à cette heure de l'après-midi. Les rares passagers montés à Mulhouse s'étaient assis loin de lui. Sa dégaine

580

de SDF avait fait son effet. Pourtant, ses vêtements étaient propres, mais la pauvreté effraie. Un couple, quelques étudiants, un groupe de retraités, deux ou trois femmes seules occupaient la voiture 6. Personne ne semblait s'intéresser à lui, mais l'enquêteur voulait s'assurer qu'il n'était pas pris en filature. Il patienta jusqu'à Colmar et profita de l'arrêt pour descendre et remonter deux voitures plus loin. Il s'installa de nouveau près d'une porte et attendit. Le train s'ébranla et quitta la gare. Personne ne l'avait suivi.

Rassuré, Jean Legarec récupéra le téléphone dans sa poche, se leva, se rendit sur une plate-forme et se cala tant bien que mal contre les racks à bagages. Dès que son interlocuteur décrocha, il lui demanda :

— Rappelez-moi au numéro qui apparaît sur votre écran.

Le fugitif referma l'appareil au plus vite. Il était peut-être paranoïaque, mais il craignait les écoutes téléphoniques. Il en avait suffisamment pratiqué pour savoir que les enregistrements illégaux étaient légion. Huit minutes plus tard, les premières notes de *Carmina Burana* tirèrent Jean de sa torpeur chimique, fruit des injections de morphine de la nuit.

— Je suis dans un café. Pas de risque d'oreille indiscrète.

— Parfait. Comment allez-vous, Adriana ?

— À merveille. J'ai passé une magnifique soirée avec Dominique Vulcain. Et vous ? répondit la Russe.

— La mienne a été moins idyllique. Les collaborateurs de votre nouvel ami m'ont pris pour cible, mais je m'en remettrai. Alors, ce dîner ?

— Il a confirmé notre hypothèse la plus folle ! Le tueur de Notre-Dame a bien été cloné à partir du cadavre du SS Hans Stessinger. J'étais d'abord incrédule, mais il a fini par me convaincre. Vulcain travaille pour la société Sigma, et ils ont une maîtrise phénoménale de la génétique.

Jean retourna s'asseoir. Sa tête commençait à tourner et il avait besoin d'économiser son énergie.

— On ne peut même plus appeler cela de l'avance technologique, c'est complètement hallucinant ! commenta-t-il. Comment avez-vous réussi à obtenir ces confidences ?

Un petit rire précéda la réponse de la Russe :

— De la façon la plus simple du monde... pour une femme en tout cas. Je m'étais renseignée auprès de quelques collègues avant de le rencontrer. Ils étaient unanimes : Vulcain a développé un ego surdimensionné, adore la flatterie et court après tout ce qui porte un jupon. Alors j'ai mis une jupe qui a retenu toute son attention et j'ai flatté son ego.

Comme son interlocuteur attendait la suite de l'histoire, elle reprit :

— Rassurez-vous, ma vie de couple n'en a pas souffert. Dominique Vulcain m'a fait une cour digne d'un paon gavé aux hormones. Il m'a raconté tout ce qui pouvait provoquer l'admiration d'une généticienne comme moi. J'ai très rapidement compris qu'il espérait finir la soirée en me mettant dans son lit. Devinez sa stratégie ! Après le dîner, excellent d'ailleurs, il m'a emmenée dans un bar pour me faire boire. Soûler une Russe ? Où est-il allé chercher une idée aussi stupide ? Trois heures plus tard, il me déballait tout le récit du projet Anastasis. Puis il m'a suppliée de le suivre à l'hôtel. Dans l'état où il était, il aurait été incapable de me faire quoi que ce soit, même si j'avais été consentante. Je l'ai mis au lit avec un somnifère... il s'est endormi dans la minute. Alors je l'ai déshabillé, j'ai arraché les draps et j'ai laissé ma culotte au pied du lit pour qu'il puisse se créer ses propres souvenirs, conclut-elle avec un brin de perversité.

— Vous êtes d'une efficacité diabolique !

— Le diable n'a pas grand-chose à voir là-dedans. Cela rassurera son ego de séducteur et me mettra hors de cause. Il aura réussi à me dominer en me baisant. Je ne serai jamais qu'une faible femme qui a cédé à ses avances. En fait, la partie a été plus simple que je ne le pensais. Certains hommes sont tellement pré-visibles ! Mais laissons Vulcain à sa gueule de bois, et revenons au projet Anastasis.

— Comment ont-ils pu cloner un être humain il y a plus de vingt ans ? Qui plus est, comment ont-ils fait pour que le clone reste en vie et en excellente santé ? Si je me souviens bien, les Anglais ont cloné une brebis, Dolly, en 1996, et son état physique s'est vite dégradé.

— C'est la question que je lui ai posée. Il était suffisamment imbibé pour ne plus se rendre compte de ce qu'il me révélait. Le père MacCord s'est passionné pour la génétique dès la Seconde Guerre mondiale. Tout comme ses amis nazis, il s'est intéressé à la « race pure », mais, au lieu de tenter d'éradiquer les « races inférieures », il a pris le parti de valoriser la « race aryenne ». George MacCord, en plus de ses talents d'homme d'affaires, était un biologiste hors norme. Si vous mélangez une dose de génie, une grosse dose d'argent et une énorme dose de conviction politique, vous obtenez un nouveau Stessinger !

— Je veux bien tout croire, Adriana, mais le pre-mier clonage humain a officiellement eu lieu il y a quelques mois. Et encore, l'équipe médicale a arrêté les travaux au stade d'embryons de quelques jours...

— Alors que Vulcain et l'équipe de Queer ont recréé la vie en 1993. D'après Vulcain, au moins deux événements les ont conduits au succès : ils ont choisi d'excellentes donneuses d'ovocytes, et la société Sigma a découvert le produit parfait pour stimuler l'activation des cellules. Ils ont ensuite réimplanté les embryons dans les utérus de mères porteuses.

— Savez-vous à combien de créatures ils ont donné vie ?

— Ce ne sont pas des créatures, Jean, mais de véritables êtres humains. Vulcain m'a fièrement annoncé être le père d'une vingtaine de surhommes, fruits de la sélection des meilleurs gènes de la « race aryenne ».

— Vingt clones ! C'est à la fois énorme et peu. MacCord pourrait se créer une armée ! S'ils sont tous aussi efficaces que Stessinger...

— Sigma contrôle la technique de clonage, mais le taux de déchet – c'est l'expression de Vulcain – est élevé. Seul un embryon sur dix arrive au stade de la naissance. Et un sur cinq fête son premier anniversaire !

— Comment cela ?

— Vous avez bien compris. La pouponnière de Sigma fait une sélection à la naissance et dans les premiers mois de vie. Quatre bébés sur cinq sont éliminés sur l'autel des critères physiologiques imposés par MacCord.

— L'eugénisme poussé à son paroxysme ! Que va-t-il faire sur les Apolloniades une fois qu'elles lui appartiendront ?

— Parce qu'il a l'intention d'acheter des îles grecques ? s'étonna la Russe.

— C'est son grand projet. L'homme qui voulait devenir roi !

— Rien ne peut surprendre de la part d'un tel mégalomane. Rassurez-vous, il n'a pas besoin des Apolloniades pour réaliser ses manipulations. Toutes ses expériences se sont déroulées aux États-Unis, les mères ont été trouvées en Europe du Nord et les clones vivent dans plusieurs pays. Pour terminer mon rapport, je peux vous annoncer qu'il y a trois frères Stessinger. Noms de code : Alpha, Bêta et Delta.

Jean fit un bilan rapide des révélations de la Russe. Hallucinant ! Il avait connu de nombreux personnages dénués de scrupules, mais MacCord détenait la palme.

— Une dernière chose avant de nous quitter, conclut la généticienne. J'ai enregistré notre conversation. Je vais vous envoyer une copie du fichier. Il y a de quoi faire un bon montage.

— Superbe boulot, Adriana ! Mais vous vous exposez terriblement si j'utilise cet enregistrement. Nos adversaires sont plus que dangereux.

— Je le sais, Jean. J'y ai longuement réfléchi, et je suis prête à le faire. Redonner vie à un passé aussi dramatique n'est pas acceptable. Soyez prudent ! Vous êtes dans l'œil du cyclone.

— L'œil était dans la tombe et regardait Caïn..., murmura Jean, comme dans un songe.

— Pardon ?

— Excusez-moi, des souvenirs de l'école primaire... Victor Hugo.

— Chez nous, c'était Dostoïevski et les écrits du camarade secrétaire du Parti. Certains discours

pouvaient être aussi longs que *La Légende des siècles*.
Appelez-moi si je peux vous aider.

— Vous en avez déjà fait beaucoup. Rejoignez
votre famille.

— Et vous, embrassez Béatrice de ma part.

77

Retrouvailles

La nuit était tombée depuis près de deux heures sur les Vosges. Béatrice avait aménagé la cabane avec les affaires fournies par les Feclaz. Le feu d'enfer qui ronronnait dans le kachelofe avait réchauffé la pièce. La jeune femme avait ouvert la bouteille de gewurztraminer et s'était préparé à dîner. Le ventre plein, l'esprit légèrement embrumé par l'alcool, elle s'était installée sous les couvertures et lisait un magazine féminin offert par Jeannette. Elle voulait encore profiter de cette quiétude durant quelques minutes et préférait s'intéresser aux frasques scénarisées de vedettes éphémères plutôt que repenser aux visées mortifères des MacCord, Clairval et compagnie.

Un coup sec frappé à la porte la ramena instantanément dans le présent. Béatrice se précipita vers son sac, sortit le Walther de Lucien et fit monter une cartouche dans le canon. Elle avait pourtant calfeutré la fenêtre, et la lumière de la pièce ne pouvait filtrer dans la nuit. Deux nouveaux coups, plus marqués. Inutile d'avoir peur. Agir ! Un inconnu n'aurait pas raison d'elle. Elle se glissa contre le mur, la main crispée sur le pistolet.

— Qui est là ? lança-t-elle d'une voix forte.

— Béatrice ? S'il te plaît... Il fait froid...

Sans réfléchir, la jeune femme se précipita sur la porte, la déverrouilla et l'ouvrit. Elle avait reconnu la voix, mais l'homme en face d'elle ne bougeait pas. Lentement, il désigna l'arme qu'elle pointait sur lui et demanda :

— Je peux entrer ?

Elle posa le Walther sur le lit, prit le visiteur par la main, referma la porte et l'installa à côté du poêle. Elle mit quelques secondes à reconnaître l'enquêteur parisien derrière ce vagabond transi de froid. Ses épaules tremblaient, son visage avait la pâleur de la craie et des cernes d'épuisement lui offraient un maquillage presque macabre. Il se força à sourire.

— Une rencontre avec toi, ça se mérite...

Elle lui rendit son sourire. Elle était heureuse. Il était de retour. Elle remarqua alors son bras en écharpe, le manteau usé, les baskets trempées par une longue marche dans la neige. Les rôles étaient inversés, ce soir. C'était à elle de le protéger.

— Comment es-tu arrivé jusqu'ici ? demanda-t-elle en mettant de l'eau à bouillir.

— Avec difficulté, mais ton ami Henri m'a bien aidé.

— Henri et sa femme sont géniaux.

Elle lui retira son manteau et découvrit le pansement, rougi par du sang qui avait suinté de la plaie. Jean grimaça, miné par la fatigue et la douleur. L'effet des antalgiques avait disparu. Il ne savait pas comment il avait tenu jusqu'à la cabane. Il regarda son amie :

les lèvres serrées, elle retirait avec précaution la bande qui entourait son épaule. Elle ne dit pas un mot en découvrant la blessure. D'abord le soigner. Elle traversa la petite pièce pour saisir la boîte de premiers soins que Jeannette n'avait pas manqué de glisser dans son sac à dos. Elle récupéra de l'alcool et en imbiba un morceau de coton hydrophile.

— Dans les films, le héros prend une ceinture et la mord très fort pendant qu'il se désinfecte la plaie au whisky. Ça va te faire mal.

— Je sais. Je te demande juste d'éviter la ceinture et de m'accorder le droit de hurler.

— Accordé, répondit-elle en tamponnant la plaie.

L'ancien militaire serra les dents, mais ne put empêcher des larmes de douleur de couler malgré lui. Béatrice n'en tint pas compte, nettoyant les chairs recousues par Enguerrand. Sa formation d'infirmière reprenait le dessus. Elle inspecta une dernière fois le torse nu et frissonnant du blessé.

— J'imagine que tu n'es pas passé à l'hôpital. Celui qui t'a soigné a fait du bon boulot. Il y a quand même une chose qui me tracasse : je n'ai pas d'antibiotiques. Il en faudrait pour éviter tout risque d'infection.

— Dans mon sac... il y a le nécessaire. Des cachets antidouleur aussi...

L'eau avait bouilli. Béatrice prépara une boisson chaude et l'offrit à son compagnon. Puis elle nettoya les bandes qui avaient servi à protéger la blessure, les essora longuement et refit le pansement. Elle chercha une serviette dans l'un des cartons et frictionna vigoureusement le torse de Jean, qui avait cessé de trembler. La chaleur du poêle avait fait son effet. Elle frotta plus lentement les épaules et lui massa le cou. Les muscles se détendaient sous la caresse de ses doigts. Puis elle attrapa un sac et en tira un pull en laine.

— On n'a pas vraiment la même taille, mais les pulls se portent près du corps cette année.

Elle le lui enfila avec douceur.

— Tu es sacrément sexy avec ta barbe de trois jours et ton petit chandail, s'amusa-t-elle.

Jean avait repris des couleurs.

— Venant de toi, c'est un beau compliment. Si tu pouvais me donner quelque chose à manger, je te nommerais bonne fée de l'année.

— Des spaetzle et du jambon cru de la charcuterie d'Andlau, ça te va ?

— Un typique menu montagnard servi par une splendide blonde à tresses. Comme dans une publicité pour des vacances à la neige. J'adore !

Il avait retrouvé son sens de l'humour. Béatrice fut rassurée. Elle avait rarement préparé une collation avec autant d'enthousiasme.

— Je t'aurais bien proposé un verre de vin, mais ce n'est pas compatible avec les antibiotiques.

— Si l'infirmière voulait bien quelques instants fermer les yeux sur les prescriptions médicales de rigueur, elle partagerait sa bouteille avec un blessé.

Seule la lueur des braises dispensait une touche de lumière dans l'obscurité du refuge. Jean avait rapidement raconté l'agression de la nuit précédente, puis, d'un commun accord, ils avaient choisi de remettre au lendemain matin la discussion de leur plan d'action. Il avait besoin de repos. Fatigué, il aurait été incapable de prendre des décisions sensées. Il avait retiré son pantalon humide, ne gardant que le pull-over de la jeune femme, et s'était glissé sous les couvertures. La fraîcheur gagnait doucement l'intérieur de la cabane. Béatrice, habillée d'une veste de pyjama et de collants en laine, s'était serrée contre lui. Ils étaient restés immobiles, partageant leur chaleur. Malgré la fatigue, le sommeil les fuyait. Les yeux ouverts, fixés sur un plafond qu'il ne distinguait pas, Jean Legarec sentait la vie qui affluait en lui. Pas uniquement parce qu'il avait été nourri et soigné, mais parce que, à l'heure même où sa tête était mise à prix, il avait de nouveau envie de profiter de l'avenir. Presque pour lui, il murmura :

— Cela fait moins d'un mois que nous nous sommes rencontrés... La première fois que tu es venue chez moi, je t'ai prise pour une jolie fille à papa, timide et potentiellement emmerdante... persuasive, aussi.

— Puisque nous sommes dans les compliments, j'avais sous les yeux un aigri misanthrope, mais diablement efficace d'après la DCRI... et en qui j'ai malgré tout eu confiance.

— C'est tout moi ! Tu m'avais bien cerné. À ma décharge, tu avais perturbé quelques jours de repos que j'attendais depuis des mois.

— Et ce soir, nous nous retrouvons dans le même lit. À ton avis, pourquoi ?

— Parce que tu t'es occupée de moi et que tu m'as invité à dormir avec toi. C'est la bonne réponse ?

— Elle est trop partielle, lui glissa la jeune femme en se lovant contre lui.

La douceur du corps qui l'enveloppait le fit frissonner. Ce n'était plus le froid.

— Je veux te connaître, Jean. Je veux que tu me fasses confiance... Je donnerais tout pour toi.

L'homme médita les mots de Béatrice. Depuis plus de vingt ans, il avait tout fait pour ne plus jamais entendre une telle déclaration. Il avait trop souffert et ne voulait pas risquer de replonger un jour dans l'enfer qu'il commençait à peine à quitter, mais les paroles du vieil Alsacien résonnèrent une nouvelle fois dans sa tête : « Il faut savoir se pardonner. »

— Que veux-tu savoir de moi ? demanda-t-il.

— Ce que tu es prêt à m'offrir.

Elle remua la tête, et ses cheveux blonds caressèrent son épaule valide. Il écouta sa respiration régulière, ce souffle qui l'apaisait et l'aidait à chasser ses démons.

— Ma vie s'est arrêtée en 1993. J'étais marié et très amoureux de ma femme, Grace. Je l'ai perdue dans un accident de la route... ainsi que ma fille, Patricia, qui avait un an.

Béatrice attrapa la main de son ami et la serra de toutes ses forces. Pour la première fois, Jean n'eut pas au fond de la gorge ce goût de bile qui remontait comme chaque fois qu'il évoquait ce drame. Le visage riant de Grace prit le dessus sur la figure sanglante, couverte d'ecchymoses, qu'il avait découverte quand la voiture s'était immobilisée au fond du ravin.

— J'ai tout perdu en quelques secondes : ma femme, ma fille et l'estime de moi. J'ai pensé à mourir, mais je n'allais pas, en plus, faire preuve de lâcheté. Alors je me suis engagé dans la Légion étrangère. Pourquoi l'armée ? Je ne pourrais pas te l'expliquer. Je voulais me punir et laisser s'exprimer la rage et la haine qui bouillaient en moi. Jamais je n'aurais cru que le pacifiste que j'étais pourrait se transformer en bête de guerre. J'ai tué. J'étais à armes égales avec mes adversaires. Je choisissais les plus belles pourritures quand je le pouvais, comme pour me retrouver face à moi-même. Et puis, un jour, une petite étincelle est apparue et a éclairé les ténèbres dans lesquelles je m'enlisais...

Béatrice le laissa prendre son temps. Elle comprenait qu'il était en train de se livrer et ne voulait pas risquer de le ramener dans un présent qu'il savait parfaitement contrôler.

— Elle a vingt et un ans et... je l'aime... Cela me fait tellement drôle de prononcer ces mots.

La poitrine de Béatrice se serra, mais elle ne bougea pas, incapable de réfléchir, et la gorge nouée :

— Elle est belle ?

Jean était de nouveau perdu dans ses souvenirs. Il était là, à ses côtés, et pensait à une autre. Elle devina qu'il hochait lentement la tête.

— Oui... aussi belle que sa mère.

Les mots mirent un temps à monter au cerveau de Béatrice. Il avait poursuivi :

— J'ai retrouvé Patricia quand elle avait six ans. Ma fille n'était pas morte, comme mon beau-père me l'avait fait croire, mais elle avait été gravement handicapée dans l'accident. J'ai donc quitté l'armée et pris tous les contrats qui passaient pour pouvoir lui offrir les meilleurs soins. Aujourd'hui, elle vit en Suisse. Elle est dans un fauteuil roulant et ne peut pas parler, mais elle peut s'exprimer avec les yeux. C'est magnifique tout ce que l'on peut exprimer par le regard...

Jean continua :

— Elle peut lire et communiquer via un ordinateur. Elle passe son temps à avaler des romans, elle en écrit aussi. Tu sais, ce genre de logiciel que l'on active à partir du regard. Depuis des années, je vais régulièrement la voir. Je l'aimais, mais je me sentais coupable chaque fois que je la voyais dans son fauteuil... Il y a deux ans, il s'est passé quelque chose à Noël. Je me suis découvert père : j'avais ma fille en face de moi, et pas une pauvre enfant handicapée ! Nous nous sommes apprivoisés... Tu vois, le vieux macho a un cœur tendre sous sa carapace, ajouta-t-il en se moquant de lui.

Béatrice le prit dans ses bras, sans un mot. Elle était certaine d'avoir découvert une faille en lui dès le premier jour. Pour une fois que son intuition ne la trompait pas !

— Si j'ai accepté l'offre de ta sœur, c'était pour l'argent. J'ai rencontré de nombreux chirurgiens aux États-Unis, et l'un d'entre eux m'a convaincu de faire opérer ma fille. J'ai consulté d'autres spécialistes : les chances de succès sont très faibles, mais réelles. J'en ai parlé avec Patricia. Elle est partante, tout en sachant qu'elle risque sa vie avec cette intervention. L'unique but de mes activités à KerAvel est de réunir la modique somme de cinq millions de dollars pour lui offrir une nouvelle chance de marcher et de parler.

— Je te donnerai la fortune que Maud m'a léguée, s'exclama Béatrice.

— Je ne peux pas accepter. C'est à moi de trouver cet argent.

L'Alsacienne n'insista pas. Il avait condamné sa fille, il voulait la sauver, seul. Il n'était pas encore prêt à accepter de l'aide. Elle saurait attendre.

— Merci, Béatrice.

— Pour quoi ?

— Pour m'avoir écouté, pour m'avoir donné la force de ressortir tout ça… pour me donner envie d'aimer une nouvelle femme.

Béatrice ne chercha pas à retenir ses larmes. Elle était une vraie Madeleine ces derniers jours. La tristesse, la peur, puis la joie, tout se mélangeait dans un maelstrom de sentiments. Elle sécha ses yeux contre la manche de sa veste de pyjama.

— Maintenant que je me suis mis à nu, as-tu aussi quelque chose à me confier ? relança-t-il.

— Rien d'aussi glorieux.

— Glorieux ? Pathétique, tu veux dire…

— Ma vie n'a pas été un long fleuve tranquille non plus.

— Qu'a-t-il pu arriver à une fille intelligente, serviable et belle comme toi ?

— Tu as oublié un adjectif : naïve ! Même si mes dernières mésaventures m'ont vaccinée… Enfin, j'espère.

— À toi de passer au confessionnal !

Jean se cala le plus confortablement possible sur le dos pour soulager son épaule blessée. Du bras gauche, il enveloppa Béatrice. Elle se blottit contre lui.

— J'ai toujours vécu dans l'ombre de Maud. Nous nous entendions bien, mais Maud était celle qui faisait la fierté de nos parents. Elle transformait en or tout ce qu'elle touchait. Le sport, les études, les garçons… tout lui réussissait. Moi, j'étais la petite sœur dévouée qui s'occupait si bien du petit frère trisomique, que j'adore d'ailleurs. À dix-huit ans, j'ai commencé à faire fantasmer les hommes, de tous âges.

— Cela devait être plutôt plaisant, non ?

— C'est bien une réaction de mec ! Quand trois garçons sur quatre s'adressent directement à ton décolleté, ça devient vite lourd ! Moi, je rêvais du prince charmant !

— As-tu fini par le trouver ?

— On a dû te lire des contes, quand tu étais enfant ?

— Oui, comme à tous les gamins. Grimm et Perrault.

— Bien. Dans les contes, la jeune femme embrasse un crapaud qui devient alors un magnifique prince, beau et plein de qualités, n'est-ce pas ?

— Oui, et portant une cape et un collant moulant que je trouvais ridicule. Heureusement, son épée lui sauvait la mise. Ce qui me frappait le plus, c'était le courage de ces filles qui n'hésitaient pas à embrasser un batracien pustuleux juste par dévouement.

— Amusant. Bref. Moi, j'ai vécu tout le contraire. Quand j'embrassais un homme que j'imaginais être un prince, il se transformait en crapaud, expliqua-t-elle avec une pointe d'amertume.

Jean comprit que Béatrice allait se livrer à son tour.

— Comme beaucoup, j'ai eu quelques petites aventures sans lendemain. À vingt-sept ans, j'ai cru tomber sur l'homme de ma vie : Sylvain Mustang, comme la voiture. Un avocat reconnu qui s'intéressait à la littérature et partageait avec moi de longues balades à cheval. Maud menait une vie parisienne brillante au milieu de célébrités. Une fois de plus, tous les regards familiaux étaient tournés vers elle. La présence de ce type m'a permis d'exister… Pourtant, je sentais sans me l'avouer quelque chose de faux en lui. J'ai tout de même accepté sa proposition de mariage. Ma famille s'est réjouie : tu parles, un ténor du barreau après

596

un député, fils d'un célèbre politicien ! Seul Lucien m'a mise en garde, mais j'ai passé outre ses recommandations. Dès les premières semaines de mariage, Sylvain s'est transformé ! Devant les autres, il jouait toujours le rôle du mari aimant, prévenant et plein d'humour : le chéri de ces dames ! Mais dès que nous rentrions à la maison, il me traitait comme la dernière des minables. Rien de ce que je faisais n'était suffisamment bien, et plus j'essayais de lui faire plaisir, plus il m'enfonçait.

— Tu as laissé faire ce salopard ?

— J'étais entrée dans un cercle vicieux. Même mes parents m'ont dit de faire des efforts quand j'ai tenté de leur parler de mes problèmes de couple. Un jour, il m'a frappée. Je me suis défendue, mais il a tapé encore plus fort. J'ai perdu connaissance. J'ai alors commencé à avoir peur de lui.

Hypnotisée par son cauchemar, la jeune Alsacienne ne disait plus rien. Jean la fit émerger de sa léthargie.

— Comment t'en es-tu sortie ?

— Grâce à François, mon frère. Il avait compris que j'étais malheureuse et a voulu me défendre un jour où Sylvain m'avait humiliée devant lui. Pour ce con, François n'existait pas : il était trisomique. Mon frère a essayé de s'interposer, mais l'autre salaud l'a frappé. Il a fait croire que François était tombé. Sur le coup, je n'ai rien dit, mais j'ai décidé de réagir. J'ai eu le courage d'accumuler des preuves, des enregistrements cachés, des photos, des certificats médicaux. Quand j'ai estimé avoir assez de pièces à conviction, j'ai porté plainte contre lui. Scandale à Strasbourg ! C'est tout juste si ce n'était pas lui la victime !

— Tu as obtenu le divorce facilement ?

— Oui, et il ne m'a plus jamais approchée. Il a peint de moi des portraits odieux auprès de mes anciennes connaissances, mais je m'en fous.

— Je comprends. Tu t'en es sortie, c'est le principal.

— Je m'étais tirée de ses griffes, mais je ne savais plus où j'en étais. Quand le divorce a été prononcé, le couple de ma sœur battait sérieusement de l'aile. Maud et son mari vivaient chacun de leur côté. Elle ne s'occupait plus que d'Alexandre. Très rapidement, Jean-François s'est mis à tourner autour de moi. J'étais en pleine déprime, et j'ai cru qu'il s'intéressait à moi pour ce que j'étais, pas uniquement pour mon cul. Petite godiche... Pendant un mois, je me suis complètement donnée à lui, dans l'espoir d'un avenir qu'il m'avait promis et auquel j'avais eu la faiblesse de croire. Le jour où je l'ai vu arriver avec des menottes et des cordes, j'ai enfin compris que je n'étais, pour lui, qu'une expérience sexuelle supplémentaire. Ensuite, j'ai déconné à gauche et à droite, et depuis deux ans, je n'ai plus touché un homme.

— Tu prends un risque ce soir.

— Non, je suis persuadée que je suis avec un mec bien.

— Quelle pression sur mes épaules, déchiquetées en l'occurrence !

Béatrice se cala contre Jean, posa sa nuque sur sa poitrine et respira lentement. C'était la première fois qu'elle racontait ses échecs amoureux, et à un homme en plus. Il l'avait écoutée, il ne l'avait pas jugée.

Avec plaisir, elle sentit le bras de son compagnon la serrer contre lui. Tous les deux, au milieu de la nuit... Elle se tourna sur le côté et approcha sa tête de celle

598

de son patient d'un soir. Le silence de la nuit vosgienne les enveloppait, et seul le souffle de leur respiration les accompagnait. Le contact de la barbe de trois jours contre sa joue lui confirma qu'elle ne vivait pas un rêve. Une main se glissa délicatement sous sa veste de pyjama. Avec une douceur exaspérante, l'homme promenait ses doigts sur son dos, en mouvements si lents qu'elle craignit qu'il ne s'endormît. Il tourna son visage vers le sien. Ses yeux étaient grands ouverts et la contemplaient. Elle posa sa bouche sur les lèvres desséchées par le froid de son compagnon. Comme une chatte, elle les humecta à petits coups de langue. Il se laissa faire, profitant du contact chaud et doux, puis entrouvrit la bouche et accueillit une langue experte qui alluma en lui une flamme plus intense que sa fatigue.

Béatrice s'allongea sur lui, veillant à ne pas toucher son épaule. La main qui caressait le dos de la jeune femme glissa doucement plus bas. Les doigts jouèrent avec la lisière du slip, puis s'insinuèrent sous le tissu, parcourant sensuellement les fesses. Elle se cambra et glissa à son tour sa main le long des cuisses de son partenaire. Rapidement, elle sentit le sexe de son amant en érection. Excitée, Béatrice retira son collant. Allongé, Jean ne pouvait l'aider et la regardait faire. Elle releva le buste, se recula et s'empala sur lui. Un instant, ils restèrent immobiles, profitant de ce moment magique. Elle balança ensuite doucement son bassin en longs allers et retours. Les lèvres serrées, elle accéléra le rythme. Quand elle sentit que son orgasme était proche, elle ouvrit enfin la bouche et cria son plaisir. Tremblante, elle s'effondra sur lui. Il prit les couvertures, les remonta sur eux sans que leurs corps se séparent. En silence, ils s'endormirent ensemble.

78

Piégé

22 décembre

Dix heures. Passablement agacé, Jean-François Clairval poussa violemment la porte de son bureau. Un abruti cravaté en scooter venait de casser le rétroviseur de sa BMW et ne s'était même pas arrêté. Bloqué par la circulation du boulevard Saint-Germain, il n'avait pu rattraper le fuyard.

— Monsieur Clairval…

— Qu'y a-t-il, Hélène ?

Le député regarda sa secrétaire. La vision de la brunette en tailleur le calma. D'âge mûr et d'allure passe-partout, la femme qui gérait son emploi du temps depuis quatre ans était devenue une collaboratrice indispensable. Il lui avait même récemment proposé le rôle de suppléante pour la prochaine campagne des législatives. Au lendemain de sa première élection, il avait, dans un élan de lucidité, embauché la candidate aux références parfaites plutôt qu'une splendide bimbo digne de jouer les secrétaires sur un tournage de film X. Grand bien lui en avait pris : des coups d'une nuit, il pouvait en trouver dans toutes les soirées mondaines. Dégoter une perle comme Hélène était nettement plus difficile.

— Un coursier est venu déposer cette lettre pour vous ce matin. Apparemment, un sujet urgent à traiter.

— De quoi s'agit-il ?

— Je ne l'ai pas ouverte. La mention « personnel » figure sur l'enveloppe.

Encore une des qualités qu'appréciait le député. Sa collaboratrice connaissait les limites à respecter.

— Je vous remercie. Préparez-moi un café, s'il vous plaît.

Clairval saisit la lettre et, comme tous les matins, se posta devant la fenêtre pour regarder le Café de Flore. Un lieu mythique. Il y avait ses habitudes et y prenait régulièrement son petit déjeuner, sauf lorsque le trafic parisien le bloquait comme aujourd'hui. Le député s'installa dans le nouveau fauteuil design fraîchement livré. Il s'étira et, curieux, attrapa un coupe-papier, puis ouvrit méticuleusement l'enveloppe. Il récupéra les quelques pièces qu'elle contenait, les parcourut et pâlit. Tout d'abord, trois photos prises à Malte. La première, sur laquelle il discutait avec MacCord, une deuxième en présence des représentants italiens, des émissaires grecs et de l'Américain et une troisième où il draguait ostensiblement sa conquête libanaise. Puis, nettement plus préoccupant, une copie de l'invitation à la conférence organisée au Hilton. Et enfin, le projet d'intervention de la France et de l'Italie devant le Conseil de l'Europe pour soutenir la demande d'autonomie des îles Apolloniades en 2016. Une catastrophe !

— Quelque chose ne va pas, monsieur Clairval ?
s'inquiéta Hélène en déposant l'expresso sur le bureau.

— Une petite contrariété... mais je la résoudrai,
comme les autres, grimaça le député.

La secrétaire jugea bon de ne pas insister et
s'éclipsa.

Une petite contrariété ? Il était juste dans la merde !
Comment ces documents étaient-ils arrivés dans des
mains rivales ? Qui était assez influent pour planquer des photographes dans la zone sécurisée du
Hilton et pour récupérer des documents ultra-secrets
qui n'avaient jamais transité sur les réseaux électro-
niques classiques ? Les services secrets américains ?
MacCord les avait officieusement avec lui. Les
Russes ? Pourquoi viendraient-ils s'immiscer dans
ce projet ? Ils avaient déjà assez à faire avec les
anciens États de l'Union soviétique qui, poussés par
l'Occident, revendiquaient leur autonomie politique.
Tout simplement d'anciens services secrets qui voulaient les faire chanter et leur soutirer une énorme
somme d'argent ? Mais pourquoi cette lettre lui avait-
elle été adressée ? Pourquoi l'expéditeur n'avait-il pas
directement envoyé ces pièces à MacCord ? Toutes ces
pensées tournaient trop vite pour qu'il puisse tenter
d'y apporter une réponse constructive. Le député
remarqua alors un numéro de téléphone inscrit sur
une feuille qu'il avait crue vierge. Il n'hésita pas un
instant. Il saisit son portable et appela son mystérieux
interlocuteur. Il ne se laisserait pas baiser comme un
lapereau de six semaines.

— Clairval à l'appareil ! Quel est le fils de pute
qui est en ligne ?

— Vous avez été long, monsieur le député. La lettre est chez vous depuis près de deux heures et demie, répondit son interlocuteur inconnu.

— Et alors, il y avait une date limite de consommation sur l'enveloppe ?

— Excellent, monsieur Clairval, vraiment très drôle. Nous pourrons continuer à discuter cet après-midi.

— C'est quoi cette connerie ?

— Il est dix heures vingt-six. Rendez-vous à quatorze heures trente à Strasbourg, sur la place de la cathédrale. Attendez devant l'entrée de l'office du tourisme. Venez seul, bien évidemment.

— Putain, c'est vous Legarec, espèce d'enfoiré ? Qu'est-ce qui vous fait penser un instant que je vais obéir à votre chantage lamentable ?

— Peut-être la peur que le manque de prudence dont vous avez fait preuve à Malte soit connu de vos comparses ?

— Parce que vous croyez que je vais négocier avec vous ? s'énerva Clairval.

— Tout conflit peut être évité par la diplomatie. À vous de décider. Je n'ajouterai qu'une seule chose. Si vous n'êtes pas au rendez-vous prévu, des copies des documents que vous avez sous les yeux seront adressées dans la minute qui suit à votre père et à votre mécène. Cela ne manquera pas de les réjouir.

— Et que comptez-vous faire ensuite ? glapit Clairval. Pensez-vous être en mesure, petit enquêteur de merde, de vous opposer à notre projet ?

— Vous êtes vraiment vulgaire, monsieur le député. Une dernière chose : le seul moyen d'arriver à l'heure est de prendre le TGV de onze heures vingt-cinq à la gare de l'Est. Vous avez largement le temps de vous y rendre, mais ne traînez pas pour vous mettre en route. À tout à l'heure.

C'était Legarec, il en était certain. Il n'avait pas reconnu sa voix, mais cela ne pouvait être que lui. Putain, ils l'avaient tous sous-estimé ! Comment s'était-il procuré tout ce matériel ? Il savait qu'il n'avait pas d'autre choix que d'aller à Strasbourg. Legarec était dans la nature, il en avait discuté la veille avec son père. Devait-il prévenir la DCRI ? Les flics prendraient alors le relais et finiraient par mettre la main sur le privé. Non, le risque était trop grand. Si les services français découvraient leur implication, même indirecte, derrière les attentats parisiens, leur petit groupe de comploteurs était mort. Ils avaient réussi à faire taire le ministre Bastarret, mais ils ne pourraient pas faire assassiner toute la Direction centrale du renseignement intérieur. Devait-il y aller accompagné par des hommes de Van Drought ? Inutile ! Legarec était un morpion, mais c'était un pro. Il les remarquerait rapidement. Une autre idée lui traversa l'esprit.

79

Jeu de piste

Sur le parvis de la cathédrale, le marché de Noël rendait toute surveillance impossible. Legarec était sans doute là, caché derrière l'une des dizaines de cabanes en bois installées par la ville. Jean-François Clairval ne pouvait qu'attendre. Les deux heures de trajet entre Paris et Strasbourg lui avaient permis de faire le point. Jean Legarec était en sursis. Le privé avait à ses trousses la DCRI et les hommes de Van Drought et dès qu'il tenterait d'utiliser ses documents la puissance de MacCord se déchaînerait contre lui. Legarec ne leur échapperait pas plus de quelques heures, quelques jours au pire. Le député avait essayé de joindre Béatrice, sans succès. Un rendez-vous à Strasbourg : trempait-elle dans cette histoire de chantage ? Non, ce n'était pas le genre de fille à se lancer dans une telle aventure. Elle devait être en train de se morfondre quelque part et de pleurer sur sa vie ratée.

Un vieil homme l'aborda, toque de fourrure sur la tête.

— Êtes-vous monsieur Clairval ?

Surpris, le député acquiesça.

— Rendez-vous place de l'Homme-de-Fer. Vous attendrez devant le distributeur de tickets de tramway, direction Hautepierre. On vous prendra en charge.

— Où est Legarec ?

— Je ne connais pas de Legarec et je vous ai transmis mon message. Allez, au r'voir.

L'inconnu repartit tranquillement en direction de la cathédrale. À quoi Legarec jouait-il ? Clairval avait finalement décidé de solliciter l'aide de Van Drought. Son portable permettait de le localiser en permanence. Dès qu'il resterait plus d'une demi-heure sans bouger, trois équipes, qui avaient quitté Paris vers onze heures, interviendraient. C'était risqué, mais il ne fallait pas laisser la situation s'envenimer. Clairval n'avait d'autre choix que de suivre l'injonction de l'inconnu. Il emprunta la rue des Orfèvres, longea la place Kléber et son sapin de Noël monumental avant de déboucher sur la place de l'Homme-de-Fer. À peine était-il arrivé devant le distributeur qu'une vieille dame tirée à quatre épingles s'approchait de lui.

— Bonjour, monsieur Clairval. Auriez-vous l'amabilité de me confier votre téléphone portable ? Il vous sera rendu à la fin de votre périple.

Surpris, Clairval regarda cette grand-mère, digne héritière de Mary Poppins.

— Il n'en est pas question.

— Dans ce cas, je ne peux pas vous renseigner plus avant. Au revoir, cher monsieur.

Comme elle s'éloignait, il l'attrapa vivement par le bras.

— Ça suffit, ces conneries. Où est Legarec ?

Il relâcha sa prise en sentant son épaule broyée et se retourna avec un gémissement de douleur. Un homme de forte corpulence, le visage barré d'une épaisse moustache, le dévisageait méchamment.

— Mais tu viens d'où, toi ? Ici, en Alsace, on respecte les anciens. Alors tu t'excuses tout de suite auprès de la dame, ou bien...

La foule des passagers les regarda, approuvant clairement l'intervention du colosse. Le député devait éviter que la situation ne dégénère.

— Vous avez raison. Je me suis emporté et je vous prie d'accepter mes excuses, très chère madame.

Le moustachu regarda la vieille dame, sans lâcher l'agresseur.

— *Hopla* madame, il s'est assez bien excusé ?

— Cela ira bien, jeune homme. Merci beaucoup de votre aide.

— Service, conclut-il en libérant Clairval, non sans lui lancer un regard mauvais.

Clairval se massa l'épaule, sortit son téléphone et le tendit à son guide.

— Vous allez monter dans le prochain tramway et vous le quitterez à la station La Rotonde. Là, vous prendrez l'autobus 17 et vous descendrez à l'arrêt Oberhausbergen-Mairie. Ensuite, vous marcherez jusqu'au Crédit mut.

— Crédit mut ?

— Oh yé ! La banque du Crédit mutuel !

— Et cela va durer encore longtemps ?

— Ça, je ne le sais pas. Mais vous êtes jeune et avez bien du temps devant vous.

Clairval se demanda si la femme se moquait de lui, mais comme une rame de tramway approchait, elle disparut à son tour.

Sur le parking du Crédit mutuel d'Oberhausbergen, un autre senior l'attendait à bord d'une Citroën Xantia d'un âge antédiluvien. Clairval dut abandonner sa veste Gucci et son manteau, qui lui seraient rendus avec son téléphone, et enfiler un blouson de ski fourni par son nouveau chauffeur. De nouveau un retraité, les cheveux blancs en bataille domptés avec difficulté par une casquette à oreilles. Il roula un quart d'heure et le déposa à trois cents mètres de l'entrée d'un village entouré de champs enneigés.

— Vous allez marcher jusqu'au village et vous prendrez la première rue à droite. Tout au bout, il y a une maison aux murs rouges au fond d'un jardin en friche. On vous attend.

À peine descendu, Clairval vit le véhicule repartir. Son maître chanteur n'avait rien laissé au hasard. Toute filature aurait été détectée, et les hommes de Van Drought étaient maintenant incapables de le repérer. Mais était-ce Legarec, traqué, qui avait organisé ce jeu de piste mené par des Alsaciens dont le plus jeune devait avoir soixante-dix ans ? Que trouverait-il en arrivant dans la maison ?

Clairval frappa à la porte d'entrée, entrouverte. Pas de réponse. La pièce principale était plongée dans une semi-pénombre. Les volets des fenêtres étaient fermés, et la pâle lueur de l'après-midi filtrait à travers les persiennes. La pièce semblait vide. Il avança. Au milieu, deux chaises se faisaient face. Sur l'une d'elles, une silhouette. Clairval s'arrêta, déboussolé. Il était seul, livré à ses adversaires.

— Entre et assieds-toi.

Cette voix féminine, il la reconnaissait entre mille : Béatrice Weber ! C'était donc elle qui était derrière tout ce cirque ? Incompréhensible, mais rassurant. Il reprit confiance en lui, mais resta sur ses gardes.

— Je te fais peur ? demanda-t-elle. Installe-toi.

La voix était bizarrement froide et impersonnelle. Il redressa sa silhouette, remonta le col de sa veste et se campa en face de la jeune femme.

— Qu'est-ce que tu fous là, Béa ?

— Assieds-toi.

Il obéit à l'ordre sèchement intimé. D'abord la calmer, puis lui faire cracher ce qu'elle savait. Leurs derniers face-à-face avaient été plutôt distants, mais il avait toujours eu de l'emprise sur elle.

— Bien, je suis assis. Alors maintenant, explique-moi à quoi rime cette comédie. Ta vie de petite provinciale rangée t'ennuie et tu veux jouer les rebelles ?

Elle ne répondit pas, mais vrilla un regard haineux au fond de ses prunelles. Une étrange sensation de malaise gagna Clairval. Il ne reconnaissait plus l'Alsacienne.

— Rends-moi Alexandre ! lui intima-t-elle, glaciale.

Estomaqué, son beau-frère répliqua :

— Mon fils a disparu, au cas où tu ne l'aurais pas remarqué. Je ne sais même pas s'il est vivant. Si j'avais la moindre idée de l'endroit où il est, tu serais sans doute la dernière à qui je le confierais, ajouta-t-il, méchamment.

— Rends-moi Alex ! répéta-t-elle mécaniquement.

— Mais tu es malade, ma pauvre Béa ! Comme si j'avais désintégré mon fils d'un coup de baguette magique.

Béatrice Weber ne bougea pas et dit d'une voix monocorde :

— Tu n'as jamais aimé le fils de Maud. Tu ne t'en occupais pas et tu te forçais juste à être présent le jour de son anniversaire pour apparaître sur la photo. L'image du bon père de famille pour émouvoir la galerie et tes maîtresses ! Après l'attentat, tu as refusé de déclencher le plan « alerte enlèvement », tu as dissimulé des éléments du dossier à la police et tu as même voulu empêcher Maud d'engager un enquêteur privé pour le retrouver. Mais tu as échoué, Jean-François, je sais que tu le caches dans la région... Rends-moi Alex.

— Ça suffit maintenant, espèce de folle !

Il se redressa brusquement, et leva le bras au-dessus de la jeune femme. Il n'eut pas le temps d'achever son geste. Béatrice hurla et lui envoya un terrible coup de pied dans l'entrejambe. L'homme s'agenouilla, tétanisé par la douleur. Elle se jeta sur lui, le retourna sur le dos et s'assit violemment sur son torse. Clairval expira l'air qui lui restait dans les poumons. Un objet froid pénétra sa bouche, provoquant une soudaine envie de vomir. Les yeux brouillés de larmes, il venait de basculer en plein cauchemar.

— Rends-moi Alex, répéta la jeune femme avec une douceur excessive, enfonçant davantage le canon du Walther.

Il hoqueta et s'étouffa quand le pistolet écrasa sa glotte. Béatrice le retira lentement. Dans un mélange de fureur et de peur, Clairval tenta une dernière fois de reprendre le dessus.

— Maintenant, lâche-moi, petite connasse !

Béatrice Weber approcha le pistolet près de l'oreille de son beau-frère et appuya sur la détente. La détonation déchira le tympan de Clairval. Cri de terreur ! La voix de l'homme se brisa :

— Mais putain, Béatrice, qu'est-ce que tu veux ?

— Il faut encore que je te le répète, Jean-François. D'accord, je vais le faire, mais je te jure que c'est la dernière fois. Je veux juste Alexandre. Tu peux faire toutes les saloperies que tu veux avec MacCord, tu peux organiser des attentats, préparer un coup d'État, que sais-je. Je m'en fous. Par contre, si tu ne me rends pas mon neveu, je te tue sans aucun état d'âme... comme tu as fait assassiner ma sœur.

Paniqué, Clairval ne contrôlait plus les tremblements de son corps. Cette scène irréelle, la révélation soudaine d'un complot si bien protégé, sa belle-sœur démente, persuadée qu'il détenait Alexandre... et l'arme qui frôlait sa chevelure, dans une caresse vénéneuse. La voix de l'ange du châtiment, désincarnée, rompit de nouveau le silence :

— Puisque tu réagis comme un enfant, Jean-François, je vais m'adapter. Je vais compter jusqu'à cinq. Si à cinq tu ne m'as pas dit ce que j'attends de toi... Un... deux...

— Je t'en supplie, Béatrice, je ne sais pas où il est !

— Trois... quatre...

Le canon comprima la tempe. Le doigt crispé sur la détente, Béatrice ferma les yeux.

— Pitié ! Je te jure ! Je ne sais pas où il est ! Pitié..., hoqueta l'homme.

611

Une odeur nauséabonde envahit la pièce. Les sphincters de Clairval venaient de lâcher. En pleine crise de nerfs, le député ne s'en était même pas rendu compte. À travers les larmes, il devina une silhouette qui bougeait dans la pénombre. Il n'était plus seul avec cette folle.

— Je vous en prie, lança-t-il à l'inconnu. Dites-lui de me laisser partir.

L'homme s'approcha. Il ne distinguait de lui qu'une paire de chaussures de montagne.

— Que lui donnez-vous en échange ?

Cette voix, il la connaissait. Son cerveau tournait au ralenti... Legarec ! Son mince espoir s'évanouit aussitôt. À moins que... Tout raconter ? Sa vie valait plus que les magouilles des Clairval et son ambition personnelle.

— Je ferai ce que vous voulez, mais dites-lui de me laisser en vie.

Les chaussures s'éloignèrent à l'autre bout de la pièce. La sensation du poids du corps de Béatrice, qui l'avait tant excité quelques années plus tôt, le paniquait toujours. Il ne comprenait pas ce qu'elle voulait, mais savait maintenant qu'elle n'hésiterait pas à tuer.

— J'ai beau chercher, je ne vois aucune raison de lui demander de vous épargner, reprit le nouvel arrivant. La requête de Béatrice Weber est pourtant claire, et elle vous l'a exposée trois fois. Elle veut que vous lui rameniez Alexandre.

— Mais comment vous faire admettre que je ne sais pas où il est ? gémit le prisonnier.

Béatrice et Jean échangèrent un rapide coup d'œil. Clairval, dans un tel état, ne pouvait qu'être sincère.

612

Legarec attrapa une chaise, la rapprocha du prisonnier et s'installa à califourchon.

— Il est de notoriété publique que votre père vous considère comme un boulet, mais je ne pensais pas que cela atteignait de tels sommets.

Clairval ravala l'insulte, touché par son fond de vérité.

— Puisque vous ne voulez pas commencer à parler, laissez-moi vous donner quelques informations. Vous les compléterez ensuite. De votre coopération dépendra votre survie.

— Je vous dirai tout ce que vous souhaitez savoir, promit le député, toujours sous la menace de l'arme.

— Très bien. Le jour de l'attentat de Notre-Dame, votre femme, grièvement blessée, a confié Alexandre à un inconnu. Cet inconnu a quitté la cathédrale avec l'enfant dans les bras, puis a disparu. Comme l'a justement fait remarquer votre belle-sœur, la décision de la famille Clairval, sans doute dictée par votre père, fut d'empêcher l'intervention de la police. Maud, désespérée, a donc décidé de faire appel à moi. À la mort de sa sœur, Béatrice a voulu que je poursuive l'enquête. J'ai découvert l'identité du ravisseur. Un certain Alpha, clone d'un ancien SS, du nom de Hans Stessinger.

Clairval sursauta violemment, déséquilibrant Béatrice. La chaussure de Legarec le frappa aussitôt, brisant son nez. Le sang coula abondamment.

— Vous oubliez que vous êtes en sursis, Clairval !

— Vous mentez !

— Vous ne croyez pas à mon histoire de clone ?

— Si, elle est exacte ! Mais Stessinger n'a jamais enlevé Alexandre, hurla Jean-François Clairval, qui commençait à entrevoir la vérité.

— Ne refaites pas ce genre de geste inconsidéré et écoutez la suite. J'ai récupéré une photo qui, étrangement, n'était jamais arrivée entre les mains de la police. Maud puis Béatrice ont évidemment identifié Alexandre, dans les bras d'un homme blond d'une vingtaine d'années. Un autre témoin a formellement reconnu Stessinger. Je n'aurais pas inventé une telle histoire, n'est-ce pas ? Je vais vous donner un dernier indice, puis je vous laisserai la parole. Nous pensons qu'Alexandre est en ce moment retenu à moins de cinquante kilomètres d'ici.

Clairval regarda Béatrice, puis Legarec. Leurs yeux n'exprimaient aucune compassion pour lui, seulement la certitude de mener un juste combat. Lui, il venait d'être anéanti en quelques minutes. Tout ce qu'il avait mis en place, ses projets, ses coups tordus, ses amours d'un soir n'étaient qu'un substitut à une existence qui n'avait pas de sens. Lui, qui se voyait comme l'un des futurs leaders de la France, n'était rien. MacCord et son père ne lui faisaient pas confiance ! Sa vie n'était qu'une farce. Guignol pitoyable, il était allongé sur le sol d'une maison abandonnée, au milieu de nulle part, baignant dans son sang et dans sa merde. À cet instant, il enviait Béatrice, dont il avait pourtant sciemment abusé et trahi la confiance quatre ans plus tôt. Elle risquait sa vie pour des valeurs qui le méritaient. Mais le pire, le pire était l'affront que son père lui avait fait subir. Il lui avait volé son fils, sans doute par peur de sa réaction... ou par perversité ? Jean-François Clairval aurait su gérer cette situation, mais Joachim, le grand politicien français, l'avait une fois de plus pris pour un minable. Il allait se mettre à table. Il n'avait plus envie de cette gloire factice, et peut-être pourrait-il regagner un peu de l'estime de son fils, à qui il avait si peu donné ?

— Je n'étais pas au courant de la présence d'Alexandre à Saint-Florent, mais je vous crois.

La pression exercée par Béatrice se relâcha imperceptiblement. L'enquêteur sortit un téléphone de sa poche, le montra à son prisonnier et l'activa en position d'enregistrement. L'hésitation du député ne dura qu'un instant. Comme pour se purifier, il allait parler :

— Je ne sais pas comment vous avez découvert ce que nous avons mis en place avec mon père et un groupe de VIP français, mais vous avez l'air parfaitement renseignés.

— Le contenu du disque dur de votre ordinateur nous a bien aidés.

Clairval encaissa le coup sans broncher. Il n'était plus à cela près.

— Mon père a toujours rêvé d'accéder au pouvoir ultime, à la présidence de la République française. Malgré une carrière longue de plusieurs dizaines d'années, il n'a jamais eu d'opportunités sérieuses. Avec le temps, cela était devenu une idée fixe. Il aurait été prêt à vendre son âme, au sens propre du terme, pour atteindre cette fonction suprême. Le diable a croisé son chemin ! Il y a dix ans, il a rencontré William Bill MacCord, un autre maniaque du pouvoir. MacCord, fasciste notoire, mais homme d'affaires fascinant, rêvait de construire un État dans lequel il pourrait recréer une race supérieure. Ils vivaient tous les deux un rêve qui tournait à l'obsession et avaient le même manque total de scrupules. Ils étaient faits pour s'entendre. Étonnamment, mon père m'a

615

rapidement mis dans la confidence. Non qu'il ait particulièrement besoin de mes services, mais il lui fallait son public. Même si c'est un sale con égoïste, il est doué pour la politique. Il a regroupé autour de lui quelques hommes et femmes influents et a créé un cercle, le cercle Rimbaud.

— Il vénère les poètes disparus ?

— Poète n'est pas un qualificatif qui lui correspond. Bref, il a fait un deal avec MacCord, mais la suite, vous la connaissez. Des attentats et la prise du pouvoir pour mon père en France, contre son soutien à l'autonomie des îles Apolloniades pour MacCord. C'était au cœur de nos discussions maltaises.

— Pourquoi avoir fait intervenir les clones de Stessinger dans les attentats ?

— Parce qu'ils sont magistralement entraînés et inconnus des services français. MacCord prépare son projet depuis sa jeunesse. Il reprend en fait le rêve de son père George. George MacCord était un sympathisant nazi, ce qui lui a valu un certain nombre de déboires avec le gouvernement américain, surtout à partir de 1942. Il a accueilli en toute discrétion d'anciens dignitaires du parti en fuite après la guerre. L'un d'eux lui a révélé l'existence d'un projet Anastasis, mais sans en connaître les détails. Dès lors, l'idée a fait son chemin dans l'esprit torturé des MacCord. Ils fonderaient leur État et y élèveraient une population pure, sans tache.

— Les îles Apolloniades sont en face de la Grèce et non de la Scandinavie, si je ne m'abuse. Pour les Aryens, c'est raté.

— Détrompez-vous. MacCord a fait des recherches et les habitants des Apolloniades descendent pratiquement tous des premières tribus arrivées en Grèce, considérées elles aussi comme de race supérieure.

Legarec soupira. Des tarés !

— Continuez à me parler de son élevage de SS.

— Avant de connaître mon père, MacCord avait enquêté en Europe, à la recherche de la ruche Anastasis. Je ne sais comment il l'a découverte, mais il a acheté les propriétés qui avaient accueilli les installations du projet. Des médecins de son équipe ont accompli l'exploit de réussir quelques clonages. Les doubles de Stessinger et de quelques autres SS de triste renommée sont la fierté de MacCord ! Il les a élevés dès leur plus tendre enfance pour en faire les élites de son futur royaume. Il n'a conservé que les plus aboutis, leur a donné une éducation haut de gamme et les a tous entraînés pour en faire des soldats d'élite. À vingt ans, ce sont de véritables tueurs dénués de tout état d'âme. MacCord nous ressort son credo à chaque réunion : aucun de ses *boys* ne connaît l'amour. « L'amour rend faible. » Alpha et ses deux frères ont passé deux ans dans les camps d'entraînement secrets du milliardaire dans la région d'Atlanta. Puis il les a envoyés comme mercenaires sur quelques conflits mondiaux. Des travaux pratiques, en quelque sorte. Alpha, celui qui a commis l'attentat de Notre-Dame, est de loin le plus efficace.

— Pourquoi a-t-il transformé le domaine Saint-Florent en école ? demanda Béatrice qui reprenait la parole pour la première fois.

— Tout comme les nazis, MacCord a créé ses propres écoles dans plusieurs pays d'Europe. Des membres de son entourage lui confient leurs enfants en toute connaissance de cause, pour en faire de bons petits soldats. Ils sont mélangés à des gosses de dignitaires européens qui apprécient l'enseignement haut de gamme de ces écoles. Indétectables !

— Et tu n'as jamais pensé qu'Alexandre pourrait s'y trouver ? insista Béatrice.

— Non, jamais ! Pourquoi MacCord aurait-il enlevé mon fils ? se défendit Clairval.

Maintenant que la panique initiale avait disparu, l'ancien député prenait conscience de sa situation, allongé sur le sol glacé, dans l'odeur de ses excréments.

— Laisse-moi me relever, Béatrice, vous ne craignez rien de moi.

— Je me sentais aussi humiliée quand tu m'as larguée après m'avoir baisée comme une de tes putes. Rends-toi compte de ce que ça fait !

Clairval n'insista pas. Il n'y avait rien à redire.

Legarec reprit l'entretien :

— Nous ne pensons pas que MacCord ait organisé cet enlèvement. Il ne savait pas qu'Alexandre serait à Notre-Dame. Et quel intérêt en aurait-il retiré ? Il semblerait plutôt que la machine Stessinger ait eu un raté.

— Mais pourquoi aurait-il remarqué mon fils, qu'il n'avait jamais rencontré ?

— Je n'en sais rien.

Il n'était pas question pour Jean de dévoiler le secret de famille des Weber. Béatrice relança la conversation :

— Dis-moi ce que MacCord va célébrer à Saint-Florent la veille de Noël ?

Clairval eut un rire sec.

— Vous savez même ça ? Pour le grand public, il fête la fin de l'année avec les parents des élèves

618

officiellement inscrits dans son établissement. Officieusement, ce sera également la cérémonie d'adieu aux enfants qui composeront les futures élites de son royaume.

— Où les envoie-t-il ? cria Béatrice.

Jean-François Clairval réalisa à la seconde que, si Béatrice avait raison, son fils partirait aussi. D'une voix blanche, il répondit :

— Ils vont être exfiltrés aux États-Unis. MacCord veut tous les réunir pour accélérer leur formation. Il les implantera ensuite aux Apolloniades, quand l'autonomie des îles aura été reconnue... J'imagine qu'ils isoleront Alexandre de sa classe, pour que nous ne nous rencontrions pas. Il sera caché, à quelques mètres de moi, et je serai comme un con, sans rien pouvoir faire...

— On peut toujours faire quelque chose ! intervint Jean.

— Comment voulez-vous que j'agisse ?

— Je n'y ai pas encore réfléchi... mais vous êtes un membre du cercle Rimbaud... et surtout, vous aurez une occasion unique de revoir votre fils. Cela vaut tous les sacrifices, non ?

Clairval leva le regard sur ses deux geôliers. Une femme, que rien n'avait préparée à cette situation, et un baroudeur limite asocial faisaient face à une machinerie impeccable. Un grain de sable dans le projet Anastasis, mais un grain de sable qui serait vite broyé ! Béatrice et Jean n'avaient aucune chance d'arrêter le complot ni de repartir avec Alexandre, mais il admirait leur courage. Une sorte de syndrome de Stockholm accéléré ? Pouvait-il se racheter, à ses yeux et à ceux de son fils, en sortant Alexandre de la toile dans laquelle il serait vite englué ? Il fixa Béatrice, qui n'avait pas bougé depuis le début de leurs échanges. Et s'il avait, en plus, raté une extraordinaire occasion de construire sa vie avec elle ? Mais il était trop tard pour regretter. La vie ne repasse pas deux fois les plats. Jean Legarec rompit le silence :

— Nous allons vous laisser repartir. Dans une demi-heure, quelqu'un viendra vous chercher et vous fournira de quoi vous changer, ainsi que vos effets personnels. Donnez-moi vos coordonnées et je vous appellerai ce soir. Je vous expliquerai mon plan pour tenter de récupérer votre fils.

— J'accepte, répondit Clairval sans hésiter.

Béatrice se releva, s'étira et rangea le Walther dans la poche de sa veste. Avec difficulté, Clairval se remit debout. Son nez avait cessé de saigner, mais le faisait souffrir. Dans un élan doloriste, il considéra cette blessure comme une étape de sa future rédemption. Il se retourna vers l'Alsacienne.

— Béatrice, me pardonneras-tu un jour ce que je t'ai fait subir ?

— Non !

80

Moins un

— *Fuck off !*

MacCord referma violemment l'écran de son ordinateur portable, se leva de son siège et alluma un cigare. Il pensait avoir prévu toutes les parades aux impondérables qui se mettraient en travers de son projet, mais celui-là, il ne l'avait pas vu venir.

L'Américain enfila une robe de chambre et se dirigea vers la terrasse de sa chambre d'hôtel. Il frissonna en ouvrant la porte-fenêtre et regarda au loin. À quelques heures de Noël, la vision nocturne de Paris tapissé de lumières multicolores le fascinait. La vie bouillonnait dans ces rues que le vent glacé n'arrivait pas à vider. Cette digression ne dura qu'un instant. Il fallait qu'il s'occupe de Jean-François Clairval et de son nouveau partenaire, Jean Legarec.

MacCord avait fait diligenter une enquête sur le privé, n'ayant pas toute confiance dans les actions lancées par le Premier ministre fraîchement nommé. Le parcours de Legarec était vraiment atypique, et le milliardaire en avait appris plus en quarante-huit heures que la DCRI en quelques années. Il ne cherchait pas la même chose qu'eux et les moyens financiers de MacCord étaient autrement plus importants que ceux des services de renseignement français.

Le téléphone de la chambre sonna. MacCord attendit que son secrétaire aille décrocher.

— *Joachim Clairval is waiting in the lobby, Bill.*

— *OK, let him in.*

La mine contrariée, le Premier ministre pénétra dans la suite que MacCord louait systématiquement quand ses affaires l'appelaient à Paris. L'air sombre de MacCord le troubla. Après une poignée de main rapide, ils s'installèrent dans le salon.

— *Your son is a piece of shit !*

— Je n'ai pas une grande confiance en ses capacités, mais tout milliardaire que vous êtes, parlez autrement de ma famille !

— Écoutez ça ! trancha MacCord.

Il se leva, attrapa son ordinateur portable et activa un fichier son. La voix de Jean-François Clairval suivie de celle d'un inconnu figea les traits du Premier ministre. Quand l'enregistrement toucha à sa fin, il explosa :

— Mais quel connard ! Je lui ai toujours donné ce qu'il voulait, et il vient nous chier dans les bottes à quelques semaines de l'accomplissement de notre projet ! J'imagine que le second interlocuteur est Legarec ?

— Quelle perspicacité ! ironisa MacCord.

— Comment est-il au courant du projet Anastasis ? demanda Clairval.

— *Funny !* Ce n'est pas vous, le Premier ministre, qui avez toutes vos entrées dans la police et les services secrets ? Vous qui avez accès à tous les dossiers confidentiels ? Vous avez sous-estimé ce type, Jo. Vous l'avez sous-estimé et il vient de retourner votre fils.

— Ne vous inquiétez pas, je vais parler à Jean-François.

— *Bullshit*, rugit MacCord, vous savez parfaitement que votre fils a fait son choix.

Joachim Clairval garda le silence. L'Américain avait raison : Jean-François ne reviendrait pas en arrière après son compromis avec Jean Legarec. Humilié, il posa la question que MacCord attendait :

— Vous avez déjà pris une décision ?

— Évidemment. « Rendez-moi Alexandre ou j'alerte la presse ! » Qu'est-ce que vous voulez négocier quand on vous balance des conneries comme ça ?

— Et Legarec ?

— J'imagine que votre fils lui a donné quelques pièces à conviction, voire un testament oral. Il va sans doute arriver comme une seconde lame pour nous faire chanter. Les mecs qui s'intéressent au fric, on réussit toujours à les maîtriser d'une façon ou d'une autre, mais ceux qui, comme votre fils, se découvrent une conscience du jour au lendemain sont incontrôlables...

MacCord laissa volontairement planer un silence lourd de sens. Joachim Clairval savait que la réponse qu'il allait donner était capitale. Il ne prit que quelques secondes de réflexion.

— Nous n'avons pas le choix, et je l'assume. Le projet Anastasis est plus important que nos contingences personnelles.

— Je reconnais bien là votre esprit de décision, *my friend*, sourit l'Américain. Laissez-moi faire et tout se passera bien.

Plus perturbé qu'il n'y paraissait, Clairval se leva et se dirigea vers la sortie.

— Tout continue comme prévu. Pour le reste... je compte sur vous pour mener l'affaire en douceur.

— *Don't worry*. Pas de souci, tout se déroulera à la perfection.

Affalé dans son canapé, Jean-François Clairval venait d'avaler trois verres de vodka consécutifs. Pour la première fois en près de quarante ans, le jeune député s'était posé des questions existentielles. Il était parti le matin même pour faire tuer Legarec par les hommes de Van Drought, et il se retrouvait à faire chanter l'un des pires requins de la finance mondiale. Tout ça à cause d'une conscience de père qu'il venait de se découvrir ! Pour la première fois de sa vie, il avait pris conscience qu'Alexandre était son fils, la chair de sa chair... et que tous les honneurs du monde ne remplaceraient pas sa présence.

Comme annoncé par l'enquêteur, un complice avait débarqué dans la maison alsacienne et lui avait apporté de quoi se laver sommairement et se changer, lui avait rendu ses affaires et l'avait accompagné à la gare. À peine arrivé chez lui, il avait été contacté par Legarec et avait accepté sa proposition. Balancer sa demande en version uppercut ! Jean-François Clairval n'avait pas confiance en MacCord, mais comptait sur son père pour plaider sa cause. Il était même prêt à aller vivre à l'étranger avec Alexandre pour éviter toute enquête policière gênante pour le projet.

624

Il acceptait d'abandonner la part de richesse et de gloire que lui apporterait Anastasis. Il voulait son fils, juste ça.

La sonnerie de la porte d'entrée le surprit dans ses rêveries. Il n'attendait a priori personne. Ah, si ! Solange Dalaguerre venait le relancer pour la soirée privée de la semaine. Il n'avait pas le cœur à partouzer et allait la renvoyer à un autre partenaire. Vicieuse comme elle l'était, elle n'aurait que l'embarras du choix. Il tituba légèrement et ouvrit la porte d'un coup. Les deux hommes en costume noir qui lui faisaient face n'avaient rien à voir avec Solange Dalaguerre.

— Bonsoir, monsieur Clairval. Nous venons de la part de M. MacCord. Vous lui avez fait une proposition.

Encore embrumé par l'alcool, Clairval les invita à entrer.

Les deux hommes refermèrent la porte et l'accompagnèrent dans le salon.

— Une vodka, messieurs ?

— Non merci, nous n'avons pas le temps.

— Il faut toujours prendre son temps pour négocier, lança Clairval avec un rire forcé.

— M. MacCord ne veut pas négocier.

81

Ursula

23 décembre

La jeune femme aimait ces moments privilégiés. La maison était encore calme et elle avait l'impression que la journée qui commençait lui appartenait. Ursula l'avait chaudement vêtue pour affronter les frimas du matin. Les dernières étoiles scintillaient dans le ciel alors que l'aube se levait derrière les montagnes enneigées. Seule sur l'une des terrasses de l'établissement, Patricia inspira longuement l'air frais, puis expira une volute de vapeur qui se dispersa aussitôt dans l'atmosphère. Elle repoussa une pensée qui la tracassait depuis la veille. Son père lui avait promis qu'il serait là le jour de Noël, mais il n'avait plus donné signe de vie depuis son départ pour Malte. Il était sans doute pris par son travail. Il l'appellerait.

Elle réprima un frisson. Le froid prenait doucement possession de ses membres. Elle remua légèrement la tête, signe qu'elle souhaitait maintenant rentrer, mais son infirmière particulière ne se manifesta pas. Deux minutes plus tard, Patricia commença à s'inquiéter. Ursula, au caractère mère poule, ne l'aurait pas laissée seule sans la prévenir. Soudain, son fauteuil se mit à bouger. Elle sourit intérieurement. Elle s'était fait du souci pour rien.

— Nous allons prendre le relais de votre garde-malade, mademoiselle Legarec. Elle n'est plus en état de tenir son poste.

Patricia sursauta. Elle ne connaissait pas cette voix masculine. L'inconnu opéra un quart de tour et poussa la jeune femme en direction de la sortie. À sa gauche, une forme allongée sur le sol. Un cri silencieux jaillit de la bouche de Patricia. Les yeux ouverts, fixés sur le ciel dans un appel désespéré, le cadavre d'Ursula gisait sur les dalles de la terrasse, la gorge tranchée.

— Désolé, mais nous n'avons pas le temps de nous attarder pour des adieux.

Terrorisée, la jeune femme ne comprenait pas ce qui se passait. Pourquoi cet individu avait-il assassiné Ursula ? Pourquoi l'enlevait-il ? Elle regarda anxieusement autour d'elle. Personne ! Elle était la seule à sortir à une heure si matinale. Le personnel ne s'inquiéterait pas, la sachant en sécurité avec une infirmière aussi chevronnée qu'Ursula.

Elle remarqua le véhicule blanc dont le moteur tournait. Un homme en descendit, ouvrit les deux portes arrière et installa une rampe amovible. Son ravisseur poussa le fauteuil dans la voiture pendant que l'autre remontait déjà à sa place. Quelques secondes plus tard, la fourgonnette démarrait, dans l'indifférence des montagnes helvétiques.

82

En famille

Dans l'une des salles souterraines du domaine Saint-Florent, Alpha s'adonnait à l'un de ses passe-temps favoris : démonter et remonter ses armes les yeux bandés, le plus rapidement possible. Il n'aurait pu dire pourquoi, mais cette activité le calmait. Il en avait besoin aujourd'hui. Alors que sa vie avait été réglée comme du papier à musique jusqu'à ces dernières semaines, tout commençait à se mélanger dans son esprit. Par ailleurs, les maux de tête dont il souffrait depuis l'âge de douze ans revenaient de plus en plus fréquemment. Éduqué en tant que Klaus Stessinger par l'équipe du projet Anastasis, il était peu à peu devenu Alpha, l'exécuteur efficace des œuvres de MacCord. Il aimait ces missions qui stimulaient son adrénaline.

Alpha avait compris qu'il était l'un des éléments préférés du milliardaire. À chacun de ses passages, MacCord prenait le temps de discuter avec lui. Petit à petit, les échanges avaient basculé sur des sujets plus personnels. Il avait presque l'impression d'être considéré comme un fils, mais cela ne lui faisait ni chaud ni froid. Il avait été élevé pour remplir une mission : participer à la création d'un État qui accueillerait des hommes et des femmes de race supérieure, comme lui, parfaitement éduqués, physiquement parfaits. Cet enseignement n'avait jamais laissé place aux émotions. Il les avait chassées. Le seul coup de cœur auquel il s'était laissé aller l'avait profondément choqué. À cinq ans, il avait trouvé un lapereau terrifié dans un sous-bois de la propriété. Il l'avait emporté et caché dans le tiroir de son bureau. Tous les jours, il lui apportait de l'herbe cueillie dans les champs. Deux semaines plus tard, l'un des surveillants avait découvert l'animal et lui avait brisé la nuque sous ses yeux. Alpha avait compris que les sentiments ne pouvaient amener que des peines. Il les avait bannis de sa vie.

Jusqu'à ce que... Jusqu'à ce qu'il croise le chemin d'Alexandre. Quand l'enfant lui avait demandé son nom, il n'avait choisi ni Klaus, ni Alpha, mais Nicolas, son prénom officiel devant l'État français : Nicolas Fayard. Nicolas, comme s'il voulait inconsciemment proposer au garçon une autre facette de son personnage que celle du tueur qu'il était devenu ! Lorsque le vieux qu'ils avaient interrogé avait fait allusion à Alexandre, il avait soudain décidé de ne pas le tuer. Cadeau fait à l'enfant ! Ce sentiment nouveau le submergeait malgré lui et le laissait totalement désemparé. Il aurait dû le combattre et se désintéresser du petit, mais il n'y arrivait pas. Il avait envie de le protéger. Si Alpha avait eu le sens du second degré, il aurait ri de la situation, mais on ne lui avait jamais enseigné l'humour.

Klaus Stessinger, ou Nicolas Fayard, avait décidé de passer du temps avec Alexandre. Il savait que le garçon partirait pour Atlanta le jour de Noël. Alpha faisait partie de l'équipe qui assurerait la sécurité du transfert des enfants vers l'aéroport d'Entzheim, d'où décolleraient deux jets privés de la société Sigma. Le milliardaire américain avait prévu une procédure qui permettrait à Alexandre Clairval de monter à bord en évitant le bureau des douanes françaises. Alpha regarda sa montre. À cette heure, le cours d'histoire devait toucher à sa fin. Il l'attendrait dans le couloir.

Alexandre écoutait attentivement la leçon de Mme Vestale. Il l'aimait bien. Elle parlait doucement, et avait de beaux cheveux blonds, comme sa tante Béa. Le garçon ne saisissait pas vraiment ce qu'elle racontait. Il n'arrivait pas à comprendre pourquoi certains hommes étaient meilleurs que d'autres, juste parce qu'ils avaient une autre couleur de peau ou une autre religion. Dans son ancienne école à Paris, il avait deux copains noirs et même un Chinois. Apparemment, ici, il avait eu de la chance d'être né blond et de peau blanche, et il s'en réjouissait.

Il n'aurait pas eu à se plaindre de sa vie quotidienne si, comme on le lui avait promis, sa maman avait pu passer le voir. Il avait sagement attendu… en vain. Ensuite, on lui avait dit qu'elle était malade, que ce n'était pas grave, qu'il ne devait pas s'inquiéter, mais qu'elle ne pourrait pas venir tout de suite. Il avait alors demandé à voir sa tante Béa. On le lui avait refusé et, pour la première fois, Alexandre s'était fâché. Il voulait au moins parler à sa maman au téléphone. Si elle était malade et que cela n'était pas grave, qu'est-ce qui l'en empêchait ?

Alexandre sentait qu'il régnait depuis quelques jours une agitation inhabituelle. On était venu prendre sa taille pour lui offrir plein de nouveaux vêtements et plusieurs docteurs l'avaient examiné de la tête aux pieds. On lui avait expliqué que c'était à cause de Noël qui approchait. Les vêtements, pourquoi pas ? Mais sa mère ne l'avait jamais emmené chez le médecin juste parce que c'était Noël. Ces gens étaient vraiment bizarres, et sa maman avait eu une drôle d'idée en acceptant de le laisser quelques semaines dans cette école, surtout sans le prévenir avant. Il lui en voulait presque.

La sonnerie marqua la fin du cours. Disciplinés, les enfants attendirent l'ordre de leur maîtresse pour quitter la classe. Alexandre remarqua Nicolas à travers la fenêtre. Lui aussi était bizarre ! Il était toujours gentil, mais qu'est-ce qu'il était sérieux ! En tout cas, c'était l'un des seuls grands à qui il pouvait se confier... sauf que, souvent, Nicolas ne comprenait rien à ce qu'il lui racontait. Son nouvel ami l'avait emmené plusieurs fois dans sa chambre. Normalement, c'était interdit, mais ils avaient évité les surveillants. Ça, déjà, c'était amusant. Puis il lui avait montré une superbe collection de petits soldats. Aujourd'hui, Nicolas n'était pas comme d'habitude : il avait l'air triste. L'enfant poussa un soupir. Il avait besoin de joie autour de lui !

83

Convocation

Les heures avaient défilé lentement dans la cabane. La nuit leur avait offert quelques heures de sommeil. Béatrice Weber et Jean Legarec attendaient maintenant l'appel de Jean-François Clairval. Le député devait les tenir au courant de la réaction de MacCord. De son côté, Jean espérait obtenir une sorte d'amnistie, ou au moins de paix armée, qui lui permettrait de réapparaître au grand jour. « Vous vous tenez par les couilles », lui avait dit Enguerrand dans son langage fleuri. « Si l'un commence à serrer, l'autre fait la même chose par réflexe, et ça fait mal aux deux. » Il était sous la menace des tueurs de MacCord et de Clairval, mais MacCord était sous la menace de voir son projet déballé dans la presse. Restait à espérer que le duo Clairval-MacCord n'aurait pas les moyens de museler les médias !

Jean regarda son portable. Il était midi, et Jean-François Clairval n'avait toujours pas donné signe de vie. Avait-il eu subitement peur de s'opposer à ses mentors ? Soudain, des appels retentirent à l'extérieur.

Prudents, Jean et Béatrice empoignèrent leurs armes. La voix se rapprochait, familière.

— C'est Henri ! reconnut la jeune femme.

Ils enfilèrent un blouson et partirent à sa rencontre. Essoufflé, Feclaz s'arrêta pour reprendre sa respiration. Béatrice courut vers lui.

— Que se passe-t-il ?

— Je ne voulais pas arriver par surprise... et risquer... de me faire tirer dessus.

— Pas d'inquiétude, on regarde avant de faire feu, répondit Jean.

— Oh, vous n'avez pas vu Béatrice dans les souterrains... Mais je ne suis pas venu pour ça. Avez-vous entendu les infos ?

— Non, tu n'as pas encore installé la télé, commenta Béatrice.

— Ce matin... à la radio... Ton beau-frère s'est suicidé.

— Jean-François ? réagit instantanément la jeune femme. Impossible !

— Eh bien, il l'a quand même fait. D'après les journalistes, un mélange d'alcool et de médicaments.

L'enquêteur étouffa un juron, l'air visiblement contrarié.

— Putain, il a laissé tuer son propre fils.

— Pourquoi affirmez-vous que Jean-François Clairval a été assassiné ?

— Vous connaissez l'histoire de Marilyn...

— Comment ça ? demanda Henri.

— Quand Marilyn Monroe en a trop su sur les faits et gestes du clan Kennedy et qu'elle a menacé de tout balancer à la presse par dépit amoureux, des gens bien

633

intentionnés ont fait disparaître le risque. Un meurtre maquillé en suicide. Alcool et barbituriques.

— Mais pourquoi êtes-vous certain qu'il s'agit d'un meurtre ?

— Il était prêt à coopérer avec nous, affirma Béatrice.

— Jean-François Clairval assassiné, continua Jean, cela signifie deux choses. Premièrement, que MacCord a refusé brutalement toute négociation avec lui, et deuxièmement, que son père Joachim a accepté l'idée de sacrifier son fils au projet Anastasis. MacCord n'aurait jamais pris cette décision seul.

— Tuer son fils pour le pouvoir ! À près de soixante-dix ans ! Mais c'est un monstre ! s'exclama Feclaz.

— Que fait-on, maintenant ? demanda Béatrice.

— D'abord, on rentre. Inutile de prendre froid dehors.

Installés autour du poêle, les protagonistes se regardaient en silence. La situation venait de sérieusement se dégrader. Un homme qui accepte de commettre un infanticide pour assouvir son goût du pouvoir n'a plus de limites.

— MacCord a déclaré une guerre ouverte à ses opposants, et nous sommes en première ligne. Henri, avez-vous un endroit où vous réfugier avec votre épouse ? demanda Jean.

— Je ne veux pas m'enfuir.

— Il ne s'agit pas de couardise, mais de survie. Alors ?

— J'ai une maison en Savoie.

634

— Trop facile, ils la trouveront en quelques instants s'ils la cherchent.

— Sinon, cette cabane...

— J'aimerais que vous quittiez momentanément l'Alsace, même si vous nous avez été d'un grand soutien.

Feclaz réfléchit, puis déclara :

— Des amis me proposent régulièrement une petite cahute pas loin de Morlaix, juste sur la côte. J'ai même les clés. À cette époque, je suis certain qu'il n'y aura personne.

— Ça fera l'affaire. Béatrice, tu les accompagneras.

La jeune femme lui jeta un regard noir.

— Tu plaisantes, j'espère. Je reste avec toi.

— C'est trop dangereux.

— Raison de plus. Tu auras besoin d'aide. Il s'agit d'Alexandre et j'irai l'arracher aux griffes de MacCord s'il le faut.

Comme Jean Legarec réfléchissait à un moyen de la dissuader de participer à ce qu'il considérait maintenant comme une opération kamikaze, son téléphone sonna. Il déchiffra le numéro qui s'affichait. C'était celui de Jean-François Clairval...

— *Hello Mister Legarec, how are you doing ?*

Surpris, Jean répondit avec une pointe de nervosité :

— Bill MacCord, je suppose.

— Vous êtes très perspicace, *my friend*...

La voix de l'Américain se durcit quand il poursuivit :

— Par contre, vous n'êtes pas très malin. Me menacer et penser un instant que vous pourrez me faire chanter !

Legarec tenta de reprendre le fil de la discussion :

— Vous confondez négociations et chantage, monsieur MacCord. Ce que je peux vous proposer vous intéressera sûrement, et pour un prix plus qu'abordable.

— Vous parlez en dizaines ou en centaines de millions de dollars ?

— On ne parle pas d'argent.

Le court silence qui suivit prouva à Jean qu'il avait retenu l'attention de l'Américain.

— Continuez.

— Je dispose de photos, de documents juridiques, du témoignage de Jean-François, du déroulement du projet Anastasis raconté par l'un des protagonistes de l'histoire... entre autres choses.

— Belle collection, mais qu'est-ce qui vous fait croire que tout cela m'intéresse ?

— Votre appel.

MacCord s'offrit quelques instants de réflexion.

— Venez me montrer tout ça au domaine Saint-Florent. J'y organise une petite fête et vous serez le bienvenu.

— Il n'en est pas question, MacCord, nous allons régler ça à distance.

— J'avais anticipé votre manque de coopération. J'ai à côté de moi quelqu'un qui saura vous convaincre... Oh, *my God*, elle ne peut pas parler...

Les doigts brusquement crispés sur le combiné, Jean Legarec sentit le sang quitter son visage. MacCord continuait :

— Par contre, ses beaux yeux expriment parfaitement son envie de vous revoir. Je suis certain qu'elle

636

se sentirait plus en sécurité avec vous que dans les bras de gardiens parfois... un peu rustres.

D'une voix rauque, le privé menaça son interlocuteur :

— Ne touchez pas à ma fille, espèce d'enfoiré.

— Vous négociez... je négocie. « C'est la vie », comme vous dites en France.

— D'accord, je viendrai.

— Vous voilà devenu raisonnable. Présentez-vous demain à quinze heures. Vous verrez que je sais recevoir mes invités. J'oubliais ! Amenez avec vous la jeune femme qui vous a engagé. J'aurai aussi quelqu'un qui pourra l'intéresser.

L'Américain raccrocha aussitôt. Legarec ne lâcha pas le téléphone. MacCord avait de nouveau les cartes en main.

84

Vallée de Chevreuse

Michel Enguerrand éteignit la télévision et jeta la télécommande sur le canapé. Le gamin était bien gentil avec ses conseils de prudence, mais rester ainsi enfermé commençait à lui peser. Vingt heures trente. Il allait faire un saut dans le petit troquet auvergnat à deux rues de chez lui. Avec un peu de chance, il trouverait quelques habitués pour taper le carton et rentrerait ensuite. Cela lui changerait les idées. Il ramassa sa veste matelassée, saisit son Beretta et quitta son appartement.

La rue était calme. L'ancien parachutiste observa longuement les véhicules qui stationnaient sur la chaussée. Rien de suspect. D'ailleurs, comment les sbires de Clairval ou MacCord auraient-ils repéré cet appartement sous-marin ? Il n'était pas enregistré à son nom. Il séjournait en général dans son logement parisien, mais venait régulièrement ici quand il ne supportait plus les embouteillages et avait besoin d'un peu de verdure. Il s'engagea sur le trottoir et se dirigea vers le café-bar Le Puy-de-Dôme, tenu par un

Clermontois et sa femme, arrivés dans la vallée de Chevreuse une vingtaine d'années plus tôt. Il passa devant la librairie du village, avec une pensée émue pour la libraire, une veuve quinquagénaire accorte avec qui il couchait de temps à autre. Il lui aurait bien rendu une petite visite ce soir, mais ses enfants étaient là. Il continua, tourna dans une rue pavée et aperçut l'enseigne du café qui clignotait. La librairie et le café seraient ses seuls regrets quand il quitterait la vie parisienne pour s'installer dans son mas provençal. Les odeurs de la garrigue, les heures au bord de sa nouvelle piscine avec celle qu'il trouverait sur place, les parties de chasse et les concours de pétanque sauraient rapidement lui faire oublier sa mélancolie.

Vingt-trois heures quinze. Michel ne pensait pas faire la fermeture, mais il ne pouvait pas refuser au patron les tournées que l'Auvergnat venait d'offrir pour son anniversaire. D'autant plus que la liqueur proposée était une petite merveille. Cela l'aiderait à s'endormir et à attendre les instructions de Jean. Les clients étaient partis depuis un quart d'heure. Michel avait fait un dernier brin de causette avec le propriétaire et avait quitté l'établissement.

Les rues étaient sombres. Par mesure d'économie, la mairie avait décidé d'éteindre tous les lampadaires à partir de vingt-deux heures. Il fallait avouer que la vie nocturne du village était des plus réduites. D'un pas tranquille, il regagnait son domicile. Ce n'est qu'en passant devant la librairie qu'il remarqua derrière lui des silhouettes qui se déplaçaient discrètement. Instantanément sur le qui-vive, il saisit rapidement son arme et ralentit. Il se faisait peut-être des idées, mais il préférait être vigilant. Le petit immeuble dans lequel il habitait n'était qu'à une centaine de mètres. Les fenêtres et la porte étaient blindées, et il pourrait tenir un siège une fois rentré dans son appartement.

Deux hommes se matérialisèrent devant lui, sortant du jardin public. Dans la main du plus grand, Michel Enguerrand devina l'éclat d'une lame métallique, dévoilée par un pâle rayon de lune. Ces gars venaient le tuer ! Les règles du jeu étaient donc claires. L'ancien militaire s'arrêta et jeta un coup d'œil rapide derrière lui. Les deux silhouettes s'étaient approchées. Ils avaient envoyé quatre tueurs pour se débarrasser de lui. Ils voudraient sans doute le faire disparaître en silence. Enguerrand analysa rapidement la situation : il pouvait s'en sortir. Ses assaillants avançaient toujours. Ils n'étaient plus qu'à cinq mètres de lui. Quand le premier se précipita vers lui, Michel leva son Beretta. En une seconde, il lui logea deux balles dans la tête. Le tueur s'effondra, une partie du crâne arrachée. Il profita de la stupeur de son comparse pour l'abattre à son tour. Michel se retourna aussitôt. Son agresseur n'était plus qu'à un mètre de lui. Il avait le temps de faire feu. Il appuya sur la détente, mais rien ne se passa. Quand il sentit la douleur fulgurante de la lame qui lui traversait l'abdomen, il comprit que son pistolet s'était enrayé. Il aurait dû écouter le gamin et prendre une arme plus moderne, mais il était sentimental...

85

Rendez-vous à Saint-Florent

24 décembre

La main de Béatrice trembla quand elle ferma le second cadenas de la porte du refuge. Elle vérifia qu'il était correctement accroché et inspira longuement. Leur plan lui paraissait maintenant irréalisable. Jamais MacCord ne discuterait avec eux.

— J'ai peur, Jean.

— C'est normal. Mais la peur ne sert plus à rien. À nous de savoir exploiter les opportunités qu'ils vont nous offrir.

— Toi, tu as déjà affronté la mort. Moi, jamais !

— Si, deux fois dans les Vosges. Et tu t'en es admirablement bien sortie.

— Elle est toujours aussi effrayante !

— Pour moi aussi. Allons-y, Alexandre et Patricia nous attendent.

Jean avait hésité à se rendre à pied au domaine Saint-Florent. Il avait finalement craint que les quatre heures de marche dans la neige ne les fatiguent.

Il n'avait aucune idée de la tournure que prendraient les événements et préférait qu'ils gardent leurs forces pour une éventuelle fuite, même s'il n'imaginait pas comment ils pourraient s'enfuir d'une forteresse comme le domaine Saint-Florent. Ils iraient chez MacCord en voiture. Avant de partir se réfugier en Bretagne, Henri Feclaz avait garé la vieille 205 de Lucien Weber sur le bord de la départementale en contrebas de la cabane.

Arrivé au véhicule, le privé glissa sa main sous le pare-chocs et récupéra les clés. Ils s'installèrent dans la voiture et déposèrent leurs armes dans la boîte à gants. Inutile de se les faire confisquer par la milice du milliardaire. Jean démarra et rejoignit prudemment la route encore enneigée. Les kilomètres qui les séparaient de Saint-Florent parurent extrêmement courts à Béatrice. Elle se forçait à faire bonne figure devant son compagnon. On ne devient pas une héroïne du jour au lendemain. À trois cents mètres de l'entrée du domaine, le conducteur se gara sur un chemin forestier. Ils parcourraient le reste du trajet à pied.

L'imposante grille de fer forgé s'ouvrit, activée par l'un des concierges. Béatrice et Jean laissèrent passer une luxueuse voiture et pénétrèrent à leur tour dans l'enceinte du domaine. Leur tenue montagnarde détonnait au milieu de celles des invités de marque de MacCord. Les élèves de l'institution n'étaient pas issus de familles dans le besoin.

Ils n'empruntèrent pas l'allée principale qui menait directement au bâtiment d'accueil, mais furent dirigés vers le poste de garde. MacCord ne prenait aucun risque avec eux. Après une fouille minutieuse, deux hommes armés les escortèrent jusqu'au manoir. Les bâtiments avaient été reconstruits dans le style original du XIXe siècle, et l'ensemble dégageait une réelle harmonie. Ils traversèrent le parc et pénétrèrent dans une annexe, observant au loin le ballet des invités de l'Américain, venus célébrer la fin de l'année civile avec leurs enfants. Leur guide les abandonna dans une pièce sans fenêtres, aux murs couverts de trophées de chasse du monde entier. Une tête de lion côtoyait des bois d'orignal, et un couple de renards argentés semblait les surveiller du coin de l'œil ! Au plafond, des oiseaux de nuit empaillés attendaient, figés pour l'éternité sur des branches factices. Jean Legarec n'avait pas envisagé ce genre d'accueil. Il avait imaginé une entrée discrète, à l'abri des regards, mais la stratégie de MacCord avait du sens. Personne ne s'intéressait à eux. Les participants qui les avaient éventuellement remarqués les considéraient sans doute comme des extras venus prendre leur service.

Les minutes s'écoulaient, interminables. Ils étaient à la disposition du maître des lieux, et ce dernier le leur faisait ostensiblement savoir. Une porte, camouflée dans un mur, s'ouvrit soudainement. Deux hommes entrèrent, cheveux ras et holster apparent sous leur veste de costume. Un troisième individu les rejoignit, visiblement tendu. Béatrice pâlit en le voyant : Stessinger ! Elle avait volontairement occulté l'idée de se retrouver face à lui. Un tourbillon de pensées confuses la submergea. La jeune femme avait devant elle la copie conforme de son véritable grand-père, de ce SS qui avait torturé Lucien Weber et violé Marie Stamm. Jean, devinant son trouble, lui serra discrètement la main. L'attention d'Alpha se porta quelques secondes sur Béatrice. Il la scruta et sembla un instant décontenancé. Puis il reprit un visage imperturbable. Sans un mot, il les invita à le suivre.

Le groupe parcourut un étroit corridor et atteignit un escalier aux marches taillées dans la pierre. Des lampes nimbaient les murs d'une pâle lumière bleue. Le visiteur était appelé à quitter le monde réel et à pénétrer dans une nouvelle dimension. MacCord les recevait donc au cœur de la Ruche, dans le saint des saints du projet Anastasis. L'Américain avait le sens de la mise en scène. Ils s'enfoncèrent dans les entrailles de la propriété. Arrivés au sous-sol, ils s'arrêtèrent devant une porte blindée. Alpha appliqua la paume de sa main sur un écran de contrôle. Le battant glissa, offrant l'accès à une salle vivement éclairée, aux murs en béton brut.

Malgré lui, Jean était impressionné par le travail de l'Américain. Ils venaient de faire un bond de plus d'un demi-siècle en arrière. Une collection d'anciennes gravures en noir et blanc couvrait l'un des côtés de la pièce : des photos des lieux prises pendant la Seconde Guerre mondiale. L'enquêteur y distingua des dignitaires allemands, ainsi que ce qui ressemblait aux installations techniques du projet Anastasis. Au milieu de la pièce, une cuve métallique d'un autre temps dominait les lieux. Jean ne put s'empêcher de s'y attarder : sans aucun doute le réceptacle qui avait servi à conserver les corps des SS à ressusciter. MacCord avait poussé le vice jusqu'à le remplir de liquide et à y laisser flotter un corps, nu. La lumière n'était pas assez puissante pour qu'on puisse en distinguer les contours. Un clone de Stessinger ? Au fond, des tables recouvertes d'objets hétéroclites s'alignaient sur une dizaine de mètres : des instruments médicaux d'un autre temps. Sur la droite, plusieurs personnes attendaient visiblement leur arrivée. Jean Legarec reconnut Patricia, assise dans son fauteuil roulant. Il fit un effort surhumain pour se retenir de courir vers elle. Il devait laisser à leur hôte la direction des opérations.

MacCord, se dégageant du groupe, s'approcha d'eux :

— Bienvenue dans mon musée, monsieur Legarec. Vous êtes ici dans le poste de commandement de la Ruche, au cœur même du projet Anastasis si cher à Heinrich Himmler. (Puis, se tournant vers Béatrice :) Bonjour, Miss Weber. Quelqu'un ici se réjouit de votre arrivée !

La jeune femme dévisagea les occupants et remarqua, presque cachée derrière Patricia Legarec, la silhouette d'un enfant. Alexandre la reconnut au même moment et, échappant à la surveillance, courut vers elle en criant :

— Tante Béa !

MacCord ne bougea pas, laissant Béatrice serrer le garçon dans ses bras.

— Les retrouvailles familiales sont toujours émouvantes. Monsieur Legarec, prenez le temps d'aller embrasser votre fille avant que nous n'entamions les négociations.

MacCord avait laissé Patricia et Alexandre sous bonne garde et s'était éloigné en direction d'une table, sur laquelle trônait un ordinateur. Joachim Clairval, la mine défaite, Stessinger et trois autres participants avaient accompagné MacCord et ses invités.

— Montrez-moi donc quelques échantillons de votre trésor, annonça-t-il à l'enquêteur.

Le privé sortit une clé USB de sa poche et la glissa dans l'appareil. Il téléchargea les fichiers qu'il avait sélectionnés.

— Faites-moi l'article, l'encouragea MacCord, à demi moqueur.

Jean ne se démonta pas. Il savait qu'il menait une partie serrée et que sa vie se terminerait peut-être dans cette salle lugubre. Un à un, il décrivit les éléments qu'il avait apportés, prenant le temps de les détailler, s'assurant de l'attention de MacCord.

— Voyez-vous, Clairval, attaqua l'Américain en direction du politicien, monsieur Legarec est d'une efficacité redoutable.

Puis, s'adressant à l'enquêteur :

— Votre société KerAvel serait presque digne de figurer dans la liste de mes fournisseurs.

Jean Legarec ne comprenait pas à quoi rimait cette sortie.

— Si nous travaillions ensemble, je pourrais, dans un élan de générosité, redonner à votre fille la parole et l'usage de ses membres. Comme vous l'avez noté, mes médecins sont capables de faire des miracles, ajouta-t-il en désignant Alpha d'un geste de la tête. Qu'en dites-vous, Joachim ?

— Vous savez ce que j'en pense. Legarec représente un risque avéré pour notre projet.

L'Américain, d'un ample geste théâtral, présenta la Ruche.

— Je ne peux pas vous donner tort…, dit-il. Vouloir mettre fin à une si belle œuvre. (Puis, redevenant sérieux :) Que voulez-vous, Legarec ?

— Ma tranquillité, celle de mes amis et la libération d'Alexandre.

— Et si je refuse votre petit chantage ?

— Mon offre, voulez-vous dire ! Tous les documents dont je dispose et dont vous n'avez découvert qu'un échantillon seront dispersés sur la Toile, répondit calmement le privé.

— Comptez-vous sur Baratelli ? Cela pourrait nuire à la santé de votre famille.

— Mon beau-frère n'a rien à voir dans cette histoire. Tout sera automatiquement envoyé dans des agences d'information du monde entier.

Le visage de MacCord se crispa. Sa bonhomie de façade avait disparu.

— Qui pensez-vous être, Mister Legarec, pour imaginer une seule seconde pouvoir m'effrayer ? D'après vous, combien de gens trop malins ont tenté de contrecarrer mes projets ?

L'Américain sembla hésiter, puis poursuivit :

— Plusieurs dizaines, une centaine peut-être, qui dorment six pieds sous terre à travers le monde ! Ils avaient tous des arguments qui devaient me faire plier... comme vous, mais je vais vous montrer quelque chose.

Le milliardaire saisit une télécommande dans sa poche et appuya sur l'un des boutons. La cuve s'éclaira, laissant clairement apparaître le corps qui flottait dans le liquide.

— Approchez-vous et admirez, monsieur Legarec.

Alarmé, Jean fit quelques pas en direction du réservoir. Une bouffée de rage le submergea quand il reconnut Michel Enguerrand. Les cicatrices qui balafraient

647

l'abdomen de son ami l'hypnotisaient. Il se retourna, jetant un regard haineux à l'Américain.

— Vous auriez dû réfléchir avant de vous attaquer à moi, monsieur Legarec. Croyez-vous qu'un être insignifiant comme vous puisse négocier avec le président d'un futur État européen, d'un État qui valorisera ce que la nature a fait de mieux pour la race humaine ?

Il s'éloigna de Legarec pour se rapprocher de Patricia. Saisissant le bras de la jeune handicapée, il la tira de son fauteuil et la jeta au sol. Sans un bruit, elle s'écroula, poupée de chiffon sans défense.

— Fumier !

Jean se précipita sur l'Américain, mais le poing de l'un des gardiens le stoppa net. À quatre pattes, sous les yeux impassibles des hommes qui l'entouraient, Jean, groggy, se dirigea vers sa fille. Il la prit dans ses bras et la réinstalla dans son fauteuil. Quand il croisa le regard de Patricia, il y lut une détresse qui le remua. MacCord le toisa.

— Sa vie ne vaut rien ! Qu'apporte-t-elle à la société ? Rien ! Vous êtes en mon pouvoir, Legarec. Vous avez commis la pire des erreurs. Vous avez cherché à détruire mon rêve, la cause à laquelle j'ai consacré mon existence. Mon père a ébauché le projet et je lui ai donné vie. Nous allons recréer une race digne de peupler la terre. Nous éliminerons peu à peu des Apolloniades tout homme ou toute femme qui n'en sera pas digne, cria-t-il en jetant un regard méprisant sur la jeune tétraplégique. Vous imaginez pouvoir m'arrêter ? Avec ce dont vous disposez ?

— J'ai de quoi ruiner votre réputation.

— Je vous croyais moins naïf, Legarec. Ma réputation, je la rachèterai en quelques mois à coups de millions de dollars et de créations d'emplois. Certains donnent des jeux, je donnerai du pain.

— Le monde réagira, le coupa Jean.

— Je suis certain que vous n'en pensez pas un mot. Vous avez trop baroudé. Le monde, comme vous dites, aurait probablement tenté de se mettre en travers de mon chemin il y a cinquante ans. Plus aujourd'hui, et vous le savez. Il y aura sans doute quelques vaguelettes, mais je vais être joueur.

— Inutile de prendre ce risque, Bill, intervint Clairval qui avait pris conscience de la pertinence du dossier monté par l'enquêteur. Laissez-les partir. Le projet d'autonomie des Apolloniades est vraiment complexe. Il ne faut pas souffler le froid sur les institutions européennes : elles sont frileuses. Un scandale pourrait le retarder de plusieurs mois, voire de plusieurs années. De toute façon, nous les aurons sous contrôle. À la moindre incartade, nous nous en débarrasserons.

— Silence ! hurla MacCord.

Les intervenants sursautèrent, surpris par la colère du milliardaire.

— Nous ne sommes plus dans le jeu de la négociation ! En tant que futur leader des Apolloniades, je ne ferai preuve d'aucune faiblesse. Je ne suis pas en train d'acquérir une entreprise ou de mettre dans ma poche un dirigeant. C'est l'avènement d'une nouvelle société que je mets en place ! Croyez-vous que je m'arrêterai à quelques malheureuses îles dans la Méditerranée ? Non, ce n'est qu'une rampe de lancement ! Moi et mes successeurs, nous prouverons au monde le bien-fondé de notre projet. Nous le revivifierons, lui redonnerons un sang neuf et pur !

Le milliardaire américain était hors de contrôle. Jean fixa Béatrice, puis Patricia. Il avait échoué. Ils allaient tous mourir dans cette crypte. Il savait aussi que MacCord s'en sortirait. L'achat des îles serait sans doute retardé, mais il y avait trop d'intérêts en jeu pour que les protagonistes décident de mettre fin au projet. MacCord s'amusa de son abattement.

— Vous avez essayé, Legarec, c'est bien... mais vous avez perdu. Il faut passer à la caisse à présent.

Il claqua des doigts. L'un des gorilles lui tendit son arme. MacCord soupesa le Colt 45, puis il se dirigea vers Béatrice.

— Une belle plante, dit-il en lui caressant doucement les cheveux.

Furieuse, l'Alsacienne le gifla violemment.

— Enfoiré !

L'Américain la frappa brutalement avec le canon de l'arme. Béatrice s'effondra, la bouche en sang. Fou de colère, mais fermement maintenu par deux gardes, Jean ne pouvait intervenir.

— Vos gesticulations ne serviront à rien, Legarec. Laissez-moi vous raconter la suite de l'histoire. Je vais d'abord vous tuer tous les trois de mes propres mains. Votre chère sœur, ses enfants et vos rares amis paieront ensuite de leur vie votre insolence. Dans quelques semaines, plus personne ne sera au courant de la belle enquête de Jean Legarec.

Il fit tourner le pistolet autour de son doigt, tel un cow-boy de pacotille. Content de son effet, il continua :

— Mlle Weber aurait fait une excellente reproductrice. Elle a tous les critères de la race aryenne, mais elle n'a pas l'air d'aimer ma cause. Dommage !

Ensuite, je débarrasserai le monde de votre fille : une bouche inutile à nourrir. Personne ne la pleurera, hormis, peut-être, la trésorière de son institution en Suisse ! Je finirai par vous. Pendant quelques minutes, vous regretterez de m'avoir croisé. Vous avez tué votre femme, vous tuerez aussi le reste de votre famille. Tragique !

Un garde releva Béatrice. Fièrement, la jeune Alsacienne le toisa.

— Vous me dégoûtez, MacCord. Jamais le monde n'acceptera votre État fasciste !

— Tout de suite les grands mots ! Ah, les Françaises...

Il leva son arme et la pointa sur la poitrine de Béatrice.

— Non, fais pas ça ! T'es méchant !

Alexandre se précipita vers MacCord et lui mordit la main jusqu'au sang. L'Américain poussa un cri de douleur. Il saisit le garçon par le col de la chemise et le souleva de terre.

— Laissez-le, il ne vous a rien fait ! supplia malgré elle Béatrice.

MacCord, avec un rictus cruel, appuya le canon sur la tempe de l'enfant.

— Il faut toujours abattre un animal qui a mordu une fois. Il mordra de nouveau.

Le coup de feu résonna contre les murs de la pièce souterraine.

Étonné, l'Américain porta la main à sa poitrine, la retira, pleine de sang, et regarda Stessinger. MacCord s'écroula, dévisageant une dernière fois sa créature qui venait de l'abattre. Dans un imperceptible tremblement,

Alpha abaissa le canon de son Makarov. Pour la première fois de sa vie, il avait laissé parler son instinct. Pour la première fois de sa vie, il savait qu'il avait fait le bon choix. L'enfant méritait de vivre. Il savait aussi qu'il s'était condamné à mort. Cela lui était égal. Un feu nourri succéda au silence. Le torse déchiqueté par les balles, Klaus Stessinger, surnommé Alpha, s'effondra à son tour.

Exploitant l'effet de surprise, Jean échappa à ses gardiens, se jeta sur l'arme de MacCord et se précipita sur Clairval. Il profita du désarroi ambiant pour lui glisser le canon du Colt 45 sous la gorge.

— Lâchez vos armes, ou je flingue Clairval.

Désemparés, les gardes du corps fixaient le cadavre du milliardaire, ne sachant comment réagir. D'une voix étonnamment ferme, le politicien les sortit de leur torpeur :

— Posez vos armes. Inutile de risquer un carnage.

Hésitants, les hommes se regardèrent. Leur patron venait de mourir : ils n'avaient pas envie de subir le même sort. Ils déposèrent leurs pistolets au sol. Joachim Clairval continua, avec une autorité qui ne souffrait pas de contestation :

— Nous allons tous quitter cette pièce et remonter. John, vous direz aux invités de Bill que leur hôte a eu un malaise et qu'il ne pourra les recevoir.

Comme envoûtés par ce nouveau chef, les hommes de confiance de l'Américain suivirent ses ordres. Ils se dirigèrent vers un ascenseur, laissant le cadavre du milliardaire sur le sol en béton. Ils débouchèrent dans un vaste salon vide. Jean tenait toujours fermement le Premier ministre sous la menace du Colt.

— Dites-leur de dégager, Clairval.

652

Les gardiens s'éclipsèrent.

— Mon offre est encore valable. Vous retirez vos charges contre moi à la DCRI et vous vous assurez qu'aucun de mes proches ne subira de pression. En échange, le dossier restera enfoui.

— Qu'est-ce qui me prouve que vous n'aurez pas envie, un jour, de me faire chanter et de briser ma carrière ?

— Je me fous de votre carrière, Clairval, à un point que vous ne pouvez même pas imaginer. Je vous laisserai tranquillement mener votre campagne présidentielle, avec le souvenir de votre fils pour vous accompagner chaque minute que vous vivrez.

Le politicien baissa insensiblement la tête.

— Foutez le camp avec votre fille, l'Alsacienne et le gamin !

— Alors ?

— J'accepte. Mais si vous faites quoi que ce soit pour me nuire...

— Vous n'existez déjà plus pour moi, Clairval.

86

Entre services

26 décembre

Paul Baloyan regarda avec attention l'homme qui venait d'entrer dans son bureau. Il s'était renseigné sur l'identité de son interlocuteur avant d'accepter de le recevoir. Son premier réflexe avait été de l'envoyer balader, mais quand il avait noté que le capitaine Marussac avait été chargé de l'éphémère enquête sur la disparition d'Alexandre Clairval, il avait révisé sa position.

Baptiste Marussac n'avait pas hésité longtemps avant de contacter la DCRI. La situation était urgente et il avait laissé de côté ses griefs envers la direction du renseignement. D'ailleurs, Baloyan ne ressemblait pas au cow-boy qu'il avait croisé quelques semaines plus tôt dans le bureau de son chef.

Les deux hommes se jaugèrent un instant, puis le sous-directeur de la DCRI prit la parole :

— Patrick Mistral a insisté pour que je vous rencontre. C'est la première fois que j'accorde un

654

entretien sans en connaître la teneur. J'espère que cela en vaut la peine.

— Je n'ai pas pour habitude de faire perdre du temps à mes... confrères, répondit immédiatement le policier, agacé.

Baloyan le calma aussitôt d'un geste de la main.

— Quelles sont les informations que vous souhaitez partager ?

— Votre bureau est-il sûr ?

Baloyan l'observa, étonné.

— Nous ne sommes pas une succursale de la Stasi. Vous pouvez parler en toute sécurité.

— Je viens vous éclairer sur la mort de William MacCord.

Surpris, le responsable du renseignement le questionna :

— Je n'y vois pas d'inconvénient, mais en quoi le décès par crise cardiaque d'un milliardaire américain concerne-t-il la DCRI ou la police française ?

— Bill MacCord n'est pas mort d'un arrêt cardiaque, mais abattu d'une balle en plein cœur.

L'attention de Baloyan monta d'un coup.

— D'où tenez-vous cette version des faits ?

— De Jean Legarec, qui était présent au moment des événements.

— Legarec... Il est recherché par nos services.

— Et c'est la raison pour laquelle il a préféré que ce soit moi qui vous rencontre. Si vous le souhaitez, il mettra à votre disposition toutes les preuves qu'il a collectées.

Paul Baloyan ne mit que quelques secondes à prendre sa décision. Dès le début, il avait remarqué des éléments incohérents dans le dossier à charge que lui avait remis Clairval sur le patron de KerAvel. Patrick Mistral n'avait dit que du bien du privé, et Marussac, malgré un relationnel parfois difficile, avait toujours été considéré par sa hiérarchie comme un flic intègre. Il allait prendre cette histoire très au sérieux.

Une heure plus tard, Baloyan s'adossait à son fauteuil, assommé par les révélations du policier. Un coup d'État ! Le récit du flic ressemblait à un roman de fiction, mais tous les détails trouvaient leur place. Il comprenait l'insuccès de l'enquête qu'il menait depuis plusieurs semaines. Apparemment, Legarec n'avait pas dit à Marussac tout ce qu'il savait, mais suffisamment pour se disculper et mettre au jour le complot monté par Joachim Clairval et Bill MacCord.

— Marussac, ce que vous m'avez raconté est hallucinant. Néanmoins, ça a l'air de tenir la route. Je me renseignerai de mon côté, mais si tout ce que vous avancez est exact, je vais devoir marcher sur des œufs.

— Pouvez-vous trouver un moyen pour perquisitionner la propriété alsacienne de MacCord ? Vous devriez y découvrir de quoi étayer le dossier. Avec un peu de chance, les clones de Stessinger y sont toujours.

— Je ne le pense pas. Ces gens ont prouvé leur professionnalisme. Ils ont dû effacer toute trace compromettante dans les heures qui ont suivi le décès de leur patron. Attendez-moi une petite heure dans un bureau voisin. J'ai quelques appels téléphoniques à passer. Ma secrétaire vous offrira un café.

Quand Marussac revint dans le bureau, il nota le visage contrarié du sous-directeur de la DCRI.

— Tout est verrouillé, Marussac.

— C'est-à-dire ?

— MacCord est mort avant-hier. Le soir même, l'autorisation était donnée de rapporter son corps aux États-Unis.

— Aucun officiel ni aucun médecin français ne l'a vu ?

— Aucun ! Hier matin, à six heures, son avion privé décollait de l'aéroport d'Entzheim en direction d'Atlanta, avec le cadavre à bord. D'après ce que j'ai appris, il a été incinéré il y a quelques heures.

— Ça n'a pas traîné. Et pour une perquisition ?

— J'ai activé plusieurs pistes, et la réponse a toujours été la même. Pas question d'aller mettre en cause un futur bienfaiteur de l'État français.

— Vos interlocuteurs étaient sérieux ?

— Certains le pensaient vraiment. D'autres avaient déjà compris que le sujet était épineux et ont joué la carte de la prudence.

— Cela signifie que des intérêts politiques passent devant ceux de la France, que des familles de victimes ne verront jamais les assassins condamnés. La DCRI est donc impuissante ?

— Elle n'est pas impuissante en tant que telle, mais personne ne voudra prendre le risque de faire naître en France une crise politique aussi dévastatrice. Le pays ne s'en remettrait pas et ce serait la porte ouverte à toutes les tentations extrémistes.

— Une fois de plus... Et Legarec ?

— Je vais de ce pas annuler les poursuites qui ont été lancées contre lui et le blanchir. Dites-lui que je souhaite le rencontrer. De votre côté, avez-vous prévu un scénario pour justifier le retour du jeune Alexandre Clairval ?

— Oui. Je l'ai établi avec Jean Legarec et Béatrice Weber. Maintenant que les parents du gamin sont morts, c'est elle qui s'en occupera. Joachim Clairval a donné son accord.

— Et ?

— Officiellement, le petit s'est retrouvé seul sur le parvis de Notre-Dame. Il est parti au hasard des rues et a été recueilli par une femme en mal d'enfants. Elle en a pris soin et, après quelques semaines, s'est finalement décidée à rechercher la famille du gosse.

— Rien de bien original.

— C'est ce qui marche le mieux, et est sans doute le plus proche de la réalité.

Quand Marussac quitta le bureau de Baloyan, ses sentiments étaient mitigés. Une fois de plus, des gros bonnets échapperaient à la justice, mais il avait malgré tout réussi sa mission : il avait retrouvé le gamin, vivant.

87

Épilogue

Mois d'août

Jean regarda le soleil qui commençait à infléchir sa course vers les montagnes de Provence. Six mois plus tôt, il avait liquidé sa société et vendu tous les actifs qu'il détenait. Avec la mort de Michel Enguerrand, KerAvel avait perdu la moitié de son ADN... et Jean n'avait plus envie d'aller risquer sa vie pour permettre à des entreprises d'améliorer leur chiffre d'affaires et d'augmenter leurs performances boursières. La séparation d'avec Margot Nguyen avait été plus difficile que ce qu'il avait imaginé. Elle n'avait pas eu besoin de ses recommandations pour trouver un poste à la hauteur de ses compétences, mais le côté hors norme de leurs projets lui manquerait sans aucun doute. Comme promis, il avait offert à sa collaboratrice et son amie une luxueuse semaine dans un palace marocain.

Peu de temps après Noël, Margot et Jean avaient été convoqués par un notaire parisien. Surpris, ils s'y étaient rendus ensemble. Ils avaient alors reconnu un homme présent à l'enterrement de Michel Enguerrand. Célibataire endurci et sans famille proche, Michel avait légué son mas provençal à Jean et son appartement parisien à Margot. Le reste était donné aux pupilles de la nation. Sur un coup de tête, Jean avait décidé de terminer le travail de son ami. Il s'était installé à mi-temps en Provence et, à l'aide de quelques primes et de rappels à l'ordre efficaces, avait réussi à motiver les corps de métier pour que la propriété soit prête pour l'été. En fouillant la maison, il avait trouvé deux fusils neufs et assez de cartouches pour décimer tout le gibier des vallons alentour. Enguerrand avait commencé à préparer sa retraite. Jean avait placé un portrait de son ami au-dessus de la cheminée. Ils n'iraient jamais chasser ensemble la bartavelle, mais l'esprit de son compagnon l'accompagnait dans les collines quand il s'y promenait.

— Papa, tout le monde attend l'apéro !

La voix ténue et légèrement métallique qui venait de la terrasse justifiait tout ce qu'il avait entrepris durant les quinze dernières années de sa vie.

— C'est noté, Patricia, laisse-moi encore quelques minutes.

— OK, je vais les prévenir.

Quand, la veille de Noël, il avait quitté le domaine Saint-Florent avec Patricia, Béatrice et Alexandre, Jean, fou de rage, n'avait qu'une envie : faire éclater le scandale. Gaétan Descharmilles avait alors longuement discuté avec lui. Au mieux, quelques lampistes paieraient, mais Joachim Clairval et son cercle de fidèles finiraient par passer à travers les mailles du filet… et ne lui pardonneraient jamais son initiative. Suivant les conseils de son ami, Legarec avait finalement laissé tomber ses rêves de vengeance, voyant avec amertume Clairval continuer sa marche vers le pouvoir. Il avait de fait beaucoup gagné en choisissant cette option. Adriana Damentieva-Dubreuil avait passé un marché pour lui avec Dominique Vulcain. Le médecin de chez Sigma était doué et connaissait les meilleurs spécialistes dans le domaine de la génétique et de la chirurgie répara-trice. La Russe avait échangé le dossier compromettant qu'elle détenait sur lui depuis leur soirée en tête à tête contre l'opération de Patricia. Vulcain n'avait eu d'autre choix que d'accepter, et le défi que représentait la dif-ficulté de l'intervention avait même piqué son orgueil.

Jean jeta un œil par la fenêtre. Encore fluette et mal assurée, Patricia venait de rejoindre le bord de la piscine sur ses béquilles et s'était installée sur sa serviette, auprès d'un garçon qui la draguait avec la subtilité de ses vingt ans. Yann, le fils de Philippe Dubreuil, était tombé raide amoureux de la jeune Franco-Américaine. À côté, Alexandre jouait avec les filles jumelles d'Adriana et Philippe.

— Elle est belle, ta fille. Et l'autre gars n'est pas près de la lâcher.

Jean se retourna vers la voix provenant du fond de la pièce, là où la fraîcheur faisait apprécier l'été provençal.

— Tu as raison, Lucien. Elle est belle... comme sa mère.

Il soupira un instant et continua :

— Et comme ta Béatrice !

— Ce n'est plus la mienne, mon ami, mais la tienne. Je savais que ce serait sérieux entre vous. La première fois que je t'ai vu, l'hiver dernier à Andlau, tu m'as fait une sacrée impression. Béa s'était fait une spécialité de me ramener des tocards, comme sa sœur Maud, d'ailleurs, mais pour une fois elle avait fait le bon choix.

Lucien Weber reposa son journal. Jean avait réussi à lui faire lire *La Provence*, ayant échoué dans la tentative de faire livrer *Les Dernières Nouvelles d'Alsace* au fin fond des Bouches-du-Rhône. Le vieil homme épluchait le quotidien chaque jour.

— Il y a quand même quelque chose qui me révolte, c'est que cette canaille de Joachim Clairval ait été élu président de la République en mai, commenta l'Alsacien.

— Ce type est une ordure, mais il avait pratiquement tous les médias qui roulaient pour lui... et les attentats avaient pris fin. Par contre, son succès a été moins éclatant qu'il le souhaitait. Avec la mort de MacCord, le groupe Sigma a décidé d'annuler tous les investissements qu'il avait prévus en France. La crise n'épargnera pas ce salopard de Clairval... ni les Français. J'espère juste que ses nuits sont hantées par le meurtre de son fils et de ceux qu'il a fait tuer pour être élu.

— Pas si sûr. Ces types sont des animaux à sang froid, qui mettent de côté tout ce qui entrave leur marche vers le pouvoir.

— Mais maintenant qu'il a le pouvoir, il aura le temps de réfléchir ! L'exemple même, c'est Alpha, le clone de Stessinger ! Il avait été programmé pour tuer et être imperméable à tout sentiment. C'est la vie d'un enfant de six ans qui l'a poussé à abattre son créateur et à faire indirectement capoter le projet de rachat des Apolloniades. Les héritiers de MacCord ont tout arrêté : cette opération était une lubie de

662

Bill, et ses successeurs ont préféré investir leur argent en Bourse plutôt que dans le rachat d'îles grecques. Tu vois, Lucien, quand Maud a confié Alexandre à Stessinger, elle a, sans le savoir, mis fin à l'avènement d'un nouvel ordre fasciste.

— Tu as peut-être raison, Jean. Bon, maintenant, il va falloir que tu te dépêches. Tes invités ont soif et ta sirène vient te le rappeler, indiqua le vieil Alsacien en montrant la porte d'un mouvement de la tête.

Bronzée, en maillot de bain et les cheveux encore ruisselants, Béatrice entra dans le mas, l'air faussement fâchée.

— Alors, ces caipirinhas que l'on attend depuis une demi-heure ?

— Une petite minute. Demande à Philippe de commencer à s'occuper du feu pour les grillades.

— Tu as intérêt à te dépêcher. Tu nous as tellement fait saliver avec ta recette directement importée du Brésil. Pour patienter, j'apporte le plat de tapenade et les melons.

La jeune femme se colla contre lui et l'embrassa longuement. Puis elle quitta la pièce sur un pas de samba, un plateau entre les mains.

— Je ne sais pas ce que tu lui fais, mon gars, mais je ne l'ai jamais vue aussi épanouie. J'en serais presque jaloux, s'amusa Lucien Weber.

— Le jour où tu réussiras à me soûler avec ta mirabelle, je te l'expliquerai.

— Attention à ce que tu dis. On ne défie pas un vieux vigneron comme moi avec un tel manque de considération. C'est quoi au fait, ta caipirinha ?

— Un ti-punch version brésilienne : glace, rhum brésilien, que l'on appelle cachaça, sucre et citron vert.

— *Hopla*, il n'est jamais trop tard pour se cultiver. Je goûterai ça... après mon amer bière.

Au bord de la piscine, Béatrice était lancée dans une conversation animée avec Adriana. Philippe, le mari de la Russe, était parti préparer le barbecue pour le dîner. Ses deux enfants, Yann et Céline, refaisaient le monde avec Patricia, alors que les jumelles et Alexandre menaient des expériences sur une colonne de fourmis qui avaient fait l'erreur de passer sur la terrasse.

Jean posa les boissons sur la table, attirant l'attention comme par magie. Philippe lâcha momentanément la construction de son feu pour humer les cocktails.

— Fameux. On voit le mec qui a bourlingué.

— J'ai un pote qui me rapporte le sucre et la cachaça du Brésil. Ce coup-ci, il a même trouvé les citrons verts, répondit Jean.

— Il n'y a donc plus qu'à déguster ça, à la santé de l'équipe de foot du Brésil.

— J'imagine qu'après la dérouillée qu'ils ont prise au mois de juillet ils en ont vidé deux ou trois barriques pour oublier leurs exploits.

— Vous n'allez pas commencer à parler foot, intervint Béatrice.

— Tu vois, cette fille est presque parfaite, expliqua Jean à Philippe, mais son éducation sportive reste à faire.

Béatrice n'eut pas le temps de répondre. Une voiture venait d'entrer dans la propriété.

— Attaquez l'apéro sans moi. Je vais accueillir Baptiste.

D'un pas tranquille, l'ancien privé se dirigea vers le véhicule. À peine le moteur coupé, un bambin s'éjecta du siège arrière, passa en courant devant Jean, lui jeta un « Bonjour » et rejoignit les trois petits, heureux d'avoir un expérimentateur supplémentaire pour leur étude sur la résistance des fourmis à la nage forcée en pédiluve.

— Bien roulé ? demanda Jean en s'approchant du nouvel arrivant.

— L'autoroute du Sud était plutôt fluide, répondit Baptiste Marussac en lui serrant la main, mais content d'être arrivé. Mon fils était excité comme une puce à l'idée de revoir Alexandre. Sinon, avant d'attaquer les festivités, tu as écouté la radio cet après-midi ?

— Ici, pas de télé ni de wi-fi. Il faut aller au village pour trouver une connexion Internet. Ça me convient parfaitement ! Quelle information majeure ai-je ratée ?

— Du costaud ! Clairval s'est fait descendre il y a trois heures.

— Merde ! Comment ça s'est passé ?

— Il a quitté l'Élysée pour se rendre chez lui. Une balle en pleine tête, sur le trottoir. L'œuvre d'un sniper…

— Un relent de l'affaire MacCord ?

— Quand je te dirai que, deux heures plus tard, le directeur de la banque du Midi, l'un des plus fervents soutiens de Clairval durant sa campagne, a été flingué par deux gars à moto, on peut penser qu'il y a effectivement un lien. Un meurtre très similaire à celui de Bastarret, notre ancien ministre de l'Intérieur.

— Quelles sont tes premières conclusions ?

— Sans doute les mêmes que les tiennes. Des clones sont dans la nature, seuls ou avec quelques nostalgiques du projet Anastasis. Ils auront décidé de se venger de Clairval et de sa clique, qu'ils ont dû considérer comme lourdement impliqués dans leur échec et la mort de leur mentor.

— Hmm… peut-être.

— Ce qui m'inquiète, c'est qu'ils en ont peut-être après vous, ajouta le policier.

— A priori, je ne le pense pas. Nous n'étions qu'un grain de sable dans la machine. Ils ne nous connaissent même pas. Par contre, s'ils s'attaquent vraiment aux conspirateurs, la police va se retrouver avec cinq à dix cadavres de personnages haut placés dans les semaines qui viennent. Puis le calme reviendra.

— J'espère que tu as raison… Tu seras sans doute contacté par la DCRI, ajouta le policier.

— Je leur dirai de faire sans moi. J'ai fourni tout le dossier dont je disposais à Paul Baloyan. S'il s'agit vraiment d'anciens du groupe MacCord, ils n'ont plus la même logistique ou les complicités internes que l'hiver dernier. Je suis certain que le renseignement mettra la main dessus. On ne tue pas un Président, si pourri soit-il, sans subir la vengeance de l'État.

— Mais tu as bien réussi, toi, à faire tomber leur réseau…

— Arrête, Baptiste, on en a déjà parlé. Tu sais parfaitement que j'ai eu une chance inouïe, et je ne me sens pas l'âme d'un héros. Maintenant, je veux juste profiter des miens. J'ai du temps et assez d'argent pour voir venir. Tu vois, ce n'est pas compliqué… Mais d'ici là, il y a plus grave.

— Quoi donc ? s'alarma Marussac.

— Si nous continuons à discuter sur le parking, ils vont commencer à boire sans nous.

Remerciements

À ma femme, qui a pris en charge l'édition de mes romans, et sans qui cette aventure littéraire et éditoriale n'aurait jamais vu le jour. Elle m'accompagne dans cette aventure sous le pseudonyme de Jacques-Line Vandroux et anime notre blog.

À tous nos interlocuteurs sur les plates-formes numériques, aussi bien parmi les membres du support technique que parmi les responsables, pour leur aide et la confiance qu'ils nous ont manifestée, en particulier à Marie-Pierre Sangouard, Anne-Laure Vial, Éric Bergaglia et Camille Mofidi.

À nos enfants, qui ont subi nos conversations centrées sur mes romans, avant de commencer à s'y intéresser.

À Bernard, Bernadette, Simone, Denise, Jean-Jacques, Chantal, Nicolas, Véronique, Isabelle(s), Éric, Jean-Baptiste, Olivier, Maryvonne, Gilles-Marie, Catherine, mes relecteurs et correcteurs : des gens précieux dont les remarques m'aident à progresser.

Avec une mention particulière à Bernadette Bordet, notre extrémiste de l'orthographe qui apporte sa compétence et sa pointe d'humour dans son travail de relecture approfondie, et à Bernard Morin dont la relecture professionnelle n'a laissé que très peu de chances aux dernières erreurs.

À tous les lecteurs et lectrices qui m'ont encouragé à poursuivre l'écriture par des messages ou des commentaires positifs et sympathiques et de nombreux échanges sur les réseaux sociaux.

À nos amis et aux membres de notre famille, que je ne citerai pas de peur d'en oublier, pour leurs encouragements et leurs commentaires.

À Glenn Tavennec des éditions Robert Laffont, qui a cru en ce livre et nous a fait confiance. Merci également à Cécile Boyer-Runge, Arié Sberro, Clément Vekeman et Camille Filhol, ainsi qu'à toutes les équipes de Robert Laffont.

Merci à tous de nous avoir permis cette belle aventure...

Table des matières

Avertissement 7

1. Notre-Dame 9
2. Quelque part en Afrique 17
3. Ministre de l'Intérieur 23
4. Jean Legarec 26
5. Rendez-vous 35
6. Patrick 43
7. Première rencontre à l'hôpital 50
8. Baptiste Marussac 58
9. L'informateur 62
10. Porte Dauphine 69
11. Alpha 76
12. Mission annulée 79
13. Rencontre dans un jardin zen 84
14. Maud Hélène Catherine Weber 93
15. Quelque part au Sénat 102
16. Rue Saint-André-des-Arts 106
17. Nuit agitée à Paris 124
18. Adieu 130
19. Disparition 140
20. Alexandre 144
21. Décision 147
22. Anastasis 161

23. Réveil	166
24. Jean vs Baptiste	171
25. Strasbourg	179
26. Lucien Weber	188
27. KL-Natzweiler	196
28. Évasion	200
29. Vengeance	220
30. Dîner	228
31. Une piste ?	235
32. Rendez-vous dans une nef	240
33. La généticienne	247
34. Le projet français	253
35. Munich	257
36. Trouble-fête	274
37. Gérard	281
38. Erika	288
39. Les Galeries parisiennes	295
40. Résultats	302
41. L'école	312
42. Retour à Andlau	316
43. DCRI	320
44. Assemblée nationale	326
45. Vulcain	332
46. Élysée	339
47. Un petit coin tranquille en Bretagne	345
48. Antoine Le Braz	355
49. Confession	360
50. Recherches	366
51. Mise à prix	370
52. Gaétan Descharmilles	375
53. William « Bill » MacCord	382
54. Sur les pas de Vulcain	390
55. Telluriques	399
56. La Valette	405
57. Henri Feclaz	410
58. Breakfast maltais	415

59. À la source	425
60. Ennemi public	434
61. Slima	441
62. Lucien	449
63. Rendez-vous libyen	458
64. Le domaine Saint-Florent	466
65. Hautepierre	473
66. Hilton Slima	481
67. Mairie de Schirmeck	508
68. Patricia	515
69. Comiso	518
70. Dominique Vulcain	527
71. Docteur Feelgood	540
72. Agression nocturne	548
73. Enguerrand	557
74. Rencontre à Matignon	566
75. Une cabane dans les bois	573
76. Entre généticiens	578
77. Retrouvailles	587
78. Piégé	600
79. Jeu de piste	605
80. Moins un	621
81. Ursula	626
82. En famille	628
83. Convocation	632
84. Vallée de Chevreuse	638
85. Rendez-vous à Saint-Florent	641
86. Entre services	654
87. Épilogue	659
Remerciements	667

Composition et mise en pages
Nord Compo à Villeneuve-d'Ascq